Für die Damen des BIDMC
(Beth Israel Medical Center in Boston),
mit höchstem Respekt.
Vielen Dank an Rechtsanwalt J. Mark Waxman
für seine juristische Unterweisung
und an Richard M. Strum,
Direktor der Abteilung Übersetzung
und Erziehung, Fort Ticonderoga,
für all seine Hilfe und seinen Rat.

Liebe Leser(-innen),

E*in Millionär zum Frühstück* ist das zweite Buch, das von mir veröffentlicht wurde, und jetzt, wo ich darauf zurückblicke, erinnere ich mich, wie ich mich damals bewusst für ein Thema entschied, mit dem ich mich gut auskannte, ähnlich dem »Schuster, der bei seinen Leisten bleibt«.

Es war ein guter Entschluss. Beim Schreiben ist es wie bei allen anderen Dingen – man braucht nichts weiter als ein wenig Talent und Interesse, und schon kann es losgehen. Aber, oh je, der Weg von da an bis zu dem Punkt, an dem man tatsächlich weiß, was zum Teufel man da macht, ist lang. Als ich mit dem Manuskript begann, war nur ein einziges meiner Bücher zuvor professionell lektoriert worden, und ich schrieb immer noch aus dem Bauch heraus (inzwischen arbeite ich stets mit Gliederungen – aus gutem Grund!). So fühlte ich mich logischerweise ziemlich hilflos und beschloss, mir mein eigenes Sicherheitsnetz zu schaffen, indem ich den Ratschlag, den ich von so vielen anderen gehört hatte, befolgte … Ich wählte einen Handlungsrahmen, den ich kannte: einen schillernden Geschäftsmann als hartherzigen Helden und eine Heldin, die die Vergangenheit und die Adirondack Mountains liebt.

Der Held, Nick Farrell, ist ein Alphatier durch und durch, wenngleich er, anders als die Vampire der Black-Dagger-Bruderschaft, kein Leder trägt und auch keine Waffen und Messer mit sich führt. (Genauso wenig besitzt er ein Tattoo.)

Er ist eine Art Krieger der Finanzwelt, und glauben Sie mir, diese können genauso brutal sein wie MMA-Kämpfer, wenn sie die Vorstandsetage betreten. Abgesehen davon können Nadelstreifenanzüge ungemein sexy sein, wenn das richtige Paar Schultern sie ausfüllt! Jetzt, da ich wieder auf dieses Buch zurückblicke, erkenne ich, dass meine Fixierung auf einen übertrieben dominanten Mann mit Nick begann. Sein Lebensmodell unterscheidet sich völlig von dem der Mitglieder der Black-Dagger-Bruderschaft, aber er ist, genau wie sie, ein wahres Kraftzentrum, das sich jedoch niemandem gegenüber öffnet – bis ihm die richtige Frau begegnet.

Womit wir bei der Heldin meiner Geschichte sind: Carter Wessex. Eine Archäologin, die unmittelbar auf den Indiana Jones in mir zurückzuführen ist. Als Heranwachsende schaute ich mir immer und immer wieder *Jäger des verlorenen Schatzes* an und wünschte mir, im Dschungel oder in der Wüste zu sein, mit einer Peitsche an der Hüfte und einem Tropenhelm auf dem Kopf. Als Carter auftauchte (das tun alle meine Figuren – sie drängen sich einfach in meine Gedankenwelt, nehmen einen Platz ein und bleiben dort, bis ich über sie schreibe), war ich völlig begeistert von ihr, da ich die Idee toll fand, sie loszuschicken und nach einem verborgenen Schatz suchen zu lassen!

Doch dann begann ich über das Arbeitsfeld von Archäologen zu recherchieren, und stellte fest, dass meine romantische Vorstellung von diesem Beruf und der wissenschaftlichen Arbeit, die damit verbunden ist, nichts mit der Realität zu tun hatte – beides stellte sich in der Tat als weitaus methodischer und disziplinierter heraus, und, nun ja, weniger dramatisch, als ich es mir vorgestellt hatte. Die Recherche barg jedoch auch eine gute Neuigkeit, nämlich dass Archäologen tatsächlich nach allen möglichen Schätzen jagen und die Vergangenheit ausgraben – und dabei auch immer mal wieder auf Gold stoßen. Nachdem ich erst einmal eine klarere Vorstellung davon hatte, was Carter tat, war sie nicht mehr nur ein Abziehbild einer Archäologin, sondern wurde glaubhafter – und passender als Partnerin von Nick, da beiden ihre Arbeit und deren Erfolg so wichtig war.

Das bringt uns zum Ort der Handlung: den wunderschönen Adirondack Mountains im Norden des Staats New York. Auch hier galt das bereits erwähnte Motto »Schuster, bleib bei deinen Leisten«. Die Adirondacks sind ein Teil von mir, sodass ich sie als meine Heimat betrachte, egal, wo ich auch lebe. Ich verbrachte als Kind jeden Sommer in diesen Bergen, und ich fahre seit Kurzem wieder regelmäßig dorthin. Damals jedoch, als ich *Ein Millionär zum Frühstück* verfasste, arbeitete ich rund um die Uhr und konnte meinen Sommer nicht dort verbringen. Was war also die Alternative? Als ich die Geschichte von Nick und Carter zu Papier brachte, war das, als würde ich immer wieder kurz in Urlaub fahren. Die Bilder und Schauplätze des Sees und der Berge versetzten mich dorthin, wo ich sein wollte. Abgesehen davon ist es im Sommer ein wunderschöner Ort, um sich zu verlieben! Ich weiß, für einige ist ein weißer Sandstrand der Inbegriff eines romantischen Orts, aber ich ziehe jederzeit den Duft eines Kiefernzweigs dem einer Palme vor.

Ein Wort zum Handlungsgerüst der Geschichte. Ich versuchte am Anfang meiner schriftstellerischen Karriere, immer noch mir Bücher »auszudenken«. Ich kannte den üblichen Aufbau von Liebesromanen und war entschlossen, ihn beizubehalten – ich wollte etwas schreiben, das den vorhersehbaren Mustern entsprach, und verlieh der Geschichte innerhalb dieser Grenzen meine persönliche Note, da ich dachte, dass ich, wenn ich auf Nummer sicher ginge, auch weiterhin Bücher schreiben könnte. Das soll nicht heißen, dass ich nicht stolz auf dieses Buch bin, oder denke, es würde ihm an etwas fehlen – ich liebe meine beiden Figuren, Carter und Nick, und bin mit ihrer Geschichte sehr zufrieden. Doch nach ungefähr drei Vierteln des ersten Entwurfs begann die Nebenhandlung um Nicks Neffen sich zu verselbstständigen. Ich schrieb eine großartige Szene mit diesem Jungen und einem jungen Mädchen, in der die beiden vor ihren Eltern in den Wald weglaufen – sie erhöhte die Spannung, verlieh dem Drama noch mehr Intensität und änderte wirklich die Atmosphäre des Buchs – doch ich musste sie herausnehmen.

Rückblickend betrachtet war dieses Abweichen vom Thema mein erster Versuch, so zu schreiben, wie ich es häufig bei meiner Buchreihe der Bruderschaft und Gefallenen Engel tue. Den Menschen andere Erzählperspektiven zu eröffnen und ihnen unterschiedliche Erfahrungen nahezubringen, finde ich, trägt zu einer Geschichte bei, da es dem wahren Leben mehr entspricht. Keiner von uns lebt in einem Vakuum – wir sind alle umgeben von Menschen, die unsere eigenen Dramen und unser Glück ähnlich oder genau umgekehrt erleben – und ich glaube, dass wir Dinge auch im Gegensatz oder im Vergleich zu dem, was andere durchleben, beurteilen. Ich glaube, gut entworfene Nebenhandlungen verleihen Büchern und Geschichten eine Struktur, die sie realistischer und tiefgründiger erscheinen lässt.

Vielschichtigkeit birgt jedoch auch die Gefahr, die Hauptgeschichte zwischen den vielen Handlungssträngen zu verlieren oder sie darunter zu begraben, sodass der Leser nicht weiß, worauf er sich konzentrieren soll, oder – was genauso schlimm ist –, dass die Geschichte unter ihrem eigenen Gewicht zusammenbricht. Es braucht schon ein wirklich genaues, kritisches Auge, um zu erkennen, was einer Geschichte dient und was sie hemmt (und glauben Sie mir, ich weiß, wovon ich spreche, denn ich habe auf diesem Gebiet einige Fehler gemacht). Damals hatte ich noch keine Ahnung, was ich tat. Ich spürte, dass die Ausreißerszene großartig war, doch sie passte aufgrund des Aufbaus der restlichen Handlung letztendlich nicht hinein. Mit den Jahren jedoch begann ich, und blieb dann auch dabei, sowohl aus verschiedenen Erzählperspektiven zu erzählen als auch verschiedene Handlungsstränge zu verfolgen – und sie, größtenteils, entsprechend ins Gleichgewicht zu bringen. (Wissen Sie, eigentlich macht es wirklich Spaß, auf meine ersten Bücher zurückzublicken und mir die unterschiedlichen Richtungen anzusehen, die ich einschlug – auch wenn ich zugegebenermaßen keine Ahnung hatte, wohin die Reise ging.)

Ich hoffe wirklich, dass Sie genauso viel Gefallen an Nick und Carter finden werden wie ich es damals tat und es auch heute noch tue. Sie sind ein tolles Paar und verdienen ihr märchenhaftes Bis-ans-Ende-ihrer-Tage-Glück – abgesehen davon endet dieses Buch mit einer der schönsten Schlussszenen, die ich *je* geschrieben habe. Achten Sie auf den neunachsigen Sattelzug, mehr sage ich nicht!

Viel Spaß beim Lesen!

J. R. Ward

1

»Ich bin keine Goldgräberin.«

Carter Wessex klemmte das Telefon zwischen Schulter und Ohr, während sie den Inhalt ihrer Reisetasche auf den Boden ihrer Waschküche leerte. Die Kleider, die herausfielen, waren voller Dreck, Moos und Dingen, die aussahen, als würden sie krabbeln.

»Das habe ich auch nie behauptet«, erklang die besänftigende Stimme ihrer ältesten Freundin. Carter kannte den Tonfall. Es war genau derselbe, der sie damals als Teenager in Schwierigkeiten gebracht hatte.

»Tja, und eine Masochistin bin ich auch nicht«, entgegnete ihr Carter und versuchte, der Verlockung zu widerstehen, die diese Möglichkeit für sie barg. »Der Typ, dem Farrell Mountain gehört, ist eine wirklich harte Nuss. Er hat mehr Kollegen von diesem Haufen Dreck heruntergeworfen als der erste Pitcher Bälle in einem Baseballspiel.«

Am anderen Ende der Leitung erklang ein Lachen. »C. C., ich hasse Sportvergleiche, und der hier hinkt auch noch fürchterlich.«

In der Hoffnung, ihr Plan eines freien Sommers würde nicht durch einen Vorschlag zunichtegemacht werden, den sie nicht ablehnen konnte, beschloss Carter, sich auf keinen Fall breitschlagen zu lassen. »Nun, nach dem, was ich gehört habe, erlangt Menschenhass durch Nick Farrell eine neue Dimension, und er hegt besonders Archäologen gegenüber eine Abneigung. Weißt du, wer er ist? Der Finanzhai, dessen Name überall in den Zeitungen stand, weil er irgendeinen Kerl bei einem Geschäft hintergangen hat.«

»Ich kenne seine Geschichte und seinen Ruf.«

»Und warum willst du mir das dann antun?«, fragte Carter seufzend.

»Weil es an der Zeit ist, dass jemand das Geheimnis lüftet. Dieses Rätsel ist seit 1775 nicht gelöst worden.«

»Es ist ein Märchen, Woody.«

»Woody« war im Allgemeinen eher bekannt als Grace Woodward-Hall. Die beiden hatten sich auf einer malerischen Privatschule in Neuengland kennengelernt, die sie vier Jahre gemeinsam besucht hatten, und auf der sie sich besonders darin geübt hatten, Hockeyspiele zu gewinnen und Kartons mit Weinschorle in ihr Wohnheim zu schmuggeln, weshalb beide sehr beliebt gewesen waren.

Später dann, als Erwachsene, hatte sich ihre persönliche Beziehung auch auf eine berufliche erweitert. Carters Fachgebiet in ihrem Beruf als Historikerin und Archäologin war die Kolonialzeit. Die Familie von Grace leitete eine Stiftung, die Hall Foundation, einer der größten Geldgeber des Landes für Projekte zur Entdeckung und Erhaltung amerikanischer Geschichte. Carter hat bereits einige Male Zuschüsse für ihre Ausgrabungen von der Hall Foundation erhalten.

»Du hast das Tagebuch von diesem Briten doch gelesen, oder?« Grace sprach die Worte in perfektem Upper-East-Side-Akzent aus, doch Carter kannte ihr wahres Ich. Trotz ihres sittsamen und damenhaften Äußeren hatte sie einen derben Sinn für Humor und eine Vorliebe für Ärger, was ihre Freundschaft nur noch mehr gefestigt hatte.

»Das Tagebuch von Farnsworth? Natürlich habe ich das gelesen. Alle Kolonialhistoriker haben ein Exemplar davon.

Es reiht sich ein in ihre eigenartige Vorliebe für Musketenkugeln und Minutemen – die Freiwilligen einer Kolonialarmee.«

Carter blickte nach unten und sah eine Spinne unter einer ihrer Khakihosen hervorkrabbeln. Sie wollte sie zwar nicht umbringen, aber genauso wenig wollte sie einen neuen Mitbewohner. Sie griff nach einer Kaffeedose voller Nägel, die über der Waschmaschine stand, leerte sie auf der Ablagefläche des Trockners aus und stülpte sie über das Tier.

»Na, dann wirst du dich ja wohl fragen, was passiert ist«, erwiderte Grace.

»Ich weiß, was passiert ist. Ein amerikanischer Held wurde niedergemetzelt, ein Vermögen an Gold verschwand, und dem indianischen Führer schob man die Schuld zu. Das war's.«

»Ich kann nur schwer glauben«, sagte Grace trocken, »dass die ganzen Löcher in dieser Geschichte dir nicht komisch vorkommen. Irgendjemand muss auf den Farrell Mountain hinauf und herausfinden, was dem Winship-Trupp zugestoßen ist.«

»Nun, das muss ja nicht unbedingt ich sein«, meinte Carter und begann die Blusen und Socken vorsichtig in die Waschmaschine zu stopfen, damit die Dose nicht umkippte. »Am besten wäre es, einen Forscher für paranormale Phänomene loszuschicken, um diesen ganzen unsinnigen Spukgeschichten ein Ende zu bereiten. Der Geist von Red Hawk als Wächter des Golds? Dass ich nicht lache!«

»Jetzt hör mal, abgesehen von den Gespenstern ist dies wirklich das perfekte Projekt für dich. Es ist eine erstklassige Geschichte, die dein Spezialgebiet betrifft und nur darauf wartet, enträtselt zu werden. Außerdem wärst du draußen in der Wildnis.«

»Ich komme gerade erst von einer Ausgrabung nach Hause«, stöhnte Carter. »Unter meinen Fingernägeln befinden sich zwölf Pfund Dreck, ich brauche dringend Schlaf, und ich weiß aus zuverlässiger Quelle, dass zu dieser Jahreszeit in den Adirondacks Kriebelmücken der Größe von Fledermäusen herumschwirren.«

Das wusste sie, weil diese ebenfalls munter und vergnügt in den Green Mountains von Vermont herumflogen. Sie schaute durch das Fliegengitter eines Fensters. Ein wunderschöner Junitag lachte ihr entgegen, doch ließ sie sich nicht zum Narren halten. Die kleinen Biester hatten sich heute Morgen in ihrem Garten auf sie gestürzt und sie zerstochen.

»Bist du nicht neugierig, was mit dem Gold passiert ist?«

»Genauso neugierig wie auf den Osterhasen. Beweis du mir zuerst, dass es einen aufrecht gehenden Hasen gibt, der einen Korb mit Hühnereiern trägt, und dann werde ich vielleicht glauben, dass es da oben in diesen Bergen einen Schatz gibt.«

»Jetzt komm schon, dieses Gold kann sich nicht in Luft aufgelöst haben. Und was ist mit den sterblichen Überresten der Männer, die umgebracht wurden?«

Carter lehnte sich mit der Hüfte gegen die Waschmaschine. »Die Amerikaner hätten mit einem irren britischen Gefangenen am Hals nie ein solches Vermögen dabeihaben dürfen. Es war abzusehen, dass sie aus dem Hinterhalt angegriffen werden würden. Das einzig Überraschende daran ist, dass Red Hawk derjenige war, der sich gegen sie wandte. Wenn nicht einer der Angreifer das Gold an sich genommen hat, dann wird es wahrscheinlich jemand anders gefunden und klugerweise seinen Mund gehalten haben. Was die Leichen angeht, die können überall sein. Weißt du, wie groß der

Adirondack Park ist? Sie zu finden wäre wie ein Sechser im Lotto.«

Sie schielte über ihre Schulter hinweg in die Waschmaschine hinein, in der ihre Klamotten lagen, die, sobald sie in Berührung mit Wasser kämen, eine Art Schlammbad verursachen würden, doch es war noch etwas Platz in der Trommel, und so beugte sie sich nach unten, um noch eine weitere Khakihose hineinzustopfen.

»Habe ich eigentlich schon erwähnt, dass wir im Besitz von Knochen sind?«, fragte Grace gedehnt. »Von einem Ort, der dem entspricht, den Farnsworth in seinem Tagebuch beschrieben hat.«

Carter richtete sich augenblicklich auf. »Knochen? Was für Knochen? Wo sind sie gefunden worden?«

Die Genugtuung in Graces Stimme war nicht zu überhören, als sie antwortete. »Conrad Lyst hat sie oben auf dem Farrell Mountain gefunden.«

Carter biss sich bei der Erwähnung dieses Namens augenblicklich auf die Zähne. »Diese Ratte. Dieser widerliche …«

Sie erlaubte sich, den Herrn mit ein paar vulgären, aber anschaulichen Adjektiven zu beschreiben, gefolgt von einem Substantiv allererster Sahne.

»Bist du jetzt fertig?«, fragte ihre Freundin sie amüsiert.

»Noch lange nicht. Es ist mir ein Rätsel, wie dieser Mann überhaupt seinen Hintern in der eigenen Hose finden kann. Und sollte es ihm tatsächlich doch wie durch ein Wunder gelingen, dann nur, um ihn an denjenigen mit dem höchsten Gebot zu verkaufen.«

»Von den beruflichen Rivalitäten mal abgesehen –«

»Was dieser Bulldozer anrichtet, hat nichts mit dem Beruf eines Archäologen zu tun. Er ist ein Plünderer und ein Dieb.«

»Das kann ich nicht abstreiten, aber er hat einen Oberschenkelknochen und den Teil eines Arms gefunden. Wir haben beides hier in Boston untersucht, und es stammt aus dem fraglichen Zeitraum.«

»Das bedeutet nicht, dass sie von –«

»Sie wurden zusammen mit einem Kruzifix gefunden.«

Mit einem Mal war Carter die Wäsche völlig egal. »Steht etwas darauf?«

»Winship, 1773. Wir haben es zwar noch nicht vollständig analysiert, aber es sieht echt aus.«

Reverend Jonathan Winship hatte die Verantwortung für die Männer getragen, die den General damals begleiteten. Er war einer der Männer, die oben in den Bergen umgebracht worden waren.

Carters Herz begann zu pochen.

»Und, reden wir jetzt noch mal über eine Ostereiersuche?«, fragte Grace ganz ruhig.

Eine halbe Stunde später hatten sie die Frage der finanziellen Unterstützung geklärt. Die Wäsche blieb zwar ungewaschen in der Waschmaschine zurück, doch die Spinne war wieder vorsichtig zurück in die Natur entlassen worden. Nachdem Carter während des Telefongesprächs die meiste Zeit um das Haus herumgelaufen war, saß sie am Schluss in ihrer Küche am Frühstückstisch in der Sonne.

»Ich verstehe immer noch nicht, warum Lyst dir das Kruzifix gegeben hat«, sagte sie. »Das ist nicht seine Art. Je mehr Leute über einen Fund Bescheid wissen, umso schwieriger ist es für ihn, diesen auf dem Schwarzmarkt zu verkaufen.«

»Er sagt, er will finanzielle Unterstützung von uns, die wir ihm natürlich nicht gewähren werden. Würde er tatsächlich graben, nähme er nur alles mit, was wertvoll ist, und würde sich um den Rest nicht kümmern, sodass wir den auch nicht untersuchen könnten.«

Carter schnaubte höhnisch. »Diesem Mann muss die Schaufel weggenommen werden, und ich weiß auch schon, wo man sie ihm danach hinstecken sollte. Das wahre Rätsel ist, wie zum Teufel er es geschafft hat, die Erlaubnis zu bekommen, auf diesem Berg zu graben.«

»Er hatte keine. Er betrat ihn widerrechtlich, und, wie du weißt, ist Farrells Vorstellung einer freundlichen Begrüßung weit davon entfernt, jemandem Zucchinibrot und Limonade anzubieten. Lyst behauptet, irgendein wilder Waldarbeiter habe ihn mit einer Waffe verjagt und ihn dabei fast umgebracht.«

»Schade, dass der Kerl es nicht geschafft hat.«

»Nun, das weckte auf jeden Fall Lysts Interesse, was ein Grund sein könnte, weshalb er sich an die Stiftung wandte. Er denkt wahrscheinlich, eine finanzielle Unterstützung von der Hall Foundation würde ihm bei einem weiteren Versuch Glaubwürdigkeit verleihen.«

»Er will dorthin zurück?«

»Du kennst doch Lyst. Seine mangelnden Skrupel macht er durch seine Hartnäckigkeit mehr als wett. Deshalb musst du auch umgehend mit Farrell reden. Ich weiß, wo sein Sommerhaus am Lake Sagamore liegt, und das dürfte nicht mehr als eine Stunde von dir entfernt sein. Ich habe gehört, dass er zu dieser Jahreszeit normalerweise die Wochenenden dort verbringt. Fahr einfach diesen Samstag hin und bitte ihn um die Erlaubnis zu graben.«

»Wie kommst du darauf, dass er mir eine andere Antwort erteilt als Nein?«

»Weil du zuerst fragen wirst. Außerdem hast du schönere

Beine als Lyst. Abgesehen davon verkehren dein Vater und Farrell nicht auch in denselben Geschäftskreisen –«

»Hör sofort auf!« Carter saß mit einem Mal stocksteif da, und Wut stieg in ihr hoch, als wäre es ätzende Säure.

Grace bereute umgehend ihre Worte. »Tut mir leid, C. C. Ich wollte nicht …«

Den alten Spitznamen aus dem Mund ihrer Freundin zu hören erinnerte Carter an ihre lange gemeinsame Geschichte. Sie holte tief Luft und versuchte den Zorn zu vertreiben, der sie jedes Mal erfasste, wenn William Wessex erwähnt wurde. Es dauerte einen Augenblick, bis sie antworten konnte.

»Wenn ich dorthin fahre, werde ich meinen *Vater* nicht als Druckmittel benutzen.« Sie sprach das Wort wie einen Fluch aus.

»Natürlich nicht. Ich hätte das Thema erst gar nicht anschneiden dürfen.«

Als das Telefongespräch beendet war, ging Carter hinaus auf die Veranda hinter ihrem Haus. Vor ihr lagen die Berge, die sich steil erhoben, und über deren immergrüne Rücken sich ein hellblauer Himmel erstreckte. Sie hatte das Land und die heruntergekommene Scheune wegen des herrlichen Ausblicks gekauft. Es hatte zwei Jahre gedauert, bis sie das verfallende Gebäude in bewohnbaren Raum umgewandelt hatte, doch jetzt, da es fertig war, wusste sie nicht, ob sie ihr Haus oder die Landschaft lieber mochte. Es war eine Schande, dass sie nicht häufiger da war, um beides zu genießen.

Sie legte den Kopf in den Nacken, um sich die Sonne in das Gesicht scheinen zu lassen. Um sie herum glitzerten die Blätter der Pappeln in der leichten Brise. Sie konnte das entfernte *Chika-brd-brd-brd* eines Rotschulterstärlings hören, und wenn sie sich anstrengte sogar das Rauschen des Bachs am Ende ihres Grundstücks.

Sie atmete langsamer, um die ruhige Umgebung in sich aufzunehmen.

Wie lange würde es noch dauern, bis sie die Vergangenheit loslassen könnte und bei der Erwähnung des Namens ihres Vaters nicht mehr zusammenzuckte?

Mittlerweile waren zwei Jahre vergangen. Und es würden noch mehr werden.

Sie wandte sich von dem prächtigen Anblick der Natur ab und ging nach oben. Aus dem früheren Heuboden der Scheune war inzwischen ihr Büro und Schlafzimmer geworden. Der lange, rechteckige Raum war ihr Lieblingsplatz im Haus – eine offene Fläche, die sie mit Kiefernholz vertäfelt hatte und an deren beiden Enden sich Panoramafenster befanden.

Ihre Schreibtische, diverse Computer und die Arbeitsbibliothek füllten den Raum aus. Entlang der Wände verliefen Bücherregale, in denen wissenschaftliche Werke standen, von denen einige aus ihrer Feder stammten. Es war eine Ansammlung jener Materialien, die sie am häufigsten benutzte, und das, was sie nicht sofort griffbereit hatte, konnte sie sich bequem an der Universität von Vermont im nahe gelegenen Burlington besorgen. Sie war dort seit fast drei Jahren Lehrbeauftragte für Archäologie und hatte ein Büro auf dem Unigelände.

So sehr sie ihre Studenten auch mochte, bevorzugte sie doch das einsame wissenschaftliche Arbeiten zu Hause. Oft saß sie bis spätabends in ihrem Heiligtum, in Gedanken versunken, und vergaß die Zeit, während sie versuchte, aus den Hinweisen, die die Geschichte hinterlassen hatte, schlau zu werden.

Wenn sie in den Nächten, in denen sie durcharbeitete, ihre Augen nicht mehr aufhalten konnte, legte sie sich auf ein schmales Bett, das in einer Ecke stand, und ein nachträglich hinzugefügtes Zugeständnis an das Bedürfnis ihres Körpers zu ruhen war. Auch andere persönliche Gegenstände waren nicht mehr als Randerscheinungen. Versteckt in einer Nische befanden sich ein Kleiderschrank mit all ihren Khakihosen, eine Kommode mit T-Shirts und Pullovern und ein Bad mit einer Dusche und einem Waschbecken, aber ohne eine Badewanne. An den Fenstern hingen keine Vorhänge, genauso wenig lagen Teppiche auf dem Kiefernboden.

Für Carter spiegelte der Dachboden die Prioritäten in ihrem Leben wider. Zuerst die Arbeit. Und dann, weit hinten, auf dem zweiten Platz, ihr persönliches Leben.

Sie ging mit einem grimmigen Ausdruck im Gesicht an ihrem Schreibtisch vorbei zu der Kommode und zog eine Schublade heraus. Sie kramte zwischen den T-Shirts herum, bis sie das schwarze Lederkästchen gefunden hatte, das sie suchte.

Zur Hölle mit ihm, dachte sie, als sie es öffnete.

Auf einem Satinbett lag ein schwerer kolumbianischer Smaragd, der an einer Diamantkette hing. Es war ein albernes Geschenk, ein weiterer Versuch ihres Vaters, sich ihre Liebe zurückzukaufen. Das Kästchen war eine Woche zuvor, am Vorabend ihres achtundzwanzigsten Geburtstags, per Federal Express bei ihr angekommen.

Und jetzt saß sie – wieder einmal – da und versuchte, das Geschenk ihres Vaters loszuwerden.

Er schickte ihr stets Schmuck. An ihrem siebenundzwanzigsten Geburtstag waren es beängstigend große diamantenbesetzte Perlenohrringe gewesen, die sie hatte versteigern und das Geld dem örtlichen Krankenhaus zukommen lassen. An ihrem sechsundzwanzigsten Geburtstag war es ein Ring mit einem Rubin der Größe einer Murmel gewesen, den sie an einen Juwelier verkauft hatte. Die Einnahmen hatten dazu beigetragen, einen Computerraum in der örtlichen Grundschule einzurichten.

Und jetzt dieser Smaragd.

Vielleicht brauchte die Stadt einen neuen Krankenwagen. Oder zwei.

Die Geschenke zu ihrem Geburtstag waren schrecklich, aber noch viel schlimmer waren die zu Weihnachten. Ihr Vater schickte ihr Uhren. Jedes Jahr. Immer teuer und aus Gold, das Zifferblatt manchmal mit Diamanten, manchmal mit anderen Edelsteinen verziert. Sie spendete das Geld, das sie einbrachten, stets dem örtlichen Frauenhaus.

Während Carter den Smaragd in die Hand nahm und sah, wie sich das Licht in den wunderbaren Facetten brach, fragte sie sich, zu welcher Gelegenheit ihr Vater dachte, dass sie diese Kette tragen würde. Als sie damals, vor zwei Jahren, endgültig sein Haus verlassen hatte, hatte sie auch dem Lebensstil, mit dem sie aufgewachsen war, den Rücken gekehrt, und das wusste er. An jenem Tag, dem Todestag ihrer Mutter, tauschte sie freiwillig ihr bis dahin geführtes Leben als Liebling der oberen Zehntausend gegen das einer Außenseiterin ein. Das selbst gewählte Exil bedeutete, dass Galafeste Teil ihrer Vergangenheit waren, so wie ihr Vater, und das ließ sie jeden Morgen dankbar aufwachen.

Carter fuhr mit einem Finger über die Diamantkette und sah, wie sie funkelte.

In ihrem jetzigen Leben brauchte sie eher ein kleines Zelt als eine luxuriöse Zimmerflucht, eine Dose Insektenspray statt Haarspray, einen Kompass statt eines Smaragds um ihren Hals. Sie genoss ihr einfaches Leben. Sie war frei, um sich ihrer Leidenschaft, der Geschichte, widmen zu können, und ihre Arbeit wurde allgemein geschätzt. Sie mochte ihr Leben wirklich.

Meistens zumindest.

Gelegentlich, wenn es um sie herum ruhig wurde und sich ihre Gedanken verselbstständigten, fühlte sie sich allein. Sie hatte nur wenige Freunde und war ein Einzelkind. Ihre nächste Verwandte, A. J., eine Cousine, wohnte weit weg und hatte ihr eigenes geschäftiges Leben in der Welt des Pferdesports. Mittlerweile war sie sogar verheiratet.

Carter fragte sich, ob es in ihrer eigenen Zukunft irgendwann einmal einen Partner geben würde.

Die spontane Antwort war nein. Sie arbeitete jede freie Minute, sodass zum Ausgehen keine Zeit blieb. Obwohl, wenn sie ehrlich war, glaubte sie nicht, dass mehr Freizeit das Problem lösen würde. Sie kannte jeden an der Universität, und es gab niemanden, der eine Saite in ihr zum Klingen brachte. Abgesehen davon verfolgte das Gespenst ihrer Familientragödie sie überall hin. Durch den Verrat ihres Vaters, der sie nie losließ, wurde sie stets daran erinnert, dass man Männern nicht vertrauen konnte.

Kein wirklich fruchtbarer Boden, um Mr. Right zu finden.

Carter machte das Kästchen wieder zu und steckte es zurück in die Schublade. Sie wusste mit ihrer Zeit wirklich Besseres anzufangen, als sich mit Dingen zu beschäftigen, die sie nicht ändern konnte.

Auch wenn sie sich beruflich damit beschäftigte, die Vergangenheit zu erforschen, war Carter entschlossen, sich mit ihrer eigenen nicht näher zu befassen. Sie lebte im Hier und Jetzt und versuchte nicht über das nachzudenken, was sie hinter sich gelassen hatte. Das gelang ihr auch gut, außer wenn die Geschenke vor der Haustür lagen. Zweimal im Jahr war sie gezwungen, sich mit den Schatten ihrer Vergangenheit auseinanderzusetzen. Sie hasste diese Unterbrechung und nahm ihrem Vater seine zähe Beharrlichkeit übel. Sie wünschte sich, er würde damit aufhören, so zu tun, als bestünde zwischen ihnen mehr als eine biologische Verwandtschaft, und sie war stets versucht ihm zu sagen, er solle ihr keine Geschenke mehr schicken.

Das Problem war nur, dass sie den Gedanken nicht ertragen konnte, mit ihm sprechen zu müssen.

Carter blieb in der Mitte des Zimmers stehen, blickte über ihre Bücher, die Akten und Projektprotokolle. Sie erinnerte sich selbst daran, dass sie allein war. Sie war frei.

Und wie hoch der Preis auch war, um nicht in einer Lüge leben zu müssen, war er es doch wert. Sie ging in Richtung ihres Schreibtischs, um Buddy Swift anzurufen, einen Kollegen, mit dem sie häufig auf Ausgrabungen zusammenarbeitete, und ihm von ihrem neuen Auftrag zu berichten. Noch ein Ausgrabungsengagement, würde er sagen. Sie hatten schon viele Projekte gemeinsam durchgeführt, und seine Frau, Jo-Jo, und seine Tochter, Ellie, begleiteten ihn dabei häufig. Die Swifts, die in Cambridge, Massachusetts, lebten, waren für Carter das, was einer Familie am nächsten kam, und da sie in der Nähe lebten, musste sie in den Ferien keine Fertiggerichte vor dem Fernseher essen.

Doch sie schaffte es nicht bis zum Telefon, da ihr Blick auf dem Weg dorthin auf den Badezimmerspiegel fiel. Die Frau, die ihr da entgegensah, hatte langes, glänzendes schwarzes Haar, eisblaue Augen und eine helle Haut, leicht verbrannt von der Sonne.

Carter betrachtete sich. Seit dem fürchterlichen Tag, an

dem ihre Mutter gestorben war, blickte ihr jedes Mal, wenn sie in den Spiegel sah, ihr Vater entgegen. Verflucht, sie hatten den gleichen Teint, den gleichen Knochenbau und die gleichen Zähne.

Im Alltag konnte Carter vergessen, wie der Egoismus und die Untreue dieses Mannes die Familie zerstört hatte. Sie konnte so tun, als wäre sie eine Waise und hätte mit den Ereignissen, die sie nachts immer noch schweißgebadet aufwachen ließen, nichts zu tun. Zumeist konnte sie die Vergangenheit hinter sich lassen, nur wenn der gefürchtete FedEx-Postbote zweimal im Jahr vorbeikam, dann nicht.

Spiegel blieben jedoch ein Problem, selbst in ihrem eigenen Haus. Sie hatte keinen unter ihrem Dach gewollt, doch waren sie bereits von der Baufirma in den Badezimmern angebracht worden, noch bevor sie ihren Wunsch hatte äußern können.

Als sie sich abwandte, fragte sie sich, wie viel es wohl kosten würde, sie von der Wand zu reißen.

Nick Farrell nahm den Schriftsatz, den er gerade durchgesehen hatte, langsam herunter. Er war mehr als frustriert. Völlig genervt war wohl die passendere Bezeichnung. »Cort, das haben wir alles schon einmal besprochen.«

Doch Cortland Farrell Greene, sein sechzehnjähriger Neffe und Adoptivsohn, war entschlossen zu kämpfen. Der Junge beugte sich vor, legte die Hände auf Nicks Schreibtisch und strahlte hitzige Wut aus. Die Tatsache, dass er seine Haare so frisiert hatte, dass sie wie Stachel abstanden, schien passend. »*Wir* haben noch gar nichts besprochen. *Du* magst vielleicht etwas entschieden haben, aber da war kein *Wir* daran beteiligt.«

Nick holte tief Luft. Wenn das nicht helfen würde, würde

er es noch einmal tun. »Ich werde dir nicht erlauben, dass du sechs Wochen mit den Canton-Brüdern kreuz und quer durchs Land fährst. Sie sind am College –«

»Was bedeutet, dass sie verantwortungsbewusst sind.«

»So viel Jägermeister zu trinken, dass man bewusstlos auf den Skulpturen im Garten seines Vaters zusammenbricht, spricht nicht dafür.«

Cort stellte sich Nicks durchdringendem Blick. »Das ist nur einmal vorgekommen! Und bedeutet auch nicht, dass sie schlechte Jungs sind.«

»Ach ja? Und was war, als sie beschlossen ein Auto zu stehlen, um ihre kriminelle Seite auszuleben?«

Sein Neffe schaute weg.

»Sich wie ein Dieb zu verhalten ist keine Tugend«, erklärte Nick trocken, »sondern eine Straftat.«

Cort richtete sich auf und verschränkte die Arme vor der Brust. Er sah aus, als würde er nach einer anderen Taktik suchen.

Nick wartete und war nicht überrascht, als der Blick seines Neffen wieder zu ihm zurückschnellte.

»Du denkst, du kannst irgendwelche Regeln aufstellen, nur weil meine Mutter …« Doch der Junge konnte den Satz nicht vollenden. Er verstummte und ließ die Vergangenheit zwischen ihnen im Raum stehen.

»Weil deine Mutter mir die Verantwortung für dich und dein Wohlergehen übertragen hat?«

»Weil ich dir vermacht wurde wie ein Stück Land. Sie hat uns beide hintergangen, wenn du mich fragst.«

Nick fuhr sich mit der Hand durchs Haar. »Sag doch so was nicht!«

»Warum nicht? Ist doch die Wahrheit. Du hast mich am Hals und ich dich.«

»Ich habe dich nicht am Hals. Du bist meine Familie, und das bedeutet, dass wir zusammengehören, egal, was passiert.«

»Ach ja, seit wann das denn?« Cort machte eine wegwerfende Handbewegung in Richtung Schreibtisch. »Diese Papiere hier sind doch deine Familie. Deine Firmen und Geschäfte, die magst du. Wir reden nur miteinander, wenn du meinst, mir sagen zu müssen, was ich zu tun oder zu lassen habe. Und Zeit verbringen wir auch nur dann miteinander, wenn du mich zu irgendeinem Arzt fährst. Warum haken wir diese ganze Happy-Family-Geschichte nicht einfach ab? Es ist ja nicht so, als würdest du meinen Treuhandfond brauchen. Das sind doch nur Peanuts für dich. Du kannst mich gerne wegschicken –«

»Ich drücke mich nicht vor meiner Verantwortung.«

»Vielleicht solltest du das ab und zu mal ausprobieren.«

Nick begann, sich die Schläfen zu massieren, da er das Gefühl hatte, dass die Haut auf seiner Stirn spannte.

Als er Cort vor fünf Jahren bei sich aufgenommen hatte, nachdem die Eltern des Jungen bei einem Flugzeugunglück umgekommen waren, war das Zusammenleben mit ihm anfangs gespenstisch gewesen. Er sah seiner Schwester, die Nick sehr geliebt hatte, unglaublich ähnlich. Er hatte die gleichen leuchtenden Augen wie Melina und besaß auch ihre scharfe Intelligenz. In das Gesicht des Jungen zu blicken war für Nick eine Übung in Folter und Bedauern gewesen, eine lebendige Erinnerung daran, dass er sich nie genügend Zeit genommen hatte, um seiner Schwester zu zeigen, wie viel sie ihm bedeutete. Er hatte sich geschworen, den gleichen Fehler nicht noch einmal mit ihrem Sohn zu machen, aber die Dinge liefen nicht so gut, wie er es sich erhofft hatte.

Am Anfang war die Trauer auf beiden Seiten sehr groß gewesen, und Nick hatte selbst nicht gewusst, wie er sie bewältigen sollte, ganz zu schweigen davon, dem Jungen dabei zu helfen. Nachdem der Schmerz allmählich nachgelassen hatte, war der Alltagstrott wieder eingekehrt, und er hatte sich um seine zahlreichen Firmen und Investitionen kümmern müssen, was für die Beziehung der beiden nicht von Vorteil gewesen war. Nick war durch seine weitgespannten Geschäftsinteressen häufig mit dem Flugzeug unterwegs oder saß in der Vorstandsetage seines Unternehmens. Der Versuch, den Anforderungen seiner Arbeit und den Bedürfnissen von Cort gleichermaßen nachzukommen, war eine Belastung, die er in der Form noch nie zuvor erlebt hatte.

Abgesehen davon befand er sich in puncto Erziehung in einem Blindflug. Seine Eltern waren schon seit Jahren tot, und die Menschen, mit denen er zu tun hatte, kannten sich mit Aktienindices wie dem S&P 500 und dem Dow aus, aber nicht mit einem Zehnjährigen, der sich die Augen ausweinte, weil er seine Mutter und seinen Vater verloren hatte.

Nick hatte versucht, die gegenseitige Entfremdung zu bekämpfen, indem er Erziehungsratgeber gelesen und Psychiater angerufen hatte. Er war sogar selbst zu einem Therapeuten gegangen. Verzweifelt hatte er nach einem Index oder einem Diagramm gesucht, das ihm erklärte, wie eine Eltern-Kind-Beziehung funktionierte, doch hatte er nichts dergleichen gefunden. Er war auf kein Diagramm gestoßen, das Auskunft gab, wann man streng zu sein hatte und wann nicht. Wann man loslassen sollte, damit das Kind selbst lernte, und wann es eine schützende Hand brauchte.

Die Krankheit des Jungen stellte ein weiteres Problem dar. Corts Jugend-Diabetes, aufgrund dessen seine Aktivitäten eingeschränkt waren, war häufig der Grund für ihre Meinungsverschiedenheiten. In letzter Zeit schienen sie unentwegt zu streiten, doch Nick war entschlossen, nicht aufzugeben und seinem Neffen weiter die Hand zu reichen. Abgesehen davon, dass er die Verantwortung, die seine Schwester ihm übertragen hatte, ernst nahm, betrachtete er Cort als seine einzige Chance, Vater zu sein. Nick bezweifelte, jemals zu heiraten. Frauen hatten die Angewohnheit, ihr Hauptaugenmerk auf seine dicke Brieftasche zu legen, wenn sie ihn ansahen, und er war nicht gewillt, den Traum irgendeiner Dame der Gesellschaft wahr werden zu lassen.

Er konzentrierte sich auf seinen Neffen. Er wusste zwar nicht, was er mit ihm machen sollte, aber er konnte sich ein Leben ohne ihn nicht vorstellen. »Es tut mir leid, aber ich kann dich nicht gehen lassen.«

Corts Antwort kam wie aus der Pistole geschossen. »Dann möchte ich den Sommer in den Appalachen verbringen und wandern gehen.«

Nick schluckte einen Fluch herunter und gab sich alle Mühe, seinem Ärger nicht freien Lauf zu lassen. »Du weißt, auch das kann ich dir nicht erlauben.«

»Warum?« Corts Stimme wurde lauter.

»Du weißt, warum.«

»Ich bin nicht krank.«

»Es wäre zu anstrengend für dich.«

Der Junge begann vor Wut zu zittern. »Wie soll ich das wissen, wenn ich es nicht ausprobiere? Wie soll ich wissen, was ich kann und was nicht, wenn du mich immer einsperrst? Scheiße, ich werde völlig irre, wenn ich hier die nächsten drei Monate festsitze!«

Nick beschloss, den Fluch durchgehen zu lassen. Er musste sich auf das Wesentliche konzentrieren. »Du wirst schon nicht verrückt werden, und außerdem weißt du, dass du Risiken dieser Art nicht eingehen kannst.«

»Du erlaubst mir nie etwas! Du reist um die ganze Welt –«

»Es gibt in dieser Angelegenheit nichts zu verhandeln«, schnitt Nick ihm grimmig das Wort ab.

»Aber der Arzt hat gesagt –«

»Nein.«

Cort starrte ihn wütend an und fuhr sich durch das Haar, worunter die Stacheln seiner Igelfrisur litten. Als Nick nur zurückstarrte, gab der Junge schließlich nach, sein Groll war jedoch weiterhin zu spüren.

»Na gut, wie du willst«, murmelte er. »Dann bleib ich halt hier alleine und gammle vor mich hin, während alle anderen sich amüsieren.«

»Du wirst nicht alleine sein.«

»Ach ja?« In Corts Stimme schwang eine gehörige Portion Misstrauen mit.

»Ich habe beschlossen, den Sommer über nicht in der Stadt zu arbeiten, sondern alles von hier aus zu erledigen.«

Nick lächelte ironisch, als er den unbezahlbaren Gesichtsausdruck des Jungen sah. Es war, als hätte ihm jemand eine Bratpfanne auf den Fuß fallen lassen. »Aber das geht nicht. Du hast doch deine Geschäfte und –«

»Schon mal was von Videokonferenzen und E-Mails gehört? Erstaunlich, wie die Technik einem das Leben erleichtert.«

»Wie ätzend!«

»Das heißt also, du findest dein Leben immer unerträglich – sowohl wenn du hier alleine bist als auch wenn ich dir Gesellschaft leiste?«

»Da bin ich lieber alleine als mit dir zusammen!«

Cort schoss aus dem Zimmer hinaus und schlug die Tür so fest zu, dass die Mahagonivertäfelung an den Wänden wackelte.

Nick schüttelte den Kopf und kam sich uralt vor. Himmel

noch mal, er hatte einige der rücksichtslosesten Männer an der Wall Street ausgetrickst, hatte sich finanzielle Transaktionen ausgedacht, die die Vorgehensweise bei Fusionen und Übernahmen revolutioniert hatten, und war Berater für mehrere Präsidenten gewesen.

Aber zehn Minuten zusammen mit Cort in einem geschlossenen Raum, und er wusste nicht mehr ein noch aus.

Er erhob sich von seinem Ledersessel und ging hinüber zu der Fensterreihe, durch die man hinaus auf den See sah. Er konnte spüren, dass eine Migräne im Anmarsch war, sein Rücken war ganz steif von dem Rückflug aus Japan die Nacht zuvor, und ihn quälte das Gefühl, irgendetwas Wichtiges vergessen zu haben. Um die sechs Stunden Schmerz und Übelkeit, die ihm diese Kopfschmerzen einbringen würden, abzuwenden, nahm er ein paar Tabletten, ließ sie unter der Zunge zergehen und rieb sich währenddessen den Nacken.

Hinter ihm wurde sanft an der Tür geklopft.

»Komm rein«, rief er, ohne sich umzudrehen.

Nick wusste sofort, wer sein Arbeitszimmer betreten hatte. Er konnte ihr Parfum riechen, eine teure französische Kreation, die er hasste. Es war widerlich süß, setzte sich in seiner Nase fest und stachelte die Migräne weiter an.

Nick drehte sich um und sah, wie Candace Hanson, mit der er seit einem halben Jahr zusammen war, durch sein Arbeitszimmer schritt. Ein sanftes Lächeln zierte ihr hübsches Gesicht, und ihr schulterlanges blondes Haar war zu einer luftigen Ich-bin-am-See-Frisur hochgesteckt worden. Sie trug eine weiße kurze Leinenhose und ein Poloshirt, ein perfektes Outfit für ein Tennisspiel, das diese Kleidungsstücke jedoch nie erleben würden, und ihre brandneuen Sportschuhe hatten gerade den Schuhkarton verlassen.

Makellos wie immer, dachte er, und verspürte nichts, als er sie sah.

Ihre Beziehung war nichts weiter als eine reine Zweckgemeinschaft, in der keine große Intimität herrschte, außer beim Sex. Sie war genau das, was er wollte, und das Einzige, wozu er Zeit hatte. Bis vor Kurzem hatte Candace auch nach den Regeln gespielt. Sie hatte sich mit dem zufriedengegeben, was er ihr gab, ihm nach seinem Belieben zur Verfügung gestanden und sich gut in ihre Rolle als Gastgeberin auf seinen Partys eingefunden. Doch am Horizont zeichnete sich Ärger ab. Das Wort mit dem großen H am Anfang hatte sich in ihren Wortschatz geschlichen, und das bedeutete, dass ihre gemeinsamen Tage gezählt waren.

Candace setzte sich auf den Stuhl, der auf der anderen Seite des Schreibtischs stand, schlug die Beine züchtig übereinander und faltete die Hände auf den Knien.

Nick stöhnte. Wenn sie sich so hinsetzte, wusste er, dass es bei dem Gespräch um mehr ging als die Durchsicht des gesellschaftlichen Terminplans.

»Ich wollte dir nur versichern«, verkündete sie in ihrer steifen Art, »dass alles für morgen Abend vorbereitet ist.«

Sie setzte ein breites Lächeln auf, das ihren Augen jedoch kein weiteres Leben einhauchte. Auch wenn ihre Zähne strahlend weiß waren und ihre Mundwinkel beim Lächeln nach oben zeigten, wirkten ihre Gesichtszüge leer. Genau genommen war ihr Gesicht völlig ausdruckslos, was ihn anfangs fasziniert und weshalb er sich die Frage gestellt hatte, was wohl hinter dieser Maske läge. Als er sie dann aber besser kennenlernte, war ihm langsam der Verdacht gekommen, dass ihr äußeres Erscheinungsbild zu ihren besten Vorzügen zählte.

»Was ist mit morgen Abend?« Er verschränkte seine Arme vor der Brust.

»Da findet unsere Party statt, mein Schatz«, murmelte sie. »Für die Oper.«

Nick blinzelte. Die Migräne war noch schlimmer geworden und stieß so viele Löcher in sein Sichtfeld, dass Candace in einem Meer von schwarzen Flecken verschwand.

»Es werden fünfzig Gäste zum Abendessen erwartet«, erklärte sie sanft.

Das war es also, was ihm entfallen war.

Das Telefon auf seinem Schreibtisch klingelte.

Verärgert fragte er sich, ob es noch jemanden gab, der sich in das Gespräch einklinken wollte, und dachte, derjenige sollte es besser schnell tun, denn in zehn Minuten würde er außer Gefecht gesetzt sein.

»Entschuldige mich«, sagte er, wenngleich er wusste, dass sie warten würde.

Nick ging ans Telefon. Als er registrierte, wer am anderen Ende war, legte er den Hörer gegen die Schulter und drehte sich zu Candace um. »Wir sprechen nachher weiter.«

Sie stand auf und lächelte ruhig. »Das wäre schön, aber mach dir keine Sorgen! Ich habe alles im Griff.«

»Davon bin ich überzeugt.«

Die Tür wurde kaum hörbar geschlossen.

Sie ist ein Geist, dachte er. Jemand, der einfach nur durch das Leben schwebte und dabei nicht wirklich jemanden oder etwas berührte.

»Mr. Farrell?«, fragte die Stimme in der Leitung noch einmal.

»Am Apparat«, antwortete er abgehakt, während er versuchte, auf seine Uhr zu sehen. Er hielt sie in den Teil des Blickfelds, der noch funktionierte, und rechnete damit, dass der Schmerz ihn in ungefähr fünf Minuten mit voller Wucht treffen würde.

»Mr. Wessex für Sie.«

»Nick, wie geht es Ihnen?«, fragte der Mann.

»Gut«, erwiderte er und ließ sich auf seinen Stuhl fallen. »Aber ich bin etwas beschäftigt.«

Er würde sich sehr bald übergeben müssen.

»Schon verstanden.« Wessex' Stimme besaß den geschliffenen Klang von Geld, Macht und einer blaublütigen Abstammung. »Ich rufe nur an, um zu hören, was unsere kleine Transaktion macht.«

»Unsere kleine Transaktion« war das Geschäft, mit dem Nick sich beschäftigt hatte, als das Gewitter mit Cort über ihn hereingebrochen war. Dabei ging es um eine Milliarde Dollar, *und* es handelte sich um einen gemeinsamen Angriff gegen einen Feind, den Nick mit aller Macht vernichten wollte.

»Wissen Sie was«, erklärte er, und sein Mund wurde trocken, während der Schmerz sich weiter voranarbeitete. »Wir haben morgen Abend Gäste. Warum kommen Sie nicht dazu? Sie können nach Albany fliegen und von dort aus eine Limousine nehmen. Auch wenn die Gästeschar nicht ganz klein ist, werden Sie und ich ein ruhiges Plätzchen finden, um die offenen Fragen zu klären.«

»Vielen Dank für die nette Einladung. Sagen Sie, wann werden Sie und die wunderschöne Candace denn den Bund fürs Leben schließen?«

»Können Sie morgen Abend kommen?«, fragte er und wich der Frage aus.

»Leider nein. Ich werde den Rest des Monats in Südamerika sein und muss hier in der Stadt noch einiges erledigen, bevor ich fliege. Meine Anwälte wissen natürlich immer, wo ich bin, doch ich vermute, wir werden unseren kleinen Hinterhalt erst dann legen, wenn ich wieder zurück bin.«

Nick begann der kalte Schweiß auszubrechen.

»Sie liegen mit Ihrer Vermutung völlig richtig«, murmelte er gepresst. »Gute Reise!«

Irgendwie schaffte er es noch, den Hörer aufzulegen und sich zusammen mit dem Papierkorb zu seiner Couch zu schleppen. Auf dem Rücken liegend, legte er einen Unterarm auf die Augen, um das Sonnenlicht abzuschirmen.

Warum hatten seine Vorfahren ihr Sommerhaus nicht in einer Höhle bauen können?

Der stechende Schmerz breitete sich wie ein Feuer in seinem Kopf aus, pochend wie der Schlag seines Herzens. Bilder tanzten vor seinen Augen, Halluzinationen, bedingt durch den Kopfschmerz und die Medikamente. Er versuchte gerade, aus der Collage schlau zu werden, als sein Arm hochgehoben und ihm ein Eisbeutel auf die Stirn gelegt wurde.

»Gertie«, stöhnte er. »Wie kommt es, dass du immer weißt, wann es mir schlecht geht?«

Die ältere Frau lachte leise, und er hörte, wie sie durch das Zimmer ging und sämtliche Vorhänge zuzog. »Ich weiß es eben.«

Als sie wieder zu ihm zurückkehrte, öffnete Nick die Augen zu einem schmalen Schlitz und sah das gutmütige, runzelige, wunderschöne Gesicht der Frau, die ihn großgezogen hatte. Gertie McNutt war schon zeit ihres Lebens bei den Farrells, so wie zuvor ihre Mutter und ihre Großmutter. Seitdem die Farrells das Land besaßen, hatte es auch immer McNutts gegeben, die es bearbeitet hatten.

Sie streckte ihre Hand aus und strich ihm über das Haar.

»Ich hasse das«, sagte er, und seine tiefe Stimme klang unnatürlich dünn in der Stille.

»Ich weiß, *Chou-chou*«, murmelte Gertie. »Aber es wird bald vorbei sein.«

»Ja, doch der Weg bis dahin wird schmerzhaft sein.«

Sie blieb noch eine Weile bei ihm, bevor sie ihn schließlich der Dunkelheit und der Qual überließ. Sie konnte nichts mehr für ihn tun. Diesen Sturm musste er allein über sich ergehen lassen.

Ein Glück, dass er so zäh war, dachte Nick, als eine weitere Welle des Schmerzes über ihn hereinbrach.

Ihm hob sich der Magen, und er drehte sich auf die Seite, um blindlings nach dem Papierkorb zu greifen. Das Letzte, was er tat, bevor er in Ohnmacht fiel, war, Gerties Mittagessen zu erbrechen.

2

Am nächsten Tag nahm Carter die Fähre über den Lake Champlain, hinüber in den Bundesstaat New York. Sie wollte sich vor ihrem Besuch bei Nick Farrell, der dazu dienen sollte, sie auf seinem Berg Löcher graben zu lassen, noch die Ausgrabung eines Kollegen auf dem Gelände von Fort Sagamore anschauen. Nachdem sie ein paar Stunden dort verbracht hatte, folgte sie den Anweisungen von Grace und fuhr mehrere Meilen in Richtung Süden, bis sie am Straßenrand zwei Steinsäulen erblickte. Sie bog mit ihrem Jeep ab und fuhr zwischen ihnen hindurch auf einen Kiesweg, der von Kastanien gesäumt zum Haus führte.

Als das Herrenhaus in all seiner Pracht erschien, verschlug es ihr den Atem. Das Anwesen lag auf einem Felsvorsprung, umrahmt vom See und der hoch aufragenden Spitze des Farrell Mountain. Sie war sich nicht sicher, was beeindruckender war – das Haus, das glitzernde Wasser oder die bedrohliche Gegenwart des Farrell Mountain.

Sie fuhr rechts heran und stieg aus, um sich umzusehen. Der Kiesweg, auf dem sie gekommen war, bildete vor dem Herrenhaus einen Kreis mit einer Abzweigung, die, so vermutete Carter, zum Liefereingang führte.

Farrells Ferienhaus war ein Prachtexemplar des Federal Style, ein weißer Palast mit schwarzen Fensterläden, der über eine elegante, streng gegliederte Fassade verfügte. Dem Mittelstück des Gebäudes schloss sich rechts und links jeweils ein Flügel an, was nur bedeuten konnte, dass genügend Platz vorhanden war, um eine kleine Armee unter Farrells Dach übernachten zu lassen. Als sie beim Zählen der Fenster und Verandas durcheinandergeriet, kam ihr der Gedanke, dass das Geräusch des gegen das Ufer plätschernden Wassers und des flüsternden Sommerwinds von allen Zimmern aus zu hören sein musste.

Sie wandte sich dem See zu und lächelte beim Anblick einer sechseckigen Gartenlaube, die dazu einlud, sich mit einem Buch einen faulen Nachmittag zu machen. Die Laube war ebenfalls weiß gestrichen, besaß jedoch ein rotes Bitumendach und aufwendige Verzierungen entlang der Dachtraufe. Weiter unten am Ufer befand sich ein Bootshaus im gleichen Stil, und am Steg lag ein Segelboot, das auf den sanften Wellen hin- und herschaukelte. Links, vor einem Stück Wald, war ein Tennisplatz, und auf dem Rasen waren die kleinen Tore eines Krocketspiels aufgestellt worden und warteten nur darauf, dass die Kugeln durch sie hindurchrollten.

Ein Ferienlager der Reichen, dachte sie ironisch, nur dass zum Abendessen kellergelagerter Burgunderwein statt Wasser mit Sirup serviert wird, und alle Gäste ihr eigenes Bad haben.

Als sie sich wieder dem Haus zuwandte, bemerkte sie eine Wildblumenwiese, die dahinter lag, und auf der Wilde Möhre, Goldruten und hohe Gräser wuchsen. Am Ende der zwei Morgen großen Fläche schloss sich am Fuß des Bergs ein Wald aus Kiefern, Birken und Pappeln an.

Carter vermutete, dass das Feld nachts wahrscheinlich voller Glühwürmchen war. So wie bei ihr zu Hause.

Plötzlich wurde die friedfertige Stille des Orts durchbrochen. Ein Lieferwagen kam lärmend die Zufahrt hinaufgefahren, schleuderte Kies hoch und mähte sie fast um.

Kurz bevor sie aus dem Weg sprang, fiel ihr Blick auf den Namen eines Partyservices, der ihr aus den Tagen, als sie selbst noch zur feinen Gesellschaft New Yorks gehörte, ein Begriff war. Während sie wegen des aufgewirbelten Staubs husten musste, fragte sie sich, was der Wagen hier oben nur zu tun hatte, und entdeckte dann weitere Fahrzeuge, die dicht gedrängt vor dem Liefereingang standen. Im Gegensatz zum Rest des Anwesens, das Ruhe ausstrahlte, liefen die Leute dort hektisch und schwer beladen herum. Überrascht, das geschäftige Treiben nicht vorher bemerkt zu haben, kehrte sie wieder in die Gegenwart zurück.

Sie marschierte hinüber zum Haus und sprang die glänzenden schwarzen Treppenstufen hinauf, die zu einer Eingangstür mit einem Messingklopfer der Größe eines Fußballs führte. Sie hob den Löwenkopf an und ließ ihn fallen. Das daraufhin ertönende Geräusch hörte sich an wie ein Donnerschlag, und sie zuckte zusammen.

Ein Lärm wie dieser konnte selbst Tote wecken, und sie fragte sich, ob Farrell vielleicht einen Butler hatte, der die Tür öffnete, so wie Lurch bei der Addams Family.

Während sie wartete, glitt ihr Blick hinüber zu zwei Hunden aus Keramik, die rechts und links vom Eingang standen. Ihre bernsteinfarbenen Augen starrten auf einen weit entfernten Punkt, sie wirkten der Zeit entrückt und waren in einem genauso tadellosen Zustand wie der Rest des Anwesens. Antik, vermutete sie. Einer der Vorfahren von Farrell hatte sie wohl einst erstanden.

Carter hörte, wie sich etwas von oben aus der Luft näherte, schaute hinauf und sah einen prachtvollen Rotschwanzhabicht durch den blauen Himmel hinabgleiten und auf einem der Äste über ihrem Kopf landen. Der Vogel zog mit einem Minimum an Aufwand die Flügel ein und schaute auf sie hinab, als würde er darauf warten, dass sie in das Haus ging.

Eigenartig, dachte sie und verspürte einen Schauer.

Carter fragte sich gerade, ob sie noch einmal mit dem Löwenkopf klopfen sollte, als die Tür geöffnet wurde. Dahinter erschien jedoch nicht Lurch – was aber im Vergleich zu der Person, die ihr jetzt entgegenblickte, besser gewesen wäre.

Die blonde Frau, die Carter anstarrte, sah aus wie eine adlige Schönheitskönigin. Während sie in der Türschwelle stand, drückte sie jene Art eleganter Ungastlichkeit aus, die nur unter den Privilegierten vorzufinden war.

Carter kannte diese Sorte Mensch.

»Ich bin hier, um Mr. Farrell zu treffen.« Ihre Stimme war tief und gebieterisch, und die Frau schaute überrascht.

»Wie bitte?«

Es war interessant zu beobachten, wie der richtige Ton selbst höfliche Worte in eine Beleidigung verwandeln konnte. Carter dachte nach.

»Mr. Farrell«, wiederholte sie langsam. »Ich bin hier, um ihn zu treffen.«

Ein missbilligender Blick glitt an ihr hinab, beginnend bei ihrem Haar, das zu einem Pferdeschwanz zusammengebunden war, über ihre nackten Arme bis hin zu der eng anliegenden kurzen Hose und den zerschlissenen Laufschuhen. Als die blauen Augen wieder nach oben wanderten, waren sie noch frostiger.

»Ich kann mir nicht vorstellen, dass er *Sie* erwartet.«

Es klang, als würde der Mann eher auf eine Wagenladung Dünger warten.

»Wenn Sie ihm einfach nur sagen könnten –«

»Schön, dass Sie endlich da sind«, erklang eine andere

Stimme. Eine ältere Frau erschien in der Tür und wischte sich die Hände an einer karierten Schürze ab. Sie hatte weißes Haar, das mit Kämmen zurückgesteckt war, ihr Gesicht war gebräunt und runzelig. Auch wenn sie zu Carter sprach, lag ihr Augenmerk doch auf etwas anderem, hinter der Tür. Neugierig drehte sich Carter um und sah, wie der Rotschwanzhabicht sich von seinem Ast erhob, die großen Flügel in die Luft schwang und davonflog.

Wieder durchfuhr sie ein Schauer, und Carter dachte über den Indianer Red Hawk nach, dessen Name auf diesen Vogel zurückzuführen war, und der laut der Sage immer mal wieder den Berg besuchte. Sie versuchte, das Gefühl einer Vorahnung abzuschütteln, und drehte sich wieder zum Haus um.

»Ich dachte, ich hätte Ihnen gesagt, dass die Bedienungen den Hintereingang benutzen sollen«, erklärte die blonde Frau hochnäsig.

»Ja, das haben Sie«, lautete die kurz angebundene Antwort.

Carter wusste sofort, wer hier das Sagen hatte. Und es war todsicher nicht die Frau, die ihr die Tür geöffnet hatte.

»Würden Sie das Auto bitte woanders parken?«, bat die ältere Frau Carter höflich. »Wir sehen uns hinten am Liefereingang.«

Carter nickte. Als die beiden sich mitten in der geschäftigen, aber wohlgeordneten Hektik der Küche wiedertrafen, stellte sich die Frau vor.

»Ich heiße Gertie McNutt und bin für den Haushalt zuständig.«

»Carter Wessex.« Sie schüttelten sich schnell die Hand.

»Das Abendessen wird um halb acht serviert, aber ab sechs werden Hors d'œuvres gereicht. Es gibt einheitliche Arbeitskleidung. Welche Größe haben Sie?«

Carter runzelte verwirrt die Stirn. »Ich bin nicht hier, um als Bedienung zu arbeiten. Ich bin hier, um mit Mr. Farrell zu sprechen.«

Die braunen Augen, die sie anblickten, wurden misstrauisch zusammengekniffen. »In welcher Angelegenheit?«

»Ich bin Archäologin und –«

Die Frau begann ihren Kopf zu schütteln. »Er mag Archäologen nicht besonders.«

»Das habe ich schon gehört. Ich möchte ihn nur fragen, ob ich auf dem Berg graben –«

»Er mag es nicht, wenn dort gegraben wird.«

Carter holte tief Luft. »Auch das habe ich schon gehört. Aber wenn ich ihn nur fragen könnte –«

»Er wird nicht gerne gefragt.«

Sie musste unwillkürlich die Augen verdrehen. »Mag dieser Mann überhaupt etwas? Oder ist er tatsächlich so übellaunig, wie man es von ihm behauptet?«

Carter wurde rot und verstummte schnell. Toll, dachte sie. Bei dem Versuch, Farrell ohne einen Termin zu sprechen, hatte sie es gerade geschafft, ihn gegenüber einer Angestellten zu beleidigen.

»Entschuldigen Sie die hämische Bemerkung«, murmelte sie.

Es entstand eine Pause, in der sie ganz offensichtlich einer Einschätzung unterzogen wurde. Während sie darauf wartete, kurzerhand vom Grundstück geworfen zu werden, fragte sie sich, ob die Polizei dafür hinzugezogen werden würde.

Stattdessen lächelte die Frau. »Wissen Sie was, ich gebe Ihnen zwanzig Minuten, um selbst herauszufinden, ob er so schrecklich ist, wie gemeinhin behauptet wird. Wenn Sie verrückt genug sind, sich darauf einzulassen, werden Sie ihn vielleicht in seiner Bestform erleben. Abgesehen davon wird die Art und Weise, wie er Sie hinauswirft, um einiges interessanter und einfallsreicher sein, als ich es je bewerkstelligen könnte.«

Carter schenkte der Frau ein frostiges Lächeln und hatte das Gefühl, sich gerade freiwillig zur Folter gemeldet zu haben. »Danke.«

Sie schluckte eine unerwartet aufsteigende Angst hinunter, folgte der Frau durch das Haus und ließ die geräumigen Zimmer auf sich wirken, die allesamt mit Antiquitäten ausgestattet waren und dadurch ein elegantes Ambiente ausstrahlten. Überall standen frische Schnittblumen, die zu dem kultivierten und anmutigen Eindruck beitrugen. Als sie an einer schweren Mahagonitür ankamen, hielt die Frau kurz inne, bevor sie anklopfte.

»Tun Sie sich selbst einen Gefallen: Keine langen Reden, kommen Sie zügig auf den Punkt! So hat er es gerne.«

Sie klopfte, und als eine gedämpfte Antwort erklang, öffnete die Haushälterin die Tür, und die beiden gingen in ein Arbeitszimmer, das aussah wie aus der guten alten Zeit.

Nick Farrell schaute von einem verzierten Schreibtisch auf, während Carters Füße sich weigerten weiterzugehen.

Die Augen des Mannes hatten eine äußerst ungewöhnliche Farbe, ein so blasses Grau, dass die Iriden fast unsichtbar erschienen, und von ihnen betrachtet zu werden, war als würde eine Lötlampe auf einen gerichtet werden. Er schien jede Kleinigkeit ihres Erscheinungsbilds in sich aufzunehmen – ihren Gesichtsausdruck, den Raum, den sie einnahm. Er war, das erkannte sie, von bestechender Intelligenz, eindeutig dominierend, und die Härte, die er ausstrahlte, trug überraschenderweise nur zu seiner Anziehungskraft bei. Das brachte sie zu der Frage, ob es irgendwo in ihm überhaupt so etwas wie Sanftheit gab, und sie stellte sich vor, wie viele Frauen sich schon verrückt gemacht hatten, um genau das herauszufinden.

Ein Zittern durchfuhr sie, als ihr bewusst wurde, dass sein Gesicht die Fantasien unzähliger Frauen beflügelt haben musste. Er hatte hohe Wangenknochen, einen kantigen Kiefer und eine kräftige, gerade Nase. Das aus der Stirn gekämmte Haar war dicht und dunkel, seine Haut gebräunt. Die Lippen erweckten ihre Aufmerksamkeit und zogen sie in ihren Bann. Die Unterlippe war voller, und sie fragte sich in einem Anflug von Wahnsinn, wie es wäre, ihn zu küssen.

Ihr Herz begann zu klopfen, und als hätte er ihre Gedanken erraten, sah sie, wie der Jagdinstinkt in seinem Gesicht aufflackerte. Mit einem Mal wurde sie als Frau taxiert. Während sein Blick sich verengte und auf ihren Beinen verweilte, merkte sie, wie ihr langsam die Röte ins Gesicht stieg.

Bevor sie Mutmaßungen anzustellen begann, was er über sie dachte, ermahnte sie sich selbst, sich darüber keine Gedanken zu machen. Dieser Mann bedeutete nichts als Kummer. Natürlich nicht, was sie betraf. Doch sie bedauerte schon jetzt die Frau, die sich in jemanden wie ihn verlieben würde.

»Diese Frau ist gekommen, um mit dir zu sprechen«, verkündete Gertie.

Er hob sarkastisch eine Augenbraue. »Ich kann mich nicht daran erinnern, um ein Treffen mit einem Teenager gebeten zu haben.«

Seine tiefe Stimme umhüllte die Worte, aus denen der Sarkasmus sprach. Abgelenkt von ihrem Klang begriff Carter erst nach einigen Augenblicken, dass er sie gerade beleidigt hatte.

Sie erlangte schnell wieder ihre Fassung und erwiderte bissig: »Ich weiß zwar nicht, wie sich das bei Ihnen verhält, aber ich habe meine Teenagerzeit schon vor einem Jahrzehnt hinter mir gelassen.«

Die Augenbraue wanderte wieder nach oben. Ihr Ton war genauso herrisch gewesen wie seiner, und es kam ihr in den Sinn, dass er das nicht gewohnt war. Ihre Blicke prallten aufeinander, während die Haushälterin das Zimmer verließ.

Sie holte tief Luft, um sich zu beruhigen. »Ich denke, wir sollten noch einmal von vorne beginnen, Mr. Farrell. Ich bin –«

Die Tür wurde aufgerissen und schlug gegen das Bücherregal, woraufhin Carter verwundert zusammenzuckte. Ein Junge im Teenageralter streifte sie im Vorbeigehen, als wäre sie nur ein weiteres Möbelstück in dem Zimmer.

Auch wenn die Unterbrechung sie zusammenfahren hatte lassen, blieb Nick Farrell unbeeindruckt. Die einzige Veränderung, die bei ihm stattfand, war die neue Blickrichtung seiner Augen. Der Mann war verschlossener als eine Auster.

»Das musst du ihr verbieten!«, rief der Junge, legte beide Hände auf den Tisch und reckte das Kinn vor. Er war ganz in Schwarz gekleidet, das Haar steil nach oben gekämmt. Sie fragte sich, wie er es geschafft hatte, dass es so blieb.

»Und was muss ich ihr verbieten?« Farrells Stimme war ruhig, aber sie bemerkte eine feine Spannung in seinem Körper.

Vielleicht war er am Ende doch menschlicher Gefühle fähig.

»Dass sie von mir verlangt, einen verdammten Smoking zu tragen, wenn ich heute Abend etwas essen will. Ich lebe hier. Sie nicht. Wer zum Teufel –«

»Genug geflucht, genug Theater.« Farrells Anspannung zeigte sich an seinen Halsmuskeln, deren Stränge hervortraten.

»Ich werde keinen Smoking tragen, und zu dieser Dinnerparty gehe ich auch nicht.«

Carter erkannte am Gesicht des Jungen, in dem viel Trotz und Wut lag, dass es bei diesem Wutausbruch um mehr ging als nur um das Gesagte. Wie so häufig bei Auseinandersetzungen zwischen Eltern und Kindern.

»Ich werde mit ihr sprechen.«

Der Junge schnaubte. »Als ob das etwas nützen würde. Warum lässt du dir das gefallen? Es ist ja nicht so, als würdest du sie heiraten!«

»Du kannst deine Gedanken, was meine Beziehung betrifft, für dich behalten.«

»Für dich behalten«, äffte der Junge ihn nach. »Ich behalte *alles* für mich.«

»Wenn dem so wäre, müssten meine Türen nicht wegen des ständigen Zuschlagens neu eingehängt werden«, lautete Farrells trockene Antwort.

Der Junge drehte sich auf dem Absatz um und bemerkte dann Carter. Er riss überrascht die Augen auf.

Wie die von Farrell, dachte sie.

»Hallo«. Ohne Feindseligkeit darin, klang seine Stimme um einiges anders.

»Hallo.«

Er schaute zurück zu Farrell. »Wer ist sie?«

»Ich war gerade dabei das herauszufinden, als du hereingestürmt kamst.«

Die beiden schauten Carter erwartungsvoll an.

»Carter Wessex«, erklärte sie.

»Bleiben Sie zum Abendessen?«, fragte der Junge.

»Nein, ich bin hier, um mit ihm zu sprechen.« Sie nickte hinüber zum Schreibtisch.

»Wirst du beim Abendessen dabei sein?«

»Ich dachte, du gehst nicht zu der Party«, warf Farrell ein.

Der Junge sah ratlos aus, hin- und hergerissen zwischen Rebellion und dem unverhofften Bedürfnis, sich anzupassen. »Wenn sie dabei ist, schmeiße ich mich in Schale und ziehe den Smoking an.«

»Ich bin nicht dabei.«

»Dann ziehe ich ihn auch nicht an.« Der Junge wandte sich zu Farrell. »Und du redest mit Blondzilla.«

Farrell warf Carter einen lakonischen Blick zu. »Haben Sie heute Abend schon etwas vor?«

Ihr Blick wanderte zwischen den beiden hin und her, und sie wartete darauf, dass er seine Einladung wieder zurücknahm. Tat er aber nicht.

Sie riss die Augen auf. »Ich bin wohl kaum angemessen gekleidet, wenn das Tragen von Smokings erwünscht ist.«

»Ich finde, Sie sehen toll aus, so wie Sie sind«, bemerkte der Junge verlegen.

Farrell presste die Lippen zusammen, während Carter rot wurde.

»Vielen Dank für die Einladung, wenn Sie sie ernst gemeint haben, aber ich –«

»Er meint immer alles ernst, er *ist* immer ernst«, murmelte der Junge verärgert.

Farrell verschränkte die Arme vor der Brust. »Das stimmt nicht. Ich habe letztes Jahr zweimal gelacht. Weißt du was, warum lässt du mich mit Miss Carter nicht allein, damit ich herausfinden kann, was diese Frau von mir will.«

»Jetzt werde ich auch noch weggeschickt wie ein verdammter Köter«, begann der Junge zu maulen, während er zur Tür ging.

»Pass auf, was du sagst!«

»Hier darf man wirklich gar nichts, noch nicht einmal fluchen«, erwiderte der Junge und schlug dabei fest die Tür zu.

Während das Geräusch durch den Raum hallte, spürte Carter, dass sie wieder Farrells ungeteilte Aufmerksamkeit hatte.

»Also, was wollen Sie?«, fragte er.

»Ich bin Archäologin und –«

»Nein.« Sein Blick wanderte von ihr weg, und er begann, in seinen Unterlagen zu blättern, als hätte sie den Raum bereits verlassen.

Carter wurde zornig. »Wie bitte?«

»Meine Antwort lautet nein.«

»Aber ich habe Sie doch noch um gar nichts gebeten.«

»Stimmt, mit der Betonung auf dem Wort *noch*. Wir würden nur unser beider Zeit verschwenden, wenn ich Sie jetzt weiterplappern ließe, bis Sie endlich auf den Punkt kämen.« Sein Ton war knapp und kühl.

Sie war so perplex, dass sie für einen Moment verstummte und nur noch zusehen konnte, wie seine Augen über ein Dokument wanderten.

»Wissen Sie, Sie müssen nicht so unhöflich sein. Und schauen Sie mich gefälligst an, wenn wir miteinander reden.«

Er zog verächtlich eine Augenbraue hoch, blickte aber nicht hoch. »Ich wusste schon immer, dass Miss Knigge eine Schaufel bei sich haben würde, nur ging ich davon aus, sie wäre dazu da, Ordnung zu schaffen, nicht um das Anwesen anderer umzugraben.«

»Und ich kann kaum glauben, dass jemand, der an einem Ort wie diesem lebt, die soziale Kompetenz eines Hornochsen besitzt.«

Die grauen Augen blickten abrupt zu ihr auf. Sie sah den Jagdinstinkt in ihnen wieder aufflackern.

»Gut.« Er legte die Papiere hin und lehnte sich in seinem Stuhl zurück. »Besser so? Ich sag Ihnen was. Ich gehe sogar noch einen Schritt weiter und werde *bitte* sagen, wenn ich Sie auffordere zu gehen.«

Während sein Blick sich in sie bohrte, schoss es Carter durch den Kopf, dass dieser Kerl Blondzilla mehr als ebenbürtig war.

»So«, sagte er in heiterem Ton. »Würden Sie jetzt *bitte* gehen?«

»Sie können mich nicht einfach hinauswerfen, ohne dass ich vorher die Chance gehabt habe –«

»Kann ich nicht? In meinem Safe liegt ein Dokument, das besagt, dass mir dieses Land gehört, und ich glaube, es gibt kein Gesetz, dass das freundliche Tolerieren von Eindringlingen vorsieht.«

»Wie schön für Sie«, schoss sie zurück. »Nur glaube ich nicht, dass Freundlichkeit innerhalb Ihrer Möglichkeiten liegt, um Ihre Seele zu retten.«

Er verschränkte die Arme vor seiner gewaltigen Brust und betrachtete sie noch einmal von oben bis unten. »Wie alt sind Sie?«

»Achtundzwanzig.«

»Wohl eher achtzehn.« Er schaute auf ihre Kleider. »Sie sehen aus, als wären Sie ein Babysitter. Oder bräuchten selbst noch einen.«

»Es ist schwer, in einer abgeschnittenen Hose und einem T-Shirt erwachsen auszusehen.«

»Sie haben diese Kleider aus Ihrem Schrank gezogen, nicht ich.«

»Ich war, bevor ich hierherkam, noch auf der Ausgrabung eines Kollegen.«

»Hoffentlich nicht als Imageberaterin.«

»Ich bin nicht hergekommen, um mit Ihnen über meine Kleidung zu reden.« Sie starrte ihn abwehrend an.

»Sie scheinen entschlossen zu sein, mit mir über etwas reden zu wollen. Da ich aber Ihr Anliegen, mein Land umgraben zu dürfen, mit Ihnen nicht diskutieren werde, halte ich das Thema Kleidung für einen unverfänglichen Gesprächsstoff, um eine gehaltlose Unterhaltung mit Ihnen zu führen. Besonders in Anbetracht der Tatsache, dass Sie eine Frau sind.«

Sie holte tief Luft in dem krampfhaften Versuch, nicht die Beherrschung zu verlieren.

»Schauen Sie, ich weiß, dass Conrad Lyst ein Kreuz gefunden hat, das möglicherweise Reverend –«

»Vielleicht muss ich mich klarer ausdrücken. Eine Ausgrabung auf meinem Land steht nicht zur Debatte, egal durch wen. Ihr fragwürdiger Geschmack hinsichtlich Ihrer Sportkleidung steht allerdings immer noch auf der Tagesordnung.«

»Ich habe diese Kleider nicht für Sie angezogen.«

»Offensichtlich. Wenngleich diese, das muss ich zugeben, bei dem Jungen, der uns gerade verlassen hat, einen ziemlichen Eindruck hinterlassen haben. Aber er geht fälschlicherweise davon aus, sie beide wären Altersgenossen.«

Carter hatte das Gefühl, von einem Geier ausgenommen zu werden, und musste gegen das dringende Bedürfnis ankämpfen loszuschreien.

Sie bemühte sich, ihn ruhig anzuschauen, und zwang sich, mit leiser Stimme zu sprechen.

»Mr. Farrell, das Einzige, um was ich Sie bitte, ist, mich ausreden zu lassen.«

»Nennen Sie mich Nick und vergessen Sie Ihre Rede. Ihre Verhandlungsposition wird sich dadurch genauso wenig verbessern wie durch Ihre kurze Hose.«

»Sind Sie immer so ekelhaft?«

»In der Regel, ja. Manchmal bin ich allerdings noch schlimmer.«

Sie verdrehte die Augen. »Kein Wunder, dass Ihre Türen regelmäßig neu eingehängt werden müssen.«

»Das kommt der örtlichen Wirtschaft zugute.«

»Wie großzügig von Ihnen.«

»So bin ich nun mal.«

Es trat ein langes Schweigen ein. Sie hatte das Gefühl, ihn zu amüsieren, und das machte sie genauso wütend wie seine Verbalattacken ihr gegenüber.

»Ich bin von Beruf Archäologin, Mr. Farrell, kein umherziehender Wanderarbeiter. Sie sitzen möglicherweise auf der Antwort, die eines der größten Rätsel aus der Zeit des Unabhängigkeitskriegs betrifft. Keiner weiß wirklich, was mit dem Winship-Trupp und dem Gold, das er bei sich hatte, passierte. Sie schulden es der Nachwelt –«

»Sie auf mein Land zu lassen, um die Lösung aus dem Boden zu heben?« Er legte die Stirn tief in Falten. »Ich habe Neuigkeiten für Sie: Ich glaube, das ist nicht nötig. Soweit es mich betrifft, bleibt die Vergangenheit am besten begraben. Abgesehen davon ist die Nachwelt heutzutage mehr an Ozzy Osbournes Familienleben interessiert als an Minutemen und Rotröcken. Die sind ihnen völlig egal.«

»Das ist eine ziemlich engstirnige Auffassung.«

»Ich bin ein ziemlich engstirniger Mann.«

»Das ist mir bewusst.«

Er kicherte. »Aha, Miss Knigge ist also auch Verhaltensforscherin.«

»Nein, aber auf Ihrem Schreibtisch steht ein blinkendes Schild mit der Aufschrift ABSOLUT UNAUSSTEHLICH.«

Zuerst entstand eine lange Pause, dann legte Nick Farrell den Kopf in den Nacken und begann zu lachen. Es war ein lautes, rollendes Geräusch. Als er seinen Blick wieder auf Carter richtete, lächelte er, und ein Grübchen erschien unvermutet auf seiner Wange, wodurch sein strenges Gesicht aufleuchtete.

Jetzt, da sie ihn zum Lachen gebracht hatte, war sie irgendwie nicht mehr so wütend auf ihn.

»Haben Sie eine Ahnung, wie viele Menschen mich jedes Jahr im Frühjahr fragen, ob sie sich über den Farrell Mountain hermachen dürfen?«

»Nein, aber es ist mir auch egal.«

»Ist es Ihnen nicht.«

»Wenn Sie es auf irgendeine Firma abgesehen haben, machen Sie sich dann Gedanken darüber, was all die anderen kleinen Finanzhaie machen?«

Sein Grinsen verschwand. »Ah, ein bisschen über mich recherchiert?«

»Sie sind ziemlich bekannt.«

Er zuckte mit den Achseln, war aber sichtlich verstimmt über ihre Bemerkung. »Was täten Sie, wenn ich mich dazu entschließen würde, diesem Lyst zu erlauben, es zu versuchen?«

»Ich würde Ihnen beiden viel Glück wünschen und mich für immer verabschieden!«

Es hörte sich an wie eine ehrliche Antwort, doch wusste sie, dass die Wut in ihrer Stimme sie verriet.

»Irgendetwas sagt mir«, meinte er und stand auf, »dass es Ihnen nicht ganz so egal wäre.«

Sie schaute ihn geringschätzig an.

»Liege ich falsch mit meiner Vermutung?«

»Sie denken, nur weil ich eine kurze Hose trage, bin ich

noch minderjährig. Meiner Meinung nach spricht das nicht sehr für Ihr Urteilsvermögen.«

Farrell kam um die Ecke seines Schreibtischs herum, ging auf sie zu und blieb zwanzig Zentimeter vor ihr stehen. Carters Hals wurde trocken. Er war um mindestens einen Kopf größer als sie, und das sollte etwas heißen, denn immerhin war sie schon ein Meter fünfundsiebzig. Als er in voller Größe vor ihr stand, musste sie sich beherrschen, nicht einen Schritt zurückzutreten.

Hinter seinem Schreibtisch war er beleidigend und einschüchternd. Aus der Nähe betrachtet fand sie ihn unwiderstehlich.

Das machte es nicht wirklich besser, dachte sie und fuhr sich mit der Zunge über die Lippen.

Das war ein Fehler. Er beobachtete sie wie ein Raubtier, die Augen auf ihren Mund gerichtet. Die Art, wie er sie anschaute, ließ etwas in ihrem Körper aufsteigen, das sie für Beunruhigung halten wollte, wenngleich es sich eher nach Verlangen anfühlte. Sie dachte darüber nach, sich umzudrehen und wegzugehen. Genau genommen, wegzulaufen.

»Was wollen Sie wirklich?«, fragte er gedehnt.

»Ich verstehe Sie nicht.« Carter murmelte die Worte schnell und angespannt.

»Jeder hat einen Hintergedanken. Hinter was sind Sie noch her?« Sein Blick wanderte über ihren Körper, bevor er wieder zu ihrem Gesicht zurückkehrte und darauf liegen blieb.

Sie schüttelte den Kopf und versuchte, die Situation zu klären. »Ich möchte nur auf Ihrem Berg graben.«

Unvermittelt, fast ärgerlich, brach er den Augenkontakt zu ihr ab und ging zurück zu seinen Unterlagen auf dem Schreibtisch. Seine Stimme war gleichgültig, als er wieder zu ihr sprach.

»Ich denke, Sie sollten von Ihrem Führerschein Gebrauch machen und wieder dahin zurückfahren, wo Sie hergekommen sind. Sie werden das, was Sie wollen, hier nicht bekommen, weder in der Erde noch von mir. So sehr ich mir auch wünschte, Ihnen … entgegenkommen zu können, aber ich mag Frauen, keine Schulmädchen.«

Carters Kinnlade fiel nach unten.

»Wollten Sie etwa damit sagen …« Sie konnte noch nicht einmal den Satz zu Ende bringen.

»Machen Sie die Tür hinter sich zu«, befahl er, bevor er *»bitte«* hinzufügte.

Sie atmete stoßartig, während sie ihn anfauchte. »Sie unausstehlicher, egozentrischer –«

»Schon wieder Komplimente, die mich rot werden lassen«, murmelte er und blätterte eine Seite um.

»Ich hoffe, Sie werden in der Hölle schmoren.«

»Dann werden wir uns ja wiedersehen«, meinte er fröhlich.

Auf dem Weg nach draußen schlug Carter die Tür so fest zu, wie sie konnte.

Während das Knallen der Tür wie ein Schuss durch den Raum hallte, zuckte Nick zusammen und legte die Unterlagen hin. Sein Kopf war von der Migräne immer noch empfindlich. Er massierte sich die Schläfen, in der Hoffnung, das Stechen würde nachlassen.

Was für eine verdammt hübsche Frau, dachte er.

Diese kristallblauen Augen, die ihn so herausfordernd angeblickt hatten. Dieses ausdrucksvolle Gesicht, in dem sich jede ihrer Emotionen widerspiegelte. Der Mund mit den vollen Lippen und der rosa Zunge.

Wieder stieg Hitze in seinem Körper auf.

Ein Glück, dass sie nicht mehr da war. Es war für ihn zunehmend schwieriger geworden, seine Regungen unter Kontrolle zu halten, wenn sie mit der Zunge über ihre Lippen gefahren war. Er kannte diese Art von Körpersprache, sie war ihm schon unzählige Male zuvor begegnet, doch hatte dahinter immer Berechnung gesteckt, sodass sie nie einen Reiz auf ihn ausgeübt hatte. Das Problem mit der Archäologin jedoch war, dass er das Gefühl hatte, sie wäre sich ihrer verführerischen Ausstrahlung nicht bewusst.

Was nicht sein konnte.

Schöne Frauen waren stets bereit, ihre Vorzüge wirksam einzusetzen. Er verurteilte sie deshalb nicht, denn er hatte auf die gleiche Weise ein Vermögen gemacht, nur dass sein Köder nicht aus dem Versprechen sexueller Abenteuer bestanden hatte, sondern aus Dollarscheinen, und seine Errungenschaften Firmen und keine Eheerlaubnis waren. Auch wenn die Frauen letztendlich nichts davon hatten, machte es ihm immer wieder Spaß, mit ihnen darüber zu verhandeln, was sie im Gegenzug für die Zeit und Aufmerksamkeit, die sie ihm schenkten, von ihm forderten.

Und dieses Exemplar von Frau in ihrer abgeschnittenen Hose hätte eine richtige Herausforderung werden können. Abgesehen von ihrer Schönheit besaß sie einen messerscharfen Verstand, eine ordentliche Portion Humor und fürchtete sich auch nicht, ihm die Stirn zu bieten, was sich sonst keiner bei ihm traute. Entweder wollten die Leute etwas von ihm oder schuldeten ihm Geld. Weder das eine noch das andere war ein guter Nährboden für Widerstand, noch nicht einmal auf spielerische Art.

Sie war in ihrer Wut hinreißend gewesen, dachte er. Diese leichte Röte auf den Wangenknochen, wie sie nach Luft geschnappt hatte, der offene Mund, als sie sich fassungslos seiner Unhöflichkeit gegenübersah. Sie hatte geleuchtet wie ein Weihnachtsbaum. Wunderbar. Absolut wunderbar.

Er schaute zur Tür, als könnte er sie dahinter sehen.

Carter Wessex.

War sie vielleicht mit Wessex verwandt, fragte er sich plötzlich.

Das wäre interessant zu wissen.

Nick kramte in seinem Gedächtnis nach, was er zu Wessex' Familienleben wusste. Er war einmal verheiratet gewesen, doch seiner Frau war irgendetwas zugestoßen. Etwas Tragisches. Gab es eine Tochter? Wessex war nie mit einer aufgetaucht, erwähnte auch nie eine, doch Carters Teint und die Augenfarbe waren verblüffend ähnlich, und sie besaß das gleiche fesselnde Aussehen.

Nick nahm den Hörer in die Hand und wählte die Nummer seines Büros in New York. Es wurde beim ersten Klingelton abgenommen.

»Fredericka Ulrich«, sagte seine Büroleiterin barsch. Abgesehen von ihrem brillanten Geschäftssinn war diese Frau ein wandelndes Lexikon. Sie wusste alles über jeden, der von Bedeutung war, und was sie nicht wusste, konnte sie herausfinden.

»Freddie, hat William Wessex eine Tochter?«

»Ich glaube schon«, grübelte sie nach. »Aber ich weiß, wen ich anrufen kann. Bleiben Sie in der Nähe des Telefons!«

Das ist Freddie in Bestform, dachte Nick. Er lächelte noch immer, als kurz darauf sein Telefon klingelte.

»Ende zwanzig. Zerstritten. Richtig zerstritten«, sagte sie.

»Name?«

»Carter. Lebt irgendwo in Vermont. Archäologin. Eine der besten des Landes, obwohl sie noch relativ jung ist.«

»Macht Wessex der Bruch mit seiner Tochter etwas aus?«

»Ungeheuer viel. Er ist deswegen verzweifelt. Seine Frau starb vor zirka zwei Jahren. Die Tochter will ihn anscheinend nicht sehen, beziehungsweise noch nicht einmal mit ihm sprechen.«

»Ms. Wessex ist hier heute aufgekreuzt.«

»Kein Wunder bei dem Hügel, der da hinter Ihrem Haus liegt. Werden Sie sie graben lassen?«

»Ich habe Nein gesagt.«

»Und jetzt fragen Sie sich, was es William Wessex wert sein könnte, wenn er die Chance hätte, sich mit seiner Tochter zu versöhnen?«

Freddie war auch eine hervorragende Strategin.

Nick lächelte grimmig. »Wie Sie wissen, mag ich es, wenn meine Geschäftspartner in meiner Schuld stehen. Egal ob finanziell oder auf andere Art und Weise.«

»Wo ist der Haken?«

»Abgesehen davon, dass sie meinen friedlichen Rückzugsort in ein Kriegsgebiet verwandeln würde, wenn es nicht klappt?« Er überlegte einen Moment. »Wenn Sie auf meinem verdammten Berg gräbt und die Überreste dieser niedergemetzelten Männer finden sollte, werden noch mehr dieser fürchterlichen Touristen mit ihren Schaufeln hierherkommen, um nach dem Gold zu suchen. Verflucht, schauen Sie sich doch nur die ganze Aufregung an, die dieser Lyst durch seine Behauptung verursacht hat, ein Kreuz gefunden zu haben. Und dann hat er es der örtlichen Zeitung erzählt. Seitdem klingelt ständig das Telefon, und Ivan hat heute Morgen drei weitere Eindringlinge von meinem Grundstück geworfen. Ich bin hierhergekommen, um mich zu entspannen, nicht um einen Parkdienst zu betreiben.«

»Und wenn sie das Gold findet?«

»Es gibt kein Gold.«

»Woher wissen Sie das?«

»Ich weiß es einfach. Verdammt, vielleicht sollte ich es besser sein lassen.«

»Aber wenn Vater und Tochter sich versöhnen, wird Wessex für den Rest seines Lebens in Ihrer Schuld stehen«, gab Freddie zu bedenken. »Er könnte sich als noch nützlicher erweisen, als er es ohnehin schon ist.«

Nick grübelte über seine Alternativen nach. »Und vielleicht können wir diesem ganzen albernen Gerede endlich ein Ende bereiten, wenn sie ein bisschen herumgräbt. Ich habe es satt, einen leeren Tresor zu bewachen.«

Nachdem er eingehängt hatte, ging er zu einem der Fenster und schaute hinaus auf den See. Während er sah, wie das Sonnenlicht sich in den Wellen spiegelte, bemerkte er etwas aus den Augenwinkeln heraus. Es war ein großer Rotschwanzhabicht, der auf einem Baum saß und ihn durch die Glasscheibe anschaute.

Er dachte an die Frau, die gerade sein Haus verlassen hatte.

Und ertappte sich dabei, wie er sich darauf freute, sie wiederzusehen.

3

Carter stürmte zur Eingangstür und murmelte leise vor sich hin, als der Junge plötzlich vor ihr stand.

»Hallo, ich bin Cort!«

Sie blieb unvermittelt stehen, um nicht in ihn hineinzulaufen.

»Äh, freut mich, dich kennenzulernen.«

Anders als bei dem Gespräch mit seinem Vater lag ein breites Lächeln auf dem Gesicht des Jungen. »Sind Sie sich sicher, dass Sie nicht zum Abendessen bleiben wollen?«

»Ja, bin ich. Es tut mir leid, aber ich muss gehen.«

Und sie würde auch bestimmt nie wieder hierher zurückkommen. Die Welt wäre kein sicherer Ort mehr, wenn sie sich noch einmal allein mit Nick Farrell in einem geschlossenen Raum aufhielte.

Cort machte ein langes Gesicht, und ihr fiel wieder auf, wie sehr er Farrell ähnelte. Der größte Unterschied zwischen den beiden war ihre Kleidung. Während sein Vater eine Leinenhose, handgefertigte Slipper und ein Hemd mit Monogramm getragen hatte, stand der Junge in schäbigen Shorts und einem T-Shirt vor ihr.

Trotzdem war ihre Verwandtschaft offensichtlich. Der jüngere Farrell war schlaksig, würde aber eines Tages bestimmt die Statur des älteren erreichen und auch dessen Kleidergröße ausfüllen. Sein Gesicht, das noch nicht die kantigen Züge aufwies, sie aber – da war sich Carter sicher – in

Zukunft annehmen würde, barg das Versprechen, einmal genauso faszinierend wie das von Farrell auszusehen.

»Ich glaube, ich gehe besser«, erklärte Carter eilig.

Cort folgte ihr zur Eingangstür, er zappelte beim Gehen mit den Händen und Füßen. Auch daraus würde er herauswachsen und sich irgendwann so bewegen wie Farrell, dachte sie. Wie ein eleganter Herumtreiber.

»Wohin fahren Sie?«, fragte er.

»Nach Hause.«

»Und wo ist das?«

Carter schaute sich um und erinnerte sich, den Jeep am Liefereingang abgestellt zu haben. »Burlington.«

»Wo ist Ihr Auto?

»Hinten, am Liefereingang.« Sie gingen um das Haus herum.

»Was fahren Sie?«

»Einen Jeep.«

»So einen, wie die Armee ihn hat, oder einen Geländewagen?«

»Einen Geländewagen.«

»Der von der Armee ist cooler. Was für eine Farbe hat der Wagen?«

»Weiß.« Sie musste lachen. »Stellst du immer so viele Fragen?«

»Meistens. Wann kommen Sie wieder?«

»Gar nicht.«

Sein Gesicht verfinsterte sich. »Wegen ihm, oder?«

Sie zuckte mit den Schultern, um lässig zu wirken. »Ich habe nicht wirklich einen Grund, um –«

»Sie würden gerne graben, nicht?«

»Woher weißt du das?«

»Ich habe in Ihren Wagen hineingesehen.«

»Und warum hast du mich dann gefragt, was ich für einen fahre?« Sie schaute ihn streng an, woraufhin der Junge rot wurde. Zumindest besaß er so viel Anstand, verlegen zu sein, dachte sie mit einem Grinsen.

»Ich war mir nicht sicher, ob er Ihnen gehörte. Jedenfalls kreuzen die meisten Leute nicht mit ihren Vermessungsinstrumenten und vier unterschiedlichen Schaufeln auf, außer sie wollen damit dort oben ein Geschäft aufmachen.« Cort warf einen bösen Blick hinüber zum Haus. »Das macht er immer so. Er schickt die Leute immer weg.«

»Ich bin mir sicher, dein Vater hat seine Gründe –«

Cort griff nach ihrem Arm.

»Er *ist* nicht mein Vater.« Seine Augen wurden dunkel vor Zorn, und sie war überrascht von der Heftigkeit seiner Reaktion.

»Tut mir leid«, sagte sie freundlich. »Ich glaubte, aufgrund euer Ähnlichkeit, dass –«

»Er ist mein Onkel. Und ich sehe ihm nicht ähnlich.« Er sprach abgehakt und mit Nachdruck.

Sie gingen weiter, jedoch langsamer.

»Es tut mir wirklich leid«, bekräftigte sie noch einmal. »Ich habe es immer gehasst, wenn Leute mir sagten, ich sähe meinem Vater ähnlich. Ich hätte es besser wissen müssen.«

Cort schwieg, bis sie vor ihrem Wagen stehen blieben. Plötzlich lächelte er. »Wenn Sie aussehen wie er, muss Ihr Vater wirklich gut aussehen.«

»Das tut er.« Jetzt war sie diejenige, die in Schweigen verfiel. Sie überspielte ihre Verlegenheit, indem sie begann, nach ihrem Autoschlüssel zu suchen.

»Ich weiß nicht, warum«, sagte der Junge frustriert, »aber mein Onkel hasst jeden, der auf diesem Berg graben möchte.

Sie hätten sehen sollen, was er mit dem anderen Kerl hat machen lassen, der hier war. Ivan stand kurz davor, ihn umzulegen, und Onkel Nick hätte es beinahe zugelassen. Ich war dabei, ich habe es gesehen. He, wollen Sie sich vielleicht den Ort anschauen, wo der Kerl gegraben hat?«

Carter hatte die Autoschlüssel gefunden und schon eine Hand auf die Tür gelegt. Sie wollte Nein sagen. Sie wollte wirklich Nein sagen.

»Okay.«

Mit einem breiten Grinsen führte Cort sie hinter ein paar Scheunen und einer Garage vorbei, über die Wiese an den Rand des Walds. Zwischen einer Birke und ein paar Geißblattsträuchern befand sich ein Durchgang im Unterholz. Der Weg war nicht mehr als dreißig Zentimeter breit und führte durch das Gestrüpp in den kühlen Wald hinein. Farne, gelber Frauenschuh und hellgrünes Gras wuchsen entlang des schmalen Pfads. Während sie entlanggingen, vermischte sich das Geräusch umherstreifender Tiere mit dem Knacken der Zweige unter ihren Füßen. Der Wald duftete nach guter Erde und heranwachsenden Pflanzen, ein alter Geruch, voller Leben.

Es wurde steiler, und Felsbrocken tauchten auf, Überbleibsel des Gletschers, der den Berg geformt hatte und dann vor Tausenden von Jahren zurückgewichen war. Sie erklommen den Berg zügig, und Carter fiel auf, dass die Gräser und Farne verschwanden und der Wald statt aus Laubbäumen nun aus robusteren Hemlocktannen und Kiefern bestand.

Ein halbe Stunde später erreichten sie eine Lichtung in der Nähe des Berggipfels, und die atemberaubende Aussicht ließ Carter nach Luft ringen. Der See lag in zwei Bergzüge eingebettet vor ihr, und so weit das Auge reichte, war nur schimmerndes Wasser zu sehen. Links auf einer Halbinsel, die in den See hineinragte, konnte sie die prächtigen Steinmauern und Gebäude von Fort Sagamore erkennen.

Als eine der ältesten militärischen Festungen der Vereinigten Staaten war es nationales Kulturgut und für Touristen und Wissenschaftler gleichermaßen eine Attraktion. Nachdem das Bollwerk im frühen achtzehnten Jahrhundert gebaut worden war, hatte es mehrfach den Besitzer gewechselt und war schließlich von den Amerikanern im Amerikanischen Unabhängigkeitskrieg eingenommen worden. Dieser letzte erfolgreiche Streich war von Nathaniel Walker angeführt worden, einem Mann, der eine wichtige Rolle in dem Rätsel um das fehlende Gold und die verschwundenen Männer spielte.

Carter genoss den Blick und stieß dabei einen leisen Pfiff aus.

Das, was sie sah, entsprach der Beschreibung des britischen Generals Farnsworth, der von den Siedlern begleitet worden war. Er hatte sie in sein Tagebuch geschrieben und war in allen Einzelheiten auf eine Lichtung eingegangen, die genauso aussah wie die, auf der sie gerade stand, einschließlich der Landschaft bis hinunter zu seiner Festung und dem Berg auf der anderen Seite des Sees mit seinem flachen Gipfel. Die Lichtung hatte sich laut seinen Aufzeichnungen in der Nähe des Orts befunden, an dem das Massaker stattgefunden hatte.

Ihr Puls schnellte hoch.

»Nett, oder?«, fragte Cort. »Der Kerl hat hier drüben gegraben.«

Sie gingen noch ein paar hundert Meter den Berg hinauf, bis sie auf einen nicht ganz runden Kreis aus riesigen Steinen stießen. Die klotzigen Wachposten dienten als Hüter eines sich im Innern befindenden heiligen Orts, der ungefähr eine Fläche von 4000 Quadratmetern besaß. Carter war verblüfft und trat in den Kreis hinein.

Das war der Ort, dachte sie. Hier musste das Massaker stattgefunden haben.

Sie begann, über das Gras und die Kiefernnadeln zu schreiten, und versuchte sich vorzustellen, welche Geheimnisse diese Erde wohl in sich barg. Farnsworth hatte den Platz, an dem der Trupp sein Lager in den Adirondacks aufgeschlagen hatte, als einen Ort beschrieben, der an Stonehenge erinnerte. In der Nähe eines Bachs und der Felsbrocken gelegen, die Schutz vor Wind und möglichen Feinden boten, war es der perfekte Ort für einen Trupp müder Reisender gewesen, um sich hinzulegen und auszuruhen.

Carters Blick fiel auf eine Flasche, und sie ging hin, um sie aufzuheben. Abgesehen von dem leeren Bud Light gab es noch mehr Hinweise auf Besucher, die vor Kurzem hier gewesen waren. Die mit Steinen umrandete Feuerstelle in der Mitte wies relativ frische Asche auf. Vielsagender waren jedoch die stümperhaft ausgehobenen Löcher im Boden, die überall auf dem Platz zu sehen waren.

Typisch Lyst, dachte sie. Vergewaltigt und plündert einen Ort aus.

Carter bückte sich, fuhr mit der Hand durch die Erde und ließ sie durch ihre Finger rieseln.

Der Teufel soll Sie holen, Farrell.

Sie blieb noch einen Moment länger in der Hocke sitzen und wünschte sich, eine Chance zu bekommen, die man ihr nicht gewähren würde.

»Nun, vielen Dank, dass du mich hierhergebracht hast«, sagte sie, als sie sich wieder aufrichtete.

Cort strahlte. »Wenn Sie wollen, kann ich Ihnen einen Platz zeigen, den niemand kennt.«

»Wo –«

»Was machst du hier, mein Junge?« Wie aus dem Nichts stand plötzlich ein Mann in dem Kreis. Er war klein, hatte die Statur einer Bulldogge und dunkle Augen mit Augenbrauen darüber, die missbilligend hochgezogen worden waren. Auffallender jedoch waren die Schrotflinte, die er im Arm hielt, und der Gesichtsausdruck, der verriet, dass er sie liebend gern benutzte.

»Hallo Ivan«, murmelte Cort.

»Du weißt doch, dass du hier niemanden herbringen sollst.« Der Mann bewegte sich mit der stillen Anmut eines Menschen, der es gewöhnt war, sich im Wald aufzuhalten, seine Schritte waren nicht zu hören gewesen.

»Ja, weiß ich.«

»Und was machst du dann hier oben?«

»Er wollte mir nur die Aussicht zeigen«, warf Carter ein und hoffte, eine Auseinandersetzung abzuwenden.

Der Mann schaute sie an und brachte das Gewehr zur Schulter. Näher in Schussposition.

»Und ich denke, ich habe genug gesehen«, fügte sie schnell hinzu.

»Ich auch«, antwortete er finster.

Der Abstieg verlief in düsterer Stimmung. Der Waldhüter folgte ihnen wie ein Gefängniswärter, und Carter kam zu dem Schluss, dass es ein Fehler gewesen war, sich diesen Ort anzuschauen. Farrell würde seine Meinung nicht ändern, und sie hatte sich mit dem Besuch lediglich noch einmal selbst gequält und sich das Unmögliche vor Augen geführt.

Und schon mal freiwillig dem Tod in die Augen gesehen.

Als sie den Wald verließen, dankte Carter dem Jungen und stieg in ihr Auto. Während sie davonfuhr, sah sie im

Rückspiegel, dass der Waldhüter ihrem Wagen hinterherschaute.

Ganz klar, wer Lyst hier beinahe erschossen hätte, dachte sie.

Auf dem Weg zur Fähre nach Hause stieg bittere Enttäuschung in ihr auf. Es war eine Wahnsinnsgelegenheit gewesen, und sie wünschte sich, ihr Treffen mit Farrell wäre nicht so schlecht verlaufen. Aber was hatte sie schon erwarten können? Sie war nicht freundlicher empfangen worden als all ihre Vorgänger und hatte zumindest nicht in den Gewehrlauf dieser Schrotflinte gesehen.

Allein der flüchtige Blick darauf hatte ihr schon genügt.

Als sie zu Hause war, rief sie Grace an, um ihr das enttäuschende Ergebnis mitzuteilen.

»Es hat nicht geklappt«, sagte Carter und ging dabei zu der Veranda hinter ihrem Haus. Sie schaute hinaus auf die Wiese, während die Sonne unterging. »Ich nehme an, mein Verhandlungsgeschick ist nicht mehr das, was es einmal war.«

Obwohl sie ein Streitgespräch aus dem Effeff zu beherrschen schien, dachte sie, und erinnerte sich an die Funken, die in Farrells Arbeitszimmer geflogen waren.

»Nun, vielleicht ist es das Beste so. Das Kreuz von Lyst ist nämlich eine Fälschung«, murmelte Grace. »Wir haben es heute Morgen eingehend untersucht. Es ist nicht älter als der Hähnchensalat, den ich heute Mittag im Klub gegessen habe.«

»Das überrascht mich gar nicht. Trotzdem habe ich das Gefühl, dass da oben etwas ist.«

»Höre ich aus diesen Worten etwa Optimismus heraus?«, neckte ihre Freundin sie. »Von der Frau, die groß verkündete, ein Fund auf diesem Berg käme einem Sechser im Lotto gleich?«

»Grace, ich habe den Ort gesehen. Er ist erstaunlich und genau so, wie Farnsworth ihn beschrieben hat.«

Ihre Freundin lachte voller Bewunderung auf. »Wie hast du das denn geschafft?«

»Ich hatte einen Führer.«

»Farrell?«

»Bestimmt nicht! Sein Neffe hat mich den Berg hinaufgeschmuggelt.« Carter hielt inne. »Ich sage dir, irgendwas ist an diesem Ort. Ich konnte es spüren, an der Erde.«

Grace seufzte. »Schade, dass Farrell so schwierig ist.«

»*Schwierig* ist eine noch viel zu freundliche Bezeichnung für diesen Mann.«

Im weiteren Verlauf des Gesprächs schnitten sie auch andere Themen an, doch als Carter später einhängte, konnte sie an nichts anderes denken als an Farrell Mountain. Als das Telefon wieder klingelte, dachte sie, Grace würde noch einmal anrufen, immer noch unschlüssig, ob sie das Bild, das ihr so gut gefiel, kaufen sollte oder nicht.

Carter nahm den Hörer lachend ab. »Hör zu, ich habe dir doch schon gesagt, dass du dein Schicksal akzeptieren musst. Solltest du das Bild von Thomas Cole kaufen, musst du dich mit der Tatsache abfinden, dass du eine unverbesserliche Anhängerin der Hudson River School bist. Nur weil alle anderen moderne Kunst kaufen, musst du das nicht auch tun.«

»Vielen Dank für den Rat, aber ich sammle Alte Meister.« Nick Farrells tiefe Stimme erschallte in ihrem Ohr. »Selbst die Kunst des beginnenden neunzehnten Jahrhunderts ist für mich noch zu neu.«

»Woher haben Sie diese Nummer?«, platzte Carter heraus.

»Die Auskunft meinte, ich könnte gegen eine Extragebühr

mit Ihnen verbunden werden, aber ich habe dann doch selbst gewählt.«

»Was wollen Sie?«

Sie konnte im Hintergrund Stimmengewirr und klirrende Gläser hören.

»Ich habe über unsere Unterhaltung nachgedacht«, sagte er gedehnt.

Seine Arroganz machte sie kribbelig. »Komisch, ich versuche sie zu vergessen.«

»Wie ich gehört habe, waren Sie oben auf dem Berg.«

Sie zögerte. »Machen Sie dafür nicht Cort verantwortlich!«

»Sagen Sie mir noch einmal, warum Sie graben wollen!«

»Wozu? Sie haben mir doch schon eine Abfuhr erteilt. Außerdem sollten Sie wissen, dass Lysts Fund nicht echt war. Das Kreuz war eine Fälschung.«

»Ich weiß.«

»Warum rufen Sie mich dann an? Wenn Sie niemanden auf diesem Berg haben wollen –«. Carter hielt inne. »Woher wissen Sie, dass es nicht echt ist?«

»Weil ich das echte habe.«

Sie verstummte, während seine Worte in ihr Bewusstsein drangen.

»Und ich bin dabei, meine Entscheidung von vorhin zu überdenken. Wie wär's, wenn Sie morgen noch einmal vorbeikämen, um sich mein kleines Stück amerikanischer Geschichte anzusehen?«

Sie blieb einen Moment lang still, während ihr Ehrgeiz mit ihrem Selbsterhaltungstrieb kämpfte. »Ich traue Ihnen nicht.«

Er lachte. »Das ist klug von Ihnen, aber ich habe etwas, das Sie wollen, nicht wahr? Sagen wir gegen Mittag?«

Wenngleich sein Lockmittel fast unwiderstehlich war, verneinte sie. »Ich glaube nicht.«

»Jetzt sagen Sie mir bloß nicht, Sie wären beschäftigt.«

»Warum sollte ich bei Ihnen vorbeikommen? Damit Sie ein Artefakt vor meiner Nase baumeln lassen und mir anschließend wieder eine Abfuhr erteilen? Wie Sie schon so treffend gesagt haben, es wäre reine Zeitverschwendung.«

»Sind Sie denn kein bisschen neugierig auf mein Kreuz?«

Neugierig war gar kein Ausdruck, verzweifelt traf es wohl eher, dachte sie kläglich. Trotzdem wäre sie völlig verrückt, wenn sie sich ihm noch einmal als Objekt der Belustigung zur Verfügung stellen würde.

»Farrell, ich glaube nicht daran, dass Menschen sich ändern, zumindest nicht solche wie Sie. Ich werde auf keinen Fall noch einmal zu Ihnen fahren, nur damit Sie mir einen weiteren Korb geben können. Den habe ich mir heute schon abgeholt. Ich brauche weder eine erneute Zurückweisung noch weitere Meilen auf meinem Auto.«

»Gut, dann werde ich zu Ihnen kommen. Wir müssen nicht in der Nähe des verdammten Bergs sein, um über Ihre Arbeit dort zu sprechen.«

Carter zögerte und fragte sich, welches Spiel er gerade spielte.

Das Gefühl der Erde in ihren Händen kehrte zurück, und die Versuchung wuchs. Es wäre die Chance ihres Lebens, diesen Ort eingehend zu untersuchen und herauszufinden, was damals passiert war. Doch die Frage war, ob er ihr nicht irgendwie eine Falle stellte. Warum sollte ein Mann, der so viele Menschen mit dem gleichen Anliegen abgewiesen hatte – einschließlich ihr selbst, vor ein paar Stunden –, sie plötzlich anrufen und fragen, ob sie auf dem Berg graben wollte? Das ergab einfach keinen Sinn.

»Farrell, wenn Sie hier irgendwelche Spielchen mit mir spielen, können Sie sich auf was gefasst machen.«

»Das haben schon andere vor Ihnen gedroht. Da wird nichts Neues dabei sein.«

»Täuschen Sie sich da mal nicht«, murmelte sie

»Also, haben wir eine Verabredung?«

Zögerlich und als hätte sie das Gefühl zu stolpern und ins Nichts zu fallen, gab sie ihm die Anfahrtsbeschreibung zu ihrem Haus.

»Bis morgen Mittag«, sagte er und hängte ein.

Was für eine passende Uhrzeit für ein Duell, dachte sie.

Am nächsten Morgen sah sie sich nicht in der Lage, irgendetwas zu erledigen. Sie hatte noch einen Vortrag fertigzustellen und hätte an sich in ihr Büro an der Universität fahren müssen, tat aber beides nicht. So fand sie sich stattdessen am Schluss in ihrem Garten wieder, wo sie wie besessen Unkraut jätete. Inmitten blühender Iris und Lilien, die Hände tief im Mutterboden, vergaß sie die Zeit, und als sie das Geräusch eines herannahenden Wagens hörte, sah sie überrascht auf. Ein schwarzer Porsche fuhr die Auffahrt hinauf. Es schien, als hätte man beim Erbauen des Wagens an genau diesen Mann gedacht.

Carter richtete sich auf, strich sich das Haar aus dem Gesicht und versuchte, das Gras von ihren nackten Knien zu entfernen. Ihre kurze Hose und das T-Shirt waren mit kleinen Erdklumpen verdreckt, und sie klopfte einige davon ab.

Das Outfit war nicht viel besser als das vom Vortag. Zumindest aber war die abgeschnittene Hose am Tag zuvor sauber gewesen. Mit einem beklemmenden Gefühl in der Brust sah sie zu, wie Nick Farrell sich mit seinen langen Beinen aus dem Auto schälte und sich streckte. Überrascht stellte sie fest, dass er einen schwarzen Anzug trug, und wünschte sich, nicht zu bemerken, wie gut das blassblaue Hemd unter dem Jackett seine Bräune zur Geltung brachte. Er schaute in ihre Richtung und lächelte, doch sie konnte seine Augen hinter der Sonnenbrille nicht sehen.

Er bückte sich kurz und griff nach etwas auf dem Sitz. Während er über den kleinen Rasen vor ihrem Haus schritt, eine schwarze Aktentasche in der Hand, strahlte er Kraft aus.

Ganz im Gegensatz zu mir, dachte sie; ich strahle eher aus, dass ich mich besser unter die Dusche stellen sollte.

»Sie mögen gerne Dreck, oder?«, sagte er mit heiserer Stimme, als er vor ihr stand.

Sie nahm einen Hauch seines Eau de Cologne wahr, ein raffinierter Duft, der zu einem Mann wie ihm passte. Teuer, aber natürlich.

Verflucht, musste sie unbedingt seinen Geruch mögen?

Sie spürte, dass er sie ansah, obwohl er eine Sonnenbrille trug, und war verwirrt, als ihr Körper mit einem Anflug von Hitze darauf reagierte. Es ärgerte sie, da die Reaktion stark und unwillkürlich war, und so konnte sie den scharfen Ton in ihrer Stimme nicht verhindern. »Lassen Sie uns zum Geschäftlichen kommen!«

Sie drehte sich um und ging zum Haus, doch er rührte sich nicht vom Fleck.

»Sie haben einen wunderschönen Garten.«

Carter fuhr ungeduldig herum, und er warf ihr ein Lächeln zu, das ihr den Atem verschlug. Die Sonne stand hoch am Himmel, und der Winkel des Lichts betonte die strengen Linien seines Gesichts und dieses dumme Grübchen.

Flirtete er etwa mit ihr?

Sie blickte ihn steif an. »Wenn es Ihnen nichts ausmacht, würde ich jetzt gern das Kreuz sehen.«

»Wie, gibt es nicht zuerst einen Rundgang?« Er nickte in die Richtung ihres Hauses.

»Es gibt nichts zu sehen.«

»Das ist Ansichtssache.«

Carter blies sich frustriert eine Haarsträhne aus dem Gesicht. So hatte sie sich den Verlauf des Besuchs nicht vorgestellt. Farrell schien am längeren Hebel zu sitzen, auch wenn er auf ihrem Grund und Boden war. Ihr Plan war gewesen, sich das Kreuz anzusehen, herauszufinden, ob er sein Angebot, sie graben zu lassen, ernst meinte, und ihn dann davonzujagen. All das sollte vonstattengehen, ohne dass sie die Beherrschung verlor oder etwas wirklich Dummes tat. Wie zum Beispiel sich zu ihm hingezogen fühlen.

Die Realität stellte sich jedoch als größere Herausforderung heraus, als sie gedacht hatte. Je eher er sich mit seinem viel zu teuren Wagen wieder davonmachen würde, desto besser, fand sie. Sie war erst seit ein paar Sekunden mit ihm zusammen, und schon hatte sie das Gefühl, fahrig und verwirrt zu sein.

Vielleicht ist es nur ein Hitzschlag, dachte sie hoffnungsvoll.

»Hören Sie, Mr. Farrell –«

»Nick.«

»Mr. Farrell –«

Sein Lächeln wurde noch breiter. »Sind Sie immer so stur?«

Carter warf den Kopf zurück und starrte ihn an. »Sie sind echt eigenartig.«

»Wie nett. Denn ich bin mir sicher, Ihnen lag bestimmt etwas anderes auf der Zunge.«

Sie schnaubte ihn an. »Ich versuchte nur höflich zu sein. Nicht, dass ich mich revanchieren müsste.«

»Ich habe gestern doch ein oder zweimal *bitte* gesagt.«

»Ja, als Sie mich hinauswarfen.«

»Als ich Sie bat zu gehen«, ergänzte er ruhig und schien ihre Feindseligkeit an sich abprallen zu lassen.

Er nahm mit einer lässigen Handbewegung die Sonnenbrille ab. Seine wahre Absicht war auch jetzt, da sie seine Augen sehen konnte, nicht zu erkennen, doch schüchterte sein intensiver Blick sie ein. Sie war kurz davor, ihn zu bitten, die Sonnenbrille wieder aufzusetzen.

»Die meisten Frauen zeigen gerne ihre Nester«, stellte er in einem Tonfall fest, der in seiner Herablassung gerade noch höflich war.

Sie stemmte die Hände in die Hüften. »Vögel haben Nester, Mr. Farrell. Menschen leben in Häusern. Und ich bin nicht so wie die meisten Frauen.«

»Zumindest sind wir uns in diesem Punkt einig«, entgegnete er sanft, während sein Lächeln schmaler wurde. »Wenn auch sonst bei nichts.«

In Carters Kopf begannen die Alarmglocken zu läuten. Es war nicht so, als hätte sich sein Gesichtsausdruck verändert. Aus seinem faszinierenden Gesicht sprach immer noch sarkastisches Vergnügen, und auch seine Augen verrieten nichts von dem, was in ihm vorging. Doch sein Tonfall war anders, eine feine Veränderung, durch die sich die Härchen auf ihren Armen voll beunruhigender Wonne nach oben stellten. Es war, als hätte er ihre Haut mit seiner Hand berührt.

Hitze stieg mit einem Mal in ihr auf und teilte ihr mit, dass ihr Körper auf dieses lustvolle Versprechen eingehen wollte. Unbedingt.

Verdammt, dachte sie.

Als sie nichts erwiderte, zuckte er mit den Achseln. »Nun,

wenn es keinen Rundgang gibt, dann können wir genauso gut zum Geschäftlichen kommen.«

Mit einem steifen Nicken führte sie ihn ins Haus. Sie sah, wie er alles in sich aufnahm, sein Blick wanderte mit genau der gleichen Konzentration über ihre Einrichtung, wie er auch schon über sie geglitten war.

Als sie unten an der Treppe standen, meinte er lakonisch: »Sie müssen sich für mich nicht umziehen. Ich habe mich mittlerweile an Ihren Aufzug gewöhnt.«

Ihre Augen blitzten ihn zornig an. »Ich würde mich für Sie nicht umziehen, selbst wenn Sie sich durch meine Kleider beleidigt fühlten.«

»Besonders dann, oder?« Ein Lächeln breitete sich langsam auf seinem Gesicht aus und brachte das Grübchen wieder zum Vorschein.

Sie wünschte sich nichts sehnlicher, als dass er wieder mit ihr zu streiten begann. Seine Überheblichkeit ging ihr zwar auf die Nerven, aber dieses Lächeln könnte sich noch als tödlich erweisen.

»Mein Arbeitszimmer ist da oben«, erklärte sie und legte die Stirn in Falten.

»Natürlich, wo sonst.«

Carter marschierte die Treppe hinauf und beschloss, diese Bemerkung durchgehen zu lassen. Als sie im ersten Stock ankamen, bedauerte sie, dass sich Arbeitsplatz und Schlafzimmer in ein und demselben Raum befanden. Beides wurde ihm offenbart wie ein Fahrplan zu ihrem Privatleben. Sie kam sich nackt vor und mochte den Gedanken nicht, dass es eine Erinnerung an Nick Farrell in ihrem Schlafzimmer geben würde.

Carter machte ein entschlossenes Gesicht und ging hinüber zu ihrem Schreibtisch. »Lassen Sie mich mal sehen, was Sie da meinen zu haben.«

»Was ich meine zu haben?«

»Fälschungen sind in meinem Arbeitsgebiet weit verbreitet«, erwiderte sie schnell und schaltete eine Schwanenhalslampe ein.

»Dann haben Sie und ich am Ende doch noch etwas gemeinsam.«

Carter hielt ihre Zunge im Zaum, bestrebt, das Treffen hinter sich zu bringen.

Trotz ihrer Ungeduld, oder vielleicht genau deshalb, trödelte er mit der Aktentasche in der Hand herum und nahm sich Zeit, einen Blick auf ihren Schreibtisch, ihre Bücher, die Aussicht und die blanken Dielen zu werfen. Seine Augen verweilten auf dem schmalen Doppelbett mit der einfachen weißen Daunendecke und dem einsamen Kissen. Als sein Blick schließlich wieder zu ihr wanderte, war sie kurz davor, aus der Haut zu fahren.

»Sie leben alleine hier?«

»Was geht Sie das an?« Carter begann mit den Fingern auf dem Schreibtisch zu trommeln. Als er seinen Blick auf das Geräusch richtete, zwang sie sich, damit aufzuhören.

»Reine Neugierde.«

»Mit der Sie leben müssen.«

»Oh, die Gärtnerin spricht Tacheles.« Dennoch legte er die Aktentasche auf den Schreibtisch, schob die Riegel der beiden Messingschlösser zurück und öffnete den Deckel. Sie bemerkte geistesabwesend, dass die Tasche innen mit roter Seide ausgelegt und genauso schön verarbeitet war wie außen.

Farrell nahm ein in ein Tuch geschlagenes Bündel heraus und wickelte es behutsam auf dem Schreibtisch aus.

Carter schnappte vor Ehrfurcht nach Luft. Vor ihr lag ein einfaches Holzkreuz aus zwei Hartholzteilen mit einem Nagel in der Mitte, der einen rechteckigen Kopf besaß. Das

Kreuz, durch die Jahre geschwärzt und an den Enden abgesplittert, war zehn Zentimeter lang und sechs Zentimeter breit mit einem Ring aus Metall am oberen Ende, durch den ein Stück Stoff gezogen werden konnte.

Carter zog den Lampenkopf zu sich heran und setzte sich hin. Mit einer Brille aus Lupenglas begutachtete sie den Fund. Bevor sie ihn berührte, zog sie ein Paar Baumwollhandschuhe an, um keine Fettspuren auf dem Holz zu hinterlassen. Vorsichtig drehte sie das Kreuz in ihren Händen und bemerkte seine robuste Ausführung.

Ganz wie der Glaube, den es symbolisierte, dachte sie.

Auf der Rückseite sah sie die Gravur *Rev. J. Winship,* die wie Spuren der Geschichte über die Holzmaserung verlief.

»Sie sehen sehr grimmig aus«, meinte er leise. »Obwohl Ihre Hände sanft sind.«

Carters Körper versteifte sich, sie hielt aber den Mund, in der Hoffnung, er würde wieder ihre Einrichtung betrachten.

»Sie werden nicht gerne beobachtet, oder?«

»Ich kenne niemanden, der das mag«, erwiderte sie kurz angebunden. »Und ich verstehe auch nicht, warum Sie es überhaupt tun.«

»Mit dieser Brille sehen Sie aus wie eine Wissenschaftlerin. Dieser Schmutzfleck auf der Nase macht Sie menschlich. Das ist eine interessante Kombination.«

Sie konnte nicht anders. Noch während sie das Kreuz untersuchte, rieb sie sich die Nase.

»Ein bisschen weiter links«, dirigierte er sie. »Aber ich mag den Fleck da, wo er ist.«

Carter rieb noch heftiger und hörte, wie er lachte.

»Wo haben Sie das gefunden?« Sie schaute von dem Artefakt hoch.

»In dem Steinkreis.«

»War noch etwas Ähnliches dabei?«

Er schüttelte den Kopf. »Wir haben noch viele Pfeilspitzen gefunden, aber nichts Vergleichbares.«

»Also stammen die Ausgrabungsspuren nicht alle von Lyst?«

»Sie meinen diese Löcher? Doch, die sind alle sein Werk. Ich war sechzehn, als ich das Kreuz fand.« Nick blickte auf es hinunter. »Das ist schon lange her.«

Carter versuchte sich ihn als Jungen vorzustellen, der in der Erde grub. »Wissen Sie, ob sonst noch jemand da oben Ausgrabungen durchgeführt hat? Irgendwelche Fachleute?«

»Über die Jahre hinweg haben Mitglieder der Familie den Berg mit ihren Schaufeln bearbeitet, aber es war noch nie ein Archäologe dort oben. Wir versuchen, sowohl die Experten als auch die Laien davon fernzuhalten.«

»Sie haben sich gut um dieses Kreuz gekümmert. Es ist gut erhalten.«

»Das beruht mehr auf Glück als auf ordentlicher Handhabe. Nachdem ich es gefunden hatte, befürchtete ich, dass man es mir wegnehmen würde, und so versteckte ich es unter meinem Bett. Am College und an der Wirtschaftshochschule lag es immer in meinem Bücherregal. In letzter Zeit fristet es sein Dasein in meinem Safe.«

Carter konnte an der Art, wie seine Augen auf dem alten Holz ruhten, sehen, wie er sich mit dem Kreuz verbunden fühlte. Er schien wehmütig zu sein, was ihn nahbarer machte. Unversehens merkte sie, wie sie begann, Sympathie für ihn zu entwickeln.

Sie räusperte sich und sagte: »Soweit ich das beurteilen kann, ist es echt.«

Er lächelte sie anerkennend an. »Es scheint also, als ob wir etwas zu besprechen hätten.«

Carter knipste die Lampe aus und schaute zu ihm hoch. »Und das wäre?«

Da er so groß war, musste sie den Kopf in den Nacken legen, um ihn anzusehen, was ihr das Gefühl gab, im Nachteil zu sein. Sie stand auf.

»Sind Sie immer noch daran interessiert, ein bisschen zu graben?«

Sie zuckte mit den Achseln. »Vielleicht. Aber wie kommt es zu diesem Sinneswandel?«

»Ich habe ein bisschen nachgeforscht.«

»Über den Wert von Geschichte?«

»Über Sie.«

Sie musste heftig schlucken. »Und was haben Sie herausgefunden?«

»Sie sind eine der besten Ihres Fachs.« Farrell begann, in dem Zimmer herumzugehen, die Absätze seiner Schuhe klackten auf den Dielen. Sie konnte sich vorstellen, wie er einen Sitzungssaal dominierte. »Sie sind mit Ihrem Spezialgebiet, der frühen amerikanischen Geschichte, dabei, eine der jüngsten ordentlichen Professorinnen der Universität von Vermont zu werden. Was unter anderem daran liegt, dass Sie im zarten Alter von sechzehn die Privatschule abschlossen und doppelt so viele Kurse wie üblich am College belegten. Weitaus mehr ist es jedoch auf Ihren guten Ruf als Archäologin und Historikerin zurückzuführen. Sie sind bekannt dafür, sowohl bei den Ausgrabungen vor Ort als auch in Ihren wissenschaftlichen Arbeiten äußerst sorgfältig vorzugehen. Sie halten im ganzen Land Vorträge, ein Aspekt Ihres Berufs, der Ihnen Schwierigkeiten bereitet.«

Er beugte sich vor, um sich einige ihrer Bücher anzuschauen.

»Oh, wirklich?«

»Ja, Sie hassen es zu fliegen.«

Carter war erstaunt, dass er von ihrer Flugangst wusste. Er richtete sich auf und setzte seinen Rundgang in Richtung ihres Betts fort. Sie spürte, wie das dringende Bedürfnis in ihr aufstieg, ihn dort wegzuscheuchen.

»Sie sind schwer zu erreichen und bevorzugen es, alleine zu arbeiten. Wenn Sie doch mal mit jemandem zusammenarbeiten, dann mit Branson Swift, einem Kerl aus Harvard. Zuletzt waren Sie verantwortlich für die Ausgrabung eines Gebiets in Manhattan, das sich über vier Straßen erstreckte, bevor dort ein neuer Bahnsteig für die U-Bahn gebaut werden konnte. Das war im Frühjahr dieses Jahres, und im Herbst werden Sie wahrscheinlich die Funde präsentieren können.«

Er beugte sich nach unten zu ihrem Nachttisch und nahm einen Krimi in die Hand, den sie gerade las. »Kinsey Millhone. Ich mag auch Grafton.«

Als sie nichts erwiderte, legte er das Buch zurück und schaute sie an. »Sie sind ein Workaholic. Ich wage zu behaupten, dass die meisten Ihrer Beziehungen beruflicher Natur sind, und so haben Sie es am liebsten. Ich wette auch, dass Sie schon jahrelang keinen Urlaub mehr gemacht haben, wenn überhaupt jemals. Abgesehen davon leben Sie hier offensichtlich alleine, was – ich kann es mir nur so erklären – von Ihnen so gewollt ist, bedenkt man Ihr Aussehen.«

Ein warmer Schauer fuhr durch Carters Körper, den sie mit Entschiedenheit bekämpfte.

»Das stimmt alles so ziemlich, was die Fakten betrifft«, sagte sie kurz angebunden. »Wenngleich ich Ihre Schlussfolgerungen nicht kommentieren werde. Sie arbeiten also nicht nur als Heuschrecke, sondern auch als Schnüffler?«

»In unserer Branche bevorzugen wir die Bezeichnung

Übernahmespezialist«, konterte er. Dieses leise Lächeln schlich sich wieder in sein Gesicht.

Carter spürte, wie sie begann, nicht mehr klar denken zu können. Verwirrt brach sie den Blickkontakt zu ihm ab und ging hinüber zu dem Fenster, das am weitesten von ihm entfernt lag.

Sie holte tief Luft und verschränkte die Arme vor der Brust. »Ich soll also glauben, dass Sie über mich Erkundigungen eingeholt, meinen Lebenslauf gelesen und sich dann ganz plötzlich, aufgrund der Summe meiner Tugenden, entschlossen haben, Ihre Meinung zu ändern?«

»Vielleicht finden Verwandlungen selbst bei Menschen wie mir statt«, murmelte er.

»Das glaube ich erst, wenn ich sie sehe.«

»Vielleicht müssen Sie mich besser kennenlernen. Unter der rauen Schale könnte ein Herz aus Gold liegen.«

»Da kann es sich nur um Katzengold handeln.«

Er lachte auf, ein tiefes heiseres Geräusch.

Carter drehte sich um und schaute ihn an. »Warum ich?«

»Weil ich Ihnen glaube, wenn Sie sagen, dass es Ihnen nicht um das Gold geht. Sie haben einen Ruf als Wissenschaftlerin, nicht als Goldgräberin.«

Sie musste bei der Wahl seiner Worte ein Lächeln unterdrücken. »Nun, zumindest liegen Sie, was das betrifft, richtig. Wären Sie bereit, die Artefakte, die ich möglicherweise finde, einem Museum meiner Wahl als Dauerleihgabe zur Verfügung zu stellen?«

»Natürlich.«

»Und was, wenn ich das Gold finde?«

»Werden Sie nicht.«

»Sie glauben nicht, dass ich das kann?«

»Ich glaube nicht, dass es dort ist. Höchstwahrscheinlich

nahm derjenige, der den Winship-Trupp niedermetzelte, es zusammen mit den Skalps mit.«

»Sie glauben also, dass Red Hawk mit dem Gold davonlief, nachdem er alle umgebracht hatte?«

»Das müssen Sie wissen. Sie sind die Expertin.« Nicks Blick ruhte auf ihr. Allmählich begann sie zu glauben, dass sein Sinneswandel ernst gemeint war.

»Mein Team und ich werden unser Lager neben der Ausgrabungsstelle aufschlagen müssen.«

»Ihr Team?«

»Ich werde mit mindestens einer weiteren Person graben. Vielleicht einer dritten.«

»Sprechen wir von dem talentierten Mr. Swift?«

»Ja.«

Farrell legte den Kopf schief. »Na gut. Sie können alle bei mir im Haus wohnen.«

»Draußen im Wald ist es praktischer«, entgegnete sie schnell. Und selbst mit all den Pumas und den Klapperschlangen noch sicherer als unter Farrells Dach.

»Sie sind bereit, auf die Annehmlichkeiten eines Hauses zu verzichten und sich mit einem Zelt und einem Schlafsack zu begnügen? Muss ich das persönlich nehmen?«

»Buddy und ich werden uns ein komfortables Lager einrichten.«

Farrells Gesicht wurde ernst. »Sie und Swift haben es also gerne kuschelig auf diesen Ausgrabungen, wie?«

»Was wollen Sie damit sagen?«

»Nichts. Tun Sie mir den Gefallen und betrachten Sie die Einladung als jederzeit gültig. Die Nächte können ganz schön kalt werden, selbst im Juni. Wann werden Sie beginnen?«

»Übermorgen?«

Nick nickte, ging zu ihrem Schreibtisch und begann, das

Kreuz in das Tuch einzuwickeln. »Ich erwarte, dass Sie mir regelmäßig Bericht erstatten.«

»Natürlich. Buddy – äh, Dr. Swift und ich werden uns freuen, Ihnen die Ergebnisse –«

Seine grauen Augen blitzten sie an. »Ich will sie von Ihnen.«

»Aber er und ich teilen uns immer –«

»Es ist mir egal, was Sie sonst immer tun. Ich mag es nicht, von unterschiedlichen Leuten das Ohr abgekaut zu bekommen. Sie sind die Projektleiterin. Ich will die Berichte von Ihnen hören.« Sein Tonfall ließ erkennen, dass er keine Widerworte zuließ.

Carter runzelte die Stirn. »Gut. Wann immer Sie vor Ort sind, werde ich Sie informieren.«

»Ich werde die ganze Zeit da sein.« Er lachte, als er sah, wie ihr die Kinnlade herunterfiel. »Warum machen alle nur so entsetzte Gesichter bei der Aussicht, mich den Sommer über zu sehen?«

»Sie werden die ganze Zeit da sein?«

»Bis zum Labor Day. Haben Sie ein Problem damit?«

Sie riss sich zusammen. »Natürlich nicht. Ich bin nur überrascht, dass Sie so lange von Ihren Geschäften wegbleiben können.«

»Ich bin mein Geschäft. Die Menschen kommen zu mir, nicht umgekehrt.«

Carter blieb nichts anderes übrig, als das zu glauben.

»Wenn Sie möchten, können Sie das Kreuz hierlassen, und ich kann es noch eingehender untersuchen«, bot sie ihm an, während er weiter das Artefakt einpackte.

»Nein, das bleibt bei mir.« Nick legte es zurück in den Aktenkoffer und ließ die beiden Schlösser zuschnappen. »Aber Sie können jederzeit vorbeikommen und es sich ansehen.«

Er nahm den Koffer vom Schreibtisch und streckte ihr eine Hand entgegen. Sie machte keine Anstalten, sich auf ihn zuzubewegen.

»Besiegeln wir unsere Vereinbarung etwa nicht mit einem Handschlag?«, fragte er. »Eine Frau wie Sie, die bereit ist, in der freien Natur zu schlafen, wird sich doch sicherlich nicht vor etwas so Zivilisiertem fürchten?«

Carter kam langsam näher und legte ihre Hand in seine. Seine Finger umschlossen ihre Hand, seine Haut fühlte sich warm und weich an. Mit einem Mal erschrak sie, und ihr Blick schnellte zu ihm hoch. Sie sah, wie sein sarkastischer, neckender Gesichtsausdruck einen völlig ernsten Zug annahm. Als sie ihre Hand wieder zurückziehen wollte, hielt er sie noch einen Moment länger fest, bis er sie losließ.

»Bis in achtundvierzig Stunden.« Seine Stimme war sehr tief, der Blick unter den dunklen Wimpern verschleiert und glühend.

Sie gingen hinüber zur Treppe, die Carter eilig hinunterlief, obwohl ihre Beine sich zittrig anfühlten. Sie brauchte unbedingt frische Luft. Aufgrund einer plötzlichen Veränderung der Naturgesetze hatte er es tatsächlich geschafft, dass ihr der offene Raum des Dachbodens eng und stickig vorkam.

Sie musste mehrere Male tief durchatmen, bevor sie ihn wieder ansehen konnte.

»Bis dann, Carter Wessex«, sagte er, als sich ihre Blicke trafen. Mit einem rätselhaften Grinsen im Gesicht setzte er die Sonnenbrille wieder auf, ging zu seinem Wagen und schoss die Auffahrt hinunter.

Oh Gott, dachte sie. Der Mann würde die ganze Zeit in seinem Haus am See sein, während sie bei der Ausgrabung war.

Abstand zu ihm zu halten würde von entscheidender Bedeutung sein, stellte sie fest. Sie würde oben auf dem Berg bleiben, ihre Arbeit blitzschnell und effizient erledigen und den Mann meiden, als wäre er die Pest.

So und nicht anders würde es ablaufen müssen.

Sie straffte die Schultern, ging wieder die Treppe hinauf und hinterließ Grace eine Nachricht, dass die Ausgrabung grünes Licht bekommen hätte. Dann rief sie die Swifts an. Als sie den Hörer wieder auflegte, war sie mit Buddy so verblieben, dass sie sich mit ihm und seiner Tochter am Ende der Woche vor Farrells Haus treffen würde. Jo-Jo, Buddys bessere Hälfte, blieb den ganzen Sommer über in Cambridge, um ihr aktuelles Buch fertigzustellen.

Carter lächelte, als sie an ihren Freund und Kollegen dachte. Sie hatte Buddy auf einer geschichtlichen Vortragsreihe kennengelernt und sich sofort gut mit ihm verstanden. Er war Experte auf dem Gebiet der frühen militärischen Auseinandersetzungen Nordamerikas und ein hervorragender Archäologe. Ihre Beziehung hatte stets auf Respekt und Freundschaft beruht, und sie mochte seine Frau sehr. Jo-Jo, die Professorin für Chemie war, verstand das enge Verhältnis zwischen den beiden Historikern und freute sich, dass Carter zu ihrem Leben dazugehörte.

Die Swifts, die seit fast zwanzig Jahren verheiratet waren, schienen ein ungewöhnliches Paar zu sein. Buddy, mit seinem drahtigen roten Haarschopf, hatte die Statur einer Bohnenstange und besaß grenzenlose Energie, während Jo-Jo eine zierliche, ruhige und starke Frau war. Ihre Tochter, Louella, die sich weigerte, auf irgendetwas anderes zu hören als auf Ellie, lag zwischen den beiden Extremen ihrer Eltern. Sie hatte die Größe ihres Vaters und die beeindruckende Intelligenz ihrer Mutter und konnte sowohl gesellig sein als auch konzentriert arbeiten. Sie waren eine wunderbare Familie, und Carter hatte mit ihnen bei der Arbeit viel Spaß.

Sie riss sich von ihren Gedanken los und stand entschlossen von ihrem Schreibtisch auf. Taschen waren zu packen, verschiedene Werkzeuge in ihrem Büro an der Universität abzuholen, und über die Lebensmittel und Vorräte musste sie sich auch Gedanken machen.

Carter war im Begriff, nach unten zu gehen, als sie sich noch einmal umdrehte und zurück in ihr Zimmer blickte. Alles war so wie heute Morgen, als sie aufgewacht war. Ihre Kleider waren immer noch in den Schubladen beziehungsweise hingen im Wandschrank; ihre Papiere lagen geordnet neben dem Schreibtisch; ihre Bücher waren da, wo sie sie hingelegt hatte.

Aber irgendwie war doch alles anders. Es war, als ob sich die Dinge in dem Zimmer um zwei Zentimeter verschoben hätten.

Carter dachte daran, wie Nick Farrell mit seinen breiten Schultern, die so viel Raum eingenommen hatten, und den hellen Augen, die sie beobachtet hatten, neben ihrem Schreibtisch gestanden hatte. Die Erinnerung an ihn war so deutlich, als hätte er ein Hologramm von sich hinterlassen, nachdem er gegangen war.

Warum war alles so lebendig?

Sie war sich nicht sicher, aber sie wollte nicht länger darüber nachdenken.

Und warum war sie sich mit ihm in ihrem Arbeitszimmer so nackt vorgekommen?

Von all den Antworten, die ihr durch den Kopf gingen, ärgerte sie eine am meisten: Er war der erste Mann, den sie nach Hause eingeladen hatte, seit sie vor einem Jahr in das Haus eingezogen war.

Carter stöhnte.

Warum hatte es er sein müssen? Warum hatte es nicht irgendein anderer 08/15-Typ sein können? Ein Kammerjäger. Ein Installateur.

Ein Außerirdischer, verflucht noch mal!

4

Am Dienstag fuhr Carter mit gemischten Gefühlen vor Farrells Haus vor. Sie hatte die beiden vergangenen Nächte damit verbracht, in die Dunkelheit zu starren und Nick Farrells Gesicht zu sehen. Sie war durch den Mangel an Schlaf und eine eigenartige, schmerzhafte Frustration gereizt.

So begann normalerweise keine ihrer Ausgrabungen. Meistens war sie so aufgeregt, endlich mit ihrer Arbeit anfangen zu können, dass es für sie kaum noch auszuhalten war.

Carter stieg aus dem Jeep und fragte sich, ob sie jemandem Bescheid geben müsste, dass sie da war, bevor sie sich zu dem Pfad, der den Berg hinaufführte, begeben würde. Sie wollte unbedingt das Lager aufbauen und wusste aus Erfahrung, dass sie die meiste Zeit damit zubringen würde, Vorräte und Ausrüstung hinaufzuschleppen. Ihr Zeitplan würde nur ins Stocken geraten, wenn sie hineinginge, um den Farrells guten Tag zu sagen.

Lügnerin.

Sie kannte den wahren Grund, warum sie unbedingt loslegen wollte, und es hatte weder mit Zelten noch mit Schaufeln zu tun. Sie wollte einfach nur Nick Farrell aus dem Weg gehen. Ihre beiden vorherigen Begegnungen hatten einen beunruhigenden Verlauf genommen. Jedes Mal war er ihr tiefer unter die Haut gegangen, und die unerwünschte

Anziehungskraft, die er auf sie ausübte, schien immer stärker zu werden. Noch ein Treffen, und sie könnte etwas Haarsträubendes tun. Wie zum Beispiel den Mann küssen.

Genau in dem Moment kam Cort aus der Eingangstür. Auch wenn sein schwarzes Haar wieder so frisiert war, dass es stachelig nach oben stand, trug er eine frische kurze Khakihose und ein weißes Poloshirt. Sein Kleidungsstil war eine Mischung aus postmodernem Gothic-Look und Londoner Yuppie-Outfit. Sein Lächeln war das eines Star-Läufers, der gerade die Ziellinie überschritten hat.

Der Junge würde einmal ein genauso großer Frauenheld werden wie sein Onkel, befand sie und winkte ihm zu.

»Ich habe gesehen, wie Sie vorgefahren sind, und habe Onkel Nick Bescheid gegeben. Er telefoniert gerade, wie immer, und wird das wohl auch noch eine Weile tun. He, brauchen Sie Hilfe mit all den Sachen?«

Carter lachte, als sie den Kofferraum öffnete. »Braucht ein Ertrinkender eine Schwimmweste? Übrigens, du musst mich nicht siezen, so alt bin ich noch nicht.«

Cort lächelte sie an. »Weißt du, was du brauchst?«

»Eine Gondel, die mich den Berg hinaufbringt?«

»Ich bin gleich wieder da.«

Geübt darin, den Wagen zu entladen, stapelte sie die Taschen und Kisten aufeinander. Während der Haufen immer größer wurde, erschien ihr das Ausmaß an Gepäck noch gewaltiger als zuvor im Auto.

Minuten später hörte sie ein dröhnendes Geräusch und sah Cort mit einem Quad heranbrausen.

»Das ist das schönste Geländefahrzeug, das ich je gesehen habe«, rief sie, wissend, dass sich ihre Aufgabe um einiges leichter gestalten und die Chancen besser stehen würden, dem älteren Farrell nicht zu begegnen. Mit etwas Glück könnten sie die Sachen aus seinem Vorgarten geschafft haben, noch bevor er seinen Anruf beendet haben würde.

»Es gibt eine Zufahrtsstraße, die in den hinteren Pfad mündet«, erklärte Cort. »Ich kann ziemlich nahe zum Ausgrabungsort hinfahren und die Sachen den restlichen Weg tragen.«

»Dich schickt der Himmel!«

Als Carter sich wieder zu ihrem Auto umdrehte, bemerkte sie ein leuchtendes Lächeln auf dem Gesicht des Jungen. Wie süß von ihm, ihr so bereitwillig zu helfen, dachte sie.

Sie luden die ersten Gepäckstücke auf den Gepäckträger des Quads und befestigten sie mit Gummibändern. Cort fuhr den Berg hinauf, lud die Sachen ab und fuhr wieder hinunter. In etwas mehr als einer Stunde war der Wagen leer geräumt, und gegen Mittag war Carter mit ihrer Arbeit weiter, als sie gedacht hatte. Nick hatte sich auch noch nicht blicken lassen, und sie hatte das Gefühl, ein kleiner Sieg wäre in greifbarer Nähe, als sie das letzte Gepäckstück an der Maschine festschnallten. Sie zog sich schnell die Wanderschuhe an, drehte ihr Haar zu einem Knoten und stülpte eine Baseballkappe darüber. Dann legte sie sich einen Rucksack um, der sechzig Pfund wog.

»Der ist aber schwer«, meinte Cort ehrfürchtig. »Sollen wir ihn nicht besser mit dem Quad hochbringen?«

»Nein, das geht schon. Nur deshalb noch einmal hochzufahren wäre reine Benzinverschwendung.«

»Bist du dir sicher, dass ich nicht –«

Sie hörten die Fliegengittertür zur Küche zufallen. Beide drehten sich um und sahen, wie Nick aus dem Haus kam. Carter unterdrückte einen Fluch. Beinahe hätte sie es geschafft.

»Sie haben ziemlich viel Gepäck nach oben bringen lassen«, sagte er gedehnt.

Sie sah ihn an, während sein Mund sich zu einem lakonischen Lächeln verzog, und musste sich zwingen, ihren Blick nicht sofort von ihm abzuwenden. Bedauerlicherweise sah er auch noch besser aus als in ihrer Erinnerung. Er wirkte braun gebrannt und männlich in seinem weißen Tennis-Outfit und mit der Tasche mit den Schlägern, die er über seine Schulter gelegt hatte. Seine Arme waren beeindruckend muskulös, so wie seine Beine. Sie war etwas überrascht, wie athletisch er zu sein schien.

Sie fragte sich, wie er wohl in einer Badehose aussähe. Und hätte sich deswegen am liebsten selbst geohrfeigt.

Zu ihrem Ärger blieb er erst einen halben Meter vor ihr stehen. Sie versuchte einen Schritt nach hinten zu machen, spürte aber schon, wie die Stoßstange des Jeeps sich gegen ihre Beine drückte. Da er so dicht bei ihr stand, konnte sie sein herbes Aftershave riechen und bemerkte, dass er frisch rasiert war.

»Reisen Sie immer mit so viel Zeug?«, fragte er mit einem spöttischen Ausdruck im Blick. »Scheint für eine ganze Armee zu reichen. Haben Sie etwa vor, in Ihrer Freizeit in Kanada einzumarschieren?«

Sie kämpfte dagegen an zurückzulächeln. »Das ist meine normale Ausrüstung und die Vorräte, die wir brauchen. Wenn mein restliches Team kommt, wird es noch mehr werden.«

»Noch mehr? Kaum vorstellbar.«

»Ich bin sehr gründlich.«

»Oder eine Frau, die immer zu viel einpackt.«

Cort nahm sie mit trotzigem Ton in Schutz. »Sie ist ein Profi und braucht diese Dinge für ihre Arbeit.«

Nick schaute zuerst auf seine Uhr und sah dann seinen Neffen eindringlich an. »Fährst du noch einmal auf den Berg hinauf?«

»Sie braucht mich.«

»Ich glaube, du gehst besser zuerst noch mal ins Haus.«

»Aber ich –«

Eine hochgezogene Augenbraue brachte den Jungen zum Schweigen. Carter konnte spüren, dass sich da etwas Ernstes zwischen den beiden abspielte.

»Sehen wir uns oben?«, fragte Cort sie schließlich grummelnd.

Nachdem sie ihm zugenickt hatte, lief er ins Haus, und Nick seufzte frustriert. »Ich schwöre, egal worüber, der Junge würde sich immer mit mir zanken.«

Carter war sich nicht sicher, ob er eine Antwort von ihr erwartete. Er schien in Gedanken versunken zu sein, mit privaten Angelegenheiten beschäftigt, doch dann schaute er sie an, und sie sah sich zu einer Reaktion gezwungen.

»Er ist in einem schwierigen Alter«, meinte sie vorsichtig, da sie sich nicht sicher war, wie er auf einen Kommentar von ihr reagieren würde. »Kommt er mit seinen Eltern besser zurecht?«

»Nein.« In Nicks Augen flackerte Schmerz auf, der schnell hinter einer kühlen Maske verborgen wurde. Carter schaute ihn neugierig an, als sie diese flüchtige Gefühlsregung bemerkte. Sie überlegte, wie sie mehr über Cort erfahren könnte, doch dann tauchte der Junge wieder auf.

Er ging hoch erhobenen Hauptes über den Rasen, ohne seinem Onkel irgendeine Beachtung zu schenken. »Ich würde jetzt mit der letzten Ladung hinauffahren, wenn du dir sicher bist, dass du den Rucksack lieber zu Fuß hochbringen möchtest.«

»Danke. Ich nehme den Pfad.«

»Bis gleich.«

Als Carter sich wieder Nick zuwandte, war seine Miene undurchdringlich, und sosehr sie auch daran interessiert war, das Gespräch über seinen Neffen weiterzuführen, ließ sie es sein.

»Sie werden mich in den nächsten Tagen nicht sehen«, erklärte sie. »Ich werde das Lager aufschlagen, einige Vermessungsarbeiten durchführen und die Ausgrabungsstelle abstecken. Wenn mein Team angekommen ist, und wir mit der richtigen Arbeit begonnen haben, werde ich herunterkommen und Bericht erstatten.«

Die Anspannung in seinem Gesicht verschwand, und er lächelte sie an. »Ganz im Gegenteil, ich glaube, wir werden uns sehr häufig sehen.«

»Oh nein, werden wir nicht.« Carter schüttelte heftig den Kopf. »Ich werde meine Zeit nicht damit vergeuden, den Berg hinunterzugehen, nur um Ihnen zu sagen, wo ich mein Zelt aufgeschlagen und was ich zu Abend gegessen habe.«

Sein Grübchen wurde größer. »Sie vergessen, dass ich den Weg den Berg hinauf sehr gut kenne. Außerdem hege ich eine besondere Neugierde für die Essgewohnheiten von Archäologinnen. Schwer zu sagen, wie oft ich mich veranlasst sehen werde, Ihnen einen Besuch abzustatten.«

»Ich finde, das ist keine gute Idee.«

»Warum?«

»Ich bin professionelle Archäologin, und meine Arbeit ist keine Sportveranstaltung, die man sich anschaut wie ein Baseballspiel.«

»Das zu beurteilen liegt bei mir.« Sein Blick wanderte über den Rucksack. »Haben Sie eigentlich immer noch vor, im Wald zu schlafen? Wir haben hier unten viel Platz, ganz abgesehen von fließendem Wasser.«

Nick lachte, als sie den Kopf schüttelte.

»Wenn ich es nicht besser wüsste«, murmelte er, »würde ich sagen, Sie versuchen, mir aus dem Weg gehen.«

Seine Augen wurden schmäler und sahen sie so durchdringend an, dass es ihr den Atem verschlug.

Sie riss sich von dem sinnlichen Blick los, der wie ein Sog auf sie wirkte, und sagte schnell: »Ich bin es gewöhnt, ohne Störungen von außen zu arbeiten.«

»Hat Ihnen schon mal jemand gesagt, dass Sie zu unabhängig sind?«

»Ja, ständig.« Sie drehte sich um, um zu gehen.

»Wir sehen uns.«

»Machen Sie doch, was Sie wollen.«

»Das mache ich, Carter Wessex. Immer.«

Als Carter die Lichtung erreichte, von der aus der See zu sehen war, war sie froh, den Berg zu Fuß hinaufgegangen zu sein. Sie hatte durch das Hinaufklettern mit dem schweren Rucksack auf dem Rücken etwas von ihrem Frust abbauen können. Sie lehnte sich gegen einen Stein und holte einen Moment lang Luft. Die Prioritäten wurden doch immer wieder zurechtgerückt, wenn man an seine körperlichen Grenzen stieß. Ihren Lungen Luft zuführen zu müssen hatte sie so abgelenkt, dass sie Nick Farrell fast vergessen hatte.

Während sie den Blick auf den See genoss, in dem sich der Himmel und die Sonne spiegelten, merkte sie, wie überrascht sie war, wieder auf dem Berg zu sein. Sie war sich ganz sicher gewesen, als sie vor ein paar Tagen von dem Haus weggefahren war, dass ihr erster Besuch auch ihr letzter sein würde.

Sie atmete ein letztes Mal tief ein und ging in Richtung der Bäume, um Cort zu suchen. Sie traf ihn auf halbem Weg zwischen dem Aussichtspunkt und dem Steinkreis. Er kam aus der entgegengesetzten Richtung, die Taschen hingen ihm von den Schultern herab, als wäre er der Gepäckwagen eines Hotelpagen. Sie schloss aus der Größe des Gepäckhaufens, der bereits auf dem Boden lag, dass er schon seit einiger Zeit mit dem Ausräumen des Quads beschäftigt war.

»Ich bin fast fertig.« Er ließ die Taschen fallen. »Ich glaube, hier ist der beste Platz für dein Lager. Rechts gibt es einen Bach, und du bist ganz in der Nähe vom Ausgrabungsort, aber ich kann natürlich die Sachen auch dort hinbringen, wo du sie haben möchtest.«

Carter betrachtete eingehend das flache Stück Land, das, von Kiefern umgeben, geschützt in einer Senke lag.

»Du hast den perfekten Platz ausgesucht.«

Corts Augen glühten vor Stolz. »Ich bin gleich wieder da.«

Während seine Schritte im Wald verhallten, streifte Carter ihren Rucksack ab und inspizierte das Gebiet. Sie wollte unbedingt zum Ausgrabungsort, wusste aber, dass es besser war, das Lager noch vor Einbruch der Dunkelheit zu errichten. Als Cort mit den letzten Gepäckstücken zurückkam, hatte sie bereits ihr Zelt aufgeschlagen und war dabei, Steine zu sammeln und eine sichere Feuerstelle zu schaffen. Auch wenn sie einen butanbetriebenen Kocher und einen tragbaren Grill mitgebracht hatte, würde ein Feuer in kalten Nächten Balsam für die Seele sein.

Carter spannte zusammen mit Cort zwei dunkelgrüne Planen, von denen die eine als Küchenzelt und die andere als Dach für das Büro dienen sollte. Unter beiden stellten sie Klapptische und -stühle auf und verteilten das Essen und die Ausrüstung entsprechend. Den Rest des Nachmittags verbrachten sie damit, auszupacken und die Geräte für die Ausgrabung bereitzustellen. Cort war ganz fasziniert von den unterschiedlichen Schaufeln, Pinseln und Fläschchen, die sie mitgebracht hatte.

»Was ist das Tollste, das du je gefunden hast?«, fragte er und betrachtete eingehend eine Kelle mit Holzgriff.

Carter blickte von einem Drucker hoch, den sie gerade an einen tragbaren Generator anschloss.

»Ich habe nicht wirklich einen Lieblingsfund. Alles ist für mich erstaunlich. Manchmal sitze ich einfach nur mit einem Fund da und versuche mir vorzustellen, wie das Leben eines Minuteman oder das seiner Frau und Familie gewesen sein muss. Es ist einfach alles so erstaunlich.«

»Ja, sicher. Aber was ist mit Goldstatuen und Rubinen und …«

»Du meinst die Sachen à la Indiana Jones?«

Cort nickte eifrig.

»Es tut mir wirklich leid, dein wachsendes Interesse an der Archäologie zu erschüttern, aber das kommt nur in Filmen vor. In Wirklichkeit ist es ein Fachgebiet, in dem es um mühsame, methodische Arbeit geht, und der Fortschritt sich nur langsam einstellt. Außerdem ist die Arbeit anstrengend, und manchmal kommt nichts dabei heraus.« Sie grinste, als sie sah, wie die Begeisterung langsam aus seinem Gesicht verschwand. »Schau nicht so enttäuscht! Dafür gibt es keine Giftpfeile, mit denen auf uns geschossen wird, und soweit ich weiß, ist auch noch nie ein Gesicht zerflossen, als der Deckel von etwas, das wir gefunden haben, geöffnet wurde.«

»Du hast also noch keine Grabmale oder geheimen Katakomben freigelegt?«

»Nein. Und ich besitze auch keine Peitschen oder gut sitzende Filzhüte. Aber ich liebe das, was ich tue.«

»Das finde ich toll.« Er blickte über ihre Schulter, als sie begann, die Tagebücher und Bücher auszupacken. »Wozu brauchst du das alles?«

»Die Tagebücher, um die Arbeit von allen an der Ausgrabung Beteiligten zu dokumentieren, und die Formulare, um die Funde zu beschreiben. Dann ist hier noch Referenzmaterial und Millimeterpapier, um die Ausgrabungsstelle zu skizzieren. Wir haben auch die für Querverweise notwendigen Unterlagen dabei, um die Beziehung zwischen den Funden zu belegen. Hier ist eine Kopie von dem Tagebuch von Farnsworth.«

Cort nahm es und blätterte es durch, ohne darin zu lesen.

Sie hielt ein weiteres Buch hoch und schaute es verwundert an. »Und das hier ist der Reiseführer von Fodor's für Budapest, wenngleich ich keinen Schimmer habe, wie der hier hineingekommen ist.«

»Ich hätte nicht gedacht, dass es so viele Sachen geben würde, die einen an Hausaufgaben erinnern«, murmelte er.

»Wir nennen das Büro nicht umsonst Zentrale für Papierschnittwunden.«

Cort grinste. »Wer ist noch in deinem Team?«

»Buddy Swift und seine Tochter, Ellie. Ich wette, ihr beide werdet euch gut verstehen. Sie ist in deinem Alter.«

Cort runzelte die Stirn. »Wie alt ist sie?«

»Fünfzehn.«

»Sie ist jünger als ich. Ich bin sechzehn.« In seiner Stimme schwang ein strenger Ton mit.

»Oh, Entschuldigung.« Carter verbarg ein Lächeln. »Sie kommen am Samstag. Ich denke, du wirst Ellie trotz des Altersunterschieds mögen. Sie ist lustig und sehr schlau.«

Er zuckte abweisend mit den Achseln. »Ja, sicher. Sag mal, ist das für dich in Ordnung, bis dahin ganz alleine zu sein?«

»Ja, völlig. Ich bin es gewöhnt, alleine zu zelten.«

»Aber hier im Wald lauern schon ein paar Gefahren, und bis Samstag ist es noch fast eine Woche. Vielleicht solltest du besser bei uns im Haus bleiben.« Er sah sie besorgt an, die Augenbrauen hochgezogen.

»Mir wird schon nichts passieren.«

»Vielleicht sollte ich besser hier oben bei dir bleiben.«

Carter wollte ihm schon eine hochmütige Antwort geben, als sie seinen Gesichtsausdruck sah, der voller Hoffnung und Wärme war.

Oh, oh, dachte sie, als sie begann, seine Aufmerksamkeit in einem anderen Licht zu betrachten.

Sie lächelte ihn sanft an. »Das ist sehr nett von dir, aber ich freue mich darauf, etwas Zeit für mich zu haben.«

»Oh. Aber tagsüber kann ich doch vorbeikommen, oder? Du brauchst doch bestimmt Hilfe, bevor dein Team hier ist?«

»Du hast bestimmt andere Sachen zu tun.« Sie faltete eine leere Reisetasche zusammen und stopfte sie in eine Kiste.

»Hätte ich, wenn man mir ein eigenes Leben gestatten würde«, brummte er. »Ich wollte diesen Sommer herumreisen oder wandern gehen, aber die größte Freude meines Onkels ist es, mich zu quälen.«

»Nun, das hier oben wird kein Zuckerschlecken werden. Ich werde ununterbrochen arbeiten.«

»Das ist in Ordnung. Ich möchte einfach nur mit – nun hier oben sein.«

Carter verstummte. Sie war sich nicht sicher, was sie sagen sollte, als sie ihn ansah. In den Augen des Jungen war jene schmerzhafte Verletzbarkeit zu erkennen, die mit der ersten Schwärmerei auftrat, und sie kam sich hilflos vor. Sie hoffte, dass was immer er ihr gegenüber auch empfand, nicht mehr war als das amouröse Gegenstück eines vierundzwanzig Stunden Virus. Ein heftiger Fall von Vernarrtheit, über die er schnell hinwegkommen würde. Sie wollte seine Gefühle nicht verletzen.

»Willst du mich nicht dabeihaben?« Seine Stimme zitterte.

»Das ist es nicht, aber –«

»Klasse. Dann komme ich morgens vorbei. Ganz früh.«

Carter schüttelte kläglich den Kopf und stellte fest, wie schade es doch war, dass es kein rezeptfreies Medikament zur Behandlung jugendlicher Schwärmerei gab. Ein Mittel, das Hirngespinste wieder abschwellen ließ.

»Na gut«, meinte sie. »Aber du wirst arbeiten müssen. Und komm ja nicht vor acht! Bevor ich nicht meinen ersten Kaffee getrunken habe, bin ich wirklich ungenießbar.«

»Ich wette, das stimmt nicht.« Die Worte platzten aus ihm heraus, während er schnell wegschaute.

»Cort«, begann sie sanft. Sie war sich nicht sicher, wie sie das Thema ansprechen sollte, doch musste sie ein paar Grenzen setzen.

»Was?«, fragte er ganz optimistisch.

Das Geräusch knackender Zweige ließ ihre Köpfe herumfahren, und beide erstarrten, als Nick aus dem Wald trat. Er trug Wanderschuhe und eine kurze Hose. Um seine Taille war ein rötlich braunes Sweatshirt geschlungen. Carter schaute schnell von ihm weg und konzentrierte sich stattdessen auf Cort. Während ihm die Verärgerung im Gesicht abzulesen war, hatte Carter das Gefühl, mit Nicks Auftauchen vom Regen in die Traufe zu kommen. Von einer Verbesserung der

Lage konnte keine Rede sein, nur die Gefahr war eine andere geworden.

»Ich warte schon ganz gespannt auf Ihren Bericht, wie das Aufschlagen Ihres Zelts geklappt hat«, sagte Nick sanft zu Carter.

Sie spürte, wie sie rot wurde.

»Ich finde, ich sollte hier oben beiben«, warf Cort entschieden ein. »Zumindest bis die anderen da sind.«

Nick zog eine Augenbraue hoch.

»Sie braucht jemanden, der sie beschützt.«

Sein Onkel lachte. »Aufgrund meiner, wenngleich auch begrenzten Erfahrung mit Ms. Wessex, bezweifele ich das.«

»Sie sollte hier oben nicht alleine sein.«

»Dann sollte sie nach unten ins Haus kommen. Du wirst nicht hier oben bei ihr bleiben.«

»Warum nicht?«

Während zwischen den beiden Wut und Frustration aufflammte, schaute Nick zum Himmel. »Lass uns aufhören zu streiten.«

»Carter, gibt es irgendetwas, das Sie brauchen?«, fragte Nick spitz.

»Ich will, dass du mir sagst, warum!«, rief der Junge.

»Cort, ich werde das jetzt nicht mit dir besprechen.«

»Fertige mich nicht so ab!«

»Das tue ich nicht.«

»Tust du wohl! Warum sagst du nicht, was du wirklich denkst?«

Nick holte tief Luft und fuhr sich mit einer Hand durchs Haar.

»Gut. Ich finde, wir sollten das Thema wechseln. Es wird schon spät, und wir müssen uns auf den Weg machen, es ist Zeit für das Abendessen.«

»Du bist ein solcher Lügner! Ich gehe nirgendwohin, bis du –«

»Es reicht!«, sagte Nick finster. »Du kannst gehen.«

»Ich bin kein Kind.«

»Du verhältst dich aber wie eins.«

»Tue ich nicht!«

»Einen Wutanfall zu bekommen ist nicht das Verhalten eines Erwachsenen. Und wenn Ms. Wessex jemanden zum Schutz braucht, dann bestimmt keinen Sechzehnjährigen, der sich aufführt wie ein Kleinkind, oder?«

Carter schnappte nach Luft, während Cort rot wurde und weglief.

Nick fluchte leise.

»Was sollte das denn?«, fragte sie verärgert.

Er antwortete nicht.

»Ich habe Sie etwas gefragt. Warum waren Sie so gemein zu ihm?«

»Sie finden, das war gemein?«

»Nein, überhaupt nicht. Sie sind prädestiniert dafür, das Selbstwertgefühl anderer aufzubauen.« Ihre Stimme war sarkastisch. »Der Junge hat sich den Hintern für mich aufgerissen, damit wir die Sachen hier auf den Berg bekommen. Ich habe mit seiner Hilfe an einem Nachmittag mehr erreicht als alleine in zwei Tagen, und Sie haben nichts Besseres zu tun, als ihn anzublaffen.«

»Das geht Sie nichts an.«

Carter starrte ihn an. »Wissen Sie, langsam steigt in mir der Verdacht auf, dass Sie nicht nur unhöflich, sondern auch boshaft sind.«

Nick warf ihr einen Blick zu, der, da war sie sich sicher, andere über das Leben im Jenseits hatte nachdenken lassen. Seine Stimme war schneidend, als er sprach.

»Meine Verantwortung erstreckt sich nicht nur auf das Vergnügen und die kleinen Launen des Jungen, sondern auf sein ganzes Leben. Verstehen Sie diesen Unterschied, oder sind Sie selbst noch zu jung, um ihn zu erkennen? Das, was ein Teenager will, weicht mitunter sehr von dem ab, was er braucht.«

Carter trat ihm entschieden entgegen und stellte sich auf die Zehenspitzen. »Auch wenn ich noch keine dreißig bin, weiß ich, dass kein Jugendlicher es braucht oder will, dermaßen vor anderen blamiert zu werden. Selbst wenn Sie nicht möchten, dass er hier oben bleibt, hätten Sie ihm das mit weniger drastischen Worten beibringen können.«

»Das funktioniert bei ihm nicht«, knurrte Nick. »Er ist ein Kämpfer und hört erst dann auf, wenn er mich an meine Grenzen getrieben hat.«

»Dann müssen Sie sich eben noch mehr Mühe geben. Sie sind hier der Erwachsene.«

Sie standen beide in Angriffsposition da, Kopf an Kopf, während das Licht am Himmel langsam schwächer wurde.

Nick sagte mit zusammengebissenen Zähnen: »Nur zur Erinnerung – Sie sind hier, um in der Erde zu graben. Sie können gerne Ihre Theorien aufstellen, was Musketenkugeln betrifft, aber halten Sie sich aus meinen Familienangelegenheiten heraus. Ich brauche nicht noch jemanden, mit dem ich mich herumstreiten muss.«

»Dann bleiben Sie einfach von diesem Berg weg. Oder hören Sie auf, Sie selbst zu sein.«

Es trat eisige Stille ein, in der sie sich wütend anstarrten, bis Carter verärgert seufzte und wegschaute.

»Das hier könnte ein großer Fehler gewesen sein«, murmelte sie und strich sich eine Strähne aus den Augen.

»Nicht, wenn Sie Ihre Arbeit machen, und aufhören, sich als Sozialpädagogin aufzuführen.«

»Ich finde, Sie sollten gehen.«

Er zog die Augenbrauen hoch. »Schicken Sie mich etwa weg?«

»Entweder gehen Sie oder ich. Wenn ich gehe, muss ich die ganzen Sachen wieder nach unten schleppen, und das ist mir zu anstrengend.«

Nick starrte sie an, zog die Augenbrauen zusammen und sagte mit barscher Stimme: »Nur damit das klar ist – ich muss mich Ihnen gegenüber nicht erklären. Sie sind hier auf meinem Land, und ich kann tun und lassen, was ich will. Und das heißt, ich kann Sie jederzeit von diesem Berg hinunterwerfen.«

»Gut. Dann tun Sie's doch einfach.« Sie hielt trotzig und herausfordernd seinem Blick stand.

Nick runzelte die Stirn.

»Jetzt machen Sie schon!«, forderte sie ihn auf. »Sie legen mit Ihrem Getrommel auf die Brust ein dermaßen männliches Machtgehabe an den Tag, dass Sie sogar einem Gorilla Konkurrenz machen. Soll ich nun gehen oder nicht?«

Eine lange Stille trat ein.

Der Blick seiner diamantharten Augen bohrte sich in sie, bis sie dachte, sie könnte den Druck nicht mehr aushalten. Doch dann, als sie gerade klein beigeben wollte und wegschaute, tat er etwas völlig Unerwartetes. Er beugte sich zu ihr vor und streckte seine Hand aus. Als er ihre Wange sanft berührte, zuckte sie zusammen, als wäre sie geschlagen worden.

»Was tun Sie da?«, fragte Carter und riss den Kopf zurück.

»Diese Strähne aus Ihrem Gesicht streichen.« Sie bemerkte,

dass seine Stimme sich verändert hatte, sie war sanfter, nachdenklicher geworden. Fast verführerisch.

Ihr Herz begann zu klopfen.

Sein Daumen strich noch einmal über ihre Wange und wanderte dann hinunter zu ihrem Kiefer.

»Lassen Sie das!«, forderte sie ihn auf. Doch das Zittern in ihrer Stimme schwächte den Befehl ab.

»Ich möchte Sie küssen.«

»Wie bitte?«, stotterte sie.

»Sie haben mich schon gehört. Ich möchte Sie küssen.«

»Nein, möchten Sie nicht.« Sie sprach gehetzt.

»Doch, möchte ich.« Er sprach langsam und überlegt. »Und das schon, seitdem Sie in mein Arbeitszimmer hineinspaziert kamen.«

»Nein.«

»Doch.«

»Ich bin nicht Ihr Typ.«

»Ich habe keinen Typ.«

»Doch, haben Sie.« Sie bekam ihre Worte nicht schnell genug über die Lippen.

»Aha. Und wie kommen Sie zu diesem Schluss?«

»Wenn ich je den Inbegriff einer Blondine gesehen habe, dann bei Ihnen zu Hause.«

Er lachte leise.

Das Geräusch gab ihr die Kraft, sich zu wehren. Mit ihr würde er nicht spielen.

»Hören Sie zu, Farrell! Ich bin nicht für Ihr Vergnügen hier. Ich weiß, Sie sind es gewohnt, dass sich Frauen Ihnen an den Hals schmeißen, aber ich bin nicht …«

Er streckte seine Hand aus und strich eine weitere Haarsträhne aus ihrem Gesicht. Als er sie hinter ihr Ohr steckte, blieb die Hand auf ihrem Nacken liegen. Es war die sanfteste

Berührung, die sie je erlebt hatte, seine Finger strichen einfach nur über ihre Haut.

Ihr Mund wurde trocken. Sie fuhr sich mit der Zunge über die Lippen.

»Ich liebe es, wenn Sie das tun.« Seine Stimme war heiser und fuhr ihr bis ins Mark. Während sein Daumen über ihre Unterlippe strich, bemerkte sie, dass in seinem Gesichtsausdruck nichts Neckendes oder Scherzhaftes lag. Es war ihm wirklich ernst. Seine Fingerspitzen fuhren derweil über eine Haarsträhne, bis hinunter zu ihrem Schlüsselbein. Seine Berührung brannte sich durch den dünnen Baumwollstoff ihres T-Shirts.

Carter wusste, dass sie besser zurückweichen sollte. Sie rief sich in Erinnerung, dass sie wütend auf ihn war. Dass er ein gemeiner Mist…

Mit einer blitzschnellen Bewegung zog Nick ihre Baseballkappe herunter, sodass ihr Haar ihr Gesicht umrahmte. Seine Augen, die vor Verlangen glühten, wanderten über sie, als wäre sie ein Bach, an dem er seinen Durst löschen könnte. Ihr Körper reagierte mit einer so starken Welle der Sehnsucht, dass ihre Willenskraft zu versagen drohte. Während die Zeit immer langsamer verstrich und schließlich zum Stehen kam, wusste sie nicht, wie sie mit der aufsteigenden Hitze oder der pochenden Anspannung in ihrem Inneren umgehen sollte.

Also tat sie das Einzige, das ihr in den Sinn kam.

Sie küsste ihn zuerst.

Sie griff nach seinem Hemd und zog ihn am Kragen zu sich herunter. Während ihre Lippen sich auf seine legten, spürte sie, wie seine Zunge schnell in ihren Mund glitt und seine Arme ihre Taille umfassten. Sie verschmolzen miteinander, die Körper wie aus einem Guss. Ihre Rundungen schmiegten sich nahtlos an seine Kanten, und sie spürte, wie seine Erregung wuchs und seine Erektion gegen ihren Körper drückte.

Er fuhr mit den Händen durch ihr Haar, die Finger gruben sich in ihre Kopfhaut. Sie konnte ein lustvolles Stöhnen nicht verhindern, während ihr Körper vor Verlangen zitterte. Sie wollte mehr von ihm, wollte ihn ganz und packte ihn so fest an seinen breiten Schultern, dass ihr klar war, dass ihre Hände Abdrücke hinterlassen würden. Es war ihr egal, dass sie sich dicht an einem Abhang befanden.

Aber dann hörte sie plötzlich das durchdringende Geräusch eines knackenden Zweigs und ein gleichmäßiges Schlagen in der Luft. Zitternd ließen sie voneinander ab, wandten sich dem Geräusch zu und sahen, wie sich ein Habicht auf seinen großen Flügeln hinauf in den dunkler werdenden Himmel schwang.

Nick trat einen Schritt zurück, und sie hörte noch über dem Geräusch ihres eigenen Atems, wie er nach Luft rang. Sein Hemd sah an der Stelle, wo sie ihn zu sich gezogen hatte, eigenartig verdreht aus, und sie wurde rot, als sie sich fragte, was zum Teufel sie nur geritten haben konnte, sich so auf ihn zu stürzen.

Er blickte sie eine Weile an, als ob er versuchte, sich über diesen plötzlichen Ausbruch der Leidenschaft zwischen ihnen beiden klar zu werden, der ihn genauso zu überraschen schien wie sie.

»Ich denke, ich sollte jetzt gehen«, meinte er schließlich.

Während er sich umdrehte, flüsterte sie: »Ja, das denke ich auch.«

Nick verließ eilig das Lager. Trotz der zunehmenden Dunkelheit war es immer noch hell genug, um den Weg nach unten zu erkennen, wenngleich er kein Licht brauchte. Er kannte jede Biegung des Pfads und jeden Stein am Rand, und diese Vertrautheit war tröstlich.

Denn er hatte keine Ahnung, was in ihn gefahren war.

Wie der Streit zwischen ihnen beiden in diesem stürmischen Kuss hatte enden können, war ihm ein Rätsel. In der einen Minute war er wütend auf diese Frau, und in der nächsten davon überwältigt, wie wunderschön sie mit der untergehenden Sonne im Gesicht aussah. Dann hatte sie ihn geküsst, und die ganze verdammte Welt war in Flammen aufgegangen.

Diese überwältigende Intensität war nicht in seinem Plan vorgesehen gewesen.

Gut, er hatte sie von Beginn an anziehend gefunden, aber er hatte keine Ahnung gehabt, wie es sein würde, sie zu küssen. Er war auf das Gefühl nicht vorbereitet gewesen, ihren Körper an seinem Körper, ihre Brust an seiner Brust zu spüren. Ihre Lippen, die seine Küsse mit der gleichen Leidenschaft erwidert hatten.

Er war schon seit Langem nicht mehr so geküsst worden. Verflucht, er war noch nie so geküsst worden. Und keine Frau hatte ihn je zuvor an seinem Hemd gepackt, um seinen Kopf zu ihrem Mund zu ziehen. Sie hatte in dem Moment völlig die Kontrolle über ihn gehabt.

Allein bei dem Gedanken begann sein Körper zu pochen.

Nick beschleunigte seinen Gang. Er war kein Mann, den leicht etwas überwältigte, und er verlor sicherlich nicht häufig die Kontrolle über sich. Doch die bloße Berührung ihrer Lippen hatte in ihm das Gefühl ausgelöst, in einen Vulkan geworfen zu werden. Außer Kontrolle und glühend heiß, hatte er sich gegen den Angriff nicht wehren können.

Er war auch nicht daran interessiert gewesen.

Er biss die Zähne zusammen, um das Verlangen zu unterdrücken, und kam zu dem Schluss, dass es eine Laune der Natur gewesen sein musste. Er war aufgrund seiner Reise nach Japan und der Migräne danach schon eine Weile nicht mehr mit Candace zusammen gewesen. Das musste das Problem sein.

Daran musste es liegen, verdammt noch mal.

Am Ende des Pfads wanderte er über die Wiese, hinüber zum Haus.

Bevor er hineinging, blieb er kurz stehen und schaute zurück zum Berg. Er konnte in der Nähe des Gipfels den Schein eines Feuers erkennen und verspürte das starke Verlangen, wieder zurückzugehen, als ob er etwas Wichtiges vergessen hätte.

Nick fluchte laut, bevor er das Haus betrat. Er ging geradewegs in sein Büro und nahm wild entschlossen den Hörer in die Hand.

Er wusste, was er tun konnte, um sich in Gedanken nicht weiter mit Carter beschäftigen zu müssen, was zweifellos ungesund gewesen wäre.

Als Candaces Stimme am anderen Ende der Leitung erklang, sprach er klar und ruhig. »Ich bin's.«

»Hallo«, erwiderte sie überrascht.

»Ich möchte, dass du dieses Wochenende hierherkommst.«

»Mein Schatz«, hauchte sie, »gerne.«

»Komm am Donnerstagabend und bleib so lange du willst, von mir aus die ganze nächste Woche.«

Sie gurrte förmlich vor Freude. »Ich würde den ganzen Sommer bleiben, wenn du mich ließest.«

Nick antwortete nicht. Das Gefühl, einen Strick um den Hals gelegt zu bekommen, beschäftigte ihn zu sehr.

Du hast gerade einen Fehler gemacht, dachte er.

»Nick?«, schnurrte sie.

»Was?«

»Bedeutet das, du hast über unsere Unterhaltung, was unsere Zukunft betrifft, nachgedacht?«

Oh Gott. Was tat er da gerade?

»Natürlich habe ich darüber nachgedacht.«

»Ich wusste, dass du es dir noch einmal überlegen würdest.«

»Ich muss los«, sagte er schnell.

»Bis bald.«

Candace klang glücklich, als sie einhängten.

Nick wusste verdammt gut, warum sie so erfreut und überrascht war. Normalerweise bat er sie nicht auf seinen Sommersitz, da er sich das Seehaus als Rückzugsort bewahren wollte, um wirklich ausspannen zu können. Und er hatte sie auch noch nie zuvor auf unbegrenzte Zeit eingeladen.

Nick ging zu seiner Hausbar, schenkte sich einen Scotch ein, kippte ihn hinunter und goss sich direkt noch einen ein. Er dachte an Cort und stieß einen Seufzer aus. Er musste mit ihm reden, versuchen, die Kluft, die noch breiter geworden war, zu überbrücken. Aber was könnte er ihm noch sagen, worauf er nicht nur Widerworte zurückbekäme?

»Verflucht«, entfuhr es ihm laut.

Gertie steckte ihren Kopf zur Tür herein. Sie knöpfte sich gerade eine gelbe Strickjacke zu, und eine Handtasche mit einer großen Sonnenblume darauf hing über einem Arm.

»Ich habe dir einen Teller mit Essen in den Kühlschrank gestellt. Und bevor du fragst, Cort ist in seinem Zimmer. Bring ihm sein Essen hoch!«

Nick lächelte müde in ihre Richtung. »Woher wusstest du, dass ich gerade an ihn dachte?«

»Er war aufgebracht, als er nach Hause kam, und immer wenn du dich fragst, was du mit dem Jungen machen sollst, siehst du so aus wie jetzt.«

»Und wie sehe ich aus?«

»Als wärst du ein Hund, dessen Schwanz sich unter einem Schaukelstuhl befindet.«

Er trank seinen Scotch aus. »Ich sollte hochgehen und mit ihm reden.«

»Gute Idee.«

Nick stellte sein Glas ab und wechselte das Thema. »Ich habe Candace gebeten, eine Weile hierherzukommen.«

Gertie erwiderte nichts; sie nahm nur ein Kopftuch aus ihrer Tasche und band es sich um.

»Keine Reaktion?«

»Ich werde dafür sorgen, dass alles bereit ist.«

Er runzelte die Stirn.

»Schau mich nicht so an!«, sagte sie kurz angebunden. »Ich kann nicht so tun, als würde ich etwas gut finden, von dem du selbst weißt, dass es das nicht ist, nur damit du dich besser fühlst.«

Er fuhr sich mit einer Hand durchs Haar, während sie die Tür leise hinter sich schloss.

Gott sei Dank war Gertie die Einzige, die seine Gedanken so gut lesen konnte.

So wusste sonst wenigstens niemand, in welchem Chaos sein Leben steckte.

5

Carter erwachte am nächsten Morgen durch ein lautes, durchdringendes Geräusch, was sie überraschte, denn sie hatte gar keinen Wecker mitgenommen.

Es dauerte eine Weile, bis sie begriff, dass das Staccato von einem Specht stammte. Während er unverdrossen weiterklopfte, legte Carter sich ihr Kissen auf den Kopf und dachte, das wenn der Vogel nicht aufhörte, dies wohl das Ende ihrer Liebe zur Natur bedeuten würde.

Kurze Zeit später schob sie das Kissen beiseite und versuchte das Zifferblatt ihrer Uhr zu lesen. Wenn sie richtig gerechnet hatte, musste sie noch drei Stunden schlafen, um die schlaflosen Stunden der letzten Nacht wiedergutzumachen.

Was, solange Herr Krachmacher draußen weiterklopfen würde, wohl kaum möglich wäre.

Sie machte den Reißverschluss ihres Schlafsacks auf, schwang die Beine heraus und stand auf. Nachdem sie eine Jeans, einen Rolli, einen Fleecepullover und ihre Stiefel angezogen hatte, trat sie aus dem Zelt, um den Störenfried zur Rede zu stellen.

»Ich bin auf«, blaffte sie ihn an. »Zufrieden?«

Der Vogel, erschrocken vom Geräusch ihrer Stimme und bedacht auf sein Leben, ergriff spontan die Flucht.

»Was für ein blödes Vieh!«

Sie ging hinüber zum Küchenzelt und setzte Kaffee auf.

Nachdem sie einen Becher getrunken hatte, spürte sie, wie sie allmählich wieder sie selbst wurde, und begann, den Tag zu planen. Nachdem sie viele Stunden in der Dunkelheit nachgegrübelt hatte, warum sie einen Mann, den sie nicht mochte, geküsst hatte, war es schön, über die Arbeit nachzudenken. Ihre Überlegungen mitten in der Nacht hatten ihr nichts gebracht. Vielleicht musste sie sich einfach auf andere Dinge konzentrieren.

Wie zum Beispiel auf die Ausgrabung, wegen der sie überhaupt hier war.

Sie ging in die Zentrale für Papierschnittwunden, nahm die maßgebliche Biografie von General Farnsworth, eine Kopie seines Tagebuchs, einen Block und einen Kuli zur Hand. Dann blieb sie kurz stehen, um eine Thermoskanne mit Kaffee zu füllen, und ging in Richtung des Aussichtspunkts. Als sie zwischen den Bäumen hervortrat, war sie verblüfft von dem Sonnenaufgang, der sie empfing. Rosafarbene und gelbe Streifen durchzogen den Himmel, und die ganze Pracht spiegelte sich in der ruhigen Oberfläche des Wassers wider.

Nun, dieser Anblick war es wert, so früh aufgewacht zu sein, dachte sie.

Sie suchte sich einen flachen Stein aus, kletterte darauf und setzte sich im Schneidersitz hin. Die frische, nach Kiefern duftende Bergluft stieg ihr in die Nase, und die Sonnenstrahlen wärmten ihr Gesicht. Bequem sitzend, den Kaffeedurst gestillt und um einiges zufriedener als in ihrem Zelt, schlug sie das größere der beiden Bücher auf. Sie trank ihren Kaffee und schaute gelegentlich hoch, um die Sonne zu beobachten, wie sie weiter aufstieg. Dabei las sie noch einmal Teile der Biografie des Generals, um ihre Erinnerung aufzufrischen.

Farnsworth war der uneheliche Sohn eines britischen

Adligen gewesen, der den königlichen Truppen beigetreten war, da sich ihm nicht viele andere Möglichkeiten geboten hatten. Verwickelt in die militärischen Auseinandersetzungen der neuen Welt, stieg er schnell auf und wandte bei jedem, der sich ihm in den Weg stellte, eine Mischung aus Schreckenstaktik, Bestechung und tödlicher Gewalt an. Innerhalb von zwei Jahren und nach zahlreichen siegreichen Kämpfen erhielt er das Kommando über Fort Sagamore.

Im Herbst 1776, kurz nachdem er seinen neuen Posten im Fort übernommen hatte, geriet er auf einer Reise zum Hafen von New York in ernsthafte Schwierigkeiten. Als er dort ankam, um sich mit führenden Köpfen der britischen Armee zu treffen und eine militärische Strategie zu entwickeln, fand er Gefallen an einer jungen Bardame, akzeptierte aber offensichtlich kein Nein ihrerseits. Der Vater des Mädchens, ein Siedler mit vielen Freunden, erwischte den General, wie er seine Tochter vergewaltigte. Als Farnsworth versuchte aus der Stadt zu fliehen, wurde er von der wütenden Menge gefangen genommen. Er verlangte seine Freiheit und beteuerte seine Unschuld, indem er behauptete, das Mädchen hätte ihn verführt, eine Aussage, die um einiges glaubwürdiger gewesen wäre, hätte man sie nicht unter ihm vorgefunden, blutend und unter Schock stehend.

Die Gemeinschaft der Siedler verlangte seinen Tod. Die Briten jedoch hatten keinerlei Interesse daran, einen solch wertvollen militärischen Aktivposten zu verlieren und besaßen bei den Verhandlungen das perfekte Druckmittel. Nur Wochen zuvor, am Ende eines blutigen Gefechts in der Nähe von Boston, war Nathaniel Walker, einer der großen kolonialen Anführer der amerikanischen Revolution, gefangen genommen und ironischerweise im Kerker von Fort

Sagamore versteckt worden. Nach harten Verhandlungen in angespannter Atmosphäre kam es zu einer Einigung, die einen Handel beinhaltete.

Zwei Soldaten der kolonialen Truppen, die vor dem Streit als Farmer gearbeitet hatten, wurden ausgewählt, Farnsworth auf den Weg in den Norden des Staats New York zu begleiten, wo der Austausch stattfinden sollte. Reverend Jonathan Winship, geistlicher Führer und Gemeindevorsteher der Kolonien, schloss sich ihnen an. Man hoffte, sein Einfluss würde den Hass der Minutemen gegenüber dem Mann, den sie begleiteten, dämpfen und der Gefangene würde so sicher und lebendig ankommen, um gegen Walker ausgetauscht zu werden.

Der Winship-Trupp, wie die Gruppe genannt wurde, beauftragte einen Ureinwohner, sie nach Norden in die Nähe von Fort Sagamore zu führen. Trotz der Risiken und der unmittelbaren Nähe der feindlichen Stellungen hielt man es für denkbar, dass der Trupp sowohl den Weg durch die Adirondacks als auch den Austausch überleben könnte. Sie alle waren kluge Männer und kannten sich mit einer Muskete aus, einschließlich des Reverend, und sie wurden von einem Algonkin geführt, der in dem Gebiet geboren worden war.

Was sich jedoch als Nachteil herausstellte, war ihr schweres Gepäck.

Die Revolutionsanhänger in der Stadt hatten den dreien Gold mitgegeben, das dafür verwendet werden sollte, Essen und Pelze für die Soldaten zu kaufen, die den Widrigkeiten des bevorstehenden Winters an strategischen Außenposten entlang des Hudson River trotzen mussten. Der Winship-Trupp sollte sich in der Nähe des südlichen Teils von Lake Sagamore, noch weit weg von Farnsworths Fort, mit einer

Gruppe Milizangehöriger treffen, um dort das Gold zu übergeben. Man glaubte, es wäre vorteilhafter, das Edelmetall zusammen mit Farnsworth zu transportieren, da der Winship-Trupp eine Art diplomatische Immunität besaß, solange der britische Führer unter ihrer Obhut war.

Farnsworth jedoch hatte die ganze Zeit geplant, den Trupp in einen Hinterhalt zu locken. Er war kein aufrichtiger Mann und freute sich darauf, Nathaniel Walker in seinem Kerker verhungern zu lassen. Während der Verhandlungen in New York zwischen ihm und den Siedlern war es einfach gewesen, seinem Fort eine Nachricht zukommen zu lassen, um Ort und Zeitpunkt des Angriffs auf den Trupp in den Bergen mitzuteilen. Sein Plan war es, die Amerikaner niederzumetzeln und ihre sterblichen Überreste den Rotluchsen zum Fraß vorzuwerfen.

Als der Trupp dann aber hinaus in die Wildnis zog, bot sich ihm die Möglichkeit, als ein noch viel wohlhabenderer Mann aus seiner Gefangenschaft herauszukommen. Seine Begleiter trugen eine schwere Last in einer kleinen Metallkiste, und er wusste, es gab nur eine Sache, die die Schultern eines Mannes so weit nach unten hängen ließen: Gold, viel Gold. Als die Siedler eine Nacht am Lake Sagamore verbrachten, um dann am nächsten Tag, immer noch mit schwerer Last, aber deutlich unruhiger, aufzubrechen, erkannte er die erstklassige Gelegenheit, seine finanzielle Situation schlagartig zu verbessern.

Was dann geschah, blieb im Verborgenen, sehr zum Verdruss der Historiker. Farnsworth war der Einzige, dem es gelang zu entkommen. Schwer verletzt, schleppte er sich bis Fort Sagamore, vor dessen Steinmauern er zusammenbrach. Er hatte lediglich sein Tagebuch bei sich, doch konnte oder wollte er über das letzte Kapitel nicht schreiben.

Während Farnsworth dem Tod nahe war, gelang Walker die Flucht, und er kehrte mit Verstärkung zurück. Sein Angriff auf die britische Festung ging als eine der wichtigsten Schlachten des Unabhängigkeitskriegs in die Geschichte ein, bei der Farnsworth durch Walkers Hand starb. Während der General seinen letzten Atemzug tat, wollte Walker von ihm wissen, was dem Reverend und den anderen zugestoßen war. Farnsworth erzählte Walker von einer blutrünstigen Attacke durch Red Hawk, den Führer des Trupps. Es folgte eine Suche nach dem Mörder, doch fand man den Indianer nie.

Genauso wenig wie das Gold.

Seitdem kursierten die unterschiedlichsten Versionen über den weiteren Verlauf der Geschichte, bis zu der heute vorherrschenden Meinung, dass Red Hawk den Trupp angegriffen hatte. Er wurde nie wieder gesehen, auch hörte man nie wieder etwas von ihm, woraus geschlossen wurde, er wäre danach umgekommen und das Gold befände sich wahrscheinlich irgendwo in der Nähe von Fort Sagamore. Ab dem Ende des 19. Jahrhunderts ließen sich mehr Menschen in der Umgebung von Lake Sagamore nieder, angezogen von den überlieferten Geschichten. Die Vorstellung eines verschollenen Schatzes ließ sie gierig werden, und sie begannen zu graben. Farnsworths Beschreibungen der Lichtung, auf der der Trupp sein Lager aufgeschlagen hatte, waren sehr eindeutig, und die Leute fingen, auf der Suche nach genau jener Stelle, an, die Berge um den See herum zu besteigen. Der Berg, der zum Besitz von Nick Farrell gehörte, war eins ihrer Lieblingsziele, und in Anbetracht der Tatsache, dass es Gerüchte um einen indianischen Geist gab, der angeblich auf dem Gipfel herumspukten sollte, übte sein Anwesen eine noch größere Anziehungskraft aus.

Doch keiner der seit Generationen Suchenden hatte je das Gold gefunden.

Und der Rest war, wie es so schön hieß, Geschichte, dachte Carter und schloss das Buch.

Sie führte den Becher zu ihren Lippen und verzog beim letzten Schluck des Kaffees das Gesicht, da er kalt und bitter war. Sie leerte die Tasse, indem sie sie schnell ausgoss, und stand von dem Stein auf. Es war schon um einige Grad wärmer, und der Tag würde wunderschön werden.

Als Carter sich auf dem kleinen Fußweg zurück in Richtung Lager aufmachte, hörte sie jemanden oder etwas, das hinter ihr durch den Wald kam. Sie verharrte. Schwer zu beurteilen, was schlimmer war, ein Bär oder Nick Farrell.

Als sie Cort erkannte, atmete sie erleichtert aus.

»Hallo!«, rief er und kam zu ihr herübergelaufen. Er trug eine Baseballkappe, doch irgendwie schaffte es sein Haar trotzdem, noch an ein paar Stellen seitlich abzustehen. Er sah liebenswert jung in dem frühen Morgenlicht aus, während sein frecher, selbstbewusster Gesichtsausdruck im Widerspruch zu der leichten Schüchternheit in seinen Augen stand.

Als sie ihn begrüßte, sah sie, dass sein Gesicht zu leuchten begann, was ihr unangenehm war. Sie wusste, sie müsste bald mit ihm über seine Verliebtheit sprechen.

»Bist du bereit für die Arbeit?«, fragte Carter, als sie zusammen zum Lager zurückgingen.

»Na klar. Wie war deine erste Nacht hier oben?«

»Gut. Ich lebe noch.«

Sie ging voran in Richtung der Zentrale für Papierschnittwunden.

»Wann fangen wir an zu graben?«, wollte Cort wissen und begann auf und ab zu wippen und gegen einen Schatten zu boxen.

»Erst, wenn mein Team hier ist.«

Er machte ein langes Gesicht und verstummte kurz. »Ich dachte, wir würden heute Morgen beginnen.«

»Vor uns liegt noch eine Menge Arbeit, bevor die erste Schaufel den Boden berühren wird. Außerdem möchte ich Buddys Einschätzung zu dem Ausgrabungsort hier hören, bevor wir anfangen.«

»Und was machen wir dann heute?«

»Zuerst müssen wir die Stelle kartographieren. Ich verstehe, wenn du diesen Teil auslassen möchtest und erst dann wiederkommen willst, wenn's Spaß macht.«

Cort zuckte mit den Achseln. »Ist schon okay. Wird bestimmt nett werden. Abgesehen davon muss ich weg vom Haus.«

»Wieso?« Carter ging hinüber zu einem Werkzeugkasten. Sie ließ die Metallriegel aufschnappen und öffnete den Deckel.

»Sie kommt zurück.«

»Wer?«

»Die Freundin meines Onkels.«

Carters Körper versteifte sich unwillkürlich, und sie musste ihre Hände zwingen, in der Kiste herumzukramen. Du wolltest nach den Hämmern suchen, rief sie sich in Erinnerung.

»Bist du ihr nicht begegnet, als du das letzte Mal bei uns warst?«, fragte Cort. »Sie sieht aus wie eine Figur aus der griechischen Mythologie. Wenn du mich fragst, geht sie auf einer Schlangenfarm zum Friseur.«

Carter hatte Mühe, ihre Stimme gleichbleibend klingen zu lassen. »Ich bin mir sicher, du übertreibst.«

»Nicht wirklich. Sie schafft es, Kellner vom Plaza Hotel in New York zum Weinen zu bringen. Habe ich selbst schon erlebt.«

»Diese Frau muss irgendwelche Eigenschaften besitzen, die das wiedergutmachen, sonst wäre er nicht in sie verliebt.« Sie fand die Hämmer, steckte sie sich unter den Arm und schloss den Deckel.

»Er ist nicht in sie verliebt. Und wenn doch, möchte ich auf diese Weise nie verliebt sein. Das Leben ist furchtbar mit Blondzilla im Haus, aber auch dann schon, wenn ihr Besuch nur bevorsteht. Gertie wird nervös und angespannt, und Onkel Nick wird unausstehlich. Obwohl er sowieso schon eine Spaßbremse ist. Deshalb verstehe ich es auch nicht. Ich weiß nicht, warum er sie hierher eingeladen hat.«

»Eingeladen?« Carter stopfte die Werkzeuge energischer in die Tasche als notwendig.

»Anscheinend gestern Abend. Zumindest habe ich zufällig gehört, wie Gertie das zu Ivan sagte.«

Carter sah den Jungen mit einem leeren Blick an, während ihr Verstand kurz aussetzte. Die Tatsache, dass Nick nach ihrem Kuss, der für ihn nicht weiter von Bedeutung gewesen war, sie aber die ganze Nacht hatte wachliegen lassen, nichts Besseres zu tun gehabt hatte, als diese Frau anzurufen, war schwer zu ertragen. Sie war nicht mehr als ein weiteres Paar Lippen.

Jetzt, wo sie darüber nachdachte, stellte sie fest, dass sie die naivste Person auf der Erde sein musste. Der Mann wurde mit einigen der schönsten Frauen dieser Welt in Verbindung gebracht. Diese Sonnenuntergangskussgeschichten passierten ihm wahrscheinlich ständig.

»Gehen wir nun hinüber zum Ausgrabungsort?«, fragte Cort.

»Ja, klar.«

»Carter?«

Sie schüttelte sich. »Tut mir leid. Lass uns nach den Sachen sehen, die wir brauchen.«

Auch wenn sie schon seit fast zehn Jahren Ausgrabungen leitete, musste sie immer noch überlegen, welche Utensilien für die Kartographierung eines Standorts notwendig waren. Sie holte vier Rollen Bindfaden, drei Dutzend Holzstangen und ein Maßband hervor und steckte eine Kamera, eine Schere, Millimeterpapier, Bleistifte, Lineale und eine nicht ganz volle Wasserflasche in den Rucksack.

»Wozu brauchen wir die Stangen? Jagen wir etwa Vampire?« Cort begann wieder mit einem Schatten zu boxen und ahmte Stoßbewegungen nach.

Kopfschüttelnd lächelte sie den Jungen an und beschloss, das Thema Nick Farrell aus ihrem Kopf zu verbannen. Durch diese Entscheidung etwas gestärkt, schnallte Carter sich den Rucksack um und machte ihren Rücken gerade.

Der Geist triumphiert über die Materie.

Beziehungsweise über den Mann.

Während sie und Cort in Richtung Wald gingen, jeder einen Griff der Tasche in der Hand, erklärte sie ihm, was sie machen würden. »Wir werden den Ausgrabungsort mit einem Raster belegen.«

»Warum?«

»Wenn wir eine Stätte ausgraben, zerstören wir sie. Die Artefakte sind zwar wichtig, aber genauso wichtig sind ihre Beziehungen zueinander. Eine gut kartographierte Ausgrabungsstelle und eine gewissenhafte Dokumentation bedeuten, dass jeder Archäologe durch die Aufzeichnung die Ausgrabung nachbilden und seine eigenen Schlüsse ziehen kann.«

Sie traten in den Steinkreis hinein, Carter nahm die Kamera und bot Cort an zu fotografieren. Er begann Bilder zu machen, und sie hörte das klickende Geräusch der Verschlussklappe.

»Gebt mir mehr!«, forderte er die Steine auf. »Ich brauche noch mehr Gefühl. So ist gut. Mehr Schmollmund!«

Nach zehn Minuten rief sie: »He, mach mal langsam, Helmut Lang! Wie wär's, wenn du das Objektiv gegen einen Hammer eintauschst?«

»Für dich mache ich doch alles.«

Er stolzierte zu ihr hinüber und nahm den Beutel mit den Stangen.

»Geh in den Kreis und steck nach jeweils einem Meter eine davon in den Boden! Bleib dabei so nah wie möglich an den Steinmauern!«

Während er sich an seine Arbeit machte, skizzierte sie die Umrisse des Ausgrabungsorts und zog anschließend zwischen den Stangen, die sich gegenüberlagen, Schnüre auf, sodass in einer Höhe von ungefähr eineinhalb Metern ein Raster über dem Boden entstand. In der Mitte des Rasters, wo die Schnüre durchhingen, steckten sie zur Verstärkung noch mehr Holzstäbe hinein.

»Es sieht aus wie ein Schachbrett«, meinte Cort, als sie mit der Arbeit fertig waren.

Er schaute ihr zu, wie sie das Raster auf die Karte übertrug, und es danach am linken Rand mit Nummern und am unteren Ende mit Buchstaben versah.

»Also, wenn jetzt einer von uns ein Artefakt findet, wird es auf diesem Plan verzeichnet. Ich werde noch einen weiteren Plan für die Tiefe erstellen, um auch dort die unter der Erde gefundenen Stücke einzuzeichnen. Außerdem wird jeder ein Tagebuch zu seinem Ausgrabungsgebiet und seinen Funden führen. Diese Tagebücher werden in das Ausgrabungstagebuch übertragen, das nicht nur die Arbeit aller an der Ausgrabung Beteiligten umfasst, sondern auch detailliert über die Wetterbedingungen, die Erdbeschaffenheit und die Reihenfolge der gefundenen Stücke Aufschluss gibt.«

Cort verdrehte die Augen. »Es wundert mich, dass bei all der Aufzeichnungsarbeit überhaupt etwas gefunden wird.«

»Gegenkontrolle ist wichtig, genauso wie ein sorgfältiges Augenmerk auf die Details.«

»Ich denke, eine zwanghafte Persönlichkeit ist bestimmt auch von Vorteil.«

Carter lächelte.

Nach dem Mittagessen bereiteten sie einen Platz außerhalb des Steinkreises vor, an dem die Erde gesiebt werden würde, um sicherzugehen, dass auch der kleinste Fund nicht verloren ginge. Dann machten sie eine Pause und erforschten die Umgebung des Bergs.

Es war später Nachmittag, als sie zum Lager zurückkehrten. Corts Augen schweiften in die Ferne, als er sich verabschiedete. »Nun, dann sehen wir uns wohl morgen wieder, oder?«

»Sicher. Und vielen Dank, dass du so fleißig warst.«

Der Junge winkte ihr unbeholfen zu und verschwand im Wald. Sie hoffte, dieser arbeitsreiche Tag würde ihn von seiner Vernarrtheit abbringen. Nach der Arbeit in der Erde fühlte sie sich verschwitzt und zerzaust und war sich sicher, in ihrem derzeitigen Zustand alles andere als anziehend auf das andere Geschlecht zu wirken.

Besonders nicht auf sechzehnjährige Jungen, die wahrscheinlich glaubten, das Aussehen von Models in Zeitschriften entspräche der Wahrheit und wäre nicht auf die Vorzüge der Retusche zurückzuführen.

Carter nahm ihre Karte und einen Block zur Hand und

ging zurück zu dem Stein, auf dem sie schon morgens gesessen hatte. Sie war bereit, in der nächsten Stunde die Strategie für die Ausgrabung auszuarbeiten.

Sollten sie zuerst an unterschiedlichen Stellen Probegrabungen durchführen oder direkt mit der Ausgrabung beginnen? Der Ausgrabungsort lag abgeschieden genug.

Nick hatte die Frau eingeladen.

Carter schaute sich um, als wäre sie von einem Papierkügelchen getroffen worden.

Stirnrunzelnd blickte sie wieder auf ihren Plan.

Der Ausgrabungsort lag abgeschieden genug, war übersichtlich, und zumindest ein Artefakt stammte von hier, das echte Kreuz von Winship. Probegrabungen waren wahrscheinlich nicht notwendig, um ...

Sie war eifersüchtig.

»Bin ich nicht!« Der Klang ihrer empörten Stimme erschreckte ein Streifenhörnchen in der Nähe, das quiekte und unter einen Holzstamm verschwand.

Sie legte ihren Kopf in die Hände. Sie und Nick Farrell hatten nichts gemeinsam. Sie mochte ihn noch nicht einmal. Er war arrogant, sarkastisch und – er konnte wunderbar küssen.

»Oh Gott!«, murmelte sie.

Selbst nach dem Tod ihrer Mutter, als das Leben für sie unerträglich und ihre Welt in diesem trostlosen Augenblick aus den Angeln gehoben worden war, selbst da, hatte sie etwas Trost in ihrer Arbeit finden können. Auf jeden Fall genug, um zurechtzukommen. Aber jetzt ertappte sie sich dabei, wie sie, den Blick starr auf das Blatt gerichtet, durch die Karte mit den Rastern und der alphanumerischen Beschriftung hindurchsah.

»Verdammt.«

Durch ihren Kopf schwirrten Bilder von Nick Farrell, und sie wäre am liebsten fortgelaufen, konnte aber nirgends hin. Es war für sie kaum zu glauben, dass sie sich in dieser wunderschönen freien Natur so erdrückt vorkam.

Carter verließ ihren Platz und ging zum Lager zurück. Die veränderte Kulisse brachte nichts, und so ließ sie die Karte fallen, genauso wie den Gedanken, etwas von ihrer Arbeit erledigt zu bekommen. Sie entschloss sich, einen Spaziergang hinüber zum Bach zu machen. Als sie dort ankam, kauerte sie sich hin und ließ eine Hand durch das Wasser gleiten, die durch den kalten Strom taub wurde.

Genau danach hatte sie gesucht.

Sie zog ihre Kleider aus und trat in den Fluss. Die Kälte raubte ihr den Atem, obwohl das Wasser ihr nur bis zu den Oberschenkeln reichte. Sie beugte sich vor, formte die Hände zu einem Trichter und goss sich das kühle Nass über den Körper, um ihre Gedanken und die Hitze, die sie hervorgerufen hatten, abzuwaschen. Während das Wasser in eisigen Bahnen an ihrem Körper herunterlief, genoss sie das stechende Gefühl, das zurückblieb. Auch wenn ihre Zähne klapperten, dachte sie zumindest in dem Moment nicht an Nick Farrell.

Nick beobachtete sie gebannt zwischen den Bäumen hindurch. Das Einzige, was ihn davon abhielt, zu ihr hinüberzugehen, war sein eiserner Wille.

Dessen Stärke sich jedoch mit jedem Moment, der verstrich, verringerte.

Er war auf den Berg hinaufgegangen, um mit ihr über den Kuss zu reden, und hatte gewartet, bis Cort zurückgekehrt war, damit er sich sicher sein konnte, dass sie allein waren. Sein Plan war gewesen, ein direktes Gespräch mit ihr zu führen und über das zu sprechen, was gestern Abend vorgefallen war. Er war entschlossen, das Geschehene im Zusammenhang zu sehen. In den Stunden, die vergangen waren, seit er Carter berührt hatte, hatte er es geschafft, sich selbst davon zu überzeugen, dass die Sache nichts weiter als ein unbesonnener Fehler gewesen war, und er wollte sicherstellen, dass sie wusste, wie er dazu stand.

Das war ein verdammt guter Plan. Bis er von seinem hohen Ross heruntergeholt wurde.

Als er das Lager erreicht hatte, fand er es leer vor. Nachdem er sie auch nicht an der Ausgrabungsstelle gefunden hatte, beschloss er nachzusehen, ob sie schwimmen gegangen war.

Und so bog er von dem Höhenweg ab.

Als Nick zum Fluss kam, sah er, wie Carter sich nach vorn beugte, um die Hand ins Wasser zu tauchen. Ihr Gesichtsausdruck war ernst, der Moment privat, und so beschloss er, zum Lager zurückzukehren und dort auf sie zu warten. Genau in dem Moment begann sie, ihre Bluse aufzuknöpfen, woraufhin Nicks Füße sich weigerten weiterzugehen.

Er lehnte sich gegen einen Baum, während er ihr zusah, wie sie Stück für Stück ihre Bluse öffnete und dann von den Schultern abstreifte. Sie ließ sie zu Boden gleiten und drehte sich um, um die Schuhe wegzuschleudern. In dem Moment sah er ihre Brüste, die, eingehüllt vom Sonnenlicht, fest und sowohl in Größe als auch Form perfekt waren, die Brustwarzen rosa und klein, der Bauch darunter flach und straff.

Nicks Herz begann zu klopfen wie ein Presslufthammer, und er spürte, wie sein Glied steif wurde.

Er sagte sich selbst, dass er sich besser umdrehen und gehen sollte. Schließlich war er kein Spanner. Und nackte

Frauen hatte er schon vorher gesehen. Es war nicht so, als würde er die Formen eines weiblichen Körpers nicht kennen, aber irgendwie drang diese Erkenntnis nicht zu ihm durch. Während er sie betrachtete, war es, als würde er zum ersten Mal eine Frau sehen.

Und es gefiel ihm, was er sah. So sehr, dass er spüren konnte, wie sich die Bilder in sein Gedächtnis einbrannten.

Ihre Hände wanderten zu dem Hosenschlitz ihrer Jeans, und sie öffnete die Knöpfe. Sie griff nach dem Bund und schob die Hose über ihre langen Beine nach unten. Ihre Hüften waren sanft gerundet, die Oberschenkel kräftig und wohlgeformt. Als er ihren einfachen weißen Slip sah, griff Nick so fest nach einem Ast, dass er entzweibrach.

Carter erstarrte und schaute in die Richtung des Geräuschs.

Nick duckte sich.

Er wartete einen Augenblick und spähte dann wieder um den Baum herum.

Carter hatte sich wieder dem Fluss zugewandt, streckte die Arme über den Kopf und bog den Rücken nach hinten.

»Was für ein Anblick!«, flüsterte er und biss sich auf die Zähne.

Es hatte im Laufe seines Lebens Firmen, Immobilien und Kunstwerke gegeben, die er unbedingt hatte haben wollen. Sogar ein paar Frauen. Doch nichts davon kam dem pochenden Drang gleich, den er bei ihrem Anblick verspürte. Während sie in das Wasser schritt, sich damit bespritzte, ihren Hals bog und nach oben zum Himmel schaute, war er der Verzweiflung so nah wie noch nie zuvor in seinem Leben.

Nick zwang sich, den Blick abzuwenden, da er befürchtete, er würde seinen Impulsen nachgeben, wenn er noch länger bliebe. Dass er aus seinem Versteck heraustreten und sein Verlangen offenbaren würde. Dass er mit ihr am Flussufer zu Boden sinken und mit einem tiefen Stoß in sie eindringen würde.

Er verlief sich auf seinem eigenen Berg und hatte Mühe, den Pfad nach unten zu finden.

6

Die Tage vor Buddy und Ellie Swifts Ankunft zogen verschwommen an Carter vorüber, und sie verbrachte viel Zeit mit Cort, der jeden Morgen auf den Berg hinaufkam. Als es so aussah, als würde er sie nicht mehr mit hoffnungsvollen Augen anblicken, begann sie zu glauben, er wäre über seine Schwärmerei hinweg, und entspannte sich in seiner Gesellschaft. Sie saßen zusammen über dem Tagebuch von Farnsworth, mutmaßten über die Route, die der Winship-Trupp genommen hatte, und sprachen über indianische Sagen.

Das einzig Schwierige für Carter war, die Neuigkeiten zu ertragen, die Cort ihr vom Haus unten erzählte.

Laut den jüngsten Berichten war Candace mit genug Gepäck angereist, um den ganzen Sommer bleiben zu können. Im Gegensatz zu den Besuchen zuvor schien Nick viel Zeit mit ihr zu verbringen, ein Umstand, unter dem der gesamte Rest des Haushalts zu leiden hatte. Große Nähe zu dieser Frau versetzte Nick offensichtlich in eine fürchterliche Laune, dennoch schien er immer noch wild entschlossen, mit ihr zusammen sein zu wollen.

Diese Wende des Schicksals rief bei allen Unbehagen hervor. Bei allen, außer natürlich bei Candace. Laut Cort sprudelte sie förmlich über vor Fröhlichkeit, was anscheinend daran lag, dass sie sich als zukünftige Mrs. Farrell sah. Und das ließ ihre Forderungen immer dreister werden. Die Frau war sogar so weit gegangen, Gertie anzuweisen, in einer

Uniform zur Arbeit zu erscheinen, wie es sich, ihrer Meinung nach, für eine Haushälterin gehörte.

Das war zu viel des Guten gewesen. Selbstverständlich trug Gertie immer noch ihre eigenen Kleider. Nick war aus der Haut gefahren, als er hörte, was vorgefallen war, und seine düstere Stimmung hat sich nur noch verschlimmert. Doch Candace blieb.

Carter versuchte, ihren Kummer nicht zu zeigen. Sie tat die Kommentare mit einem Lachen ab oder gab unverbindliche Antworten, doch die Neugier, was Nick mit dieser Frau vorhatte, ließ sie nicht los. Sie hing an Corts Lippen, wälzte sich nachts hin und her, und fragte sich, was sie bloß getan hatte, dass sie es verdiente, in Nick Farrells Welt hineingezogen zu werden. Sie konnte ihn einfach nicht aus dem Kopf bekommen.

Doch schon bald sollte sich ihr ein anderes Problem stellen.

Am Ende eines langen Arbeitstages saßen Cort und sie an zwei Steine gelehnt, schauten hinaus auf den See und sprachen über Schießpulver der Kolonialzeit, als der Junge sich räusperte und mit seinem Anliegen herausplatzte. »Ich dachte, wir beide könnten uns vielleicht heute Abend einen Film anschauen.«

Carter sah überrascht auf. Sein Blick war nicht auf sie gerichtet. Stattdessen zog er mit einem langen Stück Holz Linien auf den Boden.

»Das Kino in der Stadt hat zwei Säle«, murmelte er. »In dem einen läuft ein Actionfilm, in dem anderen, glaube ich, eine Liebesgeschichte. Die Fahrt dorthin dauert ungefähr eine halbe Stunde. Jeweils hin und zurück. Aber ich habe ja meinen vorläufigen Führerschein. Es wäre so etwas wie ein Date.«

Carter hatte keine Ahnung, was sie ihm antworten sollte. Sie hatte sein Verhalten eindeutig fehlinterpretiert und war völlig überfordert, die richtigen Worte zu finden, um ihm einen Korb zu geben.

»Was meinst du?«, fragte er sie. Sein Körper war angespannt, und die Verlegenheit in seinem Gesichtsausdruck verwandelte sich in Besorgnis.

Carter konnte nachfühlen, wie viel Mut es ihn gekostet hatte, sie zu fragen. Und sie wusste, dass kein Weg daran vorbeiführen würde, seine Gefühle zu verletzen.

»Nun, vielen Dank für die Einladung. Aber ich glaube nicht, dass das eine gute Idee wäre«, sagte sie behutsam.

»Nein?«, krächzte er.

»Nein, ich –«

»Magst du mich nicht?«

»Aber natürlich mag ich dich. Nur –«

Ivan McNutt erschien auf der Lichtung. Er sah grimmig aus.

»Was ist los?«, fragte sie ängstlich. Nach seinem Gesichtsausdruck zu urteilen, hätte man glauben können, jemandem sei etwas Ernsthaftes zugestoßen.

»Ihr Team ist da.«

»Oh, vielen Dank für die Nachricht.«

Er grummelte und verschwand wieder auf dem Pfad.

Carter stand auf und strich sich ein paar Kiefernnadeln von der Hose, während sie Cort bedauernd anlächelte.

»Ich denke, wir machen uns besser auf den Weg, bevor Ivan sich entschließt, sie mit seiner zwölfkalibrigen Knarre willkommen zu heißen. Buddy fällt schnell in Ohnmacht.«

Der Teenager stand auf, sein Blick wanderte lässig über die Bäume und das Lager.

»Cort, ich –«

»Denk einfach darüber nach, ja? Du musst mir jetzt keine Antwort geben.«

»Aber –«

Er brach das Gespräch ab und begann den Pfad hinunterzugehen. Carter folgte ihm schweren Herzens, spürte jedoch, dass sie die Situation gar nicht gut gemeistert hatte, und bemühte sich, einen Weg zu finden, das Thema noch einmal anzuschneiden. Cort indes ging mit steifem Rücken vor ihr her und schien nicht in der Stimmung zu sein, zu reden. Sie ließ ihm etwas Raum.

Als sie aus dem Wald traten, sahen sie einen Range Rover vor dem Haus. Eine Gruppe von Leuten stand um den Wagen herum und betrachtete aufmerksam den Kühlergrill.

Als Carter näherkam, erkannte sie Nick und Candace, und sie musste seufzen, als sie die Kleidung und das Haar der anderen Frau sah. Sie trug ein hellgelbes Sommerkleid, das durch den leichten Wind ihre Knöchel umspielte, und ihre Hand lag besitzergreifend auf Nicks Unterarm. Ihr blondes Haar fiel in leichten Wellen auf ihre Schultern, und das Gesicht, dezent geschminkt, war Nick zugewandt. Sie sah aus wie eine goldene Statue.

Carter kam sich im Vergleich wie eine Vogelscheuche vor. Sie vermutete, dass ihr Haar strähnig herunterhing, und hätte zu gerne gewusst, ob ihr Gesicht schmutzig war. Ihr Blick wanderte hinunter auf ihre kurze Hose und die Wanderstiefel, die, wie sie bemerkte, dringend geputzt werden mussten. Sie wünschte sich nichts mehr, als dass sie sich einen Moment Zeit genommen hätte, um sich etwas zurechtzumachen.

Oder um zumindest mit einem Waschlappen über ihr Gesicht zu fahren.

Nick schaute in ihre Richtung. Sein Gesichtsausdruck war unnahbar, doch was sich in seinem Blick verbarg, war so schockierend, dass sie fast ins Taumeln geriet. Eine heiße, verzehrende Leidenschaft schien nach ihr zu greifen. Unwillkürlich fühlte sie sich an ihren Kuss erinnert, wie es war, in seinen Armen zu liegen, seine Lippen auf ihren zu spüren, zu merken, wie seine Zunge in ihren Mund glitt –

Carter blieb mit der Spitze ihrer Stiefel in einem Schlagloch hängen und wäre fast hingefallen. Es war nur Corts schneller Reaktion zu verdanken, dass sie nicht auf dem Boden aufschlug. Sie wurde rot und fühlte sich noch verschwitzter und zerzauster.

Sie riss sich zusammen, während Candace ihr einen herablassenden Blick zuwarf. Carter beobachtete, wie die Frau sich noch näher an Nick schmiegte und dachte missmutig, dass die beiden zusammengehörten.

Doch zu ihrer Überraschung blieb sein durchdringender Blick auf ihr liegen. Während sie auf die Gruppe zuging, verfolgte er jede ihrer Bewegungen. Selbst als Candace die Stirn runzelte und ihn aus Protest knuffte, ließ er sich nicht ablenken.

Verwirrt sah Carter an dem Paar vorbei zu ihrem Freund, der neben seinem Auto stand. Was für eine Erleichterung, ihn zu sehen.

»Ich habe es nicht kommen sehen«, sagte er und schüttelte den Kopf.

»Was ist passiert?«, fragte Carter.

Auf dem Gesicht von Buddy Swift erschien sein typisches Grinsen. Breit und freundlich offenbarte es die kleine Lücke zwischen seinen Vorderzähnen und eine Goldkrone über einem Backenzahn. Auch wenn er groß war und eine altmodische Brille mit Drahtgestell trug, sah er eher aus wie ein Student als ein Professor, wenn er lächelte.

»Da ist ja meine Lieblingskomplizin!« Er schlang seine langen Arme um sie.

»Ich bin deine einzige Komplizin«, sagte sie in seine Schulter hinein. »Du weigerst dich, mit jemand anderem zu arbeiten.«

»Die anderen sind alle Langweiler.«

Carter wagte es, einen Blick in Nicks Richtung zu werfen, und war verblüfft, wie missbilligend er Buddy ansah.

Sie wich zurück und konzentrierte sich auf die Frontseite des Autos. »Gütiger Gott, Swift, was hast du gemacht? Und wo ist Ellie?«

»Ich habe auf dem Weg hierher unerwartet Bekanntschaft mit einer Eiche gemacht, und Ellie ist gerade im Haus, um noch einmal die Vorzüge eines richtigen Badezimmers zu genießen.«

Die Motorhaube des Range Rover war übel zugerichtet und die Stoßstange hing vorne herunter. Die Airbags waren aufgegangen und lagen schlaff auf den Sitzen. Sie streckte die Hand aus und zog einen Ast aus dem Kühlergrill.

»Bist du in Ordnung?«

»Ja. Nur ein unvorhergesehener Ausflug in die Büsche, der etwas zu heftig endete.« Er legte seine Hand auf ihre Schulter. »Aber deine Sorge rührt mich.«

»He, ich habe viel in deine Gesundheit und Sicherheit investiert. Nicht jeder kocht so gut Kaffee wie du.«

Während Carter ihn scherzhaft in die Rippen knuffte, bemerkte sie in den Gesichtern von Nick und Cort denselben missmutigen Ausdruck. Candace hingegen sah entspannter aus.

»C. C.!«, rief Ellie und schoss aus der Eingangstür, sodass

ihr rotblondes Haar wehte. Sie trug ein kornblumenblaues Sommerkleid und dazu passende Sneakers.

Carter lachte und umarmte das Mädchen. »Nun, wie ich sehe, haben sich die Fahrkünste deines Vaters nicht verbessert.«

»Es ist sein zweiter Unfall mit diesem Auto. Und er hat es erst seit zwei Monaten.«

»Der andere Unfall war nur ein Bagatellschaden«, erklärte Buddy spitz.«

»Dad, du bist gegen einen Polizeiwagen gefahren.«

»Der mitten auf der Straße stand.«

»Der rechts am Straßenrand stand. Mit blinkenden Lichtern.«

Das Mädchen wandte sich wieder Carter zu. »Doch dieses Mal hatte er einen triftigen Grund. Er ist einem Reh und seinem Kitz ausgewichen, die hinaus auf die Straße liefen.«

Buddy lachte. »Ich dachte eine Minute lang, wir würden als die Swift Family Robinson in den Adirondacks enden. Ich hatte mich schon darauf eingestellt, für Ellie ein Baumhaus zu bauen und bis zu unserer Rettung von gekochter Rinde zu leben.«

Seine Tochter verdrehte die Augen.

Nick machte einen Schritt nach vorne und löste sich von Candace.

»Vielleicht möchten Sie, dass Ivan einen Blick darauf wirft«, warf er finster ein. »Man kann nie wissen, ob irgendwo etwas ausläuft. Falls notwendig, können wir den Wagen abschleppen lassen und in die Stadt bringen.«

Buddys Gesichtsausdruck hellte sich auf, dann blickte er abwägend zu dem größeren Mann hinüber. »Vielen Dank. Ich bin für jede Hilfe dankbar.«

Carter drehte sich um, um Cort die Swifts vorzustellen. »Der Experte im Demolieren von Autos ist Buddy, mein Partner. Und das hier ist seine Tochter, Ellie.«

»Hallo«, sagte das Mädchen, hob eine Hand und lächelte ihn zaghaft an.

Cort nickte in ihre Richtung. »Der Wagen ist ganz schön beladen. Soll ich das Quad holen?«

»Das wäre toll.«

Sie schaute ihm nach, während er davonstolzierte, sein Gesichtsausdruck genauso unfreundlich wie der seines Onkels. Angesichts all der verzwickten Gefühle, die in der Sommerluft umherschwirrten, konnte sie es kaum erwarten, wieder zurück im Lager zu sein.

»Ich finde, wir sollten heute Abend alle zusammen essen«, verkündete Nick unvermittelt.

Carter zwang sich, nicht ihr Gesicht zu verziehen.

»Ja, kommen Sie doch zu uns herunter«, warf Candace ein und stellte sich wieder dicht neben Nick.

»Das wäre toll«, erklärte Buddy vergnügt. »Das Essen im Lager ist zwar in Ordnung, wird aber ziemlich schnell richtig öde. Wir können genauso gut mal auf hohem Niveau beginnen.«

Als Carter ihn wütend anstarrte, zuckte er mit den Achseln.

»Liebling«, gurrte Candace. »Gehen wir jetzt schwimmen?«

Nick nickte zerstreut. Sein Blick durchbohrte Carter.

»Dann bis heute Abend«, sagte er zu ihr.

Als Nick und Candace außer Hörweite waren, fauchte Carter Buddy an: »Toller Schachzug!«

»Wovon redest du?«

»Hör *bloß* auf! Du weißt ganz genau, wovon ich rede.«

Als er sich unschuldig gab, grummelte sie: »Und sieh mich nicht so an!«

»Wie denn?«

»Wie ein Unschuldslamm, das niemals Unruhe stiften würde.«

»Wer sagt denn, dass es Unruhe zu stiften gibt. Ich nicht.« Doch er lächelte schief. »Obwohl, wenn wir schon beim Thema sind, was läuft da zwischen dir und Farrell?«

Sie spürte, wie ihr das Blut aus dem Gesicht wich, und betete, es würde ihm nicht auffallen. »Gar nichts.«

»Der Typ schaut dich an, als stünde er kurz vorm Hungertod ...«

»Tut er nicht! Und du genießt besser mal das Essen heute Abend, denn es wird das einzige Mahl sein, das wir in diesem Haus zu uns nehmen werden.«

»Ich glaube, das werde ich. Selbst wenn es fürchterlich ist, wette ich, wird man sich bei dem ganzen Theater einen Stuhl heranziehen und in eine Tüte Popcorn greifen können.«

Carter stieß ihn mit der Hüfte an. »Du bist offiziell deines Amtes als Sozialvorstand des Lagers enthoben.«

»Heißt das, ich werde stattdessen Oberschwester?«

»Ja, und in dieser Funktion kannst du dir dann deinen eigenen Hintern verbinden, sobald ich damit fertig bin, in ihn hineinzutreten.«

Er lächelte immer noch, als Cort mit dem Quad neben dem Wagen vorfuhr.

»Hey, wie cool«, sagte Ellie und betrachtete die Maschine. »Kann ich irgendwann mal damit fahren?«

Cort zuckte mit den Achseln und wandte sich achtlos ab, wodurch er den verletzten Blick des Mädchens nicht sah.

Mit vier Paar Händen war der Kofferraum des Range

Rover kurze Zeit später ausgeräumt, und Cort brachte das Gepäck in mehreren Fuhren den Berg hinauf. Während er das letzte Mal hinauffuhr, zog sich Ellie eine kurze Hose an. Carter führte anschließend die Swifts hoch zum Lager.

»Schöne Lage«, sagte Buddy, während er über den Platz sah. »Wie ich sehe, ist die Zentrale für Papierschnittwunden schon eingerichtet.«

»Und bereit, in Betrieb genommen zu werden.«

»Wie gut, dass ich all die Pflaster eingepackt habe.«

Nachdem Cort ihnen das Gepäck der Swifts gebracht hatte, verabschiedete er sich mit einem steifen Nicken von der Gruppe und verschwand. Ellie schaute zu, wie er davonfuhr, und meinte dann, sie würde nach Brennholz suchen gehen.

»Der Junge kommt ganz nach seinem Vater«, meinte Buddy, während er und Carter sich einem beängstigenden Berg aus Taschen gegenübersahen. »Nicht gerade der warmherzige, freundliche Typ.«

»Er ist Nicks Neffe«, klärte Carter ihn auf und half ihm, zwei Zeltrollen unten aus dem Haufen zu ziehen. »Er ist ein guter Junge, aber in Gegenwart seines Onkels verändert er völlig sein Verhalten. Ich hoffe, er und Ellie können Freunde werden.«

Während Buddy das Zelt flach auf dem Boden ausrollte, holte Carter einen Hammer und begann, die Ecken mit Heringen zu sichern.

»Also, ernsthaft, was läuft hier mit dir und Farrell?«

Carter schlug daneben und verpasste sich mit dem Hammer einen ordentlichen Schlag auf den Daumen. Der daraufhin folgende Fluch galt nicht nur ihrem schlechten Zielwasser.

»Bist du in Ordnung?«, fragte Buddy.

Davon war sie weit entfernt, aber sie nickte, hob noch einmal den Hammer und achtete darauf, dieses Mal besser zu treffen. Als der Hering im Boden war, und sie die Schnur daran befestigte, wiederholte Buddy seine Frage.

Sie warf ihm einen kurzen Blick zu. »Farrell gehört der Berg hier, und er duldet unsere Anwesenheit. Ende der Geschichte.«

»Bist du dir da sicher? Als ich meinen Arm um dich legte, brannte mir sein Blick förmlich ein Loch in den Schädel.«

»Na, dann reiht es sich ja schön neben den anderen ein, die du bereits hast.«

»Wer ist die blonde Frau?«

Carter hielt inne. »Seit wann begeisterst du dich für Soziologie? Ich wüsste nicht, wann ich bei dir je zuvor ein solches Interesse an Menschen erlebt hätte.«

»Und ich nicht, dass du dich je von jemandem so angezogen gefühlt hast.«

Diese freche Bemerkung rief in Carter das Gefühl hervor, als hätte sie sich noch einmal mit dem Hammer auf den Daumen geschlagen. »Wovon redest du?«

»Liege ich etwa falsch?«

»Natürlich liegst du falsch!«

»Mit was quälst du C. C. so?«, fragte Ellie, als sie aus dem Wald hervortrat. In ihren Armen trug sie Zweige und Äste.

»Mit etwas Großem, Dunkelhaarigem und ziemlich Feindseligem«, antwortete ihr Vater.

»Ach, der Typ von unten.« Ellie ließ das Holz in der Nähe der Feuerstelle auf den Boden fallen. »Er wirkt ein bisschen angsteinflößend.«

Glücklicherweise wurde das Thema nicht weiterverfolgt,

da Ellie begann, nach der Ausgrabungsstelle zu fragen. Während Carter die beiden auf den aktuellen Stand ihrer bisherigen Arbeit brachte, schlugen sie die neuen Zelte auf und spazierten danach in Richtung Steinkreis. Die Sonne ging schnell unter, und so konnten sie nur einen flüchtigen Blick darauf werfen, bevor sie wieder den Berg hinuntergehen mussten. Ellie und ihr Vater stiegen beschwingten Schrittes hinab.

Carter hingegen hatte das Gefühl, einen Anker hinter sich herzuziehen.

Sie konnte nicht glauben, dass sie den Abend mit einem Sechzehnjährigen, der in sie verknallt war, einem Mann, den sie aus einem bedauerlichen Impuls heraus geküsst hatte, und dessen Freundin mit Spitznamen »Blondzilla« verbringen würde.

Buddy hatte recht. Die Geschichte ähnelte einer albernen Schmonzette.

Nur dass das tatsächliche Problem nicht die Gesellschaft war, in der sie sich befand, sondern eher die Wahrheit, der sie nicht entfliehen konnte. Das Wiedersehen mit Nick Farrell war, als würde sie mit einem Starkstromkabel ausgepeitscht werden.

Sie musste sich zusammenreißen, um das Abendessen zu überstehen. Auf der verzweifelten Suche nach einer vernünftigen Erklärung fiel ihr ein, dass sie seit Gott weiß wie vielen Jahren keine Verabredung mehr gehabt hatte. Das war sicherlich ein Grund. Sie hatte bis zu dem Abend mit Nick seit einer Ewigkeit keinen Mann mehr geküsst. Natürlich musste sie etwas empfinden, wenn sie ihn wiedersah. Es wurde allgemein Verlegenheit genannt.

Oder?

Und was das Abendessen betraf, würde sie, sobald es

vorbei war, den Berg hinaufflitzen und erst wieder herunterkommen, wenn sie sich wieder im Griff hätte.

Es war nur ein einziges Essen. Wie lange könnte das schon dauern?

Bloß ein ganzes verdammtes Leben, dachte Carter später, als sie auf die Uhr schaute.

Die anderen am Esstisch hatten gerade ihre Erdbeermousse verdrückt, die sie nicht angerührt hatte. Und in ihrem Lammkarree hatte sie auch nur herumgestochert. In dem Moment, als sie das Haus betreten hatte, hatte sich ihr Magen zu einem Knoten zusammengezogen.

Der Abend war zermürbend gewesen. Nick fuhr fort, ihr fast seine gesamte Aufmerksamkeit zu schenken. Den Rest der Zeit verbrachte er damit, Buddy mit eisigen Blicken zu strafen. Candace, die am Kopf des Tisches saß, ärgerte sich über das mangelnde Interesse, das ihr entgegengebracht wurde und unternahm immer offensichtlichere und peinlichere Versuche, dem entgegenzuwirken. Die beiden Jugendlichen schienen auch nicht sehr viel Spaß miteinander zu haben. Cort saß schweigsam und mit steinernem Gesicht da, während Ellie den ganzen quälenden Abend über still blieb.

»Ich liebe Paris einfach«, erklärte Candace. »Kannst du dich noch an unser wunderschönes Wochenende dort erinnern, Schatz?«

Nick zuckte mit den Achseln und trank einen Schluck Scotch aus seinem Glas, das er mit an den Tisch gebracht hatte. Seine Augen blitzten Carter an, die daraufhin von ihm wegsah.

»Wir hatten so viel Spaß beim Einkaufen, nicht wahr? Schatz?«

»Ja, den hattest du«, entgegnete ihr Nick.

Ellie nickte auf ihrem Stuhl ein. Buddy räusperte sich und ließ seine Serviette fallen. Als Carter zu ihm hinüberschaute, deutete er ihr mit einem Nicken an, sich gemeinsam mit ihm nach unten zu beugen.

»Wir müssen von hier weg«, flüsterte er, als sich ihre Köpfe unter dem Tisch trafen. »Meine Tochter ist todmüde.«

»Stimmt.«

Sie setzten sich wieder auf, und Carter unterbrach ein weiteres Mal einen von Candaces ernsten Versuchen, Nick in ein Gespräch zu verwickeln. »Vielen Dank für diesen schönen Abend, doch ich denke, es ist Zeit, dass wir uns wieder zurück auf den Berg begeben.«

»Du hast recht, C. C.«, stimmte Buddy ein. »Wir wollen morgen ganz früh loszulegen, und es war ein langer Tag.«

»Ich möchte Sie in meinem Büro sehen«, verkündete Nick in bestimmendem Ton und stand auf.

Carter hatte sich bereits von ihrem Stuhl erhoben und war auf halbem Weg zur Tür, als sie bemerkte, dass ihr niemand folgte. Sie drehte sich um und sah sämtliche Augenpaare auf sich gerichtet. Nick hatte zu ihr gesprochen.

»Kann das nicht bis morgen warten?«, fragte sie.

»Nein.«

Candace stellte sich in Nicks Blickrichtung. »Schatz, warte doch bis morgen. Du willst mich doch nicht warten lassen, oder?«

Carter spürte einen Anflug von Eifersucht und wartete, dass Nick das Angebot, das ihm Candace unterbreitet hatte, zur Kenntnis nahm.

»In meinem Büro«, wiederholte er. »Jetzt.«

Carter runzelte die Stirn, wütend auf ihn und sich. Sie hatte kein Recht, eifersüchtig zu sein, und hasste sein herrisches Verhalten.

»Gut.« Wut klang in ihrer Stimme mit, und sie bemühte sich, dieses Gefühl zu verinnerlichen, da sie wusste, dass es sie retten würde.

»Wir warten auf dich«, bot Buddy an.

»Ist schon in Ordnung. Wir sehen uns oben.«

Carter folgte Nick aus dem Raum, ihr Herz schlug dreimal so schnell wie sonst.

In seinem Büro schloss Nick die Tür und goss sich einen weiteren Scotch mit Eis ein. Er lehnte sich gegen die Bar, eine Hand fest auf dem Marmor, und schwenkte das Glas, sagte aber nichts. Er stand kurz davor, völlig die Fassung zu verlieren, und er wusste, dass er einen Moment brauchte, um sich zu beruhigen.

Carter war, seit sie mit den anderen sein Haus betreten hatte, eine Quelle der Folter für ihn gewesen. Er hatte sie den ganzen Abend über beobachtet, hatte das Kerzenlicht über ihre Haut wandern sehen und die verschiedenen Stimmungen, die sich in ihrem Gesicht widerspiegelten, verfolgt. Er mochte es, wie sie auf ihrem Platz herumzappelte und immer wieder die Beine übereinanderschlug. Sie war so lebendig, so dynamisch, dass er einfach seine Hand ausstrecken und sie berühren wollte. Unter anderem.

Seine Fantasien hatten ihn fast den ganzen Abend über in einen Zustand beharrlicher Erregung versetzt.

Dieses aufgestaute Verlangen ließ selbst die Luft, die Buddy Swift einatmete, zu einem Ärgernis werden. Der Mistkerl hatte Carter den ganzen Abend durch seine blöde Goldrandbrille zärtliche Blicke zugeworfen, als könnte er es nicht erwarten, mit ihr allein zu sein. Nick hätte ihn am liebsten windelweich geprügelt.

Noch schlimmer war jedoch, Carters Reaktion auf Buddy zu erleben. Sie hatte ihrem Partner immer mal wieder strahlend zugelächelt. Es war offensichtlich, dass zwischen den beiden etwas lief, und er konnte nicht glauben, dass sie dies sogar vor Swifts Tochter zeigten.

Als die Mousse serviert wurde, war Nick aufgebracht und wütend auf sich selbst, dass er die beiden hatte nebeneinander sitzen lassen. Er war auch frustriert, weil sie mit diesem Archäologen zusammen war und nicht mit ihm.

»Also, was wollen Sie?«, fragte ihn Carter.

Er schaute sie über die Schulter hinweg an. Ihre Hände lagen auf den Hüften, sodass sich ihre Bluse über den Brüsten spannte. Augenblicklich fiel ihm deren Anblick am Fluss wieder ein, beschienen vom Sonnenlicht und eingetaucht im Wasser, wodurch er abgelenkt war.

»Ich kann einfach nicht glauben, wie Sie sich verhalten«, erwiderte er schroff.

»Wie bitte?« Ihr Gesichtsausdruck war völlig überrascht. Sie war eine teuflisch gute Schauspielerin.

»Sie und dieser Typ … Swift.« Ihm lag ein anderes Wort auf den Lippen, das er lieber benutzt hätte. Mehrere sogar.

»Wovon reden Sie?«

»Ihr Frauen«, spottete er, kippte den Scotch hinunter und stellte das Glas krachend ab. Er drehte sich um. »Seid alle gleich.«

Er schaute sie an, während ihre Wut größer wurde. Auf ihre Wangen legte sich eine wunderbare Röte, und sie öffnete ihre Lippen. Er sehnte sich danach, ihre Unterlippe mit seiner Zunge zu streicheln.

»Gott sei Dank ist das nicht wahr«, schnaubte sie. »Diese Blondine und ich haben nichts gemein.«

»Ach, nein? Sie hatte auch Affären mit verheirateten Männern.« Carters ungläubiges Gesicht wirkte fast so echt, dass er laut auflachte. »Auch wenn ich mich nicht daran erinnern kann, sich mit einem von ihnen vor den Augen von dessen Tochter einzulassen.«

»Sie denken, Buddy und ich –«

»Sie wollen das tatsächlich leugnen?«

Sie schüttelte den Kopf mit erstaunlicher Überzeugung. »Wie zum Teufel kommen Sie auf die Idee, dass wir –«

»Oh, tut mir leid«, entgegnete er bissig. »Ich vermute, Leute, die unter dem Esstisch herumfummeln, tauschen nur die Servietten miteinander aus.«

»Wie bitte? Ich – Er … Oh, *das!*«

»Ja, *das*. Und verdrehen Sie mir gegenüber nicht die Augen, als wäre da nichts gewesen.«

»Ich gehe sogar noch einen Schritt weiter«, erklärte Carter, ging in Richtung Tür und öffnete sie. »Ich tue so, als hätte diese Unterhaltung nie stattgefunden.«

»Sie können es wohl nicht ertragen, wenn man Sie auf Ihr Verhalten anspricht?«

Sie fuhr herum, das üppige schwarze Haar fiel ihr über die Schultern. Ihr Gesicht war rot vor Wut und Empörung, und aus den Augen sprühte Feindseligkeit.

Oh Gott, er wollte sie.

»Das müssen Sie gerade sagen!«, meinte sie bissig.

»Ich mache mich nicht mitschuldig an Ehebruch.«

Carter stiefelte zurück zu ihm. »In Anbetracht dessen, wie Sie mich neulich abends geküsst haben, sollten Sie mit diesem selbstgefälligen Gerede besser aufhören. Sie sind alles andere als ein Paradebeispiel für Monogamie.«

»Sie haben mich zuerst geküsst.«

Ein kurzes Zischen erklang hinter ihnen. Sie drehten sich um und schauten in die Richtung, aus der es gekommen war.

Cort stand entgeistert in der Tür des Büros. Er wandte sich zu Nick und schaute ihn mit einer Mischung aus Wut und Schmerz an.

»Du hast sie geküsst?«

»Jetzt warte mal einen Moment …« Nick hob eine Hand.

»Ich kann es nicht fassen«, sagte Cort und spie die Worte aus. »Musst du mir alles wegnehmen?«

Blitzschnell drehte er sich um, lief aus der Tür hinaus und den Flur hinunter.

Während Nick aus dem Büro stürzte und sah, wie Cort die Treppe hinaufstürmte, begriff er, dass der Junge sich in Carter verknallt haben musste. Er war sich zwar nicht sicher, wie das hatte passieren können, aber das spielte auch keine Rolle.

Sein Blickfeld verengte sich, während ihn eine absurde Wut ergriff.

Zornig drehte er sich zu Carter um, die ihm in den Flur gefolgt war. »Mir ist egal, was Sie mit der anderen Familie machen, aber meine werden Sie nicht auch noch zerstören.«

»Wie bitte?«, fragte sie erstaunt.

»Halten Sie sich verdammt noch mal fern von Cort!«, knurrte Nick. »Wenn Sie Ihren Spaß haben wollen, suchen Sie sich jemanden Ihresgleichen. Ich kann damit umgehen. Er nicht.«

Carter stotterte zuerst ungläubig, bis sie dann herausplatzte: »Haben Sie völlig den Verstand verloren? Ich hatte nie die Absicht, ihn –«

»Was zum Teufel haben Sie gedacht, würde passieren?« Nicks Blick verfinsterte sich, als er sie ansah. »Ständig laufen

Sie in kurzen Hosen herum, zeigen Ihre Beine und tragen diese verboten winzigen T-Shirts. Er ist zu jung, um den Unterschied zwischen Anziehungskraft und Liebe zu erkennen, wenngleich Sie ihm gerade eine verdammt gute Lektion erteilt haben. Was hatten Sie vor, ihm noch beizubringen?«

Carters Pupillen weiteten sich. Dann hob sie eine Hand und schlug Nick ins Gesicht. Seine Wange brannte, während das Blut in die Haut schoss.

»Wie können Sie es wagen?«, fuhr sie ihn an. »Er ist noch ein Junge.«

»Ja, und dank Ihnen hat er gerade einen weiteren Schritt weg von seiner Kindheit gemacht. Sie haben ihm das Herz gebrochen.«

Nick ging in Richtung Treppe, entschlossen seinen Neffen zu finden, als sie ihm empört hinterherrief: »Denken Sie über meinen Partner, was Sie wollen, aber ich habe Cort nie ermutigt.«

Er fuhr herum. »Erzählen Sie mir bitte nicht, dass Sie sich Ihrer Wirkung auf Männer nicht bewusst sind. Der magnetische Nordpol zieht immer den Zeiger des Kompasses an.«

Sein Blick wanderte über ihren Körper, ohne sich dabei die Mühe zu machen, sein Verlangen nach ihr zu verbergen.

»Schauen Sie mich nicht so an!«, sagte sie und verschränkte die Arme vor der Brust.

»Ach, so eine Art von Frau sind Sie also?« Nick lachte bitter. »Für Sie ist das alles nur ein Spaß, bis jemand auf Ihr Angebot eingeht und Sie beim Wort nimmt?«

»Ich biete Ihnen nichts an.«

»Das hat sich neulich abends aber gar nicht so angefühlt. Ich hätte Sie auf der Stelle dort vernaschen können.«

Sie kniff ihre Augen spöttisch zusammen. »Sie überschätzen Ihre Wirkung gewaltig.«

Nick bewegte sich so schnell, dass sie keine Zeit hatte wegzulaufen. Er packte sie an ihrer Taille, zog sie an sich und drückte in einem Ausbruch von Frustration und Sehnsucht seine Lippen auf ihre. Sie wehrte sich und zappelte in seinen Armen herum, bis sie plötzlich ihren Mund öffnete, ihn hereinließ und mit gleicher Wildheit zurückküsste. Er stöhnte vor Verlangen, während er seine Hände tief in ihr Haar grub und sie gegen die Wand drückte. Ihr Körper bestand aus nichts als herrlichen Rundungen, und er presste sich gegen sie, getrieben davon, in ihr zu sein.

Er begann sich in seiner wilden Fantasie auszumalen, wie sie, immer noch eng umschlungen, zurück zu seinem Büro taumelten, um sich dort, hinter geschlossener Tür, endlich ihrer Kleider zu entledigen und sich auf seine Couch fallen zu lassen. Er könnte ihre nackte Haut mit seinem Mund bedecken, sich mit ihren empfindlichsten Stellen befassen, sodass sie unter ihm stöhnen würde.

Und er *würde* sie zum Stöhnen bringen, schwor er sich. Bis sie alles vergäße. Jeden vergäße. Außer ihm.

»Wir müssen hier aus der Diele weg«, sagte er mit rauer Stimme, den Mund an ihrem Hals. »Wir können es nicht hier tun.«

Er spürte, wie sie erstarrte und ihre Hände fest gegen seine Schultern drückte.

»Hören Sie auf!«, forderte sie ihn außer Atem auf. »Hören Sie sofort auf!«

Er löste sich widerwillig von ihr.

Als sie schließlich sprach, war ihre Stimme tonlos.

»Solange Sie mich so küssen können, während Ihre Freundin in dem Zimmer nebenan ist, sprechen Sie nie wieder mit mir über Treue.«

Sie entfernte sich blitzschnell, floh vor ihm. Vor seinem

Haus. Vor seiner Fantasie, wie dieser Abend hätte enden können.

Nick fluchte laut und versetzte der Wand einen donnernden Faustschlag.

7

Am nächsten Morgen wachte Carter vom Geruch von Pfannkuchen und Kaffee auf. Tastend arbeitete sie sich aus ihrem Zelt und war dankbar, Buddy vor sich zu sehen, der mit einer Pfanne über dem Kocher hantierte. Nach einer Nacht mit leerem Magen und einem Kopf voller Bilder, die sie zusammenzucken ließen, war ein großes Frühstück genau das, was sie brauchte, um den Tag zu beginnen.

Sie zog sich ihre Windjacke an und ging hinüber zum Küchenzelt. »Du bist ein richtig guter Mensch – weißt du das?«

»Da an Schlaf nicht zu denken war, dachte ich mir, ich könnte mich genauso gut nützlich machen«, brummte er.

»War die Nacht auf dem Boden so anstrengend?« Carter nahm sich von dem Kaffee. Als sie ihn in einen Becher goss, stieg Dampf in die kalte Luft auf.

»Hast du den Lärm nicht gehört?«

Sie schüttelte den Kopf und probierte einen Schluck. Der Kaffee war gut und stark.

»Irgendein irrer Specht hat im Felsgestein nach Öl gebohrt. Der verdammte Vogel wollte einfach nicht aufhören, bis ich ihm drohte, ihn ausstopfen und an die Wand nageln zu lassen.«

»Ich muss mich wohl mittlerweile an ihn gewöhnt haben.«

Ellie erschien, und Buddy stellte drei Teller mit Pfannkuchen auf den Tisch. »Esst auf, meine Lieben. Es ist zwar nicht so raffiniert wie das, was wir gestern Abend hatten, aber dafür ist die Gesellschaft angenehmer.«

»Das Abendessen war merkwürdig«, meinte das Mädchen, während sie sich hinsetzten. »Keiner der Hausbewohner ist besonders glücklich. Es schien, als würden sie sich nicht mögen. Oder uns.«

Carters und Buddys Blicke trafen sich.

»Wir müssen nicht wieder dorthin«, erklärte ihr Vater.

»Hoffentlich.«

Sie nahmen den Rest des Frühstücks schweigend ein. Als sie anschließend aufräumten, fragte Buddy: »Und, was wollte Farrell gestern Abend noch von dir?«

Carter entschied sich für eine fröhliche Antwort und hoffte, er würde sie ihr abkaufen. »Nichts.«

»Nichts?«

»Nun, schon etwas. Irgendwie. Aber nicht wirklich.«

Sie schüttelte den Kopf und kam zu dem Schluss, wirklich besser bei einsilbigen Antworten zu bleiben, wenn es um Nick Farrell ging.

»Er will uns doch nicht den Hahn zudrehen, oder?«

»Ich glaube nicht.« Doch in ihr stieg Sorge auf. Sie hatte nie in Betracht gezogen, dass er sie von dem Berg werfen könnte, da sie zu beschäftigt gewesen war, darüber nachzudenken, was von ihrem Schlag in sein Gesicht bis zu dem, was danach geschah, passiert war. Die ganze Nacht hatte sie nach oben zu dem Nylondach ihres Zelts gestarrt und versucht, sich über alles klar zu werden. Als die Sonne endlich aufging, war sie keinen Schritt weitergekommen, und jetzt gab es andere Dinge, worüber sie sich Sorgen machen musste. Was, wenn das ständige Streiten zwischen ihnen die Ausgrabung gefährdete?

»Es war nichts Wichtiges.« Sie schaute hinüber zu Ellie. »Bist du fertig für die Arbeit?«

Carter wusste, dass sie Buddy nicht zum Narren halten konnte, und so war sie ihm dankbar, dass er das Thema fallen ließ, während die drei hinüber zur Ausgrabungsstelle gingen. Als sie den Steinkreis betraten, hörte sie, wie er einen langen Pfiff ausstieß.

»Ich habe gestern Abend noch einmal das Tagebuch von Farnsworth gelesen. Für einen ausgemachten Sadisten wie ihn hatte er in der Tat ein Auge für präzise Beschreibungen. Also, wenn das hier nicht der Ort ist, über den er in seinem Tagebuch spricht, dann weiß ich es auch nicht.«

»Ich glaube nicht, dass wir erst noch Probegrabungen durchführen müssen. Was meinst du?« Carter sprach von der Praxis einer stichprobenartigen Grabung, die eingesetzt wurde, um festzustellen, an welcher Stelle innerhalb eines vorgegebenen Gebiets Artefakte vermehrt auftreten könnten.

»Nachdem ich gestern Abend die Primärquelle gelesen habe, wette ich auf meine Erstgeborene, dass das hier der Ort ist, an dem sich alles zutrug.«

Ellie schaute ihn streng an. »Eines Tages wirst du deine Wette verlieren, und ich werde die Tochter eines anderen sein. Obwohl, jetzt, wo ich darüber nachdenke …«

Buddy zog liebevoll an ihrem Pferdeschwanz.

»Lasst uns an der Nordseite beginnen. Dann arbeiten wir uns in Richtung Süden vor«, schlug Carter vor. Innerhalb von zehn Minuten hatten sie ihre Werkzeuge und Eimer hervorgeholt und sich in regelmäßigen Abständen auf dem Raster verteilt, bereit loszulegen.

Carter hockte sich hin und arbeitete sich durch das Bett von Kiefernnadeln, bis sie auf etwas stieß, das wie der

Mutterboden des Bergs aussah. Sie nahm ihre Handschaufel und fuhr damit in den Boden. Der vertraute Geruch von Humus stieg ihr in die Nase, und sie begann, die Erde in den Eimer zu schaufeln, den sie neben sich gestellt hatte. Sobald er voll war, würde sie mit ihm außerhalb des Kreises gehen, um seinen Inhalt mit Hilfe der Siebe nach Fragmenten zu durchsuchen. Sie kannte und schätzte diese regelmäßigen Unterbrechungen des Grabens, bei denen sie aufstehen und sich strecken konnte, während der Tag verging.

Sie arbeiteten auf ihren Händen und Knien. Die Sonne stieg unterdessen immer höher, und sie legten nur für einen Schluck Wasser und ein schnelles Mittagessen eine kurze Pause ein. Im Laufe des Tages fand Ellie ein paar Pfeilspitzen, und Buddy grub einige alte Tierknochen aus. Während die Stunden vergingen, hoffte Carter immer noch, dass Cort auftauchen würde, was er jedoch nicht tat.

Gegen drei Uhr nachmittags machte sie sich unter dem Vorwand, etwas aus ihrem Wagen holen zu müssen, auf den Weg nach unten, um nach ihm zu suchen. Als sie aus dem Wald trat und über die Wiese ging, hörte sie Geräusche aus der Garage und folgte dem metallisch klirrenden Klang. Ivan befand sich unter Buddys Range Rover, die Werkzeuge um ihn herum verteilt. Der Mann tastete nach einem Schraubenzieher.

»Brauchen Sie den Kreuzschraubenzieher?«, fragte sie.

Das daraufhin folgende Grunzen hätte alles bedeuten können, und so legte sie ihm das Werkzeug in die Hand und machte einen Schritt zurück. Sie erwartete kein Dankeschön und war überrascht, als sich das nächste Schnauben fast wie eins anhörte.

»Ich bin auf der Suche nach Cort. Wissen Sie, wo er ist?«

Nachdem ein lautes *Klack* ertönt war, glitt Ivan unter

dem Wagen hervor. Er war von oben bis unten mit Öl verschmiert, und seine Augen waren so stechend wie die Pfeilspitzen, die Ellie auf dem Berg gefunden hatte.

»Der Junge ist wahrscheinlich unten im Bootshaus.«

»Danke.«

»He«, rief er, als sie sich von ihm abwendete. »Wenn Sie jemand dort oben belästigt, dann lassen Sie es mich wissen. Ich werde mich darum kümmern.«

Das Angebot überraschte Carter. »Das ist nett von –«

»Ich bin beauftragt worden, auf Sie aufzupassen«, sagte er und glitt dann wieder zurück unter den Wagen.

Sie dankte ihm und ging zurück in die Sonne, erleichtert darüber, von ihm wegzukommen. Es überraschte sie nicht, dass er keinen großen Gefallen daran fand, auf sie aufzupassen. Was sie jedoch interessant fand, war, dass Nick sich über ihre Sicherheit Gedanken machte.

Vielleicht wollte er aber auch einfach nur, dass nicht noch eine Gruppe von Leuten auf seinem Berg verloren ging.

Sie überquerte den Rasen in Richtung See und machte einen weiten Bogen um das Haus, in der Hoffnung, auf keinen der Bewohner zu stoßen. Während sie daran vorbeiging, konnte sie kaum glauben, dass innerhalb der Wände eines so friedlich aussehenden Orts so viel Zwist herrschen konnte. Das Haus mit seiner weißen Verkleidung, die im Sonnenlicht strahlte, den Verandas, auf denen zahlreiche Korbsessel standen, die zum Verweilen einluden, und den Blumenkästen mit den üppig blühenden Pflanzen, schien ein wunderschöner sicherer Hafen zu sein.

Wenngleich die Büchse der Pandora von außen auch toll ausgesehen hatte.

Am Ufer angekommen, trat sie vom Gras auf den hölzernen Steg, der um das Bootshaus verlief. Da draußen nichts unmittelbar auf die Anwesenheit von Cort hinwies, ging sie hinein. Die beiden Boote waren an den Anlegestellen festgemacht. Das eine war ein altes Holzboot, das andere, das daneben lag, ein schickes Motorboot. Die beiden waren ein ungleiches Paar, ein Opernsänger direkt neben einem Rockstar.

Cort war immer noch nirgendwo zu sehen. Sie drehte sich um, um zu gehen, und hatte sich bereits damit abgefunden, im Haus nachsehen zu müssen, als sie einen Pfeifton hörte und wie angewurzelt stehen blieb.

»Das kann nicht sein«, murmelte sie. Doch dann hörte sie ihn noch einmal, und sie zuckte zusammen, da Erinnerungen in ihr hochstiegen. Sie sah ihren Vater so deutlich, als stünde er vor ihr, und die Reste einer fröhlichen Kindheit flammten in ihrer Brust auf.

Eisenbahnen. Spielzeugeisenbahnen. Sie hatte diese Leidenschaft mit ihm geteilt.

Als der Pfeifton erneut erklang, bemerkte sie eine schmale Treppe im hinteren Teil des Bootshauses. Als sie oben ankam, sah sie eine Modelleisenbahn, die die Fläche des gesamten ersten Stocks einnahm. Die Bahn schlängelte sich auf einem Podest durch den gesamten Raum, es war eine der größten Anlagen, die sie je gesehen hatte, sie konnte sich sogar mit der messen, die sie und ihr Vater vor so vielen Jahren errichtet hatten.

Cort bediente das Steuerelement, und durch den Nebel ihrer Erinnerungen richtete sie ihren Blick auf ihn.

»Das ist ziemlich beeindruckend.«

Er sah überrascht auf und wurde rot. »Was machst du hier?«

»Ich war auf der Suche nach dir.«

Cort betätigte den Fahrhebel und ließ die rote Lokomotive mit den Güterwagen dahinter schneller auf den Gleisen fahren. Das klappernde Geräusch winziger Räder erfüllte den Raum.

»Ich hatte gehofft, du würdest heute Morgen kommen. Wir haben mit der Ausgrabung begonnen.«

Der Zug rauschte durch die unterschiedlichen Gegenden seiner Miniaturwelt. Die Bergarbeitersiedlung, die Posthaltestelle, eine Getreideabfüllstation.

»Ich bin beschäftigt.« Cort stand stocksteif da, was im Widerspruch zu seinem Schlabberlook stand. Seine kurze Hose saß tief auf seinen Hüften, und er trug ein übergroßes Basketballtrikot der Universität von Kentucky. Ihr fiel auf, dass seine Frisur nicht ganz so stachelig war wie sonst.

In der angespannten Stille, die eintrat, verschwand der Zug unter einem Berg und tauchte auf der anderen Seite wieder auf.

»Cort, es tut mir wirklich leid, deine Gefühle verletzt zu haben.«

Der Junge erhöhte die Geschwindigkeit der Lokomotive, wodurch sie noch lauter klapperte. »Passt schon. Alles in Ordnung.«

»Das kommt mir aber nicht so vor.«

Er schwieg.

»Cort –«

»Mir geht's gut.« Er brachte den Zug vor ihnen zum Stehen. »Würdest du einfach nur gehen?«

»Du musst verstehen –«

Er unterbrach sie wütend und hektisch.

»Alles, was ich weiß, ist, dass ich dich mochte, und bei dir sein wollte, und dann kam mein Onkel mir in die Quere.« Schließlich erwiderte er ihren Blick. »Warum er? Warum musste es er sein? Oh Gott, ich habe es so satt, dass sich immer alles um ihn dreht. Wegen ihm muss ich den ganzen

Sommer hierbleiben, darf meine Freunde nicht sehen, und jetzt nimmt er mir dich auch noch weg.«

»Ich bin nicht mit ihm ausgegangen.«

»Ja, aber das tust du auch nicht mit mir, oder?« In seiner Stimme schwang Bitterkeit mit.

»Ich bin zu alt für dich.«

»Aber für ihn hast du das richtige Alter?«

Carter holte tief Luft. »Ich bin nicht mit deinem Onkel zusammen.«

»Aber du hast ihn geküsst.«

»Cort, ich ...« Sie schüttelte frustriert den Kopf. Es war schwer, die richtigen Worte für etwas zu finden, das man selbst nicht wirklich verstand.

»Macht es dir nichts aus, dass er eine Freundin hat?« Seine hellen grauen Augen, die denen von Nick so ähnelten, sahen sie herausfordernd an.

»Hier geht es nicht um deinen Onkel. Eines Tages wirst du das verstehen.«

»Verschon mich mit diesen Sprüchen von wegen ›wenn du erst einmal erwachsen bist‹. Die kenne ich schon zur Genüge von meinem Onkel.«

»Du bist nur in mich verknallt. Das hat nichts mit –«

»Woher willst du wissen, was ich fühle?« Cort wedelte frustriert mit einer Hand in der Luft herum. »Alle meinen immer, mir erzählen zu müssen, was ich fühle, was ich tun und wo ich hingehen soll. Warum könnt ihr mich nicht einfach einmal so nehmen, wie ich bin?«

Als Carter bemerkte, wie aufgewühlt der Junge innerlich war, wusste sie nicht, wo die Grenze zwischen helfen und verletzen lag.

»Wie lange kennst du mich?«, fragte sie schließlich.

»Eine Woche«, brummte er.

»Wohl eher fünf Tage, höchstens. Kennst du meine Lieblingsfarbe?«

»Nein, aber warum ist das –«

»Wie sieht's mit meiner Religion aus?«

Stirnrunzelnd zuckte er mit den Achseln.

»Und woher komme ich? Was ist mit meiner Familie? Mag ich lieber Sushi oder Tex-Mex? Weißt du, ob ich ein Putzteufel bin oder total schlampig?«

Mit einem trotzigen Blick antwortete er: »Ich weiß, dass du hübsch und klug bist und Sinn für Humor hast. Und ich weiß, dass ich gerne mit dir zusammen bin. Was sollte es sonst noch geben?«

Carter unterdrückte ein Stöhnen.

Wenn doch nur alle Männer so einfach und klar ihre Zuneigung ausdrücken könnten.

»Ich fühle mich geschmeichelt. Wirklich.« Sie ging vorsichtig zu ihm hinüber. »Und ich hasse es, dir das sagen zu müssen – aber ich bin keine Heilige. Du hast mich noch nie erlebt, wenn ich aufgrund von Stress schlechte Laune habe oder hinterm Steuer andere Autofahrer beschimpfe, oder bei alten Filmen und Glückwunsch-Karten losheule. Oder wenn ich wütend oder deprimiert bin. Ich würde dir gerne sagen, dass es genügt zu glauben, ich sei hübsch und klug, aber das tut es nicht.«

»Magst du mich nicht?« Er sprach die Worte leise aus, und sein Gesicht zog sich zusammen, als bereitete er sich auf einen Schlag vor.

»Natürlich mag ich dich«, erwiderte sie sanft. »Aber nicht auf eine romantische Art und Weise.«

»Aber meinen Onkel schon.«

Carter konnte ihm nicht antworten. Sie wollte nicht lügen, konnte sich aber der Wahrheit nicht stellen.

»Ich wäre gerne mit dir befreundet«, bot sie ihm an.

»Ja, klar.«

»Das meine ich ernst. Ich verbringe gerne Zeit mit dir. Und ich würde mich über deine Hilfe bei der Ausgrabung freuen. Ich brauche deine Hilfe.«

»Du hast die beiden anderen.«

»Das Gebiet, das wir ausgraben müssen, ist groß.«

Es trat eine kurze Stille ein.

»Ihr habt wirklich schon angefangen auszugraben?« Er sah hoch.

Sie nickte.

»Schon was gefunden?«

»Ellie hat ein paar Pfeilspitzen ausgegraben.«

Cort begann an der Steuerung herumzuspielen, sodass der Zug vor- und zurückfuhr.

»Wir können wirklich zwei zusätzliche Hände gebrauchen. Machst du mit?«

Er zuckte mit den Achseln. »Vielleicht. Aber jetzt muss ich mich um meine Züge kümmern.«

»Gut, aber ich hoffe, wir sehen uns morgen.«

»Ja.«

Carter verließ das Bootshaus mit einem stechenden Schmerz in der Brust. Sie erinnerte sich daran, wie ihr das Herz zum ersten Mal von einem Lehrer gebrochen worden war, für den sie geschwärmt und der ihr so sanft wie möglich die Enttäuschung beigebracht hatte, wenngleich die Zurückweisung für sie damals ein herber Schlag gewesen war. Sie war nie auf die Idee gekommen, dass sie einmal auf der anderen Seite stehen würde.

Die Erfahrung aus dieser Position zu machen war nicht viel einfacher, dachte sie, als sie hinaus auf den Rasen trat.

Sie ging gerade am Haus vorbei, den Kopf nach unten

gebeugt und tief in Gedanken versunken, als Candace plötzlich vor ihr auftauchte. Sie trug ein kurzes, bedrucktes Kleid in hellrosa und grün – eine adrette Aufmachung, die auch für einen Rorschachtest hätte eingesetzt werden können. Mit ihrer Perlenkette und den passenden Ohrringen sah sie aus, als wäre sie Mitglied eines Country Clubs, in dem sie gerade Eistee getrunken und Bridge gespielt hatte.

Nur ihr Gesichtsausdruck passte nicht so recht in das Bild. Er erinnerte Carter eher an den einer Wrestlerin.

Candace stach mit ihrem Zeigefinger in der Luft herum. »Ich weiß nicht, welches Spiel Sie hier treiben, aber ich werde nicht zulassen, dass Sie sich zwischen mich und Nick drängen.«

Carter holte tief Luft. »Ich weiß nicht, wovon Sie sprechen.«

Sie versuchte an der Frau vorbeizugehen und wünschte sich, weiter weg vom Haus geblieben zu sein.

Verflucht, sie hätte sogar einen Abstecher in eine Gegend mit einer anderen Postleitzahl gemacht, wenn ihr dadurch diese Art von Auseinandersetzung erspart geblieben wäre.

»Verkaufen Sie mich nicht für dumm!« Candace kniff die Augen in ihrem schönen Gesicht zu schmalen Schlitzen zusammen. »Ich werde die erste und *einzige* Ehefrau von Nick Farrell sein. Wenn Sie meinen, sich mir in den Weg stellen zu müssen, werden Sie Ihr blaues Wunder erleben.«

Die Frau hielt inne und wartete auf eine Antwort.

»Nun, vielen Dank für die Warnung«, erwiderte Carter trocken.

Candace schien für einen Augenblick verdutzt zu sein. »Ich glaube nicht, dass Sie mich richtig verstanden haben. Nick liebt mich. Mag sein, dass Sie mit ihm über den Tisch hinweg flirten können, aber ich schlafe in seinem Bett.«

In Carter stieg Eifersucht auf. Es war die Art unbewusster Reaktion, die ihr unmittelbar zu verstehen gab, was sie fühlte. Und noch ein Grund, warum sie auf diese Auseinandersetzung hätte verzichten können.

Bevor sie noch etwas erwidern konnte, hörte man eine Fliegengittertür zuschlagen. Einen Moment später kam Nick um die Ecke. Candaces Benehmen veränderte sich augenblicklich.

»Gehen wir jetzt segeln?«, fragte sie ihn fröhlich.

Nick sah durch die blonde Frau hindurch. »Ich habe gerade mit Ivan gesprochen. Er hat einen Abschleppdienst gerufen. Das Auto der Swifts muss in der Stadt repariert werden.«

Carter schaffte es, mit gleichbleibender Stimme zu antworten. »Danke. Ich werde ihm Bescheid geben.«

Sie weigerte sich, seinen Blick zu erwidern. Sie war nicht stolz darauf, ihn den Abend zuvor geohrfeigt zu haben, war sich aber nicht sicher, wie sie sich bei ihm entschuldigen sollte, ohne von ihrem Standpunkt abzurücken. Außerdem wollte sie dieses Thema bestimmt nicht vor Candace besprechen.

Sie war froh, sich von ihnen abwenden zu können.

»Übrigens«, rief Nick ihr nach. »Ich werde später hinaufkommen, um nachzusehen, wie die Dinge laufen.«

»Nur keine Eile«, murmelte sie und dachte, wie übervoll ihr Leben doch plötzlich von Menschen, Konflikten und Dramen war. Wo waren nur all die ruhigen Stunden mit Büchern und Unterlagen geblieben?

»Was haben Sie gesagt?«

»Nichts weiter. Alles in Ordnung.«

* * *

Buddy und Ellie arbeiteten auf ihren Händen und Knien, als Carter in den Kreis trat.

»Du kommst gerade richtig!«, rief ihr Partner mit einem erfreuten Grinsen.

»Für was?«

»Für die große Enthüllung.«

Carter schoss vor. »Was habt ihr gefunden?«

»Wie du weißt, ist es schwer, im Feld Funde zu identifizieren«, erklärte er vorsichtig, »aber spontan würde ich sagen, handelt es sich um den Vergaser eines Ford Thunderbird, Baujahr 1965.«

Carter stutzte. »Du machst Witze, oder?«

»Nein.« Er griff in die Erde und zog ein großes Stück Metall heraus. »Bei Autozubehör mache ich nie Witze.«

»Was macht denn ein Vergaser hier?«, fragte Ellie, während Carter laut auflachte.

Buddy drehte den Fund in seinen Händen. »Manche Menschen haben eine eigenartige Vorstellung davon, was bestattet werden soll. Ich habe einmal eine Bratpfanne mitsamt dazugehöriger Trauerrede gefunden. Eine ganze Seite, die ein Lobgesang auf Backschinken und Truthähne war.«

»Uh. Das ist gruselig.«

»Ja. Besonders in Anbetracht der Tatsache, dass deine Mutter sie immer noch benutzt.«

»Tut sie nicht!«

»Doch. Mit dieser Art von Produktempfehlung musste sie sie ausprobieren.«

Ellie murmelte: »Warum erzählst du mir das?«

Angesichts der Szene, die sie gerade mit Candace erlebt hatte, war Carter so glücklich, wieder bei ihren Freunden und der Arbeit zu sein, dass sie die Swifts am liebsten umarmt hätte.

Sie lächelte und legte beiläufig ihre Hand auf Ellies Schulter. »Ich hasse es, diesen Moment zu unterbrechen, in dem Martha Stewart Bekanntschaft mit der *Nacht der Untoten* macht, aber der Range Rover wird gerade in die unteren Gefilde der Adirondacks geschleppt.«

Buddy richtete sich auf und sah resigniert aus. »Ivan, der Schreckliche, konnte den Wagen nicht reparieren?«

»Ich denke, nein.«

»Nun, dann mache ich mich wohl besser auf den Weg nach unten.« Buddy blickte seine Tochter an. »Kommst du mit?«

»Aye, Captain.«

Nachdem die beiden gegangen waren, hockte Carter sich hin, in der Hoffnung, in ihrem Bereich noch zwei Stunden arbeiten zu können, bevor es zu dunkel dafür werden würde. Sie ertappte sich dabei, wie ihre Gedanken wieder zu der Auseinandersetzung mit Candace wanderten.

Carter hatte noch nie zuvor in der Rolle der Geliebten gesteckt. Nicht dass sie etwas mit Nick hätte, erinnerte sie sich selbst, doch zu erleben, wie eine andere Frau ihr Revier verteidigte, war eine völlig neue Erfahrung für sie. Und sie fand keinen Gefallen daran.

Schließlich wollte sie Nick ganz für sich allein.

Sie stöhnte bei dem Gedanken auf.

Während sie verzweifelt versuchte, sich diesen Blödsinn auszureden, traf ihre Schaufel auf etwas Hartes. Dankbar für die Ablenkung legte sie das Werkzeug beiseite, spähte in die Erde und war freudig überrascht, eine Pfeilspitze zu sehen. Sie hob sie auf und drehte sie in den Händen, als sie hörte, wie jemand durch den Wald kam.

Nicks Segeltörn mit Candace musste wohl kürzer ausgefallen sein, dachte sie und spannte sich an.

Zumindest war sie halbwegs auf sein Eintreffen vorbereitet. Sie hatte sich auf ihrem Weg den Berg hinauf Gedanken gemacht, was sie ihm sagen wollte. Die ersten Überlegungen betrafen die zukünftige Handhabung der Dinge, die sich ab jetzt professionell gestalten würde. Keine weiteren Diskussionen, keine weiteren Streitereien. Und keine weiteren Küsse. Das, was sie dazu zu sagen hatte, war kurz und knapp, es verkrampfte sich ihr jedoch der Magen, wenn sie daran dachte.

Die anderen Ausführungen waren länger und einfacher. Sie hatte sich darüber Gedanken gemacht, was sie in der nächsten Woche alles erreichen wollte, und war bereit, ihn mit technischen Details zu langweilen. Sie glaubte, dadurch häufige Besprechungen vermeiden zu können. Ihr Geschwafel würde ungefähr eine Viertelstunde dauern, und dann könnte sie ihn mit etwas Glück dazu bringen zu gehen.

Um sich für das Gespräch zu wappnen, begann sie zu reden, noch bevor er hinter den Steinen hervorgetreten war.

»Was letzten Abend betrifft –«

Doch es war Conrad Lyst und nicht Nick, der in dem Steinkreis auftauchte.

Sie verstummte und verspürte mit einem Mal panische Angst, als sie begriff, dass sie vollkommen allein auf dem Berg war. Sie hoffte, die Swifts würden bald zurückkommen.

Lyst bewegte sich geschmeidig, als er auf sie zukam. Bei jemand anderem hätte man den Gang als elegant bezeichnen können, doch aufgrund seines Gesichtsausdrucks, der völlig im Gegensatz dazu stand, erschien er unheilvoll. Die schmalen, dunklen Augen in seinem blassen Gesicht wirkten raubtierhaft.

Sie schauderte.

»Ich denke, ein paar Glückwünsche sind angebracht.« Er wies auf die Ausgrabungsstätte.

»Was machen Sie hier?« Sie stand auf.

»Ich bin gekommen, um zu sehen, wie ihr vorankommt.« Als er sich gegen einen der Steine lehnte, rückte sie von ihm ab.

»All die kleinen abgetrennten Bereiche. Wie ordentlich!«, murmelte er. »Haben eure Mühen auch etwas gebracht?«

»Ich glaube, Sie gehen besser.« Sie war beeindruckt, wie fest ihre Stimme klang.

»Du scheinst mich gerne loswerden zu wollen. Wie wär's mit etwas kollegialem Respekt?«

Zeigen Sie mir hier mal einen Kollegen, dachte Carter, dann werde ich mir überlegen, ob ich ihm etwas Respekt entgegenbringe.

»Nun, ich brenne darauf zu erfahren, wie weit du gehen musstest, um die Erlaubnis von Farrell zu erhalten, hier graben zu dürfen«, sagte er mit aalglatter Stimme.

Carter kam sich durch die Andeutung, die in seinen Worten lag, schmutzig vor. Und die Richtung, in die das Gespräch verlief, gefiel ihr überhaupt nicht. Instinktiv begann sie, nach einem Fluchtweg zu suchen.

Wo war Buddy nur, wenn sie ihn brauchte?

Lysts Blick wanderte über ihren Körper. »Weißt du, ich dachte schon immer, dass du eine Frau mit verborgenen Talenten bist. Ich habe es nicht geschafft, den tollen Farrell als Zuhörer zu gewinnen, geschweige denn die Erlaubnis von ihm zu erhalten, seine Erde durchpflügen zu dürfen, aber siehe da, jetzt sind wir hier.«

Carter trat einen Schritt zurück, um sich in die Nähe einer offenen Stelle zwischen den Steinen zu bringen. Er beobachtete ihre Bewegungen.

»Okay, du bist nicht bereit, Einzelheiten zu erzählen. Das kann ich verstehen. Willst keine intimen Details preisgeben.

Aber hast du etwas gefunden?« Sein falsches Lächeln ließ seine Augen noch hinterhältiger wirken.

»Nein.«

Er zuckte mit den Achseln. »Egal. Ich bin mir sicher, mit deinem Sachverstand wird es nicht lange dauern, bis du das Gold im Boden gefunden hast.«

Sie zuckte mit den Achseln und schwieg.

»Du bist so schrecklich still«, murmelte er. »Hat es dir die Sprache verschlagen?«

»Ich warte nur, dass Sie wieder gehen.«

Lyst schaute hoch zum Himmel, als würde er über eine mathematische Theorie nachdenken.

»Du willst also, dass ich gehe.« Sein Blick wanderte unvermittelt wieder zu ihr. »Ich habe das Kreuz gefunden, das dich an diesen Ort brachte, in dessen Boden vielleicht ein Vermögen begraben liegt, und das Einzige, was du mir zu sagen hast, ist, dass ich gehen soll.«

»Dieses Kreuz war eine Fälschung.«

Blitzschnell stürzte er auf sie zu. Sie drehte sich um und versuchte zu fliehen, doch er griff nach ihrem Arm. Carter kämpfte und spürte, wie sich seine Finger in ihre Haut gruben, doch war er nicht nur schneller, als sie gedacht hatte, sondern auch noch stärker. Panik stieg in ihr auf, so gewaltig und erdrückend, dass es ihr die Kehle zuschnürte.

»Ohne dieses Kreuz«, knurrte er, »hätte diese Schlampe von der Hall Foundation dich nie angerufen. Du kanntest diesen Ort noch nicht einmal, bevor ich zu ihr ging.«

Er wirbelte sie herum, sodass sie ihm gegenüberstand und seinen heißen, feuchten Atem auf ihrem Gesicht spürte. »Du darfst vielleicht in diesem Boden herumschaufeln, aber es ist meine Ausgrabung.«

»Lassen Sie mich los!«

Lyst griff mit einer Hand in ihr Haar und riss ihren Kopf nach hinten. Während er sie in dieser unangenehmen Position hielt, sah sie voller Entsetzen, wie sich sein Gesichtsausdruck in sexuelle Spannung verwandelte.

»Was hast du mit Farrell gemacht, dafür dass er dir die Erlaubnis gab zu graben?« Sie kämpfte gegen seinen groben Griff an. »Du hast einen tollen Körper. Ich wette, du weißt, wie du ihn einsetzen musst, um das zu bekommen, was du willst.«

Mit zusammengebissenen Zähnen sagte sie: »Meine Referenzen sprechen für sich. Ich muss mich nicht auf Ihr Niveau herabbegeben –«

Er zog noch fester an ihrem Haar, und sie musste sich auf die Lippe beißen, um nicht aufzuschreien. »Du könntest etwas an deiner Höflichkeit arbeiten – weißt du das? Wenn man bedenkt, was du mir schuldest …«

»Ich schulde Ihnen gar nichts«, entgegnete sie ruppig.

»Blödsinn! Du hast mich um das hier betrogen.« Sein Blick wanderte über ihr Gesicht. »Das Mindeste, was du tun kannst, ist, den Diebstahl wiedergutzumachen. Und in Anbetracht dessen, was du anzubieten hast, denke ich, würde mir das Vergnügen deiner Gesellschaft genügen. Zumindest für den Augenblick.«

Carter dachte voller Furcht daran, dass Buddy und Ellie frühestens in einer Stunde wieder zurückkämen, und es weit und breit niemanden gab, der ihre Schreie hören würde. Sie musste sich selbst retten, und bei dem Gedanken, dass dies ihre einzige Alternative war, wurde ihr schlecht.

Sie streckte ihre zitternde Hand aus und berührte Lysts Gesicht. Sie lächelte in der Hoffnung, er würde darauf hereinfallen und murmelte: »Ich bin mir sicher, wir werden etwas finden.«

Ihre Stimme war brüchig, doch sein Ego verlieh den Worten offensichtlich die nötige Glaubwürdigkeit.

»Wie klug von dir«, sagte er und schaute auf ihre Lippen.

Sie spürte, wie er ihr Haar losließ und den Griff um ihren Arm lockerte. In dem Moment, als er seinen Mund zu ihrem führte, verlagerte sie ihr Gewicht, griff nach seinen Schultern und ließ ihr Knie so fest nach oben schnellen, dass sie seinen Beckenknochen spürte, als sie seinen Körper traf.

Lyst sackte in sich zusammen wie eine Papiertüte, ging zu Boden und hustete. Sie blieb nicht stehen, um sich das Ausmaß des Schadens anzusehen, sondern schoss aus dem Steinkreis hinaus, flüchtete in Richtung Lager, wo sie den Einstieg zum Wanderweg fand und den Berg hinunterraste. Ihre Füße stampften auf dem Boden, und ihre Arme flogen hin und her, um nicht hinzufallen, trotzdem stand sie kurz davor, die Kontrolle über ihren Abstieg zu verlieren. Als sie oben auf dem Felsgestein um eine scharfe Ecke bog, rutschte sie weg und musste sich gegen eine kräftige Kiefer stemmen, um nicht über die Kante zu fallen. Im letzten Moment sprang sie zurück auf den Weg.

Und stieß mit Nick zusammen.

Sie prallte mit einer solchen Wucht gegen seine Brust, dass beide aus dem Gleichgewicht gerieten. Sie griff nach seinen Schultern, um nicht auf den Boden aufzuschlagen, spürte, wie er seine Arme um sie legte, und sich die Welt beängstigend drehte, während sie begannen, vom Weg abzustürzen. Einen unerträglichen Moment lang dachte sie, sie würden unten auf den zerklüfteten Felsen landen.

Doch dann schlang er einen Arm um einen dicken Baumstamm. Mit all seiner Kraft, die Muskeln angespannt, bewahrte er sie vor dem freien Fall und richtete sie nur wenige Zentimeter vor dem Abgrund auf.

Carter warf einen Blick auf die Stelle, wo sie hätten landen können, und vergrub ihr Gesicht in seiner Schulter. Benommen nahm sie wahr, wie er seine Arme um sie schlang und sie näher zu sich zog.

»Was ist passiert?« Als sie nicht antwortete, rückte er etwas ab und schaute ihr in die Augen. »Gütiger Gott, Sie zittern ja.«

»Es ist nichts. Gar nichts.« Sie schmiegte sich noch näher an seine Schulter. Der Stoff seines Polohemds fühlte sich weich auf ihrer Wange an.

»Das muss aber ein fürchterliches Nichts gewesen sein. Sind Sie in Ordnung?«

Sie wagte es, in sein Gesicht zu sehen. Sein Blick war durchdringend und besorgt, und sie hatte das Gefühl, dass er das, was immer sie auch so in Angst und Schrecken versetzt hatte, verfolgen und zu Brei schlagen würde, sobald er sich ihrer Unversehrtheit sicher sein konnte.

Sie war überrascht, wie sehr ihr dieser Gedanke gefiel.

»War es ein Tier?«

Carter begann den Kopf zu schütteln, bevor ihr klar wurde, dass die Lüge für sie von Vorteil war. Sie zögerte, Nick zu erzählen, was passiert war, da sie Angst hatte, nur Verwirrung zu stiften. Und wenn man Lysts blutrünstigen Gesichtsausdruck bedachte, fand sie, war es nicht weit weg von der Wahrheit.

»Äh – ja.«

»Was für ein Tier?«

»Ein Bär.« Es war das erste Tier, das ihr einfiel.

»Ich werde Ivan losschicken, ihn zu suchen.«

»Nein, ist nicht nötig«, erklärte sie schnell. »Ich glaube, ich habe ihn verjagt.«

Wenigstens humpelte der Mistkerl jetzt beim Gehen.

Carters Lachen klang gepresst, als sie eine Haarsträhne aus dem Gesicht schob. »Ich habe nur überreagiert. Ich wusste nicht, wo ich hinlief.«

Sie schaute den Weg hinauf und fragte sich, wann sie ohne Bedenken wieder zurückkehren könnte.

»Dorthin zurückzugehen können Sie vergessen«, sagte er finster. »Sie werden eine Weile unten im Haus übernachten.«

Carter war versucht, mit ihm zu streiten, doch die Vorstellung, dass Lyst immer noch in der Gegend sein könnte, brachte sie zum Schweigen. »Na gut.«

Er legte seinen Finger unter ihr Kinn und hob ihren Kopf an. »Sind Sie sich sicher, dass alles in Ordnung ist?«

Seine Augen waren unglaublich zärtlich – besonders nach dem, was gestern Abend zwischen ihnen vorgefallen war. Und sie hatte Mühe, das Angebot dieses sicheren Hafens, welches er ihr zu machen schien, zu begreifen. Das Gefühl, von jemandem beschützt zu werden, der, wenn sie schwach war, stark war, hatte sie schon lange nicht mehr erlebt.

Sein Daumen strich über ihre Lippen. Mit einem Mal wurde ihr bewusst, wie eng sie zusammenstanden. Dass seine breite Brust an ihrer lag. Dass eins seiner Beine zwischen ihren Beinen stand und gegen ihren Schritt drückte.

Sein Geruch, diese Mischung aus teurem Eau de Cologne und etwas viel Ursprünglicherem, stieg ihr in die Nase. Ihr Herz begann wieder zu rasen.

Und dann beugte er sich vor, und seine Lippen berührten sanft ihre.

Die sinnliche Berührung katapultierte sie aus ihrer Trance und erinnerte sie daran, dass es bereits eine Frau gab, um die er sich zu kümmern hatte.

Sie zog sich abrupt zurück und wandte sich von ihm ab. »Ich denke, wir gehen besser. Müssen Sie nicht zurück zu Candace?«

Ohne sich umzudrehen und zu vergewissern, dass er ihr folgte, marschierte sie los, den Kopf nach unten, die Augen auf den ausgetretenen Pfad gerichtet. In der Entfernung hörte sie hinter sich seine Schritte und gab sich alle Mühe, sie auszublenden.

Als sie das Haus erreichten, führte Nick sie zu einer Veranda mit Blick auf den See. Er bot ihr ein Glas Sherry an, das sie angespannt annahm, und sie setzte sich damit in einen Schaukelstuhl aus Korbgeflecht. Mit gesenktem Kopf trank sie einen Schluck und beobachtete aus den Augenwinkeln heraus, wie er sich gegen eine der weißen Säulen lehnte. Er starrte hinaus auf den See, als er schließlich sprach.

»Ich finde, Sie sollten hier unten bleiben. Sie alle.« Der Ton in seiner Stimme war herrisch.

Sie nahm noch einen kleinen Schluck aus dem Glas und spürte, wie der Sherry sich seinen Weg hinunter in ihren Magen bahnte. »Uns geht es gut dort oben.«

»Ich mag die Vorstellung nicht, dass Sie in Gefahr sein könnten.

»Das bin ich nicht, und außerdem werden wir uns im Lager aufhalten.«

Sie sah, wie Ungeduld in seinem Gesicht aufflammte. »Ivan wird feststellen können, ob die Ausgrabungsstelle im Gebiet einer Bärenmutter liegt. Vielleicht haben sie keine andere Wahl.«

»Er muss nicht auf den Berg hinaufgehen«, entgegnete sie ihm scharf.

Das Letzte, was Carter wollte, war, dass Ivan sich umsah.

Sie hatte keinen einzigen Bären in der näheren Umgebung gesehen, seit sie dort oben war, und wenn Ivan, der Schreckliche, dort hinaufginge, wusste sie, dass er nichts finden würde. Außer vielleicht Lysts Fußabdrücke.

Nick runzelte die Stirn und blinzelte sie an.

»Es geht uns gut dort oben«, sagte sie zu ihm, während sie schnell den Sherry austrank. »Mir wird nichts passieren.«

Sie konnte spüren, wie er sie anstarrte, sie auf die Probe stellte, und war erleichtert, als er sie lediglich fragte, ob sie noch ein Glas Sherry wolle.

Sie schaute hinunter auf das feine Kristallglas. »Ja, gerne.«

Als er ihr das Glas zurückgab, nahm sie sofort noch einen Schluck, nur um beschäftigt zu sein.

Nick beobachtete Carter von der gegenüberliegenden Seite der Veranda und erinnerte sich daran, wie es sich anfühlte, sie zu küssen.

Er spürte, wie Frustration in ihm aufstieg, und sich die Muskeln in seinen Schultern anspannten.

Diese Bemerkung, die sie oben auf dem Berg über Candace gemacht und deretwegen sie sich aus seiner Umarmung gelöst hatte, war zwar treffend, aber verdammt unangenehm gewesen, da sie einen Widerspruch aufdeckte, der für ihn untragbar war. Nachdem er nun schon mehrere Monate mit Candace zusammen war, wusste er ganz genau, dass ihm nichts an ihr lag, und trotzdem war sie immer noch Teil seines Lebens. Carter, diejenige, die er wirklich wollte, war eine Randerscheinung. Nick überkam das dringende Bedürfnis, das Verhältnis ins Gegenteil zu verkehren.

Er hörte, wie Carter seufzte, und musste die Zähne zusammenbeißen, als er sich hinsetzte.

Sie legte ihren Kopf zurück und begann, in dem Stuhl zu

schaukeln, ihr Blick wanderte dabei hinauf zur Decke der Veranda. Er hatte noch nie zuvor eine so schöne Frau gesehen. Ihre Gestalt zeichnete sich als Silhouette gegen den im Hintergrund liegenden See ab, ihr markantes Profil wurde durch das Licht hervorgehoben, das vom Himmel schien. Ihr glänzendes schwarzes Haar fiel ihr in einer sanften Welle auf die Schultern, und der Sherry ließ ihre Gesichtsfarbe wieder zurückkehren. Sein Blick wanderte hinab und blieb auf ihren Beinen liegen.

Er spürte, wie der Anblick ihn erregte, und bewegte sich in seinem Stuhl.

»Ich schulde Ihnen für gestern Abend eine Entschuldigung«, erklärte sie unvermittelt. Sie drehte ihren Kopf, um ihn mit gesenkten Augenlidern anzusehen. »Es tut mir leid, dass ich gestern Abend so meine Beherrschung verloren habe.«

Er schüttelte den Kopf, bereit, seine eigene Schuld an dem Wutanfall auf sich zu nehmen. »Sie müssen sich nicht entschuldigen.«

Sie trank ihren Sherry aus. »Ich benehme mich normalerweise nicht so. Genau genommen, habe ich das noch nie getan.«

»Nun ja, ich habe es verdient. Ich kann schon mal ein unhöflicher Mistkerl sein.« Er hielt inne. »Ich *war* ein Mistkerl. Warum lächeln Sie?«

Er hatte die Frage gestellt, obwohl sie ihm in Wirklichkeit egal war. Nur die Tatsache, dass ihre Mundwinkel sich nach oben bewegten und ihre Augen leuchteten, gefiel ihm.

»Ich hätte nie geglaubt, dass Sie so etwas einmal zugeben würden.«

Nick zuckte mit den Achseln und verschränkte die Arme vor der Brust. »Ja, das glauben neben Ihnen noch viele andere. Aber behalten Sie es für sich. Ich mag es, den geheimnisvollen Nimbus zu bewahren, der mich umgibt.«

»Wollen Sie etwa damit andeuten, dass diese ganze Harte-Kerl-Nummer nur Show ist?«

Nick sagte zu sich selbst, dass miteinander reden gut war. Küssen war zwar eindeutig besser, aber zumindest hatte er einen triftigen Grund sie anzusehen, wenn sie miteinander sprachen.

»Macht ist die Summe zweier Dinge. Willenskraft und der Eindruck von Unbesiegbarkeit. Wenn Menschen wissen, dass sie das Verhalten eines anderen beeinflussen können, nutzen sie die Schwäche aus. Ich gebe niemandem ein Instrument in die Hand, um es gegen mich zu verwenden.«

Ihr Blick schoss wieder zu ihm. Seine Augen hatten etwas Abwägendes, und dahinter lag eine Verletzbarkeit, die sowohl den Jäger als auch den Beschützer in ihm verriet.

»Sie sind ein sehr strenger Mensch.«

Er lachte leise. »Ich bevorzuge die Bezeichnung *realistisch*.«

»Und trotzdem, wenn Cort in der Nähe ist, scheinen Sie irgendwie anders zu sein …«

»Gereizter?«

»Menschlicher.«

Er bemerkte die feine Veränderung in ihrer Stimme, eine leichte Anerkennung lag in ihren Worten, was er mochte.

»Cort ist meine Familie. Und Familie ist etwas anderes.« Als sie eine Augenbraue hob, sagte er: »Sie scheinen überrascht zu sein.«

Sie zuckte mit den Achseln. »Ich bin froh, dass Sie Ihre Familie für wichtig halten. Ich denke, Sie würden ein sehr einsames Leben führen, wenn Sie zu keinem Menschen eine Verbindung hätten.«

Hätte jemand anderes diese Äußerung gemacht, wäre er einfach darüber hinweggegangen. Er hatte Behauptungen wie diese schon früher gehört und ihnen keine Beachtung geschenkt. Normalerweise stammten sie von Frauen, die sich auf dem Weg aus seinem Leben befanden. Doch diese kam aus Carters Mund, was es ihm unmöglich machte, sie beiseitezuschieben. Er dachte einen Moment lang über seine Isoliertheit nach. Er fühlte sich mit Cort, Gertie und Ivan verbunden. Das war's.

Sie hatte recht. Er führte ein einsames Leben.

Statt eine Verteidigungshaltung einzunehmen, ertappte er sich dabei, wie er ihre Offenheit und den Tiefblick mochte.

»Das ist ein guter Sherry«, murmelte sie. Sie erhob sich geschmeidig von dem Schaukelstuhl und ging über die Veranda hinüber zu der Karaffe, aus der sie sich mit ruhigen Händen ein weiteres Glas eingoss.

»Ich habe mit Cort gesprochen«, erklärte sie und setzte sich wieder hin. »Und versucht ihm beizubringen, dass ich für ihn nichts weiter bin als eine Fantasievorstellung. Sobald er erkennt, dass ich wie jede andere Frau auch nur mit Wasser koche, wird er sich wieder fangen. Hoffe ich.«

»Wie ging es ihm?« Nick konnte spüren, wie sich sein Körper vor Stress anspannte.

»Er ist verletzt. Aber ich bin mir sicher, er wird darüber hinwegkommen.«

»Ich habe gestern Abend versucht, mit ihm zu reden, aber das Gespräch verlief nicht so gut.«

Carter schaute hinüber zu ihm, und aus ihren schönen blauen Augen sprach tiefe Überzeugung. »Ich weiß, es ist gerade sehr schwer mit ihm, aber glauben Sie mir, er ist ein sehr guter Junge, der einmal zu einem sehr guten Mann heranwachsen wird.«

Nick atmete aus, und ein Teil seiner Frustration schien von ihm abzufallen.

»Ich wünsche mir nichts mehr, als dass dies aufgrund meiner Persönlichkeit und nicht trotz meiner Persönlichkeit so sein wird. Zurzeit kommt es mir so vor, als hätten wir nichts gemeinsam außer der ewigen Streiterei.«

»Sie sind sich zu ähnlich, um zurzeit miteinander auszukommen, und zu ähnlich, um später nicht miteinander auszukommen. Vertrauen Sie mir, ich weiß alles über schlechte Familiendynamik. Sie beide werden einen Weg finden.«

»Ich hoffe, Sie haben recht.«

Eine lange Stille trat zwischen ihnen ein. Vom See wehte eine Brise hinauf zum Haus und zog über die Veranda.

Carters Mundwinkel wanderten nach oben.

»Sie lächeln wieder«, bemerkte er leise.

»Tue ich das?« Sie schwenkte das Glas und trank noch etwas von dem Sherry.

»Könnte es sein, dass Sie sich in meiner Gesellschaft wohlfühlen?«

Carter legte ihren Kopf wieder etwas zurück und blickte ihn an. Er glaubte in ihrem Gesichtsausdruck eine sinnliche Erwartung zu sehen und genoss den Gedanken an die Folgen.

»Ich hasse es, Sie enttäuschen zu müssen, aber das liegt wahrscheinlich an dem Sherry«, erwiderte sie und schaute weg. »Und an der Tatsache, dass ich vergessen habe, etwas zu Mittag zu essen.«

Doch dann wanderte ihr Blick wieder zu ihm, und das Feuer lag immer noch darin.

»Ich glaube, Sie lügen«, sagte er heiser.

Ihre Wangen wurden noch rosiger, aber sie wechselte entschieden das Thema. »Die Ausgrabung geht gut voran.«

Er runzelte die Stirn, unzufrieden und hungrig, und musste sich zwingen, seiner Stimme etwas Begeisterung zu verleihen. »Wirklich?«

Carter begann, ihm einen detaillierten Bericht zu geben, dem er jedoch größtenteils kein Gehör schenkte. Trotzdem stellte er Fragen, um das Gespräch in Gang zu halten, während er in Wirklichkeit darüber nachdachte, wie er sie dazu bringen könnte, zum Abendessen zu bleiben, und wann er sie das nächste Mal sehen würde.

Allein, dachte er, er wollte mit ihr allein sein. Aber wie?

Als Carter ihre Ausführungen beendet hatte, bot sich ihm unerwartet eine Möglichkeit.

»Ich war heute unten im Bootshaus und habe Ihre Boote gesehen«, murmelte sie. »Sie decken damit alles ab, was das Herz eines Bootsliebhabers begehrt. Geschwindigkeit, Kreuzfahrten, segeln.«

»Ich bin gerne auf dem Wasser.«

»Ich auch.«

Sie sprach die Worte sanft und heiser, wodurch ihr schläfriger Gesichtsausdruck ausgesprochen verführerisch wirkte, und das Gesagte sich in eine Einladung verwandelte, von der er inständig hoffte, dass sie sie auch so meinte.

»Würden Sie gerne mit mir hinaus auf den See fahren?«

»Ja, das würde ich.« Sie schenkte ihm ein breites Lächeln.

Nicks Körper begann zu glühen. Er wusste, er würde sie bekommen. Sein Herz begann zu pochen, und er hatte Mühe, seine Stimme ruhig und gelassen klingen zu lassen.

»Der Wind soll ab morgen bis Anfang nächster Woche gut sein. Wir könnten segeln gehen.«

»Was ist mit Candace?«

Nick hätte am liebsten geflucht.

»Sie wird bald fahren«, sagte er knapp.

»Aha, und wann wird sie wiederkommen?« Carters Lachen war bitter.

»Gar nicht.« Es war ein Versprechen, und nach einem Moment nickte sie ihm mit ernstem Blick zu.

Als sie anschließend sprach, und der Sommerwind ihre Worte über die Veranda trug, schienen ihre Worte Nick sanft zu streicheln. »Dann werden wir, sobald sie weg ist, hinaus auf den See fahren.«

Nick folgte den Bewegungen ihres Mundes und war bereit, sich noch am selben Nachmittag auf die Suche nach Candace zu machen und sie mit ihren Designerkoffern vor die Tür zu setzen. Er fragte sich, wo sie gerade war, und wie lange es dauern könnte, sie zu finden.

Doch dann fuhr ein unbekanntes Auto vor, und die Swifts stiegen aus. Als Buddy Carter sah, winkte er ihr zu und kam herüberspaziert.

Als Nick den anderen Mann sah, schwand seine Vorfreude. Er blickte zornig in die Richtung ihres Partners und beugte sich hinüber zu Carter.

»Ich sag Ihnen etwas«, knurrte er. »Räumen Sie erst mal ein wenig bei sich auf, und dann sprechen wir noch einmal über den Segelausflug.«

Nick hätte den Mann am liebsten von seinem Grundstück gejagt. Er kam sich irgendwie lächerlich vor, so eifersüchtig zu sein, doch gegen die Gefühle, die in ihm wüteten, hatte die Logik keine Chance. Bilder von Carter und Buddy, wie beide eng umschlungen in einem Schlafsack lagen, schwirrten in seinem Kopf herum, und er hätte den Kerl am liebsten in den Boden gestampft.

»Ich kann's nicht glauben«, sagte Buddy, als er in Hörweite

war, »aber ich habe tatsächlich eine Autovermietung in den Adirondacks gefunden.«

Die Swifts traten hinauf auf die Veranda, ihre Schuhe klackten auf den Holzbrettern. Nachdem Ellie ins Haus gegangen war, um zur Toilette zu gehen, erhob sich Carter aus dem Schaukelstuhl und schwankte. Beide Männer streckten ihre Hände nach ihr aus, um sie zu stützen, doch Nick warf ihrem Freund einen warnenden Blick zu. Buddy ließ seine Hand augenblicklich fallen.

»Puh«, sagte Carter und griff nach Nicks Arm. Sie ließ ihn sofort los, als sie festen Stand hatte. »Ich denke, ich habe einen Schluck zu viel von dem Sherry gehabt.«

»Aber du trinkst doch gar nicht«, meinte Buddy und warf ihr einen eigenartigen Blick zu.

»Und jetzt weiß ich auch wieder, warum.« Carter schaute hoch zu Nick. »Ich glaube, ich lege mich kurz hin. Sie haben doch ein Gästebett in dieser Arche, oder?«

Nick nickte, bereit, alles zu tun, um sie davon abzuhalten, mit einem anderen Mann auf seinen Berg zu gehen.

Die Fliegengittertür wurde geöffnet, und Ellie tauchte mit Cort an der Seite auf.

»Ich habe mich im Haus verirrt«, erklärte das Mädchen lächelnd.

»Und ich habe sie gefunden.« Cort lächelte zwar nicht, warf aber einen musternden Blick in Ellies Richtung.

»Wir machen uns besser auf den Weg«, sagte Buddy zu seiner Tochter. »Carter kommt später nach.«

Als die Swifts losgingen, blieb Cort am Rand der Veranda stehen und schaute ihnen nach, wie sie den Rasen überquerten.

»Ich denke, ich werde morgen auf den Berg kommen und euch bei der Ausgrabung helfen«, murmelte er, bevor er sich wieder ins Haus begab.

Die Fliegengittertür schlug zu, und Carter und Nick waren wieder allein.

»Zeigen Sie mir nur, wohin ich gehen soll«, murmelte sie, »und ich werde mir alle Mühe geben, heil durch Ihr Haus zu kommen.«

»Ich werde Sie nach oben bringen.«

Er führte sie durch das Haus und wünschte sich, sie würde damit aufhören, seine Hand wegzugschieben, und stattdessen den Arm nehmen, den er ihr anbot.

Sie stiegen die prachtvolle Treppe hinauf, und Nick ging mit ihr den Flur hinunter zu dem Schlafzimmer mit der besten Aussicht. Es war ein pfirsichfarbenes Zimmer mit eigener Terrasse und Blick auf den See, ein perfekter Ort, um sich zurückzuziehen. Es stand auch ein Bett darin, von dem er glaubte, es könnte ihr gefallen, ein antikes Himmelbett mit blumengemusterter Bettwäsche.

Er stellte sich vor, wie sie nackt darauf lag.

»Das ist wunderschön«, sagte sie ehrfürchtig, ging hinüber zu dem Stapel von Kissen und strich sanft mit ihren Fingern darüber. »Ich wette, sie sind kühl und knistern so wie die meiner Großmutter früher.«

Sie überprüfte erst, ob ihre Hose hinten auch sauber war, bevor sie sich hinsetzte und ein bisschen auf der weichen Matratze federte.

»Ich denke, hier werden Sie sich wohlfühlen.« Seine Stimme klang heiser, und er fragte sich, ob sie es bemerkt hatte.

»Kaum zu glauben, dass das jemand hier nicht könnte.«

»Und wenn Sie duschen wollen, das Bad ist hier«, sagte er und wies auf eine Tür.

»Oh, das hört sich himmlisch an.« Sie begann, ihre Wanderstiefel auszuziehen.

Nick schleppte sich zur Tür. Er wusste, dass er gehen musste. Seine Hand griff fest nach dem Türgriff.

»Schlafen Sie gut!«, wünschte er ihr zum Abschied.

Carter nickte und war bereits auf dem Weg in das elegante Marmorbad.

Nick trat aus dem Zimmer und schloss die Tür, konnte jedoch den Türgriff nicht loslassen.

Als er hörte, wie das Wasser zu rauschen begann, stellte er sich vor, wie sie unter dem Strahl stand, den Rücken nach hinten bog und ihr Haar nass machte. Das war der Moment, in dem er sich umdrehte und nach unten ging. Er wusste, dass wenn er nicht sofort diese Tür losließe, er Gefahr laufen würde, zu ihr in die Dusche zu steigen.

Er machte sich auf den Weg zur Küche, um Ivan zu suchen, den er dort beim Vier-Uhr-Tee mit seiner Frau vorfand.

»Hast du sie untergebracht?«, fragte Gertie, als sie ihrem Mann einen Teller mit Mürbegebäck auf den Tisch stellte.

»Du weißt, dass sie hier ist?« Nick setzte sich hin und lächelte, als eine Tasse Earl Grey vor ihn hingeschoben wurde.

»Ich nahm es an, da das leere Sherryglas nicht von dir stammen konnte.«

»Hat sie irgendetwas von dem Berg vertrieben?«, fragte Ivan, während er seine Teetasse hochhob. Seine Arbeiterhände griffen vorsichtig nach dem zarten Henkel, die Narben auf der Haut und die Schwielen schienen auf dem feinen Limoges Porzellan fehl am Platz zu sein. Als er die Tasse wieder hinstellte, genau in die Mitte der Untertasse, tat er dies geräuschlos.

Nick nickte. »Sie ist einem Bären begegnet.«

»Willst du, dass ich seine Spur verfolge?«

»Das wäre großartig. Wenn du meinst, es könnte Ärger

geben, werden sie die Ausgrabungsstelle verlassen müssen, zumindest sobald es dunkel wird. Das Letzte, was wir brauchen, ist eine Gruppe von Archäologen, die einem Bären als nächtliche Zwischenmahlzeit dient. Tagsüber sehen sie wenigstens, was sich auf sie stürzt.«

»Ich habe es nicht gerne, wenn Leute da oben sind«, meinte Ivan und schaute hinunter auf seinen Tee.

Nick lächelte. Das war das Äußerste, was dieser Mann je sagen würde, um eine Meinung, die nicht der von Nick entsprach, zum Ausdruck zu bringen.

»Dann wird es dich bestimmt freuen zu hören, dass sie mit der Ausgrabung bereits angefangen haben. Gut möglich, dass sie in weniger als einem Monat schon wieder weg sind.«

Er runzelte die Stirn, da ihn seine eigenen Worte beunruhigten. Er dachte an die Frau im ersten Stock, die sich mittlerweile wahrscheinlich abgetrocknet hatte und unter die Decke geschlüpft war. Der Gedanke, sie schon bald wieder zu verlieren, gefiel ihm gar nicht.

Nick trank seinen Tee aus und erhob sich.

»Wie ich schon gesagt habe: Stell sicher, dass ihr da oben nichts passiert!«, sagte er zu Ivan, bevor er sich mit einem Nicken bei Gertie bedankte. »Ich will nicht, dass ihr irgendetwas zustößt.«

»Du meinst ja wohl ihnen, oder«, fragte Ivan.

»Ja. Natürlich. Ihnen.«

Nick war sich bewusst, dass die McNutts ihn merkwürdig ansahen, doch er war nicht in der Stimmung, Fragen zu beantworten. Während er durch das Haus ging, dachte er, dass es wahrscheinlich besser für ihn war, allein zu bleiben, zumindest so lange, bis das Verlangen nach der Frau in seinem Gästezimmer vorüber war.

Wenngleich er in Bezug auf diese Logik grimmig erkannte, dass es wahrscheinlich das Beste sein würde, wenn er sich in seinem Arbeitszimmer einschlösse, bis diese Frau wieder das Haus verließ.

8

Carter wachte in einem dunklen, ihr unbekannten Raum auf und geriet in Panik. Ihr Körper war in ein Handtuch gewickelt, und sie konnte sich nicht sofort erinnern, wo zum Teufel ihre Kleider waren. Erst als sie sich aufsetzte, und ihr Kopf zu pochen begann, fiel ihr wieder ein, wo sie sich befand. Und warum.

Sie schob sich das Haar vorsichtig aus dem Gesicht, setzte beide Füße auf den Boden und stand mit einem Stöhnen auf. Der schlimmste Kater, den sie je gehabt hatte, machte sich bemerkbar. Es war, als würde eine Dampfwalze über ihren Kopf hinwegrollen. Oder vielleicht ein Kipplaster.

Wie konnte ein so kultiviertes Getränk wie Sherry, in kleinen Schlucken aus einem kleinen Kristallglas getrunken, einen solchen Schaden anrichten? Das hätte sie von irgendeinem Fusel oder einer Armada erbärmlicher, fruchtig schmeckender Cocktails in irgendeiner schäbigen Bar erwartet, aber Sherry? Auf einer Veranda?

Carter tastete in der Dunkelheit herum, bis sie eine Lampe neben ihrem Bett fand und sie einschaltete. Ihre Kopfschmerzen schrien bei dem sanften Schein des Lichts auf. Sie schaltete sie wieder aus, und bemerkte dann, dass sie es geschafft hatte, sich so zu blenden, dass sie nichts mehr sah.

Keine gute Entscheidung.

Sie bewegte sich in die Richtung, von der sie glaubte, sie würde ins Bad führen. Dabei stieß sie sich das Schienbein an einem Sessel und wollte fast schon wieder zurück ins Bett gehen.

Was natürlich bedeuten würde, dass sie die Nacht durchschliefe und Nick am Morgen sehen müsste. Dem sah sie sich nicht gewachsen, besonders nicht mit einem Kater. Sie hatte ihm faktisch ein Date vorgeschlagen und dann von ihm verlangt, sich seiner Freundin zu entledigen.

Doch als sie sich an seine Antwort erinnerte, spürte sie die Aufregung in sich, ein berauschendes Gefühl, das so lange dauerte, bis ihr in den Sinn kam, dass sie einen weiteren Schritt in Richtung eines Mannes gemacht hatte, von dem sie sich hatte fernhalten wollen. Wenn sie sich an das hielt, was gut für sie war, würde sie weiterhin Löcher in die Erde der Ausgrabungsstelle buddeln, statt ihrem eigenen Leben welche hinzuzufügen.

Fluchend hinkte sie durch die Dunkelheit, bis sie schließlich kalten Marmor unter den Füßen spürte. Ihre Kleider lagen da, wo sie sie hingelegt hatte, in einem Haufen auf der Ablage. Doch bevor sie sich an diesem Hindernislauf versuchte, spritzte sie sich etwas Wasser ins Gesicht und trank danach noch zwei Gläser davon. Beides wirkte sich positiv auf die Kopfschmerzen aus, und so war sie schnell angezogen.

Nachdem sie das Bett gemacht hatte, ging sie hinüber zur Tür, öffnete sie einen Spalt und wartete darauf, dass sich ihre Augen an das Licht im Flur gewöhnten. Es war niemand in der Nähe, und mit Erleichterung nahm sie die Stille zur Kenntnis. Sie trat aus dem Zimmer und sah, dass der Flur in drei unterschiedliche Richtungen abbog. Die Auswahl war überwältigend.

Aufgrund der durch den Sherry verursachten Benommenheit konnte sie sich nicht mehr daran erinnern, woher sie gekommen war.

Sie suchte sich willkürlich eine aus und folgte ihr. Als nach mehreren Metern keine Treppe auftauchte, begriff sie, dass sie sich verirrt hatte. Sie wollte gerade zurückgehen, als sie Stimmen hörte.

»Warum sind meine Kleider in diesem Gästezimmer?« Candaces Stimme war leise und klang verletzt.

Carter erstarrte. Am Ende des Flurs standen links in einer Tür Candace und Nick.

»Ich habe Gertie gebeten, sie dort hinzubringen.«

»Warum?«

»Weil die Dinge sich geändert haben.« Nicks Ton verriet, dass es nichts zu verhandeln gab, seine Miene war kühl und beherrscht.

»Geändert?« Das Wort klang durch die Hysterie in ihrer Stimme schrill. »Wie meinst du das?«

»Es klappt nicht zwischen uns.«

»Aber du hast mich gebeten hierherzukommen.« Candace klang verwirrt und enttäuscht, doch dann blickte sie ihn ungläubig an. »Es ist wegen dieser Frau, die in der Erde buddelt, oder?«

Nicks Schweigen war Antwort genug. Carter holte Luft, unfähig zu glauben, was da gerade passierte.

»Sag mir die Wahrheit!«, verlangte die Frau. »Komm schon, ich habe gesehen, wie du sie ansiehst.«

Als Nick still blieb, straffte sie die Schultern und warf ihr Haar zurück. »Vielleicht sollte ich einfach gehen.«

»Ja, ich denke, das ist eine gute Idee.«

Sie rang nach Luft. »Wie kannst du nur so grausam sein?«

»Candace, du hast von Anfang an gewusst, wie es um uns stand. Ich war immer offen und ehrlich zu dir.«

»Aber ich liebe dich. Ich dachte, wir würden heiraten. Ich dachte, deshalb wolltest du, dass ich hierherkomme. Um mich zu bitten, dich zu heiraten.«

»Ich habe dir gegenüber nie diesen Eindruck erweckt.« Nick schüttelte grimmig den Kopf.

»Du brichst mir das Herz.« Anschließend folgte ein trauriger, unterdrückter Schluchzer, der Carter erzittern ließ. »Ich weiß, ich hätte auf meinen Vater, meine Freunde hören sollen. Sie haben mich vor dir und deinem Umgang mit anderen Menschen gewarnt. Immer wenn dir jemand zu nahekommt, ziehst du dich zurück. Ich dachte einfach nur nie, dass es mir passieren würde.«

Carter verschränkte die Arme vor der Brust. Sie fragte sich, ob sie sich gerade freiwillig gemeldet hatte, das gleiche Schicksal zu erfahren, wenn sie mit ihm segeln gehen würde. Er war offensichtlich hinter ihr her, aber so musste es auch einmal bei Candace gewesen sein. Wenn sie seinem Werben nachgäbe, würde sie am Schluss wahrscheinlich eine ähnliche Abfuhr von ihm erteilt bekommen.

»Wie kannst du nur?«, murmelte die Frau und schniefte. Als Nick keine Anstalten machte, sie zu trösten, wurde sie wütend und blickte ihn wieder zornig an. »Und wie lange wird das mit der Neuen gehen? Wirst du mit ihr genauso umspringen wie mit mir?«

»Du hast deine Schlüsse voreilig gezogen. Ich habe stets gesagt, was ich wollte. Abgesehen davon bin ich sehr zuversichtlich, dass du dich hiervon wieder erholen wirst.«

»Ich bin nicht eins deiner Aktienpakete.«

Nicks Ton klang beinahe gelangweilt. »Candace, ich weiß, dass du dich in der Stadt mit jemand anderem triffst. Und das seit inzwischen fast zwei Monaten. Ich will dir die Untreue nicht vorwerfen, aber versuche nicht, hier das Unschuldslamm zu spielen, ja?«

Sie holte hörbar Luft.

Daraufhin wandte sich Nick ab, um zu gehen, nur um sofort wieder stehen zu bleiben, als er sah, wie Carter sich duckte, um zu flüchten. Als sich ihre Blicke trafen, riss sie die Augen verlegen auf. Er zeigte keinerlei Reaktion.

Candace schien dieses Zögern als Zeichen der Ermutigung zu verstehen.

»Liebling, lass uns nicht zanken!« Sie streckte die Hand aus und berührte seinen Arm.

Der Anblick der roten Fingernägel der Frau auf seinem Hemd war das Letzte, was Carter sah, bevor sie die Flucht ergriff.

»Da ist kein Bär«, erklärte Ivan Nick am nächsten Tag. Die beiden Männer standen gegen den Traktor gelehnt in der Garage.

»Das verstehe ich nicht. Sie sagte, sie hätte einen gesehen.«

»Mir ist kein Bär bekannt, der Sportschuhe trägt und aufrecht geht. Dir etwa?«

Nick runzelte verwirrt die Stirn. »Bist du dir sicher, dass da keiner war?«

Ivan warf ihm einen ausdruckslosen Blick zu.

»Natürlich bist du dir das«, murmelte Nick. »Könnten die Fußabdrücke von einem der Swifts stammen?«

»Der Größe nach sind die neuen Fußabdrücke von einem Mann, doch dieser Buddy trägt Wanderstiefel. Außerdem fand ich sie hinten auf dem Berg. Wer immer es auch gewesen sein mag, benutzte den Pfad auf der Rückseite, der genau auf die Straße führt.«

»Warum zum Teufel sollte sie lügen?«

Candace erschien in der Eingangstür und schlug sie krachend zu. Sie trug einen dunkelblauen Leinenanzug, hochhackige Schuhe und sehr viel Goldschmuck. Ihr Gesicht lag in Falten.

»Sie fährt also zurück in die Stadt«, bemerkte Ivan.

»Ja.«

Nick sah der Fahrt zum Bahnhof nicht gerade freudig entgegen. Auch wenn sie weniger als eine Stunde dauerte, kam sie ihm jetzt schon endlos vor.

»Kommt sie wieder?«

»Nein.«

Ivan nickte.

Nick schaute hinüber zu dem älteren Mann. »Du hast sie nie gemocht, oder?«

»Ist doch egal, oder?«

Nick zuckte mit den Achseln und stieg dann in den Porsche.

Der Ausflug in die Stadt war so unangenehm, wie er ihn sich vorgestellt hatte, doch als er Candace mit ihrem Gepäck am Bahnhof absetzte, wünschte er ihr alles Gute. Sie antwortete nicht, sondern starrte stur in die Richtung, aus der der Zug kommen sollte. Sie sah wie eine perfekte Dame aus, neben den Taschen mit ihrem Monogramm darauf, doch er hatte das Gefühl, sie hätte ihm am liebsten eine scharfe Handgranate in seine kurze Hose gesteckt, wenn sie die Möglichkeit dazu gehabt hätte.

Auf dem Weg nach Hause dachte er an Carters Gesicht, als er sie beim Belauschen des Gesprächs, in dem er Candace eröffnet hatte, dass er sich von ihr trennen würde, erwischt hatte. Es war knallrot gewesen, als sie sich schnell umgedreht hatte und den Flur hinunter verschwunden war. Er lachte leise auf bei der Erinnerung.

Er konnte es nicht erwarten, mit ihr zusammen zu sein. Ein faszinierendes Bild von ihnen beiden, nackt im Fluss, schoss ihm durch den Kopf. Er stellte sich vor, wie er mit seinen Händen Wasser über ihren Körper rinnen ließ und ihren Hals und ihre Schultern küsste.

Unvermittelt drängte sich das Gesicht von Buddy in sein Fantasiebild und zerstörte es.

Nick fluchte laut, trat mit dem Fuß auf das Gaspedal und schoss in eine Gerade.

Gleiches Recht für alle, dachte er finster. Er war sein Designergepäck losgeworden, damit Carter ihren zusätzlichen Rucksack ebenfalls loswerden konnte.

Eine solche Bedingung war neu für ihn. Er war nicht unbedingt derjenige, der Monogamie in Affären verlangen konnte. Es schien nicht sonderlich fair zu sein, da er an dauerhaften Beziehungen bisher nicht interessiert gewesen war. Abgesehen davon waren die Frauen, mit denen er bisher zusammen gewesen war, aus freien Stücken treu gewesen, da sie glaubten, auf diese Weise eines Tages einen goldenen Ring am Finger zu haben. Und wenn sie sich mit jemand anderem trafen, fragte er nicht danach, und sie erzählten es ihm nicht.

Doch mit Carter war es anders. Sie würde er mit niemandem teilen.

»Und, wie hat es dir gefallen, gestern Nacht in einem richtigen Bett zu schlafen?«, fragte Buddy, während er seine Kelle in die Erde stieß. »Hat sich die Matratze gut angefühlt?«

Carter schaute von ihrer Arbeit hoch. Ellie war noch in ihrem Zelt und schlief, sodass die beiden allein auf der Ausgrabungsstelle waren. »Es war schön. Die Krönung war die Dusche.«

»Ich war überrascht, dass du nicht die ganze Nacht geblieben bist. Hat sich Farrell etwa in einen schlechten Gastgeber verwandelt? Nicht dass ich mir vorstellen kann, dass er etwas anderes als äußerst zuvorkommend sein kann«, meinte er sarkastisch.

Sie wischte sich mit dem Handrücken über die Augenbraue. »Du magst ihn nicht, oder?«

»Wichtiger ist, dass er mich nicht mag.«

»Ach, jetzt komm schon! Er ist zu allen etwas schroff.«

»Schroff? Ich habe das Gefühl, der Typ bestellt jedes Mal, wenn ich ihn sehe, meinen Grabstein.«

»Du schaffst es nicht bis an die Spitze der Wall Street, indem du ein netter Kerl bist.«

Buddy betrachtete sie ungläubig. »Jetzt erzähl mir bloß nicht, dass du glaubst, es hätte nur etwas mit seiner Persönlichkeit zu tun!«

»Da bin ich mir ganz sicher«, erwiderte sie entschieden und hoffte, er würde den Hinweis verstehen und das Thema fallen lassen.

»Jetzt hör mir mal zu!« Die Stimme ihres Freundes war ernst, als er mit seiner Kelle in ihre Richtung wedelte. »Der Mann will dich, Carter. Und dabei darf sich ihm nichts und niemand in den Weg stellen.«

Sie verdrehte die Augen und ließ ihre Handschaufel in den Boden fahren, während sie insgeheim ihre Erregung herunterschluckte. Mit einem spitzen Geräusch stieß sie auf etwas Hartes.

»Was war das?«, fragte Buddy.

»Ich weiß es nicht.«

Sie griff nach einem feineren Werkzeug und entfernte die Erde behutsamer, bis sie einen Teil eines Knochens freigelegt hatte. Dann grub sie darum herum und stellte fest, dass ein Oberschenkelknochen und eine Hüftpfanne vor ihr lagen.

»Das sieht nach menschlichen Knochen aus«, verkündete sie. Buddy kam sofort herüber, während Ellie und Cort genau in dem Moment auf dem Platz erschienen.

»Was hast du gefunden?«, fragte Cort aufgeregt.

»Das Bein eines Menschen, denke ich.«

»Woher weißt du, dass es von einem Menschen stammt und nicht von einem Tier?«, fragte Ellie, während sie herüberspähte.

»Aufgrund der Form und Größe.« Carter deutete mit der Spitze ihrer Bürste auf die besonderen Merkmale. »Die Länge des Knochens und sein Winkel zum Gelenk hier lassen darauf schließen. Ich würde sagen, es war ein Mann, ungefähr achtzehn Jahre alt. Um sicher zu sein, muss ich aber das gesamte Becken sehen.«

»Musst du die Polizei rufen?«, fragte Cort.

Buddy nickte. »Auch wenn diese Knochen alt aussehen, und wir die Erlaubnis haben, hier zu graben, muss die Landespolizei sich alles ansehen und bestätigen, dass es sich um keinen Tatort handelt. Sollte sich herausstellen, dass dies eine Grabstätte der Indianer ist, was bisher aufgrund der fehlenden Grabbeigaben unwahrscheinlich ist, werden wir auch die entsprechenden Stammesbehörden benachrichtigen. Ich begebe mich dann mal sofort ans Telefon.«

Während Buddy in Richtung Lager verschwand, kam Cort näher, um sich den Fund genauer anzusehen. »Seit wann ist er tot?«

Carter neigte den Kopf zur Seite und betrachtete die Knochen eingehender. »So wie der Knochen aussieht, der tief in der Erde lag und unversehrt zu sein scheint, und der Erdboden zusammengesetzt ist, würde ich sagen, seit langer Zeit. Ich gehe auch eher davon aus, dass er begraben wurde.«

»Begraben?«

»Ich vermute, die weitere Ausgrabung wird zeigen, dass es sich um ein flaches Grab handelt. Er wurde entweder von jemandem umgebracht oder tot aufgefunden und dann in ein Loch gerollt.«

»Wie gruselig«, murmelte Ellie. »Was machst du jetzt?«

»Nichts, bis die Polizei hier ist, wenngleich mir das schwerfällt. Ich bin wirklich gespannt, mehr über diesen Mann herauszufinden. Hoffentlich werden wir irgendwelche Hinweise auf seine Identität finden.«

»Wir können wohl kaum erwarten, einen Führerschein zu finden«, meinte Cort gedehnt.

Carter lächelte. »Knöpfe, Schnallen, Kugeln und Münzen werden uns viel Aufschluss geben können, wenn wir sie finden. Wenn er so alt ist, wie ich denke, werden Stoff oder Leder mittlerweile verrottet sein, doch Metall überdauert. Vielleicht haben wir Glück und finden etwas Persönliches.«

Sie dachte an Winships Kreuz.

Zu Carters Überraschung und Freude dauerte es nicht lange, bis Ivan mit zwei Polizisten an der Ausgrabungsstelle auftauchte. Es waren stramme junge Männer in grauen Uniformen, und sie schienen Ivan wirklich gut zu kennen. Die Polizisten untersuchten den Fund gründlich, aber zügig, und erklärten, die Ausgrabung könnte fortgeführt werden.

»Danke, dass Sie so schnell gekommen sind«, sagte Carter, als die Polizisten wieder gehen wollten. »Das war sehr nett von Ihnen.«

Der größere der beiden lächelte sie an. »Wir würden alles für Mr. Farrell tun. Wir kümmern uns um unsere Stadt.«

Die Neugierde musste ihr im Gesicht geschrieben stehen,

denn er fügte hinzu: »Ich bin der Sohn von Gertie McNutts Neffen, und mein Partner ist ein Cousin dritten Grades von Ivan.«

»Wir sind hier in der Gegend eine große Familie«, bemerkte der andere. »Glauben Sie, dass Sie noch weitere Skelette finden werden?«

Sie zuckte mit den Achseln. »Vielleicht. Ich hoffe doch.«

»Und was ist mit dem Gold?« Die Augen des jungen Mannes leuchteten auf. »Wir hören schon zeit unseres Lebens von diesem Schatz. Dass er irgendwo hier oben sein soll.«

Carter lächelte. »Wer weiß? Ich bin eher an den Menschen interessiert.«

»Haben Sie Red Hawk gesehen?«

Der Partner des Mannes verdrehte die Augen. »Jetzt komm schon, McNutt. Natürlich sind hier oben Habichte.«

»Ich meine den Indianer. Meine Großmutter meinte immer, Red Hawk würde auf den Gipfeln der Farrell-Berge herumgeistern. Am Tag fliegt er in Gestalt eines Vogels, und in der Nacht erscheint er als Geist. Ich erinnere mich an Geschichten von Leuten, die hierherkamen und von ihm verjagt wurden. Er mag anscheinend keine Besucher.«

»Ach, jetzt hör schon auf!« Der Größere zwinkerte Carter zu. »Rufen Sie einfach an, wenn Sie noch jemanden finden. Wir kommen sofort.«

Carter dankte ihnen noch einmal und winkte ihnen zum Abschied zu.

»Die waren nett«, meinte sie zu Buddy. Als sie zu ihm herübersah, war sie erstaunt, ein Stirnrunzeln in seinem Gesicht zu sehen. »Was ist los mit dir?«

»Mir hat niemand etwas von einem Geist erzählt.«

»Ach, jetzt komm schon. Du glaubst doch nicht etwa an so was, oder?«

»Vielleicht doch.«

Ellie lachte. »C. C., hör bloß auf damit! Er wird Albträume bekommen.«

Buddy tat so, als würde er seiner Tochter einen finsteren Blick zuwerfen. Nachdem Ellie und Cort zu der Stelle hinübergeschlendert waren, wo Carter zuvor gegraben hatte, senkte er seine Stimme.

»Ernsthaft, ich habe festgestellt, dass nachts jemand um unser Lager herumspaziert. Morgens sind überall neue Fußabdrücke.«

Carter runzelte die Stirn, während Angst in ihr hochstieg. »Wer könnte das sein?«

Ihr Freund zuckte mit den Achseln. »Bleib einfach wachsam. Und erzähle niemandem, dass hier jemand auf dem Berg herumgeistert.«

Carter war beunruhigt, als sich die Gruppe mit ihren Schaufeln und Eimern auf ihren Plätzen niederließ, doch schon bald nahm der Fund wieder ihre ganze Aufmerksamkeit in Beschlag. Sie buddelte weiter und machte nur ein paar Fotos zwischendurch, um den Fortschritt ihrer Arbeit zu dokumentieren. Sie befreite das Skelett von seiner süßlich riechenden Erdschicht, bis es zu dämmern begann. Als sie es von den Füßen bis zum Brustbein freigelegt hatte, stand sie auf. Durch das schwindende Licht sah sie nicht mehr genug, und die anstrengende Arbeit ließ sie Krämpfe in den Beinen bekommen. Abgesehen davon wollte sie den Schädel des Mannes nicht in der Nacht offen herumliegen lassen. Es erschien ihr einfach nicht richtig. Er hatte genug Dunkelheit erlebt und verdiente es, bei Tageslicht aus seiner letzten Ruhestätte geholt zu werden.

Carter legte ihre Schaufel und die Bürsten beiseite und betrachtete zufrieden ihre Arbeit. Einiges deutete darauf hin, dass das Skelett aus der Zeit der Revolution stammte. Sie hatte zwischen den Rippen und Rückenwirbeln Messingknöpfe gefunden, die auf einen britischen Offizier schließen ließen. Sie hatten Glück, dass er in seiner Uniform begraben worden war.

»Die Knochen sind gut erhalten, oder?«, meinte Buddy.

»Ja, das sind sie.«

»Der Beckenknochen bestätigt, dass es sich um einen Mann handelt, und die Knöpfe deuten auf einen britischen Soldaten hin. Es gibt Anzeichen dafür« – sie beugte sich vor und zeigte auf einen Teil des Brustkorbs –, »dass er möglicherweise durch eine Stichwunde gestorben ist. Entweder durch ein Messer oder ein Bajonett. Die Rippenstruktur ist unterbrochen, und verschiedene Knochen sind auf eine Art gebrochen, die auf eine solche Gewalteinwirkung schließen lassen.«

Ellie und Cort kamen herüberspaziert.

»Habe ich da etwas von einer Stichwunde gehört?«, fragte das Mädchen.

Carter nickte. »Es scheint, als könnte er –«

»Umgebracht worden sein?«, warf Cort ein.

»Durch einen Messerstich gestorben sein.«

»Dann könnte er umgebracht worden sein. Durch den Indianer«, meinte er eindringlich.

»Nun, diese Schlussfolgerung ist ziemlich weit hergeholt.«

»Aber er war britischer Soldat – sagtest du. Und das aus der Zeit der Revolution. Somit könnte er einer der Männer von General Farnsworth gewesen sein.« Die Aufregung in dem Jungen wuchs mit jedem Wort. »Vielleicht ist das Gold auch irgendwo hier.«

»Vielleicht. Aber im Augenblick müssen wir uns auf das konzentrieren, was wir gefunden haben. Greifst du bitte mal nach der Zeltplane da? Wir decken ihn besser ab.«

Cort brachte die blaue Plane, und zusammen deckten sie das freigelegte Skelett ab, wobei sie die Ecken mit Stangen im Boden festmachten.

»Ich frage mich, ob er anfangen wird, uns zu verfolgen, weil wir ihn gestört haben«, sagte Ellie leise.

»Du brauchst keine Angst zu haben«, versicherte ihr Cort. »Nach allem, was ich gehört habe, tun Tote niemandem etwas Böses an. Sie schweben einfach nur so herum.«

»Eigentlich habe ich mich irgendwie darauf gefreut. Auch wenn ich mir die Knochen nicht gerne anschaue, Geister finde ich cool.«

Cort legte den Kopf schief und betrachtete das Mädchen ernst. Der Junge grinste unvermittelt, als wäre ihm ein Gedanke gekommen, der ihm gefiel.

»Nun, solltest du doch Angst bekommen, kannst du herunterkommen und bei mir im Haus bleiben.« Er schaute verlegen zu Buddy. »Ihr alle natürlich. Ich meine, jetzt da Candace weg ist, sind nur noch mein Onkel und ich da.«

Carter, die begonnen hatte, ihre Kellen und die anderen Werkzeuge aufzuheben, hatte Mühe, ungerührt weiterzumachen.

»Seit wann das denn?«, fragte Buddy.

»Seit heute. Nick hat sie heute Morgen zum Zug gebracht. Das war wirklich eine Überraschung, und sie sah nicht glücklich darüber aus. Ich glaube nicht, dass sie noch einmal wiederkommen wird.«

»Wie kommst du darauf?«

»Onkel Nick kam pfeifend zurück. Das tut er immer, wenn er eine von ihnen losgeworden ist.«

Carter zwang ihre Hände weiterzuarbeiten, während sie sich fragte, auf was zum Teufel sie sich da gerade einließ.

Nick saß in der Küche und aß zusammen mit Gertie und Ivan, als Cort durch die Hintertür hereinkam.

»Das Skelett von dem Typ ist der Hammer«, verkündete er, während er ein Blutzuckermessgerät aus einem speziellen Schrank nahm, in dem sich Spritzen, Teststreifen und Medikamente befanden. »Und er könnte umgebracht worden sein.«

»Gütiger Gott«, entfuhr es Gertie, und ihre Gabel verharrte in der Luft. »Wer sagt das?«

»Carter.« Er wartete darauf, dass das Gerät seinen Blutzuckerspiegel zu messen begann, und spritzte sich dann das Insulin. Als er damit fertig war, setzte er sich vor einen leeren Teller. Gertie reichte ihm den Servierteller mit dem Lamm darauf, doch er schüttelte den Kopf. »Nein, danke. Ich habe schon gegessen. Weißt du, Carter ist total klasse. Sie weiß alles. Sie ist echt klug. Und ihr solltet sehen, wie die Knochen aussehen. Die sind wirklich beeindruckend.«

Als Nick sprach, war sein Ton ganz unverbindlich. »Vielleicht werde ich hinaufgehen und einen Blick darauf werfen.«

Vielleicht? Mann, er wäre am liebsten sofort den Berg hinaufgestürmt, nachdem er vom Bahnhof zurückgekehrt war, doch er hatte sich gezwungen zu warten. Er wollte ihr einen Tag Zeit lassen, um die Dinge mit diesem Buddy zu klären.

Was bedeutete, dass er sich morgen in aller Herrgottsfrühe die Wanderstiefel anziehen würde.

Als Gertie aufstand, um den Nachtisch zu holen, einen Apfelkuchen, halfen Ivan und Nick beim Abräumen der Teller.

»Diese Ellie ist sehr nett«, sagte Gertie, während sie sich wieder hinsetzte. »Sie ist so alt wie du, oder?«

»Ja.« Cort wurde rot wie eine Tomate.

»Magst du sie?«

»Gertie!«, zischte Ivan und nahm die Kaffeekanne und ein paar Becher in die Hand. »Man dringt nicht so in die privaten Gedanken eines Mannes ein.«

Seine Frau zuckte mit den Achseln und legte ein Stück Kuchen auf den Teller ihres Mannes. »Wenn ich dich in diesem Diner nicht in die Enge getrieben hätte, wären wir heute noch nicht verheiratet. Jahrelang hast du mich angeschmachtet, festgeklebt an deinem Sitz an der Theke, als wäre deine Hose festgenagelt.«

Jetzt war Ivan derjenige, der rot wurde.

»Ich hätte schon noch irgendwann einmal etwas gesagt«, murmelte er und füllte dabei den Becher seiner Frau mit Kaffee.

»Geständnisse am Sterbebett zählen nicht.«

»Da bin ich mir nicht so sicher«, bemerkte Nick und ließ sich ein Stück Kuchen geben. »Die sind wahrscheinlich ehrlich gemeint.«

»Ja, aber sie kommen viel zu spät«, entgegnete Gertie.

Cort schaute hoch und sah seinen Onkel an. »Es ist wichtig, dass man so etwas früher hört. Meine Mom sagte mir immer, dass sie mich liebte, nur nicht beim letzten Mal, als sie ging. Sie wollte es, denke ich. Aber sie waren so spät dran und …«

Alle am Tisch erstarrten. Cort blickte verlegen in die Runde. »Auf jeden Fall bin ich froh, dass sie es mir vorher so oft gesagt hat.«

Der Junge schaute nach unten und spielte mit der Gabel und dem Messer, die vor ihm lagen.

Ivan streckte seine Hand aus und drückte Corts Schulter. Bei jedem anderen wäre er sofort vom Tisch aufgesprungen. Das wussten alle. Der Junge stand unter Strom, als steckte er in einer Steckdose, doch nachdem Ivan ihn berührt hatte, schien er sich ein wenig zu beruhigen.

Nick beobachtete die Szene neidisch. Es war für ihn die Hölle, von seinem Neffen so weit entfernt zu sein. Nicht derjenige zu sein, der ihn tröstete.

Nick ging gedanklich viele Jahre zurück, drang in die äußersten Winkel seines Gedächtnisses vor und erinnerte sich, wie aufgebracht er als Junge gewesen war. So wie bei Cort, war auch damals Ivans stille, starke Liebe das Einzige gewesen, das er hatte zulassen können.

Er war damals elf Jahre alt gewesen. Sein Hund hatte ein Stachelschwein gejagt, mit dem Ergebnis, dass unzählige Stacheln in seinem Fell steckten. Er fand ihn stöhnend neben der Garage, zusammengerollt und mit blutigem Maul. Da er ihm unbedingt helfen wollte, streckte er eine Hand aus, in die der Hund jedoch hineinbiss. Nick zuckte daraufhin erschreckt zurück, und Tränen rollten ihm vor Schmerz und Angst über die Wangen. Doch er war nicht zu seinem Vater oder seiner Mutter gelaufen, sondern hatte sich auf die Suche nach Ivan gemacht.

Nick schaute hinunter auf die Innenfläche seiner Hand und sah die Narben, die mittlerweile verblasst waren. Die Wunde hatte genäht werden müssen, und der Hund hatte Ivans ruhige Hand und eine Kneifzange gebraucht. Nachdem den Qualen ein Ende bereitet und alle Stacheln schließlich entfernt worden waren, war der Hund zu Nick gelaufen, den man ins Bett gebracht hatte. Er legte sich zu Nick, und dieser streichelte seinen Kopf mit seiner unversehrten Hand.

Gertie brachte ihm an jenem Abend später sein Essen, von dem er keinen Bissen herunterbekam, und seine Mutter, elegant gekleidet und nach Parfum duftend, kam auf dem

Weg zu einer Party bei ihm vorbei. Der Blick ihrer Augen war wie gewöhnlich leer, als sie ihn auf die Wange küsste, doch das kümmerte Nick nicht. Er wollte sowieso nicht von ihr getröstet werden.

In dem schwächer werdenden Licht machte er sich vielmehr Gedanken über das Eintreffen seines Vaters. Gleich als dieser den Biss sah, verlangte er, dass Ivan den Hund erschoss. Nick flehte ihn mit seiner immer noch blutenden Hand an, es sich noch einmal zu überlegen, doch sein Vater schob diese nur missmutig beiseite und erklärte, Hunde könnten ersetzt werden.

Daraufhin wartete Nick gequält auf das nahende Ende. Er konnte kaum atmen und sah immer wieder zwischen dem Hund und der Tür hin und her.

Als diese dann schließlich geöffnet wurde, riss er seine Augen weit auf. Ivan stand schweigend in der Tür.

Nicks Kehle war wie zugeschnürt, und er konnte kaum sprechen. »Wirst du ihn erschießen?«

»Nein.«

Es folgte ein langes Schweigen.

»Bist du dir sicher?«

»Ja.«

Während Tränen der Erleichterung auf sein Kissen fielen, wandte Nick sein Gesicht ab. Er wollte nicht, dass Ivan sah, wie er weinte, wollte nicht wie ein Schwächling erscheinen.

Ivan schloss die Tür und setzte sich auf einen Stuhl am anderen Ende des Zimmers. Er lehnte sich zurück und schlug die Füße übereinander, als hätte er nichts anderes zu tun, als müsste er nirgendwohin, wenngleich es bereits spät war und zu Hause seine Familie auf ihn wartete.

Nick versuchte, so leise wie möglich zu sein, und weinte weiter, bis er sich nicht mehr so schwindelig fühlte vor lauter Erleichterung. Der Hund blieb am Leben, weil Ivan ihm das Leben rettete, und auch Nick fühlte sich gerettet. Es war ein Wunder.

Trotzdem schämte er sich wegen seiner Schwäche, seiner Tränen.

Als er am nächsten Morgen aufwachte, war Ivan weg, doch auf seinem Nachttisch lag die Feder eines Adlers. Das Symbol des Muts. Der Stolz eines indianischen Kriegers.

Es war jene Art von Geste, an die ein Junge nie wieder denkt, doch die der Mann, der er wird, nie vergisst.

Als Nick mit seinen Gedanken wieder in die Gegenwart zurückkehrte, richtete er seinen Blick auf Cort. Er wünschte sich nichts sehnlicher, als dass es seine Hand gewesen wäre, die das Leid des Jungen gelindert hätte.

9

Am nächsten Tag lag die Kelle ruhig in Carters Hand, als sie damit vorsichtig Erde entfernte. Nachdem sie sie beiseitegelegt hatte, griff sie nach unten, strich ein paar Erdklumpen weg und legte den feinen blassen Kieferbogen des Skeletts frei. Die Zähne, deren untere Reihe vorne schief war, lagen, wie sie bemerkte, immer noch in ihren Hohlräumen.

»Cort, halt bitte das Kinn hier fest, damit es nicht auseinanderfällt, während ich weitergrabe.«

Der Junge legte seine Hand dorthin, wo sie es ihm gezeigt hatte.

Sie arbeitete zügig weiter und befreite den Knochen von Erde, bis er in Corts Hand lag. »Gut, jetzt kannst du loslassen.«

Cort setzte sich zurück und strich über den Kiefer. Er hatte die Augen weit aufgerissen und atmete kaum.

Ellie beugte sich über seine Schulter. »Darf ich es auch anfassen?«

»Sachte«, sagte Carter, berührt von ihrer Ehrfurcht. »Verschiebt die Zähne nicht!«

Ellie fuhr mit einem Finger über das Kiefergelenk. »Ich frage mich, wie er wohl ausgesehen hat.«

Carter zog die Baseballkappe tiefer ins Gesicht. Obwohl die Sonne ihr auf den Rücken brannte und sie in einer verkrampften, unnatürlichen Haltung saß, verspürte sie keine körperlichen Beschwerden. Sie war so konzentriert bei der Arbeit, dass sie dadurch von ihren Schmerzen abgelenkt wurde.

Wenn auch nicht von ihren Gedanken an Nick. Sie hatte den ganzen Morgen mit einer gewissen Ungeduld auf ihn gewartet, durch die sie sich unbehaglich gefühlt hatte.

»Was meinst du?«, fragte Ellie. »Wie war er so?«

»Wir werden mehr wissen, wenn der Rest des Schädels vor uns liegt, doch er war, wie ich schon vermutet habe, jung, wahrscheinlich so um die achtzehn. Das ist am Verschleiß der hinteren Backenzähne zu erkennen. Bei einer älteren Person wären sie glatter. Außerdem weisen ein paar der Vorderzähne immer noch die gezackten Kanten auf, die den bleibenden Zähnen halfen, durch das Zahnfleisch zu dringen. Vielleicht war er auch erst sechzehn.« Sie zeigte auf eine Kiste. »Leg den Kiefer dort hinein! Wir können ihn wieder einsetzen, wenn wir die Bilder machen.«

Sie brauchte eine halbe Stunde, um den gesamten Kopf des Skeletts freizulegen. Als dieser vollständig enthüllt war, schnappte die ganze Gruppe nach Luft. In dem Schädel klaffte ein riesiges Loch.

»Und ich dachte schon, die Stichwunde wäre schlimm«, murmelte Carter.

»Was ist ihm zugestoßen?«, fragte Cort ungläubig.

»Dem Mann wurde auf den Kopf geschlagen. Soweit ich das von der Verletzung hier beurteilen kann« – sie zeigte darauf –, »würde ich sagen, der Schlag stammt von einer Machete, da die Kanten an der Bruchstelle des Knochens glatt sind, und das kann nur von einem scharfen Gegenstand stammen.«

»Es muss der Indianer gewesen sein«, flüsterte Cort.

Carter schaute hoch zum Himmel, der sich zusammenzog. »Lasst uns ein paar Fotos machen! Ich möchte ihn aus dem Boden haben, bevor es zu regnen beginnt.«

Während Cort die Bilder machte, nahm sie ein Maßband heraus und vermaß die einzelnen Bestandteile des Skeletts und die Tiefe der Fundstelle. Als der Fund vollständig dokumentiert war, begann sie die Knochen nacheinander aus dem Boden zu heben und in einen verschließbaren Behälter zu legen. Sie glaubte, das Skelett wäre darin sicher, bis sie es zu ihrem Labor in Burlington bringen würde. Sie war gerade dabei, den Brustkorb hineinzulegen, als Buddy, der wieder zu graben begonnen hatte, einen leisen Pfiff ausstieß.

Er blickte in das Loch, an dem er arbeitete, und sagte: »Wir rufen besser wieder die Polizei. Sieht aus, als gäbe es noch ein weiteres Skelett.«

Nick lief gut gelaunt den Berg hinauf. Er ging davon aus, dass Carter mit Buddy gesprochen hatte, und freute sich, mit ihr hinaus auf den See zu fahren. Allein.

Als er im Lager ankam, sah es dort wie immer ordentlich aus. Im Essenszelt lagen keinerlei Lebensmittel herum. Alles befand sich in verschlossenen Kühlboxen und Taschen. Die Teller standen gespült und ordentlich gestapelt auf einem kleinen Tisch, das Feuer war gelöscht. Die Eingänge der Zelte, die seitlich in einer Gruppe zusammenstanden, waren verschlossen und gesichert worden. Ihr Anblick ließ ihn finster dreinblicken.

Er stellte sich vor, wie Buddy in Carters Zelt schlich, und fand, der verdammte Professor sollte sich ab jetzt besser davon fernhalten.

Nick begab sich hinüber zur Ausgrabungsstelle. Als er den Steinkreis betrat, sah er, dass alle gespannt auf den Boden schauten. Carter und Buddy knieten nebeneinander über einer Grube.

»Haben Sie die fehlende Verbindung gefunden?«, fragte Nick und gab sich nicht einmal Mühe, den spitzen Ton in seiner Stimme zu verbergen.

Alle blickten hoch, und es bereitete ihm Vergnügen zu sehen, wie Buddy von Carter abrückte.

»Es gibt zwei Skelette. Buddy hat gerade noch eins gefunden, und ich denke, es ist ein Siedler, darauf lässt diese Schuhschnalle schließen«, erklärte Carter. Ihr Blick wanderte zu ihm hinauf und glitt dann wieder nach unten, als sie rot wurde.

Nick gesellte sich zu ihnen und sah nur kurz von Carter weg, um einen Blick in die flache Grube zu werfen. Er sah einen Teil eines Fußes und einen Fußknöchel und ungefähr fünf Meter davon entfernt ein freigelegtes Skelett, von dem ein Teil fehlte.

»Sie sind fleißig gewesen«, meinte er und beugte sich über Carter. Ihr Blick wanderte wieder hinauf zu ihm, das Blau ihrer Augen wurde dunkler. Er stellte sich vor, wie er sie in seine Arme nahm, und sie schien seine Gedanken zu erraten, denn er bemerkte, wie ihre Atmung schneller wurde. Sie stand unvermittelt auf.

»Ich bin mir im Klaren darüber, dass wir das prompte Erscheinen der Polizei gestern Ihnen und Ivan zu verdanken haben«, sagte sie eilig. »Könnten Sie dieses Wunder eventuell noch einmal vollbringen?«

»Vielleicht kann ich ihnen dieses Mal den Vergaser zeigen«, witzelte Buddy.

Nick warf ihm einen kühlen Blick zu. »Sie haben ein Motorteil gefunden?«

Der Mann nickte. »Man weiß nie, was einem der Boden so beschert.«

»Nun, ich denke, es hängt davon ab, was man darin vergräbt.« Nicks Stimme klang finster.

Buddy runzelte die Stirn und stand auf. »Kinder, warum gehen wir nicht zurück zum Lager und fangen mit dem Abendessen an? Während wir die Gourmetsandwichs zubereiten, kann Carter Mr. Farrell die Einzelheiten erklären.«

Nick zog eine Augenbraue hoch, als Buddy rasch verschwand, und kam zu dem Schluss, dass der Professor doch ein ganz kluges Kerlchen war.

Carter begann sofort mit ernster Stimme, Nick von dem Fund zu erzählen. »Das Skelett, das wir ausgegraben haben, scheint das eines sechzehn- bis achtzehnjährigen jungen Mannes zu sein, der aufgrund eines Hirntraumas und einer Stichwunde in der Brusthöhle gestorben ist. Basierend auf …«

Sie fuhr mit ihren Ausführungen fort, doch Nick wollte von der Ausgrabung nichts hören. Er war vielmehr daran interessiert, mit ihr darüber zu sprechen, wann sie endlich allein sein würden.

Er unterbrach sie, indem er sie freundlich neckte. »Machen Sie Quincy absichtlich nach, oder sprechen alle Archäologen so, wenn sie vor offenen Gruben stehen?«

Sie hielt inne und schaute ihn mit großen, fragenden Augen an. »Wie bitte?«

»Quincy. Sie wissen doch, der Gerichtsmediziner. Ich kann mich erinnern, dass viele seiner Anzüge Karomuster hatten, breite Revers und so. Lebte auf einem Boot.«

Sie wurde rot vor Wut. »Und was habe ich mit einer Fernsehfigur aus den Siebzigerjahren zu tun?«

»Sie sind genauso ernst«, erwiderte er sanft. Er hatte sie nicht verärgern wollen.

»Wenn Sie mit Ihrem Vorstand sprechen, ahmen Sie

da Donald Duck nach? Das hier ist meine Arbeit. Und die nehme ich nun mal ernst.« Sie stemmte ihre Hände in die Hüften. »Also, können wir noch einmal von vorne beginnen?«

Carter war offensichtlich bereit, ihm die Hölle heiß zu machen, sollte er versuchen, sie anzumachen, was Nick wiederrum zum Lächeln brachte. Er hegte keinen Zweifel daran, dass wenn er sich nicht benähme, sie ihn einfach stehen lassen würde.

»Sagen Sie, was stimmt mit Ihnen nicht?« Ihre Stimme klang gereizt.

»Wieso?«

»Sie lächeln.«

»Sie mögen es nicht, wenn ich gute Laune habe?«

Sie neigte ihren Kopf zur Seite. Ganz langsam, als ob es wider besseres Wissen wäre, warf sie ihm ein Lächeln zu, dass ihm das Herz stehen blieb. Es war schief und leicht neckend. »Das ist so wie mit dem karierten Freizeitanzug. Ich hätte nie gedacht, sie mal in einem zu sehen.«

Nick lachte und wollte sie zu sich ziehen. »Vielen Dank für Ihr Vertrauensbekenntnis, was meine Garderobe betrifft, wenngleich ich mir nicht sicher bin, was Sie sonst noch damit andeuten wollen.«

»Können wir jetzt für eine Minute ernst sein?«

»Wenn Sie weiter so lächeln, tue ich alles, was Sie wollen.«

Sie errötete, bevor sie ihn zu dem vollständig ausgegrabenen Skelett führte. Er hörte zu und war beeindruckt von dem, was sie sagte. Ihre Schlussfolgerungen waren wohlüberlegt und logisch, und er begriff, dass sie eine größere Wissenschaftlerin war, als er gedacht hatte.

»Und wie wahrscheinlich ist es, dass die beiden etwas mit dem Winship-Trupp zu tun haben?«

»Sehr wahrscheinlich. Farnsworth wurde sowohl von zwei Amerikanern als auch von Winship und Red Hawk begleitet. Zwei seiner eigenen Männer von Fort Sagamore stießen zu dem Trupp hinzu, und ich glaube, der erste war ein Brite. Ich habe mehrere Knöpfe bei ihm entdeckt. Sie stimmen mit denen überein, die man an Uniformen der britischen Soldaten aus der zweiten Hälfte des achtzehnten Jahrhunderts gefunden hat.«

»Was ist mit seinen Kumpanen?« Nick nickte in Richtung der anderen sterblichen Überreste.

»Die Knochen scheinen in der gleichen Bodentiefe zu liegen und auf ähnliche Weise gealtert zu sein. Es sieht so aus, als wäre diese Leiche ebenfalls in einem flachen Grab beerdigt worden. Ich bin wirklich neugierig, aber wir können erst weitergraben, wenn die Polizei hier gewesen ist.«

»Sie sagten Grab. Wer beerdigte sie?«

»Das habe ich mich auch schon gefragt. Nach dem Massaker hielt man alle für tot, außer Farnsworth. Vielleicht schickte er andere Soldaten vom Fort hierher, um die Gräber auszugraben, aber das bezweifle ich. Der flüchtende Walker dürfte schon Aufregung genug gewesen sein, und das Letzte, woran Farnsworth wahrscheinlich gedacht hatte, war, die Überreste von irgendwelchen Leuten in der Wildnis zu begraben.« Sie war hingerissen vor Begeisterung. »Interessanterweise weist das erste Skelett keine Spuren von Aasfressern auf, was darauf schließen lässt, dass der junge Mann begraben wurde, kurz nachdem er starb, also bevor irgendein Tier eine Chance hatte, sich seiner Leiche zu bemächtigen. Außerdem wurde er in seiner Uniform beerdigt, wenn Muster und Anzahl der Knöpfe als Anhaltspunkt dienen können. Das bedeutet, dass er von jemandem beerdigt wurde, der es zu eilig hatte oder der keine Lust dazu hatte, ihm Kleidung und Munition abzunehmen. Wenn Red Hawk ihn umgebracht haben sollte –«

»He«, unterbrach Nick sie, als er sah, wie sich etwas bewegte, »ich glaube, wir werden beobachtet.«

Carter sah beunruhigt aus. »Von wem?«

Er zeigte auf einen Baum. In einem Ast saß ein Rotschwanzhabicht und starrte sie an.

»Ich bin nicht abergläubisch«, flüsterte sie.

»Ich auch nicht.«

»Und ich glaube auch nicht an diese Geistergeschichten über den Indianer.«

Es trat kurz Stille ein.

»Möchten Sie zurück zum Lager und über das hier sprechen?«, fragte sie und schaute immer noch hinauf zu dem Vogel.

»Großartige Idee.«

Carter war überrascht, wie locker Nick die Einladung zum Abendessen annahm. Er schien sich völlig damit zufriedenzugeben, ein Sandwich im Freien in Gesellschaft der dort anzutreffenden Käfer zu essen, anstatt ein ausgefallenes Abendessen in seinem formellen Esszimmer zu sich zu nehmen. Er hatte sich sogar angeboten, die Teller und Tassen hinzustellen und dabei geholfen, das Obst für den Nachtisch zu schneiden.

Trotzdem wünschte sie sich, er hätte irgendwo anders zu Abend gegessen, als er sich neben sie an den Picknicktisch zwängte. Während des Essens berührten sich ihre Ellenbogen, und ihre Beine strichen aneinander entlang. Als sie das verdammte Obst ablehnte, glühte sie innerlich durch den Körperkontakt und war verärgert, weil ihm dies nichts auszumachen schien.

Sie fühlte sich auch noch aus einem anderen Grund unbehaglich. Das Gespräch, das sie zwischen ihm und Candace mitgehört hatte, beschäftigte sie noch. Abgesehen von den Fragen, die es bezüglich Nick aufwarf, wollte sie erklären, warum sie im Flur gewesen war, wenngleich sie wusste, dass eine Rechtfertigung dafür schwer nachvollziehbar sein würde. Es gab für ihr Verhalten einfach keine gute Ausrede. Sie hatte gelauscht und war dabei erwischt worden.

Aber es gab noch etwas, das ihr auf der Seele lag. Sie wollte wissen, ob es bei dem Angebot zu dem Segelausflug blieb oder nicht. Auch wenn sie ihm gegenüber und der Gefahr, die er darstellte, misstrauisch war, wollte sie dennoch mit ihm allein sein. Verflucht, aber sie wollte es! Sie wollte, dass er sie in seine Arme nahm, seine Zunge in ihren Mund gleiten ließ, ihr das Hemd vom Leib riss –

»Stimmt's, Carter?«

Erschrocken schaute sie hinüber zu Ellie.

»Du wolltest doch auch auf den See hinaus.«

Carter wurde blass und fragte sich, was sie preisgegeben hatte. »Ja, richtig.«

Nick meinte: »Na, solange ich diesen Wunsch nicht erfüllt habe, werde ich wohl kein guter Gastgeber sein, oder?«

Er schaute zu ihr hinüber, während Carter nervös dastand, und begann die Teller zusammenzuräumen. Als sie nach dem von Nick griff, stand er auf und bot an, ihr zu helfen.

»Geht schon«, sagte sie schnell, balancierte vorsichtig eine Ladung und ging in Richtung Fluss, um abzuspülen.

»He, die hier hast du vergessen«, rief Buddy und hielt ein paar Messer hoch. Als sie sagte, dass ihre Hände bereits voll wären, folgte er ihr in den Wald.

Sie blieben nur wenige Minuten weg, doch als sie zurückkehrten, war die Stimmung am Zeltplatz umgeschlagen. Nick schaute finster in die Gegend, und Cort und Ellie waren sehr still.

Stirnrunzelnd bat Buddy die beiden Jugendlichen hinüberzugehen und über den neuen Fund eine Plane zu spannen. Nachdem sie im Wald verschwunden waren, wandte er sich Nick zu, dem der Frust ins Gesicht geschrieben stand. »Was zum Teufel ist Ihr Problem?«

Carter hielt die Luft an, als sie sah, wie Nick das Wort an ihren Freund richtete.

»Scheint, als wären Sie derjenige, der hier ein Problem hat.«

»Ich habe es satt, Farrell, dass Sie ständig Maß für mein Totenhemd nehmen.«

»Sie kennen doch den Spruch«, knurrte Nick zurück. »Wir sind alle lebende Tote.«

Carter bemühte sich, einen Weg zu finden, die Situation zu entspannen. »Warum gehen wir nicht alle zur Ausgrabungsstelle und –«

»Was habe ich Ihnen bloß getan?«, fragte Buddy verärgert. »Oder sind Sie so ein widerlicher Mistkerl, dass Sie sich mit jedem dermaßen anlegen?«

»Sie haben mir nichts getan.«

»Genau das meine ich.«

»Wenngleich ich mir schon so meine Gedanken mache, was Sie Ihrer Frau und Tochter da antun.« Nick blickte ihn grimmig an.

Buddy schaute entsetzt. »Wie bitte?«

»Ich kenne nicht viele Männer, die die Unverfrorenheit besitzen, ihre Frau vor den Augen ihrer Tochter zu betrügen. Sie sind ein verkommener Dreckskerl – wissen Sie das?«

Buddy blinzelte verwirrt und sah hinüber zu Carter. »Weißt du, wovon er spricht?«

»Ich weiß nicht, wo ich anfangen soll«, erwiderte sie und hob abwehrend die Hände.

Buddy schaute zurück zu Nick. »Denken Sie etwa, sie ... und ich ...«

Er begann zu lachen, ein fröhlicher Klang, der völlig im Widerspruch zu der Spannung stand, die in der Luft lag. Buddy legte eine Hand auf Nicks Schulter.

»Ich wusste es«, meinte er, als er kurz innehielt, um Luft zu holen. »Ich wusste es die ganze Zeit.«

»Lass uns einfach mit dem Thema aufhören«, flehte Carter ihn an. »Und all das vergessen –«

»Ich wusste, dass Sie ein Auge auf sie geworfen haben.«

Nick runzelte die Stirn, als er das Lächeln in Buddys Gesicht sah.

»Hören Sie«, erklärte Buddy in einem unbeschwerten, erleichterten Ton. »Carter ist die tollste Frau, der ich je begegnet bin, abgesehen von meiner eigenen, aber ich schwöre Ihnen auf das Leben meines Kindes, dass ich Jo-Jo noch nie untreu gewesen bin, weder in Gedanken noch in Taten. Das beruht teilweise auf den vielen gefährlichen Chemikalien, die sich in ihrem Labor in unserem Keller befinden, aber vor allem darauf, dass ich sie von ganzem Herzen liebe. Nicht, dass Sie das irgendetwas angehen würde.«

Carter bemerkte, wie Nick den Mann sorgfältig betrachtete und seine Worte abwog.

Immer noch lächelnd, schlenderte Buddy hinüber zum Küchenzelt und legte die Sachen weg, die er gespült hatte. »Nehmen Sie einen Rat von jemandem wie mir an, der das Glück hatte, die Liebe seines Lebens zu finden, und noch mehr Glück hatte, als es darum ging, den Mut zu haben, etwas dafür zu tun. Die Zeit vergeht, und Sie sollten sie besser damit verbringen, mit ihr alleine zu sein, als mich wütend anzustarren.«

Buddy gab etwas von sich, das einem Kichern gefährlich nahekam, winkte den beiden fröhlich zu und ging weg.

Sie schwiegen daraufhin eine Weile. Obwohl ihr Freund gut gelaunt davongezogen war, hatte Carter das Gefühl, dass die Spannung seitdem noch größer geworden war.

»Dieser Buddy hat etwas von einem Philosophen«, sagte Nick schließlich. »Ich denke, ich muss mich bei ihm entschuldigen.«

»Er gehört zu der Sorte Mensch, die nicht nachtragend ist.« Nervös begann sie loszuplappern. »Ich habe einmal einen Vorschlaghammer auf seinen Fuß fallen lassen, der daraufhin an drei Stellen brach. Ich meine natürlich der Fuß, nicht der Hammer. Buddy hat mir verziehen, aber er macht immer noch einen großen Bogen um mich, wenn ich schweres Werkzeug in der Hand habe …«

Carter schloss unvermittelt den Mund, um nicht noch mehr dummes Zeug von sich zu geben. Sie wusste nicht, ob sie weglaufen oder Pläne für einen schönen langen Segelausflug auf dem Wasser schmieden sollte.

Sie hörte, wie er auf sie zukam. Als sie hochschaute, sah sie, dass seine hellen Augen sie nicht mehr distanziert ansahen. Sie glühten.

»Ich glaube, ich muss mich auch bei Ihnen entschuldigen«, sagte er mit tiefer, rumorender Stimme.

Ein Schauer der Vorfreude durchfuhr sie.

Er streckte seine Hand aus und steckte eine Haarsträhne hinter ihr Ohr. »Seit ich Sie getroffen habe, habe ich mich bei Ihnen mehr entschuldigt als bei jeder anderen Frau, glaube ich.«

»Wenn Sie sich gerade auf eine weitere Entschuldigung vorbereiten, sind es erst zwei.«

»Wie ich schon sagte …« Seine Fingerspitzen strichen über ihre Wangen hinunter bis zu ihrem Kiefer. »Es tut mir leid, dass ich falsche Schlüsse über Sie und Buddy gezogen habe.«

»Wir sind nie mehr als gute Freunde gewesen.«

»Das ist mir jetzt klar. Ich bin nur an Frauen wie Sie nicht gewöhnt.«

Ihre Stimme senkte sich zu einem Flüstern. »Was für eine Art von Frau bin ich denn?«

Sein Blick glitt über ihr Gesicht, und seine Mundwinkel wanderten nach oben, er lächelte. »Eine unwissende.«

Sie runzelte die Stirn. »Vielen Dank. Erinnern Sie mich bitte daran, nicht hierherzukommen, falls ich einmal Probleme mit der Wahrnehmung meines Körpers habe und Komplimente brauche.«

Nick lachte und wurde dann ernst.

»Ich glaube nicht, dass Sie irgendeine Ahnung haben, wie schön Sie sind.« Seine Stimme war hypnotisch, eine Mischung aus einem Kratzen und Schnurren, die vorübergehend ihre Zweifel an ihm vergessen ließ. »Und Sie haben mich die ganze Nacht wach gehalten, weil ich mich fragte, ob meine Erinnerung richtig war.«

»Welche Erinnerung?«, fragte sie heiser.

»Dass Ihre Lippen schmecken wie eine Honigmelone.«

Das Herz schlug Carter bis zum Hals. Er würde sie küssen. Das wusste sie. Wollte sie.

Er trat näher.

»Sie sind eine unglaubliche Frau.« Nick griff mit einer Hand unter ihr volles Haar und streichelte ihren Nacken. »Aber eine miese Lauscherin.«

Carter wurde rot, als die Entschuldigung, die ihr schon die ganze Zeit auf der Zunge gelegen hatte, über ihre Lippen kam.

»Es tut mir leid«, murmelte sie. »Auf dem Weg aus Ihrem Haus verirrte ich mich, und ich wollte nicht stören. Ich –«

»Gefiel es Ihnen zu hören, dass Candace wegen Ihnen ging?«

Als der Name der anderen Frau erklang, zog sich Carter mit wenigen schwankenden Schritten hinter den Tisch zurück und begann die Servietten einzusammeln.

»Was ist los?«, fragte er.

»Ich erinnere mich lebhafter an die anderen Teile des Gesprächs.«

»Wirklich?« Seine Stimme nahm wieder diesen lakonischen Tonfall an, den sie schon kannte. Sie sah, wie das Glühen in seinen Augen langsam verschwand und die kühle Distanziertheit wieder zurückkehrte.

Während er auf eine Erklärung wartete, fragte sie sich, wie ehrlich sie sein sollte. Sollte sie zugeben, dass sie Angst hatte, verletzt zu werden? Eher nicht. Sie fühlte sich bereits jetzt verwundbar.

Dann sprach Nick, noch bevor sie es tat. »Ich bin kein Engel, Carter, und das habe ich auch nie vorgegeben zu sein. Aber verurteilen Sie mich nicht, nur weil ich ehrlich bin. Garantien gibt es in keiner Beziehung. Ich glaube, es ist besser, das von vornherein klarzustellen und die Dinge zu beenden, wenn sie nicht funktionieren, als in einer Fantasiewelt weiterzuleben.«

»Aber was ist mit den Frauen?«

»Was soll mit ihnen sein?«

»Sie werden verletzt.« Ich werde verletzt, dachte sie.

»Sie wissen, auf was sie sich einlassen. Glauben Sie mir,

sie sind stark genug, um damit umzugehen.« Er klang abgebrüht.

Carter hatte das Gefühl, dass diese Sache für sie eine Nummer zu groß war, und schaute hinunter auf die Servietten, die sie in ihren Händen geknetet hatte. »Haben Sie immer noch vor, mich zu fragen, ob ich diesen Segelausflug mit Ihnen mache?«

»Ja, habe ich.«

»Und was denken Sie, werden wir tun, wenn wir alleine sind?«

»Essen, trinken, schwimmen. Den Tag genießen …« Er hielt inne. Als sie daraufhin zu ihm hochschaute, beendete er den Satz: »… miteinander schlafen.«

Ihr Herz machte einen Satz. Es war genau das, was sie hören wollte, doch es jagte ihr auch Angst ein.

Sie holte tief Luft. »Und würden Sie mir dann auch bitte sagen, als so ehrlicher Mensch, wohin das führen wird?«

Das Runzeln auf seiner Stirn war nicht sehr vielversprechend. Genauso wenig wie das lange Schweigen, das folgte.

Carter lachte verkrampft. »Nach Ihren zusammengepressten Lippen und dieser ohrenbetäubenden Stille zu urteilen nehme ich an, lautet Ihre Antwort, *nirgendwohin?*«

Er fuhr sich mit einer Hand durchs Haar. »Natürlich nicht.«

»Also, was machen wir?«

»Ich weiß es nicht.« Seine Stimme klang frustriert.

»Kein Wunder, dass Ihre Frauen durcheinanderkommen«, bemerkte sie barsch. »Sagen Sie das immer zu ihnen?«

»Nein.«

»Sondern?«

Er schob die Hände in die Hosentaschen. Ihm war anzusehen, dass ihm das Gespräch unangenehm war. »Ich sage ihnen, dass sie nichts ernst nehmen sollen, und ich nicht auf der Suche nach etwas Langfristigem bin. Wenn ihnen ein besseres Angebot über den Weg läuft, sollen sie es annehmen.«

Carter seufzte und schüttelte traurig den Kopf. »Ich weiß nicht, warum ich überhaupt gefragt habe.«

»Wollen Sie, dass ich Sie belüge?« Er hob verärgert seine Hände. »Was genau suchen Sie denn?«

»Das weiß ich nicht, aber bestimmt nicht das, was da gerade aus Ihrem Mund gekommen ist. Ich mag es nicht, daran erinnert zu werden, wie töricht es sein kann, sich auf Sie einzulassen.« Sie verschränkte die Arme vor der Brust.

Er schüttelte den Kopf. »Ich weiß nicht, was ich Ihnen sonst sagen soll. Es tut mir leid.«

»Damit wären es drei.«

Er starrte sie mit gleichbleibendem Blick an, die Augenbrauen hochgezogen.

»Drei Entschuldigungen.«

Nick lachte zwar kurz auf, doch lachten seine Augen nicht mit. »Ich denke, ich mache gerade all die Jahre gut, in denen ich ein gefühlloser Mistkerl war. Hätte nie gedacht, dass das einmal passieren würde.«

Ihre Blicke trafen sich. Als er wieder sprach, war seine Stimme weicher. »Ich möchte Sie nicht verletzen.«

»Gut. Denn ich möchte nicht verletzt werden.«

»Und wenn ich sage, dass ich nicht weiß, was passieren wird, meine ich, dass ich mir nicht im Klaren bin, wie Sie hineinpassen.« Sein Gesicht war ernst.

»In was soll ich hineinpassen?«, fragte sie.

»In das Beziehungsmuster, das normalerweise zwischen mir und den Frauen besteht.«

Ein Funken Hoffnung machte sich in ihrer Brust breit.

»Nach Ihrem Ruf zu urteilen nehme ich an, ist das wahrscheinlich etwas Gutes.«

»Ich denke schon.« Es entstand eine längere Pause. »Nun, das Wetter soll morgen gut sein.«

»Wirklich?«, bemerkte sie vorsichtig.

»Wäre ein guter Tag, um draußen auf dem See zu sein.«

Es dauerte eine ganze Weile, bis sie ihm antwortete.

»Gut. Dann lassen Sie uns hinausfahren.«

Am nächsten Morgen nach dem Frühstück verbrachte Carter eine Stunde damit, in ihrem Zelt auf- und abzugehen. Das Problem, das sich ihr stellte, abgesehen von der Tatsache, dass sie den ganzen Tag mit Nick allein sein würde, war, dass sie nichts zum Anziehen hatte.

Was ein Witz war. Sie hatte sich seit Jahren keine Gedanken mehr über ihre Garderobe gemacht, und dennoch stand sie nun hier auf diesem Berg und fragte sich, in welcher ihrer kurzen Khakihosen sie wohl besser aussehen würde – für einen Mann, von dem sie anfangs nichts wissen wollte.

Sie erinnerte sich selbst daran, dass sie nur einen Ausflug in einem Boot machen und nicht zur Oscar-Verleihung gehen würde. Trotzdem fiel sie auf die Knie, um noch einmal in ihrer Reisetasche zu wühlen und sich durch einen Stapel gefalteter T-Shirts und Shorts zu arbeiten, auf der Suche nach einer Inspiration, die aber ausblieb. Zum ersten Mal empfand sie das sich ihr bietende Bild einer einheitlich schwarzen, weißen und khakifarbenen Kleidung als enttäuschend. Sie besaß keine Garderobe, dachte sie. Sie besaß eine Uniform.

Schließlich entschied sie sich für eine kurze Hose und ein sauberes weißes Trägerhemd, das ihre gebräunten Arme zur Geltung brachte, und zog beides an. Nachdem sie sich das

Haar gebürstet hatte, packte sie ein Paar rosafarbene Flip-Flops, den Krimi, den sie fast zu Ende gelesen hatte, und ihre Baseballkappe ein. Aus einer Laune heraus warf sie ihre Bürste hinein und wollte gerade aus dem Zelt gehen, als ihr einfiel, dass sie ihren Badeanzug vergessen hatte. Sie kramte noch einmal in der Tasche herum, auf der vergeblichen Suche nach dem schwarzen Einteiler.

»Verdammt!«

»Was ist los?«, fragte Ellie und steckte ihren Kopf ins Zelt.

»Ich bin spät dran und kann meinen Badeanzug nicht finden.«

»Du kannst dir meinen ausleihen.«

Carter war erleichtert. »Danke. Das wäre klasse.«

Ellie verschwand und kam mit einem Bündel zurück, das in ein Handtuch gewickelt war. »Badeanzug, Handtuch und Sonnencreme.«

»Du bist meine Retterin in der Not.« Carter stopfte das Knäuel in ihren Rucksack, während die beiden hinaus in die Sonne traten.

»Nun, ich hoffe, du hast Spaß auf deinem Date«, meinte Ellie mit leicht neckendem Ton in der Stimme.

»Wir gehen nur segeln.«

»Klar.«

»Wirklich.« Carter versuchte ernst zu klingen, doch war das durch ihre Nervosität und Aufregung nur schwer zu schaffen.

»Aha. So wie es bei einem Abendessen und einem Film nur darum geht, zu essen und die Füße im Dunkeln hochzulegen?«

»Bis später«, erwiderte Carter bestimmt, während sie versuchte, nicht zu grinsen.

Sie stürmte den Berg hinunter und konnte nicht glauben, was sie da gerade tat.

Der Schock darüber brachte sie jedoch nicht dazu, ihren Schritt auch nur im Geringsten zu verlangsamen.

Als sie sich dem Bootshaus näherte, sah sie, dass das Segelboot von seinem Liegeplatz geholt und am Steg festgemacht worden war. Die Seitendecks aus Teakholz und die Messingtakelage glänzten in der Sonne, und der mächtige Holzmast ragte leicht schaukelnd in den Himmel.

Sie errötete, als sie Nick aus der Kajüte kommen sah. Er trug ein Sweatshirt mit dem Emblem der Harvard University darauf und eine schwarze Badehose. Sein Haar sah nass aus, als wäre er gerade schwimmen gewesen, und er hatte eine dieser dunklen Sonnenbrillen aufgesetzt. Er sprang geschmeidig und kraftvoll vom Boot auf den Steg. Seine Beine, gebräunt und muskulös, waren eindeutig die eines Sportlers. Sie sah anhand der vielen Muskeln, dass er verstärkt Ausdauertraining betreiben musste, und fragte sich, wann er die Zeit dafür fand.

Er beugte sich nach unten, hob einen Picknickkorb auf und hüpfte lässig zurück auf das Boot. Er summte leise eine Melodie vor sich hin, die der Wind zu Carter hinübertrug.

»Stehen Sie nicht einfach nur da und schauen gut aus«, rief er über seine Schulter hinweg. »Wir wollen los.«

Carter errötete noch mehr und fragte sich, wie lange sie ihn angestarrt hatte. Wie lange er schon wusste, dass sie da war.

Sie unterdrückte ihre Verlegenheit, trat auf den Steg und sagte beiläufig: »Nettes Boot.«

Nick reichte ihr eine Hand, aber sie sprang ohne seine Hilfe an Bord und bemerkte sein Grinsen über die Zurückweisung. Sie verstaute ihr Gepäck und ging dann hinüber zu dem Pult, von dem aus der unauffällige Innenbordmotor bedient wurde.

»Und wollen wir das Baby anwerfen?«, fragte sie. Als er nicht antwortete, schaute sie hinüber zu ihm und spürte, wie sich etwas ganz tief in ihr regte. »Was ist?«

»Sie kennen sich auf einem Boot ganz gut aus, was?«

»Natürlich. Was ist nun? Geht's los?«

Er lachte. »Na klar. Achten Sie nur darauf, dass der Motor im Leerlauf steht, ziehen Sie den Choke –«

Der Motor war an, noch bevor er den Satz zu Ende gesprochen hatte.

»Leinen los!«, rief sie ihm zu und schaute hinaus auf den See.

»He, wer ist hier der Kapitän?«

»Wer sitzt denn am Steuer?« Als sie ihn über ihre Schulter hinweg ansah, lächelten sie sich zu. »Leinen los, Maat!«

Sie grinste zufrieden, als Nick tat, was ihm aufgetragen worden war.

10

Nick fand Gefallen daran, Carter am Steuer zu sehen. Eine Hand lag auf dem Ruder, die andere auf der Motorsteuerung, und ein riesiges Lächeln auf ihrem Gesicht. Sie legte den Rückwärtsgang ein, drosselte den Motor, entfernte sich vom Steg und wendete formvollendet vor dem Bootshaus.

»Nettes Manöver«, sagte er, während sie hinaus auf das offene Wasser fuhren.

»Danke.«

»Machen Sie das häufiger?«

»Wann immer sich eine Möglichkeit ergibt.«

»Geht mir genauso.«

Da er ihr beim Umgang mit dem Boot vertraute, wanderte er nach vorne und zog das Hauptsegel hoch. Als er mit seiner Takelagearbeit zufrieden war, ging er zurück zum Steuerstand.

»Lassen Sie uns in Richtung Süden fahren. Wir können zu einer einsamen Bucht kreuzen, in der man wunderbar baden kann.«

»Welche Temperatur hat das Wasser?«

»Ungefähr neunzehn Grad. Nicht kalt genug, um Sie in ein Eis am Stiel zu verwandeln, aber warm ist es nicht gerade.«

Das Segelboot fuhr durch die kabbeligen Wellen in der Bucht. Das Wasser klatschte gegen die Seiten, und die Gischt schwappte über den Bug. Der Himmel war klar, nur hier und da zog eine Wolke vorüber, und die Sonne schien auf den See hinab und tauchte ihn in goldenes Licht. Es war ein perfekter Tag Ende Juni, und Nick war überglücklich.

Und er fühlte sich ausgesprochen hingezogen zu der Frau, die vor ihm stand.

Als sie an der Halbinsel vorbeigefahren waren, hinter der geschützt das Bootshaus lag, schaltete Carter den Motor aus. Eine Windböe traf das Segel, und das Boot begann auf dem Wasser zu gleiten. Um den Wind optimal zu nutzen, schlug sie einen aggressiven Kurs ein, der ihnen maximale Geschwindigkeit brachte. Das plätschernde Geräusch des Kielwassers schwoll an, und Nick ging höher auf das Seitendeck hinaus, um die Neigung des Boots auszugleichen. Sie hatte am Ruder alles unter Kontrolle und richtete das Boot noch mehr in Richtung des Windes aus, sodass jeder Zentimeter des Segels damit ausgefüllt war. Das Boot neigte sich so stark zur Seite, dass der Kiel fast aus dem Wasser ragte, und trotzdem trieb sie das Boot noch weiter an.

Nick schaute nicht in die Fahrtrichtung des Boots, da er seinen Blick nicht von Carter abwenden konnte. Der Wind wehte ihr ins Haar, und die dunklen Strähnen flatterten in einem wilden Tanz um ihr Gesicht herum. Ihre Augen strahlten mit der Sonne um die Wette, die auf das Wasser schien.

»Sie sind eine hervorragende Seglerin«, rief er über das Getöse hinweg. Er war überrascht, als ein Schatten über ihr Gesicht fiel.

»Ich bin als Kind viel gesegelt.«

»Wo?«

Als sie nicht antwortete, fragte er sich, ob sie ihn gehört hatte.

Schließlich sagte sie: »In der Ägäis, den Bahamas und vor

der bretonischen Küste. Hier in den Vereinigten Staaten, auf dem Lake Michigan.« Sie zögerte. »Mein Vater hat es mir beigebracht.«

Nicks Interesse wurde durch ihr widerwilliges Eingeständnis geweckt, und er änderte seinen Standort, um näher bei ihr zu sein. »Das hat er Ihnen gut beigebracht. Sehen Sie ihn häufig?«

Carters Kopf fuhr herum, und sie nahm sofort eine abwehrende Haltung ein. »Warum fragen Sie?«

»Jemanden nach seinem Vater zu fragen ist doch ganz normal, oder?«

Es trat eine ziemlich lange Pause ein, in der sie mit Wut und Misstrauen zu kämpfen schien. »Nein, wir haben keinen Kontakt.«

»Gar nicht?«

Sie schüttelte den Kopf.

»Darf ich fragen, warum?«

Er sah, wie ihre Hände das Ruder fester umklammerten.

»Ich möchte den Tag nicht mit so einem Gespräch verderben.«

»Sie beide kommen nicht miteinander aus?«

»Niemand kommt mit einem Soziopathen aus«, bellte sie ihn an.

»Ein Soziopath? Er besitzt eher den Ruf eines anständigen Menschen.«

Sie riss fast panisch die Augen auf und blitzte ihn an. »Wie gut kennen Sie ihn?«

»Ich habe ihn ein paarmal getroffen.« Nick achtete darauf, dass seine Worte sanft klangen. »Aber das dürfte Sie nicht verwundern. Er ist ja auch Risikokapitalanleger.«

»Ich hätte es wissen müssen«, murmelte sie. »Zwei Haifische, die im selben Becken schwimmen.«

»Zwei Männer, die in derselben Branche arbeiten.«

Sie schwiegen eine ganze Weile.

Nicks Blick blieb auf ihr liegen. Er musste wissen, warum sie William Wessex so hasste.

»Wieso starren Sie mich so an?«, fragte sie schließlich, und ihre Hände umklammerten das Ruder noch fester.

»Warum möchten Sie nicht über Ihren Vater sprechen?«

»Herrgott noch mal!«, rief sie und blickte ihn verärgert an. »Können Sie nicht einfach mit dem Thema aufhören?«

»Sagen Sie mir nur, warum.«

»Weil es mir, wie Sie sehen, die Laune verdirbt. Ich wusste nicht, dass Sie das Thema so sehr interessiert.«

»Ich bin an Ihnen interessiert.«

Sie erstarrte. »Seien Sie auf eine andere Weise interessiert!«

»Bin ich.«

»Dann geben Sie sich mit dem zufrieden, was ich Ihnen zu geben bereit bin.«

»Ich will aber mehr.«

»Ihr Pech.« Ihre Stimme klang feindselig.

»Ich will Sie mit Haut und Haaren.«

Ihre blauen Augen blitzten ihn an. Er sah Furcht darin. Und Feuer.

Nick war ebenfalls schockiert über sein Eingeständnis. Es war ihm so ehrlich herausgerutscht, dass er es nicht hätte zurückhalten können, selbst wenn er es gewollt hätte.

»Sie können mir meine Neugierde nicht verübeln«, bemerkte er und wechselte das Thema. »Ich erwähne nur kurz Ihren Vater, und schon klammern Sie sich an diesem Ruder fest, als wäre es Ihr letzter Halt, um nicht den Verstand zu verlieren.«

Er sah, wie sie sich zwang, ihre Hände zu entspannen.

»Haben Sie sich denn je verstanden?«

Carter schwieg lange, und das einzige Geräusch, das zu hören war, war das Plätschern des Wassers und das Rauschen des Windes.

Dann sagte sie langsam: »Mein Vater und ich … Als ich heranwuchs, betete ich ihn an. Er war oft nicht da, aber wenn, war mein Leben konstanter, und ich war glücklich. Obwohl, so war es nur, bis ich den Mann richtig kennenlernte. Mir fehlt das Trugbild.«

»Und Ihre Mutter?«

»Sie ist tot. Aber das wissen Sie ja bestimmt, oder?«

»Das tut mir leid. Ich weiß, wie es ist, seine Eltern zu verlieren. Standen Sie ihr nahe?«

Carter zuckte mit den Achseln und richtete ihr Augenmerk auf den Horizont, obwohl Nick bezweifelte, dass sie ihn tatsächlich sah. »Mom war wunderschön. Viel zu jung für meinen Vater. Anfangs kümmerte er sich liebevoll um sie, wie um eine Puppe, und weil sie sich nach Aufmerksamkeit sehnte, kamen sie gut miteinander aus, so wurde es mir zumindest erzählt. Ich kam ein Jahr und zwei Monate nach ihrer Heirat auf die Welt, da war sie zweiundzwanzig. Danach gerieten die Dinge aus den Fugen. Sie war selbst noch viel zu sehr ein Kind, um ein eigenes großzuziehen. Ich wurde erwachsen. Ich glaube, sie nie.«

Carter sprach zu sich selbst, bemerkte Nick, und er bedrängte sie nicht, wenn sie innehielt, aus Angst, sie würde vielleicht ganz aufhören zu sprechen.

»Sie waren kein gutes Paar. Mein Vater war immer unterwegs, und sie kam mit dem Alleinsein nicht zurecht. Natürlich hätte sie es besser verkraftet, wenn er ihr auf seinen Reisen treu geblieben wäre.« Sie brach abrupt das Thema ab. »Müssen wir nicht bald wenden?«

»Noch ein bisschen weiter«, erwiderte er und zögerte das hektische Manöver, um die Richtung des Segelboots zu ändern, hinaus. Er wusste, dass das Gespräch dann beendet wäre. »Wann haben Sie ihn zuletzt gesehen?«

»Bei ihrer Beerdigung«, antwortete sie barsch. »Ich denke, wir müssen jetzt wenden.«

»Noch nicht. Es dauert noch etwas. Hat Ihr Vater je versucht, mit Ihnen Kontakt aufzunehmen?«

»Klar zum Wenden!«, verkündete sie und riss das Ruder herum. Das Boot schaukelte heftig, sodass Nick das Gleichgewicht verlor. Er fing sich jedoch schnell wieder und beugte sich vor, um das Hauptsegel einzurollen. Als sie sich auf ihrem neuen Kurs befanden, schaute Carter ihn kühl an.

»Genug jetzt über meine Vergangenheit. Ich lebe im Hier und Jetzt. Das ist alles, was ich habe und brauche.«

Sie blieb die weitere Fahrt über still, doch spielten sie sich wenigstens als Segelteam gut ein. Carter kündigte die Richtungswechsel an und betätigte das Ruder, während er sich um die Segel kümmerte. Der einfache Rhythmus trug viel dazu bei, dass die Spannung nachließ, die sich während des Gesprächs aufgebaut hatte.

Eine Weile später zeigte Nick auf eine Insel, die vor ihnen lag.

»Steuern Sie dorthin. Die Bucht liegt dahinter.«

Sie lotste das Segelboot in Richtung Osten. Die Insel lag eine Viertelmeile vor der Küste und war ungefähr so groß wie ein Fußballfeld. Als sie an ihr vorbeifuhren, sahen sie, dass die Campingplätze noch leer waren. Nach dem vierten Juli, dem offiziellen Beginn der Sommersaison, würden sie sehr begehrt sein, aber jetzt noch nicht.

»Es ist so friedlich hier«, bemerkte sie.

Nick nickte, froh, dass sie mit ihm sprach. Er hatte sie zu sehr wegen ihrer Familie bedrängt, jedoch einige wertvolle Informationen erhalten. Die heftigen Gefühle, die ihr Vater in ihr auslöste, ließen ihn noch einmal über die Chance einer glücklichen Wiedervereinigung zwischen den beiden nachdenken.

»Haben Sie jemals auf einer der Inseln gezeltet?«, fragte sie, als sie an einer freien Anlegestelle mit Zeltplatz und Feuerstelle vorbeifuhren.

»Als ich jung war, war es das Größte für mich, mit einem Schlafsack, einem prall gefüllten Rucksack mit Essen und ohne ein bestimmtes Ziel auf den See hinauszufahren. Es war ein großes Abenteuer.«

Als sie die Insel hinter sich ließen und in die Bucht hineinfuhren, begann das Hauptsegel zu flattern. Nick holte es ein und sicherte es, während Carter den Motor anließ.

Sie steuerte das Boot tiefer in das abgeschiedene Paradies und war ergriffen von der Schönheit der Bucht. Der imposante Berg dahinter verlief in einer Reihe gezackter Felsen, die bis hinunter zum Seeufer reichten, jedoch fielen diese nicht alle steil ab. Ganz am Ende befand sich eine Nische mit flacheren Hängen und einem ebenen Platz, der sich zum Sonnenbaden und Picknicken anbot.

Sie stellte den Motor aus und ließ das Boot in der sanften, angenehmen Brise still durch das ruhige, klare Wasser gleiten. Brautenten flogen in Zweiergruppen tief über das ruhige Wasser, und irgendwo im Hintergrund hörte sie den Ruf eines Seetauchers.

»Das ist atemberaubend schön«, murmelte sie.

»Einer meiner liebsten Plätze auf der Welt«, meinte Nick, griff in eine Luke und zog einen Anker heraus. »Ich bin schon in mehr 5-Sterne-Hotels gewesen als die meisten Reisejournalisten, doch würde ich ihnen diesen Platz hier immer vorziehen.«

Er warf den Anker mit einer einzigen kräftigen Handbewegung über Bord, und er landete platschend im Wasser der sonnenbeschienenen Bucht.

Während sie auf das Wasser des Sees schaute und die sich auf der glatten Oberfläche ausbreitenden kleinen Wellen beobachtete, bedauerte sie ihre Offenbarungen. Sie hatte schon lange nicht mehr über ihren Vater gesprochen, und es war schwer für sie, ihre Gefühle noch einmal zu durchleben. Besonders verstörend war es, dass sich die verwirrenden Gefühle, die sie Nick gegenüber empfand, mit ihrer von Schatten überzogenen Vergangenheit vermischten.

Und es wäre ihr weitaus lieber gewesen, die beiden Männer hätten sich nicht gekannt.

Durch die Stille des Orts hatte sie das Gefühl, sich mit ihm unterhalten zu müssen, um das, was sie ihm von ihrer Familie erzählt hatte, mit banalem Gerede, zum Beispiel über das Wetter oder die Zinsraten, zu überdecken. Sie entschied sich dann aber doch für den Tourismus, da ihr dieses Thema weniger offensichtlich erschien und sie etwas dazu sagen konnte, im Gegensatz zu Alan Greenspan & Co.

»Kommen Sie oft hierher?« Sie hoffte, ihr Ton klang beiläufig.

Nick stand am Bug, den Blick auf die Berge gerichtet. Er drehte sich um, als er ihr antwortete.

»Nur in der Nebensaison. Im Juli und August ist dieser Ort völlig überfüllt mit Touristen und ihren Rennbooten. Ironischerweise kommen sie alle hierher, um die Natur zu genießen, verursachen am Schluss aber nur einen nautischen Stau auf dem See, atmen die Abgase ein und kommen um vor Lärm.«

Er hielt inne und zog dann sein Sweatshirt aus.

Carter hörte nichts mehr von dem, was er sagte.

In dem Versuch, nicht den Eindruck zu erwecken, als würde sie ihn anstarren, zwang sie sich, an den passenden Stellen zu murmeln, und hoffte, die richtigen Pausen getroffen zu haben. Ihn nackt bis zur Taille zu sehen hatte jeden zusammenhängenden Gedanken aus ihrem Hirn gelöscht. Seine Brust war breit und muskulös, die Arme wohlgeformt, der Bauch das klassische Waschbrett. Seine leicht gebräunte Haut war glatt, nur ein paar kleine Härchen zogen sich über seine Brustmuskeln und verschwanden in einer Linie unter dem Bund seiner Badehose.

»Hallo?«, sagte er gedehnt.

»Tut mir leid – wie bitte?«

Nicks Lächeln war bedächtig und verheißungsvoll. »Gefällt Ihnen, was Sie sehen?«

Carter versuchte zu schlucken. »Wie ich schon sagte, die Bucht ist wunderschön.«

»Ich glaube nicht, dass Sie die Landschaft betrachtet haben.«

Er kam mit unmissverständlicher Absicht auf sie zu, woraufhin sie unwillkürlich einen Schritt zurückmachte.

»Natürlich habe ich das. Das Wasser, die Enten dort drüben … das Wasser …«

Carter geriet in Panik, überwältigt von seinem guten Aussehen und der Tatsache, dass sie allein waren. Dass sie ihn unbedingt haben wollte, und ihn vielleicht auch bekommen konnte.

»Ich muss mich umziehen«, sagte sie schnell und ging um das Ruder herum.

Sein Lachen, tief und sehr männlich, folgte ihr hinunter in die Kajüte.

Mit zitternden Händen schloss Carter die Holztür und ließ sich dagegenfallen.

Sie versuchte sich zusammenzureißen, griff nach ihrem Rucksack und fummelte an dem Reißverschluss herum. Als er endlich aufging, zerrte sie Ellies Handtuch energischer als notwendig heraus, sodass es auseinanderfiel und etwas Buntes auf dem Boden landete.

Carter starrte verblüfft auf das, was da vor ihr lag.

»Das ist ja wohl ein Scherz!«, entfuhr es ihr.

»Was ist?«, fragte Nick von draußen.

»Nichts.«

Und genau darauf schaute sie auch – ein Nichts. Zwei winzige rosafarbene Stoffteile, die durch ein Band zusammengehalten wurden, und ein größeres Teil der Größe eines Taschentuchs. Sie hob beides auf und fragte sich, wo der Rest des Bikinis war.

»Ellie, du bist erst fünfzehn«, sagte sie verzweifelt.

»Was?«, rief er.

»Es sieht alles so tadellos hier unten aus.«

»Danke. Ich halte auf einem Boot lieber Ordnung.«

Sie verdrehte die Augen, ließ sich auf eine der Kojen fallen und schaute sich in der Kajüte nach einer besseren Alternative um.

Sie war in der Tat tadellos, angefangen bei der Kombüse über die beiden Schlafkojen bis hin zur Sitzecke. Überall glänzte altes, sorgfältig poliertes Holz und Messing. Das Boot war luxuriös und elegant, perfekt ausgestattet.

Carter schaute hinunter auf die rosafarbenen Textilstreifen und dann hinüber zur Kombüse. Sie fragte sich, ob sie nicht besser mit zwei Geschirrhandtüchern vorliebnehmen sollte. Verflucht, sie würde selbst Heftpflaster benutzen, wenn er welche hätte. Mit einer Schachtel davon würde sie auf jeden Fall mehr Fläche abdecken als mit dem, was auf dem Boden lag. Und es würde auch nichts verrutschen.

»Alles in Ordnung mit Ihnen da unten?«

»Ja«, rief sie zurück und murmelte dann: »Bestens.«

Würde sie in ihren Kleidern wieder an Deck erscheinen, käme sie sich zwar albern vor, hätte aber nicht das Gefühl, eine Exhibitionistin zu sein wie mit dem Bikini. Das Problem war nur, sie wollte wirklich gerne schwimmen gehen. Abgesehen davon gab es nichts, dessen sie sich schämen musste. Ihr Körper war durch die jahrelange harte Arbeit bestens in Form. Sie war absolut fit, und letztendlich gab es nichts an ihr, was er nicht schon einmal gesehen hatte.

Na, das ist ja echt beruhigend, dachte sie und stellte sich all die Frauen vor, die er schon nackt gesehen haben musste.

Sie verzog das Gesicht und zog sich den Bikini an. Mit ein paar Kunstgriffen war sie in der Lage, jene Körperteile zu bedecken, wegen derer sie andernfalls aufgrund unsittlicher Entblößung hätte verhaftet werden können, doch sie war weit davon entfernt, sich bekleidet zu fühlen.

Sie schlang das Handtuch fest um sich, tauchte aus der Kajüte auf und versuchte ruhig und beherrscht zu wirken.

Nick begrüßte sie mit einem sinnlichen Lächeln auf den Lippen. Er hatte seine Sonnenbrille abgenommen, und sie merkte, wie sein Blick über ihre Beine glitt und auf den Oberschenkeln liegen blieb. »Möchten Sie zuerst schwimmen oder zu Mittag essen?«

»Zu Mittag essen.«

»Es wird ein Picknick geben. Können Sie da unten in diese Luke greifen und den Korb herausholen? Ich hatte keine Zeit, das ganze Essen in den Kühlschrank zu legen.«

»Klar. Kein Problem.«

Sich nach unten zu beugen, den Korb hochzuheben und

gleichzeitig ihren Körper weiter mit dem Handtuch zu bedecken, war jedoch mehr, als sie bewerkstelligen konnte. Die Schwerkraft siegte über die Koordination, und das Handtuch glitt zu Boden.

Sie hörte, wie Nick durch seine Zähne Luft holte.

Als sie zu ihm hochschaute, betrachtete er sie mit einem Blick, der ihr den Atem raubte, woraufhin sich ihre Brüste unter dem Bikini strafften und die zarten Bänder unter Spannung gerieten. Als ihre Brustwarzen sich aufstellten, erstarrte sein Gesicht vor Verlangen.

»Sie sind … du bist …« Er beendete den Satz nicht, sondern flüsterte nur: »Komm her!«

Er streckte seine Hand nach ihr aus, und bevor sie darüber nachdenken konnte, was sie tat, griff sie danach. Während er sie zu sich zog, spürte sie, wie seine Hand langsam um ihre Taille glitt und auf ihrem Kreuz liegen blieb. Sie spürte seine warme Haut auf ihrer, und ihre Brüste strichen gegen das feine Haar auf seiner Brust.

»Ich stelle mir schon die ganze Zeit vor, wie es sich anfühlen würde, dich nackt in meinen Armen zu halten.« Seine Stimme war sehr tief.

Carter spürte, wie seine Hände nach unten wanderten, bis sie auf ihren Hüften lagen. Sie umfassten ihren Körper fest, und er zog sie ganz zu sich heran. Als sie sein steifes Glied spürte, öffnete sie keuchend ihren Mund.

In dem Moment küsste er sie.

Die Berührung war unglaublich sanft. Auch wenn sie das Verlangen in seinem Körper spüren konnte, lagen seine Lippen zärtlich auf ihren. Überredend, liebkosend, leicht. Er verführte sie mit einer Geduld, die für seine immense Selbstbeherrschung sprach. Sie konnte spüren, wie sie sich entspannte und dem Gefühl seiner Zunge in ihrem Mund hingab, die feucht und warm darin umherglitt und sich um ihre wand.

Überwältigt von dem, was auf sie einstürmte, vergaß sie alles um sich herum.

Als seine Finger ihre harten Brustwarzen fanden, war seine Berührung so sanft wie das Sonnenlicht, das sie wärmte, und sie stöhnte auf. Es kam ihr vor, als würden Blitze sie durchzucken, und sie hielt sich an seinen Schultern fest.

»Carter«, sagte er mit rauer Stimme, während sein Mund auf ihrem lag. »Ich will mit dir schlafen.«

Sie wusste, dass die Entscheidung bei ihr lag. Er überließ ihr die Macht über ihre Zukunft.

Carter blickte in seine glänzenden Augen, die nichts mit jenem klaren Paar gemein hatten, das normalerweise in die Welt blickte und sie betrachtete. Jetzt spiegelte sich jener Sturm darin wider, der in ihm wütete, ein glühendes, reißendes Verlangen, von dem sie wusste, dass sie es entfacht hatte.

Sie trat einen Schritt von ihm zurück, und sein Gesicht verzog sich vor Schmerz. Doch sie wandte sich nicht von ihm ab. Langsam griff sie hinter sich, löste die Bänder ihres Bikinioberteils und ließ es auf das Deck fallen. Sie sah, wie ein Schauer durch ihn fuhr und seinen Körper zum Zittern brachte. Als sie eine Hand auf seine Brust legte, stöhnte er auf.

Er küsste sie wieder, doch dieses Mal lag nichts Sanftes darin. Wildes Begehren ließ sie in die Kajüte taumeln, wo er sie auf eine der Kojen drückte und mit dem Gewicht seines Körpers bedeckte. Während er das Unterteil ihres Bikinis und seine Badehose abstreifte, wanderten ihre Hände über seinen breiten Rücken, und sie spürte die Muskeln unter seiner glatten Haut.

Als er sich zwischen ihren Beinen niederließ, wurde sie von einer so starken Erregung überwältigt, dass sie meinte, ihren Körper zu verlassen. Sie bog den Rücken nach hinten, während sein Kopf zu ihr nach unten sank. Er küsste ihren Hals und ließ dann seinen Mund mit sanften kleinen Bissen weiter nach unten gleiten, bis dieser eine ihrer Brustwarzen fand und sie mit seiner Zunge liebkoste.

Sie schrie auf, drängte ihm ihre Hüften entgegen und spürte seine Männlichkeit an ihrer empfindlichsten Stelle, doch er drang nicht in sie ein, noch nicht. Seine Hände und sein Mund erforschten ihren Körper, lernten ihre intimsten Stellen kennen. Erst als sie es nicht mehr länger ertrug, legte er sich auf sie und hielt ihre Lippen in einem Kuss gefangen, der ihr die Sinne raubte. Langsam glitt er in sie hinein.

Carter stöhnte auf, als er in sie eindrang. Sie begannen sich in einem Rhythmus zu bewegen, der schnell zu einem wilden Tanz der Sinnlichkeit wuchs. Während sie die Wellen der Lust weiter und weiter erklommen, atmete sie schwer und klammerte sich an seinen wogenden Körper. Ihr Herz raste, und ihre Hüften nahmen seine Stöße auf, bis ihr Körper vor Hitze glühte. Sie stieß seinen Namen aus, der hoch in den Raum getragen wurde, ein heiserer Schrei, und sie spürte seinen Körper in ihr erzittern, während seine Arme, die sie umschlangen, zuckten.

Als der Sturm vorüber war, spürte Carter, wie Nick keuchend seinen Kopf auf ihre Schultern sinken ließ. Der Schweiß auf seiner Stirn fühlte sich wunderbar feucht auf ihrer Haut an. Als er schließlich den Kopf wieder hob, blickte sie fassungslos in sein Gesicht, in dem eine verblüffende Verwandlung stattgefunden hatte. Sämtliche Spuren von Zynismus und Härte waren verschwunden. Stattdessen lagen Glück und Zufriedenheit darin. Er sah jünger aus.

Sie lächelte ihn an.

Er erwiderte es mit einem so zärtlichen Gesichtsausdruck, dass sich ihr Herz zusammenzog.

Er strich eine Haarsträhne beiseite, die sich um ihren Hals gewickelt hatte, und es schien, als würde er ihr gleich etwas offenbaren. Doch statt zu sprechen, bedeckte er ihren Mund mit Küssen.

Und entfachte erneut das Verlangen in ihnen.

Nach einem stärkenden Mittagessen ließen sie sich auf dem Deck in der Sonne nieder. Nick lehnte sich gegen den Mast, und Carter legte ihren Kopf in seinen Schoß, woraufhin sie prompt einschlief, während er über sie wachte.

Unter den knappen Dreiecken ihres Bikinis hob und senkte sich ihre Brust mit den zarten, gleichmäßigen Atemzügen. Sie sah verletzlich aus, während sie in seinen Armen schlief, und ein eigenartiges Gefühl überkam ihn. Es war überwältigend, doch er konnte weder den Grund dafür noch die genaue Bedeutung bestimmen, und sein erster Gedanke war, davor davonzulaufen.

Nur, dass er sie, als er ihr Gesicht betrachtete, nicht verlassen wollte. Langsam versuchte er herauszufinden, was ihn beunruhigte.

Nachdem sie das erste Mal miteinander geschlafen hatten und er völlig erschöpft in ihre Arme gesunken war, hatte er erkannt, dass etwas Tiefgreifendes stattgefunden hatte. Etwas Beispielloses in seinem Leben, etwas, das ihn nackt zurückließ und auf eine Art entblößte, wie er es noch nie zuvor bei jemandem erlebt hatte. Und er hatte ihr sagen wollen, was er fühlte.

Als er jedoch versucht hatte, seine Gefühle auszusprechen, hatten sich die Worte geweigert, zusammenhängende

Sätze zu ergeben. Seine Gedanken hatten sich in ihre Einzelteile aufgelöst, bis sie keinen Sinn mehr ergaben, selbst für ihn nicht. Das war der Moment gewesen, in dem er sie wieder zu küssen begonnen hatte und mit seinen Händen und seinem Mund versucht hatte, ihr zu zeigen, was er nicht imstande war zu sagen.

Doch mittlerweile hatte sich etwas geändert. Während sie in seinem Schoß lag und schlief, ergriff ihn nur noch Panik und das dringende Bedürfnis, sich von ihr und der Nähe, die sie verkörperte, zurückzuziehen.

Nick nahm vage den Wind wahr, der sich in einer Strähne ihres schwarzen Haars verfing und diese auf ihre Nase wehte. Er entfernte sie vorsichtig, da er Carters Schlaf nicht stören wollte. Dennoch rührte sie sich in seinem Schoß, rollte sich auf eine Seite und schlang die Arme um sich. Ihre sanft gerundete Wange und ihre Lippen hielten seinen Blick gefangen.

Liebe.

Das Wort tauchte auf wie ein Geist, und während es in seinem Kopf herumspukte, dachte er an die Vergangenheit. Es hatte so wenige Frauen gegeben, gegenüber denen er Liebe empfunden hatte, und noch nicht einmal seine eigene Mutter zählte dazu. Als er darüber nachdachte, begriff er, dass Gertie und seine Schwester die einzigen Ausnahmen waren, was die emotionale Distanziertheit betraf, die er dem schönen Geschlecht entgegenbrachte. Beide hatten ihn so geliebt, wie er war, und nicht nach mehr gesucht.

Womit sie sich eindeutig von den meisten Frauen unterschieden, die ihm bisher begegnet waren.

Würde Carter genauso sein und ihn einfach so nehmen, wie er war?

Ja, sagte eine beharrliche Stimme in ihm.

Nur, dass er sich allein bei dem Gedanken, was das bedeuten könnte, schon dagegen wehrte.

Er war nicht bereit, sich zu verlieben. Abgesehen davon war er sich auch nicht sicher, ob er wusste, wie man jemanden liebte. Er hatte seinen Eltern nicht nahegestanden. Für seine Schwester hatte er nicht genügend getan, als sie noch lebte. Und Cort? Das Verhältnis zu ihm war weiß Gott eine komplizierte Angelegenheit.

Was zum Teufel also hatte er Carter schon zu bieten?

Die Antwort, die folgte, war so dürftig, dass es wehtat. Fast alle seine Beziehungen zu Frauen waren rein körperlicher Natur gewesen. Rückblickend betrachtet, hatte sein Liebesleben mehr oder weniger aus Szenen wie jener bestanden, die er gerade eben noch mit Candace erlebt hatte. Ein langer Reigen von Verabschiedungen, die ihm leichtgefallen waren.

Da war er ganz vorne dabei, dachte Nick verächtlich.

Doch jetzt, da diese wunderschöne, intelligente Frau, mit der er gerade geschlafen hatte, in sein Leben getreten war, diese Frau, von der er vermutete, er könnte sie lieben, war er sich unsicher. Statt dankbar für dieses Geschenk zu sein, schien es ihm unmöglich, das anzunehmen, was sie ihm bot. Er war ein erfolgreicher Geschäftsmann Ende dreißig, der keine Ahnung hatte, wie er eine ernsthafte, reife Beziehung mit einer Frau führen sollte. Einer Frau, die ihm ebenbürtig war.

Ein heftiger Schauer durchfuhr ihn, gefolgt von einer Welle irrationaler Wut.

Als ob sie die Veränderung seiner Gefühlslage gespürt hätte, öffnete Carter die Augen und sah ihn an.

In diesem Moment verschwand Nick hinter seiner kalten Maske, die er zurechtrückte, und betrachtete sie aus der

Entfernung, während die Wärme und Fröhlichkeit aus ihrem Gesicht wich.

»Wo bist du gewesen, während ich geschlafen habe?«, fragte sie leise.

»Genau hier.«

»Nein, bist du nicht.«

»Dein Kopf liegt doch immer noch in meinem Schoß, oder?« Seine Stimme klang scharf, fast aggressiv.

Als Carter sich aufsetzte, war ihm klar, dass er den Nachmittag verdorben hatte. Die Sonne schien immer noch vom Himmel, die Bucht war wunderschön, doch seine Augen verfinsterten sich.

»Was ist los?« Die Entspanntheit wich aus ihrem Gesicht. Stattdessen machte sich Angst darin breit.

»Nichts.«

»Du lügst.«

»Benimm dich nicht so, als wärst du meine Freundin. Ich kann mit so etwas nicht besonders gut umgehen.« Nick vermied ihren Blick, unfähig den darin aufsteigenden Schmerz zu ertragen.

Ihrer Stimme war die Verwirrung anzuhören. »Wie kann meine Frage nach dem, was los ist, damit gleichgesetzt werden –«

»Siehst du? Jetzt willst du mit mir darüber reden, was los ist, während ich dir sage, dass nichts los ist. Diese Art von Unterhaltung bringt nichts.«

»Ich … ich verstehe das nicht.« Sie schüttelte den Kopf, ihr Haar funkelte in der Sonne, und in ihren Augen schimmerte es verräterisch.

Sie verletzt zu sehen und zu wissen, dass er daran schuld war, machte ihn nur noch wütender.

Er begann, verbal um sich zu schlagen. »Ich habe mich

darauf gefreut, jetzt, da Candace weg ist, eine Ruhepause einlegen zu können und es niemandem recht machen zu müssen. Ich vermute, mein Optimismus war verfrüht.«

Carter schnappte nach Luft. »Ich kann nicht glauben, dass du das gerade gesagt hast.«

Offen gesagt konnte Nick es auch nicht.

»Sprich mit mir!«, flehte sie ihn an.

»Was soll ich sagen?«

Es trat eine lange Stille ein, und dann, ganz abrupt, verwandelte sich Carters Gesichtsausdruck von Verletztheit in Wut. Sie sprang auf. »Wir fahren zurück. Sofort. Bevor ich noch etwas tue, was ich nachher bereue.«

»Noch etwas?«

»Mit dir zu schlafen war eindeutig ein Fehler, den ich allerdings nicht noch dadurch verschlimmern möchte, dass ich versuche, dich zu ertränken.« Mit einer heftigen Bewegung schlang sie das Handtuch um sich.

»Weißt du, ich habe mir dich nie als den hysterischen Typ Frau vorgestellt.«

Sie drehte sich zu ihm um und betonte jedes Wort mit schneidenden, abgehackten Konsonanten. »Das bin ich auch nicht. Ich bin stinksauer. Und das ist ein großer Unterschied.«

Nick sah ihr hinterher, wie sie hinunter in die Kajüte marschierte. Dann fluchte er frustriert. Seine Worte, der Ton, den er angeschlagen hatte, alles an diesem Streit kam ihm bekannt vor. Er hatte das schon unzählige Male erlebt. Sein Verhalten fühlt sich seltsam vertraut an.

Genau in dem Moment fiel ihm etwas ein. Er wusste, was als Nächstes kommen würde. Nach diesen Szenen trat stets Erleichterung bei ihm ein. Sein Blut würde von einem süßen Rausch erfasst werden, während er merkte, dass es ihn nicht berührte, ihm nichts ausmachte. Er würde frei sein.

Verzweifelt hoffte er darauf, dass sich die Erleichterung einstellte.

Minuten vergingen.

Er holte tief Luft, wartete begierig auf das befreiende Gefühl.

Zehn Minuten später fuhr sich Nick mit einer Hand durch das Haar. Die Brust war ihm immer noch eng, seine Muskeln angespannt, sein Herz hatte sich zu einem Knoten zusammengezogen.

»Verdammt«, rief er mit rauer Stimme und kam sich betrogen vor. Er sollte sich eigentlich nicht schlechter fühlen.

Andererseits hatte Carter nie in sein Schema gepasst.

Er stand auf und ging hinüber zu der Tür, die sie zugeschlagen hatte. Es überraschte ihn, was er vorhatte. Wollte er tatsächlich versuchen, sich zu entschuldigen? Ja, das wollte er.

Nick zögerte. Er war sich nicht sicher, was er sagen sollte. Er wusste nur, dass er sich nicht besser, sondern viel, viel schlechter fühlte, nachdem er sie von sich weggestoßen hatte.

Als die Kajütentür schlagartig geöffnet wurde, streckte er die Hand nach Carter aus.

»Carter, es tut mir leid.«

»Oh nein, das tut es nicht.« Sie schob ihn wütend weg. »Lass mich dir den Unterschied zwischen stocksauer und hysterisch erklären. Deine Zerknirschtheitsnummer funktioniert, wenn jemand hysterisch ist, ist aber völlig zwecklos, wenn jemand stocksauer ist. Steck dir also deine Entschuldigungen an den Hut beziehungsweise üb sie schon mal vor dem Spiegel, denn du wirst sie zweifellos bei der nächsten Frau brauchen, die dumm genug ist, mit dir ins Bett zu gehen.«

»Darf ich es dir erklären?« In seiner Stimme lag ein bittender Ton, den er selbst noch nie zuvor gehört hatte.

»Es gibt nichts zu erklären. Ich habe gesehen, wie du mit Candace umgegangen bist.«

»Mit dir ist es etwas anderes.«

»Das ist nicht wahr. Du hast mich weggestoßen, genau wie sie.« Sie ging zum Ruder. »Und jetzt hol den Anker aus dem verdammten Wasser heraus, damit wir diese Farce hier beenden können.«

Nick blickte sie lange an, und sie schaute ihm fest in die Augen, trotzig und kalt.

»Worauf wartest du?«, fragte sie fordernd. »Wenn du denkst, ich lasse zu, dass du auf mir herumtrampelst, musst du nicht mehr ganz bei Trost sein.«

»Hör mir zu, ich bin nicht gut darin –«

»Offensichtlich. Aber das ist mir völlig egal. Ich will nach Hause. *Jetzt!*«

Ihre Blicke trafen sich.

Er hatte es vergeigt. Richtig vergeigt.

»Wenn du darauf wartest, dass ich nachgebe«, sagte sie mit barscher Stimme, »kann ich genauso gut schon mal ins Wasser springen und anfangen zu schwimmen. Denn bevor ich dir noch einmal eine Chance gebe, friert eher diese Bucht hier zu.

»Gut.« Er drehte sich mit finsterem Blick um. »Mach den Motor an!«

»Mit Vergnügen!«

11

Carter ging den Berg hinauf, nachdem sie Nicks Angebot, sie zu begleiten, abgeschmettert hatte. Sie konnte es nicht erwarten, allein zu sein. Die Fahrt zurück von der Bucht hatte nur aus langem, angespanntem Schweigen bestanden, lediglich unterbrochen von ihren kurzen Kommandos und seinen knappen Antworten. Die ganze Zeit hatte sie seinen bohrenden Blick auf sich gespürt.

Angesichts der Verfassung, in der sie sich auf dem Boot befunden hatte, fand sie, dass sie ihre Fassung großartig bewahrt hatte. Jetzt aber, da sie allein war, hatte sie das Gefühl zusammenzubrechen. Ihr Stolz war fort, ihre Wut verraucht, sie spürte nur noch einen verzehrenden Schmerz in sich. Und die Tatsache, dass sie es besser hätte wissen müssen, war nur noch ein weiterer dunkler Schatten in diesem Albtraum.

Nachdem er sie geliebt hatte, wie es noch nie zuvor jemand getan hatte oder es wahrscheinlich tun konnte, hatte er sich wieder in den verwandelt, der er war. Er war nun mal ein Jäger, dachte sie. Und Männer, die gerne jagten, hatten kein Interesse daran, ihre Beute zu behalten. Genau das hatte sie befürchtet.

Hätte sie doch nur auf ihre Instinkte gehört.

Als Carter oben auf der Lichtung ankam, blickte sie hinaus auf den See und versuchte, sich zusammenzureißen. Sie bereute fürchterlich, dass sie es so weit hatte kommen lassen, und hätte am liebsten den Kopf in den Nacken geworfen und laut losgeschrien.

Doch statt diesem Drang nachzugeben, schaute sie sich an, wie die Sonne in herrlichen pfirsich- und rosafarbenen Tönen am Horizont unterging und genoss den Anblick. Ihr Großvater hätte diesen Himmel als Himmel der Liebenden bezeichnet, weil er so besonders war, dass sein Anblick geteilt werden musste.

Nun mal ehrlich, sagte Carter zu sich selbst. Was hatte sie geglaubt, würde passieren, wenn sie miteinander schliefen? Dass er sich wie durch ein Wunder in einen einfühlsamen, offenen, warmherzigen Kerl verwandeln würde? Dass ihr das Schicksal von Candace erspart bliebe? Dass sie eine langfristige, für beide Seiten zufriedenstellende Beziehung beginnen würden?

Dass sie die Ausnahme wäre?

Nun, ja. Das war die eine Seite des Problems. Die andere war, dass sie überhaupt nicht viel gedacht hatte. Als er sie geküsst hatte, war es um sie geschehen gewesen. So einfach war das.

Himmel der Liebenden. So ein Blödsinn, dachte sie und wandte sich ab.

»Wo ist denn nur der Ausdruck meines Ausgrabungs-Tagebuchs?«, fragte Carter am nächsten Tag. Sie sprach zu sich selbst, während sie in der Zentrale für Papierschnittwunden herumwühlte und Ringbücher, Notizzettel und Aktenordner durchforstete.

»Er ist doch da, oder etwa nicht?«, fragte Ellie und kam ihr zur Hilfe.

»An sich sollte er das. Ich dachte, ich hätte ihn hierher gelegt, bevor ich ging.«

»Könnte er in deinem Zelt sein?«

Buddy steckte den Kopf herein. Er hatte sich bisher weder rasiert noch gekämmt, und seine Brille saß leicht schief auf der Nase, doch er sah völlig zufrieden aus, während er an seinem Kaffee nippte. »Hast du etwas verloren?«

»Die anderen Aufzeichnungen zur Ausgrabung kann ich auch nicht finden«, murmelte Carter.

Buddy setzte stirnrunzelnd den Kaffeebecher ab. »Die müssen aber doch irgendwo hier sein. Als wir gestern Morgen das zweite Skelett aus dem Boden geholt hatten, habe ich danach zwei Stunden damit verbracht, alles schriftlich zu dokumentieren, und ich saß dabei genau hier.«

Er sah die Papierstapel auf dem Tisch durch, und als er nichts fand, suchten sie das ganze Lager ab.

Als auch das nichts ergab, kratzte sich Buddy am Kopf. »Vielleicht war gestern jemand hier, als wir weg waren.«

»Wie lang wart ihr denn weg?«, fragte Carter.

»Wir waren in der Stadt. Einkaufen und den Wagen abholen. Ich denke, so zwei, drei Stunden.«

»Aber wie sollte denn hier jemand unbemerkt hochkommen?«, warf Ellie ein. »Ivan der Schreckliche weiß doch immer, wo alle sind.«

Ihr Vater zuckte mit den Achseln. »Über die Zufahrtsstraße, die Cort für das Quad benutzt. Es ist zwar ein ziemlicher Umweg, aber niemand vom Haus unten würde mitbekommen, wenn jemand hier hochkäme. Nur, was zum Teufel sollte jemand mit diesen Aufzeichnungen anfangen? Sie sind als Unterhaltungslektüre wohl kaum geeignet. Wer hätte daran Interesse?«

»Conrad Lyst«, bemerkte Carter leise. Buddys Blick wanderte zu ihr.

»Wer ist Conrad Lyst?«, fragte Ellie. »Ist er ein Dieb?«

»Ein Loser, um es mit deinen Worten zu sagen«, antwortete ihr Vater. »Und ein mieser Archäologe. Er könnte in einer Müllhalde graben und keinen Abfall finden. Aber er kommt nicht den ganzen Weg in die Adirondacks, nur um sich in Ausgrabungstechnik weiterzubilden. Stimmt's, Carter?«

Als sie nicht antwortete, drehten sich zwei Köpfe in ihre Richtung.

Buddy schaute seine Tochter wieder an. »He, würde es dir etwas ausmachen, zur Ausgrabungsstelle zu gehen und mir –«

»Versuchst du, mich loszuwerden?«

»Überhaupt nicht.«

»Weißt du was, sag's mir doch einfach direkt«, meinte Ellie freundlich zu ihm. »Ich gehe zum Fluss, das Geschirr abwaschen.«

Als das Mädchen gegangen war, runzelte Buddy die Stirn. »Was verschweigst du mir?«

»Er war schon einmal hier«, erwiderte Carter und kam sich schäbig vor, es ihm nicht schon früher erzählt zu haben. »An dem Tag, als du und Ellie das Auto in die Stadt brachtet.«

»Mein Gott, warum hast du mir das nicht erzählt?«

»Wollte ich.«

»Und dann kamst du einfach nicht dazu?«

»Es war keine große Sache.« Sie blickte schnell in eine andere Richtung, weg von seinem besorgten Gesicht. »Er hat einfach nur den starken Mann markiert und ein bisschen mit den Hufen gescharrt.« Sie konnte an seinem sorgenvollen Gesicht erkennen, dass er ihr die Lüge nicht abkaufte.

»Ich wünschte, du hättest es mir früher gesagt. Weiß Farrell Bescheid?«

»Nein. Ich hielt das nicht für notwendig.«

»Aber jetzt fehlen Papiere. Das sollte Farrell schon wissen.«

»Nein, sollte er nicht.« Carters Stimme zitterte bei der Erwähnung von Nick, aber sie zwang sich weiterzusprechen. »Auf meiner Festplatte befindet sich eine Sicherungskopie der fehlenden Dokumente, und ich habe heute Morgen meinen Laptop benutzt. Ich weiß also, dass sie noch da sind. Außerdem haben sie keine unmittelbare Auswirkung auf die Ausgrabung.«

»Aber das ist eine ernst zu nehmende Angelegenheit. Wenn Lyst wiederkommt und die Tagebücher holt –«

»Er hat keine Ahnung, was er mit ihnen anstellen soll. Er ist dumm wie Bohnenstroh und dementsprechend sind auch seine analytischen Fähigkeiten entwickelt. Abgesehen davon sind die Funde immer noch hier, und es ist ja nicht so, als könnte er einfach hier aufschlagen und anfangen zu graben.«

Buddy runzelte nachdenklich die Stirn. »Wenn er mit den Tagebüchern nichts anfangen kann, warum hat er sie dann mitgenommen?«

»Wahrscheinlich wollte er wissen, ob wir das Gold gefunden haben, und hat sie dann behalten, um uns eine Nachricht zu hinterlassen. Er gehört zu jener Sorte Mensch, die so etwas nur tut, um andere zu ärgern. Er wollte sichergehen, dass wir wissen, dass er hier war.«

Ihr Freund nahm die Brille ab und rieb sich die Augen. »Weißt du, es ist nicht nur so, dass ich diesen Mann nicht respektiere. Mit dem stimmt etwas nicht.«

Da hast du völlig recht, dachte sie.

Er schaute hinüber in Richtung Fluss. »Ich glaube, ich werde ab jetzt mehr bei Ellie bleiben.«

Carter schaute ihm nach, wie er davoneilte, und wünschte, sie hätte etwas Beruhigendes sagen können. Buddy hatte schon immer auf sie aufgepasst, und sie wusste, dass er sich nicht nur um Ellie, sondern auch um sie Sorgen machte.

Sie wandte sich wieder den Papierstapeln und Akten zu und begann, sie zu sortieren. Als sie Schritte hörte, sagte sie: »Buddy, ich sollte die Hall Foundation anrufen und Grace auf den neuesten Stand bringen. Sie wird von den Skeletten begeistert sein.«

»Du kannst das Telefon unten im Haus benutzen«, sagte Nick mit gleichmäßiger Stimme.

Carter schluckte ein Keuchen herunter und erstarrte. Sie weigerte sich, sich umzudrehen, und hantierte weiter mit den Papieren herum. »Was zum Teufel machst du hier?«

»Ich wollte dich sehen.« Er sprach leise und ruhig, als ob er sie nicht erschrecken wollte.

»Warum?« Ihre Hände zitterten, während sie einen Aktenordner nahm und so tat, als würde sie ihn durchsehen. Sie wollte unbedingt, dass er wieder ging. Sie brauchte Zeit, um ihre Wunden zu lecken und keine neuen, um die sie sich kümmern müsste.

»Wir müssen miteinander reden.«

Sie warf den Ordner hin und starrte ihn wütend an. »Damit bin ich durch. Wenn du mich jetzt bitte entschuldigen würdest, ich muss weiterarbeiten.«

»Kannst du mir nicht einfach zuhören?« Sie sah Enttäuschung in seinem Gesicht aufflackern.

Sie schüttelte den Kopf und bemühte sich auch nicht, die Bitterkeit in ihrer Stimme zu verbergen, als sie antwortete. »Ich habe dir bereits gestern *zugehört*. Da hast du deine herabsetzenden Bemerkungen sehr wortgewandt vorgebracht, und weil mein Kurzzeitgedächtnis gut funktioniert, erinnere ich mich deshalb noch an jedes Wort von dir. Das muss ich mir nicht noch einmal anhören. Vielen Dank.«

Nick fuhr sich mit einer Hand durchs Haar. »Ich möchte nicht mit dir streiten. Ich bin hierhergekommen, um mich bei dir zu entschuldigen, und zu fragen, ob wir noch einmal von vorne beginnen können.«

»Danke, kein Interesse. Mir reicht es, einmal von dir durch den Fleischwolf gedreht worden zu sein. Abgesehen davon weiß ich, wie schwer du *hysterische Freundinnen* ertragen kannst, und wir wollen dich ja nicht noch einmal verärgern, oder?«

Sie drehte sich um und begann blindlings zur Ausgrabungsstelle zu gehen, doch er holte sie ein und hielt sie am Arm fest.

»Lass mich los!«, stieß sie im Flüsterton aus. »Bitte, lass mich einfach gehen.«

Seine Antwort war gleichermaßen heftig. »Das kann ich nicht. Ich habe die ganze letzte Nacht wachgelegen und an dich gedacht. Ich bedauere, was ich gesagt habe.«

Mit einer quälend langsamen Bewegung hob er seine Hand und streichelte mit der Innenseite seines Daumens ihre Wange. Sie schlug den Daumen weg.

»Nein!«, rief sie und riss sich los. »Ich lasse nicht zu, dass du das mit mir machst.«

Sie machte ein paar zögerliche Schritte zurück.

»Carter, bitte!«

Sie schüttelte heftig den Kopf. »Ich mache mich jetzt an meine Arbeit. Denn je schneller ich damit fertig bin, umso schneller komme ich von dir weg.«

Sein Blick blieb auf ihr liegen, wobei die hellen Iriden seiner Augen einen lebhaften Kontrast zu den schwarzen

Pupillen in der Mitte bildeten. Es trat eine lange, gespannte Stille ein.

»Du wirst heute Abend zum Essen kommen.« Seine Stimme war leise und gleichmäßig. Befehlend.

»Nein.«

»Doch. Um Bericht zu erstatten über die Ausgrabung.«

Der plötzliche Wechsel von Ton und Thema überraschte sie. »Nein.«

»Ich habe ein Recht darauf zu erfahren, wie ihr vorankommt.«

»Dann kann Buddy –«

»Vergiss es! Ich will dich.«

Carter stieß einen Fluch aus. Er wich nicht zurück, sondern schaute sie weiter beharrlich an.

Er nahm die Sonnenbrille aus der Tasche seiner Windjacke und setzte sie auf. »Wie du weißt, bist du laut der Bewilligung verpflichtet, mir auf Wunsch Bericht zu erstatten. Nun, ich wünsche einen Bericht. Heute Abend. Um sieben.«

»Du bist ein mieser Dreckskerl.«

»Das weiß ich.«

Mit diesen knappen Worten verschwand er den Pfad hinunter.

Als er gegangen war, bemerkte Carter, dass sie am ganzen Körper zitterte. Sie setzte sich an den Campingtisch und legte ihren Kopf in die Hände.

Das Letzte, was sie wollte, war mit Nick allein zu sein, um mit ihm über ihre Arbeit zu sprechen. Aber was blieb ihr anderes übrig? Sie wollte nicht Gefahr laufen, die Erlaubnis für die Ausgrabung zu verlieren, und sie wusste, dass er nicht davor zurückschrecken würde, seine Drohung wahrzumachen und sie von seinem Anwesen zu werfen.

Sie war versucht, sich aus dem Projekt zurückzuziehen. Stark versucht.

Doch dann kamen Buddy und Ellie vom Fluss zurück und sprachen voller Begeisterung über ihre Arbeit und die bisher gemachten Funde. Als sie sah, wie enthusiastisch ihre Freunde waren, beneidete sie die beiden um ihre Fröhlichkeit und wusste, dass sie sie nicht im Stich lassen konnte.

Genauso wenig konnte sie erklären, warum sie gehen würde.

Carter erkannte, dass sie keine andere Wahl hatte, und beschloss, ein bisschen früher hinunterzugehen, um Grace anzurufen. Sie musste der Hall Foundation Bericht erstatten, doch noch mehr brauchte sie moralische Unterstützung.

Die Sonne ging bereits unter, als Carter später neue Kopien der Tagebücher in ihren Rucksack legte und sowohl trotzig als auch schweren Herzens den Berg hinunterstieg. Sie hatte sich am Nachmittag ein paar Stunden freigenommen und war herumgewandert. Sie hatte diese Zeit gebraucht, um sich auf den Abend vorzubereiten.

Als sie unten am See ankam, leuchtete das Haus in der hereinbrechenden Dunkelheit. Ihr Schritt wurde langsamer, während sie auf die Eingangstür zuging. Als sie schließlich den Türklopfer betätigte, dachte sie daran zurück, wie sie das erste Mal vor Nicks Haus gestanden hatte. Es kam ihr vor, als wäre es Jahre her.

Sie war überrascht, als er ihr die Tür öffnete. Er hielt in der einen Hand ein Glas Scotch und in der anderen ein Handy, das an seinem Ohr lag. Während er ihr bedeutete hereinzukommen, stieg in seinem Gesicht kurz Röte auf, die aber sofort wieder hinter seiner reservierten Haltung verschwand.

»Richtig«, sagte er zu der Person am anderen Ende der

Leitung. Er schloss die Tür hinter ihr. »Hören Sie, Sie müssen die jährlichen Zinskosten in Höhe von 60 Millionen Dollar in die Analyse miteinbeziehen, und bei den Abschreibungszahlen liegen Sie falsch …«

Er gab ihr mit einem Nicken zu verstehen, ihm zu folgen. Während sie durch das Haus in sein Arbeitszimmer gingen, reihte seine tiefe Stimme Wörter aneinander, die für Carter überhaupt keinen Sinn ergaben. Es war eine Fremdsprache, voller Zahlen und Prozentpunkte.

»Hören Sie, ich muss los. Rufen Sie Ronning an und sagen Sie ihm, dass die Gelegenheit vorbei ist. Ihr Jungs müsst echt mit etwas Besserem kommen. Und holen Sie Ben mit ins Boot. Er ist der beste Wirtschaftsanwalt der Stadt.« Er legte auf. »Du bist früh dran.«

»Ich muss noch einen Anruf machen, bevor ich mit dir spreche«, sagte sie steif zu ihm.

»Nur zu.« Nick hielt ihr den Hörer entgegen.

Sie näherte sich ihm vorsichtig und nahm den Hörer in die Hand, bemüht, ihn dabei nicht zu berühren.

»Möchtest du ungestört sein?«

»Ja.«

Er betrachtete sie eingehend und schloss dann die Tür hinter sich.

Carter wählte die ihr bekannte Nummer und brachte Grace schnell auf den neuesten Stand der Dinge, was die Ausgrabung und die in ihrem Leben unverhofft eingetretenen Komplikationen betraf. Sie fühlte sich durch die Unterstützung ihrer Freundin gestärkt und war dankbar für die aufmunternden Worte. Sie hoffte, das Treffen mit Nick würde ihr dadurch leichter fallen.

Als sie einhängte, bemerkte sie, dass sie sich in seinen Stuhl gesetzt hatte und auf einen Stapel Dokumente starrte.

Gedankenverloren schaute sie hinüber zu dem Drucker, zwei anderen Telefonen und einem Laptop.

Zögerlich blickte sie auf einen Stoß Papiere und sah seine Bemerkungen am Rand. Die Handschrift war markant und entschlossen, seine Kommentare direkt. Sie blätterte ein paar Seiten durch und stieß immer wieder auf den Namen CommTrans. Der Name sagte ihr etwas, aber sie konnte sich nicht genau daran erinnern, wo sie ihn schon einmal gehört hatte.

Genug, dachte sie, und stand auf. Sie zögerte das Unabänderliche nur hinaus.

Sie ließ ihren Rucksack und ihre Aufzeichnungen zurück und machte sich auf die Suche nach ihm. Als sie in der Nähe der Küche war, vernahm sie den Duft gebratenen Truthahns. Ihr Magen knurrte zustimmend.

Sie öffnete die Schwingtür einen Spalt und sah Nick mit einem Tranchiermesser und einer Gabel in der Hand am Herd stehen.

»Hast du schon gegessen?«, fragte er über seine Schulter hinweg.

Carter war erstaunt, dass er sie gehört hatte. »Nein, aber –«

»Gertie hat heute Abend frei. Die Teller sind in dem Schrank rechts von mir. Ich glaube, sie hat einen Salat in den Kühlschrank gestellt.«

»Ich bin nicht hierhergekommen, um mit dir zu Abend zu essen.«

»Gut. Dann hol nur einen Teller heraus. Du redest, während ich esse.«

Als sie zögerte, sah er hinüber zu ihr und schaute sie herausfordernd an.

Carter riss sich zusammen, marschierte hinüber zu dem Schrank und nahm zwei Teller heraus.

Sie wollte auf keinen Fall schwach vor ihm erscheinen. Selbst wenn sie all ihre Kräfte aufbringen müsste, würde sie dieses Essen hinter sich bringen, ihm dabei Bericht erstatten und sich dann auf dem schnellsten Weg wieder zurück zum Lager begeben. Ihr Stolz würde ihr helfen, wenn schon sonst nichts.

Abgesehen davon, dachte sie, war der Abend noch jung. Sie hätte danach noch genügend Zeit, um in ihrem Zelt durchzudrehen.

»Hier oder im Esszimmer?«, fragte sie. Als er in Richtung des Eichentischs nickte, brachte sie die Teller dorthin.

»Besteck?«, fragte sie steif.

Er blickte nach links. »Servietten sind in der Schublade darunter.«

Ehe sie sichs versah, hatte sie den Tisch gedeckt, er stellte die Platte mit dem Truthahn auf den Tisch, und die beiden saßen sich in seiner Küche gegenüber, um zu Abend zu essen.

Während Carter sich noch fragte, wie das geschehen konnte, aß sie. Das Essen war gut, die Stille fürchterlich. Das einzige Geräusch, das sie hörte, war das Geklapper des Bestecks auf den Tellern. Nachdem sie zur Hälfte aufgegessen hatte, ertrug sie es nicht mehr länger. Sie legte das Messer und die Gabel hin, faltete die Serviette zusammen und wollte gerade gehen, als seine Stimme sie aufhielt.

»Meine Mutter war die letzte Frau, zu der ich die Worte sagte«, erklärte Nick und steckte sich ein Stück Truthahn in den Mund.

»Welche Worte?« Sie kniff die Augen zusammen.

In der Stille, die folgte, aß Nick einfach weiter, und Carter fiel auf, dass er perfekte Tischmanieren hatte.

»Die Worte *Ich liebe dich*. Das letzte Mal sagte ich sie zu meiner Mutter. Und es war gelogen.« Sein Tonfall war wie immer direkt. »Ich kann mich noch so genau daran erinnern, weil ich mir damals schwor, sie erst wieder zu sagen, wenn ich sie auch wirklich ernst meine.«

Carter bewegte sich nicht. »Was hat das mit mir zu tun?«

»Ich bin … froh, dass wir miteinander geschlafen haben.« In seinem Gesicht flackerte erst Begehren und dann Ungeduld auf. »*Froh*. Was für ein dämliches Wort. Völlig überwältigt passt wohl eher. Seit gestern denke ich nur noch daran, wie glücklich ich war, mit dir zusammen zu sein. Und was für ein Idiot ich gewesen bin, es vermasselt zu haben.«

Eine Welle der Hitze stieg in Carters Körper auf, und sie spielte nervös mit der Serviette in ihrer Hand. »Ich möchte über das, was passiert ist, nicht sprechen.«

»Gestern hat mir sehr viel bedeutet.«

»Das kann ich nur schwer glauben.«

»Du bist die erste Frau, die mich je wirklich … berührt hat.« Nick wischte sich mit der Serviette den Mund ab und lehnte sich in seinen Stuhl zurück. »Es tut mir leid, dass ich nicht in Worte fassen konnte, wie viel mir das gestern bedeutet hat. Und wie beängstigend es für mich war.«

Sie schaute ihn prüfend an. Sein Blick war offen und ehrlich, nichts ließ darauf schließen, ihm nicht vertrauen zu können.

Und auf die gleiche Weise hatte er sie verletzt, erinnerte sie sich. Sie war auf ihn hereingefallen und hatte ihm geglaubt.

»Ich muss mir das nicht anhören.« Sie erhob sich vom Tisch, woraufhin auch er aufstand.

»Carter, ich habe keine Ahnung, wohin das zwischen uns beiden führen wird.«

»Na, dann lass es mich dir erklären. Nirgendwohin.«

»Das werde ich aber nicht akzeptieren.«

»Es wird dir nichts anderes übrig bleiben!«

Er fuhr sich mit einer Hand durchs Haar. »Diese ganze Sache macht mir eine Heidenangst. Ich mag es, die Kontrolle zu haben, aber wenn ich mit dir zusammen bin, ist alles anders. Ich bin in Panik geraten und habe einige wirklich dumme, verletzende Dinge gesagt.«

Als sie nicht antwortete, sagte er mit rauer Stimme: »Ich habe keinen blassen Schimmer von echten Beziehungen, aber ich bin bereit, mir mehr Mühe zu geben. Mit dir. Das musst du mir glauben. Du bist die erste Frau, bei der ich so fühle.«

Carter schüttelte den Kopf. »Ich höre mir das nicht länger an.«

Er streckte seine Hand aus und griff nach ihrer. »Ich möchte nur eine zweite Chance.«

Ein Schauer lief durch ihren Körper, als sie daran dachte, wie sie miteinander geschlafen hatten. Sie ertappte sich dabei, wie sie ihm glauben wollte. Und tat es.

»Nick, du hast mich verletzt.«

»Ich weiß. Und es tut mir furchtbar leid.«

Sie sah in seine Augen und erkannte die Qual und Zärtlichkeit darin. »Dir zu vertrauen ist nicht einfach.«

Er öffnete ihre Hand und strich mit seinem Daumen über die Innenfläche. Das Gefühl war hypnotisierend. Er führte ihre Hand langsam zu seinem Mund und strich mit seinen Lippen über ihre Haut.

»Versuchst du, mich zu verführen?«, fragte sie leise.

»Ja.« Die Worte schwebten im Raum.

Als er sie zu sich zog, ließ Carter sich nur widerwillig in die Arme nehmen.

»Ich will dich«, sagte er seufzend in ihr Haar. »Und ich will dir nicht wehtun.«

Sie löste sich von ihm und betrachtete ihn eingehend. Er sah wirklich zerknirscht aus und schien den Schmerz, den er herbeigeführt hatte, zu verstehen und zu bedauern. Es lag eine Verletzlichkeit in seinen Augen, als wäre er sich nicht sicher, ob sie ihm verzeihen würde.

Sie wollte ihn. Und ihm verzeihen, wenngleich der Schmerz nicht aus ihrer Erinnerung gelöscht werden würde. Sie traf eine Entscheidung.

»Wenn ich mich dir körperlich hingebe, heißt das nicht, dass du auch mein Herz bekommst.«

Mit diesen Worten, deren Bedeutung für sie genauso groß war wie für ihn, beugte sie sich zu ihm, um ihn zu küssen. Als sich ihre Lippen fanden, schmiegte sie sich eng an seinen starken Körper.

»Ich *hasse* das«, stöhnte sie, als seine Hände ihre Brüste umschlossen. »Ich hasse *dich.*«

»Damit gebe ich mich zufrieden«, sagte er heiser. »Ich gebe mich mit allem zufrieden, was du mir anbietest.«

Sie blieben nur noch einen Moment länger in der Küche. Im nächsten Moment tasteten sie sich zur Treppe und gingen in einem unbeholfenen Pas de deux hinauf. Ihre Kleidungsstücke, derer sie sich entledigten, hinterließen eine Spur auf dem Flur.

»Was ist mit Cort?«, murmelte sie außer Atem.

»Der ist bei einem Freund. Oh Gott, ich brauche dich so sehr«, stöhnte Nick in ihren Mund. Seine Hände waren unter ihren BH gewandert, er umschloss ihre Brüste, seine Daumen strichen über ihre unsagbar weichen Brustwarzen, woraufhin sie aufschrie.

Sie stürzten in ein Zimmer, das sie für Nicks Schlafzimmer hielt, und sie nahm verschwommen etwas Tiefrotes, königlich Goldenes und Dunkelgrünes wahr, doch als sein

Mund ihre Brust umschloss und er sie auf das Bett hob, schwand ihre Sicht gänzlich. Sie spürte eine Matratze und dann sein Gewicht auf sich. Carter krallte ihre Fingernägel in seinen Rücken, während sie spürte, wie er sich gegen sie presste.

Als er sie wieder küssen wollte, sah sie die Verzweiflung in seinem Gesicht. Was immer sonst noch in ihm vorging, eins wusste sie genau, er wollte sie.

Ihre Lippen verschmolzen miteinander, und sie zog ihm den Rest seiner Kleidung aus, die jedoch nur noch aus seiner Boxershorts bestand. Sie streifte sie ab, er tat das Gleiche mit ihrem Slip und warf ihn auf den Boden. Sie küsste ihn begierig und öffnete ihre Beine, sodass er sich dazwischenlegen konnte. Als sie sein steifes Glied spürte, schrie sie auf.

»Ich möchte dich langsamer nehmen«, stöhnte er, »aber ich kann nicht.«

Er drang in sie ein, und sie hielt sich an ihm fest, während er wieder zustieß. Sie schlang ihre Beine um seine Hüften, sodass sie ihn in ihrem Rhythmus weiter antrieb. Es war ein schwindelerregender wilder Ritt, aus Wut und Frust geboren, und sie rief laut seinen Namen, während sie zum Himmel katapultiert wurde.

Danach sank er in ihre Arme. Sie spürte, wie sein wunderbarer, völlig erschöpfter Körper sich entspannte, und auch sie erfasste eine friedvolle Euphorie.

Als er seinen Kopf hob, war seine Stimme ernst. »Ich habe gestern Nacht nicht geschlafen.«

»Nein?«

»Ich habe meine Augen geschlossen, aber ich habe nur dich gesehen. Ich habe dich vermisst. Ich konnte den Gedanken, dich verloren zu haben und nie wieder mit dir zusammen zu sein, nicht ertragen.« Er küsste sie lange und zärtlich, ihre Lippen und Zungen verschmolzen miteinander. Sie konnte spüren, wie er in ihr wieder zu wachsen begann.

Er drehte sich auf den Rücken, sodass sie auf ihm lag, und streichelte mit seinen Augen und Händen ihren Körper. Hingebungsvoll setzte sie sich auf ihn, und er stöhnte auf, als er ihre Brüste mit den Händen umschloss. Dieses Mal liebten sie sich langsamer und genossen das Gefühl, den anderen zu berühren und zu reizen, bis die Leidenschaft schließlich über die Geduld siegte und sie zusammen einen rauschhaften Höhepunkt erlebten.

Als sie danach zusammenlagen, verspürte Carter eine unerwartete Traurigkeit. Trotzdem sie sich körperlich so nahe gewesen waren, war immer noch ein Rest Misstrauen da. Diese Distanz schmerzte, doch sie wollte nicht darüber sprechen. Worte würden sie nicht näher zusammenbringen.

Vielleicht die Zeit. Vielleicht würde mit der Zeit das Vertrauen kommen.

»Wann kommt Cort nach Hause?«, fragte sie und schaute hinüber zu der offenen Tür und den im Flur verstreut liegenden Kleidern.

»Um elf.« Nick schaute hinüber zu der Messinguhr. »Also in zehn Minuten!«

Sie hasteten vom Bett zu den Kleidern, hoben sie hektisch auf, tauschten Boxershorts gegen Slip und Shorts gegen lange Hose aus und eilten dann den Flur hinunter, um sich Hemd und Bluse anzuziehen. In einem rasanten Endspurt schafften sie es bis zur Eingangstür, vor der sie genau in dem Moment, als die Standuhr im Wohnzimmer zur vollen Stunde schlug, außer Atem zum Stehen kamen.

»Deine Bluse«, sagte Nick, während er sein Hemd in die Hose stopfte.

Carter sah, dass sie falsch zugeknöpft war, und fingerte an den Knöpfen herum, um sie in die richtige Reihenfolge zu bringen.

Als die Uhr verstummte, hallte ihr keuchender Atem laut durch das stille Haus.

»Also jetzt bekommt er aber von mir die Leviten gelesen! Einfach zu spät zu kommen – nach dem ganzen Stress …«, meinte Nick trocken.

Trotz der Kleider, die sie nun wieder anhatten, kam sich Carter noch verletzlicher vor. Sie räusperte sich. »Ich denke, ich gehe jetzt besser.«

Sein Blick bohrte sich in ihre Augen. »Das musst du nicht.«

Sie antwortete ihm nicht auf die indirekt gestellte Frage, sondern drehte sich einfach nur um und ging.

»Ich habe meinen Rucksack in deinem Büro liegen gelassen«, erklärte sie über die Schulter hinweg.

Carter ging in den halbdunklen Raum und griff nach ihm. Bevor sie hinausging, wanderte ihr Blick noch einmal über seinen Schreibtisch, erstaunt von dem, was passiert war, seit sie auf seinem Stuhl gesessen und mit Grace gesprochen hatte. Ihr Blick glitt über die Papiere und blieb bei dem Wort CommTrans hängen.

»Du schaust auf meinen Schreibtisch, als würde er eine Antwort für dich bereithalten.«

Sie blickte hoch, ohne die Unsicherheit in ihren Augen zu verstecken. Nick stand angelehnt im Türrahmen, das Licht fiel von oben auf ihn herab und schien auf seine hohen Wangenknochen, die geschwungenen Lippen und die markante Kieferpartie.

»Sag mir, Carter, nach welcher Antwort suchst du?« Seine Stimme klang heiser und erinnerte sie daran, wie sie sich anhörte, wenn sie miteinander schliefen.

»Nach der, die mir sagt, wer du wirklich bist.« Sie schnallte sich ihren Rucksack um und begann hinauszugehen.

Als sie an ihm vorbeiging, zog er sie in seine Arme. Er küsste sie mit einer Entschlossenheit, aus der nicht nur Leidenschaft sprach.

»Du bist anders«, erklärte er.

Carter streckte ihre Hand aus und strich mit ihrem Finger über seine Wange. »Jetzt im Moment bin ich das vielleicht noch. Wir werden sehen, was später passiert ...«

Und mit diesen Worten verließ sie das Haus.

Sie ging unter dem klaren Nachthimmel über die Wiese vor dem Haus. Es war kühl, und sie blieb stehen, um ihren Fleecepullover aus dem Rucksack zu holen, bevor sie in den Wald ging. Als sie sich ihn über den Kopf zog, hörte sie das Geräusch knackender Zweige.

Cort kam aus den Büschen geschossen und lief direkt in sie hinein.

»Carter!«

»Nicht so stürmisch, junger Mann!« Sie grinste, als sie ihm half, sein Gleichgewicht zu finden.

»Was machst du hier draußen?«

»Ich war gerade bei deinem Onkel.« Sie war dankbar für die nächtliche Dunkelheit, da so das Blut, das ihr ins Gesicht schoss, nicht zu sehen war. »Und was ist mit dir? Ich dachte, du wärst bei Freunden in der Stadt.«

»War ich – kurz. War dann aber nicht so lustig, und ich bin, äh, hoch, um ...«

Sie war wohl nicht die Einzige, die hier in der Dunkelheit rot wurde, dachte Carter.

»Nun ja, auf jeden Fall bin ich ein bisschen spät dran.«

Mit einem verlegenen Winken lief der Junge in Richtung Haus.

»Ja, das bist du auf jeden Fall«, meinte sie leise.

Kopfschüttelnd nahm sie die Taschenlampe heraus, richtete das schwache Licht auf den Weg und ging in den Wald hinein.

Während sie dem Pfad folgte, ließ sie den Abend immer und immer wieder Revue passieren. Die Art, wie Nick mit ihr gesprochen, wie er sie berührt und geküsst hatte. Ihr Herz schlug heftig, als sie zum Lager hinaufging, und das nicht nur aufgrund der körperlichen Anstrengung.

Sie würde sich nicht in Nick Farrell verlieben, schwor sich Carter.

Nick saß an seinem Schreibtisch, als er hörte, wie Cort durch die Eingangstür kam. Der Junge rief ihm zwar ein Hallo zu, blieb aber nicht stehen. Auch wenn er zehn Minuten zu spät war, wollte Nick ihm deswegen nicht die Hölle heiß machen.

Er verspürte eine innere Unruhe. Also stand er vom Tisch auf, ging durch die Terrassentür hinaus auf die Veranda und setzte sich auf einen Korbstuhl. Er betrachtete gerade das Mondlicht, das auf den See schien, als eine Stimme von oben erklang.

»Onkel Nick?«

Das Korbgeflecht knarrte, als er hoch zur Decke der Veranda schaute.

»Cort?«

»Kann ich dich etwas fragen?« Die Stimme des Jungen war zögernd.

»Natürlich.«

Es verging eine ganze Zeit, bevor Cort wieder sprach. »Was macht man, wenn man jemanden mag?«

Nick war sprachlos. Es war das erste Mal, dass Cort ihn um Rat fragte.

Aber wieso zum Teufel konnte es sich nicht um Schatzanweisungen handeln? Er hatte ein Studium absolviert, um solche Fragen zu beantworten.

Um etwas Zeit herauszuschinden, fragte Nick: »Magst du denn jemanden?«

»Vielleicht.«

»Wie kommst du darauf, dass es so ist?«

»Immer wenn sie in der Nähe ist, kann ich nicht richtig denken, meine Beine fühlen sich an wie nach einem 100-Meter-Lauf, und mir ist flau im Magen. Als hätte ich zu viele Tacos gegessen.«

Dann sieht es ganz danach aus, dachte Nick.

»Glaubst du, die Person mag dich auch?«

»Vielleicht.« Es trat kurz Stille ein. »Nur damit du es weißt, es handelt sich nicht um Carter. Sie ist zu alt für mich.«

Der scharfe Ton in seiner Stimme war fast verschwunden, und Nick war erleichtert, dass sie die Krise scheinbar überstanden hatten.

»Also, was macht man nun?«, hakte Cort nach.

Nick seufzte. »Sei du selbst! Verbring Zeit mit ihr! Hör ihr zu! Sorg dafür, dass sie weiß, wie besonders sie ist!«

Treib dich selbst in den Wahnsinn, indem du von ihr fantasierst, fügte er im Stillen hinzu. Mach dich auf einen Anfall von Schlaflosigkeit gefasst! Und darauf, dass du ständig ins Fettnäpfchen trittst und sie um Verzeihung bitten musst.

»So warst du aber nicht mit Candace«, stellte Cort fest.

Nick zuckte zusammen. »Ich weiß. Ich mochte sie nicht wirklich.«

»Ich glaube, das tat niemand.«

Nick lachte leise über die Offenheit des Jungen.

Komisch, dachte er, dass er so lange gebraucht hatte, seine Lektion zu lernen.

Es trat Stille zwischen ihnen ein. Das Geräusch der Wellen, die gegen das Ufer schwappten, war das Einzige, was zu hören war.

»Ich denke, du hast recht«, sagte der Junge entschlossen. »Ich werde einfach Zeit mit ihr verbringen. Danke.«

»Cort?«

»Ja?«

»Ich bin froh, dass du mich gefragt hast.« Nick achtete darauf, dass er die Worte klar aussprach und Cort sie hörte.

Es entstand eine lange Pause.

»Ja, ich auch.«

Die Tür zu Corts Schlafzimmer wurde leise geschlossen.

Nick fühlte sich zum ersten Mal nicht ausgeschlossen.

Er blieb auf der Veranda sitzen und verlor sich in den Erinnerungen an Carter, bis er so aufgewühlt war, dass er in sein Büro zurückgehen musste. Er setzte sich auf seinen Stuhl und nahm einige Papiere zur Hand, die auf dem Schreibtisch lagen, um sich abzulenken.

Das Abkommen mit CommTrans machte gute Fortschritte, dachte er, als er die Absichtserklärung durchlas, die ihm vor ein paar Stunden gemailt worden war. Wenn alles so weiterliefe wie geplant, würde das Geschäft bis Ende des Monats abgewickelt sein. Wessex würde die Firma kaufen und gleich danach den größten Teil an ihn weiterverkaufen.

Am Ende von all dem Papierkram würde Nicks Opfer einen neuen Chef haben.

Er lächelte grimmig. Rache war süß.

Im Jahr zuvor hatte Nick einige seiner Beteiligungen aufgrund kartellrechtlicher Bedenken abstoßen müssen. Bob Packert, CEO von CommTrans, hatte die Produktionsbetriebe gekauft und sich als unfähig erwiesen, sie zu führen. Seine Geschicke stellten sich als so erbärmlich heraus, dass die Werte seiner übrigen Beteiligungen ebenfalls in eine Abwärtsspirale gerieten. Die Aktienkurse stürzten ab, was einen Sturm der Wut unter seinen Aktionären ausgelöst hatte.

Statt die von ihm verursachten Probleme jedoch zu beheben, war Packert zur Presse gegangen und hatte Nick beschuldigt, die Finanzunterlagen während der Verkaufsverhandlungen gefälscht zu haben, um das Unternehmen gesünder erscheinen zu lassen, als es tatsächlich war. Der Mann hatte laut und deutlich verkündet, der Grund für den Misserfolg läge nicht an seiner Unfähigkeit, sondern an dem von Nick begangenen Betrug.

Dies war nichts als eine einzige große Lüge gewesen, doch gehörte Nick nicht zu jenen Menschen, die einen solchen Angriff auf ihre Person einfach so hinnahmen. Das war der Moment, in dem er William Wessex auf den Plan rief. Wessex war nur allzu gern bereit, Packerts Aktien in einer feindlichen Übernahme zu kaufen und den größten Teil der Anteile zu einem angemessenen Preis an Nick weiterzuverkaufen. Damit alles rechtens blieb, würde er die Produktionsbetriebe behalten, die Nick aufgrund des Kartellrechts nicht besitzen durfte – eine kleine Belohnung für den getanenen Gefallen.

Aufgrund von Nicks Schachzug würde Packerts berufliches Schicksal in seinen Händen liegen, und die erste Amtshandlung als neuer Vorstandsvorsitzender von CommTrans wäre, Packert fristlos aus seinem eigenen Unternehmen zu entlassen. Der nächste Schritt wäre, bei Nicks Freunden, die auf der Liste der Fortune 500 standen, Stimmung gegen Packert zu machen, sodass er keinen anderen hochbezahlten, angesehenen Job mehr finden würde. Nick dachte auch darüber nach, dafür zu sorgen, dass Packerts Frau von dessen diversen Geliebten erfahren und der Mann aus den privaten

Klubs und von den Golfplätzen, deren Mitglied er war, geworfen werden würde.

Wessex stand der Rache kritisch gegenüber, da Nick rechtlich betrachtet die Eigentümerschaft der Produktionsbetriebe nicht wiedererlangen und somit bei dem Erwerb von CommTrans auch nicht in vorderster Reihe stehen konnte. Aufgrund der Gegebenheiten befanden sich die beiden in einer schwierigen Situation. Nick musste Wessex vertrauen, dass dieser ihm seine Anteile wieder veräußerte, sobald die Tinte unter dem Vertrag trocken war. Wessex musste Nick glauben, dass er ihm die vereinbarte Summe für CommTrans zahlen würde.

Auch wenn sie gemeinsame Interessen hatten, kam das Geschäft einer Situation mit zweihundert Löwen und einem Stück Fleisch gleich.

Aus diesem Grund hatte Nick dem Mann eine Chance geben wollen, seine Tochter wiederzusehen. Mit Wessex' Dankbarkeit im Rücken hätte Nick sich sicherer gefühlt und dem Geschäft wäre eine persönliche Verpflichtung hinzugefügt worden, die die Einhaltung des beruflichen Teils ebenfalls sichergestellt hätte.

Er rutschte auf seinem Stuhl hin und her und hatte das Gefühl, durch seine eigenen Schachzüge in der Falle zu sitzen. Als er sich für diesen Weg entschieden hatte, hatte er keine Ahnung gehabt, was zwischen ihm und Carter passieren würde. Die Idee, sie als Druckmittel zu benutzen, erschien ihm mit einem Mal völlig falsch.

Beunruhigt ging er zuerst zur Bar, goss sich einen Scotch ein und spazierte dann hinüber zum Bücherregal. Er kniete sich vor einen fünfbändigen, viktorianischen Reisebericht und kippte einen Hebel, woraufhin jener Teil des Bücherregals aufsprang und ein Safe zum Vorschein kam.

Er drehte die Scheibe nach rechts, zweimal nach links und dann wieder zurück. Er hörte, wie die Arretierung des Schließzylinders zurückschnellte, und drückte den Messinggriff nach unten. Die Beleuchtung innen ging an, eine Besonderheit, die er schon immer als netten Einfall empfunden hatte, da der Safe so den Eindruck erweckte, als wäre er nichts weiter als ein kleiner, massiver Kühlschrank.

Er suchte nach dem Kreuz, in der Gewissheit, dass wenn er es in seinen Händen hielt, es ihm Trost spenden würde. Er hatte es über die Jahre hinweg immer wieder herausgeholt, wenn er sich in einem Zwiespalt befand.

Doch bevor er es herausnahm, lenkten ihn die vertrauten aufeinandergestapelten Lederkästchen ab, in denen er einen Teil des Schmucks seiner Großmutter aufbewahrte. Spontan griff Nick nach einem Kästchen, das in dem leuchtenden Rot von Cartier überzogen war. Er macht den Verschluss auf und öffnete den Deckel.

Ein Diamantring funkelte im gedämpften Licht. Seine Großmutter hatte ihn zur Verlobung mit Rufus Lachlan Farrell geschenkt bekommen. Der Ring hatte sowohl den Schenkenden als auch die Beschenkte überlebt, und Nick empfand es als Schande, dass ein solch prachtvolles Schmuckstück in einem Safe eingeschlossen lag.

Er erinnerte sich, wie versessen seine Mutter auf diesen Ring gewesen war, nicht wegen seiner Größe oder Qualität, wenngleich beides überwältigend war, sondern weil er von einer Frau getragen worden war, mit der sie nicht hatte konkurrieren können. Nicks Großmutter, bekannt als Ma Farrell, war nicht nur eine vollendete Gastgeberin und preisgekrönte Gärtnerin gewesen, sondern auch eine begeisterte Reiterin, Pokerspielerin und Schwimmerin. Und das in einer Zeit, in der Frauen das untätige Leben einer *Dame* führen sollten. Sie hatte Charisma und Charme gehabt, und jeder, der einmal ihre Bekanntschaft gemacht hatte, mochte sie.

Nicks Mutter, Sarah, war das Gegenteil von ihr gewesen – gertenschlank, schwach, in Gesellschaft anderer unsicher und aggressiv, weder freundlich noch sympathisch. Zudem brauchte sie stets die Anerkennung anderer und war immerzu verärgert, da sie nie genug davon zu bekommen schien. Die Situation wurde durch das Wissen um den ödipal anmutenden Umstand verschlimmert, dass ihr Mann Ashland lieber Zeit mit seiner Mutter verbrachte als mit ihr.

Die Last wäre vielleicht einfacher zu ertragen gewesen, hätte Ashland tatsächlich eine eigenartige Zuneigung zu Ma Farrell empfunden, sodass Sarah ein peinliches Krankheitsbild als Ausrede für ihre Kaufanfälle bei Tiffanys hätte einsetzen können. Doch die Wahrheit war sowohl prosaischer als auch schwieriger gewesen. Der Mann mochte einfach die Gesellschaft seiner Mutter, und seine Frau verzieh ihm nie, dass er seine Zuneigung zwischen den beiden aufteilte.

Aus diesem Grund wurde Nick geboren, so hatte man es ihm zumindest erzählt. Sarah hatte geglaubt, sie könnte Ashland davon abbringen, sich auf seine eigene Mutter zu konzentrieren, wenn sie selbst Mutter werden würde. Ihre Strategie stellte sich als schlecht durchdacht heraus. Ashland räumte seinem Sohn, neben der Mutter, die er verehrte, zwar Platz ein, doch seine Frau, die gemeint hatte, in seiner Achtung zu steigen, fand sich noch weiter aus seinem Leben herausgedrängt.

Weshalb Nick immer das Gefühl gehabt hatte, seine Mutter würde ihn verachten.

Es war grausame Willkür oder vielleicht Gnade, dass Sarahs Leben endete, bevor die Frau, die sie hasste, starb. Ma Farrell überlebte sie um fast zehn Jahre, und der Diamantring bearbeitete weiterhin die Erde in den Gärten am Ufer des Sees. Nach dem Tod seiner Mutter hatte Ashland den Ring schätzen lassen und dann in den Wandsafe gelegt. Seitdem war er nie wieder getragen worden.

Nicks Lieblingsgeschichte über den Diamanten war eine, die Gertie ihm erzählt hatte. Aufgrund von Ma Farrells aktivem Lebensstil hatte die Platinfassung mit den Jahren gelitten. Als Ashland den Ring zu Cartier brachte, um dessen Wert ermitteln zu lassen, hatten die Juweliere ihm angeboten, diese zu erneuern.

»Meine Herren, man stellt ein Leben nicht zurück auf null«, war Ashlands Kommentar dazu gewesen. »Dieser Ring hat sich seine Kerben hart erarbeitet, und eines Tages, wenn er weitergegeben wird, wird die Frau, die ihn tragen wird, genau wissen, wie und durch wen sie entstanden sind. Es ist ein Erbe, dem man gerecht und das nicht erneuert werden muss.«

Nick betrachtete den Ring, sah die Kratzer auf der Oberfläche des Metalls und zitterte, als er sich ihn an Carters Finger vorstellte. Er legte ihn in das Schmuckkästchen zurück und war erstaunt, jahrelang an den Safe gegangen zu sein, ohne sich je zuvor darüber Gedanken gemacht zu haben, nach dem Ring zu schauen.

Er konzentrierte sich wieder auf das untere Regal, durchwühlte ein paar Geldstapel und schob Krügerrandmünzen im Wert von 100 000 Dollar beiseite, die er zwei Wochen zuvor in den Safe gelegt hatte. Dahinter lag das Filzbündel, das er an jenem Tag zu Carter mitgenommen hatte.

Er ging hinüber zu seinem Tisch und packte das Kreuz aus. Das alte Holz mit seinen Rissen schien zu leuchten.

Ein ihm bekanntes Gefühl stieg in ihm auf, verursacht durch das Zusammentreffen der Geschichte seiner Familie mit der des Landes. Er dachte erneut an die Männer, die auf dem Stück Land gestorben waren, das heute ihm gehörte. Er war, wie immer, berührt.

Und dann erstarrte er.

Genau jenes eigenartige, ernste Gefühl verspürte er auch bei Carter. Oder wenn er an sie dachte.

Das war es, was ihm immer gefehlt hatte. Noch nie zuvor hatte ihn eine Frau wirklich berührt. Er hatte neben ihnen stehen und vergessen können, dass sie überhaupt im Raum waren. Er hatte das Land verlassen können, ohne dass sie ihm fehlten, hatte weggehen können, ohne noch einmal an sie gedacht zu haben.

Doch Carter nahm ihn völlig gefangen. Sie forderte ihn heraus mit ihrer schnellen Auffassungsgabe und Intelligenz. Und wenn sie sich liebten, fühlte er sich vollständig.

Nick holte tief Luft, während er mit der ihm vertrauten Angst kämpfte.

Er wickelte das Artefakt wieder vorsichtig ein und erkannte, dass sich in ihm gerade etwas verändert hatte.

Und er nie wieder derselbe sein würde.

12

Zwei Wochen später schufteten Carter und die anderen auf Händen und Knien in der prallen Sonne. Sie hatten nun die Hälfte der Fläche ausgegraben. Doch trotz der brütenden Hitze und des Fortschritts feierten sie das Geleistete nicht, sondern arbeiteten beständig und entschlossen weiter.

Wie weit sie inzwischen schon gekommen waren, fiel Carter auch nur auf, weil sie eine kurze Pause einlegte, um etwas zu trinken. In einer Hälfte des Steinkreises war der Boden nun abgetragen – das Ergebnis unzähliger Stunden, in denen Kellen ins Erdreich gestoßen und Erde in Plastikeimer geschüttet worden war.

Die Ausgrabungsstelle hatte sich als wahre Schatztruhe mit vielen Artefakten erwiesen, einige bedeutender als andere. Weiter hinten im Lager waren faltbare Behälter aufgeklappt worden, um sämtliche Arten von Pfeilspitzen, Tonscherben und Musketenkugeln aufzubewahren, und es kam immer noch mehr dazu. Tags zuvor hatten Cort und Ellie die Überreste einer Brown Bess gefunden, jener Waffe, die die Rotröcke während der Revolutionszeit benutzten. Glücklicherweise befanden sich die Metallteile noch in einem guten Zustand, und auch das Holz war zu großen Teilen noch gut erhalten. Es war ein ansehnlicher Fund, und alle freuten sich, da das Gewehr vielleicht von einem der Männer benutzt worden war, dessen Überreste sie ausgegraben hatten.

Die Skelette waren aus dem Boden entfernt, die Knochen vorsichtig in Kisten gelegt und aus der brütenden Hitze geschafft worden. Da es die wertvollsten Funde waren, drängte es Carter, sie hinüber zur Universität zu bringen, um sie sicher zu lagern. Sie wollte nicht, dass noch etwas passierte, bevor sie die Möglichkeit hätte, sie zu untersuchen.

Sie schaute hinüber zu Cort und Ellie. Die beiden scherzten und lachten miteinander, und sahen sich neckend an, als sie sich um eine Kelle rangelten. Sie dachte an Corts anfängliche Verliebtheit zurück und war froh, dass sich alles so gut gefügt hatte.

Dann dachte sie an Nick.

Am Abend zuvor hatten sie sich zu einer mitternächtlichen Bootstour davongestohlen. Als sie am Ufer entlanggefahren waren, hatte der Mond auf die sanften Wellen hinabgeschienen, während das kehlige Geräusch des Hacker-Motors und der Ruf der Seetaucher sie auf ihrer Fahrt über den See begleitet hatten. Sie hatte sich gegen Nicks Brust gelehnt, sich in die wohlige Wärme seines Körpers gekuschelt und gespürt, wie sehr sie versucht war, zu glauben, dass dieser warme Sommerabend nie zu Ende gehen würde.

Obwohl die körperlichen Freuden, die Nick ihr bereitete, intensiv und befriedigend waren, war Carter bemüht, nicht ihr Herz zu verlieren. Es gab Momente, besonders nach einem ernsten Gespräch über seine Vergangenheit oder ihre Zukunftspläne, in denen sie spüren konnte, wie er kämpfte. Sein Blick wanderte in die Ferne, als würde er nach einer Möglichkeit zur Flucht suchen, und sein Körper spannte sich an. Auch wenn nichts in seinem Verhalten darauf schließen ließ, dass er dem Impuls folgen wollte, blieb sie vorsichtig.

Aber sie wollte auch aus einem anderen Grund einen

kühlen Kopf bewahren. Ihr war eingefallen, woher sie CommTrans kannte, die Firma, deren Name in den Papieren auf Nicks Schreibtisch aufgetaucht war. Ihr Besitzer hatte Nick beschuldigt, die Finanzunterlagen gefälscht zu haben. Es hatte in sämtlichen Zeitungen gestanden, sodass selbst sie, weit weg vom Zentrum der Finanzwelt, von dem misslungenen Geschäft und der noch immer andauernden Untersuchung mitbekommen hatte. Auch wenn dieses Drama nichts mit ihrer Beziehung zu tun hatte, ließ sie der Gedanke, er könne jemanden vorsätzlich getäuscht haben, nicht los.

Und da gab es noch etwas, was sie heimlich quälte. Sie hatte immer noch Conrad Lyst und die fehlenden Tagebücher im Hinterkopf. Buddy hatte erst kürzlich morgens eine Reihe von Fußabdrücken in der weichen Erde gefunden. Sie verfolgten die Spur, die sich zwischen Bäumen hindurchschlängelte, bis sie auf den Weg stießen, der auf der hinteren Seite des Bergs verlief. Dort fanden sie noch viel mehr Fußabdrücke, wie von einer kleinen Armee, sodass sie an manchen Stellen ineinander übergingen und der harte Boden dadurch platt getreten war.

Ivan kam gelegentlich diesen Weg hinauf, doch er hätte nie diese Art von Fußabdrücken hinterlassen. Sie, Buddy, Cort und Ellie benutzten nur den vorderen Pfad. Und angesichts der einheitlichen Spuren war es äußerst zweifelhaft, dass sie von neugierigen Touristen stammten. Es musste Lyst gewesen sein.

Als sie zum Lager zurückkehrten, waren sich beide einig, dass die Skelette in den nächsten Tagen vom Berg hinuntergebracht werden müssten. Auch wenn es Lyst in Wirklichkeit um das Gold ging, konnte man nie wissen, was er tun würde.

Weder sie noch Buddy wollten bei diesem Mann ein Risiko eingehen.

Carter kippte eine Schaufel voll Erde in ihren Eimer und bemerkte, dass er voll war. Als sie aufstand, um ihn außerhalb des Steinkreises zu leeren, betrat Nick die Lichtung.

Eine Welle der Hitze durchfuhr Carter, und sie sah, wie ein leises Lächeln seine Lippen umspielte. Es war ein besonderes Lächeln, nur für sie bestimmt.

»Also, wenn hier nicht mit Hingabe gearbeitet wird, dann weiß ich es auch nicht.« Er schlenderte lässig über den Platz, doch sein Blick lag auf ihr. Die anderen begrüßten ihn kurz.

»Mir war nicht klar, dass ihr schon so weit mit eurer Arbeit seid«, meinte er, als er vor ihr stand.

»Komm und schau dir das hier an!«, sagte sie schnell, da sie sich in seiner Gegenwart verlegen fühlte und aufgeregt war. Sie ging hinüber zu einer Kiste, in der sich ein paar Tonscherben befanden. »Die haben wir heute Morgen gefunden.«

Als sie ihm eine der Scherben in die Hände legte, berührten ihre Finger seine Handinnenfläche, woraufhin sich sein Lächeln vertiefte.

»Wie alt ist das?«, fragte er, während er den matten gebrannten Ton betrachtete.

»Vielleicht über eintausend Jahre.«

»Erstaunlich.«

»Das hier war über Jahrhunderte hinweg ein beliebter Ort. Diese Feuerstelle hat viel erlebt.«

Nick gab ihr das Artefakt wieder zurück und streichelte dabei ihr Handgelenk. »Habt ihr noch etwas vom Winship-Trupp gefunden?«

Verwirrt durch seine Berührung kamen Carters Worte

nur stotternd über ihre Lippen. »Äh – nein, aber es liegt noch viel Arbeit vor uns.«

»Und bisher seid ihr auf kein Gold gestoßen.«

»Nein, kein Gold.«

Er ging hinüber zu dem Ort, wo einmal die Feuerstelle gewesen war, bevor sie auch dort zu graben begonnen hatten. »Wie lange dauert es noch, bis ihr fertig seid?«

»Ungefähr drei Wochen.«

»Und was passiert dann?«

»Ich werde meine Frau wiedersehen«, murmelte Buddy.

Carter bemerkte das Wohlwollen in Nicks Gesicht, als ihr Freund Jo-Jo erwähnte. Die beiden verstanden sich inzwischen viel besser, worüber sie sehr erleichtert war.

»Sobald wir hier fertig sind, begeben wir uns ins Labor«, antwortete sie. »Es gibt einiges zu analysieren. Dann schreiben wir einen Bericht über die gesamte Ausgrabung, der auch unsere Schlussfolgerungen beinhalten wird.«

Buddy legte seine Schaufel hin und stand auf. »Danach geht's auf zur Dinnertour mit Gummihähnchen.«

»Wir halten Vorträge an verschiedenen Universitäten«, fügte Carter hinzu und tat so, als würde sie ihm einen wütenden Blick zuwerfen. »Je nachdem, was wir finden, kann das von ein paar Tagen bis hin zu ein, zwei Monaten dauern.«

»Ist es eine Tortur?«

»Zum Teufel, nein«, warf Buddy begeistert ein. »Da dürfen wir Archäologen uns endlich mal fast so fühlen wie Rockstars.«

Sie sprachen noch weiter über die Ausgrabung, bis Buddy und die Jugendlichen eine Pause einlegten und hinüber zum Lager gingen, um etwas Kaltes zu trinken. Sowie sie allein waren, schlang Nick die Arme um Carter. Sie atmete seinen Geruch ein und nahm das würzige Aftershave wahr.

»Hallo«, sagte er, während seine Lippen auf ihren lagen. »Ich habe dich vermisst.«

Sie schloss die Augen und genoss das Gefühl der aneinandergeschmiegten Körper. »Ich war doch gestern Abend bei dir. Oder muss ich dich daran erinnern, was wir draußen auf dem See im Mondlicht gemacht haben?«

Er drückte sich an sie. »Willst du mir das noch einmal zeigen?«

Seine Zunge glitt zwischen ihre Lippen, sie bog ihren Rücken nach hinten und presste sich gegen ihn. Ihre Hände glitten unter sein Hemd und strichen über seine Haut, bis er stöhnte. Die Hitze, die zwischen ihnen aufflammte, ließ sie an das rauschende Wasser des Flusses denken, und sie stellte sich vor, wie sie beide nackt darin badeten.

Sie wollte ihm gerade vorschlagen, dorthin zu gehen, als sie Cort und Ellie lachen hörte.

Widerwillig lösten sie sich aus ihrer Umarmung.

Die Jugendlichen betraten den Steinkreis und sahen um einiges entspannter aus, als sie zu der Stelle schlenderten, an der sie zuvor gegraben hatten. Carter fand den Gedanken, wieder an die Arbeit zu gehen, nicht ganz so reizvoll wie sonst. Nick und die Vorstellung, was sie gemeinsam tun könnten – und das hatte eindeutig nichts mit irgendwelchen Schaufeln zu tun – lenkten sie ab.

»Wie benutzt man die?«, fragte Nick, ging hinüber zu Carters Schaufel und hob sie auf.

»Hast du je etwas gepflanzt?«

»Tja, da muss ich passen.«

»Je im Sandkasten gespielt?«

»Nein.«

»Okay. Jemals beim Golfspielen ein Loch in den Rasen geschlagen?«

»Auch nicht.«

»Du spielst kein Golf?«

»Ich schlage keine Löcher in den Rasen.«

Carter lachte.

»Gott, ich liebe es, wenn du lachst«, sagte er leise, während er sich zu ihr beugte. »Neben vielen anderen Dingen.«

Carter nahm die Schaufel aus seiner Hand und wurde rot. »Willst du wirklich lernen, wie man damit arbeitet?«

»Wenn das bedeutet, dass ich bei dir sein kann. Unbedingt.«

»Gut, dann geh auf die Knie!«

»Ich dachte schon, du würdest mich nie fragen«, sagte er mit heiserer Stimme.

Als Buddy zurückkehrte, begutachteten sie mit gebeugten Köpfen einige Knochen, die von einem Hirsch zu stammen schienen.

»Hast du die fehlende Verbindung gefunden?«, fragte Buddy fröhlich, als er herüberkam.

»Wohl eher, was er zu Abend gegessen hat«, murmelte Carter.

»Habt ihr Spaß?«, fragte er Nick.

»Auf jeden Fall. Ich finde es … fesselnd.«

Carter bemerkte mit glühendem Gesicht, dass er sie anschaute. Sie mied seinen Blick, damit ihre Tarnung vor den anderen nicht aufflog.

Als sie weiterarbeiteten, flüsterte Nick ihr ins Ohr: »Also, wann sehe ich dich wieder? Alleine!«

Sie blickte hoch und spürte, wie sie rot wurde.

»Nun, ich fahre in ein paar Tagen nach Burlington«, erwiderte sie leise. »Du könntest mitkommen –«

»Ich weiß nicht, ob ich so lange warten kann.«

»Achtundvierzig Stunden?«

»Das sind zwei Tage.« Er stöhnte auf.

»Ich sehe, dass deine mathematischen Fähigkeiten durch die körperlichen Freuden nicht gelitten haben.«

Er lachte. »Ich werde mit dir nach Vermont fahren, aber nur wenn du deine Finger nicht bei dir behältst.«

»Ich denke, das lässt sich einrichten.«

Nick streckte seine Hand aus und streichelte ihre Wange. Es war eine blitzschnelle Berührung, aber dennoch elektrisierend.

»Ich muss los. Die Geschäfte rufen.« Er stand auf und streckte sich.

Carter lächelte ihn an, traurig darüber, dass er ging. »Ich hasse es, wenn sich mir bei der Arbeit etwas in den Weg stellt.«

»So denken auch meine Aktionäre.«

Mit einem letzten sehnsüchtigen Blick verschwand er im Wald.

Auf dem Weg den Berg hinunter dachte er daran, wie Carter ihn mit nichts weiter als ihrem Blick gefangen nehmen konnte, was nicht nur daran lag, dass ihre Augen wunderschön waren, auch wenn er die kobaltblaue Farbe umwerfend fand. Es war vielmehr die Mischung aus Stärke und Verletzlichkeit, die ihn in den Bann zog. Und dass sie ihn, wenn sie sich unbeobachtet fühlte, mit einer Miene ansah, die ihm das Gefühl gab, er könnte mit nur einem einzigen Satz über riesige Häuser springen.

Er freute sich auf die Fahrt nach Burlington wie auf Weihnachten.

Als er die Küche betrat, sah er Gertie bis zu den Ellenbogen in Teig. Sie knetete das Brot, das sich noch in der Entstehung befand, in einer tiefen Holzschüssel, und das Mehl wirbelte in kleinen weißen Staubwolken nach oben, während sie den Teig immer wieder walkte und faltete.

Er lehnte sich gegen den Türrahmen, schlug die Füße übereinander und wackelte mit der Spitze seines Fußes, so wie er es schon früher als Kind getan hatte.

»Warum bist du so nervös?«, fragte sie.

»Wer sagt, dass ich nervös bin?«

»Du wackelst mit dem Fuß, als würde eine Flagge im Wind wehen.«

Er hörte damit auf.

»Ich habe die vergangenen Tage viel Zeit mit Carter verbracht. Ich mag sie … immer mehr.« Er konnte nicht glauben, was er gerade gesagt hatte.

»Ja, das habe ich bemerkt.« Gertie schob die Schüssel beiseite, deckte sie mit einem Geschirrtuch ab und wusch sich die Hände. »Sie ist eine tolle Frau. Aber warum bist du so aus dem Häuschen?«

Nick holte tief Luft. »Ich weiß es nicht.«

»Nun, ich hoffe, du wirst dich weiterhin mit ihr treffen.« Gertie zog ihre karierte Schürze aus, die so häufig gewaschen worden war, dass von ihrem einst kräftigen Farbton nur noch ein Hellrosa übrig geblieben war. »Übrigens, ihr Vater hat heute angerufen.«

Nick hielt die Luft an. »Wie bitte?«

»William Wessex hat angerufen.«

»Woher wusstest du, dass er ihr Vater ist?«

»Ich habe ihn gefragt, weil sie die gleichen Nachnamen haben. Er rief an, um zu sagen, dass er am Wochenende kommt und jemanden mitbringt. Meinte, du würdest sie beide sehen wollen. Er schien überrascht zu sein, dass Carter hier ist.« Gertie runzelte die Stirn.

»Hat er sonst noch was gesagt?«

»Nur, dass er mit dir sprechen wollte und auf deinen Rückruf wartet.« Sie schaute ihn eigenartig an. »Alles in Ordnung mit dir?«

Er nickte und lief eilig in sein Büro. Wessex würde ihn nicht besuchen kommen. Auf keinen Fall. Er würde seine Beziehung zu Carter nicht in Gefahr bringen.

Nick wusste schon die ganze Zeit, dass er ihr von dem Geschäft mit ihrem Vater erzählen musste, und bereitete sich gerade auf das Gespräch vor. Er wollte nur noch ein bisschen mehr Zeit haben, um herauszufinden, wie er das Thema anschneiden sollte. Außerdem musste er die richtigen Worte finden, um den Schock so gering wie möglich zu halten.

Eins war ihm klar. Den Mann einfach aus dem Nichts auftauchen zu lassen war eindeutig nicht die Art, wie er vorgehen wollte.

Er setzte sich hinter seinen Schreibtisch und wählte Wessex' Privatnummer.

»Wessex.« Die Stimme des Mannes war durchdringend.

»Ich bin's, Farrell.«

»Sagen Sie,« – seine Worte waren schneidend, als er sprach – »wann hatten Sie eigentlich vor, mir zu erzählen, dass meine Tochter auf Ihrem Berg ist, vor oder nach meiner Ankunft?«

»Natürlich hatte ich vor, es Ihnen zu erzählen«, erwiderte Nick in ruhigem Ton.

»Da ist ja äußerst rücksichtsvoll von Ihnen.« In Wessex' Stimme schwang echte Wut mit.

»Schauen Sie, ich wollte es wirklich. Aber da sie nun mal hier ist, halte ich es für besser, wenn wir uns in New York treffen.«

»Nun, der Vorschlag kommt jetzt zu spät. Ich habe

Packert übers Wochenende zu Ihnen eingeladen. Wir kommen am Freitag an.«

Nick schnürte es die Kehle zu. »Nein, werden Sie nicht. Was, verdammt noch mal, ist los? Wir sind noch nicht bereit für den Hinterhalt.«

»Packert hat von unserer kleinen Nebenvereinbarung erfahren. Er weiß, dass er seinen Job los ist, wenn Sie die Kontrolle übernehmen. Er sagt, entweder treffen Sie ihn, oder er geht wieder zur Presse.«

»Zum Teufel mit ihm. Von mir aus kann er jeden gottverdammten Journalisten anrufen«, knurrte Nick. »Es gibt nichts, was er ihnen sagen könnte.«

»Seien Sie sich da mal nicht zu sicher. Er ist bereit, die Welt wissen zu lassen, dass Sie und ich das Kartellrecht umgehen und ein doppeltes Spiel betreiben.«

»Der ist nicht mehr ganz bei Trost!« Nick ballte wütend seine Hand zur Faust. »Das, was wir tun, ist völlig legal. Hat der Kerl Todessehnsucht?«

»Das Einzige, was ich über ihn sagen kann, ist, dass er über ein lautes Organ verfügt, wenn es darum geht, Anschuldigungen zu erheben. Und Sie wissen doch, wie sehr die Journalisten seine markigen Sprüche mögen. Auch wenn alles an unserem Geschäft rechtmäßig ist, die öffentliche Meinung wird es als unsauber betrachten. Und einer solchen Anschuldigung möchten weder Sie noch ich sich ausgesetzt sehen. Besonders nicht nach letztem Jahr.«

»Ich schwöre bei Gott, ich werde diesen Mistkerl vernichten.« Nick fuhr sich mit einer Hand durchs Haar. »Aber sagen Sie ihm, dass wir uns in New York sehen werden. Wir können uns in meinem Büro treffen. Ich fliege dieses Wochenende in die Stadt.«

»Gut.« Es trat ziemlich lange Stille ein. Dann fragte

Wessex leise: »Würden Sie mir jetzt bitte sagen, was meine Tochter in Ihrem Haus macht?«

Nick holte tief Luft. »Sie ist auf meinem Berg. Bei einer Ausgrabung. Als ich das letzte Mal mit Ihnen sprach, hatte ich keine Ahnung, dass so etwas hier stattfinden würde.«

»Wie gut kennen Sie sie?«

Es entstand eine Pause. Nick wollte mit Carters Vater nicht ins Detail gehen. Er hatte das Gefühl, Carter könnte das als Verrat empfinden. »Gut genug.«

»Persönlich?

»Ja.«

»Wie geht es ihr?«

In seinen Worten lag eine Verzweiflung, die Nick an diesem Mann nicht kannte.

»Es geht ihr gut.«

»Hat sie Ihnen erzählt, warum wir uns entfremdet haben?«

»Teilweise.«

Ein Seufzer voller Traurigkeit und Resignation war durch die Leitung zu hören. »Es ist schwer, die Launen des Schicksals wiedergutzumachen.«

Dann, als würde er die Vergangenheit abschütteln, räusperte Wessex sich und sagte scharf: »Wie auch immer, ich werde Packert anrufen.«

»Lassen Sie mich wissen, wann ich in der Stadt sein soll.«

Nachdem Nick aufgelegt hatte, nahm er die Unterlagen zu CommTrans zur Hand. Zum ersten Mal betrachtete er sie nicht als Schlüssel zum Erfolg, sondern lediglich als einen Stapel Papier, der links oben von einer schwarzen Büroklammer zusammengehalten wurde. Er blätterte die Seiten durch und sah die von ihm unterstrichenen Sätze, die schriftlichen Bemerkungen am Rand und die durchgestrichenen

Abschnitte. Der Vertrag fühlte sich unbedeutend in seinen Händen an.

Er warf ihn wieder zurück auf den Tisch und dachte daran, wie Carters Körper sich anfühlte. Wie sie sich unter seinen Händen bewegte, wie warm ihre Haut war, und wie sie seinen Namen an seinem Hals hauchte, wenn sie ihren Höhepunkt erreichte. All das schien so viel wichtiger zu sein als die auf seinem Schreibtisch liegenden Geschäftsverträge.

Als er sich das Blau ihrer Augen vorstellte, wurde ihm plötzlich bewusst, dass er sich vielleicht die ganzen Jahre über nach dem Falschen gesehnt hatte.

»Lass uns nach Burlington fahren«, sagte Nick zu Carter am nächsten Morgen. Sie waren allein im Lager, die anderen waren hinüber zur Ausgrabungsstätte gegangen.

»Jetzt?«, fragte sie.

Nick nickte und setzte sich an den Campingtisch. Es war noch früh, ein wunderbarer Tag stand bevor, die Sonne schien golden durch die Kiefernbäume, über ihnen lag ein wolkenloser Himmel.

»Warum die Eile?«

»Weil es heute unglaublich heiß werden soll. Und wenn du den ganzen Tag draußen bist, wird dich die viele Sonne umbringen.«

Das war nur die halbe Wahrheit. Er wollte den Tag mit ihr verbringen und hatte Sorge, bald in die Stadt zu müssen. Er wollte sich nicht die Chance entgehen lassen, mit ihr allein zu sein.

Sie kam hinter ihm an den Campingtisch und bot ihm einen Becher Kaffee an. Bevor sie sich wegdrehen konnte, griff er nach ihrer Hand und zog sie für einen langen Kuss zu sich herunter. »Abgesehen davon will ich mit dir zusammen sein. So schnell es geht.«

Er sah, wie sie errötete, den Kopf etwas zurückzog und sich umschaute, um sicherzugehen, dass sie allein waren.

»Ich denke, da spricht nichts dagegen.«

»Dann haben wir also ein Date«, meinte Nick zufrieden.

Als sie sich neben ihn setzte, zog er sie in seine Arme und küsste sie leidenschaftlich. Als er spürte, wie sie den Atem anhielt, dachte er, was für ein vielversprechender Tag doch vor ihnen lag.

13

Ivan säuberte gerade eine Zündkerze in der Garage, als Nick hereinkam, um das Quad zu holen. »Ist das Monster aufgetankt?«

Ivan nickte. »Fährst du auf den Berg hinauf?«

»Ja.« Nick verbarg die Freude in seiner Stimme nicht. »Wir werden den ganzen Tag weg sein, um die Skelette zur Universität von Vermont zu bringen.«

Ivan grummelte. »Ziemlich viel Fußgängerverkehr auf der Zufahrtsstraße in letzter Zeit.«

Nick blieb stehen. »Mehr als sonst?«

»Denke schon.«

»Seit wann?«

»Seit Kurzem. Und Bären hat's auch keine gegeben.«

Die Männer schauten sich an.

»Könnten die Spuren auch nur von unseren Archäologen stammen?«

Nick ging hinüber zu der Maschine und setzte sich stirnrunzelnd darauf.

»Nein.«

»Also von Touristen.«

»Von *einem* Touristen.«

Nick drehte den Schlüssel um und hielt dabei inne. »Nur von einem?«

»Und der geht hinauf und hinunter. Hinauf und hinunter.«

»Wie oft?«

»Ich würde sagen, zweimal die Woche.«

»Führen die Spuren zur Ausgrabungsstelle?«

»Ja. Und es sind dieselben, auf die ich stieß, als ich nach dem Bären suchte.«

Nick versuchte einen Grund für Carters Lüge zu finden. »Das gefällt mir nicht.«

»Ich bin auch nicht begeistert, besonders wenn man bedenkt, um wen es sich handelt. Ich wünschte, ich hätte mein Ziel im Mai nicht verfehlt.«

»Ist es der, den du fast erschossen hättest?«

Ivan nickte.

»Was zum Teufel macht er dort oben?«, fragte Nick.

»Die interessantere Frage lautet: Wen trifft er da?«

Nick ließ das Quad mit einem röhrenden Geräusch an. »Finde den Kerl, und bring ihn hier herunter, damit ich mit ihm einen kleinen Plausch halten kann.«

»Mit Vergnügen«, rief Ivan.

Als Nick die Einfahrt hinunterbrauste, konnte er sich keinen Reim auf die Neuigkeit machen. Er fragte sich, warum Carter oder Buddy Zeit mit einem Konkurrenten verbrachten und über eine Ausgrabung sprachen, die sie nur bekommen hatten, weil dem anderen keine Erlaubnis erteilt worden war.

Als er die Hauptstraße erreichte, fuhr er sie eine Viertelmeile entlang und bog dann scharf links ab auf die Zufahrtsstraße. Er raste die einspurige Straße hinunter und schaute genauso häufig nach unten wie nach vorne. In regelmäßigen Abständen fuhr er langsamer, suchte den Boden ab und fand die Spuren, von denen Ivan gesprochen hatte.

Die rückwärtige Zufahrtsstraße war Nick schon immer ein Dorn im Auge gewesen, da man über sie ganz einfach auf den Berg hinaufkam. Nur eine halbe Meile davon entfernt, befand sich neben der Hauptstraße ein öffentlicher

Parkplatz, von dem aus der Berg, der neben seinem lag und in Staatsbesitz war, erreicht werden konnte. Das Einzige, was die Eindringlinge tun mussten, war, dort zu parken und einen kleinen Spaziergang zu machen. Wenn sie wussten, wonach sie suchten, brauchten sie nur an der richtigen Stelle abzubiegen und geradewegs auf seinen Berg hinaufzuklettern.

Er hatte unzählige Schilder mit der Aufschrift »Betreten Verboten!« aufgestellt, doch Ivan war die erste und beste Abwehr gegen die ungebetenen Gäste. Dem Mann bereitete es größtes Vergnügen, seiner Beute zu folgen, und die meisten kamen nicht noch einmal wieder. Ein Aufeinandertreffen mit ihm genügte normalerweise, um die Leute von weiteren Besuchen abzuhalten.

Doch dieser andere Archäologe war verdammt dreist, dachte Nick. Oder hatte einen zwingenden Grund.

Fünfzehn Minuten später war er ganz in der Nähe der Bergspitze, aber weit weg von einer zufriedenstellenden Lösung, was seine Bedenken betraf. Er fuhr mit dem Quad an dem Steinkreis vorbei so nahe wie möglich zum Lager und stellte den Motor ab.

Als er sich den Zelten näherte, schaute Carter von der Feuerstelle hoch, vor der sie gerade kauerte.

»Das ging schnell«, sagte sie und strahlte ihn an.

Er dachte an die Fußabdrücke, und sein Instinkt sagte ihm, dass sie etwas verheimlichte.

»Nick, ist etwas?«

Ihre Blicke trafen sich, doch er sah nur ehrliche Sorge. Trotzdem fragte er sich, ob sie ihn anschwindelte. Er hatte von Freunden aus der Kunstwelt erfahren, dass Lyst auf dem Schwarzmarkt so fleißig arbeitete wie ein guter Moderator eines Teleshopping-Senders. Sollte Carter das Gold tatsächlich finden, wäre er der perfekte Verbindungsmann, um es in Bares zu verwandeln, und Geld war für Menschen üblicherweise ein wichtiger Beweggrund. Sie hatte sich immerhin von ihrem Vater entfremdet, und das Gehalt einer Archäologieprofessorin konnte nicht so umwerfend sein.

Und nach der Hightech-Ausstattung und dem Zubehör des Lagers zu urteilen kannte sie sich mit Geldausgeben aus.

»Nick?« Ein sorgenvoller Schatten fiel auf ihr Gesicht, als sie aufstand.

Vielleicht war Ivan ein Fehler unterlaufen, dachte er, und spielte mit dem Gedanken, das Thema fallen zu lassen. Er wollte sie so sehr, dass es wehtat. Fußabdrücke hin, Fußabdrücke her. Und es würde später noch zahlreiche Möglichkeiten geben, über die Spuren und den vermeintlichen Bären zu sprechen. Es gab keinen Grund, einen Moment ihrer kostbaren Zeit, die sie zu zweit verbringen konnten, zu verschwenden.

»Alles in Ordnung«, sagte er sanft. »Brauchst du Hilfe beim Einpacken?«

Sie warf ihm einen eigenartigen Blick zu und zuckte dann mit den Achseln. »Ich bin fertig, danke. Lass uns die Skelette hinten auf dem Quad verstauen.«

Als sie sich wieder bei Carters Jeep trafen, luden sie die Skelette um und legten sie nebeneinander hinten ins Auto, damit sie auf der kurvenreichen Straße zur Fähre nicht zu sehr hin- und hergeschoben werden würden. Dann brachte Nick das Quad hinüber zur Garage, und Carter schaute ihm zu, wie er über den Rasen zurückkehrte. Im hellen Sonnenlicht sah er wieder glücklich aus, und sie fragte sich, was ihn beschäftigt hatte, als er vorhin zu ihr ins Lager gekommen war.

Auf seinem Weg zum Jeep neckte sie ihn: »Du siehst furchtbar fröhlich aus.«

»Fröhlich?« Seine Augen strahlten, als er sie anlächelte.

»Ja, das heißt so viel wie nicht mürrisch.«

Nick warf ihr über die Motorhaube hinweg einen spöttischen Blick zu, während die beiden in den Wagen stiegen. »Ich freue mich nun mal den Tag mit dir zu verbringen.«

Blitzschnell streckte er seine Hand über den Sitz aus und griff nach ihrer.

»Komm her!« Er zog sie zu sich herüber und küsste sie fest auf den Mund. »Lass uns losfahren!«

Das musste er ihr nicht zweimal sagen. Sie drehte den Schlüssel um, legte den Gang ein und fuhr die Einfahrt hinunter. Als sie auf die Hauptstraße abbog, spürte sie seinen Blick auf sich.

»Was betrachtest du?«

»Dich.« Das Wort kam langsam und bedächtig aus seinem Mund.

Carter errötete vor Glück, ließ sich aber sonst nichts anmerken.

»Warum tust du das?«, fragte er sanft.

»Was?«

»Erstarren, wenn ich dir ein Kompliment mache.«

Sie war sich dessen nicht bewusst gewesen, kannte aber den Grund dafür. Sie war dabei, sich in ihn zu verlieben, und dieses Gefühl machte ihr Angst.

»Lass uns einfach den Tag genießen!«, meinte Carter. »Ja?«

Sie spürte seine Enttäuschung.

»Ich verstehe dich nicht.«

Carter holte tief Luft. Es war schwer, so zu leben. Immer hin- und her gerissen zwischen dem, was sie wollte, und dem, wovor sie sich fürchtete. Sie wusste einfach nicht, wie viel von sich sie ihm geben konnte. Geben sollte.

Nick drehte sich weg, sein Gesicht war angespannt.

Carter fuhr die Hauptstraße entlang und musste das Auto durch enge Kurven steuern. Sie war dankbar, sich so konzentrieren zu müssen. Die Stille zwischen ihnen war unangenehm. Sie plauderte, doch er antwortete kaum, starrte nur hinaus aus dem Seitenfenster und spielte dabei mit einer Vierteldollarmünze in seiner rechten Hand herum.

Zwanzig Minuten später fuhren sie an der Anlegestelle der Fähre vor. Auf beiden Seiten des Sees gab es zwei Piers, befestigte Parkplätze und die gleichen Restaurants. Sie waren zwar von außen nichts Besonderes, doch gab es dort das beste Softeis, das je in ein Hörnchen gefüllt worden war.

Carter bezahlte die Gebühr für die Fähre und reihte sich brav in die Schlange ein, die sich für das nächste Schiff gebildet hatte.

Sie schaute hinüber zu Nick und kam sich vor wie in einer Falle. Er spielte immer noch mit der Münze, und sie fragte sich, ob er je etwas sagen würde.

Als er schließlich sprach, zuckte sie erschrocken zusammen.

»Willst du etwas von dem Restaurant?«, fragte er und setzte seine Sonnenbrille auf.

»Nein, danke.«

Er stieg aus dem Wagen und schlenderte über das heiße Pflaster. Ein unglaublich gut aussehender Mann, nach dem sich die Leute umdrehten und den sie anstarrten. Er kehrte mit einem riesigen Vanilleeis in einem Hörnchen zurück.

Sie beobachtete, wie er das Eis mit seiner Zunge leckte, was sie auf ganz andere Gedanken brachte. Ihr wurde heiß, und sie musste ihren Blick abwenden. Beiläufig bemerkte sie, dass es ein wunderschöner Sommertag war, mit Sonnenschein und einem blauen Himmel. Ihr Befinden jedoch stand im Gegensatz dazu, sie war bedrückt von Nicks Schweigen.

»Wir können auf die Fähre«, sagte er und biss in das Hörnchen.

Sie machte den Motor des Jeeps an und fuhr auf die Fähre.

Als sie den Wagen auf dem ihr zugewiesenen Platz geparkt hatte, schaute sie ihm zu, wie er den Rest des Hörnchens verdrückte und sich mit einer dünnen Papierserviette die Hände abwischte. Als er damit fertig war, blickte er zu ihr hinüber. Ihre Blicke trafen sich.

»Ich habe Vanille schon immer am liebsten gemocht«, erklärte er.

Carter schaute nach unten auf ihre Hände. »Bei unserem ersten Treffen erschien es mir undenkbar, mir dich mit einem Eis in der Hand vorzustellen.«

»Wieso?«

»Ein viel zu einfaches Vergnügen.«

Der blecherne Pfeifton der Fähre erklang, und sie legten von der Anlegestelle ab. Die Propeller der Motoren, tief und kehlig, wühlten sich durch das Wasser.

Carter öffnete die Autotür, um frische Luft zu schnappen. Als sie hinüber zur Reling ging, gesellte sich Nick zu ihr.

»Du hast also gedacht, ich esse nur Kanapees oder raffinierte Pasteten?«

»So ungefähr.« Sie lächelte ihn an und war erleichtert, als ihr Lächeln erwidert wurde.

Die lockere Art, wie sie sich unterhielten, passte zu dem leichten Wind, der über den See wehte, und sie war erleichtert, dass die Spannung zwischen ihnen etwas nachließ.

Als Nick näher zu ihr rückte, war sie froh, dass er den

Arm um ihre Taille legte und sie zu sich zog. Er küsste sie auf den Kopf.

»Du bist eine ganz schön harte Nuss – weißt du das?«, sagte er in ihr Haar. »Knallhart, aber auch weich. Du bleibst für mich ein einziges Rätsel.«

»Das ist keine Absicht.«

»Ich weiß. Und das ist ein Grund, warum du mir so unter die Haut gehst.«

Seine Stimme war schroff, und an ihrer Wange, die fest an seiner Brust lag, konnte sie die Resonanz seiner Worte spüren. Seine Hand streichelte sie mit gleichmäßigen Bewegungen unterhalb ihrer Rippen. Mit der Sonne auf dem Rücken und dem glitzernden Wasser um sie herum spürte sie, wie sie sich entspannte.

Sie reckte ihren Hals, schaute zu ihm hoch, blickte auf seine Kieferpartie und die maskulinen Züge seines Gesichts. Sie sah unter seine Sonnenbrille und beobachtete, wie seine Augen über den Horizont und die auf dem See fahrenden Segelboote wanderten.

»Jetzt muss ich *dir* die Frage stellen«, sagte er und schaute lächelnd nach unten. »Was betrachtest *du*?«

»Nichts«, murmelte sie und legte ihren Kopf wieder zurück auf seine Brust.

Er schmunzelte.

Als die gegenüberliegende Küste langsam zu sehen war, gingen sie zurück zum Auto. Die Fähre legte schwankend an der Anlegestelle an und drückte dabei gegen die Gummipuffer. Sie fuhren von Bord und machten sich auf den Weg zur Universität von Vermont. Mit Nicks Hilfe schaffte sie es, die Funde in weniger als fünfzehn Minuten auszuladen.

»Danke«, sagte sie und schaute auf ihre Uhr. »Wir liegen gut in der Zeit. Wie wär's mit einem Mittagessen?«

Er drehte sich um, und ein sinnliches Lächeln umspielte seine Lippen. »Wie wär's, wenn wir uns auf dem Weg etwas mitnehmen und es bei dir zu Hause essen?«

Als sie vor ihrem Haus vorfuhren, machte sie den Motor aus und wollte gerade aus dem Auto steigen, als Nick seinen Arm über den Sitz streckte.

»Warte!« Er nahm die Sonnenbrille ab. Seine Augen waren dunkel und ernst, und er setzte mehrfach an, um zu sprechen.

Angst verschlug ihr den Appetit, und sie wappnete sich für seine Rede. Er war ein Mann, der klar und deutlich sagte, was er dachte. Immer. Und sie bezweifelte, dass sein Zögern etwas Gutes zu bedeuten hatte.

Schließlich räusperte er sich.

»Ich liebe dich«, sagte er barsch.

In der Stille, die eintrat, war Carter völlig verblüfft. »Du liebst mich?«

»Ja, ich liebe dich.« Er griff nach ihrer Hand, öffnete sie, küsste sie und legte sie dann auf seine Brust.

Carter sah ihn suchend an. In seinem Gesicht lagen Zärtlichkeit und Ehrfurcht, keinerlei Berechnung. Was sie jedoch erstaunte, war dieses leise Zeichen von Verletzlichkeit in seinen Augen.

»Oh, Nick«, murmelte sie, als sie ihre Hand ausstreckte und sein Gesicht berührte. »Ich glaube, ich liebe dich auch.«

Er nahm sie in die Arme, legte seine Lippen sanft auf ihre und bewegte sie gefühlvoll über ihren Mund. Als seine Zunge in ihren Mund glitt, seufzte sie, da die Freude sie überwältigte.

»Seit wann weißt du es?«, fragte sie, nachdem sie kurz voneinander abließen, um Luft zu holen.

»Trotz meines Zynismus habe ich immer gewusst, dass du irgendwo dort draußen warst. Nur habe ich dich erst erkannt, als du direkt vor mir standst.«

Nach dem Mittagessen war Nick mit sich und der Welt zufrieden, als sie auf ihrer Veranda in der Hollywoodschaukel saßen. Er behielt den wiegenden Rhythmus bei, indem er seinen Fuß vom Boden der Veranda abstieß. Carter lag zusammengerollt da, die Knie angezogen, den Kopf in seiner Armbeuge, die Augen geschlossen.

Er schaute zum Himmel hoch, sah, wie die Sonne langsam zu sinken begann, und bedauerte zutiefst, dass der Tag sich dem Ende neigte. Ihr zu sagen, dass er sie liebte, war viel einfacher gewesen, als er es sich vorgestellt hatte. Die Worte hatten sich einfach richtig angefühlt, und er war froh, sie gesagt zu haben.

Dennoch war es nicht das gewesen, was er vorgehabt hatte zu sagen. Nicht einmal annähernd.

Er hatte ihr reinen Wein einschenken wollen, was ihren Vater betraf.

Carter rührte sich in seinen Armen, ein Lächeln trat auf ihre Lippen, als sie zu ihm hochschaute. Er streckte seine Hand aus und streichelte ihre Wange. Ihre Augen leuchteten unmissverständlich auf, und er fühlte, wie sein Glied steif wurde.

Sie streckte sich anmutig, nahm dann seine Hand und führte ihn die Treppe hinauf zu ihrem Schlafzimmer. Als sie den nach Kiefern duftenden Raum betraten, nahm er sie in die Arme und küsste sie, während er sie auszog. Er nahm sich Zeit, kostete das Gefühl aus, ihre Haut zu spüren und sie zu betrachten. Als sie völlig nackt war, entledigte er sich schnell seiner eigenen Kleider und hob Carter auf ihr Bett. Ihr erwartungsvolles Lächeln raubte ihm den Atem.

Seine Hände wanderten über ihre Brüste und streichelten ihren flachen Bauch. Während er sie küsste, ihr lustvolles

Stöhnen in sich aufnahm und ihre verborgensten Stellen erkundete, hatte er das Gefühl, als ließe sie ihn wirklich in ihr tiefstes Inneres. Immer und immer wieder bereitete er ihr Vergnügen, getrieben davon, sie spüren zu lassen, wie sehr er sie liebte, sodass sie sich immer daran erinnern würde.

Als er langsam in sie eindrang, war sein Herz so voller Zärtlichkeit, dass es wehtat, und er schaute sie an, als sie den Kopf nach hinten bog und den Mund öffnete. Ihre Nägel gruben sich in seinen Rücken, und er stieß immer und immer wieder in sie, bis sie beide ganz erhitzt vor Leidenschaft waren. Als er seinen Höhepunkt erreichte, stieß er einen heiseren Schrei aus, wie er ihn so noch nie zuvor aus seinem Mund hatte kommen hören.

Sie lagen eine ganze Weile auf dem Bett zusammen, immer noch vereint, bis er etwas Nasses an seinem Hals spürte und den Kopf hob. Carter weinte, dicke Tränen rollten über ihre Wangen, hinunter auf das weiße Kissen.

Er wischte eine davon besorgt weg.

»Alles in Ordnung, beachte meine Tränen nicht!«

»Hab ich dir wehgetan?«

Sie schüttelte den Kopf. »Ich habe das hier einfach … nicht erwartet. Dich nicht erwartet.«

Nick wischte eine weitere Träne weg und küsste ihre Augen. Die Tränen kamen noch schneller, und er hielt sie ganz fest. Er rollte sich mit ihr zur Seite, wiegte sie hin und her und streichelte ihr den Rücken.

Als das Weinen nachließ, löste sich Carter von ihm. Ihre Augen, so tief und undurchdringlich blau wie ein nächtlicher Himmel, glänzten vor Tränen. Sie lächelte verlegen.

»Ich muss fürchterlich aussehen.«

»Du könntest nicht schöner sein«, flüsterte er.

Er zog sie zu sich und küsste sie lange und behutsam, folgte mit seiner Zunge dem Rand ihrer Lippen. Ihr leises, lustvolles Seufzen erfüllte den Raum.

»Ich werde mir alle Mühe geben, dich nie zu verletzen«, erklärte er ernst.

»Oh Gott, das hoffe ich«, murmelte sie mit einem kurzen Schaudern.

»Vertrau mir!«

»Ich werde es versuchen.«

Er drückte sie an sich und küsste sie innig. Als sie Luft holten, lächelte sie.

»Nun, Herr Schickimicki«, sagte sie mit heiserer Stimme. »Haben Sie je in einer engen Dusche geduscht?«

Er lachte leise. »Lehren Sie es mich, meine Herrin.«

Nach der Dusche, bei der es eher darum ging, sich noch einmal körperlichen Freuden statt Wasser und Seife hinzugeben, schlossen sie das Haus ab und machten sich auf den Weg zurück zur Fähre. Während sie darauf warteten, hinaufgelassen zu werden, sprang Nick aus dem Jeep und kehrte mit zwei Portionen Eis zurück, die sie gemeinsam, auf der vorderen Stoßstange sitzend, aßen. Auf der Fahrt über den See ließen sie sich auf dem oberen Deck nieder, hielten Händchen und schauten den Booten zu, wie sie für den Abend heimkehrten.

Kurz bevor sie zum Wagen zurückgingen, schaute sie ihn an und sagte: »Danke für diesen wunderschönen Tag.«

»Du bleibst doch noch zum Abendessen, oder? Mir schwebt da etwas als Nachtisch vor, was dir bestimmt gefallen wird.«

Carter wurde rot. »Ist Schlagsahne dabei?«

»Aber nur für dich«, antwortete er, beugte sich zu ihr und legte seine Lippen auf ihre.

Sie wurden erst wieder durch den Stoß getrennt, den die Fähre verursachte, als sie anlegte.

Während sie über den Berg brausten, schaute Carter zu ihm hinüber. Ihre Augen glänzten vor Freude und leuchteten so sehr, dass es ihm den Atem raubte. »Schade, dass dieser Tag schon vorbei ist.«

»Das sollten wir noch einmal tun.«

»Was? Uns verlieben?«

»Nein, das haben wir ja schon. Ich dachte, zusammen wegfahren.«

Carter strahlte ihn an, als sie von der Hauptstraße in seine Einfahrt abbog.

»Ich finde, wir sollten in Montreal zu Abend essen«, schlug er vor. »Wir könnten zum Ritz fahren –«

Nick runzelte die Stirn, als sie um die letzte Kurve bogen. Vor dem Haus stand eine schwarze Stretchlimousine.

»Erwartest du Besuch?«, fragte Carter und hielt dahinter an.

Die Eingangstür stand auf, und als sie aus dem Auto stiegen, konnten sie Stimmen hören.

Als Nick sah, wie Packerts rundes Gesicht und sein untersetzter Körper aus dem Dunkel im Innern des Hauses auftauchten, blieb sein Herz stehen.

Als niemand dem Mann hinausfolgte, wuchs Nicks Hoffnung wieder. War Wessex etwa nicht mitgekommen?

Doch dann trat ihr Vater in die Sonne.

Nick drehte sich in Zeitlupe zu Carter um und sah, wie ihr sämtliche Farbe aus dem Gesicht wich und sie in ihren Stiefeln zu schwanken begann. Blindlings streckte sie ihre Hand aus, die er nahm, um ihr Halt zu geben.

»Nun, wie geht es Ihnen, Farrell?«, fragte Packert in seinem breiten texanischen Akzent. »Ich vermute, Sie haben uns erst morgen erwartet. Sie müssen mir mein voreiliges Handeln verzeihen, aber wir haben viel zu besprechen. Je eher wir damit anfangen, umso besser – Sie verstehen, was ich meine?«

Nick grüßte den Mann noch nicht einmal. Sein Blick lag auf Carter, die entsetzt ihre Hand von ihm wegzog.

»Warum ist er hier?«, fragte sie leise und taumelte nach hinten.

»Carter –«

Packert sprach lauter. »Wessex, ist das nicht Ihr kleines Mädchen, von dem Sie die ganze Zeit sprachen? Wirklich nett, dass Farrell Sie beide hier wieder zusammenbringt. Jetzt sind Sie ihm was schuldig, was?«

Carters Kopf fuhr zu Nick herum, die Augen weit aufgerissen vor Schreck. Er streckte eine Hand aus und griff nach ihrem Arm.

»Ich wollte nicht, dass das passiert.«

Sie wand sich aus seinem Griff. Ihr Gesicht war vor Entsetzen zu einer starren Maske geworden. »Fass mich nicht an! Fass mich nie wieder an!«

Sie lief in Richtung Wald, ließ die Türen des Jeeps offen stehen, den Schlüssel im Zündschloss und den Rucksack auf ihrem Sitz.

Nick fluchte lange und deftig.

»Nun, das nenne ich eine nette Begrüßung«, lautete Packerts Kommentar.

Nick stürmte auf den Mann los, um seine Wut an ihm auszulassen, als Wessex, der selbst zittrig aussah, zwischen die beiden trat.

»Wie wär's mit einem kleinen Rundgang durchs Haus?«, schlug er dem Texaner vor.

»Prächtige Idee!« Packert beugte sich zu Wessex vor und

flüsterte ihm hörbar zu: »Dieser Mann sieht aus, als würde er gleich explodieren. Am besten lassen wir ihm etwas Zeit, um sich zu beruhigen.«

Während Packert ins Haus schlenderte, wartete Wessex einen Augenblick.

Nick blickte den Mann vernichtend an. »Was zum Teufel machen Sie hier?«

»Ich habe versucht, diesen Besuch abzusagen. Ich habe es wirklich versucht. Aber er war entschlossen hierherzukommen. Er rief mich an, als er mit dem Flugzeug schon in der Luft war, auf dem Weg nach Albany. Ich wusste davon nichts. Ich habe den ganzen Tag versucht, Sie zu warnen, aber Sie waren nicht da.«

Nicks Blick wanderte kurz hinüber zum Berg.

»Beschäftigen Sie den Mistkerl!«, sagte er knapp. »Ich bin bald zurück.«

14

Carter konnte sich nicht daran erinnern, wie sie den Berg hinaufgekommen war. Gerade noch hatte sie in die Augen ihres Vaters geblickt, den sie zuletzt vor zwei Jahren gesehen hatte, und jetzt stand sie in ihrem Zelt und packte. Auch wenn ihr Kopf sich ausgeschaltet hatte, schienen ihre Hände zu wissen, was zu tun war, denn vor ihr lag eine Tasche, und sie hatte begonnen, Kleider hineinzustopfen.

Jedoch kam sie aufgrund der Tränen, die ihr über die Wangen rollten, nur langsam voran.

Plötzlich wurde der Eingang zu ihrem Zelt geöffnet.

»Wir haben noch eins gefunden!«, verkündete Ellie.

Carter verbarg ihr Gesicht vor dem Mädchen und wischte sich die Augen. »Was – noch eins?«

»Ein Skelett! Komm schnell – was machst du da?«

Carter suchte nach einer passenden Lüge. Ihr fiel nichts ein. »Ich muss weg.«

»Warum?«

»Ich muss einfach weg.« Carter packte hektisch weiter, ohne zu bemerken, dass Ellie wieder gegangen war.

Minuten später hörte sie Buddys sanfte Stimme »Carter?«

»Geh weg!«

»Was ist los?« Er machte sich am Zelteingang zu schaffen.

»Bleib draußen!«, presste sie mit erstickter Stimme hervor. »Ich will nicht, dass du mich so siehst.«

Ein leises Lachen ging ihm voraus, ehe er im Zelt stand.

»Ich habe dich schon gesehen, da hattest du eine Woche lang nicht geduscht. Und morgens ohne einen Kaffee. Nicht zu vergessen letztes Halloween in diesem fürchterlichen Bo-Peep-Kostüm. Mich kann also nichts mehr schocken.«

Carter versuchte, das Tempo beizubehalten, indem sie nach einer weiteren Tasche griff, um sie zu packen. Sie glitt ihr immer wieder aus der Hand.

»Sprich mit mir!«, bat er sie. »Bitte!«

Doch sie schüttelte den Kopf und begann das Feldbett abzubauen. Buddy hielt sie davon ab, indem er den Arm um sie legte und sie zwang, sich hinzusetzen.

»Jetzt hol mal tief Luft und erzähl mir, was los ist!«

»Ich muss weg.« Die Worte kamen abgehackt und ruppig heraus.

»Aha. Und warum?«

»Ich – er ist hier. Er hat ihn hierher eingeladen. Absichtlich.« Verzweiflung und Schmerz ließen ihre Stimme erzittern.

Carters Kopf sank auf die Schulter ihres Freundes. »Oh Gott, Buddy, er hat mich benutzt. Er wusste ganz genau, was er tat. Die ganze Zeit, in der wir …«

Buddy strich ihr über das Haar, redete ihr sanft zu und ließ sie weitersprechen, bis sie völlig erschöpft war.

Als sie schließlich den Kopf hob, steckte er ihr eine Strähne hinter das Ohr und fragte geduldig: »Wer ist hier?«

»Mein Vater.«

Er riss die Augen auf. »Gütiger Gott. Warum?«

»Nick hat ihn eingeladen.«

Buddy runzelte die Stirn. »Weiß Farrell, wie ihr zueinander steht?«

»Ich habe es ihm erzählt.« Sie wischte sich die Augen. »Was bin ich doch nur für ein Trottel!«

»Bist du nicht!«

»Wie bezeichnet man sonst jemanden, der sich einem Meister der Manipulation an den Hals wirft? Bestimmt nicht als schlau!« Sie stand auf. »Nick hat den Besuch arrangiert, um meinem Vater einen Gefallen zu tun.«

»Das weißt du nicht.«

»Doch. Ich habe gesehen, wie er Candace hinausgeworfen hat, als wäre sie Müll. Warum bin ich nur so überrascht, genauso schlecht behandelt zu werden? Er ist ein geborener Lügner und rücksichtsloser Opportunist.«

»Carter, du redest unzusammenhängendes Zeug. Beruhige dich, dann –«

»Seine Liste der Eroberungen ist verdammt lang. Das wusste ich, als ich mich auf ihn einließ. Oh Gott, ich kann es nicht fassen, dass ich das getan habe.«

»Das verstehe ich nicht.« Um Buddys Augen traten kleine Fältchen vom angestrengten Nachdenken auf. »Was hätte er davon, Wessex hierher einzuladen?«

»Mein Vater ist ein mächtiger Mann und würde alles tun, um mich zu sehen. Er würde verdammt tief in Nicks Schuld stehen für so eine Wahnsinnstat.« Carter begann auf- und abzugehen. »Ich muss einfach nur weg von hier. Ich muss gehen. Führ du die Ausgrabung zu Ende, wenn du willst, aber ich bin mit dem Thema durch.«

»Moment!« Buddy breitete mahnend seine Hände aus. »Jetzt schalte mal einen Gang runter und denk darüber nach, was du da vorhast.«

»Glaube mir, das tue ich.«

»Carter, ich möchte, dass du genau das tust, von dem du denkst, dass es das Richtige ist, aber die Bewilligung lautet auf deinen Namen. Wenn du gehst, war's das mit der Ausgrabung.«

»Dann fahr zu Grace und lass dich als Ausgrabungsleiter eintragen! Ist mir egal.«

»Ich kann mich mit dem Vorstand der Hall Foundation nicht treffen, da wir die Ausgrabungsstelle nicht unbeaufsichtigt lassen können, noch nicht einmal für einen Tag. Wer immer sich mit den Tagebüchern aus dem Staub gemacht hat, könnte hier alles mitnehmen – mit oder ohne Ivan.«

»Verdammt, Buddy, was willst du von mir?« Sie hob die Arme. »Von mir aus können sie den ganzen Berg abtragen. Ich kann hier nicht bleiben und so tun, als wäre alles in bester Ordnung.«

»Das musst du auch nicht.« Der Blick seiner Augen war weiterhin verständnisvoll, aber bestimmt. »Ich möchte nicht unsensibel erscheinen, aber du solltest zu Ende bringen, was du begonnen hast.«

»Das kann ich nicht!«, rief sie.

»Schau, es sind nur noch ein paar Wochen. Denkst du, dir wird es besser gehen, wenn du dich in dein Haus verkriechst? Bleib hier und vergrab dich in deine Arbeit! Ich kümmere mich um alles andere. Du musst von dem Berg nicht mehr herunter, bis wir zusammenpacken und gehen.«

Carter stellte sich ihr Haus vor, das jetzt von den Erinnerungen an Nick befleckt war. Ihre Veranda, auf der sie beide gesessen und über die Renovierungen gesprochen hatten. Ihr Bett, in dem sie sich geliebt hatten. Verflucht noch mal, ihre Dusche! Plötzlich erschien die Idee, nach Hause zu fahren und mit ihren Erinnerungen allein zu sein, noch schlimmer, als mit ihren Freunden im Lager zu bleiben.

Abgesehen davon wusste sie, dass sie, wohin sie auch gehen würde, vor dem Schmerz nicht fliehen könnte. Nick hatte sie verraten, sie in der Geschäftswelt, in der er das

Sagen hatte, als Schachfigur benutzt. Daran würde auch eine andere Postleitzahl nichts ändern.

Sie rang um ihre Fassung. »Ich weiß nicht, wie ich das hier durchstehen soll. Ob hier oder woanders. Oh Gott, ich wusste, ich hätte ihm nie vertrauen dürfen.«

Buddy stand auf und legte seinen Arm um sie. »Ich bin auf deiner Seite. Solltest du irgendetwas brauchen oder wollen, werde ich mich darum kümmern.«

Sie hob den Blick und schaute ihn besorgt an. »Kannst du bitte dafür sorgen, dass das alles vorbei ist? Kannst du ihn in den verwandeln, den ich haben wollte?«

Er schüttelte traurig den Kopf. »Ich wünschte, ich könnte.«

Nick ging mit großen Schritten über den Rasen, Carters Rucksack und die Schlüssel in der Hand, als Ivan ihm in den Weg trat.

»Es zieht ein Sturm auf«, sagte der. »Ein heftiger.«

»Wann wird er uns treffen?«, fragte Nick starr. Ihm kam es vor, als wäre der Sturm bereits da.

»Morgen Nachmittag, und er wird bis in die Nacht hinein dauern.«

Nick schaute hoch zu den am Himmel vorüberziehenden dünnen Wolken. »Das Wetter sieht aber noch gut aus.«

»Die Dinge ändern sich. Ich werde«, fuhr Ivan fort, »morgen auf jeden Fall die Boote festmachen und die Gartenstühle hereinholen, vielleicht sogar die Fensterläden auf der Nordseite des Hauses mit Latten verkleiden. He, alles in Ordnung mit dir?«

»Nein, ganz und gar nicht.« Nick machte sich auf den Weg über die Wiese. Er kam sich beraubt vor und war wütend auf sich selbst.

Er kletterte den Berg schnell hinauf und dachte nur an

Carter. Er befürchtete, sie könnte von der Ausgrabung davonlaufen. Einfach ganz und gar aus seinem Leben verschwinden.

Er war froh, dass er wusste, wo sie lebte.

Als er zum Lager kam, sah er niemanden. Er wollte gerade hinüber zur Ausgrabungsstelle gehen, als sie aus ihrem Zelt trat, ein Tagebuch in der Hand. Sie stutzte, als sie ihn sah, und er bemerkte den Schmerz, der sich in ihrem Gesicht ausbreitete, der jedoch schnell der Wut wich.

»Verflucht noch mal, warum lässt du mich nicht einfach in Ruhe?« Ihre Stimme war stark und sicher.

Er näherte sich ihr vorsichtig. »Carter, bitte. Lass mich –«

»Warum hast du dir die Mühe gemacht hierherzukommen? Willst du dich über das, was von mir übrig geblieben ist, hermachen?« Sie marschierte zur Zentrale für Papierschnittwunden und begann ein paar Papiere zu durchstöbern. »Ich hätte gedacht, dass es genügen würde, mich einmal umzumähen. Normalerweise setzen Autofahrer nicht zurück, um sich zu vergewissern, dass totgefahrene Tiere sich auch wirklich nicht mehr bewegen.«

»Lass es mich dir erklären!«

»Warte. Ich weiß. Du bist gekommen, um zu sehen, dass du deine Arbeit erledigt hast.« Sie lachte bitter auf. »Nur falls ich beim ersten Mal doch überlebt haben sollte. Um genau zu sein, haben wir diese Entschuldigungsnummer schon ein paarmal hinter uns gebracht. Scheint jedoch nie lange zu halten, was?«

»Carter, du musst mir glauben, dass –«

Sie wirbelte herum. »Ich *muss* von dem, was aus deinem Mund kommt, gar nichts glauben. Ich war naiv genug, auf dieses Ich-liebe-dich-Gewäsch hereinzufallen, doch diesen Fehler werde ich nicht noch einmal begehen.«

»Aber ich liebe dich, wirklich.«

Sie fiel ihm ins Wort. »Eines der ersten Dinge, die ich dir sagte, war, dass ich nicht glaube, dass Menschen wie du sich ändern. Ich hätte besser auf mich gehört.«

»Ich wusste nicht, dass er heute kommen wollte. Es tut mir leid –«

»Es ist mir egal, ob es dir leidtut! Du willst die Dinge geraderücken? Dann sag mir, dass du kein Treffen zwischen mir und meinem Vater arrangiert hast, damit er in deiner Schuld steht.«

Carter starrte ihn an, während er versuchte, die richtigen Worte zu finden.

Als er ihren Vorwurf nicht sofort von sich wies, schüttelte sie den Kopf.

»Du hast es arrangiert, nicht? Deshalb durfte ich hierherkommen und überhaupt erst graben, was? Deshalb hast du deine Meinung geändert.«

Nick achtete darauf, dass seine Stimme ruhig klang. »Schau, am Anfang dachte ich wirklich, dass es für mich möglicherweise von Vorteil wäre, wenn ich versuche, dich und deinen Vater wieder zusammenzubringen. Ich wusste, dass er dich vermisst und –«

Carter knallte einen Ordner auf den Tisch. »Meine Familie geht – *ging* dich nichts an. Mein Vater kann von mir aus zur Hölle fahren und dich dabei mitnehmen.«

»Hör mir zu! Gleich als ich merkte, dass ich mich in dich verliebte, wusste ich, dass ich die ganze Sache abblasen musste. Ich wollte unsere Beziehung nicht gefährden.«

»Warum hast du es mir dann nicht eher gesagt?«

»Ich hatte vor, es dir heute zu sagen, aber ich wollte nicht alles kaputt machen.« Nick machte einen Schritt nach vorne, erstarrte aber, als er sah, wie hektisch sie sich nach einem Fluchtweg umsah.

»Was kann dein Vater nur getan haben, das zu verdienen?«, murmelte er.

»Meine Mutter ist wegen ihm gestorben!«, schrie sie. »Genügt dir das? Genügt das als Rechtfertigung gegenüber dem großartigen Nick Farrell, warum ich mich entschieden habe, nicht mehr mit diesem Mann zu sprechen?«

»Carter, ich –«

»Aber ja, Mr. Farrell möchte die Einzelheiten wissen.« Ihre Augen brannten vor Wut, als sie mit greller Stimme sprach. »Meine Mutter und ich lebten allein, während er in der Welt herumreiste, um seinen Geschäften und anderen Frauen hinterherzujagen. Sein Leben war eine Drehtür für die Frauen der Schickeria, die nur allzu gern mit einem Mann zusammen sein wollten, der viele Verbindungen und Geld besaß.«

Sie sah ihn mit einem stechenden Blick an. »Erinnert dich das an jemanden?«

Nick zuckte zusammen.

»Vor zwei Jahren, nachdem ich ausgezogen war, und meine Mutter niemanden außer den Angestellten im Haus hatte, beschloss sie, ihm die Hand zu reichen. Sie stritten miteinander, weil er sich weigerte, zu Hause zu bleiben, um mit ihr über ihre Ehe zu sprechen. Er musste wegen eines *wirklich wichtigen Treffens* dringend nach Paris. Nach mehr als zwanzig gemeinsamen Jahren hätte man meinen können, es müsste möglich für ihn sein, diesen einen Termin zu verschieben, aber er war zu beschäftigt. Sein Fahrer brachte ihn zum Flughafen, und meine Mutter stieg in ein Auto, um ihnen nachzufahren.«

Carters Stimme wurde unvermittelt leise. »Ich brauchte drei Stunden, bis ich an ihrem Bett im Krankenhaus war, und ich wäre fast zu spät gekommen. Ich sah, wie sie starb, und ihre letzten Worte galten ihm – wie sehr sie ihn liebte.«

Ihre blauen Augen waren so von Schmerz erfüllt, dass es wehtat, sie anzusehen. Nick wandte sich nicht ab.

»Du willst wissen, wo mein Vater war, als sie starb? Über dem Atlantik. Als er das Flugzeug umdrehen ließ und zurückflog, war sie tot.« Carter fuhr mit einer Hand durch ihr Haar. »Mein Vater besaß die Unverfrorenheit, die Grabrede halten zu wollen, aber das ließ ich nicht zu. Ich wollte nicht, dass dieser Mann vor dem Sarg meiner Mutter sprach. Ich sah ihn das letzte Mal aus der Nähe, als ich ihn am Grab zurückließ. Und dann heute wieder.«

Die Geschichte machte Nick fassungslos. »Das tut mir leid.«

»Oh nein, das tut es nicht.« Sie schüttelte energisch ihren Kopf. »Ich lasse nicht zu, dass es dir leidtut. So einfach mache ich es dir nicht. Genauso wenig lasse ich es zu, dass du dich entschuldigst oder erklärst. Ich gab dem Mann, der meine Mutter unter die Erde brachte, keine Chance und bin nicht gewillt, dir besondere Privilegien einzuräumen. Nicht mehr.«

»Carter, hör mir zu!« Seine Stimme war eindringlich, während er betete, dass sie an das Gute in ihm glauben könnte. »Ich wollte dich nie verletzen –«

»Ja, klar«, schoss sie scharf zurück. »Das glaube ich dir sofort. Du warst schon immer zu sehr damit beschäftigt, dich um dich selbst zu kümmern.«

»Kannst du mich nicht auch einmal zu Wort kommen lassen?«

»Ich muss zurück zu meiner Arbeit.« Sie nahm ein Klemmbrett vom Tisch und hielt es sich vor die Brust. »Weißt du, du und mein Vater, ihr beide seid euch sehr ähnlich.

Ich wette, ihr habt schon ein paar tolle Geschäfte miteinander gemacht. Menschen zu hintergehen fällt euch beiden leicht.«

Nick fluchte frustriert und wollte gerade wieder einen neuen Einwand erheben, als er erstarrte. Ihr Blick war auf ihn gerichtet, doch sie schaute durch ihn hindurch, nahm seine Gegenwart nicht einmal wahr. Und das machte ihm noch mehr Angst als alles andere.

Carter straffte ihre Schultern. »Ich werde die Ausgrabung zu Ende führen. Nicht, weil ich dir, sondern mir etwas beweisen muss. Ich habe ziemlich gut alleine gelebt. Ich mag mein Leben und werde nichts davon einbüßen, nur weil du aufgetaucht bist und dich als genau der herausgestellt hast, der ich anfangs dachte, dass du seist.«

»Ich bin nicht wie dein Vater.«

»Dann musst du dich wahrscheinlich noch ein bisschen besser kennenlernen. Du wirst deinem Ruf völlig gerecht und hast mich daran erinnert, warum es so wichtig ist, den Menschen nicht zu vertrauen. Das hatte ich nämlich vergessen.«

»Ich werde deinen Vater bitten zu gehen.«

»Bemüh dich nicht! Ich werde erst wieder herunterkommen, wenn wir unsere Arbeit beendet haben.«

Ohne noch einmal zurückzuschauen, ging Carter weg und ließ ihn neben der erloschenen Feuerstelle stehen.

So hatte ich mir das nicht vorgestellt, dachte er. So schnell sollte es nicht zu Ende sein – wenn überhaupt jemals.

Er stand lange Zeit neben der grauen Asche und schaute sich auf dem Lagerplatz um. Er bemerkte eigenartige Dinge wie die halb leere Ketchupflasche auf dem Campingtisch und eine Sonnenbrille, die an der Wäscheleine baumelte.

Als er es nicht mehr länger aushielt und sein Bedauern

und die Schuldzuweisungen ihn zu übermannen drohten, ging er wieder hinunter zum Haus. Er dachte daran, in sein Auto zu steigen und wegzufahren. Irgendwohin.

Doch als er durch die Eingangstür trat, hörte er, wie Packert nach ihm rief.

Angriffslustig ging Nick hinaus auf die Veranda.

»Ah, der Herr des Hauses«, sagte Packert und hielt eine Zigarre in der rechten Hand. »Werden Sie sich jetzt anständig benehmen?«

Nick lächelte, während ihn ein Gefühl kalter Rache überkam. »An Ihrer Stelle würde ich mir keine Gedanken über Anstand machen.«

»Meine Mutter hat mich aber zur Höflichkeit erzogen.«

»Vielleicht, doch es gibt andere Dinge, über die Sie sich den Kopf zerbrechen sollten«, meinte Nick gedehnt. »Glauben Sie mir!«

Während Packert zu ihm hochschaute, erblickte Nick Carters Vater, der in einem weißen Leinenanzug in einem Korbstuhl saß. Er war ein sehr eleganter, mächtiger Mann, der in den letzten zwei Stunden um zwanzig Jahre gealtert zu sein schien.

Packert rauchte seinen Zigarrenstumpf und lächelte Nick versöhnlich an. »Warum befreien Sie sich nicht von einer Last? Sie sehen erschöpft aus, und wir haben viel zu besprechen.«

»Erschöpft?«, erwiderte Nick und lehnte sich gegen eine Säule. »Komisch, ich fühle mich eher angriffslustig.«

Nick warf einen düsteren Blick über die Veranda, und das übertrieben selbstsichere Lächeln des Mannes geriet etwas ins Wanken.

»Nun, das finde ich gut. Ich mag starke Gegner.« Packert stieß eine Rauchwolke aus, hinter der der Blick seiner Augen scharf wurde. »Nun, meine Herren, rücken Sie mit der Sprache heraus, was führen Sie im Schilde?«

Nicks Stimme klang gelangweilt, als er antwortete. »CommTrans steckt in Schwierigkeiten.«

»Schwierigkeiten?«, meinte Packert lachend. »Wir mussten uns im letzten Jahr ein paar Herausforderungen stellen, aber dem Unternehmen geht es gut, was wir jedoch nicht dieser miesen Fertigungsabteilung zu verdanken haben, die Sie uns aufgehalst haben.«

»Ich denke, dieses Thema wollen wir nicht noch einmal aufbringen, oder?«

Packert wich seinem Blick aus und starrte auf seinen Zigarrenstumpf.

Nick fuhr mit knappen, klaren Worten fort. »Ihr Unternehmen ist überbewertet, hat zu wenig Kapital und zu hohe Schulden. Sie befinden sich im freien Fall.«

»Ich kann mich nicht daran erinnern, Sie um Beleidigungen gebeten zu haben.«

»Das sind Tatsachen, Mr. Packert, keine Beleidigungen.«

»Und was wollen Sie jetzt tun? Mein Unternehmen kaufen und mich hinauswerfen?«

»So sieht's aus.«

Packert war kurz sprachlos. »Sie meinen das ernst.«

»Ja«, erwiderte Nick finster. »Ich nehme meinen Ruf nicht auf die leichte Schulter. Sie haben meinen Namen in den Dreck gezogen, weil Sie es nicht geschafft haben, Ihr eigenes Unternehmen zu führen. Das kann ich nicht durchgehen lassen, oder?«

»Jetzt aber mal halblang. Das habe ich nicht getan.«

»Nun, dann müssen Sie die Artikel auf der Titelseite des *Wall Street Journal* anders gedeutet haben als alle anderen. Sie wissen doch noch, die, in denen Sie mich des Betrugs beschuldigten? Ich habe noch Kopien, falls Ihr Gedächtnis aufgefrischt werden muss. Und dann gibt's da noch die Untersuchung, die der Generalstaatsanwalt von New York gegen mich eingeleitet hat. Sie haben doch davon gehört, oder?«

Packert begann wirklich panisch auszusehen.

»Wie wär's, wenn wir zu Abend essen?«, fragte Nick. »Ich glaube, es gibt frisches Fleisch.«

Nach einem Moment gespannter Stille folgten die beiden anderen Männer ihm ins Esszimmer, wo am Ende des langen, aufwendig dekorierten Tisches drei Plätze eingedeckt waren. Es war ein furchtbares Essen, wenngleich Gertie hervorragend gekocht hatte. Packert war kleinlaut, und weder Nick noch Wessex waren in der Stimmung für Konversation.

Nachdem der Texaner sich eine Flache Bourbon gegriffen hatte und nach oben ins Bett gegangen war, folgte Wessex Nick in sein Arbeitszimmer.

Sobald die Tür geschlossen war, fragte er: »Was hat sie gesagt?«

Nick setzte sich an seinen Schreibtisch. »Sie will Sie nicht sehen. Und mich auch nicht.«

»Geht es ihr gut?«

»Nein.« Er schaute hinüber zu Wessex und dachte daran, was seine Tochter über ihn gesagt hatte.

»Sie sehen mich so eigenartig an«, murmelte Wessex. »Sie hat Ihnen alles erzählt, nicht wahr?«

»Das geht mich nichts an«, erklärte Nick und wünschte sich, ihm wäre diese Erkenntnis früher gekommen.

»Es hat sich nicht so zugetragen wie Carter meint. Das wollte ich ihr sagen.« Wessex starrte vor sich hin, als durchlebte er noch einmal die Vergangenheit, doch dann wanderte sein Blick zu Nick, und er schaute ihm in die Augen. »Sie sind in meine Tochter verliebt, oder?«

Nick zog die Augenbrauen hoch, zögerte aber nicht mit seiner Antwort. »Ja, das bin ich.«

In dem Moment wurde die Tür so heftig aufgerissen, dass sie mit einem Knall gegen die Bücherregale schlug.

»Was zum Teufel hast du mit Carter gemacht?«, fragte Cort.

15

Nick wandte sich Wessex zu und sagte grimmig: »Darf ich vorstellen, mein –«

»Ich möchte keinen weiteren von deinen aufgeblasenen Schnöseln kennenlernen«, giftete Cort ihn an. Er bebte förmlich vor Wut.

Nick runzelte die Stirn. »Würdest du bitte noch einmal von vorne beginnen?«

Cort warf Wessex einen durchdringenden Blick zu. »Würde es Ihnen etwas ausmachen, Leine zu ziehen? Nichts für ungut, aber können Sie nicht irgendwo anders in Papieren herumkramen?«

Wessex zog die Augenbrauen hoch, doch er antwortete mit gleichbleibender Stimme. »Sollten Sie über meine Tochter sprechen, dann nein. Ich werde nirgendwo anders hingehen, um *in Papieren herumzukramen*.«

Cort riss die Augen auf.

»Das ist Carters Vater«, erklärte Nick scharf. »Nun, wie wär's jetzt mit einer Entschuldigung?«

»Äh, tut mir leid.« Cort fuhr sich, scheinbar verwirrt, mit den Händen durch die Haare, wodurch seine Frisur noch strubbeliger wurde. »Aber was machen Sie hier?«

»Sind Sie immer so unverblümt?« Auf Wessex' Gesicht lag ein nachsichtiger Ausdruck, der Nick überraschte.

»Wenn mein Onkel auf jemandem herumtrampelt, werde ich ziemlich wütend. Da er das häufig tut, kann man sagen, dass ich irgendwie *immer* so bin.« Cort wandte sich Nick zu. »Also, was hast du ihr angetan?«

»Nichts, was dich etwas angeht.«

Der Junge verschränkte seine sehnigen Arme vor der Brust. »Das heißt, du willst nicht darüber reden.«

»Stimmt.«

Nick konnte spüren, wie Wut in ihm aufstieg. Was zwischen ihm und Carter passiert war, wühlte ihn immer noch auf. Das Letzte, was er jetzt noch brauchte, war ein weiterer Streit mit seinem Neffen.

Cort schnaubte. »Nur weil du dir selbst oder anderen gegenüber nicht zugeben willst, dass du ein herzloser –«

»Genug!« Nick schlug mit den Händen auf den Schreibtisch und sprang auf. »Treib es *nicht* auf die Spitze, was diese Angelegenheit betrifft!«

Cort machte einen Schritt zurück, verwirrt von Nicks Reaktion.

Nick holte tief Luft und setzte sich wieder hin. Er bedauerte seinen Wutausbruch und fühlte sich erschöpft.

»Ich wusste nicht … dass du sie so gern hast«, murmelte Cort und schaute ihn mit großen, vorsichtigen Augen an.

Nick fuhr sich mit einer Hand durchs Haar. »Nun ja, so ist es nun mal.«

Cort neigte den Kopf zur Seite und betrachtete seinen Onkel eingehend.

In der Stille, die eintrat, stand Wessex auf und goss sich an der Bar einen Brandy ein.

»Es gibt viele Menschen, die sie gern haben«, bemerkte er, während er sich wieder hinsetzte und das Glas in seiner Hand schwenkte.

Cort schaute hinüber zu ihm. »Sie sehen aus wie sie – wissen Sie das?«

»Ja, das weiß ich.«

»Sie ist wirklich aufgebracht.« Der Junge blickte zwischen den beiden älteren Männern hin und her, die beide still dasaßen. Schließlich richtete er sich an Wessex. »Hey, Sie sind ihr Vater. Sie sollten zu ihr hingehen und mit ihr reden. Das hätte mein Vater getan, wenn ich verärgert gewesen wäre. Er war immer da, wenn ich aus einem Albtraum erwacht bin – das hat mir geholfen.«

Cort wippte vor und zurück, als ob er erwartete, dass Carters Vater vom Stuhl springen und das Haus verlassen würde.

»Sie sollten zu ihr gehen«, forderte er ihn auf.

»Ja, das sollte ich«, gab Wessex zu. Die Hoffnungslosigkeit und Verzweiflung, die aus ihm sprach, stand im Widerspruch zu seinem eleganten Anzug und seiner vornehmen Art.

»Und warum gehen Sie nicht?«

»Das ist eine lange Geschichte.«

»Aber der Weg den Berg hinauf ist kurz.«

Wessex, der immer noch in sein Glas schaute, antwortete nicht.

Cort zuckte verlegen mit den Achseln. »Na gut, tun Sie, was Sie wollen. Aber an Ihrer Stelle würde ich hinaufgehen. Wer will nicht seinen Vater bei sich haben, wenn er sich schlecht fühlt?«

Nick betrachtete den Mann, während dieser erstarrte.

»Na dann … ähm … gute Nacht, Onkel Nick.«

»Gute Nacht«, erwiderte Nick sanft.

Cort verließ das Zimmer und schloss leise die Tür.

»Oh Gott, ich wünschte mir, vieles anders gemacht zu haben«, sagte Wessex. »Könnte ich doch nur auf diesen Berg hinaufgehen, sie dazu bringen, sich hinzusetzen, mit mir zu reden und mir zuzuhören.«

Nick lehnte sich in seinem Stuhl zurück, verschränkte die Arme hinter dem Kopf und dachte, dass er und Wessex im selben Boot saßen.

»Vielleicht sollten Sie es versuchen«, schlug er vor. »Man kann nie wissen. Dinge ändern sich mit der Zeit.«

»Haben Sie den Ausdruck in ihrem Gesicht gesehen? Ich glaube nicht, dass die Zeit für mich gearbeitet hat.« Er schluckte den Rest seines Brandys herunter und stand auf. »Gute Nacht, Farrell.«

Nick nickte.

Allein in seinem Arbeitszimmer, starrte er vor sich hin. Eine Stunde später stand er von seinem Schreibtisch auf und machte sich ebenfalls auf den Weg nach oben. Er ging in sein Schlafzimmer, duschte sich und legte sich hin, ohne sich Hoffnungen zu machen, leicht einschlafen zu können.

Er lag flach auf dem Rücken, die Augen fest geschlossen, und wartete Stunden darauf, das Bewusstsein zu verlieren. Als ihn der Schlaf endlich übermannte, reihte sich ein Albtraum, in dem Carter in Gefahr war und er sie nicht retten konnte, an den anderen.

Am nächsten Morgen sah Carter von ihrem Lieblingsstein mit dem Blick auf den See aus, wie die Sonne über den Bergen aufging. Sie blieb dort und erlebte, wie ein neuer Tag erwachte, ohne sich besonders darüber zu freuen. Sie wartete darauf, sich irgendwann so zu fühlen, dass sie Buddy und Ellie gegenübertreten konnte, doch als die Sonne höher stieg und ihre Gefühlslage sich nicht besserte, gab sie auf.

Es würde mehr als ein paar verdammte Stunden dauern, wieder sie selbst zu sein.

Als sie sich dem Lager näherte, erblickte sie Buddy, der gerade Feuer machte. Da sie seine stille Besorgnis nicht ertragen konnte, sagte sie ihm, dass sie schon vor zur Ausgrabungsstelle gehen würde.

Als sie den Steinkreis betrat, ging sie hinüber zu ihrer neusten Entdeckung, einem Skelett, und zog die darübergespannte Plane zurück. Sie hatten auch noch Militärknöpfe aus der Zeit der Revolution sowie das Bajonett einer Brown Bess gefunden, was den Mann eindeutig als Briten identifizierte. Das bedeutete, dass, nachdem nunmehr dreiviertel des abgesteckten Bereichs ausgegraben worden waren, noch drei Mitglieder des Trupps fehlten. Winship, ein weiterer Vaterlandsfreund und der Indianer. Sie ließ ihren Blick über den noch unberührten Boden schweifen, der zwischen ihr und der Freiheit lag.

Wie lange würde es wohl dauern, bis sie mit allem fertig sein würden, fragte sie sich lustlos.

Sie kniete sich hin und untersuchte noch einmal die Gebeine. Das Skelett war fast vollständig freigelegt, und sie begann, die Füße des Mannes von der Erde zu befreien.

Trotz des idyllischen Gesangs der Vögel und des Kieferndufts in der Luft herrschte in ihr alles andere als Frieden. In dem morgendlichen Licht fand sie es so gut wie unmöglich, nicht an Nick und ihren Vater zu denken. Obwohl sie schon die ganze Nacht damit verbracht hatte, über den Verrat der beiden nachzudenken, kam sie einfach nicht zur Ruhe, und das Geschehene lief immer wieder in den gleichen Bildern vor ihr ab.

Als Buddy mit Kaffee erschien, nahm sie den Becher mit dem Versuch eines Lächelns entgegen.

»Du musst mir nichts vorspielen«, erklärte er und legte eine Hand auf ihre Schulter.

»Nein, aber zurzeit habe ich das Gefühl, ich müsste mir selbst etwas vorspielen.«

Als Ellie auftauchte, war das Skelett vollständig freigelegt, und Buddy fotografierte es.

»Glaubst du, wir werden die anderen auch noch finden?«, fragte das Mädchen und hüpfte um die Grube herum, wobei ihr Pferdeschwanz auf und ab wippte.

Als Carter die Begeisterung des Mädchens sah, überkam sie eine große Traurigkeit. Sie war Jahre und meilenweit davon entfernt, ein solch sorgenfreies Glück empfinden zu können, und kam sich im Vergleich alt und kaputt vor.

»Wir werden sehen. Zuerst müssen wir dieses Skelett aus dem Boden holen.« Sie schaute sich nach einem der größeren Behälter um. »He, braucht irgendjemand noch was vom Lagerplatz? Ich gehe zurück, um eine Kiste zu holen.«

»Mehr Kaffee«, antwortete Buddy, der immer noch fotografierte.

Carter nahm die Thermosflaschen und ging zwischen den Bäumen hindurch in Richtung der Zelte.

Nick wurde durch heftiges Klopfen gegen seine Tür aus einem unruhigen Schlaf gerissen.

»Lasst mich in Ruhe!«, rief er.

Das Klopfen hörte nicht auf.

»Was *zum Teufel* ist das Problem?« Er schoss aus seinem Bett hoch und griff nach einem Laken, das er sich um die Taille wickelte. Als er die Tür aufriss, machte Wessex einen Satz nach hinten.

»Entschuldigung, dass ich Sie geweckt habe.«

Der Mann sah aus, als hätte er ebenfalls nicht geschlafen.

»Ist schon in Ordnung.« Nick rieb sich mit einer Hand die Augen. Seine Stimme war ein heiseres Brummen. »Wie viel Uhr ist es?«

»Kurz vor acht. Welche Schuhgröße haben Sie?«

»43.« Nick hatte spontan geantwortet, ohne sich zu fragen, warum Wessex das wissen wollte. »Wieso?«

»Ich brauche ein Paar Wanderschuhe.«

Nicks Verschlafenheit war mit einem Mal weg.

»Ich habe die letzte Nacht fast ausschließlich damit verbracht, an meine Tochter zu denken«, erklärte Wessex. »Ich muss es versuchen, oder ich werde es mir nie verzeihen, ganz in ihrer Nähe gewesen zu sein und ihr nicht die Hand gereicht zu haben ...«

»Wir sehen uns in der Küche«, sagte Nick schnell. Er schloss die Tür, ließ das Laken fallen und begann sich anzuziehen.

Als er unten ankam, ging Wessex vor dem Kühlschrank auf und ab. Jetzt, da Nick munterer war, bemerkte er, dass der Mann einen weiteren eleganten Leinenanzug trug. Die Tatsache, dass er sich keine Krawatte umgebunden hatte, schien das einzige Zugeständnis an seine arbeitsfreie Zeit zu sein.

»Ich bewahre die Wandersachen im Hauswirtschaftsraum auf«, erklärte Nick. »Wollen Sie sich auch Wanderkleidung ausleihen?«

Wessex schien die Frage zu überraschen, und er schaute an sich herunter. »Das hier ist bequem genug.«

»Wann sind Sie das letzte Mal auf einen Berg gestiegen?«

»Ich denke, als Teenager im Sommerlager. Aber ich werde es schon schaffen.«

Nick behielt seine Zweifel für sich und ging in einen Raum voran, der neben der Küche lag, und in dem die Sportausrüstung und Regenkleidung aufbewahrt wurde. Er gab Wessex ein Paar Wanderschuhe, die dieser daraufhin anzog.

»Und wie komme ich auf den Berg hinauf?«

»Ich zeige Ihnen den Weg zu dem Pfad, der nach oben

führt.« Als sie draußen waren, deutete Nick auf den Rand des Waldstücks. »Sie gehen durch diese Öffnung in den Wald –«

»Welche Öffnung?«, fragte Wessex blinzelnd.

»Warten Sie, ich bringe Sie hin.« Nick war bereit, Wessex, falls nötig, den Berg hinaufzuschleppen. Er hoffte das Beste. Wenn ihr Vater irgendwie dort hinaufkäme und mit Carter sprechen würde, würde vielleicht doch noch ein Wunder geschehen …

»Sagen Sie, Farrell, sind Sie sich sicher, dass sich dort in dem Wald ein Pfad befindet?«

Sollte der Mann sich nicht vorher verlaufen und am Schluss in Kanada landen.

»Wie wär's, wenn ich Sie einfach ein Stück hinaufbringe?«

»Das würde ich sehr begrüßen.«

Die beiden Männer betraten den Wald und schwiegen eine Weile. Dann sprach Wessex.

»Als Carter jung war«, begann er und erweckte den Eindruck, als spräche er zu sich selbst, »war ich häufig unterwegs. Das war eigentlich auch so, als sie erwachsen war, doch ich bedaure es noch mehr, nicht bei ihr gewesen zu sein, als sie klein war. Wie dem auch sei, damals wartete sie immer auf mich, bis in die Nacht hinein, egal, wie spät ich auch zurückerwartet wurde.«

Der Weg begann anzusteigen, und Wessex atmete schwer. Nick verlangsamte seinen Schritt und hörte konzentriert Wessex' Worten zu.

»Das Haus, in dem sie aufwuchs, das, in dem ich heute immer noch lebe, hat eine große Treppe und eine riesige Eingangshalle. Sie wirkt fast höhlenartig und muss einem kleinen Kind in der Dunkelheit ziemlich gespenstisch vorgekommen sein. Irgendwann kam ich dann zwangsläufig durch die Tür hinein, und da lag sie zusammengerollt auf der Treppe in ihrem Schlafanzug und schlief. Das konnte unmöglich bequem gewesen sein.«

Wessex schnappte immer wieder nach Luft und räusperte sich. »Sie war … so winzig in diesem Raum, so fürchterlich klein.«

Nick hielt an, damit Wessex verschnaufen konnte. Während sie in einem kühlen Luftzug standen, der vom Berg hinunterzog, nahm der Mann ein Taschentuch heraus und wischte sich damit über die Stirn.

»Ich öffnete die eiserne Gittertür, und obwohl sie nie ein Geräusch machte, wurde Carter augenblicklich wach. Ich weiß nicht, woher sie wusste, dass ich es war. Sie wusste es einfach. Sie sprang auf, lief los und warf sich in meine Arme. Da war … so viel Liebe in ihren Augen. In meinem ganzen Leben hat mir nie ein Mensch eine solche Liebe entgegengebracht.«

Sie gingen wieder weiter. Nicks Herz zog sich zusammen, als er daran dachte, wie Carter ihn mit dieser Wärme in den Augen angeschaut hatte.

»Als sie älter wurde und ins Internat ging, kam ich nach Hause und öffnete voller Vorfreude die Tür. Es dauerte Jahre, bis es endlich in mein Bewusstsein drang, dass sie nicht mehr bei uns lebte. Ich sage Ihnen, diese Eingangshalle sah nie leerer aus als in jenen Momenten, in denen ich begriff, dass sie nicht auf mich wartete.«

Der Mann verstummte für eine Weile, da er so schwer atmen musste, dass er nicht sprechen konnte.

Nick hielt daraufhin wieder an und setzte sich auf einen Stein, damit es Wessex nicht peinlich sein musste, außer Atem zu sein. Er lehnte sich dankbar gegen einen Felsbrocken, beugte sich nach unten und umklammerte seine Knie.

»Wissen Sie, ich habe sie mit Kunstwerken ausgestattet. Die Eingangshalle. Es hängen alte Meister an der Wand. Ich habe auch den Teppich ausgetauscht. Früher war er hell, passend zum Marmor. Heute ist er rot.« Er schaute hoch zu Nick. »Trotzdem strahlt sie immer noch Kälte aus.«

Sie gingen weiter, und Nick brachte ihn bis etwa hundert Meter vor die Lichtung, von der aus der See zu sehen war.

»Folgen Sie dem Weg«, sagte er. »Sie werden auf eine Schneise stoßen, die einen weiten Blick bietet, der Pfad läuft dahinter weiter. Das Lager befindet sich auf der linken Seite. Sie werden es sicherlich sehen.«

»Danke«, murmelte Wessex und ging allein weiter.

Nick schaute ihm hinterher, wie er zwischen den Bäumen verschwand, und fragte sich, was wirklich in der Nacht geschehen war, in der Carters Mutter starb. Er hatte keine Ahnung, ob der Mann, der sich gerade den Berg hinaufgeschleppt hatte, grausam oder einfach nur fehlbar war. Seine Gefühle jedoch waren offensichtlich gewesen. Er vermisste seine Tochter und war bereit, alles zu tun, um eine zweite Chance zu erhalten.

Nick wusste genau, wie sich das anfühlte.

16

Carter stöberte gerade in der Zentrale für Papierschnittwunden herum, als ihr Vater zwischen den Bäumen auftauchte. Sie hielt in der Bewegung inne, als sie in sein Gesicht sah, und sagte sich selbst, dass es naheliegend war, dass er heraufkam – trotzdem war sie überrascht.

Er sah älter und nicht so vital aus wie in ihrer Erinnerung. Seine Hosenbeine waren verschmutzt, und der Zweig, der von seiner Schulter hing, unterstrich das Bild noch.

»Hallo, Carter.«

In dem Moment, als sie seine Stimme hörte, kam die Wut zurück. »Was machst du hier?«

»Ich wollte dich sehen.«

Sie bemerkte benommen, dass er einen leichten englischen Akzent hatte, wie in ihrer Erinnerung, doch der Klang seiner Stimme war irgendwie anders, zögerlicher als früher.

Carter setzte ihre Suche nach der Kiste fort. »Dann hast du dich umsonst hierherbegeben und deinen teuren Anzug ruiniert.«

Er bewegte sich nicht, sondern stand einfach nur da.

»Ich habe dich vermisst«, sagte er leise. »Es war sehr schwer für mich … von dir getrennt zu sein.«

»Gut.« Sie richtete sich auf, nachdem sie das Behältnis gefunden hatte. »Ich hoffe, dass es höllisch wehtut. Und jetzt geh!«

Sie machte sich auf den Weg zur Ausgrabungsstelle.

»Willst du wissen, warum ich dir die Uhren geschickt habe?«

Sie wirbelte herum, ihr Ton war aggressiv, als sie sprach. »Weil deine Sekretärin nicht mehr weiß, was sie mir das Jahr zuvor geschickt hat?«

»Ich kaufe sie selbst. Ich will dir eigentlich immer etwas anderes kaufen, doch die Uhren scheinen so passend zu sein. All die Zeit, die vergeht … Es ist schon so lange her.«

Als seine Worte langsam verhallten, ließ sein trauriger Gesichtsausdruck sie kurz Mitleid für ihn empfinden. Das Gefühl kam unerwartet. Doch dann drangen die Bilder des Begräbnisses ihrer Mutter wieder in ihr Bewusstsein, und jegliches Mitgefühl verschwand.

»Dann solltest du die verdammten Dinger behalten. Ich trete nicht auf der Stelle. Ich habe dich aus einem verdammt guten Grund verlassen und auch nie mehr zurückgeblickt.«

Die Worte waren ein Schlag unter die Gürtellinie, und das wusste Carter. Sie sah, wie er zusammenzuckte.

»Das weiß ich«, bemerkte er langsam. »Aber die Uhren symbolisieren … mein Warten, meine Hoffnung.«

Es entstand ein kurzes Schweigen, in dem sich die Blicke ihrer blauen Augen über die Entfernung hinweg trafen.

»Carter, ich muss mich für vieles entschuldigen. Ich habe nie wirklich darüber nachgedacht, wen oder was ich in all den Jahren, in denen ich immer unterwegs war, zurückließ. Ich wusste nie, wie schwer es gewesen sein muss, bis ich von dir zurückgelassen wurde.« Ihr Vater zog ein Taschentuch hervor und tupfte seine Stirn ab. »Weißt du, was ich am meisten vermisse? Dass wir uns wortlos verstanden haben. Du und ich, wir sind uns so ähnlich.«

»Ich bin dir überhaupt nicht ähnlich.« Sie sprach jede Silbe einzeln aus, und ihre Abneigung ihm gegenüber war deutlich herauszuhören. Dennoch fand sie es verwirrend, dass sie die Feindseligkeit teilweise erzwingen musste.

Ihr Vater nickte ernst. »Ja, ich glaube, du bist stärker. Du warst schon immer stärker als deine Mutter und ich. Du warst auf jeden Fall viel besser in der Lage, mit ihr umzugehen, als ich.«

Carter hätte ihn am liebsten angeschrien und gesagt, dass er kein Recht hätte, das Entsetzliche anzusprechen. Wütend öffnete sie den Mund, zögerte aber, als ihr Vater zusammenzuckte. Sein zerbrechlicher Anblick ließ ihr die Worte im Hals stecken bleiben.

Sie dachte zurück an ihre Kindheit. Wie sie in diesem Haus, das mit erwachsenen Menschen voll gewesen war, immer das Gefühl gehabt hatte, sie wäre die Einzige, die wusste, was wirklich vor sich ging. Ihr Vater war entweder weg oder gerade dabei, wieder abzureisen, und ihre Mutter befand sich … in ihrer eigenen Welt. Andere Erinnerungen begannen in ihr aufzusteigen, Szenen, in denen ihre Mutter wegen nichtiger Dinge Wutanfälle bekommen hatte. Carter sah, wie ihr jüngeres Ich sich dann versteckte, bis es wieder sicher war herauszukommen.

Warum hatte sie all das vergessen?

Sie zwang sich, nicht weiter darüber nachzudenken.

»Wag es ja nicht, Mom dafür verantwortlich zu machen, dass du nie zu Hause warst! Das war deine Entscheidung, nicht ihr Fehler.«

»Sie war krank, Carter.« Seine Augen blickten sie an und suchten nach Verständnis.

Ihr Lachen klang scharf. »Weil du sie allein in diesem Haus zurückließest, während du dich in den Schlafzimmern von Gott weiß wie vielen Frauen herumtriebst.«

»Ich war«, betonte er leise, »deiner Mutter *nie* untreu.«

Carter öffnete den Mund, um ihm zu widersprechen, doch er ließ sie nicht zu Wort kommen.

»Egal, was sie dir erzählt hat, egal, was sie von mir hielt, ich war nie mit einer anderen Frau zusammen.«

»Ich glaube dir nicht.« Carter schüttelte energisch den Kopf. »Sie sagte, du –«

»Deine Mutter war psychisch krank.«

Carter warf die Kiste auf den Boden und ballte die Hände zu Fäusten. »Wie kannst du es nur wagen! Wie stabil wärst du, wenn du ständig allein gelassen werden würdest?«

»Sie wollte es so.«

»Sie *wollte es so?* Sie war unglücklich.«

»Carter, sie wollte nicht aus dem Haus gehen.«

»Ich habe nicht einmal gehört, wie du sie darum batest«, stieß sie bitter hervor.

»Weil ich die Hoffnung bereits aufgegeben hatte, bevor du geboren wurdest.«

Carter begann auf und ab zu gehen, während die Erinnerungen an das Leid und die Traurigkeit ihrer Mutter in ihr aufstiegen. »Nein, das stimmt nicht. Sie sagte, du wolltest sie nicht bei dir haben. Wolltest sie nicht mitnehmen, weil du dich wegen ihr schämtest.«

»Das ist nicht wahr. Sie hat sich selbst eingesperrt. Und ich wollte kein Gefangener ihrer Krankheit sein. Am Schluss hat sie mich wegen dieser Freiheit gehasst.« Er hob die Hände, seine Stimme war sanft. »Ich bat sie inständig, zum Arzt zu gehen. Doch sie ging nicht, zumindest nicht, bis die Ärzte begannen, ihr Medikamente zu verschreiben. Dann war sie ständig dort, und ich konnte sie nicht von ihnen fernhalten.«

Carter dachte an früher zurück, und ihr fielen die Tablettenfläschchen ein, die immer in der Nähe ihrer Mutter gewesen waren. Neben ihrem Bett, neben dem Lesesessel im Wintergarten, in ihrem Strickkorb. Warum war ihr das nicht eigenartig vorgekommen?

»Mom konnte nicht schlafen«, wandte sie ein. »Es waren die Albträume von dir, die sie wachhielten.«

Ihr Vater ging hinüber zu dem Campingtisch und setzte sich hin. Er legte den Kopf in die Hände. »Was ich am meisten bedaure, ist, dass ich dich dagelassen habe. Das war kein Ort, an dem ein Kind aufwachsen sollte. Ich hätte … Du hättest dich nicht allein um deine Mutter kümmern dürfen. Ich wusste, dass das Personal da war, aber du warst so allein. Ich versuchte einmal, dich mitzunehmen, doch sie drohte damit … Es schien gefährlicher, dich von ihr fortzubringen. Ich war ein Feigling.«

Der Selbsthass in seiner Stimme hallte in Carters Ohren nach, und sie konnte sich seinem Schmerz nicht verschließen.

»In der Nacht, als sie starb«, sagte er mit brüchiger Stimme, »hätte ich wissen müssen, dass sie zu viele Tabletten genommen hatte. Sie war völlig außer sich, aber ich konnte einfach nicht zwischen der Wirkung der Medikamente und einem weiteren Schub unterscheiden. Ich hätte nicht im Traum daran gedacht, dass sie in ein Auto steigen würde. Es war mir noch nicht einmal bewusst, dass sie überhaupt fahren konnte. Als ich die Nachricht bekam, dachte ich nur an dich. Ich raste zurück, um dich zu sehen.«

Carter erinnerte sich, wie er damals ins Krankenhaus gekommen war, und was dann geschah.

Ihr Vater schaute sie mit flehenden Augen an. »Ich muss mich für vieles entschuldigen. Es gibt so viel, was ich hätte anders machen sollen. Ich habe die letzten beiden Jahre damit verbracht, meine Fehler als Vater und Ehemann chronologisch aufzuzeichnen, und es liegt immer noch ein weiter Weg vor mir. Wäre ich mutiger gewesen und hätte ich drastischere Schritte unternommen, wie zum Beispiel, sie in ein Krankenhaus einzuweisen, hätte sie vielleicht die Hilfe bekommen, die sie gebraucht hätte.« Seine Stimme wurde leiser. »Aber das war ich nicht, und jetzt ist sie tot, und du weg.«

Als Carter ihn nur ansah, sackten seine Schultern nach unten. Er stand ruckartig auf. »Ich habe den größten Teil meines Ehelebens damit verbracht, von der Einsamkeit und der Abgeschiedenheit, in der deine Mutter lebte, wegzukommen. Und das hat mich nun genau dorthin gebracht, wo ich nie sein wollte.«

Eine steife Brise wehte durch das Lager, sodass die Ränder der Abdeckplanen zu flattern begannen und es zwischen den Kiefern hindurchpfiff. Ihr Vater schaute hinauf zum Himmel, der Wind blies sein Jackett an den Enden hoch.

»Das ist alles, was ich sagen wollte.« Er sprach leise. »Abgesehen davon, dass ich dich liebe und es immer tun werde. Und ich werde auch aufhören, dir Geschenke zu schicken. Ich wollte dich nie damit verärgern.«

Er hob eine Hand, ließ sie dann aber fallen und begab sich zum Pfad.

Carter blickte ihm hinterher, während er davonging, übermannt von ihren Erinnerungen.

Sie war überrascht, ihn so emotional erlebt zu haben. Für sie war er immer ein ungewöhnlich stoischer und starker Mann gewesen, den das von ihrer Mutter herbeigeführte Chaos nie berührt hatte. Er hatte immer über allem gestanden. Ihn so erschöpft, so menschlich zu erleben, war ein Schock für sie.

Carter spürte, wie ihre Knie nachgaben, und sie ließ sich auf einen Klappstuhl fallen. Sie saß immer noch so da, als Buddy eine halbe Stunde später von der Ausgrabungsstelle zurückkam.

»He, ich habe mir langsam Sorgen um dich gemacht.«

»Tut mir leid. Ich bin … abgelenkt worden.«

Buddy schaute hoch zu den Bäumen, die im Wind zu schwanken begannen. »Ich glaube, es zieht ein Sturm auf.«

Carters Blick wanderte hinauf zum Himmel, der fürchterlich finster geworden war, und an dem sich dunkelrote Wolken vor die Sonne geschoben hatten.

Sie holte tief Luft. »Wir binden besser alles fest und holen diese Knochen aus der Erde. Warum gehst du nicht hinüber zur Ausgrabungsstelle und machst dort schon mal alles fertig, während ich mich hier um den Rest kümmere?«

Nachdem Buddy mit der Kiste gegangen war, lief Carter wie betäubt herum. Sie überprüfte sämtliche Schnüre der Zelte und Planen und sammelte alles ein, was wegwehen konnte. Als die Swifts wieder zurückkehrten, war der Wind stärker geworden.

»Die Ausgrabungsstelle ist gesichert«, erklärte Buddy und legte das Skelett unter eine Abdeckung in der Zentrale für Papierschnittwunden. »Sieht nach einem echt schlimmen Sturm aus.«

Plötzlich tauchte Cort am Ende des Pfads auf und kam zu ihnen herübergelaufen. Er trug eine gelbe Regenjacke und sah beunruhigt aus.

»Ihr müsst herunterkommen. Es gibt eine Sturmwarnung, und ihr solltet die Nacht wirklich besser im Haus verbringen. Das meint selbst Ivan.«

Carter und Buddy blickten sich besorgt an.

»Aber wir können die ganze Ausrüstung nicht unbeaufsichtigt lassen«, meinte sie zu ihrem Partner.

»Dann gehst du mit Ellie hinunter. Ich halte hier oben die Stellung.«

Ellie schüttelte entschlossen den Kopf. »Dad, wenn du bleibst, dann bleibe ich auch.«

»Ich will nicht, dass du hier oben bist, wenn es gefährlich wird.«

»Dito«, konterte sie.

»Ich werde bleiben«, warf Carter ein. »Ich will bleiben.«

Alle sahen sie skeptisch an.

Buddy runzelte die Stirn. »Ich will nicht, dass du hier oben alleine bist.«

»Also bitte, wie schlimm kann es schon werden?« Als sich ihre Mienen nicht änderten, verdrehte Carter die Augen. »Kommt schon. Leute. Ich bin kein Weichei. Ich komm damit klar.«

Niemand von ihnen bewegte sich.

»Jetzt los!« Sie stieß Buddy an. »Wenn es hart auf hart kommt, werde ich mich an einen Baum festbinden, damit ich nicht wegwehe. Mein Gott, jetzt macht mal halblang! Mir wird schon nichts passieren.«

Bob Packert und Nick standen geschützt unter dem Vordach des Hauses und beobachteten, wie der See grauer und unruhiger wurde. Sie warteten auf Wessex' Rückkehr.

In Packerts Augen lag Berechnung, als er sich an Nick wandte. »Farrell, wenn ich zu den Zeitungen gehe und Ihren guten Ruf wiederherstelle, hätten Sie dann noch einen Job für mich, wenn ich an Sie und Wessex verkaufen würde?«

Nick zog eine Augenbraue hoch. »Sie verkaufen nicht. Wir werden Ihren Aktionären ein Angebot unterbreiten, dass sie sie sich nicht entgehen lassen werden. Und was Ihren Vorschlag betrifft, mit der Wahrheit herauszurücken, dazu ist es jetzt ein bisschen zu spät, und es würde aus Ihnen auch keinen besseren Geschäftsmann machen.«

Packert schnaubte empört. »Ich habe für Ihre Haltung kein Verständnis.«

»Die Wahrheit tut weh.«

Es folgte kurzes Schweigen. »Sie könnten mir zumindest sagen, wann Sie vorhaben, dieses Angebot zu machen.«

»Das werden Sie erfahren, sobald wir es Ihren Aktionären unterbreitet haben.« Nick war gelangweilt von dem Gespräch, gelangweilt von dem Mann. Was ihn wirklich beschäftigte, war, wie es Wessex mit Carter ergangen war. Der Mann war schon eine ganze Weile fort, was zweierlei bedeuten konnte. Entweder hatte sie ihn sofort wieder weggeschickt, und er hatte sich auf dem Weg zurück verirrt, oder sie hatten tatsächlich miteinander gesprochen.

»Wissen Sie überhaupt, wie begehrt mein Unternehmen ist, Farrell? An meine Tür klopfen mehr von euch Finanzhaien an, als Gorton Fischstäbchen im Angebot hat. Sie und Wessex sind nicht die Einzigen, die daran interessiert sind.«

Als Nick nicht antwortete, brach Packert in ein angestrengtes Lachen aus. »Sie sind ein kaltschnäuziger Hund, was? Es stimmt, was man über Sie sagt.«

»Was bin ich froh, meinem Ruf gerecht zu werden.«

Die ersten Regentropfen fielen.

Packert räusperte sich und änderte seine Taktik. »Wissen Sie was, der Regen macht mich durstig. Wie wär's, wenn wir etwas trinken? Vielleicht lernen wir uns so ein bisschen besser kennen.«

»Ich zeige Ihnen, wo die Bar ist, aber mich müssen Sie

entschuldigen.« Nick wandte sich vom See ab. »Ich habe noch Arbeit zu erledigen.«

Nachdem er Packert in der Bibliothek abgeliefert hatte, ging er in sein Arbeitszimmer, um angeblich seine Nachrichten auf dem Anrufbeantworter abzuhören. Statt jedoch den Hörer in die Hand zu nehmen, ging er hinaus auf die seitliche Veranda und schaute wieder hinaus auf den See. Der Sturm schien einen großen Angriff vorzubereiten. Wessex war nirgends zu sehen, Cort auf den Berg verschwunden, und Carter und die Swifts konnten oben auf dem Gipfel wirklich in Gefahr geraten, sollte der Sturm heftig sein.

Er hörte, wie der erste Donner grollend heranzog. Mit dem Geräusch fasste er einen Entschluss.

Nick war auf dem Weg zum Hauswirtschaftsraum, als er Wessex erblickte. Cort und die Swifts liefen durch den Regen ins Haus. Er versuchte unter den verschiedenen Regenjacken Carter auszumachen, doch sie war nicht dabei.

Als der bunte Haufen durch die Hintertür kam, warf er ihnen einen eisigen Blick zu.

»Wo ist sie?«

Alle schauten zu Buddy.

»Sie will im Lager bleiben«, antwortete er grimmig.

»Sie haben sie dort oben alleine gelassen? Sind Sie nicht ganz bei Trost?«

»Der Gedanke gefällt mir genauso wenig wie Ihnen.« Buddy schaute hinüber zu seiner Tochter. »Ich wäre geblieben, aber …«

Blitze zuckten am Himmel auf und erleuchteten für einen Moment die Fenster. Sie wurden still und warteten auf die Antwort des Donners. Nach einer Pause rollte er grollend durch das Tal.

Wessex wurde blass unter seiner Sonnenbräune. »Vielleicht können Sie sie dazu bringen herunterzukommen?«

Nick war schon dabei, sich die Wanderstiefel anzuziehen. Als er aufstand, kam Packert mit einem Glas in der Hand um die Ecke.

»Ha, endlich eine Party!« Packert gesellte sich zu Wessex und zog an dessen nassem, schmutzigem Jackett. »Was zum Teufel ist denn mit Ihnen passiert? Sie sehen fürchterlich aus.«

Als ihm niemand Beachtung schenkte, sprach er lauter.

»Also, was haben Sie heute Abend denn alle so vor? Scharade spielen? Nach dem abwechslungsreichen Programm zu urteilen, das mir bisher hier geboten wurde, könnte dieser Ort auch ein Altenheim sein.« Er lachte. »Nun ja, schade, dass mein Freund Wessex und ich das aufregende Nachtleben heute Abend verpassen werden, aber zumindest gibt es in der Limousine eine Bar. Die Fahrt zurück in die Stadt wird ganz schön lang werden.«

»Bedauerlicherweise fahren Sie nirgendwohin«, wandte Nick schnell ein. »Wenn dieses Gewitter so schlimm wird wie angekündigt, werden die Bergstraßen überschwemmt werden. Sie werden hierbleiben müssen, bis der Sturm vorüber ist.«

Packert verarbeitete die Information und grinste dann. »Na, dann werde ich wohl Ihren statt Wessex' Scotch trinken.«

Der Texaner verabschiedete sich mit einem frechen Gruß in Richtung Bar.

Nick zog die Regenkleidung an. »Wir haben oben genügend Schlaf- und Badezimmer. Machen Sie sich auf die Suche nach Gertie und –«

»Ich bin schon hier«, rief sie und legte einen Arm um Ellie, die bekümmert aussah.

»Was passiert mit Carter?«, fragte das Mädchen.

»Ich werde sie entweder den Berg herunterzerren oder sie hüten wie eine Henne ihr Ei.« Nick riss die Tür auf. »So oder so, sie wird auf keinen Fall alleine dort draußen sein.«

Carter stand an der Felskante und schaute hinaus auf den See, als der Sturm kam. Sie freute sich über dessen Heftigkeit. Der rasende Wind und die peitschenden Wellen unten auf dem Wasser entsprachen ihrer Stimmung. Sie war in völligem Aufruhr, erschüttert von den Erinnerungen an ihre Vergangenheit.

Als sie heranwuchs, hatte es lange gedauert, bis sie erkannte, dass nicht alle Mütter in der Nacht durch das Haus wanderten, um immer wieder nachzuschauen, dass ja alle Türen und Fenster geschlossen waren. Das rhythmische *Klack, Klack* der Schlösser und Riegel, die immer wieder sicherheitshalber überprüft wurden, war ein Geräusch, das sie lernte, mit der Nacht in Verbindung zu bringen, so wie das Surren der Zikaden im Sommer und das Rascheln der Blätter im Herbst. Ihr Schlafzimmer hatte an einem Flur mit vielen Fenstern gelegen, und sie war stets mit dem Ritual ihrer Mutter und dem klickenden Geräusch eingeschlafen, das, je näher sie kam, lauter, und, je weiter sie sich entfernte, leiser wurde.

Einmal war Carter aus ihrem Bett geschlüpft und hatte aus der Tür gespäht. Sie hatte gesehen, wie sämtliche Fenster der gleichen Prüfung unterzogen wurden, viermal schnelles und einmal langsames Hin- und Herschieben der Riegel. Das Problem schien, dass verschlossen nie verschlossen genug war. Carter war verwirrt zurück ins Bett gegangen und hatte sich gefragt, was mit ihrer Mutter nicht stimmte. Konnte sie nicht sehen, dass alles in Ordnung war?

Doch die ständige Wachsamkeit war nicht ihre einzige Eigenart.

Die Essgewohnheiten ihrer Mutter waren genauso seltsam und beunruhigend gewesen. Alles, was auf ihrem Teller lag, beäugte sie misstrauisch, als ob es verdorben oder vergiftet sein könnte. War ein Salatblatt welk oder fiel ihr eine kleine braune Stelle an einer gekochten Kartoffel auf, trat sie mit dem Fuß auf die unter dem Tisch versteckt liegende Klingel, um das Personal hektisch herbeizurufen. Zumeist ließ sie das servierte Essen wieder abtragen. Blass und wütend über die sorglose Köchin griff sie dann in ihre Tasche und zog eine Pillendose hervor.

Die Pillen.

Wie hätte Carter die Pillen vergessen können?

Als sie ihre Mutter das letzte Mal vor deren Tod zu Hause besucht hatte, war sie auf der Suche nach einem Medikament gegen ihren rebellischen Magen in das große Badezimmer gegangen. Beim Öffnen des Arzneischranks hatte sie entsetzt auf die Batterie von Fläschchen mit verschreibungspflichtigen Tabletten geschaut, die, mit den Etiketten nach vorne, alphabetisch aufgereiht dort gestanden hatten. Sie hatte die kleinen schwarzen Aufdrucke auf jeder Flasche gelesen, bis ihr der Rücken vom Vornüberbeugen wehtat. Von Kodein bis Valium waren sie alle dazu da, Angstzustände zu kontrollieren, und belegten den inneren Aufruhr, mit dem ihre Mutter zu kämpfen hatte. Statt ihr jedoch Erleichterung zu verschaffen, schienen sie nur eine schwere Abhängigkeit verursacht zu haben.

Ein Bild ihrer Mutter in den kalten Fängen des Todes tauchte vor ihren Augen auf. Sie sah wunderschöne Haut, blass und makellos vom jahrelangen Aufenthalt im Haus. Atemberaubende Gesichtszüge, an denen die Zeit spurlos vorübergegangen war. Das lange braune Haar, das auf dem gewöhnlichen weißen Kissen des Krankenbetts lag.

In diesem Moment hatte sie schmerzliche Wut empfunden, die sich in den darauffolgenden Stunden in Hass auf ihren Vater verwandelt hatte. Als ihr Vater im Krankenhaus angekommen war, hatte sie ihn sofort fürchterlich beschimpft, und er hatte den Angriff mit einer Ruhe ertragen, die sie nur noch wütender hatte werden lassen. Als sie hinausgestürmt war, hatte sie seine fehlende Reaktion als Bestätigung seiner Herzlosigkeit gedeutet.

Sie verglich sein ausdrucksloses Gesicht von damals mit dem Schmerz, den sie ein paar Stunden zuvor darin gesehen hatte, und der Unterschied traf sie. Hatte er sich in den Jahren, die vergangen waren, geändert? Oder zeigte er ihr jetzt nur, was er fühlte?

Carters Blick wanderte zu dem Pfad, der den Berg hinunterführte. Sie dachte an Nick, und ein stechender Schmerz zog durch ihre Brust. Die Szene, wie sie am Tag zuvor vor seinem Haus vorgefahren waren, zog an ihrem inneren Auge vorüber. Das war, kurz bevor ihr Vater aus dem Haus aufgetaucht war, gewesen. Nick hatte sich zu ihr gewandt und gelächelt, sein Blick war warm und zufrieden gewesen.

Sie bemerkte, dass sie ihn vermisste, und schob das Gefühl beiseite, denn was sie vermisste, sagte sie sich, war nichts weiter als eine Illusion.

Der erste Tropfen Regen fiel und berührte sanft ihre Hand, und als sie hinaufschaute, trafen weitere ihre Wangen. Sie stand von dem Stein auf, warf einen letzten Blick hinunter auf den See, und dachte, dass Tragödien und Stürme viel gemeinsam hatten. Sie fegten über das Leben der Menschen hinweg, und manchmal, wenn sie schlimm genug waren, war nichts mehr so wie vorher.

Der Wind blies ihr ins Gesicht, und sie wandte sich ab.

Aber wachsen die Dinge nicht nach, fragte sie sich. Es gab doch immer eine Art von Heilung.

Als sie zurück zum Lager kam, war der Regen heftiger geworden, und nachdem sie die Zelte und Planen noch einmal überprüft hatte, ging sie in ihr Zelt und verschloss den Eingang mit dem Reißverschluss. Außerhalb ihres Unterschlupfs begann der Wind zu wüten, und der dünne Nylonstoff, der sie vor der Nässe schützte, flatterte in den Böen. Sie zog die feuchte Fleecejacke aus und legte sich auf ihr Feldbett. Sie war müde, aber dennoch ruhelos. Sie konnte nichts tun, außer den Sturm abzuwarten, und fragte sich, ob sie etwas Schlaf finden würde, als sie das erste Knistern eines Blitzes hörte.

Er schlug ganz in der Nähe ein. Sie wusste es, denn unmittelbar danach donnerte es, und der beißende Geruch des Einschlags lag in der Luft. Angst kroch langsam ihren Rücken hinauf.

Es blitzte wieder auf, und das Dunkelgrün des Zelts wurde in einen grellen Neonton verwandelt. Ein weiterer Donner setzte grollend ein und übertönte das Geräusch des Regens. Heftige Sturmböen drückten gegen den Berg. Plötzlich hörte sie, wie ein ganzer Baum mit einem gewaltigen Knall umstürzte.

Er landete direkt neben ihrem Zelt auf dem Boden. Zitternd vor Angst, da er sie beinahe getroffen hätte, sprang sie von ihrem Feldbett auf und zog ihre Windjacke an. Als sie draußen war, riss der Wind ihr die Kapuze vom Kopf. Kalter, heftiger Regen lief ihr den Nacken hinunter, als sie den Schaden begutachtete. Der Blitz hatte eine große Kiefer getroffen und deren Stamm gespalten. Der schöne Baum lag auf der Seite.

Seine Ruhestätte: die Zentrale für Papierschnittwunden.

Carter stöhnte.

Sie kämpfte sich durch den Wind und hoffte, dass der jüngste Fund, das Skelett, nicht zerquetscht worden war. Ihre nächste Sorge war, dass die Plane, die den Arbeitsbereich vor dem Wetter schützte, eine wirkliche Gefahr sein könnte. Der schwere Stoff mit seinen Metallringen flatterte heftig im Wind. Sie musste mehrfach danach greifen, bevor sie ein loses Ende zu fassen bekam, ohne sich zu verletzen. Doch dann gelang es ihr, es an dem umgestürzten Baum festzubinden. Danach suchte sie in all dem angerichteten Schaden nach dem Skelett.

Als sie es in seiner Kiste fand, war sie erleichtert. Der Behälter war zwar sehr zerbeult, aber nicht zerquetscht worden. Das Siegel war leider gebrochen, und es begann auch bereits Wasser einzudringen. Während der Regen ihr in die Augen lief, fasste sie zwischen den Zweigen hindurch nach einem der Griffe und zog fest daran, doch die Kiste bewegte sich nicht. Sie versuchte es noch einmal und legte dabei ihr ganzes Gewicht hinein, doch es nutzte nichts.

Ein weiterer Blitz zuckte auf, woraufhin Carter ängstlich den Kopf hob. Sie dachte einen Augenblick daran, sich in ihr Zelt zurückzuziehen, doch dieser wacklige Unterschlupf bot nur Trockenheit, keinen wirklichen Schutz. Außerdem erschien ihr die Vorstellung, in dieser Nylonkugel zu sitzen, während das Chaos um sie herum tobte, beängstigender als draußen im Sturm zu sein. Zumindest konnte sie dann sehen, was vor sich ging.

Abgesehen davon musste sie auch das Skelett vor dem Ertrinken bewahren, dachte sie mit Galgenhumor.

Sie ging hinüber zum Essenszelt und durchwühlte die Kisten mit den Vorräten und Werkzeugen, bis sie eine

Handsäge fand. Zurück am Baum legte sie das Sägeblatt auf die glatte Rinde und begann zu sägen, bis der Ast, den sie bearbeitete, auf den Boden fiel. Sie richtete sich auf, drückte den Rücken durch und wandte sich einem weiteren Ast zu, der den Weg versperrte.

Carter war gerade dabei, das Sägeblatt zu sich zu ziehen, als ihr die Säge abrutschte und ihre linke Hand streifte, mit der sie sich abgestützt hatte. Sie zog sie weg und ließ die Säge fluchend auf den Boden fallen, während sie die verletzte Hand schützend vor die Brust hob.

Es brannte mehr als dass es schmerzte, und zuerst dachte sie, sie wäre mit einem kleinen Kratzer davongekommen. Doch dann bemerkte sie eine dunkle Spur, die den Ärmel hinaufwanderte, und sie wusste, dass sie sich ernsthaft verletzt hatte. Sie stellte ihr Vorhaben, das Skelett zu befreien, kurzzeitig ein, holte den Verbandskasten aus dem Essenszelt und ging zurück zu ihrem Zelt.

Als sie in dem trüben Licht unter ihrer Gaslampe sah, was passiert war, wurde ihr flau im Magen. Die Schnittwunde war tief und lang und verlief zwischen Daumen und Zeigefinger. Vorsichtig bewegte sie ihre Finger und war erleichtert, als sie feststellte, dass keine Sehne verletzt zu sein schien. Dennoch sah die Wunde ernster aus, als dass es genügt hätte, ein Pflaster darauf zu kleben.

Sie nahm etwas Wasser aus der Flasche und lehnte sich aus dem Zelt, um die Wunde zu säubern. Dann besprühte sie sie mit Wasserstoffperoxid und fluchte vor Schmerz. Nachdem sie die Hand verbunden hatte, stülpte sie einen Skifäustling darüber, um zu verhindern, dass der Verband nass wurde, und ging zurück zu dem Skelett.

Das Sägen fiel ihr dieses Mal schwerer. Es war ohne eine zweite Hand, die zog und drückte, fast unmöglich, doch sie hielt durch, bis der Ast abgetrennt war. Sie bückte sich gerade nach vorne, um die Kiste hervorzuziehen, als sie durch den Wind und den Regen hindurch ein Geräusch hörte. Vertieft in ihre Arbeit, ignorierte sie es und versuchte weiter das Skelett aus seiner Falle zu befreien.

Als eine Hand von hinten nach ihrem Arm griff, schrie sie auf.

17

»Was zum Teufel machst du da?«, brüllte Nick über den tosenden Sturm hinweg. Am Himmel zuckte wieder ein Blitz auf, und sie sah Nicks vor Wut angespanntes Gesicht.

Carter war einen Moment lang fassungslos darüber, dass er in dem peitschenden Wind und dem Regen den ganzen Weg hinaufgekommen war, doch dann kehrten Verletztheit und Wut wieder zurück.

»Lass mich los!« Sie riss sich los.

»Wir gehen von diesem Berg hinunter – jetzt sofort!«

»Ich gehe nirgendwo mit dir hin«, schrie sie zurück.

Sie streckte die Hand nach unten aus, um die Kiste aufzuheben, doch er griff wieder nach ihrem Arm, die Augen auf ihren Skifäustling gerichtet. Sie stellte ihm eine Frage, um ihn abzulenken. »Kannst du das herausziehen?«

»Was?«, rief er.

Sie zeigte auf den Behälter. »Zieh! Die Kiste muss unter die Plane.«

Mit finsterem Blick riss er die Kiste los und sah sie scharf an.

Carter schaute mürrisch zurück, begann aber in Richtung Zelt zu gehen. Als sie dort ankamen, hielt sie die Plane am Eingang beiseite, während er hineinging. Sie zögerte, bevor sie ihm folgte, und versuchte herauszufinden, wie sie ihn am schnellsten wieder loswerden könnte. Sie spähte hinein und sah, dass ein entschlossener Ausdruck auf seinem Gesicht lag.

Das würde eine lange Diskussion werden, dachte sie.

Sobald sie aus dem Regen getreten war und begann, den Reißverschluss am Eingang zu schließen, schrie er wieder los.

»Du brauchst das Zelt erst gar nicht zuzumachen! Wir bleiben nicht hier.«

»Du meinst, du bleibst nicht hier!« Sie streifte ihre Jacke ab.

»Willst du hier oben umgebracht werden?«

»Mir geht's gut«, brüllte sie. »Und ich brauche sicherlich nicht dich, um auf mich aufzupassen.«

Ihre trotzige Antwort schien ihn nur noch wütender zu machen. Seine Kiefernmuskeln spannten sich an. »Weißt du, dieser Baum da drüben? Der auf dem Boden liegt? Der hätte auf dir landen können.«

»Ist er aber nicht. Und jetzt lass mich verflucht noch mal in Ruhe.«

»Du kommst mit mir mit!«

»Komme ich nicht!« Es war ihr egal, dass sie sich mitten in einem Tornado befand.

»Oh doch, kommst du!«

Carter verschränkte ihre Arme und reckte das Kinn vor. »Und wie willst du das schaffen, mich heruntertragen? Dir wird wohl nichts anderes übrig bleiben, denn freiwillig gehe ich nirgendwo mit dir hin.«

Nick schien kurz davor zu sein, einen weiteren Angriff zu starten, als er sich plötzlich beruhigte.

»Was ist mit deiner Hand passiert?« Er schaute zwischen dem offenen Verbandskasten und dem Skifäustling hin und her.

»Nichts!« Sie nahm den Arm hinter ihren Rücken.

»Lass mich sehen!«

»Nein.« Carter ging einen Schritt zurück, bis ihr einfiel, dass sie nirgendwohin gehen konnte.

Nick griff mit einer Hand nach ihrem freien Arm.

»Hör auf, mich so grob zu behandeln!« Sie zog an ihrem Arm, doch er hielt sie eisern fest.

Sie wollte sich von ihm losreißen, begann aber selbst, sich über die Schnittwunde Sorgen zu machen, die inzwischen heftig zu pochen begonnen hatte. Außerdem hatte sie das Gefühl, einen aussichtslosen Kampf zu führen.

In seinem Gesicht lag jene Art von Entschlossenheit, die zweifellos jeden Widerspruch, der ihm je begegnet war, im Keim erstickt hatte.

Als sie widerwillig den Handschuh auszog, sah sie, dass sich ein roter Fleck auf dem Verband gebildet hatte.

Nicks Blick wurde grimmig. »Was ist passiert?«

»Ich habe mich mit der Säge geschnitten«, gab sie zu.

»Wie schlimm?«

»Nicht schlimm.«

»Und warum blutet es dann immer noch?« Darauf fiel ihr keine passende Antwort ein. »Lass mich sehen!«

Sie nahm vorsichtig den Verband ab. Als die Wunde freigelegt war, zuckten wieder Blitze über den Himmel, die sein Gesicht aufleuchten ließen, und sie sah neben Verdrossenheit echte Besorgnis darin.

»Wir müssen dich zu einem Arzt bringen.«

»Ich lege keinen Wert auf deine Meinung«, entgegnete sie und hätte ihn am liebsten weggeschoben. Mit seiner Wut konnte sie umgehen, aber seine Sorge drohte sie zu überwältigen.

»Carter, lass mich dir helfen.«

»Nein, danke.« Sie begann, den Verband wieder anzulegen. »Da ich mein Glück mit dir kenne, werden sie mir, wenn du dabei bist, den ganzen Arm amputieren. Und jetzt geh mir bitte aus dem Weg, damit ich andere Sachen davor retten kann, klatschnass zu werden.«

»Du benimmst dich wie ein Kind.«

»Dann solltest du mir einfach eine Lektion erteilen und zusehen, wie ich mich alleine durchschlage. Wie hört sich das an?«

Nick fluchte laut. »Warum lässt du nicht zu, dass ich dir helfe?«

Ihre Blicke prallten aufeinander, und sie konnte zwischen ihren zusammengebissenen Zähnen kaum sprechen. »Es ist nichts Falsches dran, sich vor denen zu schützen, die einen verletzt haben. Vernünftige Menschen würden das als Zeichen eines gesunden Selbsterhaltungstriebs betrachten.«

»Du hast wohl auf alles eine Antwort, oder?«, stieß er bitter hervor. »Wie wir denken und fühlen und warum wir etwas tun.«

»Nein. Ich weiß nur, dass ich einen Mistkerl erkenne, wenn ich einen sehe.«

Nick blickte sie lange an, und sie wartete darauf, dass er ihr etwas Beleidigendes entgegenschleuderte.

Doch stattdessen öffnete er ruhig den Zelteingang und ging hinaus, ohne ein Wort zu sagen. Während er den Reißverschluss wieder zumachte, bereute sie fast, was sie gesagt hatte.

Was verrückt war.

Wie konnte er es nur wagen, sie dazu zu bringen, ein schlechtes Gewissen zu haben, dachte sie, und begann in dem engen Raum auf- und abzugehen. Immerhin war *er* derjenige gewesen, der ihr wehgetan hatte, und nicht umgekehrt.

Der Mann hatte kein Recht, ihr das Gefühl zu geben, in irgendeiner Art und Weise verletzt zu sein.

Sie ging noch ein paarmal hin und her.

Sie riss den Reißverschluss des Zelts auf, fluchend wie ein Bierkutscher, um ihn auf dem Pfad einzuholen und ihm zu sagen, wie unfair es …

Sowie sie aus dem Zelt getreten war, hielt sie inne.

Mitten im schlimmsten Sturm stand Nick knietief in den Trümmern der Zentrale für Papierschnittwunden und hob den Drucker auf. Als er sich umdrehte und sie sah, zeigte er keine Überraschung. Er marschierte an ihr vorbei zu Buddys Zelt, ohne ein Wort zu sagen, kam mit leeren Händen wieder heraus und ging zurück zu dem umgestürzten Baum.

Carters gerechtfertigter Zorn verrauchte. Das Haar klebte ihm am Kopf, er musste klatschnass unter seiner dünnen Windjacke sein, trotzdem arbeitete er einfach weiter.

Während er zu dem Trümmerfeld zurückging, kam sie dazu, um ihm zu helfen. Auch wenn sich ihre Hand als nutzlos erwies, machte sie Sachen ausfindig, die gerettet und von ihm in Sicherheit gebracht werden mussten.

Als die Arbeit erledigt war, wusste Carter nicht, wie sie ihm danken oder was sie als Nächstes tun sollte.

Ihre Blicke trafen sich über den prasselnden Regen und den peitschenden Wind hinweg.

Als ganz in der Nähe wieder ein Blitzschlag zu hören war, griff er nach ihrem Arm, und sie eilten in ihr Zelt.

Drinnen zwang sie sich ihn anzusehen und sagte: »Danke.«

Er nickte. Es entstand eine peinliche Stille, während sie darauf wartete, dass er ging.

»Nun, ich gehe mal davon aus, du gehst jetzt wieder?« Sie blickte vielsagend zu dem verschlossenen Zelteingang.

»Wie kommst du denn darauf?«

Während sie ihn ungläubig anstarrte, begann er seine Jacke auszuziehen und sich nach einem Sitzplatz umzusehen.

Panik stieg in ihr hoch. Sie wollte nicht den Rest der Nacht mit ihm in ihrem Zelt verbringen. Das ging nicht. »Aber ich dachte, du würdest jetzt gehen ...«

»Dachtest du? Aha.«

»Aber du warst wütend und ...«

Er schüttelte sich den Regen aus dem Haar. »Ich gehe nirgendwohin. Außer dir fällt ein trockener, vernünftiger Ort ein, um die Nacht zu verbringen. Du könntest unsere jämmerliche Situation beenden, indem du dich bereit erklärst, mit mir hinunter zum Haus zu gehen.«

Sein Blick war ganz ruhig, auch wenn immer noch große Entschlossenheit darin lag, und Carters Widerstand begann zu bröckeln. Vielleicht war es nur Erschöpfung. Vielleicht war es die Verletzung. Vielleicht hatte sie auch einfach nur genug von der ständigen emotionalen Achterbahnfahrt.

»Na gut«, sagte sie mit leiser, resignierter Stimme. »Wie du willst!«

Als ihre Zähne von der Kälte zu klappern begannen, wusste sie, dass sie ihre nassen Klamotten loswerden musste. Sie bewegte sich umsichtig, als sie die Windjacke und den durchnässten Fleecepullover auszog, um sich in dem engen Raum nicht ihre Hand zu stoßen oder Nick versehentlich zu berühren.

Doch damit war es nicht getan. Ihre Jeans war klatschnass, und das T-Shirt klebte ihr am Körper. Sie dachte gerade über eine Lösung nach, um sich nicht vor ihm umziehen zu müssen, als sie bemerkte, dass Nick ganz still geworden war. Sie schaute zu ihm hinüber und begriff, warum.

Seine Augen, glühend und durchdringend, starrten auf ihre Brustwarzen, die sich aufgerichtet hatten und sich durch den nassen Stoff ihres T-Shirts abzeichneten. Als ihr bewusst wurde, worauf er schaute, wurde sie rot und drehte sich weg. Sie griff nach einem trockenen Sweatshirt und wollte es sich gerade über den Kopf ziehen, als er mit leiser, heiserer Stimme sprach.

»Jetzt mach dich nicht lächerlich! Das wird nur nass von deinem T-Shirt.« Er öffnete das Zelt, und der Wind fegte herein. »Ruf mich, wenn du fertig bist!«

Nachdem er verschwunden war, ging ihr die Begierde, die sie in seinem Gesicht gesehen hatte, nicht aus dem Kopf, und sie spürte, wie ihr heiß wurde. Am liebsten hätte sie ihn wieder in das Zelt gezerrt und ihre Lippen auf seine gepresst.

Doch das würde nicht passieren, beschloss sie. Wenn sie etwas in den letzten vierundzwanzig Stunden gelernt hatte, dann, dass der Preis, ihn haben zu wollen, zu hoch war.

Carter schob die Erinnerungen an ihre gemeinsamen Stunden im Bett beiseite. Sie begann sich auszuziehen und achtete darauf, sich nicht an der Hand wehzutun. Nachdem sie das T-Shirt ausgezogen hatte, zog sie ein trockenes an und griff nach dem Hosenbund.

Ein geknöpfter Hosenschlitz.

Fluchend versuchte sie, die Verschlüsse irgendwie zu öffnen. Da sie sich bewusst war, dass Nick draußen im Regen klatschnass wurde, gab sie nach mehreren erfolglosen Versuchen schließlich auf und rief nach ihm.

»Was ist los?«, fragte er und schaute auf ihre nasse Hose.

»Nichts«, murmelte sie und zog sich ihr Sweatshirt an.

»Das letzte Mal, als du das sagtest, hieltst du deine verbundene Hand vor mir versteckt.«

Sie blitzte ihn an. »Warum bist du so neugierig?«

»Weil du so ausweichend bist.« Er zog seine Jacke aus und begann sein Hemd aufzuknöpfen.

»Was tust du da?«, fragte sie mit beunruhigter, schriller Stimme.

»Mich ausziehen. Ich bin gerne bereit, deine Tugendhaftigkeit zu wahren, aber nicht zu Lasten meiner Gesundheit. Ich möchte keine Lungenentzündung bekommen.« Er schaute sie an, während er sein Hemd vom Körper streifte.

Carter versuchte ihn zu ignorieren und biss die Zähne zusammen. Sie setzte sich auf das Feldbett und betrachtete eingehend ihre Fingernägel. Als sie hörte, wie sein nasses Hemd zu Boden glitt und er seine Hose über die Beine streifte, erinnerte sie sich an jedes Detail seines Körpers. Das Gefühl seines straffen Bauchs, die strammen, festen Beine. Das Schicksal schien es grausam mit ihr zu meinen, da sie sich immer noch so zu ihm hingezogen fühlte.

»Hast du irgendwelche Kleider da, die mir passen könnten?«

Na, das war doch mal was. Ihn anzukleiden war wirklich verlockend.

Sie sprang von dem Feldbett auf. Es war ihr völlig egal, ob sie ihn am Schluss in den verdammten Schlafsack stecken müsste.

Sie ging hinüber zu den Reisetaschen, zog das größte T-Shirt heraus, das sie hatte, und einen riesigen irischen Wollpullover. Sie warf die Sachen blindlings durch das Zelt und wühlte weiter, bis sie eine rosafarbene Jogginghose mit Kordelzug fand, die sie als Schlafanzughose benutzte.

Als sie schließlich glaubte, einen Blick riskieren zu können, sah sie verstohlen zu ihm hinüber und konnte sich ein lautes Lachen nicht verkneifen. Er sah lächerlich aus. Die Jogginghose, die ihr bis hinunter zu den Füßen reichte, endete bei ihm mitten über den Waden. Das T-Shirt und der Pullover, die bei ihr locker saßen, hörten bei ihm oberhalb des Bauchnabels auf. Er sah aus wie ein schlecht gekleideter Transvestit.

»Ich weiß, dass das kein modisches Highlight ist«, sagte er mit einem schiefen Lächeln, »aber zumindest bin ich trocken.«

Carter versteckte ihr Lachen hinter einem Stirnrunzeln und nieste dann.

»Bist du dir sicher, dass du diese Jeans anbehalten willst?«, fragte er.

Sehnsüchtig schaute sie auf eine trockene Khakihose, die in greifbarer Nähe lag. Als wieder ein Zittern durch ihren Körper fuhr, wandte sie sich von ihm ab und begann noch einmal an dem Hosenschlitz herumzutasten in dem Versuch, ihn zu öffnen.

»Soll ich dir helfen?«

Sie zuckte zusammen. Seine Stimme war nah an ihrem Ohr, und sie bemerkte, dass er dicht hinter ihr stand.

»Nein.« Sie versuchte, sich von ihm wegzubewegen. »Würdest du bitte …«, und bedeutete ihm, von ihr wegzurücken.

Er zog eine Augenbraue hoch und setzte sich auf das Feldbett.

Nach mehreren zwecklosen Versuchen und einem weiteren Niesen gab sie auf.

Trotzdem hielt sie an ihrem Entschluss fest und wandte sich zu ihm: »Könntest du … äh –«

»Was?«

Seiner Miene nach zu urteilen, schien er uninteressiert, doch seine Augen verrieten etwas anderes. In ihnen lag reine Wollust.

»Äh – könntest du mir …«

»Die Hose ausziehen?«

Bevor sie ihm antworten konnte, er solle die Sache vergessen, stand er vor ihr und streckte die Hände aus. Seine Fingerspitzen strichen über die Haut ihres Bauchs, während er den obersten Knopf öffnete. Als sie Luft holte, hielt er inne.

»Willst du, dass ich aufhöre?«

Er stand jetzt dicht bei ihr, seine Lippen fast an ihrem Ohr, sein Körper über ihren gebeugt.

»Beeil dich einfach nur!«, murmelte sie mit zusammengebissenen Zähnen, den Blick auf den Boden gerichtet.

Nick fuhr fort, und mit jedem Knopf, den er öffnete, wanderten seine Hände weiter nach unten. Das Zerren und Ziehen war unglaublich erotisch, und ihre Lippen öffneten sich, während sie schwer atmete.

Am untersten Knopf angekommen, verweilten seine Hände für einen kurzen Moment. Er beugte den Kopf tiefer, und sein Atem strich über ihren Nacken.

»Du bringst mich zum Glühen«, flüsterte er und zog ihre Hüfte an sich. Sie konnte seine Erregung spüren, groß und heiß.

Ihr Kopf kippte nach hinten.

Blitze zuckten auf, weiß und gezackt.

Als kurz darauf lauter Donner durch die Luft hallte, drang das Geräusch durch den Nebel hindurch, der Carters Verstand umhüllte. Sie riss sich von ihm los und taumelte.

»Lass das!«, rief sie heiser.

Ihre Blicke trafen sich, und sie dachte, er würde mit ihr zu streiten beginnen. Doch dann zuckte er nur lässig mit den Achseln. Seine Miene verschloss sich, und das Feuer darin verwandelte sich in ruhige Selbstbeherrschung. Als er sich auf ihr Feldbett setzte, schien er sich völlig unter Kontrolle zu haben.

Währenddessen wüteten in Carter Verlangen, Groll und Selbstverachtung.

Sie wandte sich von ihm ab und begann, die Jeans abzustreifen. Als sie schließlich damit fertig war und sich in die Khakihose gekämpft hatte, traute sie sich nicht, sich wieder umzudrehen. Sie wusste nicht, was sie sagen, wo sie sich hinsetzen oder was sie tun sollte.

»Hier ist noch genügend Platz«, sagte Nick.

Carter drehte sich zu ihm um. Seine Miene verriet nichts, und am Schluss setzte sie sich zu ihm auf das Feldbett, blieb aber so weit wie möglich von ihm entfernt.

Sie saßen still nebeneinander und hörten Wind und Regen zu, die draußen tobten.

»Wie lange kann das noch dauern?«, fragte sie.

»Bis in die Nacht hinein.«

Sie schaute verstohlen zu ihm hinüber. Seine breiten Schultern steckten in ihrem Pullover, sodass sich dieser über seinem mächtigen Körper spannte, während die Arme auf den Knien ruhten. Seine Augen blickten geradeaus. Auch wenn es schien, als würde er nichts Bestimmtes ansehen, lag in seinem Gesicht volle Konzentration.

Ein weiterer Blitz schlug in der Nähe ein. Sie zuckte zusammen.

Als er nach dem Donner sprach, war seine Stimme sanfter, als sie erwartet hatte. »Du wärst wirklich alleine hier oben geblieben, oder?«

»Natürlich«, antwortete sie bestimmt. »Buddy und Ellie gehören zusammen. Ich bin nur … ich.«

»Und du hättest die ganze Nacht den Platz hier aufgeräumt. Sogar mit deiner Hand.«

Sie runzelte die Stirn und fragte sich, worauf er hinauswollte.

»Wäre es dir je in den Sinn gekommen, um Hilfe zu bitten?«

»Wen?«

Es trat kurz Stille ein, dann sagte er trocken: »Mich, zum Beispiel.«

Sie schüttelte den Kopf. Als er ein verärgertes Schnauben von sich gab, entgegnete sie: »Kannst du mir das verübeln?«

Sein Lächeln war nicht fröhlich. Sie schwiegen wieder kurz, doch dann lachte er leise auf.

»Du bist echt zäh. Zumindest nach außen hin.« Sie konnte aus seiner Stimme etwas heraushören, das nach Respekt klang.

»Weißt du, ich möchte jetzt nicht reden«, sagte sie grob. »Ich bin zurzeit nicht fähig, irgendetwas zu verstehen.«

Sie schaute in seine Augen und war erstaunt, Verständnis darin zu sehen.

Carter blickte wieder weg und legte den Kopf in ihre Hände. »Könntest du das bitte sein lassen?«

»Was?«

»Mich so verdammt … mitfühlend anzusehen.«

Er lachte kurz auf. »Du magst also meine bissige Seite lieber?«

»Mit ihr ist es einfacher, dich nicht zu mögen.«

»Ich will aber nicht, dass du mich nicht magst.«

Sie schwiegen eine Weile. Irgendwann bewegte er sich auf dem Feldbett, woraufhin sie zusammenzuckte.

»Ich werde schon nicht über dich herfallen.« Bitterkeit lag in seinen abgehackt gesprochenen Worten.

Als sie zu ihm hinüberschaute, sah er wirklich verstimmt aus. »Du wirst wütend, wenn du nicht bekommst, was du willst, oder?«

»Kennst du jemanden, der das nicht wird?«

Carter zuckte mit den Achseln. »Manche Menschen sind schlimmer als andere.«

Sie sah aus den Augenwinkeln heraus, dass er sich den Nacken rieb. Als wäre etwas Spannung von ihm abgefallen, sagte er mit gleichmäßigerer Stimme: »Meine Schwester war ausgeglichener, als ich es je war. Sie konnte Frieden stiften.«

»War sie jünger oder älter als du?«

»Jünger. Der letzte verzweifelte Versuch meiner Mutter, Aufmerksamkeit zu bekommen. Sie blieb die ganzen neun Monate im Bett, obwohl sie kerngesund war. Melina kam per Kaiserschnitt zur Welt, sodass meine Mutter einen Monat danach durch die Gegend schlich und das Ereignis so dramatisierte, dass man hätte meinen können, sie wäre einmal in der Mitte durchgeschnitten und dem Tod überlassen worden.«

Sein nüchterner Ton stieß bei Carter auf Verständnis. Er erinnerte sie daran, wie sie über ihren Vater sprach. »Hast du dich mit Melina gut verstanden?«

»Sie und Gertie waren meine Rettungsanker, als ich heranwuchs. Meine Mutter kümmerte sich nicht wirklich um mich, und mein Vater konnte besser mit Zahlen umgehen als mit Menschen. Es wäre für mich sehr einfach gewesen, mich von allen zurückzuziehen, und ich denke, Mel wusste das. Sie war immer darauf bedacht, für mich da zu sein, wenn ich sie brauchte, obwohl ich nicht behaupten kann, ihr dies je angemessen vergolten zu haben. Das ist einer der Gründe, warum ich Cort unbedingt bei mir aufnehmen wollte, als sie starb.«

Er räusperte sich, und Carter spürte, dass er nicht weiter über seine Familie sprechen wollte. Es fiel ihr schwer, kein Mitgefühl zu haben.

»Mein Vater war heute bei mir«, stieß sie plötzlich hervor.

Sie spürte eher, als dass sie es sah, wie er den Kopf zu ihr wandte.

Sie kam sich verletzlich vor und zog die Beine an. Sie bedauerte, das Thema angeschnitten zu haben, fühlte sich aber gleichzeitig gut dabei. Als hätte sie irgendwie die Kontrolle über eine Situation übernommen, die so viel Schmerz in ihr verursacht hatte.

»Er war ganz anders als in meiner Erinnerung. Ich war überrascht, so viel Bedauern in ihm zu sehen.«

»Natürlich tut es ihm leid. Er liebt dich.«

»Ja, vielleicht tut er das wirklich. Ich habe fast das Gefühl, als wäre es eine gute Idee gewesen, dass er hier auf den Berg gekommen ist.« Sie sah Überraschung und Hoffnung in Nicks Gesicht aufflackern und schob schnell nach: »Aber ich bin immer noch tierisch wütend auf dich, dass du mich benutzt hast.«

In seiner Stimme lag Enttäuschung. »Ich habe dich nicht benutzt.«

»Doch, hast du.«

»Verdammt noch mal, Carter, wenn du dich mit deinem Vater am Schluss wieder versöhnst, dann ist das eine Sache zwischen euch beiden. Ich werde das nicht zu meinem Vorteil nutzen, und ich bedaure zutiefst, diese Möglichkeit je in Betracht gezogen zu haben.«

Sie zuckte nur die Achseln und versuchte, sich nicht auf diese Diskussion einzulassen.

»Gott, manchmal möchte ich dir einfach nur den Hals umdrehen«, murmelte er.

»Ich weiß, was du meinst«, schoss sie zurück. »So geht es mir auch oft mit dir.«

Sie blickten sich finster an, in ihren Augen lagen Wut und Leidenschaft, und verblüfft merkte sie, wie ähnlich sie sich doch waren, beide Kämpfer bis zum Schluss. Sie dachte, wie absurd es war, sich inmitten eines Sturms in einem Zelt zu streiten, wenn sie doch jeden Moment von einem Blitz getroffen werden konnten.

Sie begann zu lachen, sie konnte nicht anders. Und nach kurzer Zeit stimmte er mit ein. Ihr Lachen vermischte sich, stieg die Zeltwände hinauf und wurde hinaus in den Sturm getragen.

Sie wischte sich eine Träne weg und murmelte: »Man könnte fast meinen, wir wären füreinander bestimmt.«

Nick hörte augenblicklich auf zu lachen. »Wir sind füreinander bestimmt.«

Sie sah ihn unverwandt an. Die Stimmung zwischen ihnen hatte sich verändert, sie war ernster geworden.

»Ich meinte das ehrlich, als ich sagte, dass ich dich liebe. Carter?«

In ihrem Blick lag ein Zögern.

»Ich wünsche dir und deinem Vater alles Glück der Welt. Das weißt du, oder?« In die Stille hinein, die folgte, sagte er: »Und es tut mir leid, dass ich dich verletzt habe. Ich bat ihn, nicht zu kommen, und als wir in Vermont waren, suchte ich nach einem Weg, es dir irgendwie zu sagen. Ich wollte dir alles erzählen.«

Donner hallte krachend durch die Luft.

»Bedeutet dir das nichts?«, fragte er.

Sie zuckte mit den Achseln. »Es ändert nichts daran, wo wir stehen. Wer wir sind.«

»Warum fällt es dir so schwer, mir zu glauben, dass ich dich liebe?«

»Ich bezweifele nicht, dass du mich liebst.«

»Was ist dann das Problem?«

»Ich … ich kann dir nicht vertrauen.«

Nick fluchte leise und bewegte sich so rasch zu ihr hinüber, dass sie keine Zeit hatte zurückzuweichen. Er nahm sie in die Arme und drückte seinen Mund fest auf ihren. Sie wehrte sich kurz, gab dann aber nach. Die Geräusche des Sturms wurden schwächer, und sie nahm nur noch ihn wahr, seine Hände in ihrem Haar und seine Zunge, die über ihre glitt.

Unvermittelt zog er sich wieder zurück. »*Dem* hier kannst du nicht vertrauen?«

Sie schüttelte langsam den Kopf. »Nur ein Narr lässt sich auf einen Waldbrand ein, wenn er nach Wärme sucht.«

Er hielt sie nicht fest, als sie von ihm wegrückte.

Danach sagten sie nicht mehr viel.

Der Sturm fegte in der Nacht über das Tal hinweg. Keiner von beiden konnte schlafen. Als das stürmische Wetter am frühen Morgen schließlich abzog, war die Stille, die folgte, verwirrend. Carter hörte in der Morgendämmerung, wie Regentropfen auf den Boden und das Zeltdach fielen. Es war ein sanftes Geräusch mit einem wunderbaren Rhythmus.

Nick stand auf und zog seine Jacke an. »Ich bin gleich wieder zurück.«

Nachdem er gegangen war, legte sie sich hin und nahm das Pochen in ihrer Hand deutlich wahr. Dankbar, sich ausstrecken zu können, schloss sie die Augen und fiel in einen traumlosen Zustand der Erschöpfung.

Nick lief draußen herum und begutachtete den Schaden. Das Lager war ein einziger Trümmerhaufen. Alle anderen Zelte waren umgestürzt, die Plane über dem Essensbereich hatte der Wind heruntergerissen, sie lag in einem Knäuel da. Überall war Schlamm.

Er ging hinüber zu dem Bach, der auf das Doppelte seiner Größe angeschwollen war, und eine Flut weißer Gischt ergoss sich den Berg hinunter. Er kniete sich hin, bespritzte sein Gesicht mit Wasser und ging, während ihm die Tropfen noch an Augen und Kinn herunterliefen, zu der Lichtung, um die Sonne über dem See aufgehen zu sehen.

Er sah zu, wie sich das Licht seinen Weg in den Himmel bahnte, und wollte Carter wecken gehen, wusste jedoch, dass er das nicht konnte. So stand er für eine ganze Weile allein da, blickte hinaus und vermisste Carter, obwohl sie nur ein paar Meter von ihm entfernt war.

Als er zum Lager zurückkehrte, steckte er seinen Kopf in das Zelt. Er sah in dem schwachen Licht, dass sich ihre Brust hob und senkte. Ihr dunkles Haar lag ausgebreitet auf dem Kissen, und sie hatte ein Bein seitlich herausgestreckt. Er beobachtete, wie sie schlief, bis sie plötzlich aufwachte.

»Was stehst du da herum?«, fragte sie ihn mit müder Stimme.

»Wir müssen dich zu einem Arzt bringen.«

Stöhnend setzte sie sich auf. Das Haar fiel ihr in Wellen über die Schultern, sodass er am liebsten hineingegriffen hätte.

»Wie viel Uhr ist es?«

Er musste nicht auf seine Uhr sehen. »Immer noch früh. Aber wir sollten gehen.«

Sie verzog das Gesicht und stand auf. Statt mit ihm zu streiten, zog sie einfach ihren Mantel an und ging aus dem Zelt. Da wusste er, dass sie Schmerzen hatte.

Im schwachen Licht der Dämmerung gingen sie hinüber zum Pfad. Es war furchtbar mitanzusehen, wie steif sie sich bewegte und den Arm von ihrem Körper weghielt, als ob sie

Angst hätte, sich ihn zu stoßen. Er wünschte sich nichts mehr, als etwas tun zu können, um ihr den Weg nach unten zu erleichtern. All die heruntergefallenen Äste, der immer noch überflutete Weg und Carters stilles Leiden gaben ihm das Gefühl, sie würden es nie bis zum Haus schaffen.

In dem Moment, als sie aus dem Wald traten, kamen auch schon Buddy, Ellie und Cort über den Rasen geeilt. Sie lächelten vor Erleichterung, doch die glücklich aussehende Gruppe blieb unvermittelt stehen, als sie den Verband und Carters angespanntes Gesicht sahen.

»Was ist passiert?«, fragte Buddy.

»Eine kleine Auseinandersetzung mit der Handsäge«, murmelte Carter durch blasse Lippen. Sie erzählte ihm schnell, was geschehen war.

»Ich bringe sie in die Stadt«, erklärte Nick. »Tun Sie mir einen Gefallen und richten Sie Gertie bitte aus, schon mal anzurufen. Sie weiß, zu welchem Arzt wir fahren.«

Nick packte Carter in den Geländewagen, warf eine Kettensäge hinten hinein und manövrierte das Auto vorsichtig auf die Hauptstraße. Er achtete darauf, ruhig zu fahren.

Um sie herum bot sich ein Bild der Verwüstung. Äste waren heruntergefallen, Wasser lief in riesigen Bächen über die Straße, und irgendwann versperrte eine umgestürzte Eiche den Weg. Er benutzte die Kettensäge und zerteilte den Baum geschickt in mehrere große Stücke, die er hinüber auf den Seitenstreifen warf. Als er wieder in den Wagen stieg, sah er ein trauriges Lächeln auf Carters Lippen.

Auf seinen fragenden Blick hin erklärte sie: »Ich habe mich gerade an das erste Foto von dir erinnert, das ich je gesehen habe. Ich muss noch auf dem College gewesen sein. Du standst am Anfang deiner Karriere an der Wall Street und hattest dort gerade dein erstes richtiges Geld gemacht.«

Sie lachte kurz auf. »Du galtest als einer der begehrtesten Junggesellen Amerikas.«

Er manövrierte den Wagen vorsichtig zurück auf die Straße.

»Daran kann ich mich nicht erinnern«, sagte er und hoffte, sie würde weitersprechen.

»Das Foto war auf dem Titel irgendeiner Finanzzeitschrift. Dein Blick war in die Kamera gerichtet, und du sahst brutal ernst aus, viel älter als Ende zwanzig, was du damals laut dem Artikel warst. Ich erinnere mich, dass ein paar Mädchen um die Zeitschrift herumstanden und meinten, du würdest den perfekten Ehemann abgeben.«

»Was meintest du?«

»Ich war mir nicht so sicher. Aber der Grund, warum ich gerade gelächelt habe, war, dass ich mir nie hätte vorstellen können, dass genau dieser Mann sich einmal mitten in den Adirondacks mit meiner rosafarbenen Jogginghose über einen umgestürzten Baum beugen würde, um den Weg frei zu machen, um mich zum Arzt zu bringen.«

Er schaute sie ziemlich lange an. »Ich bin froh, dass ich dir helfen darf.«

Nick wartete auf eine Antwort, doch sie sagte nichts. Stattdessen lehnte sie ihren Kopf zurück und schloss die Augen.

18

Nachdem der Arzt in der Stadt sie behandelt hatte, fühlte sich Carter erleichtert und deutlich wohler, als Nick den Geländewagen wieder in die Garage fuhr. Sie war aber auch erschöpft.

»Möchtest du gerne frühstücken?«

»An sich könnte ich etwas Schlaf gebrauchen.«

»Über Betten verfügt das Haus reichlich.«

Sie dachte an das feuchte Lager, den Matsch in ihrem Zelt, das harte Feldbett und die Tatsache, dass sie so müde war, dass sie jeden einzelnen Knochen spürte.

»Danke. Etwas Weiches und Trockenes hört sich großartig an.«

Als sie etwas gegessen hatte, brachte Nick sie in das Schlafzimmer, in dem sie schon einmal übernachtet hatte. Er blieb in der Tür stehen.

»Brauchst du noch etwas?«

Sie schüttelte den Kopf. »Gerties Arme Ritter lindern eine Vielzahl von Schmerzen.«

»Dann schlaf gut!«

Carter lächelte ihn kurz an. »Noch einmal vielen Dank für deine Hilfe.«

»Gern geschehen.«

Ihr Körper spannte sich an, als Nick durch die Tür ging und auf sie zukam. Er streckte eine Hand aus und legte sie auf ihre Schulter.

»Was muss ich tun, damit du mir vertraust?«

Sie zuckte traurig mit den Schultern, da sie seinen Worten nur wenig Glauben schenken konnte.

Er blickte sie forschend an. Dann ließ er die Hand sinken. Sein Gesichtsausdruck wurde härter.

»Ich kann mich nicht ständig bei dir entschuldigen. Damit höre ich jetzt auf«, murmelte er.

Als er sich wegdrehte, war die Wärme aus seinem Gesicht verschwunden.

»Genieß deine Einsamkeit!« Er schloss die Tür ruckartig hinter sich.

Carter sank auf das Bett.

Sie kannte diesen Ausdruck in seinem Gesicht. Undurchdringlich, distanziert und grimmig. Wie bei ihrer ersten Begegnung.

Es war vorbei, begriff sie wie betäubt. Er würde ihr das geben, wourm sie ihn gebeten hatte. Er würde sich von ihr abwenden.

Aber warum war sie dann nicht erleichtert? Sie sollte sich doch dadurch besser fühlen, sich nicht mehr so quälen. Es war doch genau das, was sie wollte.

Sie schleppte sich ins Bad, streifte ihre Kleider ab und ging unter die Dusche. Als das heiße Wasser auf sie herunterprasselte, beugte sie den Kopf nach vorne und ließ es über die Schultern laufen.

Dabei stellte sie sich die Frage, warum die richtige Entscheidung so wehtat.

Wessex befand sich auf der Suche nach Nick, nachdem er erfahren hatte, dass Carter und er vom Arzt zurückgekehrt waren. Als er ihn in seinem Arbeitszimmer vorfand, erteilte dieser gerade bellend Befehle ins Telefon. Wessex bemerkte sofort die Veränderung an seinem Geschäftspartner. Farrell schaute eindeutig finster aus.

Wessex blieb in der Tür stehen und fragte sich, was passiert war. Nick hatte so besorgt gewirkt, als er den Berg hinaufgegangen war, um Carter zu holen. Doch jetzt war all die Wärme verschwunden, als hätte es sie nie gegeben, und er erschien kälter als je zuvor.

Als Nick ihm mit einer ungeduldigen Geste zu verstehen gab hereinzukommen, schloss Wessex die Tür und setzte sich hin. Er hörte Nick zu, wie dieser immer wieder kurze, wohlformulierte Sätze von sich gab.

»Ich werde in zwei Tagen nach Japan fliegen«, knurrte er. »Die sollen mir ins Gesicht sagen, dass sie die Vertragsbedingungen ablehnen. Ich werde sie in ihrem Vorstandszimmer in der Luft zerreißen, und das wissen sie auch ganz genau.«

Nick legte auf, und der Blick seiner ausdruckslosen Augen wanderte hinüber auf die andere Seite seines Schreibtischs.

Wessex zögerte. Es gab viele Fragen, die ihm auf der Seele lagen, vor allem, was seine Tochter betraf, doch er hatte das Gefühl, keine Antworten darauf zu bekommen. Nick sah nicht aus, als stünde er einem wie auch immer gearteten persönlichen Gespräch offen gegenüber.

»Nun, was sollen wir jetzt mit Packert machen?«, fragte er stattdessen.

Nick lehnte sich in seinem Stuhl zurück und verschränkte die Arme vor der Brust. »Ich freue mich darauf, ihn zu vernichten und CommTrans zu zerschlagen.«

»Sie werden die Firma verkaufen?« Wessex war erstaunt. »Aber das war doch gar nicht Teil des Plans. Ich gebe zu, Packert ist ein Idiot, aber warum –«

»Weil mir danach ist. In einem Jahr werden sich alle nur noch dunkel an CommTrans erinnern, und Packerts Erbe wird nicht mehr als Staub sein.«

»Aber Sie brauchen das Geld doch nicht, und es ist –«

»Werden Sie plötzlich zimperlich?«

Wessex blickte über den Schreibtisch und ertappte sich bei der Frage, wie jemand, der so jung war, so hart sein konnte.

»Und, sind Sie nun dabei oder nicht?«, fragte Nick ihn kurz angebunden.

»Ja, bin ich«, erwiderte Wessex langsam. »Dennoch glaube ich, dass Sie noch einmal darüber nachdenken sollten –«

»Was ich mit der verdammten Firma mache, wenn ich sie besitze, geht nur mich etwas an.«

Nick nahm das Telefon in die Hand, und Wessex wusste, dass das Gespräch beendet war. Als er aufstand und sein Jackett richtete, wünschte er sich, irgendwie zu dem jungen Mann durchdringen zu können.

»Gute Fahrt zurück in die Stadt«, sagte Nick zu ihm, während er wählte. »Und erinnern Sie Packert daran, die Fahrt in der Limousine zu genießen. Wenn ich mit ihm fertig bin, wird er froh sein, wenn er sich ein Taxi leisten kann.«

Wessex ging, tief in Gedanken versunken, aus dem Büro und fragte sich, was zwischen seiner Tochter und Nick vorgefallen war. Nach dessen rachsüchtigem Gesichtsausdruck zu urteilen, schien es unwahrscheinlich, dass sich die Dinge zwischen ihnen geklärt hatten.

Als er um die Ecke ins Esszimmer ging, lief er Packert in die Arme und zuckte bei dessen Anblick etwas zusammen, da er daran denken musste, was dem Mann noch bevorstand.

»Was ist denn mit Ihnen los?«, fragte Packert, der einen

Teller mit Essen von einem Buffet trug, das auf einem Sideboard angerichtet war.

Wessex konnte dem Mann nicht erklären, dass dessen Eigenkapital sich demnächst auf Null reduzieren würde.

»Verzeihen Sie«, antwortete er mit gleichmäßiger Stimme. »Ich bin etwas zerstreut.«

»Na, Kopf hoch! Wir fahren doch heute wieder.« Der Texaner klopfte ihm mit seiner fleischigen Hand auf die Schulter. »Sie haben nicht viel auf den Rippen. Essen Sie besser was, bevor wir uns auf den Weg machen.«

Wessex bemerkte ein Pochen in seinem Kopf und wusste, dass seine Schmerzen sich durch ein Mittagessen mit Packert nicht bessern würden. Eine Ausrede murmelnd, flüchtete er durch eine Seitentür hinaus in die milde Sommerluft. Ohne ein besonderes Ziel vor Augen ging er hinunter zum See, wo er etwas Trost in dem Geräusch der Wellen fand, die gegen das felsige Ufer schwappten. Nach dem Sturm roch alles frisch und saftig, und er atmete tief ein, während er am Ufer entlangging. Als er am Bootshaus vorbeikam, ging er hinaus auf den Steg, seine glatten Slipper klackten auf dem feuchten Holz. Er verschränkte die Hände hinter dem Rücken, beugte sich vor und schaute ins Wasser.

Während ein paar Fische vorbeischwammen, dachte er an die Vergangenheit und fragte sich, ob er seine Tochter wiedersehen würde.

Oben im Haus beobachtete Carter von der Veranda vor dem Schlafzimmer, das man ihr gegeben hatte, wie ihr Vater am See spazieren ging.

Trotz ihrer Erschöpfung hatte sie nicht schlafen können. Sie war im Bett geblieben, bis die Frustration sich dann doch als stärker erwiesen und sie die Verandatür geöffnet hatte und mit ihrer Unzufriedenheit hinaus in das Sonnenlicht getreten war.

Das Erste, was sie an ihrem Vater bemerkt hatte, war, wie langsam er am Ufer entlangging. Die Hände hinter dem Rücken verschränkt, den Kopf nach vorn gebeugt, als wäre er in Gedanken, spazierte er über das Gras. Sie hatte ihn beobachtet, während er hinaus auf den Steg gegangen war.

Carter traf eine Entscheidung. Sie lief schnell wieder hinein, zog sich an und machte das Bett. Einen Moment später ging sie aus dem Haus und schritt über den gleichen Rasen, den kurz zuvor ihr Vater überquert hatte.

Er drehte sich um, als er Schritte auf dem Steg hörte. In seinem Gesicht flackerten Überraschung und Hoffnung auf.

»Das Wasser ist wirklich klar, oder?«, sagte Carter beiläufig, als sie sich neben ihn stellte.

»Ja. Nach einem Sturm ziemlich ungewöhnlich.« Er lächelte sie zaghaft an und schaute auf ihre Hand. »Wie geht's der Hand?«

Sie bewegte die Finger. »So gut es ihr gehen kann, denke ich.«

Sie war sich nicht sicher, was sie als Nächstes sagen sollte, und ihm schien es genauso zu ergehen. Sie standen einen Meter voneinander entfernt und schauten ins Wasser.

»Du fährst gleich zurück in die Stadt?«, fragte sie mit sanfter Stimme.

»Sobald Packert fertig zu Mittag gegessen hat. Er ist zwar ein schneller, eifriger Esser, dafür verdrückt er aber die Portionen eines Gorillas. Es könnte eine Weile dauern.«

Auf Carters Lippen erschien ein kleines Lächeln, und sie schaute zu ihm hinüber.

»Ich habe mir gestern Abend große Sorgen um dich gemacht«, erklärte Wessex nach einer Pause.

»Ich kann nicht behaupten, dass es Spaß gemacht hat, aber es ist ja letzten Endes alles gut gegangen.«

Schlagartig kam ihr ein Gedanke. »Hast du schon gesehen, was sich dort oben befindet?«

»Nein.«

»Das musst du sehen«, sagte sie plötzlich eindringlich, führte ihn erst in das Bootshaus und dann die schmale Treppe hinauf.

Als sie im ersten Stock ankamen, sah Wessex die Eisenbahn und stieß einen begeisterten Pfiff aus.

»Ich habe genauso reagiert, als ich sie das erste Mal sah.« Carter ging zu der Eisenbahn hinüber und drehte den Hauptschalter um.

Die Miniaturwelt erwachte zum Leben. Lichter leuchteten in Schaufenstern auf. Rauch begann aus kleinen Schornsteinen zu steigen, und Wasser tropfte von den Berghängen hinab. Sie betätigte die Steuerung und setzte den Zug in Gang.

Die beiden verfielen in ein Gespräch über die Waggons und den Aufbau der Anlage, eine entspannte Unterhaltung, was sie überraschte. Es erinnerte sie daran, wie einfach es früher gewesen war, sich mit ihrem Vater zu unterhalten. Und ihr wurde bewusst, wie sehr sie ihn vermisst hatte.

Sie hatten Freude an diesem Spielzeug für Erwachsene, bis sie bemerkte, dass die Sonne in einem viel tieferen Winkel stand.

»Weißt du, wie viel Uhr es ist?«, fragte Carter.

Wessex schaute auf die goldene Uhr an seinem Handgelenk. »Mein Gott, es ist schon nach drei. Ich hätte schon vor Stunden mit diesem widerlichen Kerl in die Limousine steigen müssen.«

Carter zog den Hebel zurück und brachte die Lokomotive

sanft vor sich zum Stehen. Sie wollte den Strom noch nicht abstellen. Sie wollte den Raum noch nicht verlassen. Sie wollte noch nicht zurück in die Welt, so wie sie sich ihr jetzt bot.

Aber sie war sich nicht sicher, wie sie sie ändern sollte.

Während die glitzernden Lichter ausgingen, sagte ihr Vater: »Das war wunderschön.«

Sie ertappte sich dabei, wie sie ihm zustimmte. »Sind unsere Züge immer noch im Billardzimmer?«

»Ja, sind sie. Stehen noch so da wie damals, als du …«

Er vollendete den Satz nicht.

»Ich erinnere mich, wie sie aussahen«, bemerkte Carter, da sie ihn von den schmerzhaften Erinnerungen ablenken wollte. »Ist die Bergkette immer noch nicht fertig?«

»Nein.«

Die beiden gingen hinüber zur Treppe.

»Vielleicht sollte ich vorbeikommen, wenn ich mal wieder in der Stadt bin.«

Ihr Vater blieb stehen. »Darüber würde ich mich sehr freuen.«

Carter lächelte im schwachen Licht.

Zusammen traten sie hinaus in die Sonne. Mit langsamen Schritten gingen sie über das Gras, hinauf zum Haus.

Plötzlich blieb sie stehen und schaute ihrem Vater ins Gesicht. »Ich bin froh, dass du gestern zu mir hinauf auf den Berg gekommen bist.«

Verblüfft bemerkte sie, wie ihm Tränen in die Augen stiegen. Instinktiv streckte sie ihre Hand aus, um ihn zu trösten. Als sie sie auf seinen Arm legte, griff er danach.

»Weißt du, dass deine Mutter und ich dich geliebt haben? So gut wir konnten? Und dass ich das immer noch tue?«

»Weine nicht!«, sagte sie sanft zu ihm, während er nach

einem Taschentuch tastete. Als er sich die Augen wischte, konnte sie spüren, dass sich eine Art Band zwischen ihnen gebildet hatte, ein hauchdünnes, zartes. Sie standen lange zusammen und kamen sich still näher.

Als sie schließlich ins Haus gingen, fanden sie Gertie in der Eingangshalle vor, die gerade dabei war, Blumen in einer Vase anzuordnen. Sie erklärte ihnen, dass Packert das Haus bereits in Richtung Stadt verlassen hatte und Wessex den Zug nehmen müsste. Carter bot ihrem Vater an, ihn zum Bahnhof zu bringen.

Während ihr Vater die Treppe hinaufging, um seine Sachen zu holen, sah sie Gertie zu, wie diese mit ihren knorrigen Händen ein paar duftende Fliederzweige zurechtrückte.

»Er ist ein guter Mann, Ihr Vater«, verkündete sie, »soweit ich das beurteilen kann. Werden Sie beide nun Zeit miteinander verbringen?«

»Mehr als früher.« Carter war erstaunt, dass sie ihn wiedersehen wollte. Noch vor wenigen Tagen war ihr das unmöglich erschienen, doch nun hatte sich so viel verändert. Alles schien sich verändert zu haben.

Ihr Vater kam mit einem schwarzen Koffer zurück, der mit seinem Monogramm versehen war. »Wo ist der Herr des Hauses?«

»Hinter Ihnen«, ertönte es von Nick, der plötzlich in der Eingangshalle stand.

Carter zuckte bei dem Klang seiner Stimme zusammen, und ihr Blick wanderte zu seinen Augen, die über sie hinwegglitten, als wäre sie nicht da. Das tat ihr weh, obwohl sie sich sagte, dass es das nicht sollte. Ihr fielen die breiten Schultern in dem schwarzen Jackett auf, das weiße Hemd, das seine gebräunte Haut zur Geltung brachte, und seine stattliche Größe.

»Ist das nicht ein etwas formeller Aufzug für einen Segeltörn?«, fragte Wessex mit einem Lächeln, das nicht erwidert wurde.

»Winnie und Curt Thorndyke geben eine Benefizparty etwas weiter unten am See. Ich habe Curt versprochen, ihm beim Braten des Schweins zu helfen.«

Er sprach beiläufig, doch seine Worte klangen kalt.

»Ich kenne Thorndyke«, bemerkte Wessex. »Seine Frau ist eine Pferdenärrin. Stammt aus der Familie der Borealis, oder?«

»Genau«. Nick streckte ihm eine Hand entgegen. »Gute Fahrt. Wir bleiben in Verbindung.«

»Danke …« Wessex zögerte, als sie sich die Hände schüttelten und schaute hinüber zu Carter. »Für alles.«

Mit einem bitteren Lächeln wandte sich Nick ab. »Gern geschehen.«

Als die Tür zuschlug, schaute Carter ihm durch das Fliegengitter hinterher. Er steckte seine Hände in die Taschen und schlenderte hinunter zum See, als würde ihn nichts auf dieser Welt bekümmern.

Sie kam sich durch seine Lässigkeit und das Gefühl, so leicht vergessen werden zu können, leer vor.

Was lächerlich war, sagte sie sich wütend. Jetzt war kaum der Zeitpunkt für ihr Ego, sich zu Wort zu melden. Ihr Selbsterhaltungstrieb musste über ihre Gefühle siegen. So einfach war das.

Trotzdem fiel es ihr schwer, nicht zu fluchen, als sie mit ihrem Vater zum Jeep ging.

Während sie über die Bergstraßen fuhren, erkundigte er sich nach der Ausgrabung und den Funden, die sie zu machen hofften. Sie war erleichtert über die Ablenkung.

»Wir untersuchen den Winship-Trupp.«

»Ein ziemlich wichtiger Teil der amerikanischen Geschichte. Wie lange wirst du noch auf dem Berg bleiben?«

»Noch ein paar Wochen. Vielleicht kürzer.« Sie fragte sich, ob ihr Vater den gequälten Ton in ihrer Stimme bemerkt hatte. Sie hatte ihn gehört.

»Bist du in ihn verliebt, Carter?« In der Frage schwang Sanftmut und Mitgefühl mit.

Sie schaute hinüber zu ihrem Vater und sah in seine lebendigen blauen Augen. »Ich habe nicht viel Erfahrung in solchen Dingen, aber ich kann mir vorstellen, dass es das Einzige ist, was so sehr wehtun kann.«

Sein Gesicht wurde nachdenklich. »Ich kenne Farrell seit ein paar Jahren persönlich. Von ihm gehört habe ich schon, als er begonnen hat, an der Wall Street zu arbeiten. Er ist ein schwieriger Mensch«, meinte Wessex. »Ein guter Mensch, glaube ich, aber sehr schwierig. Die Frau, die sein Herz gewinnen möchte, muss schon außergewöhnlich sein.«

Als sie an die nächste Frau dachte, mit der Nick eine Beziehung haben würde, stieg Schmerz in Carter auf. »Nun, ich bin mir sicher, dass sie irgendwo da draußen ist.«

»Er denkt, er hat sie schon gefunden.«

Carter schüttelte den Kopf. »Nicht mehr. Ich habe ihn von dieser irrigen Vorstellung geheilt. Er wird eine andere finden. Ich werde … irgendwie darüber hinwegkommen.«

Carter wechselte das Thema und war dankbar, dass ihr Vater nicht weiter nachhakte.

Als sie vor dem Bahnhof vorfuhren, blieb sie mit ihm auf dem Bahnsteig stehen, bis um 16.19 Uhr zischend und mit quietschenden Bremsen der Zug einfuhr. Auf einmal musste es schnell gehen.

Eilig schlang sie die Arme um ihren Vater und drückte ihn an sich.

»Ich hatte schon fast die Hoffnung aufgegeben«, erklärte er, während er sie festhielt.

»Auf Wiedersehen«, sagte sie leise, als sie sich voneinander lösten. »Bis bald.«

Wessex schloss die Augen, als ob ihm ein Wunsch erfüllt worden wäre. Dann küsste er sie auf die Stirn und stieg die drei Stufen hinauf in den Waggon. Während der Zug anfuhr, sah Carter, wie er sich an einen Platz am Fenster setzte. Sie winkte ihm, während er langsam aus ihrem Sichtfeld verschwand.

19

Als Carter in das zerstörte Lager zurückkehrte, verließ sie die Kraft. Alles war in Unordnung, triefte vor Nässe und war mit Schlamm überzogen. Die Äste waren abgebrochen oder hingen in aberwitzigen Winkeln nach unten, und die große Kiefer fiel schon in sich zusammen.

Sie schaute auf ihren Verband und hatte das Gefühl, nur ein halber Mensch zu sein.

Während sie sich fragte, wo sie nur anfangen sollte, kamen Buddy, Ellie und Cort vom Steinkreis zurück.

»Sieht aus, als hättest du es gestern Abend hier oben ziemlich krachen lassen«, witzelte ihr Partner. »Was hat der Arzt zu deiner Hand gesagt? Bist du in Ordnung?«

»In ein paar Wochen wird sie wieder so gut wie neu sein.« Sie schaute sich im Lager um. »Was jammerschade ist, denn ich brauche sie jetzt. Vor uns liegt noch eine ganze Menge Arbeit, was die Ausgrabung betrifft.«

Cort strahlte. »Dann, denke ich, wirst du aufgrund des Chaos' hier wohl eine Weile unten im Haus bleiben müssen.«

»Glaubst du, deinem Onkel wird es etwas ausmachen, zwei hübsche Damen unter seinem Dach zu haben?«, fragte Buddy.

»Zwei?«, warf Carter scharf ein. »Eine. Ich bleibe hier oben.«

Ihr Freund runzelte die Stirn. »Jetzt mach dich nicht lächerlich. Du bist verletzt.«

Als Carter ihm einen entschlossenen Blick zuwarf, schnaubte Buddy scherzhaft, krempelte seine Schlabberhose hoch und wandte sich den beiden Teenagern zu. »Sieht aus, als würden die gute Frau und ich ein Gespräch unter vier Augen führen müssen. Während wir das tun, könntet ihr doch schon mal die Zelte aufstellen und alles aufhängen, was es aufzuhängen gibt.«

»Es ist nicht nötig, darüber zu reden«, wandte Carter ein. »Ich habe meine –«

»Gehen wir?« Buddy warf ihr einen vielsagenden Blick zu und bot ihr seinen Arm an.

Mit einer Bemerkung über plumpe Männer schob sie den Arm weg und marschierte in den Wald.

Als sie außer Hörweite waren, stemmte sie die Hände in die Hüften. »Du weißt doch, dass wir den Platz nicht unbeaufsichtigt lassen können. Und Ellie braucht dich.«

»Sie war wegen des Sturms gestern Abend zwar besorgt, aber solange keine weiteren Taifune über uns hereinbrechen, wird es ihr gut gehen.« Buddy sprach mit gleichmäßiger, vernünftiger Stimme. »Ich weiß, dass es nicht die beste Lösung ist, unten zu schlafen, da du … Aber ich mache mir Sorgen um deine Gesundheit. Diese Verletzung ist schlimm, und du solltest dich wirklich als jemanden betrachten, der sich gerade in Reparatur befindet.«

»Mir wird es hier oben gut gehen«, entgegnete sie verbissen.

»Sollte jemand hierherkommen und herumschnüffeln, kannst du mit dieser Verletzung nichts ausrichten. Es ist wirklich sinnvoller und für alle sicherer, wenn ich hier oben bleibe.«

So erfinderisch Carter sonst auch war, hatte Buddy in diesem Punkt recht. Was würde sie tun, wenn jemand – wenn

Lyst – mitten in der Nacht auf dem Berg stehen würde? Ihn verscheuchen, indem sie einen Oberschenkelknochen in einer Hand schwang? Wenn sie ins Haus hinuntergehen würde, könnte sie zumindest in einem richtigen Bett schlafen und lange duschen, um die ganzen Schmerzen zu lindern.

Nun ja, zumindest die körperlichen.

Sie dachte daran, wie Nick sie in der Eingangshalle angesehen hatte. Seine Augen waren so unnahbar, und ihre Enttäuschung zugleich unangemessen und beunruhigend gewesen. Was hatte sie erwartet? Sie hatte ihn aus gutem Grund weggestoßen, und er hatte sich wieder in den kaltherzigen Mann verwandelt, den sie von ihrer ersten Begegnung her kannte. Was, dachte sie, würde passieren? Dass er sich für den Rest seines Lebens nach ihr verzehrte? Oder auf einem Stuhl in einem verdunkelten Raum vor sich hin vegetierte?

Ja, dachte Carter. Genau das war es, was sie wollte. Sie wollte sehen, dass er genauso litt wie sie oder zumindest den Eindruck erweckte, als hätte er eine schwere Zeit. Sie wollte nicht, dass er einen Smoking trug und auf eine Party ging. Das war einfach nicht fair. Ihr Leben war ein einziges Chaos, und er ging fort, um ein verdammtes Schwein zu braten.

Buddy schnippte mit den Fingern vor ihr herum. »Hallo? Jemand da?«

»Na schön. Ich werde hinuntergehen«, fügte sich Carter murrend.

»Gut. Ach so, würde es dir etwas ausmachen, wenn ich in deinem Zelt schlafe? Meins ist zwar glücklicherweise dicht geblieben, aber wir können die Sachen, die darin stehen, erst hinausstellen, wenn die Zentrale für Papierschnittwunden wieder steht.«

»Von mir aus.«

Als sie und Buddy zum Lager zurückkehrten, hatten Cort und Ellie es in eine Waschküche verwandelt. Schlafsäcke, Handtücher und Kleider hingen an Leinen, die sie zwischen den Bäumen gespannt hatten, und die Zelte standen wieder.

»Interessantes Dekor«, witzelte Buddy. »Mir gefällt es.«

Sie sprachen gerade darüber, was sie als Nächstes angehen wollten, als Cort auf seine Uhr schaute und ein grimmiges Gesicht machte. »Ich muss los.«

Ellie lächelte ihn an. »Wenn du kurz wartest, mach ich das hier schnell fertig und –«

»Nein, ich muss sofort los. Wir sehen uns nachher beim Abendessen.«

Als er schnell davonlief, schaute Ellie enttäuscht hinüber zu Carter. »Ich verstehe Männer einfach nicht.«

Carter legte mitfühlend eine Hand auf die Schulter des Mädchens. »Ich würde dir gerne sagen, dass man mit zunehmender Erfahrung aus ihnen klüger wird.«

»Aber das wäre gelogen?«

»Genau.«

»Jetzt aber mal halblang!«, entgegnete Buddy. »Als einziger Vertreter meines Geschlechts hier muss ich mich gegen diese Behauptung verwehren. Frauen zu verstehen ist ein Ding der Unmöglichkeit. Als ob man Linguine mit einem Magneten vom Boden aufheben wollte.«

»Dad, der Vergleich hinkt.«

Carter lächelte. »Ellie, ich würde dir gerne sagen, dass auch sie mit zunehmender Erfahrung klüger werden.«

»Aber das stimmt nicht?«

»Genau.«

Die drei verbrachten den Rest des Tages damit, das Chaos in der Zentrale für Papierschnittwunden in Ordnung zu bringen. Dank der Kettensäge, die Ivan ihm geliehen hatte, konnte Buddy die Kiefer zerlegen und sie im Wald beseitigen. Als er damit fertig war, half er Ellie und Carter dabei, die Plane wieder aufzuhängen. Auch wenn der Tisch sich in einem schlechten Zustand befand, schafften sie es, ihn wieder so hinzubekommen, dass sie ihn benutzen konnten.

Als sie schließlich den Berg hinuntergingen, wartete schon eine Mahlzeit auf sie, die Gertie zubereitet hatte. Cort, der glücklich aussah, Ellie zu sehen, wollte unbedingt neben ihr sitzen. Nach dem Abendessen verschwanden die beiden in das Zimmer mit dem einzigen Fernseher des Hauses, und Buddy ging wieder zurück zum Lager.

Sich selbst überlassen, zog sich Carter in das pfirsichfarbene Badezimmer zurück und schlüpfte in einen seidenen Schlafanzug, ein seltener Luxus während einer Ausgrabung. Die Erfahrung hatte sie gelehrt, dass es bei jedem Projekt irgendwann einmal zu dem Punkt kam, an dem man von dem Leben im Schmutz und dem Schlafen auf der Erde genug hatte. Dieser Zeitpunkt war heute Abend gekommen, und sie fand, dass sie, nach allem, was sie durchgemacht hatte, dieses besondere Vergnügen verdiente. Bevor sie zu Bett ging, ging sie noch einmal hinaus auf die Veranda, um sich die Sterne anzusehen.

Die Abendluft strich über ihre Haut, und sie sah, wie das Mondlicht über den See tänzelte. Eine Schwarzkehl-Nachtschwalbe trällerte immer wieder dieselbe Melodie, und Carter wünschte sich, diesen Moment mit jemandem teilen zu können.

Aber nicht mit irgendjemandem.

Wo war er gerade, fragte sie sich. Ein Bild von ihm, wie er eine andere Frau im Arm hielt, schoss ihr durch den Kopf, und ließ sie zusammenzucken.

Als sie wieder hineinging, ließ sie die Türen weit offen

stehen und kroch unter die weichen Laken. Sie schloss die Augen. Zappelte herum. Warf sich hin und her. Knuffte das Kissen mit ihrer unverletzten Hand. Es dauerte lange, bis sie endlich einschlief.

Das gleichmäßige Brummen des Hacker-Motors verwandelte sich in ein leises Tuckern, als Nick in das Bootshaus hineinfuhr. Nachdem er die Maschine abgestellt hatte, trat er vom Seitendeck auf den Steg. Als er mit den Füßen darauf landete, schaute er hinunter auf die Bohlen und fragte sich, warum er immer noch das Gefühl hatte, auf dem Wasser zu sein.

Frische Luft, dachte er. Ich brauche frische Luft.

Vielleicht hätte er aber auch einfach weniger Scotch trinken sollen.

Das war wahrscheinlich der Grund.

Er band das Boot sorgfältiger als sonst fest und ging den Weg hinauf zum Haus. Dabei fiel ihm auf, dass, solange er den Kopf gerade hielt, das Schwanken und der Schwindel verschwanden. Die Kühle der Nacht schien dazu beizutragen, dass sein Kopf wieder klar wurde, und so band er die Fliege los und öffnete den gestärkten Kragen. Als er sich daraufhin besser fühlte, zog er das Jackett seines Smokings aus und legte es über die Schulter.

Was für ein fürchterlicher Abend, dachte er. Die Thorndykes waren nett, hatten aber den Vater von Candace eingeladen, da sie nicht wussten, dass er sich von ihr getrennt hatte. Der Mann hatte ihn eine Stunde lang beschimpft, wie erbärmlich er seine Tochter behandelt hätte und wie glücklich sie sich schätzen konnte, jemand Besseren kennengelernt zu haben.

Nick hatte angefangen, Scotch zu trinken, als Hanson

begann, auf ihn einzureden. Und er hatte damit auch nicht aufgehört, als das Schwein gebraten wurde, was dem Ergebnis nicht zuträglich gewesen war. Sein steter Drang, das Glas zu leeren, hatte das Schwein halb so groß und hart wie Stein werden lassen. Nach mehreren Versuchen, es aufzuschneiden, brach die Klinge des Messers ab, und zwei weitere wurden stumpf. Thorndyke hatte schließlich aufgegeben und seinen ehrenwerten Gästen Hamburger und Hot Dogs serviert. Als Nick die Party verließ, wurde ihm mitgeteilt, dass man zukünftig auf seine Dienste als Grillmeister verzichten würde.

Er blieb stehen, schaute hoch zum Berg und spähte in die Dunkelheit hinein, um zu erkennen, ob ein Feuer im Lager brannte.

Schlief Carter schon, fragte er sich. Zusammengerollt auf der Seite, tief und langsam atmend, die Augen fest geschlossen?

Er fluchte laut, während seine Laune noch schlechter wurde. Er war von Hanson beschimpft worden, hatte bei seiner Aufgabe, das verdammte Schwein zu braten, versagt, und jetzt starrte er auch noch in den Gewehrlauf eines riesigen Katers. Aber noch schlimmer war, dass er stinksauer auf Carter war, und sie bald gehen würde.

Nick fuhr sich mit einer Hand durchs Haar, als er seinen Weg zum Haus fortsetzte. Er bemerkte die Lichter im Gästeflügel. Die Swifts waren offensichtlich wieder heruntergekommen, um im Haus zu übernachten.

Seine Augen, die inzwischen wacher waren, wanderten wieder hinüber zum Berg.

Er änderte seine Richtung.

Er ging am Haus vorbei und überquerte rasch die Wiese zum Waldrand. Nachdem er den Pfad in der Dunkelheit gefunden hatte, stieg er den Berg hinauf. Mit jedem Schritt gelangte er mehr zu der Überzeugung, das Richtige zu tun. Auf seinem Weg zum Gipfel übte er seine Rede ein. Wie engstirnig, intolerant und unfair sie doch war …

Als Nick zum Lager kam, sah er einen Lichtschein in Carters Zelt und marschierte schnurstracks darauf zu. Er riss die Zeltklappe auf und verkündete: »So, Frau, hör mir zu, was ich dir zu –«

Buddy Swift schaute überrascht von seinem Comicbuch hoch.

Nick blinzelte verwirrt.

Ein Kichern erklang. »Man hat mich schon vieles genannt, aber *Frau* gehörte bisher noch nicht dazu.«

»Wo ist sie?«, fragte Nick.

»Unten, in Ihrem Haus.«

»Oh«, erwiderte Nick und schwankte leicht.

Als Buddy sich den Mann anschaute, der ihm beim Lesen des siebten Bandes von Superman unterbrochen hatte, musste er sein Lächeln dahinter verbergen. Es kam nicht allzu häufig vor, dass er einen Milliardär zerzaust und leicht beschwipst sah.

»Alles in Ordnung mit Ihnen?«

»Bestens.« Farrells Stimme war schroff und die Augen finster vor Verdruss. Er wirkte so, als würde er gleich umfallen.

»Sagen Sie, wollen Sie sich nicht erst mal kurz setzen? Sie sehen aus, als bräuchten Sie eine Minute, um sich zu sammeln.«

»Keine schlechte Idee.«

»Hier.« Buddy stand von dem Feldbett auf. »Warum nehmen Sie nicht hier Platz? Ich wollte gerade aufstehen und meinen kleinen Rundgang machen.«

Er hatte die Nacht bisher damit verbracht, kleine Schläfchen zu halten und zwischendrin das Lager und den Steinkreis auf der Suche nach irgendwelchen Eindringlingen zu kontrollieren. Und nun hatte nicht er jemanden gefunden, sondern war von jemandem gefunden worden.

Während Buddy seine Runde ging, empfand er Mitleid mit Nick und Carter. Die beiden quälten sich, und er wünschte, die Umstände von William Wessex' Besuch wären anders gewesen. Carter war so glücklich gewesen, bevor ihr Vater aufgetaucht war. Sie war, seit er sie kannte, zum ersten Mal jung und unbeschwert gewesen. Richtig glücklich.

Als ihm nichts Außergewöhnliches auffiel, ging er wieder zurück zum Lager. Er steckte seinen Kopf ins Zelt und stieß einen Seufzer aus.

Farrell lag im Feldbett, ein Arm seitlich ausgestreckt, sodass er herunterhing, der andere an der Wange, und schnarchte wie eine Bulldogge.

Der Kerl würde heute Nacht nirgendwo mehr hingehen, dachte Buddy.

Da er wusste, dass ihm nichts anderes übrig blieb, streifte Buddy seine Jacke ab und rollte sie zu einem Kissen zusammen. Er hoffte, dass der Boden vom Regen noch weich genug war und der Zeltboden keine undichten Stellen hatte.

Am nächsten Morgen stand Carter früh auf, da sie auf keinen Fall Nick in die Arme laufen wollte. Sie machte das Bett, zog sich eine kurze Hose und ein Sweatshirt an und ging hinunter in die Küche, wo sie Cort und Gertie vorfand. Die beiden hatten ihre Köpfe über etwas zusammengesteckt, das sie schnell weglegten.

Während Carter sie murmelnd begrüßte, grummelte Cort vor sich hin und zog den Bademantel fester um sich. Er sah aus, als hätte er sich eben erst aus dem Bett gequält, das Haar stand nicht wie üblich ab, sondern klebte ihm am Kopf, die Augen waren nicht mehr als schmale Schlitze.

»Geh dich erst mal duschen, damit du wach wirst«, scheuchte Gertie ihn fort. »Ich werde schon müde, wenn ich dich nur ansehe.«

»Morgen, Carter«, murmelte er und schlurfte an ihr vorbei.

»Anstrengende Nacht gehabt?«

»Wir haben uns einen Film angeschaut, *Der weiße Hai*.«

Carter lächelte bei dem Gedanken, dass die beiden eine nette Zeit miteinander gehabt hatten. »Hätte nicht gedacht, dass dich das so schlauchen könnte.«

»Wir haben ihn uns dreimal angesehen.« Er gähnte.

»Aha.«

Er drehte sich um. »Also, Gertie, können wir gehen?«

»Das musst du deinen Onkel fragen.«

Carter erstarrte und schaute über ihre Schulter, als ob Nick jeden Moment auftauchen könnte. Sie begann, sich zentimeterweise zur Tür zu bewegen.

»Wo ist er?«, fragte Cort.

Gertie zuckte mit den Achseln. »Habe ihn noch nicht gesehen. Vielleicht schläft er noch.«

»Nee. Sein Bett ist gemacht. Das weiß ich, weil ich an seinem Schlafzimmer vorbeigegangen bin und die Tür offen stand.«

Gertie runzelte die Stirn. »Ist er gestern Nacht nicht nach Hause gekommen?«

Carters Magen hob sich, und sie wandte sich zur Tür, doch Gertie stellte sich ihr in den Weg und drückte ihr einen Becher Kaffee in die unverletzte Hand.

Cort war es, der es bis zur Tür schaffte. »Ich gehe mal hinunter zum See und schaue nach, ob das Boot da ist.«

Nachdem er gegangen war, warf Gertie ihr einen spitzen Blick zu. »Ich bin mir sicher, dass es eine völlig plausible Erklärung dafür gibt. Nick kennt den See wie seine Westentasche, und er treibt sich nicht herum, wenn Sie wissen, was ich meine.«

Carter lächelte sie über den Rand des Bechers hinweg angestrengt an, während sie versuchte, schnell den Kaffee zu trinken. Sie fragte sich, was schlimmer war, dass er wegen eines Unfalls nicht nach Hause gekommen war oder die Nacht mit jemand anderem verbracht hatte.

Beides waren tolle Alternativen. Als hätte man die Wahl zwischen einem gebrochenen Schlüsselbein und einer ausgerenkten Schulter.

»Das geht mich nichts an«, meinte Carter schließlich. »Er ist ein erwachsener Mann und kann tun und lassen, was er will.«

Nick wachte von dem Klopfen in seinem Kopf auf und glaubte zuerst, es wäre wieder eine Migräne, doch dann fiel ihm der Scotch ein.

Er drehte sich um und stöhnte.

»Ich kann Ihnen versichern«, erklärte eine Stimme trocken, »dass ich auch nicht gerne neben Ihnen aufwache.«

Nick schlug die Augen auf. Auch wenn diese sich weigerten, etwas klar zu erfassen, schaffte er es, Buddy Swifts ironisches Grinsen zu erkennen. Der Mann lag auf dem Boden, den Kopf auf einem zusammengerollten Parka.

»Was zum Teufel tun Sie hier?«, fragte Nick mit rauer Stimme.

»Das Gleiche könnte ich Sie fragen.«

Da hatte der Kerl nicht ganz unrecht, dachte Nick und schaute sich im Zelt um. »Was tue ich hier?«

»Keine Ahnung. Sie sind mitten in der Nacht aufgetaucht.«

Die beiden Männer setzten sich langsam auf. Nick bemerkte, dass Buddys Gesichtsausdruck seinem eigenen ähnelte.

»Heißt das, wir gehen jetzt miteinander?«, fragte der Kerl mit einem schelmischen Grinsen.

»Tut mir leid. Das war eine einmalige Angelegenheit. Wie viel Uhr ist es?«

»Dürfte fast sieben sein.«

Die beiden standen mühsam auf. Als sie aus dem Zelt traten, blickten Nicks Augen angestrengt in das helle Licht. Er bemerkte, dass Buddy genauso wenig begeistert war, auf den Beinen zu sein.

Als dieser sich streckte, protestierte sein Körper lautstark und knackte. Er stöhnte. »Kaum vorzustellen, dass es einmal eine Zeit gab, in der mein Rücken mit allem fertigwurde, was ich ihm zumutete. Was zum Teufel habe ich mir nur dabei gedacht, diesen Baum alleine wegzuschaffen?«

»Daran ist nur die eigene Überheblichkeit schuld.« Nick rieb sich die Augen. »Die hat mich auch dazu gebracht, eine halbe Flasche Scotch zu trinken.«

»Ich habe das Gefühl, als läge ich in einem Autowrack.«

»Und ich habe das Gefühl, ich bin das Autowrack.«

»Wollen Sie einen Kaffee?« Buddy ging hinüber und machte den Propangaskocher an.

Nick nickte. Vorsichtig.

Während der Kaffee brühte, sagte Buddy mit gleichmäßiger Stimme: »Na, dann gehe ich mal davon aus, dass ich nicht derjenige gewesen bin, nach dem Sie gestern Abend gesucht haben.«

Nick setzte sich an den Campingtisch. »Ich habe überhaupt niemanden gesucht, sondern nur einen nächtlichen Spaziergang gemacht.«

»In einem Smoking?«

»Es war nach fünf.«

Buddy lachte. »Sie schienen ziemlich enttäuscht zu sein, als Sie mich in Carters Zelt vorfanden.«

Nick verschränkte die Arme hinter dem Kopf und dehnte sich nach links und rechts. »Mein Besuch war eine durch den Scotch angefachte Dummheit, die durch simples Glück verhindert wurde. Es war gut, dass Sie in dem Zelt waren.«

Buddy kam mit zwei Bechern herüber und stellte eine Tasse vor Nick, während er sich setzte. »Sind Sie sich da sicher?«

»Ganz sicher.« Nick nahm einen Schluck und zuckte zusammen. »Oh Gott, dieses Zeug kann Tote zum Leben erwecken.«

Die beiden Männer tranken schweigend weiter, bis Buddy schließlich vorsichtig sagte: »Ich kenne Carter schon lange. Sie schien glücklich mit Ihnen zu sein.«

»Nicht mehr. Das hat sich geändert.«

»Ich weiß. Und ich wünschte mir, es wäre nicht so.«

»Damit wären wir schon zwei.« Nick stellte den halb leeren Becher hin.

»Möchten Sie noch mehr Kaffee?«

Er begann den Kopf zu schütteln, hörte dann aber mit schmerzverzerrtem Gesicht auf. »Nein, ich möchte keinen Herzanfall riskieren.«

Buddy nahm einen großen Schluck. »Schwächling.«

Nick stand mit einem höhnischen Lächeln auf. »Nun, vielen Dank für den wundervollen Abend.«

»Gern geschehen. Aber wann werden wir uns wiedersehen?«

»Ich rufe an.«

»Natürlich!« Mit einem frechen Zwinkern winkte Buddy ihm zum Abschied zu, um sich dann wieder seinem Kaffee zu widmen.

Nick ging hinüber zum Pfad und hoffte, den Berg heil hinunterzukommen.

20

Carter schluckte den Rest ihres Kaffees hinunter und verbrannte sich den Gaumen. Sie war nicht daran interessiert, bestätigt zu bekommen, dass Nick über Nacht weggeblieben war. Sie hatte sich bereits ihre Meinung darüber gebildet, was er in jenen Stunden getrieben hatte.

»Ich denke, ich mache mich auf den Weg den Berg hinauf«, sagte sie zu Gertie und versuchte, lässig zu klingen.

»Werden Sie zum Abendessen hier sein?«

»Ich denke nicht. Die Sachen oben müssten mittlerweile trocken genug sein.«

Und selbst wenn sie kalten Mais aus der Dose essen und in einer Wasserlache schlafen müsste, würde sie im Lager bleiben.

»Sie brauchen sich um Nick keine Sorgen machen. Wie ich schon sagte, gibt es dafür sicherlich einen völlig plausiblen Grund.«

Natürlich gibt es den, dachte Carter spöttisch. Ein einen Meter achtzig großes Model, zum Beispiel, mit goldblondem Haar und vollen Lippen. Die beiden planten wahrscheinlich gerade ihre Hochzeit auf Mallorca.

»Er war mit keiner Frau zusammen«, bemerkte Gertie, als hätte sie ihre Gedanken gelesen.

Carter zuckte mit den Achseln. »Und selbst wenn, ist es auch in Ordnung. Mich geht sein Privatleben nichts an. Unsere Beziehung ist rein geschäftlicher Natur.«

Als sie Gerties Blick sah, meinte sie bekräftigend: »Wirklich!«

»Sie beide sind sich so ähnlich«, sagte die Frau kläglich.

»Wir sind beide Säugetiere, das stimmt, aber das sind Elefanten und Delphine auch.« Carter öffnete die Tür und war schon fast draußen, als ihr einfiel, dass sie ihre Kleider oben liegen gelassen hatte. Sie schoss durch das Haus, rannte nach oben und griff nach ihrer Tasche. In dem Moment, als sie zurück zur Treppe sauste, sah sie, wie Nick durch die Haustür kam.

Sie blieb ruckartig auf der obersten Stufe stehen und geriet ins Wanken.

Schlagartig wurde ihr bewusst, wie unglaublich sexy er in seinem zerzausten Zustand aussah. Das Jackett seines Smokings hing über eine Schulter, und der Hemdkragen stand offen. Die Lider seiner grauen Augen waren schwer, und sein Haar sah aus, als wäre jemand mit den Fingern hindurchgefahren.

Wessen Finger, fragte sie sich.

»Guten Morgen«, begrüßte Nick sie, als er zu ihr hinaufschaute.

Sie warf ihm einen verärgerten Blick zu, schnallte sich die Tasche um und begann, die Treppe hinunterzugehen. Als sie unten ankam, stellte er sich ihr in den Weg.

»Gut geschlafen?«, stichelte er.

»Im Gegensatz zu dir offensichtlich«, blaffte sie ihn an. »Du siehst fürchterlich aus.«

»Das war ja auch eine ganz schön heftige Nacht.« Seine Lippen umspielte ein verschmitztes Lächeln. »Natürlich völlig unerwartet.«

»Ich hoffe, du hattest Spaß.« Sie schob die Tasche zwischen sie beide und versuchte, sich an ihm vorbeizudrängen, doch er bewegte sich keinen Zentimeter. »Würdest du mich bitte vorbeilassen?«

»Ich hoffe, du hast einen schönen Tag«, sagte er mit spöttischer Stimme.

»Den werde ich haben, ganz sicher. Je schneller wir fertig sind, umso eher komme ich von hier weg.«

»Die Unterbringung auf meinem Berg und in meinem Haus ist nicht nach deinem Geschmack?«

»Eher der Gastgeber«, zischte sie und schubste ihn.

Schließlich trat er zur Seite, und sie eilte aus der Haustür.

Carters Weg den Berg hinauf zeichnete sich durch viele Flüche und schnelle Beinarbeit aus, sodass sie das Lager in der Hälfte der üblichen Zeit erreichte.

Buddy versuchte gerade ein Feuer zu machen, als sie ankam.

»Essen. Wir brauchen mehr Essen.« Mit diesen Worten begrüßte er sie.

Carter hatte Mühe, sich zusammenzunehmen. »So wie du gestern Abend den Nachtisch verdrückt hast, ist das kein Wunder!«

»Deshalb wird der Mund auch Futterklappe genannt. Ich bin nur dem Benutzerhandbuch gefolgt.« Er stand auf. »Wir haben so gut wie gar keine Vorräte mehr. Ich dachte mir, ich gehe schnell einkaufen. Ellie und Cort können hier bei dir bleiben.«

Carter runzelte die Stirn. »Ich brauche die beiden nicht als Babysitter. Ich habe eine Schnittwunde an der Hand, keine neurologischen Ausfallerscheinungen.«

Buddy zog die Augenbrauen hoch, als er ihren scharfen Ton vernahm, woraufhin sie tief Luft holte und versuchte zu lächeln. »Wie war denn deine Nacht hier oben? Ruhig?«

»Nein«, erwiderte er mit einem Grinsen, »und dank der Unterbrechung sitze ich jetzt in der Klemme und weiß nicht, wie ich Cort erklären soll, dass ich mit seinem Onkel zusammen bin.«

»Wie bitte?«

»Gestern Nacht haben der große Mann und ich das Zelt miteinander geteilt. Dein Zelt.«

Carter fiel die Kinnlade herunter. »Nick?«

»Ja.«

»Er war hier oben? Bei dir?«

»Ja, und er schnarcht wie ein Bär. Wusstest du das?«

Sie begann ungläubig den Kopf zu schütteln. »Aber warum war er hier?«

»Was meinst du, warum? Zu viel Scotch und nicht genug von dir. Er stand kurz davor, eine große Rede zu halten. Du hättest sein Gesicht sehen sollen, als er mich in deinem Zelt erblickte.« Ihr Freund kicherte.

»Du machst Scherze.«

»Verdammt noch mal, nein.«

»Ich fasse es nicht«, murmelte sie und setzte sich.

Buddy seufzte theatralisch. »Er blieb sogar auf eine Tasse Kaffee heute Morgen. Ein echter Gentleman.«

»Warum hat er mir das nicht gesagt?«

»Wann?«

»Heute Morgen. Er ließ mich in dem Glauben, dass er mit …«

Sie schüttelte den Kopf. »Ach, egal.«

Buddy setzte sich neben sie. »Jetzt komm schon, ein Milliardär stolpert mitten in der Nacht den Berg hinauf, nur um dich zu sehen. Ich glaube, das hat was zu bedeuten.«

»Ja«, grummelte sie und versuchte, nicht erfreut zu wirken. »Dass er verrückt ist.«

»Genau.«

Carter blickte ihren Freund lange an und lächelte dann. »Buddy, wenn du versuchst, mir ein Auto zu verkaufen, erklärst du mir auch nicht, dass es eine Schrottkarre ist.«

»Verrückt bin ich ebenfalls, aber mit mir hältst du es aus.«

»In dich bin ich nun mal nicht verliebt«, entgegnete sie mit gleichmäßiger Stimme.

Auf Buddys Gesicht erschien ein Schimmer der Hoffnung. »Heißt das etwa –«

»Nein. Ich bin auch nicht in ihn verliebt. Und schau mich nicht so an!«

»Wie denn?«

Sie verdrehte die Augen. »Sollten wir uns nicht besser um unsere Arbeit kümmern, statt über mein nicht vorhandenes Liebesleben zu reden?«

Buddy legte einen Arm um ihre Schulter, sein Gesicht war ernst. »Du solltest mit ihm sprechen.«

Sie schüttelte den Kopf. »Es gibt nichts mehr zu sagen.«

»Ich glaube, du hast Angst.«

»Und ob!«

»Du bist verrückt nach ihm, und nach letzter Nacht verwette ich Haus und Hof, dass es ihm genauso geht«, erklärte ihr Freund mit sanfter Stimme.

»Buddy, du hast eine Wohnung auf dem Campus der Universität Cambridge. Du besitzt weder Haus noch Hof, die du verwetten könntest. Und nur damit wir uns nicht missverstehen – du findest es also falsch, sich von einem rücksichtslosen Mann fernzuhalten, der den Ruf hat, Frauen wie wegwerfbare Papierservietten zu behandeln?«

»Nun, diese Behauptung geht ja wohl ein bisschen zu weit, findest du nicht?«

»Jetzt komm schon, wenn jemand ein Musterbeispiel dafür ist, etwas nach einmaligem Gebrauch wegzuwerfen, dann er.«

»Jetzt mach dich nicht lächerlich! Abgesehen davon bist du anders.« Die Überzeugung, die aus Buddys Stimme klang, ließ sie unsicher werden und erinnerte sie an all das, was sie glauben wollte. »Du bist keine dieser x-beliebigen Damen der feinen Gesellschaft, die außer Flüssignahrung in Form von Chardonnay nichts zu sich nehmen und ständig die Hand nach Geld aufhalten, um sich Klamotten zu kaufen. Du bist eine richtige Frau.«

Carter stand auf, damit sie jene Entschlossenheit fand, die sie brauchte, um das Thema fallen und Nick loslassen zu können. »Ich bin nicht davon überzeugt, dass es an den Frauen liegt, die er sich aussucht. Können wir das Gespräch darüber jetzt beenden? Ich habe schon vor ewigen Zeiten meine Illusionen verloren, was ihn betrifft.«

Buddy griff nach ihrer Hand. »Carter, wie lange kennen wir uns jetzt schon?«

»Oh Gott, ich weiß nicht. Sechs Jahre, vielleicht?«

»Und habe ich dir je einen schlechten Ratschlag erteilt?« Sie hätte ihm am liebsten eine freche Antwort gegeben, doch sie sah seinen ernsten Blick. Sie schüttelte den Kopf. Was er dann sagte, überraschte sie.

»Ich weiß, dass er dich verletzt hat. Aber weißt du, was? In der Liebe geht es nie ohne Schmerzen, und Menschen begehen Dummheiten. Sie machen Fehler. Und glaub mir eins, ich erkenne einen Mann, der verliebt ist, denn das war ich auch einmal. Was da gestern Nacht in deinem Zelt auftauchte, war ein Kerl, dem seine Frau fehlte. Er liebt dich. Das weiß ich einfach. Also denk noch mal darüber nach, ihm eine Chance zu geben. Ja?«

»Aber was ist, wenn er mich wieder verletzt?«

Im Gesicht ihres Freundes erschien ein weises Lächeln. »Das wird er. Und du ihn. Und dann werdet ihr euch wieder versöhnen. So funktioniert das nun mal.«

Sie schnaubte. »Da muss es ja wohl noch eine andere Möglichkeit geben.«

»Wenn du sie findest, gib mir Bescheid. Aber lass mich dir etwas sagen.« Seine Augen waren voller Liebe und zärtlicher Erinnerung. »Jo-Jo und ich haben unsere Kämpfe ausgetragen und sind seit nunmehr fast zwanzig Jahren zusammen, und ich würde keinen Augenblick davon missen wollen.«

Ihr Freund stand auf. »So, ich habe meine Meinung gesagt. Und jetzt lass uns hinübergehen und schauen, wie's auf der Ausgrabungsstelle aussieht.«

Auf dem Weg zum Steinkreis gab es viel, über das sie nachzudenken hatte.

Als sie dort ankamen, schauten sie nach, wie viel Wasser schon im Boden versickert war. Da es besser aussah als erwartet, beschlossen sie, die Arbeit wieder aufzunehmen. Carter, mit den Gedanken immer noch bei Nick, ließ sich in dem Quadrat nieder, in dem sie zuletzt gearbeitet hatte. Auch wenn es schwerer war, nur mit einer Hand zu graben, versuchte sie es doch, so gut sie konnte. Unbeholfen setzte sie ihre Kelle ein und war überrascht, als sie kurze Zeit später auf etwas Hartes in der Erde stieß. Es fühlte sich an wie ein Knochen.

»Ich glaube, hier ist noch ein Skelett«, rief sie.

Buddy kam herüber und half ihr dabei, den Fund freizulegen, der sich als Rippenknochen herausstellte. Sie fanden auch einige Metallknöpfe, die für die mager ausgestattete Kolonialarmee typisch waren.

»Sieht aus, als könnte es ein weiterer Revolutionär sein.« Carter saß auf den Fersen, erfreut über den neuen Fund. »Dann hätten wir zwei von ihnen und zwei Briten.«

»Er liegt nur ein paar Meter von dem Rotrock entfernt, den wir gerade ausgegraben haben. Jemand könnte sie an der Stelle begraben haben, wo sie im Kampf fielen.«

»Wenn wir davon ausgehen, dass es sich um einen weiteren Minuteman handelt«, erklärte sie, »dann stimmt wahrscheinlich ein Teil der Aufzeichnungen in Farnsworths Tagebuch. Zwei Männer der Miliz führten ihn durch die Berge, wo er zwei seiner eigenen Männer traf, die Nathaniel Walker mitbringen sollten.«

»Das taten sie aber nicht, weil sie den Trupp aus dem Hinterhalt überfallen wollten.«

»Es bricht ein Kampf aus.«

»Red Hawk tötet alle, außer Farnsworth.«

»Und verschwindet dann mit dem Gold«, beendete sie den Satz. »Und wo ist der Reverend?«

Die beiden schauten hinüber zu dem noch unberührten restlichen Boden.

Zusammen arbeiteten Carter und Buddy zügig an dem Skelett weiter, und als Ellie und Cort kurz vor Mittag ankamen, hatten sie den Oberkörper freigelegt.

»Ihr habt noch eins gefunden!«, rief Cort. »Glaubt ihr, es könnte Winship sein?«

»Das bezweifle ich«, sagte Carter und stand auf, um sich zu strecken. »Er war dafür bekannt, keine Uniform zu tragen. Die Knöpfe da deuten darauf hin, dass der Mann ein Soldat der Kolonialtruppen war.«

»Und wo ist dann der Reverend?«, fragte Ellie.

»Und das Gold?«, warf Cort ein.

»Ich habe weder eine Antwort auf die eine noch auf die

andere Frage.« Carter ließ ihren Blick über die gesamte Ausgrabungsstelle wandern. »Aber ich glaube nicht, dass das Gold hier ist. Wenn sich schon jemand die Zeit nahm, diese Leichen zu vergraben, kann ich es mir kaum vorstellen, dass er das Gold nicht mitnahm, als er ging.«

In den nächsten Stunden arbeitete die Gruppe gemeinsam daran, das Skelett freizulegen. Sie kamen gut voran, sodass Carter zuversichtlich war, die Knochen und Artefakte innerhalb eines Tages fotografiert, aus dem Boden genommen und sicher in Kisten verstaut zu haben. Buddy streckte sich stöhnend, stand auf und verkündete, in die Stadt zu fahren.

»Ich komme mit«, sagte Ellie, »Cort, du auch?«

»Nein, ich bleibe hier.«

Ellie sah ihn einen Augenblick verwirrt an, hob dann aber ihr Kinn und folgte ihrem Vater.

Als sie allein waren, wandte sich der Junge mit sanfter Stimme an Carter. »Geht's dir gut?«

Carter arbeitete gerade konzentriert an einem Armknochen. »Na klar. Ist zwar schwierig mit nur einer Hand, aber –«

»Ich meinte, was deinen Vater betrifft.«

Sie schaute hinüber zu Cort. Seine Augen waren fest auf die Stelle gerichtet, die er gerade ausgrub. Er arbeitete bedacht, als hätte er überhaupt nichts gesagt, doch er wirkte sehr wachsam.

Sie lächelte, berührt von seiner unbeholfenen Besorgnis. »Ja, alles in Ordnung. Es war gut, ihn zu sehen.«

»Toll.«

»Und danke für deine Nachfrage.«

Sie arbeiteten fleißig vor sich hin, als sie ein Rascheln zwischen den Bäumen hörten, das vom hinteren Pfad kam.

Carter spannte sich an, während Cort hochsah. Buddy konnte es nicht sein, dachte sie. Womit nur Möglichkeiten übrig blieben, die sie nicht in Betracht ziehen wollte. Nick. Lyst.

»Ist wahrscheinlich nur ein Reh«, murmelte sie.

»Das hört sich aber nicht an wie Bambi.«

»Vielleicht ein Tourist, der herumstöbert. Vielleicht ist es Ivan.«

»Nein. Den hört man nicht, wenn er durch den Wald kommt. Nicht einmal im Herbst, wenn das Laub auf dem Boden liegt.« Cort begab sich wieder an die Arbeit.

Das Geräusch wurde lauter. Da das Gefühl von Gefahr in Carters Brust immer größer wurde, stand sie auf. In dem Moment trat Lyst in den Steinkreis. Ihr stockte der Atem.

»Wegen mir musst du nicht aufhören, Carter«, meinte Lyst spöttisch. »Wer ist denn dein neuer Partner, da an deiner Seite?«

Noch bevor sie ihn davon abhalten konnte, sprang der Junge auf. »Ich bin Cort Farrell. He, ich kenne Sie. Sie sind der Kerl, den Ivan schon einmal von hier weggejagt hat.«

»Ah, der Sohn des Herrn und Meisters«, murmelte Lyst und lehnte sich dabei gegen einen der größeren Steine. Seine Augen waren auf Cort gerichtet, als präge er sich ein, wie der Junge aussah.

»Ich bin sein Neffe.«

»Na so was.«

Cort warf sich in die Brust und fragte bestimmt: »Was tun Sie hier?«

Lysts Blick ging hinüber zu Carter, und seine Augen wanderten auf eine so streichelnde Art und Weise über sie, dass sie sich schmutzig vorkam. »Ich konnte einfach nicht ... ohne meine Freundin da drüben sein.«

»Vielleicht hätten Sie sich mehr Mühe geben müssen«, sagte sie leise, während Cort sie verwirrt anschaute. Sie machte sich Sorgen um ihn und dachte verzweifelt darüber nach, wie sie ihn von dem verdammten Berg herunterbekommen könnte.

Lyst begann zu lächeln.

»Ich habe dich fürchterlich vermisst, Carter.« Seine Worte klangen wie die eines Liebenden. »Ich hasse es einfach, von dir getrennt zu sein.«

Cort kniff die Augen zusammen, und Carter konnte sich lebhaft vorstellen, welche voreiligen Schlüsse er zog. Was Lyst mit seinem Auftauchen jedoch bezweckte, war ihr ein Rätsel. Er schien wild entschlossen zu sein, irgendeine Geschichte zwischen ihnen beiden zu erfinden. Vielleicht fand er sie aber auch wirklich anziehend.

Sie dachte an die vielen Male, als sie nackt im Fluss gebadet hatte, und bei der Vorstellung, er könnte sie dabei beobachtet haben, wurde ihr übel.

»Nun, wie ich sehe, hast du ein weiteres Skelett gefunden. Dann sind es inzwischen vier, nicht?«

»Ich denke, Sie sollten gehen«, sagte sie mit gleichmäßiger Stimme. »Mr. Farrell hat deutlich zum Ausdruck gebracht, dass Sie sich von seinem Anwesen fernhalten sollen, und wir erwarten ihn bald hier.«

Das war zwar eine komplette Lüge, doch hoffte sie, dass Cort sie nicht widerlegen würde, so scharf, wie er sie jetzt anblickte. In ihren Gedanken rechnete sie sich hektisch aus, wann Buddy wieder zurückkommen müsste. Es würde noch mindestens eine Stunde dauern.

»Ich würde Farrell gerne wiedersehen«, murmelte Lyst und begutachtete die Ausgrabungsstelle. »Ihr wart fleißig. Nicht mehr viel übrig zum Ausgraben.«

Es trat eine kurze angespannte Stille ein, bis sich Lyst mit einem falschen Lächeln Cort zuwandte. »Würde es dir etwas ausmachen, wenn ich mit meiner Freundin kurz allein spreche? Wir haben ein paar Dinge zu bereden, die ... persönlicher Natur sind.«

Cort zögerte.

»Ist schon okay«, sagte sie schnell zu ihm. »Warum gehst du nicht hinunter und sagst Gertie, dass ich bald zum Abendessen herunterkommen werde?«

Ihr Blick sah befehlend aus, und sie betete, dass Cort nicht mit ihr diskutieren würde. Er öffnete wie befürchtet den Mund, stürmte dann aber doch aus dem Steinkreis hinaus. Sie verspürte ein gewisses Maß an Erleichterung.

»Was für ein gut aussehender junger Mann«, meinte Lyst und trat näher zu ihr. »Er schien jedoch über die Art unserer Beziehung verwirrt zu sein.«

»Wovon sprechen Sie?«, fauchte sie ihn an, während sie versuchte, ihre Angst nicht zu zeigen und einen Schritt zurückzutreten.

Lyst runzelte die Stirn. »Weißt du, ich habe dich zusammen mit Farrell gesehen und bemerkt, wie du ihn anschaust. Wäre ich eine andere Sorte Mann, würde ich das als Verrat auslegen.«

Carter blickte nach unten zur Kelle, die sie in der Erde liegen gelassen hatte. Sie beschloss, dass sie danach greifen würde, wenn er sich auf sie stürzen sollte. Es war das Einzige, was sie als Waffe benutzen konnte.

»Und was hast du mit deiner Hand gemacht? Ich schaue ein paar Tage nicht nach dir, und schon verletzt du dich. Gut, dass du sie verbunden hast. Es ist wirklich wichtig, dass man eine so schlimm blutende Wunde gut versorgt.«

Hinter ihrem vermeintlich gefassten Gesicht kam es ihr

in den Sinn, dass sie Lyst mit ihrer Vermutung, er wäre lediglich unmoralisch, völlig unterschätzt haben könnte.

»Nicht mehr viel Boden übrig, um mein Gold darin zu finden«, sagte er und rückte näher zu ihr.

Sie hatte nicht vor, auf das Pronomen einzugehen. »Ich glaube nicht, dass es hier oben ist.«

»Nein? Nun, aber ich, und ich irre mich selten, was diese Dinge betrifft. Es ist hier irgendwo.« Sein Blick wanderte über ihren Körper. »Ich kann es riechen. Vielleicht ist es nicht hier an diesem Ort, aber irgendwo anders auf dem Berg. Wo wirst du als Nächstes graben?«

»Nirgendwo. Wenn wir hier fertig sind, fahre ich.«

»Bist du dir da sicher? Ich baue darauf, dass du die Arbeit erledigst, an der Farrell mich gehindert hat.«

»Ich tue nichts für Sie.«

»Nein? Ich finde, du solltest mehr Einsatz zeigen. Du hast viel zu verlieren. Diese Scheune in Burlington, zum Beispiel, in die du so viel Zeit gesteckt hast, um sie zu renovieren. Du weißt doch, Häuser brennen so leicht. Oder was ist mit diesem netten jungen Mann? Es wäre doch furchtbar, wenn ihm etwas zustieße. Irgendein Unfall, vielleicht ein Sturz im Wald. Junge Menschen können so gedankenlos sein.«

Carter brach der kalte Schweiß aus. »Wagen Sie sich nicht in seine Nähe!«

»Oh Gott, so besorgt. Wie mütterlich!« Lyst trat noch einen Schritt näher. »Aber wer meine Fantasie wirklich anregt, ist das junge Mädchen. Dieses wunderschöne rote Haar und diese helle Haut. Was ich ihr alles beibringen könnte!«

Er streckte eine Hand aus, um sie vom Sprechen abzuhalten.

»Ich weiß, ich weiß – wag dich ja nicht in ihre Nähe«, witzelte er und ahmte dabei ihre Stimme nach. »Die Frage ist, was bist du bereit zu tun, damit ihnen nichts geschieht?«

Aus dem Wald drangen aufgeregte Stimmen, das schönste Geräusch, das Carter je gehört hatte. Ihre Schultern sackten vor Erleichterung nach unten.

Lyst warf einen wütenden Blick in Richtung der herannahenden Samariter. »Ich sage dir jetzt, was du tun wirst. Du wirst diesen Sandkasten hier zu Ende ausgraben, und wenn du das Gold findest, wirst du es mir geben. Solltest du es nicht finden, wirst du so lange auf diesem Berg bleiben, bis du es gefunden hast.«

»Sie sind wohl nicht ganz bei Trost.«

Lyst legte den Kopf schief. »Komisch. Ich habe eher das Gefühl, bei ganz klarem Verstand zu sein.«

Die Stimmen wurden lauter.

»Deine Freunde machen sich Sorgen um dich«, sagte er. »Ich bin mir sicher, dass du ihnen am liebsten alles über unsere kleine Vereinbarung erzählen möchtest, aber das behalten wir doch besser für uns, nicht wahr? Den Kindern zuliebe.«

Er lachte und griff mit einer schnellen Handbewegung nach ihr. Er zog ihr die Kappe vom Kopf, fasste in ihr Haar und zog es nach hinten, bis sie dachte, ihr Genick würde brechen. Sein Blick wanderte über ihr Gesicht.

»Ich weiß, dass du mit Farrell zusammen gewesen bist. Er ist eine ziemlich große Nummer, und ich mag Frauen, die hoch hinaus wollen.« Schwarze Augen glitten über ihr Gesicht. »Weißt du, ich habe nichts gegen Untreue. Solange du an mich denkst, wenn er in dir ist.«

Carter zuckte zusammen und schaute weg, doch seine Hand umschloss ihren Kiefer, sodass sie ihn ansehen musste.

»Bis bald«, sagte er, nur Zentimeter von ihren Lippen entfernt.

»Versuchen Sie nur, mich zu küssen, und ich werde Ihnen die Lippe abbeißen.«

»Versprochen?«, flüsterte er.

Und schon war er weg.

Carter fiel schwankend nach hinten gegen einen der Steine, als Cort und Ivan auftauchten.

»Entschuldigt mich«, sagte Ivan und ging in den Wald, die Flinte über der Schulter.

»Hat er dir wehgetan?« Cort kam zu ihr gelaufen.

Sie schüttelte den Kopf und fragte sich, wie lange es dauern würde, bis das Kribbeln in ihren Händen und Füßen aufhörte.

»Ich wusste nicht, dass du den Kerl kanntest.« In der Stimme des Jungen lag ein Hauch von Misstrauen.

»Tu ich nicht.«

»Er tat so, als wärt ihr –«

Carter schüttelte entschieden den Kopf. »Ich weiß nicht, was das sollte. Ich kenne ihn kaum.«

Cort wurde etwas lockerer. »Er sah unheimlich aus. Deshalb habe ich Ivan mitgebracht.«

»Mach dir keine Gedanken wegen Lyst. Er ist harmlos.« Sie versuchte, ein beruhigendes Lächeln aufzusetzen.

»So wirkte er auf mich nicht.«

»He, ich wette, die Swifts werden bald zurück sein. Lass uns hinuntergehen, damit wir ihnen beim Schleppen der Einkäufe helfen können.«

Cort warf ihr einen vielsagenden Blick zu, als ob er ihr das, was sie ihm gerade vorspielte, nicht abkaufte, folgte ihr aber doch zum Pfad. Bevor sie sich auf den Weg nach unten begaben, sah sie ihn mit ernstem Gesicht an. »Ich möchte diejenige sein, die Buddy erzählt, was vorgefallen ist, okay?«

»Das dachte ich mir schon. Und ich möchte nicht, dass Ellie Angst bekommt.«

Als sie unten am Haus ankamen, waren Ellie und Buddy gerade dabei, die Vorräte aus dem Wagen zu laden.

Carter beschloss, ein freundliches Gesicht zu machen, und begrüßte ihre Freunde mit fröhlicher Stimme. »Schön zu wissen, dass der Jagd- und Sammelinstinkt in der heutigen Welt noch nicht verloren gegangen ist.«

»Ziemlich fette Beute«, bemerkte Cort und gesellte sich zu Ellie, die ihm reserviert zunickte.

Buddy tauchte mit Plastiktüten voller Essen aus dem Fond des Range Rover auf. »He, Carter, kannst du das hier Gertie bringen?«

Sie ging hinüber und nahm ihm die Tüte mit Rhabarber und Erdbeeren ab. »Wofür ist das ganze Obst?«

Sein Grinsen war voller Vorfreude. »Manchen liegt das Kuchenbacken im Blut, andere müssen sich dazu zwingen.«

Carter wandte sich ab, da sie mit ihren Gefühlen zu kämpfen hatte. Sie hatte Mühe, sich hinter ihrer gelassenen Fassade von der Angst zu erholen, die sie oben auf dem Berg verspürt hatte, als Lyst aufgetaucht war, und sie wusste, dass sie mit Buddy darüber sprechen musste. Bald. Die Bedrohung, die von Lyst ausging, war sehr real, und sie war sich nicht sicher, wie sie sich und die Swifts vor ihm schützen sollte.

Sie trat durch die Hintertür in die Küche, wo sie statt der Nachmittagshitze die angenehme Kühle des Hauses empfing. Sie holte tief Luft, um sich zu beruhigen, und der Duft von Äpfeln stieg ihr in die Nase. Sie entdeckte auf einer der Theken eine große Schüssel mit Granny Smiths.

In dem Moment sah sie Nick am Spülstein stehen. Sie blieb verwundert stehen.

»Ich dachte, ihr hättet es eilig wegzukommen«, sagte er barsch. Er hatte ein Messer in der Hand und schälte sich gerade einen der Äpfel. Die leuchtend grüne Schale fiel in einem langen Streifen herunter. Carter legte die Tüte auf den Tisch.

»Haben wir auch.« Ihre Stimme war erstaunlich fest, dachte sie.

»Ziemlich viel Essen für einen kurzen Aufenthalt.« Sein Gesichtsausdruck war unnahbar, während seine Hand das Messer führte.

»Buddy hatte wahrscheinlich Hunger, als er einkaufen ging.«

»Wie ich gehört habe, ist Ivan mit seiner Flinte auf den Berg hinauf«, sagte Nick beiläufig. Er hatte den Apfel fertig geschält, legte das Messer hin und biss knackend in ihn hinein. »Gibt's da oben irgendwelche Probleme?«

Carters Gedanken gerieten durcheinander. Das Letzte, was sie wollte, war, dass er sich noch mehr mit der Ausgrabung beschäftigte. Wenn er wusste, dass Lyst wieder aufgetaucht war, würde er nicht davor zurückschrecken, sein Gebiet zu verteidigen und selbst auf Patrouille zu gehen.

Doch sie wollte diesen Mann nicht noch häufiger sehen. Ganz im Gegenteil.

»Nicht wirklich«, erwiderte sie.

»Also hat er die Waffe nur als Accessoire mitgenommen? Normalerweise ist er nicht so modebewusst.« Nick biss noch einmal in den Apfel hinein, seine scharfen weißen Zähne schnitten durch das saftige Fruchtfleisch. »Hat dich jemand belästigt?«

»Es war nur ein Tourist. Keine große Sache.« Sie hätte

am liebsten geschrien, so viel Anspannung lag im Raum. Sie drehte sich um und begann in Richtung Tür zu gehen.

»Du lügst mich an.«

Carter erstarrte, die Hand am Türgriff.

»Cort hat mir erzählt, wer es war. Und du hast mich, was den Bär angeht, auch belogen, oder?«

Sie hielt inne und hätte sich am liebsten selbst geohrfeigt.

»Gibt es da nicht etwas, was du mir sagen möchtest?« Nicks Stimme war kühl. Ohne jegliche Emotion.

Sie drehte sich langsam um zu ihm und versuchte, einen vernünftigen Gedanken zu fassen.

In der Stille, die folgte, aß er seinen Apfel auf und warf das Kerngehäuse in den Mülleimer.

»Nein«, meinte sie schließlich.

»Nein?« Er verschränkte die Arme vor der Brust. »Ein Mann, den ich von meinem Grund und Boden verjagt habe, taucht bei der Ausgrabung auf, du lügst mich zweimal an und findest nicht, dass du mir eine Erklärung schuldest?«

»Ich habe ihn nicht gebeten zu kommen und will ihn auch nicht dabeihaben.«

Carter warf ihm einen angespannten Blick zu und trat dann hinaus. Die Tür mit dem Fliegengitter schlug hinter ihr zu.

Als sie das Geräusch noch einmal hörte, wusste sie, dass er ihr gefolgt war.

Nicks Stimme hallte über den Rasen. »Wir beide sind mit dem Thema noch nicht durch. Nicht einmal ansatzweise.«

Carter wirbelte herum. Als sie ihn ansah, merkte sie wieder, wie groß er war. »Es gibt nichts mehr zu sagen.«

Er blickte sie mit seinen unnachgiebigen Augen eindringlich an.

»Du hast viel Zeit darauf verwendet, über Vertrauen zu sprechen«, sagte er mit einem bitteren Klang in der Stimme, »wenn man bedenkt, dass du selbst nicht vertrauenswürdig bist.«

Sie öffnete den Mund, doch er schnitt ihr das Wort ab.

»Arbeitest du mit Lyst zusammen?«

»Mein Gott, nein!«

»Dann erklär mir, warum du seine Besuche vor mir geheim hältst. Schläfst du mit ihm?«

Carter atmete hörbar ein. »Wie kannst du es nur wagen!«

»Du schützt ihn. Das muss einen Grund haben.«

»Nun, ich kann dir versichern, es ist nicht, weil ...« Sie erschauerte. »Und ich schütze ihn nicht.«

Nick zeigte mit dem Finger auf sie. »Halte mich ja nicht zum Narren! Wenn ich herausfinde, dass da irgendwas zwischen euch läuft, werde ich dafür sorgen, dass du den finanziellen Zuschuss, der dir gewährt wurde, wegen Betrug verlierst.«

»Da läuft nichts zwischen uns.« Carter schüttelte den Kopf. »Lyst ist verzweifelt, weil er mehr Ehrgeiz als Talent besitzt. Er würde alles tun, um voranzukommen, aber ich helfe ihm in keinerlei Hinsicht.«

»Warum dann die Lügen?«

»Was meinst du?«

Er warf den Kopf zurück und lachte, klang dabei aber nicht fröhlich.

»Ich hätte es wissen müssen, dass man von dir keine Entschuldigungen erwarten kann. Du weißt nur, wie man sie ablehnt.« Seiner Stimme war die Wut anzuhören. »Tu mir einen Gefallen! Wenn du das nächste Mal jemanden verurteilst, weil er dir etwas verschwiegen hat, dann erinnere dich an diese kleine Geschichte hier, damit du nicht wieder zur Heuchlerin wirst. *Vertrauen*. Oh Gott, dass ich mir wegen dir Vorwürfe gemacht habe.«

Und mit diesen Worten drehte er sich auf dem Absatz um und ging hinüber zur Garage.

Carter konnte ihm nur noch hinterherblicken. Als ihr die Folgen ihrer eigenen Doppelmoral bewusst wurden, stieg tiefstes Bedauern in ihr auf. Er hatte recht. Sie hatte ihn angelogen, und im Nachhinein erschienen ihr die Gründe für die Täuschung völlig hohl.

Vom hohen Ross der selbstgerechten Empörung gestürzt zu werden war hart, dachte sie.

Als sie wieder zur Gruppe stieß, die um den Range Rover herumstand, war sie gänzlich damit beschäftigt, über das Chaos nachzudenken, das sie verursacht hatte.

»Ihr kommt also heute Abend zum Essen, oder?«, fragte Cort.

Carter erstarrte.

»Ich habe schon einen Antrag für eine Pie gestellt«, sagte Buddy, der neben dem Quad stand. Er war gerade dabei, die Vorräte mit einem Gummiseil daran festzuzurren.

»Warte nur, bis du ihren Cobbler probiert hast. Ivan schwört, es sei der beste«, sagte Cort und setzte sich auf die Maschine. »Ellie, fährst du bei mir mit?«

Auch wenn das Mädchen zögerlich aussah, sprang sie hinten auf. Als die beiden die Auffahrt hinunterdüsten, wehte Ellies rotblondes Haar im Sommerwind.

»Junge Liebe«, murmelte ihr Vater grinsend. »Fast so schön wie Pie.«

Nachdem Carter und Buddy sich die Rucksäcke umgeschnallt hatten, gingen sie hinüber zur Wiese.

Als Carter durch das hohe Gras spazierte, hatte sie das

Gefühl, dass ihr Leben gerade aus den Fugen geriet, und sie fragte sich, wie es wieder hinzubiegen wäre.

Wenn es wieder hinzubiegen wäre.

»Du bist so furchtbar still«, bemerkte Buddy.

Sie blickte ihren Freund an. Ihr fiel ein, was Lyst gesagt hatte, und sie beschloss, ihm von dessen jüngstem Besuch zu erzählen. »Ich finde, Ellie sollte unten im Haus schlafen.«

»Damit sie sich noch mehr blutrünstiges Gemetzel mit Cort ansehen kann? Ich wollte, dass sie sich in diesem Sommer mit etwas Neuem auseinandersetzt, aber damit war nicht die Geschichte des Horrorfilms gemeint.«

»Lyst war wieder da.«

Buddys gleichmäßiger Schritt geriet ins Stocken. »Wann?«

»Heute.«

In seinem Gesicht flammte Sorge auf. »Du hast ihn gesehen?«

Sie nickte, ihr Gesichtsausdruck blieb ruhig.

»Warst du allein?«

»Cort war bei mir.«

»Was wollte Lyst von dir?«

»Ich finde, Ellie sollte unten im Haus bleiben.« Carter hatte die Worte vorsichtig formuliert, sah Buddy jedoch anschließend eindringlich an.

Er blieb ganz stehen. »Was zum Teufel ist passiert?«

»Er hat nur herumgeschnüffelt, um zu sehen, was wir gefunden haben.«

»Warum willst du dann, dass Ellie sich vom Berg fernhält?«

Carter zwang sich, ihre Stimme gleichmäßig klingen zu lassen. »Ich denke nur, dass es für sie so sicherer wäre.«

Buddy riss die Augen hinter seiner Brille auf. »Sie sollte besser zurück nach Cambridge, oder?«

Carter nickte.
»Dann wird sie noch heute Abend fahren.«
Als sie weitergingen, wurde ihr Schritt schneller.

21

Nick näherte sich der Garage, als Ivan aus der Dunkelheit auftauchte. »Ich war gerade auf dem Weg zu dir. Was zum Teufel geht da oben vor?«

»Ich habe ein kleines Geschenk für dich da drinnen.«

»Oh?« Nicks Stimme war grimmig.

»Habe uns einen Marathonläufer eingefangen.«

»Ist es Lyst?«

»Ich weiß nicht, wie er heißt, aber ich habe denselben Idioten schon einmal von hier verjagt.«

Ivan führte Nick in eine Ecke der Garage, wo Conrad Lyst, gefesselt mit einer zerfransten Wasserskileine, auf einem Gartenstuhl saß.

»Ich werde Sie wegen Freiheitsberaubung belangen –«, fing der Mann an zu brüllen.

Nick verschränkte die Arme vor der Brust und beugte sich lässig über die Motorhaube des Porsches. »Ivan, musstest du diese Wasserskileine da verwenden? Ich dachte, wir hätten uns darauf geeinigt, bei Eindringlingen Stacheldraht zu benutzen.«

»Das muss mir entfallen sein.«

Lysts Gesicht glühte vor Zorn. »Ich werde die Polizei anrufen und die Zeitungen und –«

»Um was zu tun?«, unterbrach ihn Nick. »Um der Welt zu erklären, warum Sie sich auf meinem Grund und Boden herumgetrieben haben?«

»Ich bin von Ihrem … diesem … Platzwart schwer misshandelt und wie ein Hund gefesselt worden!«

»Ivan, hast du diesen Mann misshandelt?«

»Nein.«

»Wie schade.« Nick wandte sich Lyst wieder zu. »Und jetzt sagen Sie mir, was Sie auf meinem Berg gemacht haben! Zum wiederholten Mal!«

»Ich habe eine Kollegin besucht.« Mit einem leicht anzüglichen Grinsen fügte er hinzu: »Auf ihre Einladung hin.«

Nick knirschte mit den Zähnen. »Oh wirklich? Ich frage mich, warum sie mir dann nicht gesagt hat, dass Sie kommen?«

»Aber das ist doch offensichtlich. Sie erfreut sich an meiner Gesellschaft auf einer eher … persönlichen Ebene. Und das ungemein. Unsere Treffen sind privater Natur.«

Nick ging auf den gefesselten Mann zu und legte seine Hände auf die Armlehnen des Stuhls. Er beugte sich tief hinunter und sagte: »Ich habe heute meinen großzügigen Tag und bin deshalb gewillt, mich mit Ihnen auf ein Geschäft einzulassen. Sie halten sich von meinem Grund und Boden und verdammt noch mal auch von ihr fern, und ich werde in Betracht ziehen, Sie ohne eine Halskrause davonziehen zu lassen.«

»Ich kann nicht glauben, dass Sie mich bedrohen, Farrell. Sie wollen doch nicht etwa noch mehr schlechte Publicity, oder?«

Nick schaute hinüber zu Ivan. »Ich reiche dem Kerl die Hand, und er weist sie schnöde zurück.«

»Das zeugt nicht von großer Dankbarkeit, oder?«, meinte Ivan grinsend.

»Entweder das, oder er ist einfach nur dumm.« Nicks Blick schoss wieder zurück zu Lyst. »Aber so dumm können

Sie doch nicht sein. Sie wollen mich doch nicht wirklich provozieren, oder?«

»Sie können mich nicht von ihr fernhalten.«

Nicks Augen waren auf die Halsader des Mannes gerichtet. »Würden Sie das bitte noch einmal sagen?«

»So sind Sie doch eigentlich gar nicht«, schoss der Mann zurück, »so besitzergreifend. Zumindest laut der Regenbogenpresse nicht. Ich weiß, sie ist nicht schlecht im Bett, aber –«

Nicks Hand legte sich wie ein Schraubstock um den Hals des Mannes. »Ich wäre sehr vorsichtig mit der nächsten Lüge, die Sie von sich geben wollen.«

Lyst sagte würgend: »Lassen Sie mich los!«

»Warum? Ich amüsiere mich gerade prächtig.« Die Blicke von Nick und Ivan trafen sich. »Abgesehen davon, hast du mir nicht vor Kurzem erzählt, Ivan, ich müsste meinen Oberkörper mehr trainieren?«

»Ja, das habe ich«, erklärte dieser. »Diese Segel sind ganz schön schwer. Da muss man gut in Form sein, um sie heben zu können.«

»Sehen Sie?« Nicks Griff wurde noch fester, und er sah, wie die Augen des Mannes hervortraten. »Sie könnten Teil meines regelmäßigen Fitnessprogramms werden. Wir könnten Sie hier in der Ecke der Garage behalten, an der Decke aufhängen und Sie als Sandsack benutzen.«

»Scheren … Sie sich … zum Teufel …«

»Sagen Sie mir, wie fühlt es sich an, nicht mehr genügend Sauerstoff zu bekommen? Ich denke, die Sicht verschwimmt und die Gliedmaßen beginnen taub zu werden. Die Lungen müssen sich anfühlen, als würden sie brennen.«

»Angeblich soll es so ein, als würde man ertrinken«, erläuterte Ivan hilfreich.

»Lassen Sie mich …« Lysts Stimme war ein angestrengtes Flüstern.

»Ich will, dass Sie sich von mir und den Menschen um mich herum fernhalten.«

»Gut«, krächzte Lyst.

Nick ließ ihn los. Der Mann kippte nach vorne und rang nach Luft.

»Hier ist die Abmachung«, erklärte ihm Nick eindringlich. »Sollten Sie zur Zeitung gehen oder noch einmal mein Grundstück betreten oder in die Nähe von Carter kommen, auch wenn sie von hier weg ist, werde ich auf Sie Jagd machen und Ihnen das Leben noch schwerer machen, als es ohnehin schon ist. Kapiert?«

Lysts Kopf hing schlaff nach unten, doch er schaute ihn herausfordernd an. »Was, wenn sie mich sehen will?«

»Ich bezweifle, dass das ein Problem werden könnte.«

»Sie können sie nicht kontrollieren.«

»Dann beten Sie besser, dass sie nichts mit Ihnen zu tun haben will. Das wird Ihre Chancen weiterzuleben ungemein vergrößern.« Nick wandte sich Ivan zu. »Schaff diesen Mistkerl fort!«

»Wie bitte?«, rief Ellie ihrem Vater empört zu.

Sie musste sich verhört haben.

»Du musst gehen«, wiederholte Buddy sanft.

»Wovon sprichst du? Nein, ich gehe nicht!« Das Mädchen wurde rot vor Zorn.

Sie konnte nicht gehen, jetzt, da alles mit Cort so vielversprechend aussah. Er hatte sich ihr gegenüber am Abend zuvor sogar etwas geöffnet und erzählt, wie er seine Eltern verloren hatte. Sie waren gerade dabei, sich immer näher zu kommen, richtig nahe. So wie Freund und Freundin.

Ihr Vater legte eine Hand auf ihre Schulter, sein Gesichtsausdruck war eine Mischung aus Sorge und Entschlossenheit, die in ihr das Gefühl hervorrief, eine Schlinge um den Hals gelegt zu bekommen.

»Wir sind doch fast fertig.«

»Ja, *fast*«, fauchte sie. »Wieso muss ich dann jetzt gehen?«

»Ein Bus wird dich nach Boston bringen, und von da aus fährt ein Zug nach Albany. Ich rufe deine Mutter an, damit sie dich abholt.«

Ellie kniff die Augen zusammen und schaute ihren Vater prüfend an. »Du verschweigst mir etwas.«

Ihr Vater zuckte mit den Achseln. »Es gibt nicht mehr viel zu tun. Wenn du jetzt fährst, kannst du immer noch am Sommerprogramm von Harvard teilnehmen.«

»Ich habe genauso schwer gearbeitet wie alle anderen, und ich verdiene es, das Projekt beenden zu dürfen. Ich will hierbleiben.« Sie sah hinüber zu Cort.

»Man kann dich jederzeit zu Hause besuchen«, erklärte Buddy sanft.

»Ich gehe nicht.«

»Tut mir leid …«

»Es muss dir nicht leidtun. Ich bleibe.«

Die Stimme ihres Vaters senkte sich unerwartet um eine Oktave und war einem Knurren nicht unähnlich. »Du packst jetzt deine Taschen, oder ich packe sie für dich.«

Ellie war sprachlos. Er klang nie so entschieden, außer etwas stimmte wirklich nicht.

Sie hatte ein Recht darauf zu erfahren, was es war, dachte sie.

Doch bevor sie noch etwas sagen konnte, bemerkte sie Corts Blick. Er nickte ihr kurz zu, als wollte er ihr sagen: *Stimme einfach zu, wir denken uns schon etwas aus.*

»Ich kann nicht glauben, dass du so bist«, murrte sie. Als sie in ihr Zelt ging, um zu packen, folgte ihr Cort.

Es war tröstlich für sie zu sehen, dass auch er bekümmert war, als sie auf ihrem Feldbett saßen.

»Ich will nicht gehen«, flüsterte sie. »Was sollen wir tun?«

»Kannst du ihm das nicht ausreden?«

Entmutigt schüttelte sie den Kopf. »Ich habe ihn so schon ein oder zweimal erlebt. Er wird sich nicht umstimmen lassen. Ich wünschte, wir würden den Grund für seine Entscheidung kennen.«

»Ich werde es dir später sagen. Kannst du deine Mutter anrufen? Vielleicht kann sie ihn dazu bringen, seine Meinung zu ändern.«

»Nein. Sie war schon bestürzt darüber, dass ich so lange weg sein würde. Sie wird sich wahnsinnig freuen, dass ich wieder nach Hause komme.«

»Könnte Carter mit ihm reden?«

»Vielleicht. Aber ich bezweifle, dass sie ihn dazu bewegen kann, seine Meinung zu ändern.« Ellie starrte vor sich hin und hoffte, dass eine Lösung durch die Luft geschwebt käme.

Cort atmete tief durch und stieß dann hervor: »Na gut, dann werden wir von hier verschwinden.«

Ellie schaute ihn überrascht an. »Was willst du damit sagen?«

»Lass uns weggehen. Nur wir beide.«

»Das meinst du nicht ernst.«

»Aber natürlich.«

»Warte – das ist verrückt.« Sie schüttelte den Kopf. »Wo sollen wir hingehen? Abgesehen davon werden sie uns sowieso finden.«

»Dann lass sie uns finden. Aber wir werden so zumindest ein paar Tage für uns gehabt haben. Ich habe es satt, die ganze Zeit beobachtet zu werden, und sie werden sich nicht ändern. So müssen sie sich wenigstens einmal anstrengen. Wenn sie uns zurückhaben wollen, müssen sie uns schon holen.«

Die wachsende Zuversicht in Corts Stimme ließ die Idee nicht ganz so lächerlich erscheinen.

»Aber wann? Ich soll heute Abend schon fahren.«

»Sag deinem Vater, du möchtest noch für ein letztes gemeinsames Abendessen hierbleiben. Nach dem Essen sagen wir, dass wir uns in Ruhe voneinander verabschieden wollen. Das werden sie uns erlauben. Wir werden uns aus dem Haus schleichen, den Berg hinaufgehen und über den alten Rückweg um den Gipfel herum auf der anderen Seite wieder heruntergehen. Dann gehen wir bei Freunden von mir vorbei. Die Canton-Brüder wissen, was man am besten in so einer Situation macht. Die machen die ganze Zeit so einen Mist und werden uns bestimmt helfen.«

Ellies Herz raste vor Angst und Aufregung. Sie hatte bisher ihren Eltern immer gehorcht, doch ein Abenteuer mit Cort war zu verlockend, um es auszuschlagen.

»Was, wenn wir uns auf dem Berg verirren?«

»Werden wir nicht. Ich gehe schon seit Jahren dort wandern.«

Sie dachte einen Augenblick lang nach. »Aber was ist mit Ivan? Er wird uns aufspüren.«

»Ich habe zufällig mitbekommen, wie er zu Gertie sagte, dass er morgen fischen gehen will. Das bedeutet, dass er heute Nacht hinausfahren wird. Sie werden Mühe haben, ihn zu finden, und das wird uns einen Vorsprung verschaffen.« Cort griff nach ihren Händen und hielt sie fest. Seine Augen leuchteten, und es lag so viel Gefühl darin, dass ihr schwindelig wurde. »Ich werde auf dich aufpassen. Das verspreche ich dir.«

Er war von dem, was er sagte, felsenfest überzeugt, und sie war bereit, ihm zu glauben. Die ganze Ungewissheit, die sie stets verspürt hatte, wenn er sie so distanziert angeschaut hatte und einfach verschwunden war, und sie sich gefragt hatte, ob er sie genauso mochte wie sie ihn, war wie weggeblasen. Sie würden gemeinsam fortgehen und zusammen sein.

»Okay. So machen wir's!«, sagte sie atemlos vor Aufregung.

Kurz nach Sonnenuntergang fuhren sie mit dem Quad und zwei Reisetaschen voller Kleider den Berg hinunter. Bevor sie das Lager verließen, lenkte Cort die Erwachsenen ab, während sie im Wald am Rand des Lagers ein Bündel versteckte, in dem sich Geld, etwas Essen und Kleider befanden. Nach ihrer Flucht würden sie es schnell holen, genauso wie ihren Schlafsack, der sich immer noch ausgebreitet auf dem Boden des Zelts befand.

Während sie und Cort den Berg hinunterrasten, hielt sie sich eng an ihm fest, voller Vorfreude auf all das, was vor ihnen lag.

»Ich kann die heutige Nacht kaum noch erwarten«, sagte sie ihm ins Ohr, während sie auf dem Pfad in die zunehmende Dunkelheit düsten.

Das Abendessen wurde trotz der kurzen Hosen, die alle trugen, im formellen Esszimmer serviert, und es war ein angespanntes, schweigsames Mahl. Carter konnte in der stillen Sommerluft Nicks bohrenden Blick auf sich spüren. Als er plötzlich seine Serviette hinwarf und wortlos den Tisch verließ, atmete sie erleichtert auf.

Buddy schaute auf seine Uhr und dann zu seiner Tochter. »Wir müssen bald los.«

»Dürfen wir uns noch verabschieden?«, fragte Ellie kurz angebunden.

Er nickte, und die beiden Teenager verließen das Zimmer. Buddy schob den Teller weg und lehnte sich in seinem Stuhl zurück. »Nicht wirklich ein tolles Beispiel für eine Art Familienessen.«

»Möchtest du Nachtisch?«, fragte Carter, während sie aufstand und zum Sideboard ging.

»Ja. Ich sollte den Cobbler als Medizin betrachten, mit dem ich mich einfach selbst behandle. Und spar nicht an der Sahne!«

Sie brachte ihm einen Teller mit, und die beiden saßen still unter dem funkelnden Kronleuchter, während Buddy den Nachtisch verschlang. Sie stocherte in ihrem Kuchen herum, bis sie ihn schließlich auch aß.

»Ich hole sie jetzt besser«, sagte er, als er aufgegessen hatte.

Carter blieb zurück, um abzuräumen, und sie hatte gerade die Teller in die Küche gebracht, als Buddy zurückkam.

»Ist Ellie hier gewesen?«, fragte er angespannt.

»Nein.«

»Ich kann die beiden nicht finden.«

»Hast du schon unten im Bootshaus nachgeschaut?«

Auf Buddys Gesicht zeigte sich Erleichterung. »Vielleicht sind sie da.«

Doch als er mit sorgenvollem Gesicht zurückkehrte, spürte Carter, wie ihr flau im Magen wurde.

»Die Autos sind hier, die Boote liegen am Steg, und das Quad ist in der Garage«, bemerkte er.

»Sind sie vielleicht zurück zum Lager?«

»Ich wüsste nicht, warum.«

»Fahr mit dem Quad hinauf und schau nach!«, meinte sie rasch. »Ich gehe und sage Nick Bescheid.«

Als Carter zum Arbeitszimmer kam, stand die Tür einen Spalt offen. Sie klopfte, und als sie keine Antwort erhielt, stieß sie sie auf und ging hinein.

»Nick?«

Das Zimmer war leer. Sie wollte gerade wieder gehen, als ihr etwas auf dem Tisch auffiel. Auf einem riesigen Papierstapel lag obenauf ein Farbfoto.

Von ihr.

Ihr stockte der Atem.

Es war ein Foto, das Cort gemacht hatte, als sie das zweite Skelett gefunden hatten, gleich nach dem Segelausflug mit Nick. Ein breites Grinsen lag auf ihrem Gesicht, da sie über einen von Buddys Witzen hatte lachen müssen.

»Suchst du etwas?«, erklang Nicks scharfe Stimme.

Erschrocken richtete sie sich auf. »Cort und Ellie sind verschwunden.«

Sein Gesichtsausdruck änderte sich nicht, doch sie bemerkte den angespannten Zug um seinen Mund. »Seit wann?«

»Seit ungefähr zwanzig Minuten.«

»Habt ihr im Haus nachgesehen?«

Sie nickte. »Überall, nur noch nicht oben im ersten Stock. Buddy ist hinauf auf den Berg gefahren.«

Nick zuckte mit den Achseln. »Vielleicht machen sie nur einen Spaziergang.«

»Ellie sollte heute Abend fahren.«

Nick zog die Augenbrauen hoch. »Fahren? Wohin?«

»Nach Hause.«

»Warum?«

»Ich habe keine Zeit, das jetzt zu erklären. Wir müssen sie finden«, sagte Carter eindringlich.

Auf Nicks angestrengtem Gesicht breitete sich Sorge aus. »Habt ihr unten im Bootshaus nachgeschaut?«

Sie nickte.

»Dann lass uns oben nachsehen.«

Die beiden durchsuchten schnell den ersten Stock, jedoch ohne Ergebnis. Als sie fertig waren, hörten sie schon, wie Buddy mit dem Quad zurückkehrte. Sie trafen ihn in der Eingangstür.

»Sie ist weg«, stieß er verzweifelt aus. »Mit ihrem Schlafsack. Sie müssen auf dem Berg sein.«

Nick ging zu einem Telefon. »Gertie? Gib mir bitte schnell Ivan.«

Die Pause, die eintrat, war zu lange, um etwas Gutes zu bedeuten.

»Gut. Wenn du ihn gefunden hast, sag ihm, dass die Kinder verschwunden sind. Wir brauchen ihn oben auf dem Berg.« Er hängte mit finsterem Blick ein. »Ivan ist draußen auf der Suche nach Fischködern. Sie versucht ihn zu finden.«

Unvermittelt ging Nick zur Küche, und Buddy und Carter folgten ihm. Sie schauten zu, wie er hinüber zur Spüle ging, sich bückte und den Mülleimer herauszog. Als er dessen Inhalt auf den Boden entleerte und den Müll zu durchsuchen begann, sahen sich die beiden verwirrt an.

»Gott sei Dank«, erklärte Nick und hielt eine wiederversiegelte Injektionsnadel und eine leere Glasampulle hoch.

»Was ist das?«, fragte Carter.

»Cort hat Diabetes, hat sich heute Abend aber schon gespritzt. Somit haben wir etwas Zeit.«

Carter hatte das Gefühl, ihr würde Eiswasser übergeschüttet werden. »Mein Gott, ich hatte keine Ahnung.«

»Er zieht es vor, es nicht an die große Glocke zu hängen«, sagte Nick und stand auf. »Seine Mutter hatte es auch.«

»Wie schlimm?«

»Schlimm genug.« Er ging hinüber zu einem Schrank. Nachdem er hineingeschaut hatte, holte er tief Luft. »Guter Junge! Er hat reichlich Insulin mitgenommen.«

Als er sich umdrehte, sah er deutlich ruhiger aus.

22

»Wir beginnen mit dem Lager.« Nick schleuderte die Slipper weg und zog sich die Wanderschuhe an. »Ihr beide fahrt mit dem Quad den hinteren Pfad hoch, ich gehe vorne hinauf.«

Er band sich ungeduldig die Schuhe zu.

Als er sich wieder aufrichtete, blickte er Carter ins Gesicht. Er war berührt von der zärtlichen Sorge, die er darin erkannte und die ihm, mitten in all der Angst, Kraft verlieh und ihm half, sich auf das Wesentliche zu konzentrieren.

»Nick, ich …« Ihre Stimme verlor sich, während Buddy aus der Tür stürmte.

Sie machte einen zögerlichen Schritt nach vorne, hob eine Hand, als wollte sie ihn berühren, hielt dann aber inne. Als sie sich wegdrehte, griff er nach ihr, zog sie an sich und vergrub sein Gesicht in ihr Haar.

»Ich will nicht, dass ihm etwas passiert«, sagte Nick leise.

»Wir werden sie finden.«

Nick löste sich von ihr und strich mit einer Hand über ihre Wange. Er spürte, wie die Spannung zwischen ihnen für einen Augenblick verflog.

Dann rannte Carter aus dem Haus, und er hörte, wie das Quad in die Nacht davonbrauste.

Eilig kritzelte er eine Nachricht für Gertie, mit der Uhrzeit und den Gebieten, in denen sie suchen wollten. Er wusste, dass sie und Ivan so schnell wie möglich kommen würden. Mit einer Taschenlampe in der Hand stürmte er hinaus und begab sich im Laufschritt zur Wiese. Auf halbem Weg wirbelte er wieder herum und kehrte zurück zum Haus. Einen Augenblick später tauchte er wieder auf und begann zu laufen.

Den Aufstieg zum Lager nahm er nur verschwommen wahr. Bilder von Cort, wie er in der Wildnis umherirrte, spornten Nick auf seinem Weg den Berg hinauf an. Oben angekommen traf er Carter und Buddy, die suchend zwischen den Bäumen herumgingen, die Taschenlampen auf den Boden gerichtet.

Carter brachte ihn auf den neuesten Stand. »Auf dem hinteren Pfad gab es keine Spur von ihnen. Wir haben versucht herauszufinden, welchen Weg sie genommen haben, aber mit den unzähligen Fußabdrücken hier ist das für uns unmöglich.«

Auch Nick suchte die Erde ab, ebenfalls erfolglos. Am Lager trafen Fußabdrücke aus allen Richtungen aufeinander: von der Ausgrabungsstelle, dem Fluss und der Lichtung. Es war, als versuchte man Blindenschrift zu lesen, und seine Hoffnung schwand bereits allmählich, als Ivan plötzlich wie ein Geist aus dem Wald auftauchte. Alle stießen einen Seufzer der Erleichterung aus.

Ivan schwieg. Mit der Taschenlampe in der Hand, die Augen auf den Boden gerichtet, ging er einmal um das Lager herum. Dann zeigte er in Richtung Westen. »Sie sind zum Fluss gegangen. Kluge Kinder. Wussten, dass es für uns so schwerer sein würde, ihre Spur zu finden.«

Der Suchtrupp setzte sich in Gang, der Schein der Taschenlampen tastete sich durch die Nacht. Als sie auf den Fluss stießen, folgten sie ihm gleichmäßigen Schritts, geführt von Ivan und dessen Adleraugen. Sie gingen bereits eine halbe Stunde am Flussufer entlang, als zum ersten Mal ein Schrei durch die Nacht drang.

»Hilfe!« Ellies Stimme war heiser und zittrig.

Die Gruppe drängte weiter voran, um sie zu finden. Nach einer Flussbiegung erblickten sie sie. Sie stand vornübergebeugt und schnappte, die Hände auf den Knien, nach Luft. Als sie sie sah, brach sie in Tränen aus. Buddy lief zu seiner Tochter und nahm sie in die Arme, doch sie schob ihn weg. In ihren Augen lag panische Angst.

»Cort«, sagte sie mit erstickter Stimme. »Es geht ihm schlecht.«

»Wo ist er?«, fragte Nick, und kalte Angst sprach aus seiner Stimme.

»Weiter den Fluss hinauf. Ich weiß nicht, wie weit.« Das Mädchen keuchte zwischen den Worten. »Ich habe ein gelbes T-Shirt in die Bäume gehängt, um die Stelle zu markieren. Er ist in einer Höhle, unterhalb der Felsen.«

Ohne ein weiteres Wort zu verlieren, stapften Nick und Ivan weiter den Fluss hinauf. Carter versicherte sich zuerst, dass Ellie nicht verletzt war, und lief dann den Männern hinterher.

Nick jagte voran, die Augen auf die Bäume gerichtet, auf der Suche nach einem gelben Streifen.

Es dauerte eine Ewigkeit, bis er das Hemd sah.

»Cort!«, rief er.

Keine Antwort.

Seine Augen suchten die Umgebung ab, als er eine Ansammlung von Felsen erspähte und in eine Öffnung hineinlief, die sich dazwischen befand. Innen saß Cort gegen den Fels gelehnt, klatschnass und bewusstlos. Nick ließ sich neben ihn fallen, streckte seine zittrigen Hände aus, griff nach Corts schlaffem Handgelenk und fühlte seinen Puls, der raste.

Nick griff in seine Jackentasche und zog ein Blutzuckermessgerät heraus. Er glaubte zu wissen, was Cort fehlte, wollte aber kein Risiko eingehen. Sollte er mit seiner Vermutung falsch liegen, könnte das den sofortigen Tod des Jungen bedeuten.

Er versuchte, die in ihm aufsteigende Panik zu ignorieren, stach mit einer Nadel in Corts Finger und verteilte den Tropfen Blut auf einem Teststreifen. Das Ergebnis, das auf dem Display erschien, bestätigte Nicks Vermutung. Im Gegensatz zu einer Unterzuckerung, die aufgrund des zu geringen Zuckergehalts in Corts Blut ein verwirrtes, aggressives Verhalten hervorrief, war dieser Anfall durch Ketoazidose verursacht worden, einer Überzuckerung seines Körpers. Sie hatten das schon einmal erlebt, aber noch nie an einem so abgeschiedenen Ort.

Während er in seinen Jackentaschen nach dem Insulin und der Injektionsnadel tastete, dankte er Gott dafür, dass er noch einmal umgekehrt war, um die Sachen zu holen, nur für den Notfall.

Nur für den Notfall stellte sich als gerade noch rechtzeitig heraus.

Er leuchtete die Ampulle mit der Taschenlampe an, um sich zu vergewissern, dass es auch die Richtige war, stach mit der Nadel durch den Gummistopfen und zog die benötigte Menge an Insulin auf. Als er dem Jungen die Injektion verabreicht hatte, hob er ihn auf und trug ihn aus der Höhle.

Carter und Ivan standen in der kalten Nachtluft da, und er hatte das Gefühl, ihre Sorge durch die Dunkelheit hindurch zu spüren.

»Ich bringe ihn mit dem Quad hinunter.« Nick erkannte kaum seine eigene Stimme, so viel Verzweiflung und Angst lag darin.

»Ich rufe einen Krankenwagen«, erklärte Ivan und ging.

Während Carter Nick folgte, blieb sie still und versuchte, nicht von der Angst übermannt zu werden. Es war fast unerträglich, Corts Kopf zu sehen, der apathisch in Nicks Armbeuge hing. Als der Fußweg zum Lager endlich auftauchte, hatte sie das Gefühl, man hätte ihnen ein kleines Wunder gewährt.

Buddy und Ellie liefen sofort auf sie zu, als sie sie erblickten. Beim Anblick von Cort rang Ellie nach Luft und versuchte ihn zu berühren, doch ihr Vater hielt sie zurück.

»Lass Nick ihn vom Berg hinunterbringen«, meinte er und sah Carter prüfend an.

Sie erwiderte traurig seinen Blick, es gab nichts zu sagen.

Nick blieb nicht stehen, um zu reden, sondern ging weiter zum Quad. Carter blieb hinter ihm und sagte: »Wir sehen uns im Krankenhaus.«

Er zeigte keine Reaktion, und Carter war sich nicht sicher, ob er sie gehört hatte.

Ellie begann zu weinen, und ihr Vater schlang die Arme um sie. Ihr Schluchzen war laut, bis in der Ferne der Motor des Quad ansprang und es übertönte.

»Wir sollten los«, sagte Carter sanft.

Als sie den Berg hinuntergingen, klemmte hinter dem Scheibenwischer des Range Rover eine Nachricht von Gertie, auf der stand, wo sie Cort hingebracht hatten. Die Swifts und Carter stiegen in den Geländewagen und rasten hinaus auf die Hauptstraße. Während sie diese entlangeilten, drehte Carter sich um und sah, dass immer noch Tränen über Ellies Wangen rollten. Sie griff nach der Hand des Mädchens.

»Wir wollten nie, dass das passiert«, murmelte Ellie und schniefte. »Wir hätten nie gehen dürfen. Ich weiß nicht, was wir uns dabei gedacht haben.«

»Ist schon gut«, beruhigte Carter sie und drückte Ellies kalte Hand.

»Ich wusste nicht, dass er Diabetes hat! Wir hielten an, um zu rasten, und ich machte eine Packung Kekse auf, die wir aßen, und dann …« Ellie schaute hoch, das Gesicht schmerzverzerrt. »Was, wenn er stirbt?«

Die leisen, niederschmetternden Worte blieben in der Luft hängen, während das Auto weiterraste.

Das Burlington Hospital, das am Stadtrand lag, war das größte medizinische Zentrum der Gegend. Die beleuchteten Eingänge und Fenster schimmerten in der Dunkelheit. Carter kamen sie wie ein Leuchtfeuer der Hoffnung vor.

Sie fanden Gertie und Ivan im Warteraum der Notaufnahme vor. Während sie dort gemeinsam unruhig warteten, wurde Cort in die zuständige Abteilung gebracht. Als sie die Zimmernummer herausgefunden hatten, gingen sie nach oben, wurden jedoch abgewiesen. Eine Krankenschwester erklärte ihnen, dass immer nur ein Besucher hineindürfte und Nick wäre bereits bei Cort. Als sie gegangen war, tauschten sie vielsagende Blicke aus.

Carter dachte daran, wie Nick allein Wache hielt, und wollte unbedingt bei ihm sein.

»Wenn keiner von euch hineingehen möchte, würde ich es gerne tun«, sagte sie mit angespannter Stimme.

Die anderen sahen sie an, und einer nach dem anderen schob sie zur Tür.

Als sie dann aber das Zimmer betrat, überlegte sie, ob sie nicht besser umkehren sollte. Nick stand über das Bett gebeugt mit dem Rücken zur Tür, eine große, dunkle Gestalt, die nicht von der Seite des jungen Körpers wich, der viel zu regungslos dalag. Er schien völlig vertieft, und sie wollte gerade wieder gehen, als er ihren Namen sagte. Sie schaute hoch und sah, dass er ihr Spiegelbild in dem Fenster auf der anderen Seite des Raums betrachtete.

»Wie geht es ihm?« Ihr Mund war trocken.

»Sein Zustand ist stabil. Zumindest laut Aussage der Ärzte.« Nick atmete schwer. »Er ist jedoch noch nicht zu sich gekommen.«

Carter ging neben das Bett und griff nach Corts Hand. Sie war warm, reagierte aber nicht auf ihre Berührung.

»Er weiß, dass du hier bist, da bin ich mir sicher«, flüsterte sie.

»Wirklich?«

»Ich denke schon.«

Nick fuhr sich mit einer Hand durchs Haar, die Augen weit aufgerissen und voller Schmerz, während sie auf seinem Neffen ruhten. »Was soll ich tun? Ihm mein Herz ausschütten und sagen, wie sehr ich ihn liebe? Oder doch zugeben, was ich gerade wirklich denke? Nämlich, dass ich so wütend bin, dass ich selbst nicht weiß, was ich mit mir anfangen soll.«

Carter streichelte die Hand des Jungen für den Fall, dass er die Wut in der Stimme seines Onkels hören konnte.

Nicks Gesicht war der Kummer anzusehen. »Wie konnte er nur so ein Risiko eingehen? In die Nacht verschwinden, ohne jemandem etwas zu sagen. Und wo waren seine Medikamente? Er hat sie offensichtlich nicht mitgenommen. Das war unverantwortlich von ihm, völlig unverantwortlich. Genau das wollte ich immer verhindern. Diese fürchterliche Situation hätte nicht eintreten müssen, verflucht noch mal.«

Er begann auf und ab zu gehen.

»Ich sage ihm ständig, dass er vorsichtig sein muss. Immer und immer wieder tue ich das, sodass nicht nur er mich am Schluss hasst, sondern ich mich auch selbst. Und dann marschiert er einfach davon und bringt sich fast selbst um.« Seine grauen Augen ruhten auf ihr. Nick blickte finster mit zusammengezogenen Augenbrauen, der Mund ein gerader, dünner Strich. »Verdammt, der Junge ist nicht alt genug, um mit dieser Krankheit umzugehen, und ich schaffe es nicht, dass er sie ernst nimmt. Verflucht noch mal, er hätte da draußen sterben können.«

»Ist er aber nicht«, meinte Carter sanft.

»Das war nur ein weiterer Beinaheunfall in einer ganzen Serie.« Nick kniff die Augen zusammen und runzelte die Stirn. »Ich verbringe mein Leben damit, mich zu fragen, wo und mit wem er zusammen ist, und was passiert, wenn er zusammenbricht. Ich werde wahnsinnig vor Sorge, ob ihm jemand helfen wird, ob sie wissen, was zu tun ist, ob –«

»Hör auf!«, befahl sie. Nick verstummte und sah sie an. Die Feindseligkeit in seinem Blick war nicht zu übersehen.

»Jetzt hol erst mal tief Luft und beruhige dich!« Carter ging hinüber zu ihm. »Du bist zu Tode erschrocken und kommst vom Hundertsten ins Tausendste.«

Vorsichtig berührte sie seinen Unterarm, der durch die Anspannung hart wie Stein war.

»Hör mir zu!« Sie senkte ihre Stimme.

»Ich weiß, du hast alles getan, um ihn zu beschützen, doch weißt du was? Es hat nicht funktioniert.«

»Vielen Dank für die Zusammenfassung«, schoss er zurück. »Das ist ungemein hilfreich.«

»Du stehst an seinem Bett im Krankenhaus, Schimpfen und Toben bringt da nichts. Er wird dadurch nicht schneller aufwachen und du dich auch nicht besser fühlen. Es wird den Stress nur noch verstärken und dich, wenn alles vorbei ist, noch überbehütender werden lassen.«

»Und was schlägst du stattdessen vor?«, fragte er mit fordernder, erregter Stimme. »Ich gehe mal davon aus, ihn im Keller anzuketten ist keine Lösung.«

»Ihr beide müsst miteinander reden. Du musst ihm deine Ängste erklären. Vielleicht betrachtet er dich dann nicht mehr nur als seinen Vormund. Und er muss dir sagen, warum er weggelaufen ist, und wie er sich fühlt. Wenn ihr beide nicht lernt, miteinander zu kommunizieren, werdet ihr am Schluss in unterschiedliche Richtungen gehen. Du kannst ihn für immer verlieren, selbst wenn er ein langes, gesundes Leben führen sollte.«

Nick schaute hinüber zu dem Jungen.

»Vertrau mir!«, meinte Carter beharrlich. »Ich habe zwei Jahre damit verschwendet, auf meinen Vater böse zu sein, nur weil ich nicht hören wollte, was er zu sagen hatte. Durch dieses Schweigen ist viel Zeit verloren gegangen.«

Sie bemerkte, wie sich Nicks Miene versteinerte, und glaubte, er würde sie gleich bitten zu gehen. Mit jedem Moment, der verstrich, schien er mehr zu erstarren. Er stand da, den Kiefer zusammengepresst, die Lippen fast völlig verschwunden. Sie wollte sich gerade umdrehen, als ihm eine einzelne Träne über die Wange rollte.

»Ich kann ihn nicht auch noch verlieren«, sagte er mit heiserer Stimme. »Melina ist schon nicht mehr da. Er ist alles, was ich habe.«

Carters Herz schwoll an vor Mitgefühl, und sie legte die Arme um ihn. Er schien sich in sie fallen zu lassen, als brauchte er sämtliche Kraft, die sie ihm anbot.

»Weißt du«, erklang ein Krächzen vom Bett, »ich bin nicht tot.«

Carter und Nick schauten überrascht zum Bett hinüber.

Corts Augen waren halb geöffnet, und er blinzelte langsam.

Nick wischte sich mit seinem Handrücken über die Wange und ging zu ihm.

»Wie geht es dir?«, fragte er mit belegter Stimme.

Cort kniff seine Augen zusammen, er hatte Mühe, klar zu sehen. »Gut. Aber du siehst nicht so klasse aus.«

»Mir geht es besser, jetzt, da du wieder wach bist.«

»Onkel Nick, es tut mir leid.« Er begann sich zu bewegen. »Ich –«

»Ist schon in Ordnung. Du bist wach, und das ist alles, was zählt.«

Corts Blick schweifte ab. »Ich mache dir viele Probleme, nicht?«

»Ist mir egal.«

»Wirklich?«

»Wirklich. Ich weiß nicht, was ich ohne dich tun würde.«

Die Blicke ihrer grauen Augen trafen sich.

»Selbst mit deinem ganzen geschäftlichen Kram?«

»Besonders deswegen – wenn das alles wäre, was ich hätte …«

»Selbst mit dem Türenschlagen?«

»Ja.«

Cort blieb eine Weile still. Dann fragte er. »Warum?«

»Weil du meine Familie bist.« Nick setzte sich auf das Bett. »Und das heißt, dass du mir alles bedeutest.«

Carter zog sich still zur Tür zurück.

Cort begann aufgeregt zu erzählen, die Worte überschlugen sich. »Ich habe das Insulin mitgenommen. Ich habe es in meine Tasche gesteckt, aber ich habe es im Fluss verloren, als ich hineingefallen bin. Ich hätte nichts essen dürfen, aber …«

»Schhh«, sagte Nick und versuchte ihn zu beruhigen.

»Ich bin nicht ohne das Insulin losgegangen. Ich hab ganz viel davon mitgenommen. Und wir sind umgekehrt, weil ich es verloren hatte.«

Auf ihrem Weg zur Tür hinaus sah Carter, wie Nick die Hand ausstreckte und die Stirn des Jungen streichelte.

»Onkel Nick, bedeutet das, ich habe Stubenarrest?«

»Darauf kannst du wetten!« Die beiden lachten. »Aber wenn du im Haus bleiben musst, können wir uns ja vielleicht ein paar Filme zusammen ansehen.«

»Ja?«

Als Carter die Tür leise schloss, konnte sie hören, wie Corts Stimme fester wurde. »Wir können mit der *Evil-Dead*-Reihe anfangen. Bruce Campbell ist super, und wenn ich mal erwachsen bin, möchte ich so sein wie Sam Raimi …«

* * *

Nachdem sie den anderen erzählt hatte, dass Cort auf dem Weg der Besserung zu sein schien, beschloss Carter zurückzufahren. Nach allem, was zwischen ihr und Nick geschehen war, wusste sie nicht, wo sie hingehörte, jetzt da das Drama zu Ende war. Außerdem brauchte sie etwas Zeit für sich. Buddy und Ellie blieben zusammen mit Gertie und Ivan im Krankenhaus.

Sie saß in Gedanken versunken im Auto ihres Freundes, die Hände auf dem Lenkrad, den Schlüssel in der Zündung.

Als sie Nick in den Armen gehalten hatte, hatte sie das Gefühl gehabt, die Distanz zwischen ihnen beiden hätte sich in Luft aufgelöst, und jetzt vermisste sie ihn mehr denn je.

Aber sie spielte nicht wirklich eine Rolle in seinem Leben,

sagte sie sich. Sie waren nicht einmal Freunde. Ein Ex-Liebespaar von kürzester Dauer, das traf es wohl eher.

Carter konzentrierte sich darauf, den Wagen zu starten, und fuhr hinaus auf die Straße, die um die Spitze des Sees herumführte. Als sie mit dem Range Rover vor dem Haus vorfuhr, machte sie sich sogleich auf den Weg den Berg hinauf.

Sie ging im nächtlichen Dunst über die Wiese bis zu der Stelle, wo der Pfad begann. Bevor sie im Wald verschwand, drehte sie sich noch einmal um und schaute auf das majestätische Haus. Es war hell erleuchtet, innen waren Lampen angelassen worden, und das Licht ergoss sich golden auf den Rasen.

Bald schon würde sie von hier weggehen.

Bei der Vorstellung, Nick nie wieder zu sehen, zog sich ihr Herz zusammen.

Sie lief in den Wald und stieg den Berg hinauf, bis sie das mondbeschienene Lager erreichte. Sie ging in ihr Zelt, legte sich auf ihr Feldbett, ohne sich umzuziehen, und zog den Schlafsack über ihre Beine. Die Erschöpfung übermannte sie, und sie fiel in einen tiefen Schlaf.

Sie erwachte jedoch abrupt, als der Eingang ihres Zelts aufgerissen wurde.

»Was zum Teufel machst du hier?«, fragte Buddy.

Carter schoss hoch, außer Atem vor Schreck. Als sie sich wieder einigermaßen erholt hatte, sagte sie trocken: »Ich hatte gerade einen schönen Traum, in dem ich reich und berühmt war, bis du mich aus dem Schlaf gerissen hast.«

»Ich dachte, wir hätten uns darauf geeinigt, dass du hier oben nicht alleine bleiben würdest. Was, wenn Lyst bei deiner Rückkehr hier gewesen wäre?«

»War er aber nicht. Wo ist Ellie?«

»Unten im Haus, duschen.« Buddys Gesichtsausdruck wurde sanfter. »Sie ist noch immer ziemlich aufgewühlt.«

»Das kann ich gut verstehen. Wann fährt der nächste Zug?«

»Um Mitternacht. Ich bin hochgekommen, um die Sachen zu holen, die sie am Fluss liegen gelassen hat. Willst du mitkommen?«

Carter streckte sich. Sie hatte noch nicht genügend Schlaf bekommen, wusste aber, dass sie keine Ruhe mehr finden würde. »Ja, sicher.«

»Hier.« Buddy gab ihr eine Thermosflasche. »Ich habe mir Kaffee mitgebracht, aber ich glaube, du brauchst ihn mehr als ich.«

»Danke.«

Er brummte und ging nach draußen.

Carter zog sich um und trank dazwischen immer wieder einen Schluck Kaffee. Dann gingen sie am Fluss entlang bis zu der Stelle, an der immer noch an einem der Äste Ellies gelbes T-Shirt hing. Bei der Erinnerung an die vergangenen Stunden lief ein Schauer über Carters Rücken. Sie steckte ihren Kopf in die schmale Höhle.

»Es ist stockdunkel hier drinnen. Hast du eine Taschenlampe dabei?«

»Oh je, daran habe ich nicht gedacht. Aber ich habe ein paar Streichhölzer.«

»Nun ja, du hast immer noch etwas gut, weil du mir Koffein mitgebracht hast.«

Buddy gab Carter die Schachtel. Sie zündete ein Streichholz an und leuchtete damit in die Höhle hinein.

»Siehst du Ellies Rucksack?«

»Nein, aber es riecht übel hier drinnen.«

»Nach fauliger Erde?«

»Und nach nassem Hund. Autsch!«, rief Carter und wedelte mit der Hand. Sie zündete ein weiteres Streichholz an und trat einen Schritt hinein. Das dürftige Licht wurde von der tiefen Dunkelheit geschluckt. Sie versuchte, etwas zu erkennen, als die Flamme wieder ihre Finger erreichte.

Als sie lautstark fluchte, lachte Buddy leise. »Ich beginne, ein Muster zu erkennen. Es muss doch etwas geben, das wir hier anzünden können.«

»Du meinst, abgesehen von meinen Fingerspitzen?«

Als Carter hinauskam und noch einmal fluchte, steckte er ihr einen Ast in die Hand, den sie anzündeten. Das trockene Laub und die dünnen Zweige spendeten mehr Licht, das länger halten würde.

Carter ging wieder zum Eingang, schaute sich um, hielt den Ast vor sich und erblickte den Rucksack. Als sie darauf zuging, fiel das Licht auf etwas anderes weiter hinten. Mit zusammengekniffenen Augen beugte sie sich vor und erkannte einen dunklen Umriss in der hinteren Ecke.

»Hast du ihn gefunden?«, rief Buddy.

»Ja, aber da ist noch etwas.«

»Jetzt sag bloß nicht, dass es lebt und Klauen hat.«

»Ich weiß nicht, was es ist.«

Sie hörte ein Rascheln hinter sich, und dann war Buddys Stimme ganz in ihrer Nähe. »Was ist es?«

Leider verlor die provisorische Fackel an Kraft. Carter griff in dem schwächer werdenden Schein nach dem Gegenstand, den sie erblickt hatte.

»Sieht aus wie eine alte Munitionskiste.«

Sie war ungefähr sechzig Zentimeter lang und dreißig Zentimeter breit, mit Ledergriffen an den Seiten, die größtenteils verfault waren. Mit all dem Dreck und Moos sah sie aus, als würde die Erde eifersüchtig ihre Hand darüberhalten.

Bevor das Licht endgültig erlosch, legte Carter ihre Hand auf die Kiste. Sie fühlte sich kalt an.

»Metall«, sagte sie verwundert.

Und dann umgab die beiden Dunkelheit.

»Toll!«, murmelte Buddy. »Glaubst du, dass jetzt ein riesiger Felsbrocken auf uns herunterrollen wird?«

»Das passiert nur in Filmen. Hast du noch Streichhölzer?«

Er hatte Mühe, eins anzuzünden, und als Carter sich hinkniete, war es schon wieder aus.

»Vielleicht sollten wir mit einer Taschenlampe zurückkommen«, schlug Buddy vor.

»Auf keinen Fall. Geh und such nach mehr Ästen!«

Sie hörte, wie er sich wegbewegte. Dann erklang ein dumpfer Schlag, gefolgt von einem lauten, deutlichen Fluch.

Carter drehte sich in der Dunkelheit um. »Alles in Ordnung mit dir?«

»Bin über den Rucksack gestolpert.«

Während sie das Geräusch seiner Stiefel hörte, die langsam über den Boden der Höhle schlurften, ertasteten ihre Finger wieder die Kiste. Sie erkundete gerade deren Form und fragte sich, aus welcher Zeit sie wohl stammte, als sie ein Klicken hörte und der Raum plötzlich hell erleuchtet war.

Sie schaute in die Lichtquelle hinein und hielt sich schützend einen Arm vor die Augen. »Wie hast du –«

»Ich liebe meine Tochter«, sagte Buddy vergnügt. »Sie weiß einfach, wie man richtig packt.«

Er stellte sich hinter Carter, den Lichtschein auf die Kiste gerichtet, während sie den Fund untersuchte.

»Der Deckel ist verrostet. Die Kiste ist alt, Buddy. Sehr alt.«

Sie war gerade dabei, sich den Gegenstand von jedem Blickwinkel aus anzusehen, als Buddy die Luft anhielt.

»Heiliger Bimbam!«, murmelte er erstaunt.

»Was ist?«

Er nickte in Richtung Wand.

Sie schaute hoch.

Auf dem Stein war mit groben Strichen ein Kreuz gezeichnet worden, wie es aussah, mit Asche. Es war auf der mit Flechten überzogenen Wand kaum zu erkennen gewesen, doch nun schimmerte es im Licht der Taschenlampe. Es war ein heiliges Zeichen.

Und dann hörte Carter ein schmerzhaftes Stöhnen, und Buddy stürzte auf sie.

23

Es war später Morgen, als Nick leise die Tür zu Corts Schlafzimmer schloss. Er hatte das Gefühl, von einem Albtraum zu erwachen, und war überrascht und zugleich erleichtert, alles so vorzufinden, wie es sein sollte.

Der Junge war schnell wieder auf die Beine gekommen. Nachdem er ein paar Stunden geschlafen und sein Blutzuckerspiegel sich wieder auf ein normales Niveau eingependelt hatte, war er nach dem Frühstück entlassen worden. Auch wenn Nick sich freute, ihn mit nach Hause nehmen zu können, war für ihn die Fähigkeit des Jungen, sich schnell wieder zu erholen, ein Grund zur Sorge gewesen, da er fürchtete, er würde den Ernst der Situation verkennen.

Doch nun stieg Hoffnung in ihm auf. Dank ihres Gesprächs im Krankenhaus hatte Nick das Gefühl, als würden sie sich nun gemeinsam dem Diabetes stellen. Zwei gegen einen. Ein Kampf, der nun fairer erschien.

Sie waren sich nach ihrer Rückkehr sogar noch näher gekommen. Gleich als sie zu Hause angekommen waren, waren sie in Corts Schlafzimmer gegangen und hatten zum ersten Mal über den Tod von Corts Eltern gesprochen, der das Leben der beiden zusammengeführt hatte. Es war ein Gespräch gewesen, das immer wieder ins Stocken geraten war – mit langem Schweigen und betretenem Sprechen, – in dem viele Fragen gestellt und beantwortet worden waren. Zum ersten Mal hatte Nick die Möglichkeit gehabt, einige der bittersüßen Erinnerungen an Melina mit ihrem Sohn zu teilen. Cort hatte gespannt zugehört und die Schilderungen von Sommertagen auf dem See, Weihnachtsfeiern in New York und dem Debütantinnenball seiner Mutter in sich aufgesogen.

»Mr. Farrell?«

Nick drehte sich um und sah Ellie im Flur stehen.

»Wird er wieder gesund?«, fragte sie besorgt. »Ich weiß, die Ärzte meinten ja, aber …«

»Ja, das wird er. Er ruht sich jetzt etwas aus, aber du kannst ihn anrufen, wenn du wieder in Cambridge bist. Er wird sehnsüchtig darauf warten, von dir zu hören.«

»Ja?« Hoffnung und Wärme flackerte in ihren Augen auf.

»Hat er mir selbst gesagt.«

Es trat langes Schweigen ein.

»Brauchst du etwas, Ellie?«

»Haben Sie meinen Vater gesehen?« In ihrer Stimme schwang Sorge mit.

Nick schüttelte den Kopf.

»Er soll mich heute Abend noch zum Bahnhof bringen. Er wollte hinauf auf den Berg, um meinen Rucksack zu holen, während ich mich hier unten duschte. Das war so gegen neun.«

Sie hörten, wie die Eingangstür unten geöffnet wurde.

»Ellie?« Buddys Stimme drang von der Eingangshalle nach oben.

Nick sah, wie Erleichterung über das Gesicht des Mädchens zog.

»Ich bin hier oben«, rief sie und begann den Flur hinunterzugehen.

»Weißt du, wo Mr. Farrell ist?«, fragte ihr Vater und sprach jedes Wort einzeln und bedächtig aus.

Nick runzelte die Stirn. Irgendetwas stimmte nicht. Er konnte es an der leisen Angst in Buddys Worten erkennen. »Ich stehe neben ihr.«

»Könnten wir uns in Ihrem Büro treffen? Ellie, ich bin gleich bei dir.«

Als Nick zum Treppenabsatz kam, bekam er kurz noch Buddys Rücken zu sehen, als dieser um die Ecke verschwand.

Warum war der Mann so schmutzig, fragte er sich.

»Was ist mit meinem Zug?«, murmelte Ellie.

»Bleib hier oben!«

Als er in sein Arbeitszimmer kam, stand Buddy in der Mitte des Raums, die Augen glasig vor Schreck, eine blutende Wunde am Kopf.

»Was zum Teufel ist passiert?«

»Er hat sie mitgenommen.«

Nicks Herzschlag setzte kurz aus. »Carter?«

»Wir müssen die Polizei rufen.«

»Wer?« Nick hatte Mühe, Worte zu formulieren. »Was?«

»Wir sind losgegangen, um Ellies Rucksack zu holen und haben etwas in der Höhle gefunden. Carter und ich wollten herausfinden, was es war, als mir jemand auf den Kopf schlug. Ich wachte auf, und sie war weg. Ich denke, es könnte Lyst gewesen sein.«

Nick hatte das Gefühl, die Welt um ihn herum begänne sich wieder zu drehen.

»Irgendeine Ahnung, wie lange Sie bewusstlos waren?«

»Eine Stunde. Höchstens. Aber lange genug für ihn, um mit ihr von dem Berg heruntergekommen zu sein.«

Carters Kopf schlug gegen etwas Hartes, und sie wachte von dem Schmerz auf. Als ihr flau im Magen wurde, holte sie tief Luft und roch Öl und Benzin.

Oh Gott, sie war im Kofferraum eines Wagens.

Sie öffnete die Augen, konnte aber nichts sehen und begriff, dass eine Art Sack über ihren Kopf gestülpt war. Sie begann mit den Armen zu rudern und bemerkte, dass ihre Hände gefesselt waren. Sie versuchte dagegen anzukommen, doch das führte zu nichts.

Sie erinnerte sich daran, in der Höhle gehockt zu haben, die Hände zu der Kiste ausgestreckt, als sie plötzlich von Buddys Gewicht niedergerissen worden war. Die Taschenlampe war daraufhin zur Seite gerollt, und sie hatte gesehen, wie eine dunkle Gestalt auf sie zugekommen war. Sie hatte mit ihrem Angreifer gekämpft, doch dann hatte sie gespürt, wie ihr etwas ins Gesicht gehalten wurde. Der modrige Geruch der Höhle war durch einen widerlich süßen Gestank verdrängt worden, und dann war alles um sie herum schwarz geworden.

Wo zum Teufel wurde sie gerade hingebracht?

Die Panik ließ sie wieder an ihren Fesseln zerren, sie drehte sie hin und her, um sich zu befreien. Angsterfüllt holte sie Luft und spürte, wie sich die Hitze ihres eigenen keuchenden Atems in dem Sack ausbreitete. Und dann kehrte die Dunkelheit wieder zu ihr zurück.

Das Nächste, was sie mitbekam, waren Hände, die unter ihren Körper griffen. Sie wurde aus dem Kofferraum gehoben und auf die Beine gestellt. Ihre Knie gaben nach, woraufhin sie gegen das Auto gelehnt wurde. Frische Luft drang durch den Sack, und sie konnte einen schwachen Schein erkennen. Es war immer noch hell.

Ihr Herz begann wild zu schlagen, während ihr Verstand sich mit den Fakten auseinandersetzte. Es gab nur eine Person, die sie sich als möglichen Entführer vorstellen konnte.

»Und geht's dir besser, jetzt, da du aus dem Kofferraum bist?«, meinte Lyst spöttisch wie aufs Stichwort.

»Sie werden Sie finden«, sagte sie durch den Sack hindurch.

Er schob sie unsanft von dem Auto weg. »Halt deinen Mund und beweg dich!«

Er stieß sie noch einmal, und sie machte einen Schritt nach vorne, geriet jedoch ins Stolpern, da ihre Füße locker gefesselt waren. Nach ein paar Metern zog er an ihrem Arm, damit sie stehen blieb, und sie hörte, wie eine Tür geöffnet wurde. Als sie hineingeschoben wurde, verfingen sich ihre Schuhe in etwas. Sie taumelte und konnte sich gerade noch abfangen. Die Tür wurde geschlossen.

Sie wurde auf einen Stuhl gedrückt und spürte, wie die Schnur um ihren Hals sich lockerte. Der Sack wurde ihr vom Kopf gezogen. Sie blinzelte, als wäre sie kurzsichtig, um sich an das gedämpfte Licht zu gewöhnen. Die schäbigen Vorhänge waren zugezogen, sodass kein Tageslicht in das Zimmer drang. Sie befand sich in einem billigen Hotel, aber da sie nicht wusste, wie lange sie bewusstlos gewesen war, war sie sich nicht sicher, in welchem Bundesstaat.

Sie konnte hören, wie Lyst hinter ihr atmete, und verspürte echte Angst. Panisch fragte sie sich, ob er sie umbringen würde, und betete, dass Buddy es den Berg hinunter geschafft hatte, um Nick zu finden. Betete, dass sie nach ihr suchten.

Betete, dass sie sie irgendwie finden würden.

Tränen stiegen ihr in die Augen, aber sie war entschlossen, ruhig zu bleiben. Lyst war ein kranker Mistkerl, und sie wusste, er würde jegliche Schwäche ausnutzen. Wenn sie das hier überstehen wollte, musste sie stark sein. Zumindest nach außen hin.

»Sie werden Sie schnappen«, sagte sie trotzig. »Sie werden Sie finden und –«

Lyst trat vor sie und schlug ihr ganz ruhig ins Gesicht. Ihr Kopf knallte gegen den Stuhl, und sie spürte einen stechenden Schmerz auf ihrer Wange.

»Provozier mich nicht, okay?«

So verängstigt sie auch war, rüttelte dieser Angriff sie nur wach. Statt sich zu ducken, hob Carter den Blick, und ihre Augen trafen seine voller Feindseligkeit. Er schien überrascht und irgendwie erfreut über diese Reaktion zu sein.

»Du bist ein zähes Weibsstück.« Er lächelte.

Lysts Haar war durcheinander, seine Kleider schmutzig und unordentlich, und auf dem Hemd befanden sich getrocknete dunkle Schweißflecken. Sie begriff, dass er sie den Berg hinuntergetragen haben musste.

Er ging hinüber zum Telefon, das neben dem Bett stand. »Jetzt werden wir mal versuchen, deinen Geliebten zu erreichen. Du solltest besser hoffen, dass er um deine körperliche Unversehrtheit besorgt ist.«

Sein Blick war auf sie gerichtet, um eine Reaktion aus ihrem Gesicht abzulesen, doch sie weigerte sich, ihm gegenüber Angst zu zeigen.

»Ich weiß nicht, warum Sie das hier tun«, erklärte sie mit gleichmäßiger Stimme. »Wir haben das Gold nicht gefunden.«

»Sei nicht so naiv!« Er tat ihre Bemerkung mit einer ungeduldigen Handbewegung ab. »Das Gold ist mir völlig egal. Was ich brauche – was ich will – ist Geld.«

Carter kniff die Augen zusammen. Hinter diesem Versprecher, den er gerade gemacht hatte, verbarg sich etwas, und sie fragte sich, ob er irgendeinen Hinweis auf seine Motive liefern würde.

Er nahm den Hörer in die Hand. »Wenn Farrell dich lebend haben will, muss er ein ordentliches Sümmchen springen lassen. Wie lautet seine Nummer?«

Das Glück war nicht auf Carters Seite. »Weiß ich nicht.«

»Tut mir leid. Ich habe dich nicht richtig gehört.« Lysts Blick bohrte sich in sie.

»Ich habe sie nicht.«

Mit einer Geschwindigkeit, die ihr Angst machte und sie noch einmal überdenken ließ, ob sie ihn würde überwältigen können, schoss er vom Bett hoch und kam auf sie zu. Er packte ihr Haar und zog fest daran. »Sag mir die verdammte Nummer!«

Carter stieß aus zusammengebissenen Zähnen hervor: »Ich habe den Mann noch nie angerufen. Ich kenne sie nicht.«

Er baute sich bedrohlich vor ihr auf, sein Gesicht ganz nah vor ihrem, und sie sah den Schweiß auf seiner Oberlippe und ein Zucken in seinem linken Auge. In seinem Gesicht lag Verzweiflung, was seine Augen zu groß und seinen Mund zu einem schmalen Strich werden ließ.

»Leg dich nicht mit mir an!«, knurrte er und zog noch einmal an ihrem Haar. Als sie weiterhin einfach nur zurückstarrte, ließ er sie los und ging zum Telefon, offensichtlich um die Auskunft anzurufen.

Carter musste ein hysterisches Lachen unterdrücken. Sie war entführt und in ein schäbiges Hotelzimmer gebracht worden, und der Irre rief die Auskunft an?

Ihr kam der Gedanke nicht mehr lustig vor, als ihr einfiel, dass Nick eine Geheimnummer haben könnte. Glücklicherweise kritzelte Lyst etwas auf einen Notizblock und begann erneut zu wählen.

In seiner Stimme lag ein triumphierender Ton, als er sagte: »Farrell? Ich glaube, ich habe etwas, das Sie wollen.«

Als Nicks wütende Antwort laut und deutlich durch das Telefon kam, weinte sie fast vor Erleichterung. Sie wusste, als sie die Entschlossenheit in seiner Stimme hörte, dass er alles tun würde, was in seiner Macht stand, und darüber hinaus, um sie herauszuholen. Es freute sie zu sehen, wie etwas von Lysts Selbstvertrauen aus seinem Gesicht wich.

Carter holte tief Luft, zum ersten Mal, seit sie entführt worden war. Nick würde kommen, um sie zu holen. Das war sicher, genau wie die Tatsache, dass sie sich in Gefahr befand, und diese Erkenntnis war ein Gegenmittel gegen ihre Angst. Lyst würde zur Strecke gebracht werden, so oder so. Das wusste sie einfach.

Sie runzelte die Stirn, überrascht von dem Ausmaß an Ruhe, das sie erfasst hatte. Das Gefühl hatte etwas mit Vertrauen zu tun, bemerkte sie erstaunt.

Vertrauen.

Sie dachte daran zurück, wie Nick während des Sturms zu ihr auf den Berg gekommen war, um sie zu holen. Wie er sie zum Arzt gefahren und sich um sie gekümmert hatte. Warum hatte sie seine Taten nicht als das erkannt, was sie waren? Ein Beweis dafür, dass sie ihm etwas bedeutete, dass er gewillt und fähig war, sich um sie zu kümmern. Sie hatte so viel Angst gehabt, verletzt zu werden, dass sie in seinen Taten nicht das erkannt hatte, wonach sie in seinen Worten immer gesucht hatte.

Bedauern stieg in ihr auf, als sie daran dachte, was sie vielleicht für immer verloren haben könnte. Bilder von ihr und Nick stürmten schmerzhaft auf sie ein, und die Distanz zwischen ihnen kam ihr wie eine unsinnige Verschwendung vor. Sie hatte ihm nie die Möglichkeit gegeben, ihr wirklich zu erklären, warum ihr Vater aufgetaucht war. Sie hatte ihn wegen ihrer familiären Probleme, ihrer Verletzbarkeit und ihrer Angst vor ihm und seiner Vergangenheit weggestoßen.

Doch er würde kommen, um sie zu holen – trotz allem.

Der Gedanke gab ihr die Hoffnung, dass es für sie beide immer noch nicht zu spät war und sie eine Chance hatten.

Carter schaute zu Lyst hinüber.

Vorausgesetzt, Nick würde es schaffen, sie zu holen, bevor dieser Mann ihr wirklich etwas Grauenhaftes antun könnte.

»Nun, Farrell, es gibt keinen Grund, unfreundlich zu werden«, sprach Lyst gedehnt ins Telefon und zwinkerte ihr unverschämt zu. »Das hier ist unsere *neue* Abmachung. Sie zahlen mir fünf Millionen Dollar, und ich gebe Ihnen dafür Ihre Freundin in einem Stück zurück. So einfach läuft das. Sie überweisen das Geld auf das folgende Konto.« Er las eine Nummer vor.

»Sobald ich eine Bestätigung über die Einzahlung erhalten habe, werde ich Sie zurückrufen, um mit Ihnen die Übergabe Ihrer kleinen Gespielin zu verabreden. Fangen Sie ja nicht an, auf dumme Gedanken zu kommen und die Polizei zu rufen. Diese Absprache bleibt unter uns. Allein schon im Interesse von Carter. Ach ja, und Farrell? Wenn Sie herumtrödeln: Ich neige zur Langeweile, und in diesem lausigen Motel gibt es nichts zu tun, außer sich mit *ihr* zu beschäftigen … Sie wissen schon, was ich meine. Also, beeilen Sie sich! Ich werde Sie in einer Stunde wieder anrufen.«

Er hängte mit einem triumphierenden Lächeln ein. »Nun, das ist gut gelaufen. Du wirst zweifelsohne erfreut sein zu hören, dass Farrell sehr besorgt um dich ist. Das ist ein gutes Zeichen.«

Lyst legte sich wieder zurück aufs Bett und streckte die

Beine aus. »Er scheint dir fürchterlich zugeneigt zu sein. Vielleicht hätte ich mehr Geld verlangen sollen.«

Carter blieb still und rückte auf dem Stuhl hin und her, um ihre steifen Muskeln zu lockern. Die Bewegung diente auch als Vorwand, um an dem Seil zu zerren, das um ihre Hände gebunden war, in der Hoffnung, es würde sich lockern. Sie kam nicht weit mit ihrem Versuch. Die Haut um ihre Handgelenke war bereits aufgerissen, und sie nahm an, dass die Feuchtigkeit, die sie auf ihren Handflächen verspürte, von ihrem Blut stammte.

Sie zwang sich, ruhig zu bleiben, und bemerkte, dass Lysts Augen über sie wanderten, glühend und abwägend.

»Wie gefällt es dir, gefesselt zu sein? Macht es dich an?«

Sie erschauerte und versuchte ihn abzulenken. »Ich dachte, Sie wären hinter dem Gold her.«

Er zuckte mit den Achseln. »War ich. Aber die Ereignisse haben … Sagen wir so, ich muss einen langen Urlaub machen und habe keine Zeit darauf zu warten, dass du diesen Schatz findest.«

Der Gedanke, Lyst könnte möglicherweise bereits Ärger mit den Behörden haben, ließ einen Hoffnungsschimmer in ihr aufkeimen. War ihm eines seiner Schwarzmarktgeschäfte zum Verhängnis geworden? Vielleicht war die Polizei schon hinter ihm her.

»Sie können nicht wirklich glauben, dass Sie hiermit davonkommen werden«, sagte sie scharf.

»Oh, ich bin ganz zuversichtlich. Und mit fünf Millionen kommt man in einem Dritte-Welt-Land ziemlich weit. Ich werde wie ein König leben.« Er stand vom Bett auf und kam auf sie zu. »Was mich auf eine Idee bringt. Vielleicht sollte ich dich mitnehmen. Ich könnte mir vorstellen, dass meine Nächte mit dir um einiges interessanter werden würden.«

Er strich ihr mit den Fingerknöcheln über die Wange, und sie drehte sich weg. Lyst hielt ihr Kinn fest und zwang sie, ihn anzusehen. »Diese Schwer-zu-kriegen-Nummer wird langsam langweilig.«

Carter wurde blass, als er sich zu ihr hinunterbeugte.

Als Nick eingehängt hatte, musste er darum kämpfen, die Gefühle, die in ihm tobten, unter Kontrolle zu halten. Angst und Wut hatten von ihm Besitz ergriffen, und er kam sich vor, als hätte man ihm in die Brust geschossen. Er schaute über den Schreibtisch hinüber zu Buddy.

»Sie ist in Lysts Gewalt. Er will Geld.« Nick fuhr sich mit einer Hand durchs Haar, sein Blick war verschwommen. Er schaute hinauf zur Decke und zwang sich, wieder klar zu sehen. »Aber wenigstens haben wir jetzt etwas, das wir der verdammten Polizei erzählen können.«

Nick nahm das Telefon wieder zur Hand und rieb sich den Nacken, während er wählte. »Freddie? Ich möchte, dass du eine Überweisung von fünf Millionen Dollar auf das folgende Konto bei der Credit Suisse vorbereitest, sie aber nicht ausführst. Sie soll nur bereit sein. Und gib mir bitte die Nummer von John Smith. Danke.«

Nick kritzelte eilig eine Nummer auf ein Blatt Papier. John Smith war ein Spezialist für schmutzige Angelegenheiten, ein knallharter Typ, dessen berufliche Vergangenheit bei der US Marine und dem Geheimdienst schon für viele wichtige Männer der Wall Street von Nutzen gewesen war. Als seine Stimme am Telefon erklang, setzte Nick ihn schnell über die Lage der Dinge in Kenntnis.

Smith kam direkt zum Punkt. »Ich rufe sofort meine

Kollegen beim FBI an und werde die Kontobewegungen elektronisch verfolgen lassen. Hast du schon mit der Polizei gesprochen?«

»Sie sind bereits oben auf dem Berg, und ein paar von ihnen sitzen in der Küche, um die Arbeit mit den örtlichen Kollegen zu koordinieren. Lyst hat mich gewarnt, niemanden anzurufen, aber sie waren bereits hier.«

»Gut. Erzähl ihnen alles, trotz seiner Drohung. Du wirst ihre Hilfe brauchen. Haben sie schon ein Abhörgerät installiert?«

»Sie sind fast fertig damit.«

Als Nick einhängte, schaute er hinüber zu Buddy und dem Bundespolizisten, der gerade die letzten Arbeiten für die Telefonüberwachung ausführte. Ihm kam ein Gedanke. Lyst hatte von einem lausigen Motel gesprochen, und die Unterkunftsmöglichkeiten so hoch im Norden waren ziemlich begrenzt. In Anbetracht der Zeit, die verstrichen war, könnte Lyst sie noch ganz in der Nähe gefangen halten.

Nick ging zur Küche, wo ein paar bewaffnete Polizisten am Tisch saßen, telefonierten und in Walkie-Talkies sprachen. Er erzählte ihnen sowohl, was Lyst gesagt hatte, als auch seine Theorie. Nachdem er erwähnt hatte, dass auch das FBI kontaktiert worden war, ging er zurück in sein Arbeitszimmer. Auch wenn er die Arbeit der Behörden schätzte, war er frustriert. Er wollte Carter zurück, wollte sie in seine Arme nehmen und sie bei sich wissen. Alles andere kam einem Versagen gleich.

Er schaute auf seine Uhr und ging davon aus, dass es bis zu Lysts nächstem Anruf noch vierzig Minuten dauern würde, was ihm wie eine Ewigkeit erschien.

Als das Telefon klingelte, schnellte sein Kopf hoch, und er nahm blitzschnell den Hörer ab. Es war Freddie, der ihm bestätigte, dass die Überweisung vorbereitet war und alle Bewegungen nachverfolgt werden konnten.

Als Nick wieder auflegte, richtete sich der Polizist auf, der an seiner Telefonleitung gearbeitet hatte, und schloss seinen Werkzeugkoffer. »Wenn er wieder anruft, halten Sie ihn so lange wie möglich in der Leitung. Wir können ihn jetzt ausfindig machen.«

Nick nickte energisch und starrte auf das Telefon, als ob er es dazu bringen wollte zu klingeln.

Er dachte über das Gespräch mit Lyst nach und fragte sich, wie der Mann Carter in ein Motel gebracht haben konnte, ohne dass dies bemerkt worden war. Er musste sie gefesselt oder mit einer Waffe oder einem Messer in das Zimmer gezwungen haben. Aber am helllichten Tag musste er doch von jemandem gesehen worden sein. Außer es war ein Hotel, das abseits der Straße lag. Im Wald. Nick begann über alle Orte nachzudenken, die ihm einfielen.

Das Telefon klingelte wieder.

Nick griff danach und presste es sich ans Ohr.

»Ich weiß, ich bin etwas früh dran, aber wie kommen Sie voran?«, fragte Lyst. Die Großspurigkeit in seiner Stimme rief in Nick den Wunsch hervor, sich ihn durch das Telefon zu packen und seine Hände um den Hals des Mannes zu legen.

Doch statt zu schreien, wonach ihm wirklich zumute war, nickte Nick dem Polizisten zu, der ein Gerät einschaltete und sich Kopfhörer aufsetzte. So ruhig er konnte, erwiderte Nick: »Es ist alles bereit, aber ich will zuerst mit ihr sprechen.«

»Das war nicht Teil der Abmachung.«

»Dann ist es das jetzt.« Nicks Ton duldete keine Widerworte. »Woher weiß ich, dass sie noch lebt?«

Lyst lachte. »Sie hat mir beinahe die Lippe abgebissen, als ich versucht habe, sie zu küssen. Ich kann Ihnen versichern, es geht ihr gut.«

Nick umfasste den Hörer so fest, dass der Kunststoff vor Protest knackte. Er biss die Zähne zusammen und stieß hervor: »Ich rede jetzt mit ihr, oder Sie bekommen kein Geld!«

Es folgte ein langes Schweigen, während Lyst in das Telefon atmete. »Gut. Machen Sie's kurz!«

Es gab ein raschelndes Geräusch.

»Nick?« Carters Stimme klang schmerzhaft dünn. Sie versuchte stark zu sein, doch konnte er an ihrer Stimme hören, dass sie Angst hatte. Sein Herz pochte.

»Ich werde dich da herausholen. Geht's dir gut? Hat er dir wehgetan –«

Lyst kam wieder ans Telefon. »Wie ich schon gesagt habe, es geht ihr gut. Und jetzt überweisen Sie das Geld. Ich werde Sie wegen der weiteren Anweisungen wieder anrufen.«

»Nein. Sagen Sie es mir jetzt!«

Der Ton in Lysts Stimme war scharf. »Sie sind nicht derjenige, der hier Forderungen stellen kann. Überweisen Sie das verdammte Geld!«

Plötzlich erklang eine dritte Stimme in der Leitung. Es war die einer älteren Frau, und sie klang verwirrt. »Hallo, Jeanie? Oh, bin ich hier in ein anderes Gespräch geraten?«

Dann war die Leitung tot.

Nick zischte überrascht durch die Zähne, und sein Blick traf den des Polizisten.

»Ich weiß, wo er ist«, sagte er eindringlich und knallte den Hörer hin. Er lief durch das Haus und sprach dabei zu dem Polizisten und Buddy, die ihm folgten. »Sie ist in den Forest Ledge Cabins. Dort gibt es einen Gemeinschaftsanschluss, das heißt, alle Telefone sind auf eine Leitung geschaltet. Jeder kann, wann immer er will, das Telefon abheben und so das Gespräch eines anderen unterbrechen. Das eben war gerade die alte Mrs. Cullay. Die Ledge Cabins sind nur fünfundzwanzig Meilen von hier entfernt.«

Als Nick in die Küche gelaufen kam, wusste er, dass die örtlichen Polizisten die gleiche Schlussfolgerung gezogen hatten, da sie gerade nach ihren Mützen und Schlüsseln griffen.

Bevor er aus dem Haus stürmte, holte er seine .357 Magnum aus dem verschlossenen Schrank im Hauswirtschaftsraum. Geschickt lud und entsicherte er die Waffe. Als er aus dem Raum trat und sich ein Schulterhalfter anlegte, hielt ihn keiner der Polizisten davon ab, sich zu bewaffnen oder mit ihnen mitzukommen. Niemand von ihnen stellte sich ihm in den Weg.

Nick lief zu seinem Porsche und schoss mit ihm aus der Garage. Als er hinaus auf die Straße jagte, drei Polizeiwagen dicht hinter ihm, zerbrach er sich den Kopf, was er Gott im Tausch gegen Carters Unversehrtheit anbieten könnte. Und er merkte, dass er mit so gut wie nichts aufwarten konnte, außer einer Unmenge an Geld.

Tja, Erlösung kann man nun mal nicht mit einer Kreditkarte begleichen, dachte er grimmig.

Und so gab er sich selbst ein Versprechen. Wenn Carter aus dieser Sache lebend herauskäme, würde er den Rest seines Lebens damit verbringen, sie davon zu überzeugen, dass er sie liebte. Nichts würde sie je wieder voneinander trennen.

Es dauerte nur zwanzig Minuten, bis sie die Forest Ledge Cabins erreicht hatten, eine Ansammlung dunkelgrüner Bauten, die Adirondack-Ausführung von Bungalows. Nick wusste, dass die Besitzer ihnen jedwede Hilfe gewähren würden.

Er riss die Fliegengittertür zum Büro auf, und die Polizisten folgten ihm hinein.

Mrs. Cullay, eine rüstige ältere Frau, sah ihnen bereits erwartungsvoll entgegen, da sie anscheinend mitbekommen hatte, wie eilig die Autos vorgefahren waren. »Was ist los?«

Nick sprach eindringlich. »Haben Sie eine Hütte an einen Kerl vermietet, ungefähr ein Meter achtzig groß, schwarze Augen, hager –«

»Allerdings. Wollte eine weiter hinten haben. Im Wald.«

»Welche?«

»Nummer neunzehn.«

Nick stürmte hinaus, lief schnell über das Gras und um die Bäume herum.

Als sie an Hütte Nummer neunzehn ankamen, kauerte er sich hinter den dicken Stamm einer Kiefer, und die Polizisten schwärmten um ihn herum aus. Es war dunkel unter den Baumkronen, und er war dankbar für den Schutz, den das schwache Licht bot.

Weiter oben sah er einen weißen Lincoln, der in der Nähe der Tür geparkt war.

Nick zerbrach sich den Kopf darüber, was er tun sollte. Immer wieder stellte er sich vor, wie er, wie im Film, durch die Tür stürmte, Lyst k. o. schlug, Carter in seine Arme nahm und sie festhielt. Das Problem war nur, dass für das wirkliche Leben kein Drehbuch geschrieben werden konnte, und er war klug genug, um das zu wissen. Er war sich nicht sicher, wie sie hineinkommen wollten, ohne Lyst aufzuschrecken und Carters Leben noch weiter in Gefahr zu bringen.

Und dann öffnete sich völlig unerwartet die Tür der Hütte einen Spalt.

Nick spähte durch die Schatten hindurch, beobachtete, wie Lyst seinen Kopf herausstreckte, in beide Richtungen schaute und dann vorsichtig zum Wagen ging. Er trug einen Koffer und schien sich aus dem Staub machen zu wollen.

Das genügte.

Nick sprang auf und raste hinüber zu ihm.

Lyst hatte nicht ahnen können, was ihn da treffen würde. Er sah genau in dem Moment hoch, als Nick ihn angriff und mit einem Schlag in sein Gesicht niederstreckte. Während Lyst auf den Boden sackte, riss Nick ihn an seinem Hemd hoch. Er war bereit, den Mann windelweich zu prügeln, doch die Polizeibeamten hielten ihn zurück.

Seine Wut verpuffte augenblicklich – er musste jetzt Carter finden.

Er riss sich los und stürmte durch die Tür der Hütte. Als sich seine Augen an die Dunkelheit gewöhnt hatten, bot sich ihm ein Anblick, der ihm das Herz brach.

Carter saß auf einem Stuhl mit einer festen Rückenlehne, die Hände in einem merkwürdigen Winkel gefesselt. Ihr Gesicht war auf einer Seite gerötet, und er sah, dass ihr Tränen über die Wangen rollten, als sie zu ihm hochsah. Mit nur zwei Schritten war er bei ihr, kniete vor ihr nieder, streckte seine Hände aus, um ihr Gesicht, ihre Arme, ihren Körper zu berühren, und sich zu vergewissern, dass sie nicht verletzt war.

»Hat er dir wehgetan? Bist du verletzt?«, wiederholte er immer wieder.

Jetzt, da Nick bei ihr war, war Carter außerstande zu sprechen. Sie schüttelte den Kopf, versuchte ihre Sprache wiederzufinden und die Hände freizubekommen. Sie wollte ihn nur noch berühren. Er half ihr, die Fesseln zu lösen, und als sie die Arme nach vorne nehmen konnte, sah sie, wie der Schmerz in seinen Augen immer größer wurde. Sein Blick war auf ihre Handgelenke gerichtet, deren Haut zerrissen und blutig war.

»Oh, mein Gott«, stöhnte er und führte ihre Hände zu seinen Lippen. Er küsste die Innenflächen und vergrub dann sein Gesicht in ihrem Schoß. Die Arme um ihren Körper geschlungen, hielt er sich an ihr fest, während sie ihn im Gegenzug umklammerte.

»Ich hatte solche Angst, dich nicht zu finden«, sagte er, hob den Kopf und blickte ihr zärtlich in die Augen. Sie spürte, wie Wärme durch ihren Körper strömte und die kalte Taubheit verdrängte. Er strich ihr eine Strähne aus dem Gesicht und küsste sie sanft auf die Lippen, als hätte er Angst, ihr wehzutun.

Sie zog ihn an sich, spürte, wie seine raue Wange gegen ihre strich, und roch sein Aftershave. Bei dem vertrauten Duft stiegen ihr wieder Tränen in die Augen.

Die Dankbarkeit und Erleichterung, die sie in seinen Armen verspürte, war mehr, als sie ausdrücken konnte. Er hatte sie gerettet und war bei ihr, worüber beide mehr als froh waren.

Über*glücklich* war wohl das passendere Wort, dachte sie.

Seine Hände, stets ruhig und sicher, zitterten, als er sich von ihr löste und ihr Gesicht streichelte. »Ist alles in Ordnung mit dir?«

»Halt mich einfach nur fest«, flüsterte sie. Sie wollte nicht reden, sondern ihm nur nahe sein. Sie hatte genug Distanz für den Rest ihres Lebens von ihm gehabt.

»Madam«, sagte einer der Polizisten. »Äh, entschuldigen Sie.«

Sie ließen sich widerwillig los, und erst dann bemerkte sie, dass Nick bewaffnet war.

»Brauchen Sie medizinische Hilfe?«

Sie versuchte sich zu beruhigen, indem sie tief Luft holte. »Ich glaube, ich kann meine Handgelenke selbst versorgen.«

»Nun, der Sanitäter ist hier und könnte sie sich ansehen. Und wir brauchen noch Ihre Aussage.«

»Kann das nicht warten?«, fragte Nick beschützend.

»Leider nicht. Sie wird in das Büro des Sheriffs mitkommen müssen.«

Carter erschauerte.

Nick stand auf und stellte sich zwischen sie und den Polizeibeamten. »Den Teufel wird sie. Sie werden später mit ihr sprechen.«

Sein Gegenüber erhob keine Einwände.

Als Nick sich zu ihr umdrehte, waren seine Augen sanft. Mit seiner Hilfe erhob sie sich steif vom Stuhl. Zusammen gingen sie hinaus ins Sonnenlicht und hielten sich gegenseitig fest. Überall standen Polizeiwagen, und sie und Nick sahen, wie die ersten Fernsehteams eintrafen.

»Wie hast du mich gefunden?«, fragte Carter.

Plötzlich bewegte sich ein Mann schnell und gebückt auf sie zu, baute sich vor ihnen auf und blendete Nick und sie mit dem Blitz seiner Kamera. Auch wenn die Polizei sich sofort auf ihn stürzte, war das Bild im Kasten.

»Wir müssen dich von hier wegbringen«, bemerkte Nick eindringlich und führte sie zur Beifahrerseite seines Porsches. Er stieg auf der Fahrerseite ein und holte die Schlüssel heraus. Bevor er den Motor anlassen konnte, legte sie ihre Hand auf seinen Arm.

»Nick?« Ihre Stimme war sanft und leise. Seine Augen, wach und besorgt, sahen in ihre. »Ich muss dir etwas sagen.«

»Was?« Er schien aufzuhören zu atmen.

»Ich wusste, dass du kommen würdest, um mich zu holen. Tief im Innern wusste ich, dass du alles tun würdest, was in deiner Macht steht, um mich hier herauszuholen.«

Ihre Augen wanderten über sein Gesicht, dem die Anspannung anzusehen war, unter der er gestanden hatte. Sie streckte ihre Hand aus und fuhr mit ihrem Zeigefinger über seinen markanten Kiefer.

»Es braucht Mut, um zu lieben.« Ihre Stimme war nicht mehr als ein Flüstern. »Ich habe erst heute begriffen, wie sehr ich dir vertrauen kann. Wie sehr ich dir hätte vertrauen müssen. Es tut mir leid, dass ich Zweifel an dir gehegt habe.«

Nick beugte sich vor und strich mit seinen Lippen über ihre. »Mach dir darüber jetzt keine Gedanken!«

Sie schüttelte den Kopf, da sie das, was ihr auf der Seele lag, sagen musste.

»Ich habe nach Entschuldigungen gesucht, um dich von mir wegzuschieben, weil ich das Gefühl hatte, die Kontrolle zu verlieren. Ich hatte Angst, verletzt zu werden. Ich wartete nur darauf, dass wir scheiterten.« Sie sah ihn an und war gerührt von seinem zärtlichen Gesichtsausdruck. »Ich möchte noch einmal von vorne beginnen. Neu beginnen.«

Als er den Kopf schüttelte, wurde ihr Herz schwer.

»Das müssen wir nicht«, sagte er. »Alles, was zählt, ist, dass du an meiner Seite bist, jetzt und in Zukunft. Die Vergangenheit ist mir völlig egal.«

Er neigte seinen Mund zu ihren Lippen und umfing sie in einem Kuss, aus dem Innigkeit und zugleich Leidenschaft sprach.

Sie legte ihre Hand um seinen Nacken und zog ihn so nahe zu sich, bis sie ihre Arme um seine breiten Schultern legen konnte. Als sie sich voneinander lösten, lächelte sie.

Und gähnte dann herzhaft.

»Du brauchst etwas zu essen und Schlaf«, sagte er entschlossen. »Ich wette, Gertie hat sich beim Kochen richtig ins Zeug gelegt.«

Auf der Heimfahrt dachte Nick, wie sehr er das Leben liebte. Wie sehr er Carter liebte. Seine Gefühle für sie waren groß und laut, als würden Becken in seiner Brust schlagen oder Trompeten in seinem Kopf blasen. Er verspürte weder das dringende Bedürfnis, vor ihnen wegzulaufen, noch wollte er sich davonmachen. Es fühlte sich einfach perfekt an.

Eine verdammte Sinfonie, die er für immer hören könnte.

Nick grinste.

Und kam zu dem Schluss, nicht länger warten zu können. Auch wenn er sich selbst sagte, dass es besser wäre, ihr noch etwas Zeit zu geben, um sich zu erholen, konnte er das, was ihm auf der Seele brannte, nicht länger zurückhalten. Ein entscheidender Moment in seinem Leben stand kurz bevor, und wenn die letzten vierundzwanzig Stunden ihn etwas gelehrt hatten, dann war es, bei wichtigen Dingen nicht zu warten.

Als er ansetzte, um zu sprechen, ergriff ihn überraschenderweise Nervosität. Seine Stimme war rau, und er sprach schnell. »Carter, du weißt, dass ich dich liebe.«

Er legte eine Pause ein.

»Willst du meine Frau werden?«

In der Stille, die folgte, spürte er, wie die Spannung in seinem Bauch wuchs, bis er es nicht mehr aushielt. Er schaute hinüber zu der Frau, die er liebte.

Carters Kopf war gegen die Kopfstütze des Sitzes gelehnt, und auf ihrem Gesicht lag ein Ausdruck völliger Entspannung. Ihr Mund stand ganz leicht offen, wie der eines Kindes, und die Augen waren fest geschlossen. Sie war im Land der Träume.

Er konnte nicht glauben, dass er ihr gerade einen Heiratsantrag gemacht hatte, den sie verschlafen hatte.

Nick lachte laut auf. Er hatte nie geglaubt, je eine Frau so lieben zu können, dass er sie bitten würde, ihn zu heiraten. Und ganz sicher hatte er nie gedacht, dass, wenn er ihr einen Antrag machen würde, sie diesen verschliefe.

Der liebe Gott, dachte er mit einem Lächeln auf den Lippen, hatte wirklich Sinn für Humor.

Nick streckte seine Hand aus und griff nach der von Carter, die daraufhin kurz die Augen aufschlug. Gerade lange genug, um seine Hand zu drücken.

Er grinste immer noch, als er mit dem Wagen vor dem Haus vorfuhr. Carter schlief tief und fest, als er die Wagentür öffnete. Er hob sie aus dem Sitz und trug sie durch die Eingangstür. Sie murmelte nur etwas und schmiegte sich näher an ihn.

Als sie ins Haus kamen, stürmten Ellie, Buddy und Cort erschrocken zur Eingangshalle.

»Geht es ihr gut?« Buddys Gesicht war die Sorge anzusehen, die alle verspürt hatten.

Carter rührte sich in Nicks Armen und öffnete die Augen.

»Hallo«, sagte sie mit erschöpfter Stimme. »Was ist mit der Metallkiste passiert?«

»Du machst wohl Witze.« Buddy lachte kurz auf. »Du wirst entführt, und das Einzige, woran du denkst, ist eine alte Kiste aus Zinn, die in einer dunklen Höhle liegt?«

»Ist sie immer noch da?«

»Ich denke schon.«

»Buddy, du musst auf den Berg hinauf und sie holen.« Sie hob den Kopf und sprach immer eindringlicher. »Mach so viele Fotos von ihr, wie du kannst, und dann bring sie herunter! Ich möchte nicht, dass sie unbeaufsichtigt bleibt. Frag Ivan, ob er dir helfen kann!«

»Jetzt hör dir das mal an – du erteilst schon wieder Befehle«, sagte Buddy sichtlich erleichtert. »Dann nehme ich mal an, dass es dir trotz allem gut geht.«

»Ja, Gott sei Dank«, unterbrach ihn Nick. »Und jetzt werde ich sie nach oben bringen.«

»Vergiss die Kiste nicht!«, rief sie und winkte Ellie und Cort zu.

Als Nick hinauf in den ersten Stock ging, schaute sie ihn an, den Kopf gesenkt, den Blick nach oben gerichtet. »Weißt du, ich hätte auch selbst diese Treppe hinaufgehen können.«

»Und worin liegt da der Spaß?«, neckte er sie, während er sie zu dem Schlafzimmer brachte, das sie bereits benutzt hatte.

Er stieß mit dem Fuß die Tür auf und legte sie auf das Bett. Als er sich zurückzog, sagte sie: »Bitte, geh nicht!«

»Tue ich nicht.« Er zog erst ihre Schuhe aus, dann seine und legte sich neben sie. Sie rückte näher zu ihm, und er küsste sie auf den Kopf. »Ich werde dich nie verlassen.«

Sie murmelte eine Antwort in sein Hemd.

Es trat Stille ein, und Nick holte tief Luft. Er wollte diesen Moment genießen, ihn für immer in seinem Gedächtnis bewahren, das Gefühl ihres perfekten, warmen Körpers an seinem in sich aufnehmen. Das unglaubliche Geschenk, sie unversehrt wieder in seinen Armen liegen zu haben, überwältigte ihn.

Das ist also Erlösung, dachte er und streichelte ihre Schulter, während er die Augen schloss und einschlief.

24

Noch bevor Carter die Augen öffnete, wusste sie, wo sie war und wer bei ihr war. Sie konnte Nicks Arme, die um sie geschlungen waren, seinen an sie geschmiegten Körper und sein pochendes Herz spüren. Sie konnte das Wasser hören, wie es gegen das Ufer schwappte, und die hohen, lieblichen Rufe der Singvögel. Sie vernahm den zarten Duft von Flieder in der weichen Sommerluft.

Sie war genau da, wo sie sein wollte.

Als sie in Nicks Gesicht schaute, sah sie, dass er auf sie hinunterblickte, seine grauen Augen sanft und warm. So warm.

Ihre Lippen fanden seine.

»Liebe mich«, flüsterte sie gegen seinen Mund.

Sie spürte, wie er vor Verlangen erzitterte, als er ihre Worte verstand, und dann lag er auf ihr, drückte sie mit seinem Körper ins Bett, ein Gefühl, von dem sie nicht genug bekommen konnte. Sie streifte ihm das Hemd von den Schultern und griff nach seinem Gürtel, während er ihre Bluse aufknöpfte und den Verschluss ihres BHs öffnete. Als sein Mund ihre Brüste fand, bog sie sich ihm entgegen, mitgerissen vom Sturm der Leidenschaft.

Sie zerrten an Kleidern, die ausgezogen, auf den Boden geworfen und zwischen die Kissen geschoben wurden. Carter spürte seine Hände über ihren Körper zu Stellen wandern, deren Berührung sie erschauern, stöhnen und sich gegen ihn pressen ließ. Er war wild vor Begierde, wild, aber zärtlich, und sein wunderschöner Körper pochte und schwoll an vor Leidenschaft, die sie selbst nur allzu gut kannte.

»Ich muss in dir sein«, stöhnte er.

Seine Finger verfingen sich in ihrem Haar, er bog ihren Kopf nach hinten, um sie zu küssen. Ihre Nägel bohrten sich in die glatte Haut seines Rückens. Sie spürte, wie die steinharten Muskeln sich unter ihren Händen anspannten, und fuhr über die Wölbungen und Vertiefungen, die seine Kraft erkennen ließen.

Er zog sein Knie an, öffnete ihre damit und schmiegte sich zwischen ihre Beine. Als er sich über sie beugte, gestützt auf seine starken Arme, zögerte er. Sie nahm sein Gesicht in ihre Hände, fassungslos über den Schmerz, den sie darin sah.

»Ich liebe dich«, flüsterte sie.

»Oh Gott, wie sehr ich mich nach diesen Worten gesehnt habe.«

Und dann drang er in sie ein und erstickte ihren ekstatischen Schrei mit einem Kuss. Sie bewegten sich rhythmisch, und ihre Erregung wuchs immer weiter, bis sich ihre Lust wie eine Explosion entlud.

Sie lagen zusammen da und holten tief Luft, als Nick sich zur Seite rollte und auf einem Arm abstützte. Mit der anderen Hand strich er ihr das Haar aus dem Gesicht. Sie sah einen ernsten Ausdruck in seinen Augen.

»Du siehst so nachdenklich aus«, murmelte sie.

»Carter«, begann er. »Ich muss dir etwas sagen. Ich habe es schon versucht, als wir nach Hause fuhren, aber … Du weißt, dass ich dich liebe?«

»Ja.«

Er beugte sich über sie, küsste sie behutsam und flüsterte: »Willst du –«

»Nun, Gertie, in welchem Schlafzimmer sind sie denn jetzt?«, drang Buddys Stimme durch die geschlossene Tür. Ein hektischer Ton lag darin. »Dieser Mr. Wessex ruft schon den ganzen Morgen an. Er muss von dem vielen Wählen eine Sehnenscheidenentzündung haben. Auf dem Rasen vorm Haus steht eine Horde von Reportern, denen Ihr Mann damit droht, auf sie zu schießen, als wären sie Blechdosen auf einem Zaun. Und ich muss Carter unbedingt zeigen, was ich gestern Nacht von dem Berg heruntergeholt habe.«

Gerties Stimme, ebenfalls gedämpft, klang vernünftiger. »Sie müssen irgendwo hier sein. Hoffentlich zusammen in einem Bett.«

Carter wurde rot.

Nick verdrehte die Augen, stand auf und wickelte sich ein Laken um die Taille. Er öffnete die Tür einen Spalt.

»Wir sind hier«, erklärte er ruhig. »Sagen Sie Wessex, dass wir ihn bald anrufen werden, und erinnern Sie Ivan daran, dass das Schießen auf Menschen gegen das Gesetz verstößt, selbst wenn es Reporter sind.«

»Hier sind ein paar frische Kleider für Carter«, bemerkte Buddy mit einem zufriedenen Grinsen auf dem Gesicht, während er eine Reisetasche durch die Tür schob.

»Möchten Sie Frühstück?«, fragte Gertie.

»Das wäre großartig«, erwiderte Nick.

Als hinter ihm das Geräusch einer Dusche erklang und sie ihn wissend anschauten, schloss er die Tür.

Bereit, der Frau, die er liebte, einen Antrag zu machen, straffte er die Schultern, ließ die Tasche und das Laken auf den Boden fallen und marschierte ins Bad, wo er Carter unter der Dusche vorfand. Sie beugte gerade ihren Rücken nach hinten, um sich das Haar nass zu machen. Ihre Brüste waren fest, der Bauch flach, die Hüften so sanft geschwungen, dass er sich kaum beherrschen konnte. In dem Moment, als er zu ihr in die Dusche stieg, lagen seine Lippen schon auf ihrem Mund.

Carter nahm ein Stück Seife, schäumte ihre Hände ein und begann seinen Körper abzuseifen, bis er so fest nach der Glastür der Dusche griff, dass ihm die Arme schmerzten. Ihre Finger glitten akribisch über jeden Zentimeter seiner Haut, erregten und reizten ihn. Sein Herz klopfte, die Lungen schrien nach mehr Luft, und die Muskeln waren bis zur Schmerzgrenze angespannt, als er um Erlösung bat, die sie ihm jedoch nicht gewährte. Er hatte noch nie so die Kontrolle über sich verloren, noch nie die Folter der Verweigerung so geliebt. Als sie ihm schließlich die ersehnte Erleichterung verschaffte, indem sie ihre Beine um seine Hüften schlang und ihn in sich hineingleiten ließ, war er wild vor Begierde.

Nachdem der Sturm der Leidenschaft, den sie in ihm ausgelöst hatte, über sie hinweggezogen war, ließ er sich gegen die Wand der Dusche fallen und fühlte sich wie ausgewrungen. Irgendwann später hörte er, wie das Wasser ausgestellt wurde, und er zwang sich, die Augen zu öffnen.

In Carters Gesicht lag ein überaus zufriedener Ausdruck.

»Hallo«, sagte sie.

»Morgen«, war das Einzige, was er fähig war zu sagen.

Ihr Lächeln wurde noch breiter. Sie schlüpfte mit beneidenswerter Leichtigkeit aus der Dusche, griff nach zwei Handtüchern und gab ihm eins davon. Er nahm es, konnte das verdammte Ding aber nicht hochheben. So hing es einfach in seiner Hand und wurde am unteren Ende nass.

»Lass mich dir helfen«, bot sie ihm fröhlich an. Sie warf das, was er hatte nass werden lassen, weg, und brachte ihn dazu, aus der Dusche zu steigen. Er stand still da, während sie ihn abtrocknete. Dann schlang sie das Handtuch um seine Taille und schob ihn zur Schlafzimmertür.

»Schaffst du es bis in dein Zimmer?«

Er nickte und begann zu gehen, rückwärts, da er seine Augen nicht von ihr abwenden konnte.

Er murmelte: »Ich glaube nicht, dass ich je wieder ein Stück Seife unbefangen werde betrachten können.«

»Und das ist erst der Anfang«, sagte Carter. Ihre rauchige Stimme drang tief in ihn.

Als er in den Flur trat, begann Nicks Körper sich schon wieder zu rühren.

Er schaute an sich herunter und meinte ironisch: »Hast du nicht genug gehabt?«

Als Carter unten erschien, trug sie eine frische Jeans und ein weißes Polohemd. Sie kam sich vor wie eine Frau, die gerade neu geboren worden war, und schämte sich nicht, ihr strahlendes Glück zu zeigen.

Ellie kam um den Tisch in ihre Arme geeilt, während Buddy sich in seinem Stuhl zurücklehnte und sie wissend angrinste. »Du siehst so …«

Sie warf ihm einen warnenden Blick über den Kopf seiner Tochter zu.

»Sauber aus«, witzelte er augenzwinkernd.

Cort lächelte sie von der anderen Seite des Tisches an, und sie sagte zu ihm: »Du siehst besser aus.«

»Du auch.«

Gertie eilte herbei und stellte einen Teller mit Obst und eine Kanne Kaffee auf den Tisch.

»Essen Sie etwas!«, sagte sie und zeigte auf einen leeren Stuhl.

Carter setzte sich wie befohlen hin und wollte gerade nach einem Nachschlag Obst und einer weiteren Tasse Kaffee fragen, als Nick ins Zimmer kam. Der Blick seiner Augen suchte sie, und er schaute sie mit einer solchen Zärtlichkeit und Liebe an, dass sie spürte, wie ihr Herz schneller zu schlagen begann.

Cort sah seinen Onkel stirnrunzelnd an.

»Du siehst komisch aus.«

Nick zog die Augenbrauen hoch, während er sich neben Carter setzte. Er lächelte Gertie dankbar an, die ihm sein Frühstück hinstellte.

»Wie, komisch?«, fragte er nach.

»Ich weiß nicht. Irgendwie … durchgeknallt.«

Es brach Gelächter aus, und Ivan wollte wissen, was so lustig war, als er hereinkam.

»Warum lacht ihr so?«, fragte er.

»Wegen Onkel Nick«, erklärte Cort. »Er sieht anders aus, findest du nicht auch?«

Ivan schaute hinüber zu ihm. »Na klar tut er das. Er ist ja auch verliebt.«

Alle im Raum erstarrten.

Außer Nick. Er griff hinüber zu Carter, nahm ihre Hand und führte sie zu seinen Lippen. »Stimmt.«

»Weißt du«, meinte Cort und neigte seinen Kopf zur Seite. »Du lächelst so viel, du wirst ein neues Bild für deinen Führerschein brauchen, sonst wird dich keiner darauf erkennen.«

Als Nick die Augen verdrehte, lachte der Junge vor Freude.

Während Nick sein Frühstück aß, dachte er sich einen neuen Plan für seinen Antrag aus. Wenn sie mit dem Boot hinausfahren könnten, wäre das perfekt. Der See, die Sonne, eine sanfte Brise.

Der Ring.

Er zuckte zusammen, als hätte jemand gegen seinen Stuhl getreten, woraufhin Carter zu ihm hinüberschaute. »Alles in Ordnung?«

Er nickte zerstreut. Er hatte keinen Ring. Er sollte aber einen haben. Sie verdiente einen.

Carter sah ihn merkwürdig an, schob dann aber ihren Teller beiseite und richtete ihren Blick auf Buddy.

»Wo ist die Kiste?« Sie knüllte ihre Serviette zusammen. »Du hast sie doch heruntergebracht, oder?«

Er nickte und verschwand in den Hauswirtschaftsraum. Als er zurückkehrte, trug er den Kasten aus Zinn in den Armen, er war so schwer, dass ihm die Schultern nach unten hingen.

»Ich habe alles in der Höhle fotografiert, bevor ich die Kiste mitgenommen habe«, bemerkte er und stellte sie vor Carter auf den Tisch. Ellie und Cort rutschten auf ihren Stühlen hin und her, aufgeregt, dass sie endlich geöffnet wurde.

Carter stand auf und tastete über den Rand des Deckels. »Die Ränder der Kiste sind dicht verschlossen. Es gibt auch noch ein Schloss. Wir werden sie aufschneiden müssen.«

»Ich habe das richtige Werkzeug dafür«, erklärte Ivan. Er kehrte mit einer Akku-Stichsäge zurück.

»Willst du die ehrenvolle Aufgabe übernehmen?«, fragte Carter Nick.

Er schüttelte den Kopf. »Da ich eine Archäologin nicht meine Steuererklärung machen lassen würde, denke ich, möchtest du auch nicht, dass ein Finanztyp mit dem Ding da herumspielt.«

Carter warf ihm ein Lächeln zu, stellte die Säge an und fuhr mit dem Sägeblatt am Rand des Deckels entlang. Als sie fertig war, wickelte sie ihre Hände in zwei Stoffservietten und umfasste ihn links und rechts.

Sie hob ihn langsam hoch und sagte: »Jetzt lasst uns nicht zu viel erwarten. Es könnten auch nur noch mehr Autoteile sein.«

Doch dann offenbarte sich vor ihnen unverwechselbar der Schein von Gold.

»Gütiger Gott!« Sie atmete aus, während Überraschung und Freude den Raum erfüllten. »Wir brauchen eine Kamera.«

Nick war fassungslos. Nie im Leben hätte er gedacht, dass der Goldschatz gefunden werden würde. All die Jahre hatte er sich geweigert zu glauben, dass er sich immer noch auf seinem Land befand.

Er sah Carter an und freute sich, dass sie ihn gefunden hatte. Auf ihrem Gesicht lag ein Ausdruck gespannter Erregung, als sie vorsichtig mit ihrer Hand in das märchenhafte Durcheinander fasste und eine Handvoll des wertvollen Metalls hochhob. Münzen, dicke Halsketten, Ohrringe, deren Steine entfernt worden waren, und schwere Siegelringe kamen zum Vorschein.

Er hätte sich kein besseres Ergebnis wünschen können, dachte er.

»Einen Moment«, murmelte sie. »Das ist noch etwas.«

Sie wühlte in der Kiste herum und zog behutsam ein kleines Buch hervor. Es war ungefähr sechs mal sechs Zentimeter groß, in braunem Leder gebunden, mit einem Kreuz auf der Vorderseite, und lag inmitten des leuchtenden Goldes.

Sie glitt vorsichtig mit ihrem Zeigefinger unter den Einband und hob ihn hoch.

»J. Winship. Im Jahr des Herrn, 1775«, las Carter. »Das ist Winships fehlendes Tagebuch.«

Alle begannen zu jubeln, und das Geräusch ihrer unbändigen Freude hallte durch das Haus.

Am frühen Nachmittag hatte Carter das ganze Tagebuch gelesen. Nick hatte ihr sein Arbeitszimmer überlassen, und sie hatte, zusammengerollt in einem Bürostuhl, Stunden hinter seinem Schreibtisch verbracht und gelesen, während die Sonne durch die offenen Fenster geschienen hatte.

Es war das perfekte Mittel, um sich von ihrem grauenhaften Erlebnis zu erholen. Die Worte des Reverend halfen ihr dabei, sich sicherer und geerdeter zu fühlen. Sie wusste, es würde dauern, bis sie die Entführung vollständig verarbeitet hätte, aber die Gewissheit, dass Nick und ihre Freunde bei ihr waren, würde ihr zweifellos dabei helfen. Sie hatte auch mit ihrem Vater gesprochen, der überglücklich gewesen war, ihre Stimme zu hören, und auch das trug dazu bei, dass sie sich ruhiger fühlte.

Als sie das Tagebuch zu Ende gelesen hatte, schloss sie es und legte es auf den Schreibtisch. Sie drehte den Stuhl zu einem der Fenster, schaute hinaus und sah, wie mehrere Schmetterlinge um die Wildblumen auf der Wiese hinter dem Haus herumschwirrten.

Das Artefakt war unvergleichlich, einer der bedeutendsten Funde aus der letzten Dekade der Kolonialzeit. Es gab Aufschluss über Winships zurückhaltendes, jedoch patriotisches Engagement in der Revolution, und die verhängnisvolle Reise in die Adirondacks, die ihn das Leben gekostet hatte.

Außerdem löste es auch das Rätsel um den Mörder der Männer.

Carter stand von dem Bürostuhl auf, ließ das Tagebuch auf dem Schreibtisch liegen und machte sich auf die Suche nach den anderen. Sie fand sie unten am See. Ellie sonnte sich gerade, während Cort am Ufer schnorchelte. Nick und Buddy machten die Decks des Segelboots sauber.

»Wie lautet das Urteil?«, fragte Buddy, als er sie erblickte.

Nick schaute hoch, ein bedächtiges, sinnliches Lächeln erschien auf seinen Lippen, als ihre Blicke sich trafen. Er trug nur eine Badehose, die schwarze, die er schon zuvor getragen hatte, und Schweißperlen glänzten auf seinem Körper von der Arbeit in der Sonne.

Sie spürte, wie ihr selbst ganz warm wurde.

»Es ist eine bemerkenswerte Geschichte«, sagte sie, während Nick auf sie zukam. Als er vor ihr stand, beugte er sich nach unten und küsste sie auf den Mund.

»Erzähl uns alles!« Seine Stimme war tief und verlockend, und sie konnte spüren, wie ihr das Blut ins Gesicht stieg, während sie errötete. Sie musste unweigerlich an die Dinge denken, die er ihr zugeflüstert hatte, als sie sich geliebt hatten.

Sie setzte sich, räusperte sich und erzählte ihnen, was sie durch das Tagebuch erfahren hatte.

»Jonathan Winship war ein erstaunlicher Mann. Nachdenklich, ernst und entrüstet darüber, wie die britische Regierung die Kolonien aus der Ferne kontrollierte. Er war ein eher untypischer Kriegsheld, denn er war ein Mann der Bibel, kein Kämpfer. Trotzdem besaß er eine Entschlusskraft, die unerschütterlich war.« Sie schaute hinaus auf den See. »Winship zufolge war General Farnsworth die Ausgeburt des Bösen. Er erzählt detailliert in seinem Tagebuch, wie der Mann wegen Vergewaltigung und Körperverletzung an dieser Frau in New York festgenommen wurde.

Nachdem der Austausch mit Nathaniel Walker beschlossen worden war, machte sich der Winship-Trupp in die Adirondacks auf, angeführt von Red Hawk. Dem General waren Fußfesseln angelegt worden. Sie hatten das Gold bei sich, um Vorräte für die Truppen zu kaufen. Als sie am Stützpunkt von Lake Sagamore ankamen, sollten sie die Metallkiste an die anderen Revolutionäre übergeben. Ihre Landsmänner tauchten jedoch nie auf, und so waren sie gezwungen, den Schatz mitzunehmen.

Auf ihrem Weg zum Fort passte Red Hawk gut auf seine Schützlinge auf und führte sie über den direkten Weg durch die Berge. Als er sie an den Ort gebracht hatte, an dem der Austausch stattfinden sollte, verschwand der Führer in den Wald, da er seine Pflicht erfüllt hatte. Kurz danach wurde der Trupp überfallen. Die beiden Minutemen und Reverend Winship waren den gut ausgebildeten Rotröcken, von denen sie angegriffen wurden, in keiner Hinsicht gewachsen. Die amerikanischen Soldaten wurden umgebracht, und der General stach Winship mit einem Messer in den Bauch. Wie sich am Schluss herausstellte, eine tödliche Wunde.

Farnsworth wollte Winship gerade mit seinem Bajonett, das er ihm bereits über den Kopf hielt, einen letzten Stoß verpassen, als Red Hawk zurückkam. Wie aus dem Nichts, so Winships Worte, tauchte der Indianer auf, stürzte sich auf Farnsworth und verletzte ihn schwer. Fünf britische Soldaten gingen daraufhin auf den Algonkin los, doch er tötete mit einem Schlag zwei von ihnen, und das, so Winships Worte, mit grausamer Anmut und Kraft. Die anderen drei liefen in unterschiedlichen Richtungen in den Wald davon.«

»Heilige Schei–«, stammelte Cort. »Ich meine, cool.«

»Während Farnsworth blutüberströmt auf dem Boden lag, eilte Red Hawk an Winships Seite. Der Reverend bat ihn, ihm aufzuhelfen, und ging um die getöteten Männer, einschließlich des Generals, herum und gab ihnen die letzte Ölung. Er wusste, dass die Zeit drängte, da die drei Briten mit Verstärkung zurückkehren würden, und er musste sich verstecken, wenn er überleben wollte. Red Hawk half ihm durch die Wildnis zur Höhle und ging dann zurück, um das Gold zu holen. Nachdem der Indianer mit der Kiste zurückgekehrt war, fragte er den Reverend, der offensichtlich im Sterben lag, ob er noch einen letzten Wunsch hätte. Winship bat ihn, die Leichen zu begraben und am Kopf der Gräber ein Kreuz aufzustellen. Red Hawk ging los, und Winship sah ihn nie wieder.«

Ein langes Schweigen trat ein, bevor Carter die Geschichte zu Ende erzählte. »Der Reverend wusste, dass er nicht überleben würde, und sein letzter Eintrag in das Tagebuch war kaum lesbar.«

»Was schrieb er?«, fragte Ellie leise.

Die Worte hatten sich in Carters Gedächtnis eingebrannt, da sie sie immer und immer wieder gelesen hatte. Sie kamen ihr über die Lippen, als würde sie sie schon zeit ihres Lebens kennen. »Ein stärkeres Volk soll sich von den Rücken der Männer erheben, die durch Ehre und die Gnade Gottes miteinander verbunden sind. All jene, die ihren Mitmenschen Liebe entgegenbringen, sollen eins sein unter dem Himmelszelt. Brüder sind nicht nur jene, die demselben Leib entspringen, sondern jene, die mit dem gleichen Herzen sprechen.«

»Also war Red Hawk doch ein Held«, flüsterte Cort ehrfürchtig.

Carter nickte.

»Was geschah mit ihm?«, fragte Ellie. »Er wurde wohl umgebracht.«

»Nein, wurde er nicht.«

Alle schauten Carter neugierig an.

»Der Eintrag des Reverend war nicht der letzte. Der stammte von Red Hawk. Ich hatte Mühe, die Sprache zu entschlüsseln, aber ich glaube, die Worte können übersetzt werden mit ›So erhebt sich der Habicht von der Erde zum Großen Geist und darüber hinaus, ebenso wie der Mensch. Ruhe in Frieden, weißer Vater‹.«

»Das ist unglaublich«, sagte Buddy feierlich. »Ein Jahrhundertfund.«

»Ich habe das Gefühl«, sagte Carter, »dass Red Hawk zurückkam, Reverend Winship in der Höhle begrub und dieses Kreuz in die Steinwand über seinem Grab ritzte.«

»Dann sollten wir ihn dort ausgraben«, meinte Buddy.

»Nein, ich finde, wir sollten ihm seine Ruhe lassen«, sagte Carter bedächtig und schüttelte den Kopf. »Er soll in Frieden ruhen. Wir haben das Tagebuch. Das genügt.«

Nick nickte. »Das sehe ich auch so.«

Carter stand auf. »Und jetzt muss ich zur Universität fahren. Ich möchte, dass meine Kollegen mit der Konservierung des Tagebuchs beginnen, bevor sich der Zustand noch verschlechtert. Außerdem müssen so schnell wie möglich Kopien angefertigt werden.« Sie wandte sich zu Nick. »Und wir beide sollten das Gold besser wegschließen. Es muss auch untersucht werden, aber ich weiß nicht, wo ich es an der Universität aufbewahren soll.«

»Du kannst meinen Safe benutzen, bis du eine Lösung gefunden hast.«

»Danke«, sagte sie. »Hättest du vielleicht Interesse, mit mir nach Vermont zu fahren?«

»Na und ob, Frau!«

Während sie über den Rasen liefen, fanden sich ihre

Hände, und Carter konnte sich ein Lächeln nicht verkneifen.

Als sie in sein Arbeitszimmer kamen, ging Nick in die Hocke und öffnete den Safe.

»Ich habe für die Kiste selbst keinen Platz«, erklärte er, während sein Kopf in der Bücherwand steckte. Er schob den Inhalt des Safes an den Rand, um Platz zu schaffen. Er nahm das Kreuz heraus und gab es Carter.

Sie wickelte es aus dem Filztuch und blickte auf das alte Holz. »Was für eine erstaunliche Geschichte.«

Als Nick zu ihr hochschaute, wurde sein Blick zärtlich.

»Was ist?«, fragte sie ihn schüchtern.

»Du bist ein Teufelsweib – weißt du das? Du kommst hierher, findest das vermisste Gold, entdeckst die letzte Ruhestätte des Reverends samt seines Tagebuchs und bekommst am Schluss noch etwas wirklich Erstaunliches.«

»Und das wäre?«

»Mein Herz.« Er lächelte. »Das ich nicht vorhatte zu verlieren.«

Carter grinste und wickelte das Kreuz wieder ein. »Manchmal bekommt man das, was man sucht. Auch wenn man nicht einmal wusste, dass man es suchte.«

Sie schlenderte zufrieden zu einem der Fenster hinüber. Als sie die Stirn runzelte, fragte er sie, ob etwas nicht stimmte.

»Da ist ein … Das ist lächerlich.« Sie beugte sich etwas vor. »Da ist ein roter Habicht in dem Baum.«

»Was tut er da?«

»Sitzt einfach nur da. Starrt uns an.« Sie räusperte sich und schaute hinüber zu Nick, der seinen Kopf wieder in den Safe gesteckt hatte. »Glaubst du an diese Geistergeschichten?«

»Du meinst, dass Red Hawk auf meinem Berg herumspukt?«

»Ja.«

»Ich weiß nicht. Manchmal habe ich das Gefühl, dass mich jemand beobachtet, wenn ich da oben bin. Warum?«

»Ich schwöre, dieser Habicht starrt mich an, als wüsste er ... Egal ...« Carter lachte verlegen. »Ich hole das Gold aus der Küche. Und später werde ich meinen Kopf auf Wahnvorstellungen untersuchen lassen.«

Als sie aus dem Zimmer gegangen war, hatte Nick den Inhalt des Safes neu geordnet und wollte gerade seinen Kopf wieder zurückziehen, als seine Hand das kleine rote Schmuckkästchen mit dem Diamanten seiner Großmutter streifte. Er nahm es heraus und öffnete es. Der Diamant funkelte ihm entgegen, und seine Augen leuchteten auf.

Bingo, dachte er, und ließ das Kästchen in seine Tasche gleiten.

Sie fuhren auf dem Highway in Richtung Fähre, als Nick zu ihr hinübersah. »Da gibt's etwas, was ich dich die ganze Zeit schon fragen wollte.«

»Ach ja, wirklich?« Carter lächelte und fand, dass das Leben nicht schöner sein könnte. Die Sonne strahlte auf sie herab, der Wind wehte leicht durch ihr Haar, und der attraktivste Mann, der ihr je begegnet war, sah sie an, als wäre sie der Mittelpunkt seines Lebens.

»Es hat sich als nicht ganz so einfach herausgestellt, die Frage zu stellen.«

»Aha?«

»Ich denke, ich mache es besser jetzt, wo wir alleine sind.«

Sie merkte, wie das Auto langsamer wurde, und hörte

dann das knirschende Geräusch von Kies, als Nick rechts auf den Seitenstreifen fuhr. Er hielt mitten in einem Tal an, das von majestätischen Bergen eingerahmt war. Rechts und links von ihnen lagen Felder mit Wildblumen, und Meisen und Rotschulterstärlinge flogen in der ruhigen, heißen Luft herum.

Nick griff nach ihren Händen und beugte sich dicht zu ihr. Es trat eine lange Pause ein. Sie hatte ihn noch nie zuvor so ernst gesehen.

»Carter ... «, begann er. Doch dann lehnte er sich wieder zurück. »Warte. Das ist nicht richtig so.«

Ihr Herz stand still.

»Steig aus dem Wagen aus!«, befahl er und riss seine Tür auf.

Verwirrt und mehr als nur ein bisschen neugierig, tat Carter es ihm nach.

Als sie beide vor dem Porsche standen, schaute sie fassungslos zu, wie er sich vor sie hinkniete.

»Oh mein Gott«, stieß sie hervor, und ihr stockte der Atem.

Es gab nur einen Grund, warum ein Mann so etwas tat, schoss es ihr blitzartig durch den Kopf. Sicherlich nicht, um ihr die Schuhe zu polieren.

»Carter –« Nick hielt inne und sah mit leuchtenden Augen zu ihr hinauf, aus denen zwar Belustigung, aber noch viel mehr ernste, warme Gefühle sprachen. »Wie lautet dein zweiter Vorname?«

»Mein zweiter Vorname?«

»Ja, weißt du, der, der zwischen deinem ersten Vornamen und deinem Familiennamen liegt«, tadelte er sie sanft.

»Carter ist mein zweiter Vorname. Mein erster lautet Cordelia.«

Er räusperte sich.

»Cordelia Carter Wessex, ich liebe dich. Ich möchte mir ein Leben mit dir aufbauen. Ich möchte dich als meine Partnerin haben, die mich herausfordert und die neben mir schläft. Ich möchte dich festhalten, dich umsorgen und mit dir leben. Willst du meine Frau werden?«

Mit klopfendem Herzen und erstickter Stimme sagte sie Ja, beugte sich zu ihm hinunter und legte ihre Lippen auf seine. »Ja, ja, ja …«

Immer noch auf den Knien, umfasste Nick ihre Taille, und sie hielten sich lange umschlungen, bis Carter merkte, dass er lachte. Als er zu ihr hinaufschaute, fuhr sie mit einer Hand durch sein dichtes, dunkles Haar.

»Was ist?«, fragte sie zärtlich.

»Weißt du, dass ich jetzt seit einem Tag versuche, dich zu fragen, ob du mich heiraten möchtest?«

»Wirklich?« Sie lachte erstaunt.

»Mein erster Versuch war gestern im Auto auf dem Weg nach Hause, aber du hast meinen Antrag verschlafen. Dann wollte ich dich heute Morgen im Bett fragen, doch Buddy kam dazwischen. Auf dem Weg zu dir ins Bad legte ich mir wieder meine Worte zurecht, doch dann wurden wir … durch etwas anderes abgelenkt. Dann wollte ich dich auf das Segelboot bekommen, doch das Gold und das Tagebuch kamen dazwischen …«

Carter grinste, während Nick aufstand. Er zog sie zu sich und küsste sie leidenschaftlich. Als sie sich voneinander lösten, verschwand seine Hand in der Hosentasche, und er zog eine kleine Lederschachtel hervor.

»Wie ich gehört habe, ist es üblich, einen Ring zu schenken.« Er drehte das Schmuckkästchen zu ihr hin und öffnete es.

Carter schnappte nach Luft, als sie den Diamanten sah, der ihr im Sonnenlicht in den Farben eines Regenbogens entgegenfunkelte.

Als sie den Ring betrachtete, versuchte sie ihr Glück zu verstehen. Sie war hergekommen, um ein Rätsel zu lösen, und hatte so viel mehr gefunden, als sie sich je hatte vorstellen können.

Ihre Blicke trafen sich. »Er ist wunderschön.«

»Er gehörte meiner Großmutter. Sie war dir sehr ähnlich. Hitzig, unabhängig und klug. Und bevor du dich weigerst, ihn anzunehmen, weil du deine Tage damit verbringst, in der Erde zu graben, solltest du wissen, dass dieser Ring fünfzig Jahre gnadenloser Gartenarbeit wunderbar ausgehalten hat. Ich möchte, dass er dir gehört. Und ich glaube, sie würde dem zustimmen.«

Carter lächelte und streckte ihre Hand aus. Sie spürte, wie das Gewicht des Steins sich auf ihren Ringfinger legte. Er passte perfekt.

Nick strich sanft über ihre Wange und küsste sie, seine Lippen schmiegten sich weich an ihre und verweilten darauf.

Plötzlich erfüllte ein rumpelndes Geräusch das Tal, zuerst ganz leise, dann wurde es immer lauter. Sie lösten sich voneinander und schauten in Richtung des Lärms. Ein neunachsiger Lastwagen kam den Highway heruntergerast. Während er sich ihnen näherte, ließ er zum Gruß seine Drucklufthupe ertönen, die einen hohen, dröhnenden Pfeifton ausstieß. Carter und Nick lachten und winkten, während der Mann an ihnen vorbeifuhr und den Daumen hochhielt.

Ihr Lachen nahm einen verblüfften Klang an, als sie den Schriftzug seitlich auf dem Lastwagen sahen.

In großen fetten Buchstaben stand dort geschrieben, *Red Hawk Freightlines*.

Und das Bild eines riesigen Rotschwanzhabichts, der mit ausgestreckten Flügeln in die Höhe stieg, zog an ihnen vorüber.